国家出版基金项目
NATIONAL PUBLICATION FOUNDATION

中国宗教文学史

吴光正 主编

第十卷 上册

明清基督教文学史

宋莉华 著

北方文艺出版社
哈尔滨

图书在版编目（CIP）数据

明清基督教文学史 / 宋莉华著 . -- 哈尔滨：北方文艺出版社，2022.6

（中国宗教文学史 / 吴光正主编）

ISBN 978-7-5317-4663-8

Ⅰ.①明… Ⅱ.①宋… Ⅲ.①基督教-宗教文学-文学史-中国-明清时代 Ⅳ.①I207.99

中国版本图书馆 CIP 数据核字（2022）第 074951 号

明清基督教文学史

MINGQING JIDUJIAO WENXUE SHI

作　　者 / 宋莉华

主　　编 / 吴光正

责任编辑 / 张　戎　侯文妍　徐宁悦

封面设计 / 琥珀视觉

出版发行 / 北方文艺出版社

邮　编 / 150080

发行电话 / （0451）86825533

经　销 / 新华书店

地　址 / 哈尔滨市南岗区宣庆小区 1 号楼

网　址 / www.bfwy.com

印　刷 / 哈尔滨久利印刷有限公司

开　本 / 787mm×1092mm　1/16

字　数 / 455 千

印　张 / 36.5

版　次 / 2022 年 6 月第 1 版

印　次 / 2022 年 6 月第 1 次印刷

书　号 / ISBN 978-7-5317-4663-8

定　价 / 98.00 元

项目来源：国家社科基金重大项目《中国宗教文学史》（15ZDB069）

学术顾问：宇文所安　孙昌武　李丰楙
陈允吉　郑阿财　项　楚
高田时雄

丛书主编：吴光正

本册作者：宋莉华

《中国宗教文学史》导论

吴光正

《中国宗教文学史》包括中国道教文学史、中国佛教文学史、中国基督教文学史、中国伊斯兰教文学史四大板块，是一部涵盖汉语、藏语、蒙古语等语种的大中华宗教文学史。经过多次会议①，无数次探讨②，我们以为，编撰这样一部大中华宗教文学史，编撰者需要探索如下理论问题。

---

① 《中国宗教文学史》编撰学术研讨会（2012 年 8 月 28—30 日，黄梅）、宗教实践与文学创作暨《中国宗教文学史》编撰国际学术研讨会（2014 年 1 月 10—14 日，高雄）、宗教实践与星云法师文学创作学术研讨会（2014 年 9 月 12—16 日，宜兴）、第三届佛教文献与佛教文学国际学术研讨会（2014 年 10 月 17—21 日，武汉、黄梅）、宗教生命关怀国际学术研讨会（2015 年 12 月 18—19 日，高雄）、第三届宗教实践与文学创作暨《中国宗教文学史》编撰国际学术研讨会（2016 年 12 月 16—18 日，武汉）、从文学到理论——星云法师文学创作学术研讨会（2017 年 11 月 18—19 日，武汉）、《中国宗教文学史》审稿会（2018 年 1 月 10—11 日，武汉）、“古代中国的族群、文化、文学与图像国际学术研讨会”（2019 年 6 月 22—23 日，武汉）、中国文学史编撰研讨暨国家社会科学基金重大项目“中国宗教文学史”结项鉴定会（2021 年 12 月 4 日，武汉）。参见李松《〈中国宗教文学史〉编撰研讨会召开》，《长江学术》2013 年第 2 期；张海翔《宗教和文学联袂携手，弘法与创作结伴同行——宗教实践与文学创作暨〈中国宗教文学史〉编撰国际学术研讨会综述》，《哈尔滨工业大学学报》2014 年第 3 期；《第三届宗教实践与文学创作暨〈中国宗教文学史〉编撰国际学术研讨会成功举办》，《长江学术》2017 年第 2 期；《〈中国宗教文学史〉审稿会成功举行》，《长江学术》2018 年第 2 期；孙文歌《“古代中国的族群、文化、文学与图像国际学术研讨会”召开》，《文学遗产》2019 年第 5 期；《中国文学史编撰研讨会在武汉大学召开，“中国宗教文学史”结项鉴定会同期举办》，《长江学术》2022 年第 2 期。

② 吴光正、何坤翁：《坚守民族本位 走向宗教诗学》，《武汉大学学报》2009 年

一、宗教文学的定义

宗教文学即宗教实践（修持、弘传、济世）中产生的文学。它包含三个层面的内涵。

第3期；吴光正：《“宗教文学与宗教文献”开栏辞》，《江西师范大学学报》2010年2期；吴光正：《中国宗教文学史研究（专题讨论）》，《哈尔滨工业大学》2012年第3期；吴光正：《宗教文学史：宗教徒创作的文学的历史》，《武汉大学学报》2012年第2期；吴光正：《扩大中国文学地图，建构中国佛教诗学——〈中国佛教文学史〉刍议》，《哈尔滨工业大学学报》2012年第3期；吴光正：《“宗教实践与文学创作”开栏弁言》，《贵州社会科学》2013年第6期；吴光正：《佛教实践、佛教语言与佛教文学创作》，《学术交流》2013年第2期；吴光正：《宗教文学研究主持人语》，《学术交流》2014年第8期；吴光正：《民族本位、宗教本位、文体本位与历史本位——〈中国道教文学史〉导论》，《贵州社会科学》2014年第5期；吴光正：《宗教实践与近现代中国宗教文学研究（笔谈）》，《哈尔滨工业大学学报》2015年第5期；吴光正：《〈中国宗教文学史〉导论》，《学术交流》2015年第9期；刘湘兰：《先秦两汉宗教文学论略》，《哈尔滨工业大学学报》2012年第3期；李小荣：《论中国佛教文学史编撰的原则》，《学术交流》2014年第8期；李小荣：《汉译佛典文学研究的回顾与展望》，《武汉大学学报》2012年第2期；李小荣：《疑伪经与中国古代文学关系之检讨》，《哈尔滨工业大学学报》2012年第6期；赵益：《宗教文学·中国宗教文学史·魏晋南北朝道教文学史》，《哈尔滨工业大学学报》2012年第3期；高文强：《魏晋南北朝佛教文学之差异性》，《武汉大学学报》2012年第2期；王一帆：《21世纪中国宗教文学研究动向之一——新世纪中国宗教文学史研究综述》，《文艺评论》2015年第10期；罗争鸣：《宋代道教文学概况及若干思考》，《哈尔滨工业大学学报》2012年第3期；张培锋：《宋代佛教文学的基本情况和若干思考》，《武汉大学学报》2012年第2期；张培锋：《论宋代文艺思想与佛教》，《哈尔滨工业大学学报》2014年第3期；李舜臣：《中国佛教文学：研究对象·内在理路·评价标准》，《学术交流》2014年第8期；李舜臣：《〈明代佛教文学史〉编撰刍议》，《学术交流》2012年第5期；李舜臣：《〈辽金元佛教文学史〉研究刍论》，《武汉大学学报》2012年第2期；余来明：《明代道教文学研究的几个问题》，《云南大学学报》2013年第4期；鲁小俊：《清代佛教文学的文献情况与文学史编写的体例问题——〈清代佛教文学史〉编撰笔谈》，《哈尔滨工业大学学报》2015年第5期；贾国宝：《中国现代佛教文学研究的回顾与展望》，《贵州社会科学》2016年第8期；索南才让、张安礼：《藏传佛教文学论略》，《江西师范大学学报》2013年第5期；树林：《蒙古族佛教文学研究回顾与前瞻》，《蒙古学研究年鉴（2017年卷）》，2019年5月；宋莉华：《基督教汉文文学的发展轨迹》，《武汉大学学报》2012年第2期；荣光启：《现当代汉语基督教文学史漫谈》，《武汉大学学报》2012年第2期；马梅萍：《中国汉语伊斯兰教文学史的时空脉络与精神流变》，《武汉大学学报》2013年6期；马梅萍：《中国汉语伊斯兰教文学述略》，《中国宗教文学史编撰研讨会论文集》，哈尔滨：北方文艺出版社，2015年。我们的讨论也获得了学术界的支持和呼应：张子开、李慧：《隋唐五代佛教文学研究之回顾与思考》，《哈尔滨工业大学学报》2012年第3期；吴真：《唐代道教文学史刍议》，《哈尔滨工业大学学报》2012年第3期；李松：《中国现当代道教文学史研究的回顾与省思》，《学术交流》2013年第2期；郑阿财：《论敦煌文献对中国佛教文学研究的拓展与面向》，《长江学术》2014年第4期。

一是宗教徒创作的文学。宗教徒身份的确定，应依据春秋名从主人之义（自我认定）、时间之长短等原则来处理。据此，还俗的贾岛、临死前出家的刘勰、遁迹禅林却批判佛教之遗民屈大均等不得列为宗教作家；政权鼎革之际投身方外者，其与世俗之关系，当以宗教身份来要求，不当以政治身份来要求；早期宗教史上的一些作家可以适当放宽界线。

宗教徒文学具有神圣品格与世俗品格。前者关注的是人与神、此岸与彼岸的超越关系，彰显的是宗教家的神秘体验和内在超越；后者关注的是宗教家与民众及现实的内在关联，无论其内容如何世俗乃至绮语连篇，当从宗教作家的宗教身份意识来加以考察，无常观想也罢，在欲行禅也罢，弘法济世也罢，要做出符合宗教维度的界说。那些违背宗教精神的作品，不列入《中国宗教文学史》的研究范围。

二是虽非宗教徒创作，但出于宗教目的、用于宗教场合的文学。这类作品包括如下两个层面：

宗教神话、宗教圣传、宗教灵验记等神圣叙事类作品。其著作权性质可以分为编辑、记录、整理和创作。编辑、记录、整理的作品，其特征是口头叙事、神圣叙事的案头化；创作的作品，则融进了创作者个人的宗教理念和信仰诉求。

用于仪式场合，展示人神互动、表达宗教信仰、激发宗教情感的仪式性作品。这类作品有不少是文人创作的，具有演艺性、程式性、音乐性等特征。许多作品在宗教实践中传承演变，至今依然是宗教仪式中的经典，有的作品甚至保留了几百年、上千年前的原貌，称得上是名符其实的活化石。

三是文人参与宗教实践、因有所感触而创作的表达宗教信仰、宗教体验的作品。在这个层面上，“宗教实践”可作为弹性概念，“宗教信仰”和“宗教体验”应该作为刚性概念。文人创作与宗教有关的作品，有的当作一种信仰，有的当作一种生活方式，有的当作一种文化资源，有的当作一种文化批判，其宗教性差异非常大，要做仔细辨别。只有与宗教信仰和宗教体验有关的作品才可以纳入宗教文学的范畴。因此，充斥于历代文学总集、选集、别集中的，与宗教信仰和宗教体验关系不大的唱和诗、游寺诗这类作品不纳入宗教文学的范畴。

本部分仅仅包括文人创作的“文”类作品，不包括文人创作的碑记、序跋等“笔”类作品。文人创作的“笔”类作品可以作为宗教徒创作的背景材料和阐述材料。

尽管教内的认可度宽延尺度不一，文人创作的宗教性仍要参考教内的认可度。有的文人被纳入宗教派别的法嗣，有的文人被写入教内创作的宗教传记如《居士传》等。这是很好的参考标准。

梳理这部分作品时，应从现象入手，将有关文人的作品纳入相关章节，并进行理论概括。理由如下：几乎所有古代文人都会写有关宗教的作品，其宗教性程度不等，甚至有大量反宗教的作品，所以需要从上述层面进行严格限定；几乎所有古代文人所写的与宗教相关的作品都只是其创作中的一个小景观，《中国宗教文学史》不宜设过多章节来介绍某一世俗作家及其作品，否则，中国宗教文学史就成了一般文学史。

这三部分之间的关系，应该遵循如下原则：宗教徒创作的文学是中国宗教文学史的“主体”，用于宗教场合的非宗教徒创作的作品是中国宗教文学史的“补充”，文人参与宗教实践而创作的表达宗教信仰、宗教体验的作品是中国宗教文学史的“延伸”。编撰

《中国宗教文学史》时，要用清理“主体”和“补充”部分所确立起来的理论视野对“延伸”部分进行界定和阐释，“延伸”部分所占比例要比其他部分小。这样，就可避免宗教文学内涵与外延的无限扩大。

我们对宗教文学的界说，是在总结百年中国宗教文学研究、中国宗教研究经验和教训的基础上展开的。

百年中国宗教文学研究关注的主要是“宗教与文学”这个领域，[①] 事实层面、文献层面的清理成就斐然，但阐释层面存在不少隔靴搔痒的现象，其关键在于对宗教实践和宗教徒文学的研究相对匮乏。我们甚至可以认为，不了解宗教实践与宗教徒的文学创作，我们就无法对“宗教与文学”做出比较到位的阐释。纵观百年中国宗教文学研究史，在“宗教与文学”层面做出卓越贡献的学者对宗教实践、宗教思维的体会往往很深刻，因此对宗教文学文献的释读也很到位。从宗教徒的角度来说，宗教实践是触发其文学创作的唯一途径。宗教徒创作的文学作品，有的是出于宣教的功利目的，有的是出于感悟与体验的审美目的，有的是出于个人的宗教情怀，有的是出于教派的宗教使命，但无一不与其宗教实践的方式和特性密切相关，无一不与其所属宗教或教派的宗教理念和思维方式密切相关。从“宗教实践”的角度来界说宗教文学，目的在于切除关系论、影响论下的文学作品，纯化论述对象，

---

① 参见吴光正：《二十世纪大陆地区“道教与古代文学”研究述评》，台湾《文与哲》第9期，2006年；吴光正：《二十世纪“道教与文学”研究的历史进程》，《文学评论丛刊》第9卷第2辑，2007年；何坤翁、吴光正：《二十世纪“佛教与古代文学”研究述评》，《世界宗教研究》2013年3期；吴光正：《域外中国道教文学研究述评》，《中国文哲研究通讯》（台湾）第31卷第2期，2021年。

把握宗教文学的本质。任何界说，作为一种设定，都具有其合理性和局限性。本设定作为《中国宗教文学史》论述对象的理论界定，需要贯彻到具体的章节设计之中。

百年中国宗教研究，从业人员以哲学界人士占主导地位，哲学模式的宗教研究成果无比丰硕，从业人员不多的史学界在这个领域也留下了经典论著。国内近几十年的宗教研究一直是哲学模式一统天下，有力地推进了中国宗教研究的历史进程。但是，宗教是一个复杂的精神现象和社会现象，需要多维度、多学科加以观照。在目前的研究态势下，更需要强化史学、社会学、政治学、民族学、人类学、文学、心理学等学科的观照，辨析复杂、多元的宗教史实，还原宗教实践场景。有学者指出，目前出版的所有《中国道教史》居然没有一本介绍过道教实践中最为关键的一环——受箓，因此，倡导多元的研究维度还是必要的。在阅读中国宗教研究著作时，学者们常常会反思：唐代以后，大规模的宗教经典创作和翻译工作已经结束，不再产生新宗教教派或新宗教教派不以理论建构见长，哲学模式主导的宗教研究遂视唐以后的宗教彻底走向衰败，结果导致宋元明清宗教史一直被学术界忽视，连基本事实的清理都未能完成，宗教实践的具体情形更是无从谈起。近些年来，宗教学界已经注意到这个问题，并陆续出版了不少精彩的论著。笔者在这里想强调的是，如果能从宗教实践的立场来研究这段历史，结论一定会很精彩。近一百年来，中国宗教史研究所使用的材料主要是经典、经论、史籍和碑刻，对反映宗教实践的宗教徒文学创作关注不够，导致许多研究无法深入。比如，王重阳用两年六个月的时间在山东半岛收了七大弟子后即羽化，他创建的全真教因何能够发展壮大，最后占了道教的半壁江山？史籍和碑刻资料很难回答这个问题，王重阳和全真七子的文学创作却能够回答这个问题。[①] 明末清初的佛教其实非常繁荣，但是通过史籍和经论很难说清楚，不过，中国台湾学者廖肇亨的研究却很好地解决了这个问题，[②] 原因就在于他能够读僧诗、解僧诗。从宗教实践的角度来看，就是被哲学模式研究得非常深入的唐宋禅学，也有重新审视的必要。哲学擅长的是思辨，强调概念和推理，而禅学偏偏否定概念和推理，甚至否定经典和文字，讲究的是“悟”，参禅、教禅强调的是不立文字、不离文字，即绕路说禅，具有很强的诗学意味。因此，从宗教实践的角度来看，唐宋禅学研究应该是语言学界和文学研究界擅长的领域。[③]

可见，无论是从宗教史还是从文学史的立场，宗教实践都是一个最为关键的切入点。

二、宗教文学经典与宗教文学文献

从宗教实践的角度将宗教徒的文学创作确立为宗教文学的主体，需要解决的问题是如何认定宗教文学经典、如何收集宗教文学文献。在课题组组织的会议上，我们都面临着这样的问题：宗教徒的文学创作有经典吗？对此，我们的回答是：宗教文学从来不缺经典，缺的是经典的发现和经典的阐释。

关于宗教文学经典的认定，我们觉得应该从如下层面加以展

---

① 吴光正：《金代全真教掌教马丹阳的诗词创作及其文学史意义》，《世界宗教研究》2019 年第 1 期；吴光正：《试论马丹阳的诗词创作及其宗教史意义》，《宗教学研究》2021 年第 1 期。

② 廖肇亨：《中边 · 诗禅 · 梦戏：明末清初佛教文化论述的呈现与开展》，台北：允晨文化实业股份有限公司，2008 年版。

③ 周裕锴：《禅宗语言》，复旦大学出版社，2017 年版；周裕锴：《法眼与诗心：宋代佛禅语境下的诗学话语建构》，中国社会科学出版社，2014 年版。

开。一是要从宗教实践的立场审视宗教文学作品的功能，对宗教文学的“文”类、“笔”类作品之优劣加以评估，确立其经典性。二是要强调宗教性和审美性的统一。具备召唤能力和点化能力的作品才是好作品，能激发宗教情感的作品才是好作品，美感和了悟兼具的作品才是好作品。三是要凸显杰出宗教徒在文学创作中的核心地位。俗话说：“诗僧未必皆高，凡高僧必有诗。”“诗僧”产出区域与“高僧”产出区域往往并不重叠。因此，各宗教创始人、各教派创始人、各教派发展史上的杰出人物的创作比一般的宗教徒创作更具经典性。因此，《真诰》《祖堂集》中的诗歌比一般的宗教徒如齐己的别集更具有经典性。四是要从宗教传播中确立经典。很多作品在教内广泛流传，甚至被奉为学习、参悟之典范，甚至被固定到相关的仪式中而千年流转。流行丛林之《牧牛图颂》《拨棹歌》《十二时歌》《渔父词》一类作品应该作为丛林之经典；在宗教仪式中永恒之赞美诗、仙歌道曲应该是教内之经典；被丛林奉为典范之《寒山诗》《石门文字禅》应该是教内之经典。最后需要指出的是，在终极关怀和生命意识的呈现上，一个优秀的宗教作家完全等同于具有诗人情怀的世俗作家。高僧与诗人，高道与诗人，曹雪芹和空空道人，贾宝玉和文妙真人，本质上是同一的，具备这种同一性的作家和作品，可谓达到了宗教文学的极致！总之，宗教文学经典的确立应从教内出发而不应从世俗出发，而最为经典的宗教文学作品和最为经典的世俗文学作品，其精神世界是相通的。

有了这样的认识，我们才能从浩瀚无边的文献中清理宗教文学作品并筛选宗教文学经典。清理宗教文学文献时，我们拟采取如下步骤和措施。

各大宗教内部编撰的大型经书和丛书应该是《中国宗教文学史》首先关注的文献。《道藏》、《藏外道书》、《道藏辑要》、《大藏经》（包括藏文、蒙古文大藏经《甘珠尔》《丹珠尔》）、汉译《圣经》、汉译《古兰经》中的文献，需要全面排查。经典应该首先从这些文献中确立。《大藏经》中的佛经文学以及《圣经》《古兰经》的历次汉译本要视为各大宗教文学的首要经典和翻译文学的典范加以论述，《道藏》中的道经文学要奉为道教文学的首要经典加以阐释。《道藏》文献很杂，一些不符合宗教文学定义的文献需要剔除，一些文学作品夹杂在有关集子中，需要析出。《大藏经》不收外学著作，其内学著作尤其是本土著述，有的全本是宗教文学著作，有的只有一部分，有的只存在于具体篇章中，需要通读全书加以清理。

各大宗教家文学别集的编撰、著录、存佚、典藏情况需要进行全面清理，要在目录学著作、志书、丛书、传记、序跋、碑刻和评论文章中进行爬梳。

宗教文学选集与总集的编著、著录、传播、典藏情况要从文献学和选本学的角度加以清理，归入相关选本、总集出现的时代。因此，元明清各段的文学史要设置相关的章节。这是从宗教实践、宗教传播视野确立经典的一个维度。

《中国佛寺志丛刊》《中国道观志丛刊》和地方志等文献中存在大量著述信息，需要加以考量。

方内文人编撰的断代、通代选集和总集中的“方外”部分也需要从选本学、文献学的立场进行清理，归入相关选本、总集出现的时代。这类文献提供了方外创作的面貌，保留了大量文献，但其选择依据是方内的，和方外选本有差距。这类选集和总集数量非常庞大，如果不能穷尽，则需要选择典范选本加以介绍。需要特别指出的是，近百年来编撰的各类文学总集往往以“全集”命名，但由于文学观念和资料的限制，“全集”并不全。比如，《全元诗》秉持纯文学观念，对大量宗教说理诗视而不见，甚至整本诗集如《西斋净土诗》也完全弃之不顾。在佛教界内部，《西斋净土诗》被奉为净土文学的典范。中国台湾的星云法师是当代非常擅长文学弘法的高僧，他在宜兰念佛会上举办各种活动时就不断从《西斋净土诗》中抽取相关诗句来吸引信徒。因此，收集宗教文学文献时，我们一定要秉持宗教文学观，不要轻易相信世俗总集之“全”，而要上穷碧落下黄泉式地搜寻资料。

藏族佛教文学、蒙古族佛教文学、南传佛教文学、中国基督教文学和中国伊斯兰教文学的基本文献均未得到有效整理，基本上尘封于全国乃至全世界的图书馆、宗教场所中，尘封于报刊中，需要研究者花时间和精力去探寻。近些年来，一些大型史料性丛书得以出版。如钟鸣旦、杜鼎克、黄一农、祝平一主编《徐家汇藏书楼明清天主教文献》，钟鸣旦等主编《耶稣会罗马档案馆明清天主教文献》，王秀美、任延黎主编《东传福音》，曾庆豹主编《汉语基督教经典文库集成》，周振鹤主编《明清之际西方传教士汉籍丛刊》《徐家汇藏书楼明清天主教文献续编》，张美兰所著《美国哈佛大学哈佛燕京图书馆藏晚清民国间新教传教士中文译著目录提要》，周燮藩主编《清真大典》，王建平主编《中国伊斯兰教典籍选》，吴海鹰主编《回族典藏全书》等。从这些文献中爬梳宗教文学作品，也是一份艰辛的工作。

总之，《中国宗教文学史》各段要设专章对本段宗教文学文献进行全面清理，为后来的研究提供文献指南。不少专著和专文已经做了初步的研究，可以全面参考。这是最见功力、最耗时间的一章，也是最好写的一章，更是造福士林、造福教界的一章。

三、宗教文学文体与宗教诗学

近百年来，西方的纯文学观念彰显的是符合西方观念的作品，一定程度上遮蔽了中国自身的文学传统，并且制造了不少伪命题。作为一种学术反思，学术界的本土化理论建构已经在探究“传统文学”的“民族传统”。在这种学术潮流中，诸多学者的研究已经产生重大反响，比如，罗宗强的文学思想研究，刘敬圻的还原批评，张锦池的文献文本文化研究，陈洪、蒋述卓、孙逊、尚永亮的文学与文化研究，吴承学倡导的文体研究，陈文新秉持的辨体研究，等等，均深获学界赞许。这一研究路径应该引起宗教文学研究者的重视，《中国宗教文学史》应该继承和发扬这一研究范式，因为，宗教文学是最具民族特色的文学，而文体作为一种把握世界的方式，是最具民族特性的。

对中国宗教文学展开辨体研究，就意味着要抛弃西方纯文学观念，不再纠缠“文学”之纯与杂，而是从宗教实践的立场对历史上的各大“文”类、“笔”类作品进行清理，对其经典作品进行理论阐述。因此，我们特别注重如下三个方面的论述：第一，我们强调，研究最具民族性的传统文学——宗教文学时，要奉行宗教本位、民族本位、历史本位、文体本位，清理各个时期宗教实践中产生的各类文体，对文体进行界说，对文体的功能、题材、程式、风格、使用场合进行辨析，也即对各大文体、文类下定义，简洁、明晰、到位之定义，足以垂范后学之定义。如，魏晋南北朝时期的经表之文、仙真之传、神仙之说、仙灵之诗，其文体在道教文学史上具有典范意义，我们在撰述过程中应该对其文体进行准确界说。第二，我们强调，各文体中出现的各大类别也要进行界说，并揭示其宗教本质和文学特质。如佛教山居诗，要对山居诗下定义，并揭示山居诗的关注中心并非山水，而是山水中的僧人——俯视众生、超越世俗、自由自在、法喜无边的僧人。第三，我们强调，宗教文学文体是应宗教实践而产生的，有教内自身的特定文体，也有借自世俗之文体，其使用频率彰显了宗教实践的特色和宗教发展之轨迹。

在分析各体文学的具体作品时，我们不仅要尊重“文各有体，得体为佳”的创作规律，而且要建立起一套阐释宗教文学的话语体系和诗学理论。

用抒情言志这类传统的文人诗学话语和西方纯文学的诗学话语解读中国宗教文学作品时，往往无法准确揭示中国宗教文学的本质，甚至过分否定其价值。比如，关于僧诗，唐代还能以“清丽”加以正面评价，从宋人开始就完全以“蔬笋气”、“酸馅味”加以一概否定了。中国古代宗教文学作品，无论是道教文学还是佛教文学，能得到肯定的只是那部分“情景交融”的作品，这类作品在研究者眼里已经“文人化”，因而备受关注和肯定。这是一种完全不考虑宗教实践的外在切入视野。如学术界一直否定王重阳和丘处机的实用主义文学创作，却认定丘处机的山居诗情景交融，是“文人化”的体现，是难得一见的好作品。殊不知，丘处机的山居诗是其苦修——斗闲思维的产物。为了斗闲，丘处机在磻溪和龙门山居十三年，长期的苦修导致他一生文学创作的焦点均是山居风物，呈现的是一种放旷、悠闲、自由的境界。西方纯文学观念引进中国后，宗教徒文学在相当长的一段时间内基本上淡出学者的学术视野，在百年中国文学史书写中销声匿迹。大陆晚近三十来年的宗教文学研究主要在文献和事实清理层面上成绩突出，理论层面虽有所建树，但需要探索、解决的问题依然很多。因此，需要从宗教实践的立场探索一套解读、阐释宗教文学的话语系统和诗学理论。

因此，我们强调，宗教观念决定了宗教的传播方式和语言观，也就决定了宗教文学的创作特性。不同的宗教有不同的传播策略、不同的语言观，从而影响了佛教、道教、基督教和伊斯兰教的经典撰述和翻译，也影响了宗教家对待文学创作的态度，更影响了宗教家的作品风貌。佛典汉译遵循了通俗易懂原则、随机应变原则，这是受佛经语言观影响形成的翻译原则，导致汉译经典介于文白和雅俗之间，对佛教文学创作产生了重要影响。[①] 葛兆光甚至认为，佛教“不立文字”和道教“神授天书”的语言观和传播方式决定了佛教文学和道教文学的风格特征。[②] 基督教和伊斯兰教的语言观和传播方式不仅决定了经典的翻译特色，而且决定了基督教文学和伊斯兰教文学的创作风貌。伊斯兰教强调《古兰经》是圣典，不可翻译，因此，中国伊斯兰教徒一直用波斯语和阿拉伯语诵读《古兰经》，大量伊斯兰教徒的汉语文学创作难觅伊斯兰教踪影，直到明王朝强迫伊斯兰教徒汉化才形成回族，才有汉语教育，才有《古兰经》的汉语译本，才有伊斯兰教汉语文学。巴别塔神话实际上就是基督教的语言观和传播方式的一个象征，这一象征决定了中国基督教文学的特色。为了宣传教义，传教士翻译了大量西方世俗文学作品和基督教文学作品，李奭学的《译述：

① 李小荣：《汉译佛典文学研究的回顾与展望》，《武汉大学学报》2012 年第 2 期。

② 葛兆光：《“神授天书”与“不立文字”——佛教与道教语言传统及其对中国古典诗歌的影响》，《文学遗产》1998 年第 1 期。

明末耶稣会翻译文学论》《中国晚明与欧洲文学——明末耶稣会古典证道故事考诠》[①] 已经成功地论证了晚明传教士在这方面的努力。与此同时，传教士不仅不断翻译、改写《圣经》来传播福音，而且利用方言和白话创作了大量文学作品，并借助现代传媒——报纸、杂志、电台进行传播，其目的就是为了适应中国国情而进行宗教宣传，其通俗化、艺文化和现代化策略极为高超，客观上对中国现代文学产生了重要影响。

因此，我们强调，中国宗教文学自身具有一些和传统士大夫文学、传统民间文学截然不同的表达传统。中国史传文学发达，神话和史诗不发达，这是一般文学史的看法。如果考察宗教文学就会发现，这样的表述是不准确的。民族史诗、佛教和道教的神话、传记在这方面有很显著的表现，形成了一种独特的叙事诗学，并对中国小说、戏剧产生了重要的影响。[②] 中国抒情诗发达，叙事诗和说理诗不发达，这是一般文学史的定论。但是，宗教文学的目的在于劝信说理，宗教文学最为注重的就是说理和叙事，并追求说理、叙事、抒情兼善的表达风格，其叙事目的在于说理劝信，其抒情除了在人与人、人与自然之间展开外，更多在人与神、宗师与信众之间展开。这是一种迥异于世俗文学的表达传统，传统诗学和西方诗学或视而不见，或做出不公的评价，因此，需要确立新的阐释话语。

《中国宗教文学史》的目的在于通过宗教文学史史实、宗教文

---

① 李奭学：《译述：明末耶稣会翻译文学论》，香港：香港中文大学出版社，2012 年版；李奭学：《中国晚明与欧洲文学——明末耶稣会古典证道故事考诠》，台北："中央研究院"及联经出版公司联合出版，2005 年版。

② 参见吴光正：《神道设教——明清章回小说叙事的民族传统》，武汉：武汉大学出版社，2012 年版。

学经典、宗教文学批评史实的清理，建构中国宗教诗学。本领域需要发凡起例，垂范后学。即使论述暂时无法深入，但一定要说到，写到，要周全，要周延。这是一种挑战，更是一种诱惑。编撰者学术个性应该在这个层面凸显。宗教诗学的建构任重而道远，虽不能一蹴而就，而心向往焉。

四、中国宗教文学史与民族认同、文化认同

《中国宗教文学史》将拓展中国文学史的疆域和诗学范畴，一个长期被忽视的疆域，一个崇尚说理、叙事的疆域，一个面对神灵抒情的疆域，一个迥异文人创作、民间创作的表达传统和美学风貌。《中国宗教文学史》魅力无限，宗教徒文学魅力无限，只有在宗教徒文学的历史进程、表达方式、内在思想、生命意识得到清理之后，我们才能更好地把握纯文学视野无法放下的苏轼和白居易们。

《中国宗教文学史》需要跨学科的视野，其影响力不仅仅在文学领域，更可能在宗教和文化领域，也即《中国宗教文学史》不仅仅是文学史，而且还应该是宗教史和文化史。

宗教文学史是宗教实践演变史的一个层面，教派的创建与分合、教派经典的创立与诵读、教派信仰体系和关怀体系的差异、教派修持方式和宗教仪式上的特点、教派神灵谱系和教徒师承风貌、宗教之间的冲突与融汇均对宗教文学创作产生了重要的影响，有时甚至就是这些特性的文学呈现。在这个层面上，我们特别强调教派史和文学史的内在关联。并不是所有的作品均呈现出教派归宿，不少宗教徒作家出入各大教派之间，有的甚至教派不明，但教派史乃至宗门史视野一定能够发现太多的宗教文学现象，并加深研究者对作品的阅读和阐释，深化研究者对宗教史的认识。

《中国宗教文学史》的编撰一定能催生一种新的宗教史研究模式，并对学术史上的一些观点进行补说。宗教信仰是一种神圣性、神秘性、体验性、个人性的心灵活动，其宗教实践和概念、体系关系不大。可是，以往的中国宗教史研究对这一点重视不够。宋前的概念史是否真的就反映了历史的真实？宋后没有新教派、新体系、新概念就真的衰弱了吗？《中国宗教文学史》需要反思这一研究模式，对宗教文学史、宗教史做出新的描述和阐释。宗教文学最能反映宗教信仰的神圣性、神秘性、体验性、个人性，清理这些特性一定能别开生面。《中国宗教文学史》的断代和分期应该与宗教发展史相关，和朝代更替关系不大，和世俗文学史的分期更不相关。目前采取朝代分期，是权宜之计。如何分期，需要各段完成写作之后才能知道。因为，目前的研究还不足以展开分期讨论。我们坚信，对中国宗教文学史的深入研究足以引发学界对宗教发展史分期和特点的探讨。其实，先秦宗教重在实践，理论表述不多；汉唐宗教实践也没有西方、日本式的发展形态和理论形态；道教符箓派本质上是一个实践性的宗教，理论表述并不是其关注焦点；中国宗教在唐代以后高度社会化，其宗教实践渗透到民众生活的各个层面。目前关于明末清初佛教文学的研究已经表明，明清佛教并不像学术界所说的那样“彻底衰败”。通过对清代三百余种僧人别集的解读，我们相信，这种“彻底衰败说”需要修正。我们梳理清代道教文学创作后发现，清代道教徒的文化素养、艺文素养其实并不低，清代道教其实在向社会化和现代化转变。

宗教实践的演变和一定时代的文化氛围密切相关，冲突也罢，借鉴也罢，融合也罢，总会呈现出各个时代的风貌。玄佛合流、三教争衡、三教合一、以儒释耶、以儒释经（伊斯兰教经典）、政教互动、圣俗互动、族群互动、对外文化交流、宗教本土化等文化现象，僧官制度、道官制度、系账制度、试经制度、度牒制度、道举制度等文化制度均对宗教文学的创作产生了重要影响。例如，金元道教出现了迥异于以往的发展面貌，从而形成了一些颇具特色的文学创作现象：苦行、试炼与全真教的文学创作；弘法、济世与玄教领袖的文学创作；远游、代祀与道教文学家的创作视野；遗民情怀与江南道教文学创作；雅集、宴游、艺术品鉴与江南道教文学创作；宗教认同与金元道教传记创作；道人居室题咏；文人游仙诗创作；道教实践、道教风物之同题集咏；道士游方与送序、行卷；北方全真教的“头陀”印记与南方符箓派的“玄儒”“儒仙”印记，国家祭祀与族群文化认同。这些文学现象，是金元道教发展史上的独特现象，也是金元王朝二元政治环境下的产物，更是元王朝辽阔疆域在道教文学中的折射。这些文学现象，不仅是文学史、宗教史上的经典个案，更是文化史上的经典个案，值得我们深入探究。

文学史和宗教史向文化史靠拢，就意味着文化交流，就意味着族群互动与文化认同。中国历史上的两次南北朝时期，就是通过文化认同和民族认同熔铸了中华民族的精神谱系。其中，道教，尤其是佛教所起的作用颇为重要，可惜这一贡献在百年来的文化建设和学术研究中得不到足够的重视。其实，只要我们认真清理这两个时期留下的宗教文学作品，我们就能体会到宗教认同与文化认同、民族认同之间的密切联系。近现代以来，西方文明在列强的枪炮声中席卷全中国，包括宗教在内的传统文化被强烈批判乃至抛弃，给今天的文化建设带来了巨大的困扰。但太虚法师倡导的人间佛教在台湾取得丰硕成果，不仅成为台湾精神生活的奇迹，而且以中华文明的形式在全球开花结果。以佛光山、法鼓山、中台禅寺、慈济功德会为代表的台湾人间佛教，如今借助慈善、禅修、文化、教育和文学，不仅在中国台湾，而且在全球弘扬中国传统文化，提升中国文化软实力。星云法师、圣严法师的文学创作，不仅建构了自身的人间佛教理念，而且强化了自身的教派认同，不仅在台湾岛内培育了强大的僧团和信众组织，而且在全球吸纳徒众和信众，其文学创作所取得的宗教认同、文化认同和民族认同，非同凡响，值得我们深思。这也提醒我们，编撰《中国宗教文学史》不仅是在编撰文学史、宗教史、文化史，而且是在进行一种国家文化战略的思考。

目　　录

第一章 绪 论

第一节 明清汉语基督教文学的研究现状

近代学界对明末以来入华传教士的研究，已持续了一个世纪，著述不可谓不丰，然而研究内容多聚焦于中西交流史、科技史或传教史方面，有关基督教文学的研究较为薄弱。目前需要对这一课题加强研究，对晚明以来的汉语基督教文学发展历史进行全面梳理。这里所说的“基督教”是广义的，包括天主教、新教、东正教及其他宗派。

什么是基督教文学？是否必须是基督教徒写作的作品才能称为基督教文学？20 世纪以来，关于这两个问题的讨论一直没有停止。德国神学家卡尔·约瑟夫·库舍尔（Karl Josef kuschel）主张，应从活生生的耶稣基督形象出发，耶稣基督不仅是基督教文学的主题，而且还是基督教文学的本质。这个形象对于基督教文学的概念来说，既可使它集中，又可使它具有广度。[①] 托马斯·斯特尔那斯·艾略特（ T. S. Eliot，1888—1965）认为，基督教文学未必出自基督教徒之手。他指出，从乔叟时代以来，基督教诗歌在英国几乎完全局限在次要诗歌的范围里。原因就在于，许多宗教诗

① 刘小枫：《20 世纪西方宗教哲学文选》，杨德友、董友等译，上海：生活·读书·新知三联书店，1991 年，第 1315 页。

人并不是用宗教精神来处理全部诗歌的题材，而是仅仅把宗教当作全部或最重要的文学题材，因此造成对人类特性的一些主要激情的无知。在他看来，玄学派诗人亨利·凡恩（Henry Vanghan，1622—1695）、天主教诗人罗伯特·索思韦尔（Robert Southwell，1561—1595）或赞美诗作者乔治·赫尔巴特（George Herbert，1593—1633）一类的“基督教诗人”称不上大诗人。而但丁、高乃依或是拉辛的诗剧尽管并没有接触到宗教主题，但他们仍然可以被看作伟大的基督教诗人。没有明确宗教信仰的莎士比亚也比虔诚的清教徒塞缪尔·约翰逊（Samuel Johnson，1709—1784）更深层地表现了宗教的精神。[①]

但是具体到明清时期的汉语基督教文学，的确是以西方来华传教士和中国基督教徒为创作主体的，他们的文学创作构成了汉语基督教文学最为重要的部分。可以说，中西基督教徒共同催生了汉语基督教文学的成长，他们撰写和译述的作品主要包括：①传递《圣经》启示的世界观、人生观的文学作品；②有关《圣经》、教会、教义或基督教徒生活的文学作品；③基督教徒所撰写、译述的富于宗教意味的文学作品。文体涉及赞美诗、祈祷文、布道文、书信文学、忏悔诗文、福音故事、圣徒传记和言行录、使徒书信、证道寓言、宗教小说、圣诞剧本、圣徒访谈录等。

汉语基督教文学是明末以来在中西文化交流的特定历史语境中产生的特殊文学作品，它们最初是传教士努力消解中西文化差异与隔阂来传播基督教文化的重要媒介，是西方来华传教士对中

① 托·斯·艾略特：《艾略特文学论文集》，李赋宁译，百花洲文艺出版社，1994 年，第 240—241 页。

国文化体验的独特表达，后来逐渐融入并成为中国文学的一个组成部分。

明清之际百余年间，耶稣会士或译或著的中文书籍，据费赖之（Louis Aloys Pfister）所录约450种，马祖毅《中国翻译简史》列出了238种，裴源《明末清初东来耶稣会士翻译著述之研究》列出191种，徐宗泽《明清间耶稣会士译著提要》则收录了756种中文译著。有关1807年罗伯特·马礼逊（Robert Morrison，1782—1834）以来新教传教士的中文著作，也有一些重要书目，包括1867年伟烈亚力（Alexander Wylie，1815—1887）编 *Memorials of Protestant Missionaries to the Chinese：Giving A List of Their Publications，and Obituary Notices of the Deceased，with Copious Indexes*，该书目在每一部著作后都附有简单的提要；1867年出版的 *A Classified Index to the Chinese Literature of the Protestant Christian Churches in China*，此书目后来不断有续编，有上海广协书局1933年、1936年、1938年等版本可供查考。此外，还包括两部在世界博览会上展出的书目 *Catalogue of the Chinese Imperial Maritime Customs Collection at the International Exhibition，Philadelphia*，1876；*Illustrated Catalogue of the Chinese Collection of Exhibits for the International Health Exhibition，London*，1884。约翰·墨笃克（John Murdoch）编撰的 *Report on Christian Literature in China，with a Catalogue of Publications*（Shanghai：Hoi-Lee Press，1882）也很重要。进入20世纪，季理斐（Donald Mac Gillivray）编撰了 *New Classified and Descriptive Catalogue of Current Christian Literature*，1901。该书目又于1907年以同一标题出版，版本更为详尽。雷振华（George A. Clayton）编撰中文书目《基督圣教出版各书书目汇纂》（汉口：圣教书局，1918），

还有《协和书局图书目录》(*Catalogue of Chinese Books Sold by the Mission Book Company*)以及广学会历年出版的多种《广学会图书目录》。

从20世纪60年代开始，汉语基督教文献已陆续整理出版：方豪影印了《天学初函》，吴相湘主编出版了《天主教东传文献》《天主教东传文献续编》《天主教东传文献三编》。1996年，比利时鲁汶大学的钟鸣旦(Nicolas Standaert)、杜鼎克(Adrian Dudink)教授和台湾地区清华大学的黄一农教授，"中央研究院"史语所的祝平一研究员等人编辑了一套《徐家汇藏书楼明清天主教文献》，由辅仁大学神学院影印出版。2002年，钟鸣旦等人编辑了《耶稣会罗马档案馆明清天主教文献》，由台北利氏学社出版。2003年，北京大学宗教研究所修订重印了由郑安德编辑的五卷本《明末清初耶稣会思想文献汇编》，其中收录的文献主要源于法国国家图书馆和梵蒂冈图书馆。此外，由中国宗教历史文献集成编撰委员会编撰，王秀美、任延黎主编的《东传福音》(25册)于2005年由黄山书社出版，收入自唐至民国的文献共380余种，内容涉及景教、天主教、基督新教和东正教。最新文献整理成果是台湾中原大学曾庆豹主编的《汉语基督教经典文库集成》(2012)，周振鹤主编的《明清之际西方传教士汉籍丛刊》(2013)、《徐家汇藏书楼明清天主教文献续编》(2013)，张美兰的《美国哈佛大学哈佛燕京图书馆藏晚清民国间新教传教士中文译著目录提要》(2013)。上海大学陶飞亚主持的"汉语基督教文献书目的整理与研究"、北京外国语大学张西平主持的"梵蒂冈藏明清天主教文献整理与研究"分别获得2012年、2014年国家社科基金重大项目立项，也在如火如荼地进行中。

上述数据的准确性、文献的完备性姑且不论，我们现在首先要做的是，对其中的文学类作品展开专门的研究。目前，有关晚明耶稣会士的汉语文学的研究，影响最大的，莫过于我国台湾学者李奭学的《中国晚明与欧洲文学——明末耶稣会古典型证道故事考诠》。[1] 该书对明末耶稣会士在汉文著作中使用欧洲神话、动物寓言、传奇和历史逸事证道进行了详尽的考释，钩稽源流，从文学史和翻译史的角度填补了17世纪中欧文学交流研究的空白。此前，方豪的《中国天主教史人物传》已经做了一些开创性的工作，为该项研究提供了重要参考。另外，朱维之、梁工等学者对基督教文学的研究可谓博大精深，但主要是在世界文学的视域内讨论基督教文学，对汉语基督教文学仅偶有涉笔。笔者曾著《传教士汉文小说研究》[2] 一书，不过局限于小说一体，是对西方传教士创作和译述的汉文小说进行的专题研究，缺乏文学史的高度和完整性。实际上，西方来华传教士在诗歌、传记文学、游记、祈祷文等文类方面，都留下了大量的作品。20世纪90年代中期以来，关于研究基督教与中国文学的碰撞，取得了较大进展。如马佳的《十字架下的徘徊》、杨剑龙的《旷野的呼声》、王本朝的《20世纪中国文学与基督教文化》等。近年来又有新成果不断问世：许正林的《中国现代文学与基督教》、刘丽霞的《中国基督教文学的历史存在》、陈伟华的《基督教文化与中国小说叙事新质》。上述论著侧重于讨论20世纪以来基督教文化对中国现代文学的影响，但对同一时期西方传教士的文学活动以及此前传教士们开创

---

① 李奭学：《中国晚明与欧洲文学——明末耶稣会古典型证道故事考诠》，“中央研究院”及联经出版公司，2005年。

② 宋莉华：《传教士汉文小说研究》，上海古籍出版社，2010年。

性的文学贡献有所忽略。从晚明到20世纪40年代，汉语基督教文学的发展绵延不绝，创作主体由西方来华传教士逐渐转变为中国本土作家，内容由纯粹的宣教文学不断扩充为包含了基督教文化内涵的各类文学，由此构成了完整的汉语基督教文学史。

中国语境中的基督教文学与西方有所不同。基督教在中国属于“外来宗教”，一向处于宗教和文化的边缘，基督教文学的传播也会遭遇更多文化的、宗教的和社会的阻碍。这也是导致它们长期被学界忽略的重要原因。但这部分作品的存在是文学史上不容回避的事实，而且对于中国文学的发展产生了潜移默化的影响。无论是从翻译学、方言文学还是白话文学的角度，汉语基督教文学都很有研究价值，为我们重新认识白话文运动进程、中国文学的现代转型、西方文学的早期译介等重要的文学史问题提供了新的文学史料。汉语基督教文学的历史面貌如何？主要包括了哪些重要的作家、作品？这些基本的文学事实和史料有待厘清。百年来的宗教与文学研究基本上在谈论宗教对文学的影响，但由于对宗教文学缺乏足够的了解，这一研究实际上难以深入，只有对宗教文学的历史进程、表达方式和内在思想进行梳理之后，它与中国文学的关系才能完整清晰地呈现出来。

对明清汉语基督教文学进行研究的难点首先来自文献，其中传教士的汉文文学作品大部分收藏于海外，尤以英、美两国居多，收集不易。而中国基督教徒的文学作品，缺乏系统的整理，散逸严重。其次，西方来华传教士的汉文文学创作，特别是19世纪以来的新教传教士汉文文学成就，长期被学界忽略，可资借鉴的成果较少。目前，从文学的角度研究西方传教士的汉文著作，主要集中在晚明时期。然而，1807年以来，新教传教士在汉文文学创作上体现出了更为灵活的策略，对书籍、期刊的编撰、出版，也更加鼓励，作品蔚为大观，但鲜有学者研究。最后，这一研究的难点还在于其跨学科性。基督教汉文文学既属于文学研究范畴，又需要对基督教本身以及基督教在华传播和接受的历史、中西文化交流的历史相当熟悉。这些都对研究者的知识结构、驾驭文献的能力提出了挑战。

本书大致以1582年利玛窦（Matteo Ricci，1552—1610）奉派来华到1917年新文化运动之间，西方来华传教士和中国基督教徒写作、译述的汉语基督教文学作品为研究对象。论述大致按时间顺序，对明清基督教文学加以整体观照，凸显其发展脉络，梳理重要的作家、作品，对不同时期、不同文体、语体的功能、题材选择、体例特点、价值取向、美学风貌展开论述，以展现整体面貌和历史轨迹，揭示其中融入的新的文学元素、文体的新变以及创作上的超前探索，如何潜移默化地发生影响，推动中国文学的近代变革，为重新认识白话文运动、中国文学的现代转型等重大问题，提供新的史料和视角。通过考察中西教中人士如何以文学来诠释基督教及其文化内涵，实现基督教的中国化、处境化，揭示汉语基督教文学的文学价值、文化内涵及其社会功能的延伸、转化。

第二节　明清汉语基督教文学的发展历程

明清汉语基督教文学的发展，大致可以分为以下几个阶段。

1. 明末清初耶稣会士来华，开启汉语基督教文学写作的先河

首先是关于使徒和圣人的传记小说，它们并不是对圣徒真实活动的记录，而是着重表现圣人、使徒一生中某几个与宗教密切关联的事迹，特别是圣迹，以此感召读者。明万历三十年（1602），意大利耶稣会士龙华民（Nicolas Longobardi，1559—1654）编译的《圣若撒法始末》被誉为第一部传教士汉文小说，讲述天主教圣人若撒法的苦修故事。[①] 这个故事源自佛教的佛陀传记，后因摩尼教传播，成为天主教圣人传记之一。龙华民不知渊源，为对抗广东佛教徒对天主教的贬抑而加以译述。意大利会士高一志（Alfonso Vagnoni，1566—1640）的《圣人行实》（1629）和《圣母行实》（1631），意在彰显圣人和圣母的"神迹"与"美德"。1628—1630 年，罗马帝国会士汤若望（Johann Adam Schall Von Bell，1592—1666）与天启进士王徵（1571—1644）合作译述了传记小说集《沙漠圣父传》，题为《崇一堂日记随笔》，崇祯十一年（1638）刊刻行世。书中于每位教中人物传记篇末都附一篇"评赞"，以旌表圣人的嘉言懿行。法国会士巴多明（Dominique Parrenin，1665—1741）的《德行谱》，雍正四年（1726）刊刻。该书是西方古圣贤达尼老各斯加的传记，"题为《德行谱》者，是欲以圣人之圣德，示人以修成之标式故"。

其次，传教士夹译夹叙地以笔记小说的形式，译述欧洲寓言、逸事及中世纪的"证道故事"（exemplum）。明万历三十六年（1608），意大利会士利玛窦的《畸人十篇》在北京刊行，该书首次提到阨所伯（伊索）逸事，译介了 4 则《伊索寓言》及其他西方传说。明万历四十二年（1614），西班牙会士庞迪我（Didaeus

---

① 李奭学：《译述：明末耶稣会翻译文学论》，香港中文大学出版社，2012 年，第 61—106 页。

de Pantoja，1571—1618）的《七克》在北京刊行，该书第一次将伊索故事以“寓言”名之。明天启五年（1625），法国会士金尼阁（Nicholas Trigault，1577—1629）译、福建泉州中国传教士张赓笔述的《况义》在西安问世，可以视为《伊索寓言》的单行本，其中选译了22则伊索寓言，每篇的结构大致分为两部分：前面为“况”，即翻译故事；后面为“义”，即揭示由故事引申的寓意。清顺治二年（1645），意大利会士艾儒略（Giulio Alèni，1582—1649）的《五十余言》刻于福建，书中包括《伊索寓言》及西方历史故事等。顺治十八年（1661），意大利会士卫匡国（Martin Martini，1614—1661）的《逑友篇》刊刻出版，全书旨在论交友之道，但引用了10余则寓言、逸事及古史。高一志所著《则圣十篇》《童幼教育》《齐家西学》《达道纪言》《譬学》等书，也可散见一些故事片段，不过较之他书，描写要简略得多。耶稣会士对伊索故事的原貌往往予以保留，或仅稍加变动，但在寓意上，“会士则摆脱西洋传统的羁绊，从天主教的角度试为再剖，从而在中国别创某种故事新诠的证道诗学。如此所形成的‘伊索寓言’，在某一意义上乃欧洲中古证道故事的流风遗绪，结果通常演为文学史上的正面贡献”①。而历史故事、名人逸事一类的短章，则与“世说”体小说相类似，机智隽永，每寓启示于讽谏之中。

最后，还有一些诗词创作、翻译。罗明坚的《中国诗集》、艾儒略译《圣梦歌》等反映了传教士的汉诗活动，《熙朝崇正集》《主制群征·赠言》等则体现了耶稣会士在中国的影响。尽管上述

① 李奭学：《中国晚明与欧洲文学——明末耶稣会古典型证道故事考诠》，第85页。

著述，比起宏大的文学史来显得微不足道，却成为晚明士子认识西方文学和文化的开端，丰富了晚明文学的内容，同时将中国与西方文学接触的历史上溯至明代万历年间，在中西文化交流史上意义非同一般。[①] 总体上，耶稣会士对于汉文写作抱着十分审慎的态度，以学者的严谨恪守宗教阐释与文字雅驯的界限，不肯逾越。其所推崇的是以理性的思辨说服读者，而并非以文学的生动性和感染力打动读者。正如方豪所说："明清间来华教士几无不研读中国经籍，实亦中国古代文学作品也，惟教士所重者在经籍中之宗教思想……纯粹之文学作品，教士多不注意，甚或有不屑一顾者。观早期教士中无一翻译中国文学名著，可知也。"[②] 也有极少数的特例，比如 1729 年，法国耶稣会士马若瑟（Joseph de Prémare，1666—1736）曾以白话写作了六回的章回小说《儒交信》。这是由于马若瑟本人对通俗文学有着特别的兴趣，其《汉语札记》的例句相当一部分就来自当时流行的戏剧与小说，他还是第一个将《赵氏孤儿》译成法文的人。但是马若瑟对中国世俗文化的包容，使耶稣会感到了危险，马若瑟本人被罗马天主教传道总会召回，而且由于天主教严格的出版审查制度，《儒交信》一直未获公开出版，直到 1942 年才在河北献县出版排印本，当然也就谈不上影响了。

2. 新教传教士来华与汉语基督教文学的蓬勃发展（1807—1850）

首先是《圣经》的翻译。19 世纪初，基督教新教传教士开始

① 李奭学：《译述：明末耶稣会翻译文学论》，第 2 页。
② 方豪：《中西交通史》，中国文化大学出版社，1983 年，第966 页。

将《圣经》译成汉文，最早的《圣经》汉译者是当时在印度传教的英国浸礼会传教士约书亚·马士曼（Joshua Marshman，1768—1837）。1822 年，他翻译的《圣经全书》在印度塞兰坡出版，称《新旧遗诏全书》，即“马士曼译本”。后来又有马礼逊译本、委办译本、北京译本、施约瑟译本、和合本等中文《圣经》的几大经典。在《圣经》的汉译过程中，始终活跃着一个中国士人群体，李十公、陈老宜、王韬、沈子星等中国文人功不可没。[①]

这一时期，传教士的汉文文学创作具有开创性的意义。在文体、内容、文学语言等方面，都进行了有益的尝试和探索，并在将基督教文化与中国文学传统有机结合，努力使之本土化方面，做出了开创性的贡献。新教传教士来华后，为了尽快打开局面，采取了更为灵活主动的策略适应中国本土文化。模仿深受中国民众喜爱的章回小说写作基督教汉文小说，被认为是一条捷径，传教士试图借助通俗文学的影响力达到快速宣教的目的。马礼逊开风气之先，他 1815 年写的《古时如氏亚国历代略传》、1819 年的地理启蒙小说《西游地球闻见略传》，都显示了章回小说的某些特征。[②] 被认为是第一部真正意义上的新教传教士汉文小说《张远两友相论》于 1819 年问世。[③] 该书是用问答体写作的章回小说，作者为伦敦会威廉·米怜（William Milne，1785—1822），书中通过两位友人的对谈，试图实现中国文化与基督教的对话。该书可能

---

① 游斌：《被遗忘的译者：中国士人与中文〈圣经〉的翻译》，载《金陵神学志》2007 年第 4 期。

② Patrick Hanan，The Missionary Novels of Nineteenth—Century China，*in Harvard Journal of Asiatic Studies*，vol. 60 · 2，p. 418.

③ 实际上《张远两友相论》最早于 1817 年在《察世俗每月统计传》第三卷开始连载，一直到 1819 年卷五结束，共 12 回，1819 年初刻本在马六甲问世。

是同一时期印行数量最多的中文小说，无论对普通读者还是对后来的传教士汉文小说写作，都产生了很大影响。[①]

这一时期的汉文小说在创作方式上，表现出对中国古代小说的高度依赖性，不仅采用古代小说体例，而且直接套用原著的情节、人物，将小说中的语句、段落重新组织，构成新的小说文本在中国本土流传，以此向中国读者介绍西方的政治、历史、文化、宗教、风俗等。在题材和内容上，传教士则侧重对历史演义小说、才子佳人小说以及世情小说进行借鉴和模仿。作者以英美传教士为主，在五口通商以前，来华的9个新教差会当中英美差会占了6个，可谓先声夺人，德国礼贤会等其他欧洲差会的传教士也有一定影响。

由于世情小说在描摹中国社会世情百态、众生世相方面的功能尤为突出，因而成为传教士重点摹写的范本。特别是由世情小说演化而来的才子佳人小说，其情节、人物往往具有一些固定的程式和特点，易于模仿，更加受到传教士的青睐。郭实猎（Karl F. A. Gützlaff，1803—1851）的《赎罪之道传》《诲谟训道》《小信小福》《是非略论》《常活之道传》《诚崇拜类函》《正邪比较》《生命无限无疆》，叶纳清（Ferdinand Gen ahr，？—1864）的《金屋型仪》《庙祝问答》，理一视（Jonathan Lees，1835—1904）的《伶俐小孩》《领出迷路》等都是传教士模仿世情小说，甚至是直接对才子佳人小说移花接木而产生的新篇。传教士的模仿性写作表现在情节、人物、写景状物、语言各个方面，甚至原文照搬。

---

① 宋莉华：《第一部传教士中文小说的流传与影响：米怜〈张远两友相论〉论略》，载《文学遗产》2005年第4期。

此外，在历史演义小说的影响下，传教士以中国历史纪年为经，以西方史实为纬，采用“通鉴”式的叙事结构方式，将纷繁复杂的历史事件和人物通俗化、条理化、故事化和传奇化，创作了反映西方社会和《圣经》历史的奇特的历史演义小说，如《大英国统志》《古今万国纲鉴》《圣书注疏》《约瑟纪略》《亚伯拉罕纪略》《东西史记和合》《拿破戾翁》《马理王后略说》等。《圣书注疏》每介绍一部分《圣经》内容，就会根据中国历史年表谨慎地确定事件发生的时间，将西方的历史时间纳于中国的编年坐标中。其第一回介绍《创世书志略》时，标注“自第十二章至二十四章，自夏帝扃起，终于帝孔甲二十六年”“自第二十四章至第三十六章，起夏帝孔甲，终商太甲二十四年”。[①] 小说第一回《父谆谆告诫》一面叙述“汉朝年间，世界大变。灵帝无道，宦官弄权。”一面将目光迅速投射到西方“至于列西国逐一归罗马民管辖，学文甚盛……”[②]

总体上，这一阶段的传教士汉文小说写作，表现出对中国通俗小说的高度依赖，对中国古代小说亦步亦趋地加以模仿，力求神形兼备地复制中国小说，使得作品被中国读者接受。

3. 基督教汉文文学的繁荣时期（1851—1890）

这主要表现在如下方面：圣诗集的编译出版，如《神诗养心编》《榕腔神诗》《神诗合集》等。西方宗教小说大量译介，如《天路历程》《续天路历程》《人灵战纪》。喻道故事蔚为大观，如

---

① 《圣书注疏》，第一回《父谆谆告诫》，道光十九年己亥（1839）镌，新加坡坚夏书院藏版，第5、6、9页。

② 《圣书注疏》，道光十九年己亥（1839）镌，新加坡坚夏书院藏版，第1页a。

《亨利实录》《三个闺女》，北美长老会博美瑞译《两可喻言》《安乐家》《除霸传》《孩童故事》《贫女勒诗嘉》《晓初训道》《蒙童训》等多种。汉语方言文学成就引人注目，包括用方言写的小说、祈祷文、圣诗，作品数量之多，涉及文体之广，甚至超过了同时期的中国本土作家。使用的方言则主要是福建方言（以福州土白、厦门土白作品最多），广东方言（以广州土白作品最多），吴方言（以上海、宁波土白作品最多，用苏州、杭州土白写成的作品也不少），与南方最重要的几大方言区以及传统方言文学盛行的区域相吻合。在书写系统上，既有使用汉语方言杂字写成的，还有采用罗马字符作为方言文学的书写系统，在将各地口语转化为书面语的同时，与方言土语的口头交流和观念表达之间也形成了有机互动。传记文学有了新发展，除了根据《圣经》中固有的人物传记，传教士们为当代的布道英雄、西方的历史名人创作了许多传记作品，如《教士列传》《近代教士列传》《国外布道英雄集》《信心的十二英雄》《欧洲八大帝王传》《地球一百名人传》等。

1860 年以后，除了杨格非（Griffith John，1831—1912）的《引家当道》、鲍康宁（Frederick William Baller，1852—1922）的《席胜魔记》、季理斐师母（Mrs. Mac Gillivray）的《东方晓》等少数原创小说外，传教士逐渐以译述为主。传教士的翻译至少包含了改写、重写、缩译、转述、调整文字风格等做法，自我发挥的成分颇多。正如杨格非译宗教小说《红侏儒传》时所说："其间或芟其冗烦，或润以华藻，推陈出新，翻波助澜，是脱胎于原本，按字谨译也。阅是编者，谓之译可，谓之著可，谓之半译半著，亦无不可。”[①] 但在文学形式上，译述的小说则仍然沿袭中国古代小说传统，以章回小说、话本小说的面目出现。

小说的题材内容，较 19 世纪前半叶有很大变化，不仅突破了中国古代小说的题材，也跨越了宗教的藩篱，译述了大量世俗文学作品，引入西方的文学经典。如《天路历程》被认为是英国近代小说的先驱，它在中国流传，英国长老会宾为霖（William Charlmers Burns，1815—1868）功不可没。宾译本并非最早，却是第一部完整的并被公认是最佳的译本。在它的影响下，中国出现了一系列续作和其他译本：伦敦会绿慕德（Miss M. Lawrence）的《小天路历程》、古爱德（Florence E. Gooch）的《孩童天路历程》、谢颂羔译《圣游记》及《圣游记续集》、美国传教士麦体雅（Ada Haven Mateer）的仿作《天路日程》。1902 年，英国教士英为霖（William Inglis）用羊城土话翻译《辜苏历程》，相较于钱塘跛少年沈祖芬的译本《绝岛漂流记》（1902），是《鲁滨孙漂流记》最早、最完整的中译本。英国作家乔治·艾略特的两部小说《织工马南》（*Silas Marner*）和《罗慕拉》（*Romola*），分别于 1913 年、1917 年由美以美会亮乐月（Laura M. White，1867—1936）译成章回小说《马赛勒斯》和《乱世女豪》，她还把英国 19 世纪桂冠诗人丁尼生（Alfred Tennyson，1809—1892）的长篇无韵体叙事诗《公主》也译成章回小说《公主之提倡女学》。19 世纪中叶以后，传教士以章回小说等中国古代小说体例译述了大量西方小说，将理想小说、成长小说、动物小说等新的小说类型引入中国，极大地拓展了小说的题材，成为中国文学近代变革的直接诱因和不可

---

① 马皆壁：《红侏儒传》，杨格非译，圣教书局，1882 年，“跋”第 1 页 a。

或缺的异质文化资源。

传教士译述的小说，最早将西方文学引入中国。这些作品呈现出中西调和的文学形态，对中国文化及文学传统欲拒还迎。其在文学观念、语言及小说技巧方面表现出了超前性和前瞻性，后人关于文学现代性的许多重要认识与转型都在其中显露端倪。

4. 基督教汉文文学从宗教向世俗的转型（1890—1917）

19 世纪末，美国掀起的福音运动把大批女性传教士送到中国。到 1900 年，美国派出的传教士人数已居欧美各国之首。1920 年，在华外国传教士有 6 636 人，其中来自美国的就有 3 305 人，而女性传教士又达 2 104 人。她们之中许多人所受的神学训练是非正规的，并不具备高深的神学知识，而仅仅掌握了一些常识，如有的人只在与宗教有关的学校中选修过一些课程，有的人只上过两年所谓的“圣经学校”，因此她们更像是世俗的教育者而非神学学者和宗教思想家。女性传教士异军突起，也使得传教士汉文文学的创作悄然发生了变化，宗教色彩不断淡化，而转向西方文学作品的译介，同时创作了许多面向中国妇女和儿童的文学作品。其中，以英国伦敦会的季理斐师母和美国美以美会的亮乐月最为高产，二人分别编译了近 20 种小说，此外，英国圣公会的杜步西师母（Mrs. H. C. Dubose）和慕雅德夫人（Mrs. A. E. Moule）、美国长老会的费启鸿师母（Mrs. George Field Fitch）等人也都著作等身。她们除了自己投身于文学创作和翻译，还通过教会学校、创办期刊，培养了一批中国的编辑、翻译和作者，如刘美丽、周澈朗、袁玉英等人。这一时期，传教士汉文文学的转向还表现为创办了大量面向儿童和妇女的期刊，刊登文学作品，为提高妇女和儿童的社会地位，改变他们的观念和生活起了很好的作用。

5. 传教士汉文文学与中国现代文学的遇合

在中国文学的近代变革中，西方文化的强力介入是一个直接诱因和不可或缺的异质文化资源。西方来华传教士最早将西方的文学及其文学技巧引入中国，并在现代白话文写作、对中国传统文学体例的突破方面表现出了超前性和前瞻性。我们需要站在文学史的高度，来考察传教士汉文文学对中国文学的现代转型产生的影响。通过对传教士与中国本土作家具体的文学创作和译介活动进行对照和比较，考察中西文学、文化如何形成合力，促成中国文学的现代转型。而考察中国现代文学史，发现众多作家都与基督教有着直接的关系：冰心、林语堂、施蛰存、萧乾、张资平、许地山等曾就读于教会学校，而冰心、庐隐、苏雪林更是受洗入教。《圣经》中的情节则往往被作家直接借用，如张资平的《约檀河之水》《约伯之泪》，叶灵凤的《神迹》《摩伽的试探》等。[①] 有关基督教文化对中国现代文学的宽泛的影响，既有的研究已较为深入，我们需要对其中的基督教汉文文学严格界定，仅限于研究其中的基督教徒的作品，以避免重复和失之宽泛。另外，对这一时期西方传教士与中国本土作家之间的相互联系、文学合作情况、同一种作品的多种译本的比较等论题也需要深入探讨。

① 陈伟华：《基督教文化与小说叙事新质》，中国社会科学出版社，2007年，第24—25页。

第三节　明清汉语基督教文学作为宗教文学的启示意义

西方来华传教士及中国本土人士针对当时基督教在中国发展的困境进行了深入思考，尝试以汉文写作，试图借助文学对中国民众的吸引力和影响力有效传播基督教和西方文化，与中国民众形成良好的互动和争鸣。汉语基督教文学作为宗教文学具有多方面的启示意义。

第一，跨越文学与宗教的界限。作为文学与宗教结合的范本，它提供的成功经验之一是，借助文学手段，利用文学的感染力和影响面来宣扬宗教可以事半功倍。1902 年，美以美会亮乐月把列夫·托尔斯泰（Leo Tolstoy，1828—1910）晚期的中篇小说《行在光中》（*Ходите в свете пока есть свет*）译为章回小说，2 卷 24 回，并模仿明末清初薇园主人的小说《清夜钟》，将该书原名“五次召”（*Five Calls*）改为《五更钟》。[①] 这一做法获得了肯定。有广学会彩笔之称的季理斐为此书作序，对《五更钟》称赏有加：

> 我很高兴《五更钟》的问世。原因有二：首先是它的主旨。“布丁好坏，不尝不知。”该书最早连载于吴板桥的《通问报》，后在一年里竟销售达两千部之多。第二，它为中国基督教徒所写。相比西方作品而言，该书更符合中国风格，所以我觉得有可能取得更大的成

① 《五更钟》，亮乐月译，陈春生述，1904—1906 年在《通问报》连载；1907 年，上海广学会出版单行本。

功。……我并不能把它们（原著和改写内容）分离开来，反正结果就是，一个毫无异国背景，也无深奥的西方经典论述的中国《天路历程》诞生了！[①]

2 000册的销售数据显然让传教士感到了成功和兴奋，也在一定程度上证明了这一写作策略是行之有效的。作为该书的读者，同时也是序作者之一的王士瑛，回忆小说《五更钟》所带来的阅读快感以及此书风靡的情形：

仆回忆生平有三乐焉。……至第三乐，其惟读改良社会小说《五更钟》书一部乎。仆当一、二年前，阅《通问报》，每期见有小说《五更钟》一段，为之心醉，与二、三友朋叙谈，辄言念及之，以未得窥全豹为憾。及至去年，此书出版，仆劝古牧师，多购此书，以馈通人，牧师欣然应允。今年正月，购来一百部，已馈送罄尽。今又购来一百部，亦送去大半。迩来因看此书而望道者，有二、三十人，异哉！斯真生命粮之二膳，而新耶路撒冷之天梯乎。[②]

梁启超之所以选择小说作为改良社会的武器，也是因为他看

---

① 季理斐：《五更钟》，上海广学会，1907年，“序言”第1页。目前有关此书的研究成果有：林惠彬：《晚清基督教汉文小说〈五更钟〉初探》，载《澳门文献信息学刊》2011年第4期；左维刚、吴淳邦：《托尔斯泰经典的重构改编》，载《中国小说论丛》2015年第44辑。本书的译文参考了这两篇论文。

② 王士瑛：《读〈五更钟〉书后并题》，《五更钟》，上海广学会，1907年，封3页。

到了小说具有“易感人”的伟大力量。他具体分析了小说的四种感染力。一曰“熏”，即熏陶，“如入云烟中而为其所烘，如近墨朱者而为其所染”，从而产生潜移默化、连锁反应式的普遍影响。二曰“浸”，即“入而与之俱化”，长久沉浸在作品所带来的情感氛围中不能自拔，达到与作品情境的交融。三曰“刺”，即“刺激之义也”，“刺之力，在使感受者骤觉”，受到突然的震动。四曰“提”，即情感的升华，“提之力，自内而脱之使出”，读者达到一种忘我的境界，“自化其身焉，入于书中，而为其书之主人翁”，引出模仿书中人物行动的强烈欲望。[①] 今天看来，梁启超总结的这四种力量对于改良社会的效果似乎有限，但它们对宗教信仰的产生和确立却是必需的，可以有效地唤起宗教感悟和对生命的体认。新教传教士在19世纪初期，已经对此有了感性的认识，并将汉文小说写作作为重要的传教策略加以推广。

与此形成对照的是晚明耶稣会士，他们针对中国上层文士写作，追求逻辑严密，理性论证，风格雅驯，对儒学有精深的研究，试图通过合儒、补儒让中国文人接受，但宗教影响力实际上却相当有限。当逻辑思维和冷漠的理性被奉若神明的时候，会感受不到宗教的力量。正如塞缪尔·泰勒·柯尔律治（Samuel Taylor Coleridge）所说，宗教教义的根据“不能像抽象科学的真理那样完全独立于意志”。以知性来理解上帝的存在只会大大削弱宗教的道德力量，这样的努力将“牺牲信仰的活力以换取冷冰冰的机械的认同，因为这是强迫的认同，所以是毫无价值的”。只有带着强烈的

① 夏晓虹：《觉世与传世——梁启超的文学道路》，上海人民出版社，1991年，第20页。

感情体悟宗教，宗教才有无限的生机。在知性引领下进行宗教的探索是固定呆滞的。[①] 而文学恰恰具有感动人心的力量，可以成为孕育宗教情感的土壤。艾略特认为，如果“宗教文学”“基督教文学”确实存在并且要实现其存在的意义的话，它们应该是一种不自觉地、无意识地表现宗教思想感情的文学，而不是一种故意地和挑战性地为宗教辩护的文学。[②] 19 世纪传教士汉文小说正体现了作者在文学的形式与宗教的精神之间寻求一种自然的、完美结合的努力。基督教汉文小说的写作也日益摆脱早期粗制滥造的状态，向中国古典文学靠拢，以扩大读者面，不仅使社会下层民众喜闻乐见，而且吸引文人读者。这不但是传教策略和文字事工的转变，更事关西方传教士对中国古典文学的态度，关系着基督教在华的文化品位和发展前景。从这个角度来说，传教士以中国古典小说为蓝本，写作汉文小说是顺应历史发展需求的。“一种外国宗教要在任何社会中取得进展，它必须适应该社会成员的需要。它怎样适应（如果它要适应的话）和对谁适应，这是两个解决起来异常困难的问题，对它们的解答要看下列因素如何而定：新宗教的教义和习俗相对来说是否格格不入；它出现时的历史环境如何；宣传它的方式如何。”[③] 也就是说，传教策略的选择与修正并非出于与生俱来的自觉意识，在每个具体的历史时期，传教士们往往会根据当地社会的需要，投其所好地选择传教工具，因而表现为不

① Samuel Taylor Coleridge, *Biographia Literaria*, Oxford: Clarendon Press, 1907, pp. 135 – 136.

② 艾略特：《基督教与文化》，杨民生、陈常锦译，四川人民出版社，1989 年，第 202 页。

③ 费正清、刘广京：《剑桥中国晚清史》（上卷），中国社会科学出版社，1985 年，第 543 页。

同的内容。传教士汉文小说正体现了来华的西方传教士为传播宗教而采取的文化适应政策。这里所说的"文化适应"政策着眼于广泛的文化层面，目的在于解释异质文化交流时产生的种种现象与规律。

第二，逾越东西文化的藩篱，在冲突中寻求平衡。西方传教士以汉语写作的特殊性在于，作者的主体性不容回避。早期的传教士作者，努力在写作中隐去西方人的身份，却又很难真正隐去，原因在于他们既没有良好的汉语水平，缺乏对中国文化和中国古典小说的深入理解，又急于传播基督教思想，总是生硬地把基督教的布道性文字插入叙事文学的写作中，因而传教士作者只是在浅显的外在形式上对中国古典小说进行简单模仿，语言和内容上都深深地打上了西方传教士的烙印。随着写作经验的积累和汉语水平的提升，传教士汉文小说的文学性有所提升。当然，传教士仍然难以隐藏其身份，因为汉文小说写作终究受制于作者传播基督教的目的。尽管如此，西方传教士的汉文小说写作仍然值得关注，他们面对中国社会的现实情境，试图理解并迎合中国读者的需要，在世俗的休闲读物与传播基督教信仰的目的之间，寻求结合的可能性，这对于跨语言的宗教传播以及文化传播来说都具有启示意义。

传教士汉文小说力图弥合东西方文化的鸿沟，对于研究阿诺德·约瑟夫·汤因比（Arnold Joseph Toynbee，1889—1975）所说的异质文明在空间的碰撞具有借鉴意义。总体上，传教士小说在文学形态上保留了中国古代小说的特征，同时因创作主体的特殊性，又夹杂了西方文化的视角，打上了时代烙印和传教士的身份烙印。这使得小说文本与中国文化之间存在隔阂甚至冲突。这种文化冲突，最常见的表现是西方传教士对中国本土宗教的排斥态度，传教士作者常常站在基督教的立场批评佛教的偶像崇拜，丑化中国的术士、僧、道等形象。普鲁士传教士郭实猎 1834 年写作了章回小说《赎罪之道传》。小说叙述明朝年间有一科甲翰林姓林名德表字道显，厦门人氏。其为人最重义，官又高，家又富，才学政望，与尊贵极相契厚，每每于公事之暇，不是他寻友，就是友访他。与林翰林往来的都是些饱学之士，小说的主要内容就是表现林翰林与朋友讨论基督教中的赎罪之道。其中第十一回，写一名星相术士拜访林翰林：

> 须臾见一人，从堦下走进来。怎生模样？但见一顶方巾，透脑油海清穿袖破肩头皮之上，加圈点假装出隐逸。三分髭须，短面不长，眼睛大而欠秀。见了人，前趋后拱，浑身都是谦恭。说话时，左顾右盼，满脸尽皆势利。虽然以星客为名，到靠逢迎作主。[①]

郭实猎在此直接照搬了中国古典小说《玉娇梨》第二回中投机钻营、猥琐虚伪的星相术士廖德明的形象：

> 头戴方巾，身穿野服。头戴方巾，强赖做斯文一脉。身穿野服，假装出隐逸三分。髭须短而不长，有类蓬蓬乱草；眼睛大而欠秀，浑如落落弹丸。见了人前趋后拱，

① 爱汉者：《赎罪之道传》，黎子鹏：《赎罪之道传：郭实猎基督教小说集》，橄榄出版有限公司，2013 年，第 117 页。

> 浑身都是谦恭。说话时左顾右盼，满脸尽皆势利。虽然以星相为名，倒全靠逢迎作主。①

《赎罪之道传》中又将儒、释、道的人生态度与基督教徒相比较：

> 吴公道："老先生说来最有理，进教解闷舒怀。但愚见僧言'佛子在西空'，道说'蓬莱在海东'，惟有孔孟崇现事，眼前无日不春风。莫若今日饮酒食肉，明日诸事罢了。"且说林公听此言，甚怒道："吉凶祸福由于天，非人所能主也。但放肆淫邪，招皇上帝之怒。轻圣教，纵邪欲，莫不惹万祸。上帝鉴万人，连心之私思可知也。相公若弃其实且随影，一定遭难无尽矣。"②

小说人物在问答之间实际上显示了基督教与佛教、道教、儒家之间广泛且互动的对话，是不同宗教与文化之间的碰撞与交锋。"文化对待它所能包含、融合和正式的东西是宽容的；而对它所排斥和贬低的就不那么仁慈了。"③ 与儒家学说相比，佛教和道教具有宗教突出的神圣性与排他性，与基督教存在更为明显的冲突。因此，传教士小说在主张基督教的理性一神论方面态度十分

---

① 荑荻散人：《玉娇梨》，邓加荣、赵云龙辑校，线装书局，2007 年，第 12 页。

② 《赎罪之道传》第十四回"论真道自证"，道光丙申年新加坡坚夏书院藏版，第 19 页。

③ 萨义德：《文化与帝国主义》，李琨译，三联书店，2003 年，第17 页。

坚决，对佛教与道教消极的而又广泛流传的多神论、偶像崇拜等传统不断提出挑战，同时触及深入人心的佛教轮回转世的观念、道教所追求的长生不死与基督教的复活思想之间的比较，民间流行的道教偶像崇拜则被视为低劣的迷信行为而受到批驳。在宣扬上帝才是唯一的真神的同时，传教士对其他宗教表现出强烈的排斥性与攻击性。

关键是如何消解文化对抗和冲突？传教士在小说形式的掩盖下，通过故事中的人物之口间接进行批驳，同时将小说中的基督教徒塑造成睿智、正直、应被效仿的人物形象，与异教徒的负面形象形成鲜明对照，让读者自己判断孰是孰非，同时传教士努力寻求基督教与儒学的关联，适应中国文化，以此缓解正面论战可能造成的冲突，在差异和冲突中取得了平衡。这对跨文化交流具有方法论的启示意义。1500 年以后的几个世纪里，权力一直是文化交流中的核心因素。在后殖民研究范式中，现有的研究多侧重于对西方权力及强势话语的批判，本土文化的能动作用则被简单化为一种单一的可能性——抵抗。[①] 然而传教士汉文小说揭示了二者相互影响的多重可能。萨义德对后殖民时代文化主体身份的复杂性有过精辟论述："一切文化都你中有我，我中有你，没有任何一种文化是孤独单纯的，所有的文化都是杂糅的、混成的，内部千差万别的。"[②] "西方/东方" 二元对立话语之下的单纯主体并不存在，二者之间呈现的是既反抗又依赖的关系，其文化选择不是非此即彼的单向选择，而是冲突的双方都陷于一种混杂的、充满

---

① 刘禾：《跨语际实践》，宋伟杰等译，三联书店，2002 年，"序" 第 2 页。

② 萨义德：《文化与帝国主义》，第 22 页。

张力的文化政治胶着状态。郭实猎本身是一名持有强硬的欧洲文化优越论立场的传教士，但是他在实际写作中，表现出对中国文化高度的依赖和亲近。他一面懊恼地抨击中国对西方文明的无知，一面又努力汲取中国文化的养分，对阅读和模仿中国古代小说乐此不疲，在书中连篇累牍地引用儒家经典，以儒证耶。

基督教与佛教、伊斯兰教、摩尼教一样都属于传教型宗教（missionary religions），有赖于充满激情的信仰者劝人皈依。但是，唯有基督教得以展现在世界最广大的区域面前，其他三者作为信徒众多的宗教，在20世纪之前却仅限于东半球。不可否认，帝国权力为基督教扩张提供了机会，但基督教派出大批传教士并采取灵活的策略同样发挥了至关重要的作用。尽管要对传教士汉文小说包含的文化交流的内在动力、它对个体宗教信仰改变的程度进行数据评估显得十分困难，但毫无疑问，基督教与中国文学的结合推进了东西方社会的相互了解，从长远来看，对整个中国社会的文化景观也发生了深远影响。1900年特别是1950年以来，传教和寻求皈依者的努力还在继续，但世俗文化的交流大大加强了并延续至今。[①] 因而19世纪来华新教传教士试图运用东方世俗文学的影响力传播西方宗教的努力，就更加具有示范意义和研究价值。

汉语基督教文学由晚明耶稣会士开启先声，到19世纪发生了重大转向，从面向少数上层文人写作史传文学和文言笔记转而面向市井大众写作通俗小说，审美风格由雅转俗。传教士以中国古代小说之形写基督教文化之实，模仿中国小说体例而融入西方宗

① 杰里·H. 本特利：《世界历史上的文化交流》，载刘新成：《全球史评论》（第五辑），中国社会科学出版社，2012年，第77页。

教和文化内涵，构成新的小说文本在中国流传。汉语基督教文学所传递的文学观念、对文学题材内容的拓展、对文学功能的延伸，为中国文学的变革提供了文学资源和思想资源。20世纪80年代以来，在“新文化史”的旗帜下，文化课题研究长盛不衰，不过迄今为止还没有一个主流的研究范式。[①] 汉语基督教文学不只是东西方文化交流的个案，而是为考察全球历史进程中的大规模文化交流，同时代文明的碰撞和文明间的理解提供了可能的模式和研究视野。

---

① 杰里·H. 本特利：《世界历史上的文化交流》，载刘新成《全球史评论》：第69—71页。

第二章　赞　美　诗

基督教被称作音乐的宗教、歌唱的宗教，因为基督教用音乐赞美上帝，这是基督教宗教意识的重要组成部分。19 世纪，美国著名布道家德怀特·莱曼·慕迪（Dwight Lyman Moody，1837—1899）说，人人都喜欢歌唱，歌唱使人聚集，歌唱驱除枯燥。在《圣经》中，赞美多于祈祷，经文常与音乐相伴，因为诗歌的美更能触动人的心灵，给人留下深刻的印象。基督教希望通过歌唱赞美诗唤醒信众对美的体验和内心积极的生命力量，从而引导信徒走出困境，进行自我修复，摆脱痛苦。因而，赞美诗与《圣经》一样，是基督教徒日常灵修和聚会礼拜中不可或缺的。

赞美诗作为一种诗歌类型，是基督教举行崇拜仪式时所演唱的，歌词内容主要是对上帝的称颂、感谢、祈求。现在多数的赞美诗都有可供四部合唱的高音、中音、次中音、低音曲调，但早期的赞美诗无和声、无伴奏。现存最早的歌词完整的赞美诗是希腊文赞美诗《放吧，喜悦之光》，约写于公元前 200 年。“赞美诗”（hymn）也是最早诞生的西方词语之一，可以上溯至古埃及时代，原本具有“诗”“颂”的含义。在早期东正教与路德教派，以及中世纪后期部分拉丁赞美诗短暂使用过后，从 17 世纪开始，这个名词开始大量地与英国国教联系在一起。最早的英国赞美诗集是 1556—1558 年的《英文日内瓦诗篇》（*Anglo—Genevan Psalters*），名称上还未脱去天主教“诗篇”（psalm）的影子，但已经确定不再以拉丁文素歌的方式演唱，而改以更浅显的英语韵文并重新配曲。通过歌唱赞美诗，对神进行礼赞，不仅是基督教礼仪的重要内容，也是教会活动和教会学校日常生活中不可缺少的组成部分。朱维之指出："圣歌（俗称赞美诗），是基督教文学中的主要部门之一，是基督教徒继《圣经》之后的伟大文学贡献。"①

第一节　汉语基督教赞美诗概述

随着西方传教士来华，赞美诗传入中国，早期曾被称为"神诗""圣诗""颂赞"等。赞美诗是基督教崇拜的重要组成部分，早期的基督教赞美诗集大多是传教士从国外的赞美诗集中挑选编译过来的，但并不只是对这些赞美诗进行简单的翻译，由于英文和中文有着巨大的差异，在翻译的过程中诗歌的韵律等方面也要做相应的调整，所以赞美诗集编译一般都是先由传教士把文字翻译过来，再由其中国助手进行润色加工。后来中国作者也逐渐加入写作和翻译赞美诗的行列。《普天颂赞》问世之后，中国人自己编译的赞美诗集逐渐增多，如席胜魔、赵紫宸、范天祥、刘廷芳、贾玉铭、王载、谢扶雅、顾子仁、杨荫浏、许地山等创作圣歌的诗人的出现，为中国基督教赞美诗的发展开创了新纪元。

传教士为了让中国信徒更易于接受赞美诗，在赞美诗中融入了很多中国的元素，如形式上采用工整的句式，运用押韵和对仗，内容上描写中国文化和社会现象，等等，不过总体上赞美诗的押韵和对仗并不十分严格。如1835年马儒翰（John Robert Morrison，1814—1843）编撰的《续编省身神诗》，六言、七言、八言都有，

① 朱维之：《基督教与文学》，青年协会书局，1948年，第81页。

句式工整，其第10首如下：

救世达道功盖寰宇，福哉万世规矩。
预知真神生死确据，悉哉新旧诏书。
救主福音省世悟人，基督降地艰辛。
敬天尊道天堂有望，世界坎坷电影。
天堂美妙永福常宁，人间富贵浮名。
封王拜相暂时光景，孝子贤孙虚荣。
尔历艰难尔泪无妨，归侍神座荣光。
记忆前衍当速追悔，莫待死后悽惶。
尔曹犯罪赖主消除，耶稣舍血净人。
吾主爱怜拭汝涕泣，嘉信白裳笑声。
奇哉美哉神天爱心，好善恶恶分明。
浩荡恩波世人莫测，慎勿自弃己灵。

这首诗不仅注意押韵，而且针对中国的社会现象补充了新的内容及诠释。“天堂美妙永福常宁，人间富贵浮名。封王拜相暂时光景，孝子贤孙虚荣”这四句是针对当时中国求功名利禄以光宗耀祖的现象进行的批判与劝诫，想要成为达官显贵是中国大多数文人的普遍追求。又如麦都思（Walter Henry Medhurst，1796—1856）的《养心神诗》也采用律诗的形式进行编译，注重押韵，诗歌总体比较典雅。如第51首：

论耶稣复活

万福将归赫奕君，垂临下土入人伦。其甘愿死当吾罪，遂后重生救万魂。

以马奴儿既复活，群贤不怕病王昏。耶稣脱去阎王势，地狱仇雠其打奔。

得胜之君腾上云，旋回本殳会天军。尊身手足带伤痕，眼目还存凯乐焜。

在彼耶稣登大宝，施恩颁赏我诸群，神儿共殳兼神风，坐位天孩得正风。

世众齐声举颂赞，闻于乐国上昆仑。称呼降凡之尊主，自应誉扬至顺循。

天使弹琴音极大，歌谣最美且熏熏。乾坤六合同和协，褒奖耶稣永远尊。

这首诗采用七言，句式工整，阎王、地狱、天军、昆仑、乾坤这些词的运用明显带有中国化的印记，以“阎王”“地狱”等词语描述死亡、惩罚，以“天军”“昆仑”等词语指称天使、天国，运用中国化的词汇更能让中国教徒理解耶稣复活代人赎罪的经过。

在诗歌形式上，汉语基督教赞美诗体现了中国近体诗回环复沓、反复吟咏的特点。中国传统诗学对节奏体式十分重视，古典诗词之体式是由其特定之声律决定的。而古典诗词之声律，实出于诗人对时空节奏之直觉把握，呈现为“情”“声”感应。在近体诗诗行的构成中，使用单、双、三字音组进行诗行组合，音组间以略做停顿显示其相互间过渡性界限，从而使吟诵者产生一种因等时停顿显示的节奏感，以飞扬与跳荡感体现诗歌的音乐之美。如美华书院 1880 年出版的《颂主诗歌》第 105 首：

归回天家

我等回家上入天城，你去否？
颂主替死莫大爱情，你去否？
亿万门徒已到福乡，主前立为祭司君王。
无数教徒在后随行，你去否？
我等去见流血羊羔，你去否？
颂赞其名音韵清高，你去否？
长生不老首戴冕旒，已胜诸恶再无愆尤。
享受福乐自在自由，你去否？
我等必列众圣之中，你去否？
弹琴鼓瑟歌主恩公，你去否？
圣使圣徒喜乐不胜，齐颂天主永治永生。
苍天穷宇普遍应声，你去否？

这首赞美诗12句中有9句以“你去否?”做结，全诗采用单、双、三字音组进行诗行组合，节奏自然，并有吟咏复沓之美。美部会1891年出版的《宗主诗章》第93首：

愿亲近上帝诗

我愿与主相亲，与主相近。
虽然居处苦境，思慕更甚。
我仍愿歌好音，是愿与主相亲。
我愿与主相亲，与主相近。
现在我做客商，日已西坠。
四方黑暗无光，枕石而睡。

梦寐也是儆心，我愿与主相亲。
我愿与主相亲，与主相近。
梦中使我行路，缘梯上天。
所遇一切事物，都有恩怜。
就如天使呼名，教我与主相亲。
教我与主相亲，与主相近。
睡醒无限感激，赞美极致。
即将所枕之石，竖起为记。
路上许多苦心，令我与主相亲。
令我与主相亲，与主相近。
欢喜如鸟生翼，向天飞起。
游遍日月星辰，翱翔不止。
我仍原歌好音，是愿与主相亲。
我愿与主相亲，与主相近。

这首诗共分五段，每一段都表达了对上帝的依赖与感激之情，并且在结尾处都会重复“与主相亲，与主相近”这句话，很好地映衬了这首赞美诗的标题，表达了作者想亲近上帝的强烈意愿，渲染了气氛，更好地表达了主题。英国传教士苏慧廉（William Edward Soothill）编撰赞美诗集《圣诗》，采用中国民乐的五声调式建立本色格律，并以简易的长调、中调、短调、七调、八七调等曲调，令信徒习唱。这突出了赞美诗的音乐特性，使其易于吟唱，便于记诵，在民间大受欢迎。

汉语基督教赞美诗的语言在中国的发展过程中也经历了从典雅的文言到逐渐通俗化的过程，这与传教士积极推行白话也有很大的关系。从哈佛燕京馆藏的赞美诗集中也可以发现，赞美诗集的语言也是随着时代的推移而日渐通俗化，早期的赞美诗集如马儒翰 1835 年出版的《续编省身神诗》，麦都思 1838 年出版的《养心神诗》使用的还是比较典雅的文言，但到了 1922 年在上海美华书馆出版的《颂主诗歌》，语言就通俗化了许多，而且在馆藏的赞美诗集中也有很大一部分是运用方言进行写作的，方言的运用本身就是诗歌语言通俗化的一个重要表征。如马儒翰的《续编省身神诗》（1835）第 1 首：

神主恤怜实堪奇，尘世罪人那得知。
若非反心思索理，怎识公义怜恤施。
耶稣降世本甘心，肯受天怒救世人。
代求神代人为保，悔罪之人可近神。
罪恶污秽已浑身，全赖耶稣救拔能。
由罪恶中施普救，恶行感化作善心。
救世主恩怎可忘，坚持善义救主方。
修心养性存仁义，报主鸿恩在上苍。
每日清晨仰望天，祷主神风助我年。
令吾热心常事主，并爱弟兄尊信贤。

这首诗在形式上注重押韵，每四句话换一个韵脚，但细读诗歌，对仗并不工整。中国古代诗歌的诗句通常是几个意象的连接，用词精简，是诗人锤炼雕琢的结果，但这首赞美诗，用字相对自由，句子结构比较松散，如“由罪恶中施普救”“坚持善义救主方”“每日清晨仰望天”，这些句子不仅结构松散，意思也比较直白和易于理解。麦都思1838年出版的《养心神诗》第11首：

论上帝之怜

央央我罪，恶大无垠，痴呆我念，污染本身。

惟皇上帝，诚可赞美，转吾脚迹，离辱别耻。

非由本意，自手所为，乃托神恩，我免殆危。

天主可怜，使我怀望，耶稣极救，致余兴旺。

神子之死，可赎罪过，圣风感化，助我节操。

心既重新，推义为害，我将上去，见父尊面。

麦都思称这首赞美诗为“词”，四字一段，句式整齐，文风也比较典雅。这大概是因为麦都思对“词”的体例并不熟悉，存在一定误解。这首赞美诗绝非严格意义上的“词”，没有长短句，没有词牌，也没有定调定声。不过麦都思能摆脱体例上的束缚，自由发挥，琅琅上口。其中有些句子如“污染本身”“耶稣极救”“心既重新”断得比较牵强，像是为了凑四字而勉强拼凑的结果。1854年，宾为霖编译的《神诗合选》在厦门出版，其中第5首《来世得救诗》就直接运用了白话：

一片的天上边，有安乐爱的天，圣洁的人何时候死，升到那好世间。

可怕地狱也有，永远不停的苦，那里罪人和鬼同在，黑暗练絛与火。

像我囚犯能麽，逃出这坏收场，真能台望我死后首，朝上升到天堂。

连忙我求求恩，趁有活命气息，恐怕今朝我命断绝，
限我永远死灭。

这首诗直接运用了白话写作，句式有长有短，采用了6686的句式，语义直白，如“连忙我求求恩，趁有活命气息”，这就是一般口头交流采用的语言，有几句诗句里还运用“的”“和”这些助词、连词来拼凑字数，就像是作者在给一般听众讲故事，是一首典型的白话诗。

有关汉语基督教赞美诗的研究，已取得一定进展。如1941年朱维之所著《基督教与文学》一书就对汉语基督教赞美诗有所涉及。盛宣恩（David Sheng）在美国南加州大学攻读音乐艺术博士学位时，毕业论文就以此为题，撰写了《中国基督教赞美诗的本色化研究》（*A study of the Indigenous Elements in Chinese Christian hymnody*）。盛宣恩还在《香港浸会圣乐季刊》连载《中国基督教圣诗发展概况》，出版专著《中国基督教圣诗史》。[①] 此外，比较重要的著作有陈罗以著的《基督教圣诗概览》[②]，何守成2002年编的《圣诗学（启导本）》等[③]，后者专门以两章篇幅讨论中国的赞美诗。谢林芳兰（Fang - Lan Hsieh）2009年出版专著《华夏颂扬——华文赞美诗之研究》，该书另有英文版 *A History of Chinese Christian Hymnody: From Its Missionary Origins to Contemporary Indigenous Productions*。作者在书中参考了哈佛燕京馆藏的汉语基督教赞美诗集，并对这些诗集及作者进行了介绍。值得注意的研究论文

① 盛宣恩：《中国基督教圣诗史》，浸信会出版社，2010年。
② 陈罗以：《基督教圣诗概览》，道声出版社，2002年。
③ 何守成：《圣诗学（启导本）》，基督教文艺出版社，2002年。

有：王神荫1950年在《基督教丛刊》发表的《中国赞美诗发展概述》，盛宣恩在《香港浸会圣乐季刊》连载的《中国基督教圣诗发展概况》、陈伟的《中国基督教圣诗发展概况》、赵庆文的《清代新教赞美诗集的编译（1818—1911）》《略论〈普天颂赞〉的中国元素》、宫宏宇的《美国哈佛—燕京图书馆中文基督教新教赞美诗集缩微胶卷资料初探》、林苗的《〈普天颂赞〉的生成背景和文本阐释》、田飞的《〈普天颂赞〉所收中国赞美诗初析》、罗文军的《马礼逊本〈养心神诗〉的印译时间考叙》等。这些论文或对中国基督教赞美诗的历史发展进行总体描述，或对在中国流传的赞美诗集展开个案研究，或从音乐的角度考察赞美诗的艺术成就，不一而足。本书拟在前贤研究的基础上对汉语基督教赞美诗的发展进行梳理，但仅从其作为诗歌艺术的发展着手，不涉及与音乐相关的部分。在研究中，本书对上述研究多有参考，谨致以谢忱。

第二节　19世纪以前的天主教赞美诗

汉语基督教赞美诗的历史，可以追溯到在敦煌石窟中发现的唐代《大秦景教三威蒙度赞》和《大秦景教大圣通归法赞》。

这两首赞美诗是法国人伯希和（Paul Pelliot）于1908年在敦煌发现的，出现于公元8世纪，当时正值景教传入中国。景教即基督教的聂斯托利派，于唐朝贞观九年（635）由波斯传入中国，由此掀开了基督教在华传播的第一页。[①]《大秦景教三威蒙度赞》在

① 也有学者认为，早在聂斯托利派之前就有基督教传入中国，如“王治心：《中国基督教史纲》，上海古籍出版社，2004年，第22—26页”，但目前尚缺乏足够的实证性资料来证明。

唐代的《尊经》中简称为《三威赞经》，“三威”当指“三位一体”全能真神而言，“蒙度”借用佛教“蒙度彼岸”指“得救”之意。故“三威蒙度赞”可解释为赞美三一真神救赎之功。据学者考证，该诗可能是由公元8世纪西方古代圣诗《荣耀主颂》(Gloria in Excelsis）译过来，曲词44句，每句7字，这是重大宗教节日教堂中“常规弥撒”的第二部分。据西方学者研究，这首赞美诗在长达1 000多年的中世纪里（约450—1450），共有过50多种不同的演唱形式，公元8世纪时使用的是最简单的一种，即只有一条单旋律的格里高利圣咏：由神父领唱，教徒们以短句应答，或是由两组人员轮流吟唱。以此推断，唐代的基督教音乐当属此类。该诗字里行间充满佛教用语，如“广度”“普安”“善众”“慧性”“含真”“归仰”“法王”“甘露”等等，还把耶和华称为“阿罗诃”，“弥赛亚”称为“弥施诃”，圣灵称为“净风王”。如果不仔细加以辨析，可能会被误认为是一首佛教的赞歌。[①] 朱维之指出：“《大秦景教三威蒙度赞》是唐代景教文学中的奇珍，价值不在《大秦景教流行碑》下。其中所用的名词虽有点佛教化，或道教化，读来却很觉可喜。”[②] 此诗被收入《普天颂赞》第2首，后又收入现在通用的全国三自会和基督教协会联合出版的《赞美诗·新编》第385首，全诗如下：

大秦景教三威蒙度赞

无上诸天深敬叹，大地重念普安和；人元真性蒙依

---

① 陈伟：《中国基督教圣诗发展概况》，载《中国音乐学院学报》2003年第3期。

② 朱维之：《基督教与文学》，第142页。

止，三才慈父阿罗诃。

一切善众至诚礼，一切慧性称赞歌；一切含真尽归仰，蒙圣慈光救离魔。

难寻无及正真常，慈父、明子、净风王；于诸帝中为帝师；于诸世尊为法皇。

阿们！

常居妙明无畔界，光威尽察有界疆；自始无人尝得见，复以色见不可相。

惟独绝凝清净德，惟独神威无等力；惟独不转俨然存，众善根本复无极。

我今一切念慈恩，叹彼妙乐照此国；弥施诃普尊大圣子，广度苦界救无亿。

常活命王慈喜羔，大普耽苦不辞劳；愿赦群生积重罪，善护真性得无繇。

圣子端在父右座，其座复超无量高；大师愿彼乞众请，降栰使免火江漂。

大师是我等慈父，大师是我等圣主；大师是我等法王，大师能为普救度。

大师慧力助诸羸，诸目瞻仰不暂移；复与枯燋降甘露，所有蒙润善根滋。

大圣普尊弥施诃，我叹慈父海藏慈；大圣谦及净风性，清凝法耳不思议。

而《大秦景教大圣通归法赞》，据日本学者佐伯好郎的研究，这篇颂文是今日东西方教会在“耶稣变貌日”或天主教会所使用耶稣显圣容日祭日所唱的赞美诗。“大圣”即指耶稣基督，“通真归法”可能指“升天归父”。这首诗歌可以解释为“赞美基督被接升天”。①

元代也里可温教也有一些圣歌问世，但没有收在《普天颂赞》里。圣方济各会士鲁布鲁乞（William of Rubruk）受法王圣路易士九世派遣，于1253年来华。在他的《鲁布鲁乞东游记》第二十八章中，他记录了人们在圣诞节唱赞美诗的情况：时值圣诞节，人们开始唱：

从太阳升起的地方，
直到大地的尽头，
我们赞颂主耶稣，
圣母玛利亚所生。

《鲁布鲁乞东游记》第二十九章还记载了中国人创作并吟唱赞美诗的情景：“这些聂思脱里教徒（景教徒）经常朝着两根连在一起、有两个人拿着的树枝，唱他们自己编的圣诗，我简直不知道那是什么诗句。……我们经常把十字架高举着在营盘里行走吟唱《在主的旗帜下前进》。”可惜这首《在主的旗帜下前进》的圣诗，没有具体的歌词留下来。

晚明来华的耶稣会士，努力了解中国文化，学习用汉语作诗、著书。意大利耶稣会士艾儒略翻译并刊刻了赞美诗《圣梦歌》，据

① 陈伟：《中国基督教圣诗发展概况》，载《中国音乐学院学报》2003年第3期。

台湾学者李奭学考订，也是第一首译成中文的“英”诗。该诗译自英国宗教诗歌《圣伯尔纳的异相》（Visio Sancti Bernardi），原文为拉丁文。而据《圣伯尔纳的异相》又可追溯至盎格鲁－萨克逊时期的《灵魂对身体所述之言》，《圣伯尔纳的异相》总共有400多行，但艾儒略的译作仅276行，并且采用的是七言形式。除却《圣梦歌小引》《圣梦歌序》，艾儒略把《圣梦歌》分成了7个部分：魂怨尸、尸怨魂、魂答尸、尸答魂、魔见、魔说、梦醒。告诫世人肉身将灭，灵魂永存，只有信靠天主，才能得永生，若生前作恶多端，不信奉天主，在世界末日来临之时，必将受到审判。《圣梦歌》首版刊刻于福建晋江，但该版本已经逸失，目前古本有3个版本，分别是崇祯十年晋江景教堂的刻本、崇祯十二年绛州景教堂梓本和康熙甲子年孟春三山钦一堂重梓的本子。书前有“清源张子”序，即福建人张赓，为万历年间举人，工诗文，奉教以来常帮助耶稣会士译述。张赓在序言中引用艾儒略之语称：《圣梦歌》之始也，乃“西土诗歌”，不过译者愿以“中邦之韵”出之。可见，艾儒略在翻译该诗时充分考虑了汉诗的艺术特点，这是传教士自觉进行文学翻译的开始。艾儒略将“中邦之韵”发挥得淋漓尽致，全诗以七言歌行体写成，每遇四、六、八句便转韵，而且多半押韵在偶数句，陈绪伦以“七古”称之。除了“七古”外，陈绪伦也用“弹词”形容该诗，诗中采用了尸魂怨怼、互设问答的文学形式，极富戏剧色彩。全诗以梦境贯穿的结构方式，承袭了庄周梦蝶的中国文学传统。林一儁的《圣梦歌·小引》指出该诗开门见山即取“自梦”之意：“梦境多幻，世人浮想，因缘纷动不已。”李九标在该诗跋语中谓：“宇内一梦场也，寓形其间者，梦中人也。营营焉，逐逐焉。升沉泡影，得失蕉鹿者，梦中景也。”①

目前留存于世的中国基督教徒自创的圣诗是明末清初的天主教司铎吴渔山（1631—1718）的作品。吴历，字渔山，自号墨井道人，江苏常熟人，精于书画，名噪一时。《同治上海县志》称：“鉴赏家谓黄子久、倪元镇、董文敏诸家，墨井可以兼之。”吴渔山与耶稣会士鲁日满（Franois de Rougemont，S. J.，1624—1676）、柏应理（Philippe Couplet，1623—1693）等人私交甚笃。吴渔山的《仰止歌》是以七言律诗写成的赞美诗，收入他的《墨井诗钞》，后编入《赞美诗·新编》第386首，全诗如下：

仰止歌

未画开天始问基，高悬判世指终期；
一人血注五伤尽，万国心倾十字奇。
阊阖有梯通淡荡，妖魔无术逞迷离；
仔肩好附耶稣后，仰止山巅步步随。
阿们！

除《仰止歌》外，吴渔山还有不少作品传世。如《天乐正音谱》（一）“弥撒乐音”：

来亲弥撒经，莫不相冲凛。诣台将祭也，礼尤兢，仪注西泰，把谦恭谨行，萃我一堂忻信。我等拜台前，将三位称，却原来内包含，无别性。只为造成物我功难

① 李奭学：《译述：明末耶稣会翻译文学论》，第311—364页。

馨，使我享用生存何现成。各虔祈，悔罪经，除免我罪者因其敌。听诵古经一段于台左也，一似古圣当年求降生，开天路，垂慈汲引，救我人，堕孽灵魂。听台中正读西音，基利厄勒依算，三声，连祈九遍为分形。把两手，分开赦允，从教自省，天神歌奖，世人称庆。

这是一首集《南吕一枝花》《红衲袄》《绣太平》《绣带儿》《醉太平》5个词牌写成的圣诗。“基利厄勒依算”即“Kyrie eleison”，希腊文原意谓天主矜怜我等。

耶稣会士初来华时，往往以天竺国僧自居，后又以西儒的面目出现，与中国士人相互唱和，出现了一些有趣的中西交流的诗作。这些诗歌并不属于狭义的赞美诗范畴，但是具有强烈的基督教色彩，反映了传道策略的变化和早期中外文化的交流，尤为值得关注。如意大利会士罗明坚（Michele Ruggieri，1543—1607）曾作《寓杭州天竺诗达诸公二首》：

其一

僧从西竺来天竺，不惮驱驰三载劳。
特把圣贤书读罢，又将圣教度几曹。

其二

一叶扁舟泛海涯，三年水路到中华。
新如秋水常涵月，身岂菩提那有花。
贵省肯容吾着步，贫僧到处便为家。
诸君若问西天事，非是如来佛释迦。

这两首诗中用了不少佛教用语，反映了作者既试图借助佛教利用佛教，但又心存矛盾，处处想与佛教区分，与之划清界限。罗明坚的汉诗代表作是《中国诗集》，收录诗作58首。其中有12首是关于基督降生的，题为“天主生旦”，如：

其一

前千五百十余年，天主无形在上天。

今显有儿当敬重，唐朝何不事心虔。

其二

看伊下地一贫生，圣母仙人拜甚虔。

何不敬尊天主大，人尊天主福更显。

其三

不要国家不要金，空虚是帝岂人警。

特将正道来传授，教汝人心悟即明。

其四

神喻三王天主生，共占星象远皈诚。

僧将经卷来中国，远度生灵发善心。

其五

慈悲天主下天来，自顾救人受苦灾。

天主救人修善果，人当修善报恩誊。(其至)

其六

儿生八日后，外肾略修皮。

革俗更新教，法水洒头奇。

其七

天主至尊神，下来化肉身。

将身钉十架，显度世间人。

在交往中，许多耶稣会士的学问、人品深受中国文人士大夫尊重。利玛窦传教注意顺应中国礼俗，谈儒礼穿儒服，以尊儒为旗号，因而深得官员和士大夫的推崇。明代著名文人李贽、李日华、曹学佺等纷纷写诗赠利玛窦。

赠利西泰诗[1]

李　贽

逍遥下北溟，迤逦向南征。

刹利标名姓，仙山纪水程。

回首十万里，举目九重城。

观国之光未，中天日正明。

赠大西国高士利玛窦[2]

李日华

云海荡朝日，乘风弄紫霞。

西来六万里，东泛一孤槎。

浮世原如寄，幽栖到处家。

那堪作归梦，春色任天涯。

① 李贽：《续焚书》卷六，中华书局，1974年，第667页。

② 李日华：《恬致堂诗话》卷五，《四库全书存目丛书》景印道光十一年(1831)刊本，第12页。

赠大西洋人利玛窦①

曹学佺

异国不分天，无人到更先。
应从何念起，信有夙缘牵。
骨相存夷故，声音识汉便。
已忘回首处，早断向来船。

利玛窦去世后，东阁大学士郑以伟作《挽利玛窦用昔年赠韵》② 表达了深切的悼念：

天涯此日泪沾衣，红雨纷纷春色微。
海贯传书存实义，主恩赐葬进郊畿。
从来到处堪观化，何必西方有履归。
侍子四门夷乐在，辽东鹤去已人非。

竟陵派代表人物谭元春到利玛窦墓凭吊时写下《过利西泰墓诗》③：

来从绝域老长安，分得城西土一棺。
斫地呼天心自苦，挟山超海事非难。

① 曹学佺：《曹学佺集》，江苏古籍出版社，《福建丛刊》景印明抄本，第18—19页。

② 郑以伟：《灵山藏》卷四，《四库禁毁书丛刊》景印崇祯间刊本，第18页。

③ 谭元春：《新刻谭有夏合集》卷四，《续修四库全书》景印万历十五年（1587）刊本，第1页。

私将礼乐攻人短，别有聪明用物残。
行尽松楸中国大，不教奇骨任荒寒。

藏书家陆宝也曾作诗《利玛窦坟上观天主像》[①]：

不传番语但传神，神目拳毛毕肖真。
十二学徒长跪后，更持天象示何人。

清代文学家尤侗则作竹枝词纪念利玛窦这位西儒："天主堂开天籁齐，钟鸣琴声自高低。阜城门外玫瑰发，杯酒还浇利泰西。"[②]

晚明耶稣会士艾儒略由于对中国文化的尊重和理解，在中国文人中深孚众望，《圣教信徵》称之为"西来孔子"。许多文人赠诗艾儒略。方志史学家何乔远作《赠艾公诗》[③]：

天地垂广远，日月转双毂。
谁谓有覆帱，光明不照烛？
其间名为人，谁不同性欲？
有欲必有性，完本在先觉。
艾公九万里，渡海行所学。
其道在尊天，岂异洙泗躅？

① 陆宝：《陆敬身集·避尘集》随喜卷二，转引自黄一农：《两头蛇——明末清初的第一代天主教徒》，上海古籍出版社，2006 年，第 29 页。

② 尤侗：《外国竹枝词》，《西堂集》。

③ 何乔远：《赠艾公诗》，方豪：《中国天主教史人物传》，宗教文化出版社，2007 年，第 132 页。

天地大矣哉，不是无胫足。
安得一入教，普之施缅邈。
惟此一性同，不在相贬驳。
且吾孔圣尊，其西则葱竺。
并存宇宙内，谁复加臣仆？
维此艾公学，千古入旸谷。
吾喜得斯人，可明人世目。
顾虽兼行持，蘧庐但一宿。
善哉艾公譬，各自返茅屋。
临歧申赠辞，证明在会续。

明末文人潘师孔、苏负英、林一儁、池显方等都曾作诗赠艾儒略，黄宗羲作诗赠汤若望，郑芝龙作诗赠毕方济（Francesco Sambiasi，1582—1649）等。此外，明代首辅大学士叶向高曾作《诗赠西国诸子》：

天地信无垠，小智安足拟。
爰有西方人，来自八万里。
言暮（慕）中华风，深契吾儒里。
著书多格言，结交尽贤士。
淑诡良不矜，熙攘乃所鄙。
圣化被九埏，殊方表同轨。
拘儒徒管窥，大观自一视。
我亦与之游，冷然待深旨。[①]

① 叶向高：《诗赠西国诸子》，《苍霞草全集》，江苏广陵古籍刻印社，1994 年。

西儒与汉儒相与酬唱的诗歌，是早期东西方文学交流的珍贵文献，其中，中国文士对天主教和传教士所持的开放的文化态度尤其值得关注。

清代中期以前，清政府对天主教采取相对宽容的态度，因此天主教在中国得以广泛传播。如耶稣会士南怀仁（Ferdinand Verbiest，1623—1688）与康熙联系密切，南怀仁还在康熙八年（1669）回钦天监任职，因南怀仁等人的关系，康熙对天主教也有一定了解，康熙甚至还创作了一首具有基督教色彩的《康熙十架歌》：

公成十架血成溪，百丈恩流分自西。
身列四衙半夜路，徒方三背两番鸡。
五千鞭挞寸肤裂，六尺悬垂二盗齐。
惨动八垓惊九品，七言一毕万灵啼。

康熙在诗中运用了一、二、三、四、五、六、七、八、九、十、百、千、万这些数字和丈、尺、寸、分这些丈量单位，对仗工整，气势恢宏，表达了他对天主教的尊敬与理解。然而在康熙晚年，随着“礼仪之争”愈演愈烈，在华天主教不断受到打压，赞美诗的创作自然也没有太多进展。

第三节　基督教新教来华初期的赞美诗编撰

1807 年，第一位基督教新教传教士，英国伦敦差会的马礼逊来到中国，汉语基督教赞美诗也随之翻开了新的篇章。这一时期出版的圣诗主要是对西方圣诗的翻译，以便满足传教的迫切的现实需要。这些圣诗采用文言和白话不同语体，还有用粤语、沪语、榕腔、厦门土白等书写的多种方言版本。具有代表性的有：

1.《养心神诗》。马礼逊编著，1814 年出版。其中，有圣诗 30 首，都是由通用的英文韵文诗篇和圣诗翻译而来的。《养心神诗》是新教来华之后的第一本汉译赞美诗集。伟烈亚力《来华基督教传教士列传及著作目录》（*Memorials of Protestant Missionaries to the Chinese*：*Giving A List of Their Publications*，*and Obituary Notices of the Deceased*，*with Copious Indexes*）[①] 介绍了该书：共 27 页，由 1 篇简序和 30 首圣诗组成，出版时间为 1818 年。据说是先由马礼逊译成散文，然后由中国教师改译成韵文，一共刊印了 300 册。不过台湾学者苏精考订认为，大英图书馆所藏《养心神诗》才是该书最早版本，为木刻 1 册，1814 年刊。《养心神诗》的 30 首诗作，形式均为七言旧体，对韵律也较为注重，显然是主动适应了中国传统的诗作规范。后来的多部圣诗集都采用了这一做法，如 1856 年的《宗主诗篇》、1862 年的《宗主诗章》、1879 年的《宗主新歌》等，形式、韵律上都多有类似的翻译方式。因而《养心神诗》具有开先河的示范意义。《养心神诗》曾长期广泛流传，并被改写成多种方言版本，如闽南语《养心神诗》，前有序言称：

> 前日旧本，虽有传教，而诵读之下无知，人仅识其字，终不能得其义。夫既不得其义，则其中有所包含意思者，皆未足通晓。故仍本其义而以白话土腔阐明其意

---

① Alexander Wylie，*Memorials of Protestant Missionaries to the Chinese*：*Giving A List of Their Publications*，*and Obituary Notices of the Deceased*，*with Copious Indexes*. American Presbyterian Mission Press ，1867.

思，又增以几首。庶几此后按期敬拜者吟诸口，自可悟于心，听诸耳，亦能会其义。[①]

2.《养心神诗》。麦都思编。麦都思，英国伦敦会传教士，自号墨海老人。1816 年受伦敦会派遣前往马六甲，在此地他学习了马来语、汉语及多种中国方言，并创办中文期刊《察世俗每月统记传》。1819 年，麦都思在马六甲被任命为牧师，在马六甲、槟城和巴达维亚传教，并用雕版法和石印法先后印行多种中文书籍。在南洋活动的 20 多年中，他独立编写、发表的中文书刊达 30 种之多。《养心神诗》就是麦都思在巴达维亚编译并用石印出版的 1 本圣诗集，该书共 46 页，翻译的圣诗 71 首，多为英国著名诗人瓦茨（Issac Watts，1674—1748）和伦敦浸信会牧师吕本（John Rippon，1751—1836）的作品。瓦茨是英国 17 世纪中期的圣诗作家，被历代教会推崇为“圣诗之父”，一生写作了 600 多首赞美诗，他将所得到的神的启示、经历、灵感，写成许多宝贵的诗歌，这些诗歌被认为将那一个时代的教会，带入属灵的复兴，并使后世的教会受益无穷。麦都思的《养心神诗》后经王韬（1828—1897）加工润色后，于 1856 年改名为《宗主诗篇》，在上海重新出版。如第 44 首《论耶稣显荣》，原为瓦茨所作，由 6 首七言绝句构成：

其一

今称上帝作诗文，醒起吾灵又省唇。

万福当归天主明，无疆惜爱亦言论。

---

① 马礼逊：《养心神诗》，闽南圣教书局，1916 年，第 1—2 页。

其二

神荣发现耶稣面，表著天眷至厚敦。

颁下慈儿来救世，真神万作[1]此为尊。

其三

宽迂地面汪洋海，显达聪明德力君。

上来荣光至富贵，星辰发现帝辉辉。

其四

惟基督面彰神显，上帝攸为至大勋。

天汉银河未足灿，耶稣眼目又更焜。

其五

神恩道理至温和，听主尊名心喜欢。

天使称呼斯美号，苍苍发响全乾坤。

其六

求神赐我升天景，基督彰荣之位分。

在彼常观其赫奕，弹琴唱曲赞天尊。

3.《续纂省身神诗》。马儒翰编。据盛宣恩统计，1819 年汤普逊（Thompson）在马来西亚编印出版过 16 页的圣诗集，但书名不详。1835 年在马六甲地区出版的《续编省身神诗》，编者不详，全书 19 页（每页为正反两页），开本尺寸为 25 cm，封面上有“道光

① 此处“作”当为“座”。

十五年（1835）重镌”之字样。另有马礼逊之子马儒翰编订的《续纂省身神诗》，含有54首以前没有被翻译过的圣诗，以律诗体翻译。这之前应该有《省身神诗》出版，盛宣恩推测可能是汤普逊出版但失其书名的圣诗集。另据谢林芳兰统计，米怜1821年也出版过一本圣诗集，题为《新增养心神诗》，内含50首圣诗，其中30首出自马礼逊的《养心神诗》，另外20首圣诗是米怜自己翻译的。①

4.《养心神诗》。理雅各（James Legge，1815—1897）编。1842年，英国伦敦会传教士理雅各在马六甲出版《养心神诗》，1852年在香港地区再版，再版修正及增加之处不少。计30页，颂诗79首，颂文7首。王韬在这本赞美诗集的基础上加以扩充修改，于1856年改名为《宗主诗篇》，在上海墨海书馆出版。1860年，伦敦会的湛约翰（John Chalmers，1825—1899）在广州出版的颂诗集，采用理雅各的颂诗而配以琴谱，这是中国教会颂诗集中最先附有琴谱的一本。内有颂诗81首，颂文7首。

5.《赞美诗》，麦嘉缔培端（Divie Bethune McCartee，1820—1900）编。麦嘉缔培端于1843年受美国长老会派遣赴华传教，他于1851年在宁波出版《赞美诗》，这部诗集于1852年在福州重印，18页，内含赞美诗30首，荣耀赞4首，每首赞美诗也有标题。这部诗集诗体比较松散，有用五言、六言、七言、八言的，还有用骚体写作的。主要内容包括：①圣书之美歌；②赞真神威仪诗；③诚心赞美诗；④救主降生诗；⑤救主受难诗；⑥耶稣痛心诗；

① Fang - Lan Hsieh, *A History of Chinese Christian Hymnody: From Its Missionary Origins to Contemporary Indigenous Productions*, The Edwin Mellen Press , 2009, p. 13.

⑦以圣血比川歌；⑧求圣灵感化诗；⑨重新歌；⑩耶稣乃诸世之磐；⑪远旅之歌；⑫善人有福诗；⑬毋迟延来耶稣；⑭安息日唱；⑮安息日之礼拜；⑯公拜唱；⑰公唱；⑱传教以先之祷；⑲礼拜终之歌；⑳十诫歌；㉑救主训徒祈祷歌；㉒十信歌；㉓福音广布歌；㉔晨唱；㉕晚唱；㉖父母献婴受洗礼；㉗圣晚餐歌；㉘送丧唱；㉙耶稣审判之临；㉚望救主速临诗。

6.《耶稣教圣诗》，天津耶稣堂存版，1862 年，编者不详，共 39 页，内含赞美诗 50 首，附有目录，每首诗都有标题，主要采用六言、七言、八言的句式，诗的形式比较自由，诗句口语化，浅显易读。内容包括：第一，一神真理诗；第二，劝赞美真神诗；第三，弃假归真诗；第四，天道总纲诗；第五，来世得救诗；第六，公众礼拜诗；第七，上主见明诗；第八，祈祷诗；第九，罪人悔改诗；第十，罪人得救诗；第十一，行天路诗；第十二，劝信耶稣诗；第十三，来就耶稣诗；第十四，主替我受苦诗；第十五，救主受难诗；第十六，耶稣真羊羔诗；第十七，真神圣羔诗；第十八，十字架诗；第十九，耶稣福源诗；第二十，耶稣牧士诗；第二十一，耶稣尽美诗；第二十二，耶稣尊名诗；第二十三，认耶稣诗；第二十四，主为吾牧师；第二十五，慕主之恩诗；第二十六，除罪宝泉诗；第二十七，敌罪诗；第二十八，真神保佑诗；第二十九，善人得福诗；第三十，信主临死诗；第三十一，快活的诗；第三十二，黄昏诗；第三十三，早晨诗；第三十四，晚晨诗；第三十五，礼拜六晚晨诗；第三十六，礼拜日早晨诗；第三十七，首礼拜日诗；第三十八，主复活安息日诗；第三十九，主日诗；第四十，主大命诗；第四十一，广布福音诗；第四十二，天国禧年诗；第四十三，天父洪恩诗；第四十四，赞美真神诗；第四十五，三位一体赞；第四十六，三位一体赞；第四十七，三位一体赞；第四十八，附一赞；第四十九，小儿睡觉诗；第五十，赞一神话。

7.《颂主圣诗》，京都（北京）美华书院，1875 年。《颂主圣诗》1875 年在京都美华书院出版，出版者不详，附有圣诗目录 3 页，内含圣诗 124 首，六言、七言、八言，诗句比较口语化，此本诗集附有诗序和目录，序云：

> 今所刷之诗歌，系耶稣圣教所用，编入汉字原有两难，一难须合乎西国作诗字音之轻重，否则不能按西调歌唱；一难须合乎中国之音韵平仄，否则鄙陋不堪，内中所载之诗歌未免不能两全，押韵之处系照西国原诗之式样，其法不一，请阅者细为揣摩，所押之韵悉按中国之诗韵，兼用通韵，其不拘乎中国作诗之平仄，乃困限于西国唱法之轻重也，是为序。

可见此诗集作者为了在翻译过程中既保留西方诗歌原有曲调而又兼具中国诗歌之平仄押韵规则着实费了不少功夫，但要做到两全还是很困难的。

8.《颂主诗歌》。这部赞美诗集最初由美国公理会传教士柏亨利（Henry Blodget，1825—1903）、富善（Chauncey Goodrich，1836—1925）合编而成，于 1872 年在北京初版，这部赞美诗集一经推出就被全国教会所采用，是《普天颂赞》出版之前最广为流传的一部赞美诗集。柏亨利毕业于美国耶鲁大学，是美部会派遣来华的传教士，于 1854 年抵达上海，1860 年前往天津，1864 年迁居北京，他是诗歌的主要编译者，编译了将近 200 首赞美诗。富善毕业于威廉斯学院后，先后入纽约协和神学院、安多弗神学院就读，于1865年受美部会派遣来华传教，他是音乐主编，但也编译了一些圣诗。除了编译圣诗，富善和柏亨利还是早期的《官话和合本》圣经翻译委员会委员。哈佛—燕京馆藏的最早的版本是1880年的，共351页，内含赞美诗315首，三一颂10颂，歌咏文12段，并附有首句日录、总题目录、引经目录，最后还附有英文目录。内所附序可与1875年在京都美华书院出版的《颂主圣诗》做一对照：

> 今所刷之诗歌，系耶稣圣教所用，共有诗三百十五首，三一颂十颂，歌咏文十二段，目录有三，一曰总题之目录，一曰首句之目录，一曰引经之目录。其诗编入汉字原有两难，一难须合乎西国作诗字音之轻重，否则不能按西调歌唱；一难须合乎中国之音韵平仄，否则鄙陋不堪，内中所载之诗歌未免不能两全，押韵之处系照西国原诗之式样，其法不一，请阅者细为揣摩，所押之韵悉按中国之诗韵，兼用通韵，其不拘乎中国作诗之平仄，乃囿限于西国唱法之轻重也，是为序。

在京都美华书院出版的1887年、1891年、1895年这几个版本中也同样有这一则序及首句目录、总题目录、引经目录，最后还附有英文目录。1887年的版本在诗、三一颂、歌咏文方面的数量和1880年的一样，1891年的版本有诗358首，三一颂11颂，歌咏文12段。1895年的版本有诗375首，三一颂11颂，歌咏文12段。

1895年横滨出版的《颂主圣诗》，共439页，另附22页英文索引和出版序言，内含赞美诗400首，三一颂12颂，歌咏文13段，每一首赞美诗都附有标题、曲谱、曲调以及编译者。索引包括曲调索引、题名索引、首句索引，均采用英文。1907年版本《颂主圣诗》，共465页，另附12页英文索引和出版序言，内含赞美诗408首，三一颂12颂，歌咏文14段，每一首赞美诗都附有标题、曲谱以及编译者。索引包括赞美诗索引、题名索引、曲调并首句索引、乐律索引。1911年的版本和1907年的版本内容一样，但在开篇加了总题目录和首句目录。1914年的版本总共有326页，内含赞美诗408首，歌咏文14段，三一颂12颂，开篇附有序、后序、总题目录、首句目录，相较之前的版本，这个版本调整了排版的顺序，是按照序言、目录、歌咏文、三一颂、赞美诗这样的顺序来排版的，而且索引也由之前的英文改成了中文，但是没有附赞美诗曲谱。附这个版本的后序如下：

> 此书原版于庚子年毁矣，夫于三载后，大家举定再印，而因书内有少用之陈诗，则定于四百首内删去三四十，以新译之诗补之，但因前诗多有未列于总题中之杂诗，今则用功对正，按总题摆之，如是作多诗之原数见改矣，今用此书者，未免难寻陈书中之熟诗，故在书中每诗记数旁挂小字指明某诗先本为何数，再者若欲知先本某数之诗于此本为何诗，可查书边首字下小数目字，则必寻之。
>
> 初因诗本有柏亨利牧师多编诗修诗，可叹今时不在尘世，而不得其助，然可喜可谢者，所爱之老牧师已戴其金冕同天众圣弹琴歌诗欢颂主恩，复有两位老师此书

上多用善功，一名林大先生曾多年与柏牧师同功，一名张洗心先生至今乐用细心，与作序者同修诗歌。

大清光绪三十三年岁次丁未

富善作序

可见在出版这本诗集时柏亨利牧师已经去世，此书原版是在庚子年（1900）义和团事件时被毁的，新书和铅版都被烧掉。1915 年的版本未标明页码，内含赞美诗 408 首，歌咏文 14 段，三一颂 12 颂，内附总题目录、首句目录、英文索引，相比 1914 年的版本，这本赞美诗集又在每首赞美诗中附上了曲谱。1922 年的版本除了赞美诗由之前的 408 首增加到了 452 首，其他内容均与 1915 年的版本一致。

以上所举的这几本圣歌集，都是早期西教士单独努力的结晶，这也可以说是中国教会编撰圣歌的第一个时期。[①] 伟烈亚力所编《基督教在华传教士回忆录——附著述目录》是第一部在华基督教各教会汉文书籍出版目录，该目录著录了自马礼逊来华到 1867 年基督教传教士的汉籍著作 765 种。据伟烈亚力统计，1818—1867 年 50 年间，基督教传教士共编译赞美诗计有 41 种，其中，文理本 18 种，官话 1 种，方言 22 种。有 37 种赞美诗标注了具体的出版时间，大部分是在 19 世纪五六十年代出版的 。从出版地来看，在上海出版的赞美诗 11 种，广州 6 种，厦门 6 种，宁波 5 种，福州 3 种，北京 2 种，此外，中国的香港地区、武汉汉口、广东汕头，马

① 刘丽霞：《中国基督教文学中的圣歌》，载《平原大学学报》2006 年第 2 期。

六甲，巴达维亚，曼谷各1种，另有两种出版地不详。因而可以断言，赞美诗的出版地集中在东南沿海，事实上也是传教士当时活动的主要区域，19世纪50年代后期，上海取代东南沿海成为西方在华传教和出版中心。[①]

第四节　19世纪中叶到20世纪初期的方言赞美诗集

19世纪新教传教士来华后，面临的一个难题是，方言在某些地区作为强势语言使得官话难以普及，比如，在福建、广东的许多地方，方言就是绝大多数市民唯一的口语形式。方言的多样性给传教工作带来了很大困难：传教工作往往局限于一隅，《圣经》的翻译和出版量也由此大为增加，同时要为不同地区配备不同方言版本的辅助性读物。[②] 由中华续行委办会调查特委会主持的中国基督教调查报告指出，福建"因山多地僻，人各一方，故语言极其复杂，其土语与官话或邻省土语相去甚远。人们不必走很远的路就可以听到不同的口音，30英里以外，就可以语言不通"[③]。直到20世纪30年代这种状况依然没有改变，当时在中国开展的新文字运动，提倡对方言拉丁化，并对国语统一运动提出质疑："国语罗马字崇奉北平话为国语，名为提倡国语统一，实际上是北平话

---

① 赵庆文：《清代新教赞美诗集的编译（1818—1911）》，载《宗教学研究》2012年第4期。

② The Chinese Empire：*A General & Missionary Survey*，Morgan &Scott，1907，p. 61.

③ 中华续行委办会调查特委会：《1901—1920年中国基督教调查资料》（上卷），中国社会科学出版社，2007年，第53页。

独裁……叫一个上海的、福州的或广州的苦人同时学北平话又学罗马字，那几乎是和学外国话一样的难。”① 可以想见在以上地区方言的强大和推行国语的困难。同时，受制于教育普及程度，懂得外语的人更是微乎其微。因而以方言写作可以说是出于传教士在当地生存和传教的迫切需要。正是在这样的背景下，传教士写作了大量的方言小说和方言赞美诗。

一、厦门方言赞美诗

叶韪良（William Young）所编《养心神诗》，为第一部厦门方言圣诗集。叶韪良出生于马来西亚，早年居住于巴达维亚，因而与麦都思相识。1828 年成为麦都思的助手，曾于 1840 年在曼谷出版过一本《祈祷神诗》。1843 年他受命负责新加坡华人的传教工作，1844 年 7 月携夫人抵达福建厦门，与约翰·施敦力牧师（Rev. John Stronach，1810—?）一道在厦门传教。其所编厦门土白圣诗集《养心神诗新编》1852 年出版，共 10 页，内有用厦门话译成的圣诗 13 首。叶韪良的《养心神诗》，后由伦敦差会的亚力山大 · 施敦力（Alexander Stronach，1800—1879）于 1854 年增补为 58 首，保留原来的书名《养心神诗新编》。② 封面题“咸丰四年季春镌”“寮仔倭花旗寓馆藏板”。前有“养心神诗新编读法论叙”，叙述了编者对《养心神诗》以土白重编，以使吟颂者通晓其意的意图。

---

① 《我们对于推行新文字的意见》，倪海曙：《中国语文的新生》，时代出版社，1949 年，第 120 页。

② 宫闳宇：《美国哈佛——燕京图书馆中文基督教新教赞美诗集缩微胶卷资料初探》，载《武汉音乐学院学报》2011 年第 4 期。

《养心神诗》之作也，原为福音堂敬拜上帝，俾吾侪及期吟颂、讲谢上帝之恩，以表明服事之者之诚心实意耳。但前日旧本虽有传教，而诵读之下，毋如人仅识其字，终不能得其义。夫既不得其义，则其中所有包含意思，皆未足通晓，故余乃本其义，而以白话土腔阐明其意思，又增以自成新编几首。庶几此后按期敬拜者，吟诸口自可悟于心，听诸耳亦能会其义。

每一首诗都有眉批，述其大旨，帮助读者理解。如第 1 首：

上帝创造天与地，生成万物逐项会。
功劳极大又极阔，一世称呼永不息。
日头发现光满天，日落月出照暗冥。
日月星辰都显明，上帝主宰大全能。
上帝所生之五谷，花园青翠之树木。
海内所有之鱼鼈，都是上帝做之物。
天中所飞之鸟只，上帝创与食到额。
以及至细之虫拖，无出上帝心以外。
上帝照顾世间人，不论中国与番邦。
授我逐日之米粮，兼有厝宅及衣裳。
上帝之恩讲不尽，差遣耶稣救万民。
大家着用真实心，共伊讲谢诗来吟。

诗句十分晓畅明白，琅琅上口。编者又在书眉加批注曰：“此一首是言造化之主能创万物，自天及地无一不备，教人虔心吟颂讲谢，不可瞬息或忘。”

1870年，伦敦会、美部会及英国长老会在厦门组成“合会”（Congregational Union），联合出版圣诗。1871年，英国长老会传教士杜嘉德（Carstairs Douglas，1830—1877）又续编了一本59首的《养心神诗》（*The Union Hymn Book*），供厦门合会使用。杜嘉德1855年来华，1862年出版《漳泉神诗》。自1868年起，杜嘉德在厦门出版了一系列书籍，试图将赞美诗以浅显易懂的汉文，传授给当时毫无唱诗观念的一般基督教徒。1868年，杜嘉德出版《养心诗调》，以解说宾为霖的《厦腔神诗》的吟唱法。1869年又出版《乐法启蒙》，介绍首调唱法（Tonic sol - fa）。1870年以后，他陆续出版的《乐理颇晰》《西国乐法》，则为日后编辑完成的59首版厦门《养心神诗》奠定了基础。台湾属于厦门合会新开辟的教区，采用的就是这本59首的《养心神诗》，这也是后来台湾编辑圣诗的基石。[①] 如其中一首描写恩典的宴席，以闽南话书写如下。

1. 耶稣身躯替咱钉死，擘饼传授奥妙道理；
   宝血流出会救学生，葡萄红汁代代表明。
2. 圣会众人相及食饼，成做一体大家相疼；
   拢总饮杯同坐礼宴，兄弟姊妹及主结连。
3. 主你受难阮得安稳，讴咾感谢拯救大恩；
   愿主仁爱催迫阮心，助阮疼你日日愈深。

① 江玉玲：《从杜嘉德1868年〈养心诗调〉中的汉文乐谱唱流传百年的〈养心神诗〉》，载《台湾音乐研究》2006年第3期。

二、福州方言（榕腔）赞美诗

咸丰十一年（1861），福州教会出版方言圣诗集《榕腔神诗》，由英国传教士宾为霖译自理雅各牧师的圣诗集。宾为霖1815年生于苏格兰格拉斯哥，1847年来华，是英国长老会派到中国的第一位传教士，先后在香港、厦门、上海、汕头、福州、北京等地布道。他颇为注重圣诗的编撰，编译了《神诗合选》《潮腔神诗》《榕腔神诗》《厦腔神诗》《京音旧约诗篇》等，还翻译宗教小说《天路历程》《正道启蒙》（*Peep of Day*）等。1851年，宾为霖初到厦门时，将当时英美信徒唱诵的圣诗译成七言律诗65首，编撰了《神诗合选》。由于该诗集过于雅驯，致使很多文化层次低的信徒无法吟唱。如其第57诗《论福音乃喜筵》：

上帝慈悲设大筵，恩肴宠味极丰妍。
平和释赦盈樽俎，永福当生满无边。
犹国选民先都请，远方异族遂蒙怜。
我侪贫疾跛盲辈，也充佳客出篱边。

《榕腔神诗》共30首圣诗，凡25页，并附有《颂赞歌》3首，扉页后面印有两首英文颂歌"Sufferings of Christ"和"Observance of the Sabbath"。该圣诗集用大众方言所表达的福音教义简洁明了，被当时福州地区其他宗派宣教机构广为采用。清同治四年（1865），福州美以美会麦利和（Robert Samuel Maclay）牧师主持重修该诗集，增补为53页，有扉页和目录表，共81页。其中，有33首是宾为霖首创，13首为麦利和牧师所创，6首为福州美部会宣教士夏查理（Charles Hartwell，1825—1905）所创，剩下的 29 首则是麦利和翻译自理雅各牧师《宗主诗章》。由美以美会福州美华书局出版，前有目录并诗序云：

盖上帝尊名，悉宜颂美，教会礼拜，首重调歌，考自古以来，凡崇拜耶和华上帝者，无不资于吟咏也，试观摩西携以色列族出埃及，涉红海，尝作一歌，颂美耶和华上帝，歌曰，赫兮喧兮，耶和华欤，当讴歌之，马与乘者，俱驱于海，耶和华施能，援手拯我，我为讴歌，我之上帝，我极其揄扬，我父之上帝，我高其品评，见出埃及记，十五章一节二节，又先知妇，亚伦妹，米哩暗手执鼓，诸女亦执鼓相从，舞蹈而出，米哩暗和其讴曰，赫兮喧兮，耶和华欤，马与乘者，俱驱于海，见出埃及记，十五章二十节，二十一节，是时约在中华商朝也，及大辟王感圣神，复作诗篇，劝人颂美上帝，诗曰，耶和华兮，我之救主，尔曹携我讴歌颂美之兮，我以揄扬之语，昌言于前，欣然咏诗，颂之靡已兮，见诗篇九十五篇，一节二节，迨耶稣降世，亦于见卖之夜，咏诗见马太二十六章，三十节，嗣后圣徒保罗，劝会友宜若何颂诗，尝曰，以心颂诗，亦必使人达吾意，见哥林多前书，十四章，十五节，又曰，彼此酬答，以诗章，歌颂，神赋，口唱心和，而赞美乎主，见以弗所五章十九节，又曰，彼此劝悔，以诗章，歌颂，神赋，虔心颂主，见哥罗西三章十六节，又云夜半保罗与西拉祈祷，咏诗，颂上帝，囚者闻之，见使徒行传十六章二十五节，圣徒雅各亦曰，逸乐则讴歌，见雅各五章十三节，当是时耶稣门徒，无不托诗歌以自慰矣，自即耶稣通行各国，其所在圣会，悉有诗集一本，以为公用，故于数年前，在福州设立教会时，即依原本译为榕腔，使此处会友亦学吟咏，颂扬上帝之恩德，其始有大英国教士宾先生，译出榕腔三十余篇，此诗现为教会常用，大有裨益，兹更易以大字，使会中老幼男女，便于颂读，复有教士麦先生译出十三篇，夏先生译出六篇，以下更有二十九篇，系译香港宗主之诗统共八十余篇，汇成一部，以为教会之用，惟冀各会友，及其家属，咸知殷勤歌咏，以心颂诗亦必使人达其意，又以诗章，歌颂，神赋，口唱心和，赞美上帝，更望众会友，得圣神默助，具有智慧，亦能各译数篇，以增其数，不胜幸甚。

同治四年季春中浣译著

诗序介绍了《圣经》中赞美诗的来历，从《出埃及记》开始就有赞美诗，强调诵唱赞美诗的重要性，并说明了用榕腔写赞美诗是为了老幼男女便于理解和诵唱，做到“口唱心和”，从而更好地感念主恩。清光绪元年（1875），福州美以美会重新修订该诗集，扩充为71页，由福州美华书局出版。《榕腔神诗》是福州地区长老会、美以美会、美部会三公会首次联合编撰翻译圣诗的成果。该诗集跨宗派大联合的做法，为后来中国各地教会联合翻译圣诗工作发挥了实践、示范作用。1862年，又出版《厦腔神诗》共20首。

清咸丰十一年（1861），福州公理会也编印1册《耶稣教圣诗》，共18页，包含圣诗17首及三一颂4首。该诗集之编者不详，但其特点在于具有圣诗分类索引，以及每首诗冠以歌名、节拍数及中文曲调名。清同治年间，福州天安堂信徒，著名侨领，爱国民主人士黄乃裳先生亦编有《救世教诗歌289首》，已逸。在清光绪二十三年（1897）由三公会联合增订，美华书局再版，共计173页。

清同治年间，英国圣公会传教士胡约翰（John Wolfe，1834—1915）曾经将《公祷书》（*the Book of Common Prayer*）翻译成福州方言。他还翻译英国圣诗，编成《福州教会用赞美诗》。

清同治十年（1871）美以美会编印了一本福州方言圣诗集《宗主诗章》，收录94首赞美诗。清光绪十七年（1891），福州美以美会宣教士瓦格（J. E. Walker）与福州一位梁姓信徒合作，用官话重新修订编印《宗主诗章》，全书共有圣诗182首及三一颂4首。这反映出19世纪后期方言赞美诗逐渐式微，官话赞美诗成为主流的趋势，也与当时基督教会在文字事工上侧重于官话写作这一总的发展趋势是一致的。如第2首《弃假归真诗》，同治十年版本如下：

真主上帝造天地，光暗伊主意。
日月转轮都毛郑，上帝全能这称赞。
上帝至善至慈悲，该当服事伊。
日中做代暝晡困，上帝保护尽稳当。
向菩萨求荫庇，真主上帝大受气。
菩萨偶像所做，上帝命令着除去。
奴仆犯罪着沉沦，上帝驶仔救灵魂。

天下大共细，着信耶稣拜上帝。①

此诗用福州方言写成，间有许多方言土字。1891 年的修订版如下：

真主上帝造天地，有光有暗随其意。
日月转轮不差移，显见全能极整齐。
上帝至善至慈悲，世人服事毋或违。
日间做事夜间睡，上帝保护甚安慰。
人向菩萨求荫庇，干犯真主大怒气。
菩萨偶像人所为，上帝命除不可违。
我们犯罪应沉沦，上帝遣子救灵魂。
天下男女老与幼，要信耶稣方得救。②

书首有中文首句索引及分类索引。书末附录有《圣经旧约》之《十诫》《使徒信经》《主祷文》，以及受洗入会、主餐、婚丧礼节等的仪文。《宗主诗章》内出现了爱国诗歌《上帝保护中华》（第 74 首）和《戒鸦片诗》（第 94 首，华牧谢锡恩创作）。这两首被收入的诗歌先后对应了清末社会最为突出的“中华民族危机意识”及“鸦片烟毒泛滥的社会问题”。尤其是《戒鸦片诗》宣传了戒除鸦片的道理，在福州社会形成持久的戒毒舆论。从中表现了

① 《宗主诗章》，榕腔，同治十年福州城内太平街福音堂南台铺前顶救主堂印，第 112 页。

② 《宗主诗章》，美部会印，光绪十七年（1891），福州美华书局活版，第 15－16 页。

福州基督教教会“唱诗不忘救国”，对社会问题的关怀。①

1871年，福州太平街福音堂印《童子拓胸歌》，榕腔，编者为夏查理牧师，他是福州美部会会督，也是语言学家、福州土语书籍的翻译者和写作者。《童子拓胸歌》共15页，11首赞美诗歌，分别是弃偶归真歌、孝顺歌、十诫歌、禁刣伙共淫行歌、禁伙偷乇共贪心歌、禁伙乱证见歌、入教歌、守礼拜日歌、耶稣救灵歌、圣神更新歌、永生歌。

1880年，福州太平街福音堂印出版、由美华书局代印的《谢年歌》，福州土白，共6页，10首赞美诗歌，分别是感恩歌、酬谢歌、得利歌、风景歌、时序歌、年终歌、算赈歌、讨赈歌、还赈歌、万年歌。1897年，福州美华书局活字印刷的《救世教诗歌》，编者不详，共145页，还附有28页教会礼文，内含赞美诗239首，荣耀颂4首，附有序言、诗歌总目、诗歌目录。序言如下：

诗歌之作也，所有磅礴郁积于其衷，而言之不足则长言之，长言之不足则永言之，俾其声之依是而永也，是故二南风之正者也，而十五国多劳人戍妇之辞，谓为变风雅之正，变国之兴衰寓焉，惟颂则奏之明堂，清庙用以昭德而象功，然则欢欣鼓舞者托于诗歌，抑塞牢骚者亦托于诗歌，以及感恩颂扬悲欢离合之辈，往往假长言咏叹，以发其勃然无可已之情，而救世教诗歌则始于以色列民过红海之一章，感恩作也，若大辟之诗多忏悔，

① 皓月康桥：《近代福州基督教圣乐事工概况及影响》，载《金陵神学志》2007年第2期。

而呼诉于主宰，耶利米哀歌，则满腔忧道忧国忧民，与所罗门假瑟琴之和，雅以寓夫吾道，以爱为主之意者向不相侔，他如摩西希探希慢亚产诸作，皆所以明人与上帝为天伦而抒其虔服事之精意及救主降生，有天军上归荣下沐泽之赞，是诗歌一道非特人间有之，即天上亦有之，观天使之能，随所事而发其讴思可知矣，厥后主临代赎之难，尝于客西马尼园咏诗，而使徒有彼此劝悔酬答以诗章、歌颂、神赋、逸乐则讴歌云云，是即诏凡奉主道者，无论所遭顺逆，所处亨屯，其随地随时欲观附乎三一上帝，俱宜取诗歌口唱心和，以写其流连想象之天，怀此天下凡有救世教之国，其男妇老幼所以罔弗与能于斯也，我中华自三代后，当庠术序之制废诘于文字者，殊寥寥于此，欲效今之欧罗巴亚美利加澳大利亚亚洲之各国，令崇奉天道之男妇老幼手各一编，借扬忱以知夫上帝造生保养之大德，基督赎罪救灵之殊恩，圣神默化扶持之巨力，以及天人感召，生死关头乌呼其能之，而要不可听其懵然，莫领诗歌之裨益也，于是取译西士所作，经累年众手裒而成一百八十首，俾三山各府县教中粗识音字者，咸喻其意，故所押非正韵，但取叶土音又文理六十余首，亦无尚乎采藻，不过使三山外之邻郡可通，而选韵之难间亦兼用通韵，或者曰吾中华自有乐章之旧，何为不规风雅颂以自制，而顾取译于西耶曰：乐律之失久矣，今之丝竹革木靡漫，非制乐本意，设以颂美上帝辞章，取和于诗调之为愈也，他日救世教盛行文人学士，或追维古乐，或翻陈出新，制为巨观，以媲美于风雅颂之所为，使磅礴郁积于衷者亲其物，而情得以申，意得以写，是固仆等所日夕祷祝而求之者也。

光绪十八年桂月晦序于三山之苍山书室

这篇序言说明了诗歌的作用，道出了《圣经》中赞美诗的由来，强调了吟唱赞美诗的重要性，作者选取了180首西方传教士的译作，又有60余首当地“粗识音字者”用方言创作的赞美诗，以使男女老幼都能吟唱，以推广赞美诗在中华大地的传唱。

1906年在福州以罗马字符活字印刷的《赞主圣诗》，编者不详，榕腔，用方言俗字编译，共172页，内含赞美诗256首，附有序言、圣诗乐谱总题目录，诗集后面附有福州平话《美部会礼文》单行本35页：主祈祷文、上帝十诫、使徒圣经（师友论读）、接人进会礼文、幼孩受洗礼文、讨亲礼文、埋葬礼文、会约。其序言如下：

夫诗者，心之声也，尽人有心，即尽人皆有声，溯自明良，喜起中土，讴吟之有颂体，固不自三百篇始矣。而三百篇之有颂体，尤忠臣孝子，感深君父而播为讴吟者也，但其体制严密，文词高义，理艰深，非老师宿儒不能解。以之颂人则可，以之颂主则不可。何也？尽主恩人人皆受，必使人人皆知，赞美而后译诗者之心始惬，否则我圣会赞主圣诗，无非泰西名手所制，使本其光明正大之旨，何难译为温柔旖旎之文，第向妇孺教以庄骚，风雅，汉制，唐律，既茫然莫知其义，未免有声，无心颂主，适以慢主也，不与赞美之旨大相刺谬乎。是以我两会牧师不务以沈浸浓郁之词，惟出以浅近鄙俚之句，亦以冀夫尽人有心。即尽人皆有声，知所赞主云尔。至于词不雅驯，有当颂体与否，夫固译诗者所不暇计也。是为序。

在这篇序中，作者强调了要用方言土语写作赞美诗的用意，是为了便于使妇孺之类的缺乏古文言功底的普通大众能够理解赞美诗，这样才能使人人尽受主恩，皆知主意。1906 年，福州以活字印刷的赞美诗集还有《福州奋兴会诗歌》《圣诗乐谱》等。《福州奋兴会诗歌》，榕腔，编者不详，共 71 页，内含赞美诗 114 首，无目录，附有诗歌序：

窃以心志莫贵于奋兴，奋兴端由乎感触，诗歌者即感触奋兴之一助也。惜吾闽固乏通用诗本，每逢大会，觉诗章互异，遂阻活泼之机，诗调不符，顿抱向隅之叹。故近来聚会，多印诗单，虽意美法良，究不足畅宣其诗兴，其糜费印资者无论矣。主理郭君百祯，集三会托事，询谋佥同，各从旧本中，选其精华，凡可感虔诚，增信德，助喜乐，励勇敢，以及寓于祈祷，隐为劝惩者，皆汇集一篇，请格致书局总办邢教士举行印刷。幸蒙其措资赞助，告厥成功，业经汇订，嘱余为序，爰辍数言，为诸君庆。自后禧年会，赞美会，务德会，勉励会，青年会，牧师会，至于特别聚会，均可用此新本，以供唱和。虽其间未见完全，亦足表三位一体之权荣，结三会一家之团体。伏望吾侪颂此诗章，仝声协力，如攻米田故事，奋兴会之目的达矣。是为序。

光绪三十二年仲春中浣琴江牧子序于榕东福音讲舍之右畔

可见编撰这部赞美诗集的初衷是针对各福州教会赞美诗章各异，为了统一福州教会的赞美诗，便于教会进行各种福音事工，于是"集三会托事"从旧本中选取赞美诗进行重新整理印刷。《圣诗乐谱》，榕腔，编者不详，共304页，内含赞美诗256首，餐前祈祷诗2首，荣耀颂2首，圣咏1首，三一颂4首，奋兴会诗歌续编14首，附有总题目录、目录，在每一首赞美诗前还附有乐谱。赞美诗集后面还有美部会礼文32页：主祈祷文、上帝十诫、使徒圣经（师友论读）、接人进会礼文、幼孩受洗礼文、讨亲礼文、埋葬礼文、会约。1907年，福州罗马字书局出版的 *Cang Cio Seng Si*（《赞主圣诗》），是一部用罗马拼音标注的福州平话圣诗集，共232页，还附有30页的美部会礼文，美部会印，编者不详。内含赞美诗256首。

此外，闽南方言体赞美诗还有《诗篇》《基督福音诗歌》《福音诗歌》《基督教徒军歌》《赞美诗》《幼稚园圣诗和唱游歌谱》《孩童圣歌》《奋兴诗歌》《复兴短歌》《培灵短歌》等。

三、吴方言赞美诗

上海方言本赞美诗有汉字译本和罗马拼音译本两种。最早的上海方言译本是高第丕（T. P. Crawford）1855年出版的《赞神诗》（*Hymn Book*）。1858年，慕维廉（William Muirhead，1819—1884）以上海方言编译了《赞主诗歌》（*Hymns of Praise*），该诗集共38页。后来在此基础上增补出版了《耶稣赞歌》，55页，共收100首上海方言的赞美诗，该书序言是30条基督教的基本教义，在每条教义下都选录了相关的圣经节文。另外，慕维廉在1861年还编译有上海土白的《教会圣歌》和《救世圣歌》。1859年，郑爱比（A. B. Cabaniss）编译了*Hymn Book*，共26页，包括21首神诗和3首颂赞。这本诗集为新拼音版，并配有索引和目录。1861年，蓝惠廉（James William Lambuth）出版《赞美圣诗》（*Hymns of Praise*），这本圣诗集共74页，收入、编辑100首译成上海方言的神诗，每首神诗前都有罗马字母作为序列标记。1862年，梅理士（Charles R. Mills）编译出版*Hymn Book*，该诗集译自蓝亨利（Henry Van Vleck Rankin）以宁波方言出版的诗集，共54首神诗，以及范约翰增补的9首颂赞，共48页，为罗马拼音版。1864年，这本诗集以《赞美诗》为名出版了汉字版，第一部分圣诗39页，颂赞2页。[①]

宁波方言赞美诗以罗马字符拼写的居多。较早的有1851年的*Tsan Me TSING JING S*（《赞美圣经诗》），是一部用罗马字符拼写的宁波方言写作的赞美诗集，共24页，内含赞美诗15首。第一部分为“Tsing Jing Ioh Nyih Zao”（上部分），共15首诗，20页；第二部分为“Tsing Jing Jih—diao Kiae”，共4首，4页。1855年，孟丁元（Samuel Newell D. Martin）编译出版了*Hymn Book*，这本圣诗集共32页，罗马字符版。1856年出版的《赞神乐章（附曲谱）》，宁波方言，罗尔梯（E. C. Lord）编译，罗尔梯是由美国浸礼会真神堂派往中国的牧师，于1847年来宁波传教，《赞神乐章》总共

① 龙伟：《基督教方言赞美诗集出版（1818—1911）评述》，载《广州社会主义学院学报》2010年第4期。

有16页，内含赞美诗24首，还有一篇总赞词，每篇赞美诗除了用汉语外，还有相对应的用罗马字符拼写的宁波方言，每篇诗歌均附有曲调。1857年，祝恩赐（John Jones）出版了一共18页的小圣诗集*Hymn Book*，同样也是罗马字符版。1858年，应思理（Elias B. Inslee）编印了《圣山谐歌》（*Hymns Set to Music*），在宁波华花圣经书房出版。应思理是美国长老会传道会任命的赴华传教士，于1856年到达上海，后于1857年抵达宁波传教，直到1861年举家回美国。在美国期间他终止了与传教会的关系，直到1865年他又受聘于伦敦传道会在上海松江传教，于1866年回国。《圣山谐歌》为圣诗唱本，开篇10页，包括目录、一份格律表、按字母顺序排列的索引和指南，都是用罗马字符写的，但在诗集最后5页是与这些罗马字符相对应的中文，正文共72页，每首赞美诗都附有乐谱，用的是四部和声五线乐谱，按欧洲的谱式印刷，诗文印在高低音部的乐谱中间，第一行是中文，第二行和第三行是宁波方言译文和罗马字符拼音。蓝亨利1860年编印了*Tsan—mes*，该诗集共155页，翻译、编选了166首宁波方言神诗，这些神诗大部分都选取自一本1857年印刷的《赞美诗集》。蓝亨利编译的这本神诗在每首诗的标题处都做了主题和序列标记，在诗集最后有按字母顺序的索引和主题索引，并附有9首颂赞。1863年，俾士（G. Piercy，1829—1913）在广州编印了《歌颂诗章》，这本宁波方言的赞美诗共20页，内有圣诗34首，每首均有韵律标记。[①]

此外，用广东方言写作的赞美诗也不少，广州方言圣诗集有

① 龙伟：《基督教方言赞美诗集出版（1818—1911）评述》，载《广州社会主义学院学报》2010年第4期。

丕思业（Charles Finney Preston）编印的《赞美神诗》和俾士编印的《启蒙诗歌》（*Simple Hymns*）。《赞美神诗》共47页，收录81首神诗和2首颂赞。序言是一首充满父爱的感言，以告慰作者的女儿。该诗集后来在广州又再版过，再版时增加了6首神诗，共51页。序言部分经过修订，改成单独的小册子出版，名为《孩童归耶稣》。《启蒙诗歌》出版于1863年，共53页，收入、编辑116首神诗。这一时期还出版有潮腔圣诗集。1861年，宾为霖在汕头出版了《潮腔神诗》（*Hymns in the Chao— Chow Dialect*），这本圣诗集共21页，收集了29首圣诗，全是汕头周边地区方言，1875年再版。此外，还有用罗马字符拼写的客家方言赞美诗集 *Hymns with Tunes*，这本由巴色会在香港地区出版的带有曲谱的罗马拼音版赞美诗集，一共88页，由娄希（G. Reusch）牧师编译。美国长老会哈珀（Dr. A. P. Happer）还专门编译了针对孩童的《儿童赞美诗集》，也是用广州方言写成的。1903年，中国浸信会出版协会出版广州方言赞美诗集《福音圣诗》，包括圣诗210首及三一颂3首。

总的来看，近代方言赞美诗的数量巨大，在传教活动中扮演了重要的角色。

第五节　汉语基督教赞美诗之文学价值

一、赞美诗的中国化

早期的基督教赞美诗集大多从西方译介进来，不过根据汉语诗歌的传统进行了润色加工，如采用工整对仗的句式，采用押韵，针对中国的社会文化传统进行内容上的修改等。如1854年宾为霖编撰的《神诗合选》第2首：

论福音真道独美

中华三教代相传，释道皆邪凭鬼权。
儒教伦常曾未足，不如天律十条全。
尊崇上帝道无备，赎罪救魂理未宣。
获罪于天无所祷，若然世众罪谁肩。
深蒙上帝遣其子，降凡捐生赎罪衍。
倚赖耶稣有所祷，有无二字隔天渊。
心如醒悟罪深重，何处求安解倒悬。
三教所行皆不济，耶稣独有永生诠。

首句先指出儒释道三教在中国的影响根深蒂固，然后带着西方传教士的偏见指斥佛教和道教是歪门邪道，凭借“鬼权”在中国世代相传，并指出儒教的伦理道德也不健全，不如《圣经》中的“十诫”周全，最后一句“三教所行皆不济，耶稣独有永生诠”再次强调儒释道都不如耶稣教能使人永生。又如，1875 年京都美华书院印刷的《颂主圣诗》，其中第 50 首：

广传福音

蒙古中华至缅甸，东西远近诸邦。百姓心中尽黑暗，未得真道之光。

天父慈悲大仁爱，养育保护万民。可惜众人不感戴，反拜偶像假神。

我信耶稣而奉教，得知救世恩言。务当怜人无光照，引他归主蒙恩。

主赐福音之恩道，宣传万国万人。天下四方各海岛，当知耶稣大名。

但望天主开门路，速使真道通行。圣徒踊跃到各处，叫人从死复生。

愿主功败撒旦势，释放魔鬼之奴。天国兴盛至世世，全都信从耶稣。

这首诗一开始便描绘了一个现象，即蒙古、中华、缅甸这些地方的人民不但不感激上帝的仁慈造物，还去敬拜那些偶像假神，这首赞美诗就是要劝说这些地方的百姓信仰上帝，只有信奉耶稣之名才能真正得救，脱离苦海。1918 年，圣公会译的《颂主圣诗》第 201 首：

通国普度

求主佑我大君，赐我大君鸿恩，佑我帝王，恩向中国倾降，使之兴旺富强，君民悉同欢畅，永享平康。

求民降幅中国，使人行善无慝，民安国宁，天下五谷丰登，毫无灾疠战争，万民各遂其主，百世相承。

求主赐福圣教，使人信主真道，天主咸尊，天国永远振兴，人人听从福音，均皆相爱相亲，永世无尽。

这部赞美诗集出版之时正值中国军阀混战时期，内忧外患，中国政局很不稳定。这首赞美诗表达了希望上帝让中国兴盛繁荣安定，人民安康相亲相爱的迫切愿望。类似的赞美诗集还有 1906 年福州罗马字书局活版印刷的《赞主圣诗》《圣诗乐谱》，其中均有《上帝保佑中华诗》。还有《代中国人祈祷诗》《愿主保佑皇帝诗》《中华其仇敌诗》《广布福音诗》《毕业圣徒奋兴诗》等赞美诗，都针对当时中国面临的内忧外患的局势，表达了复兴中华的美好愿望，具有浓厚的时代气息。

二、语言的通俗化

汉语基督教赞美诗的语言，经历了从典雅的文言到逐渐通俗化的过程。早期的赞美诗集如马儒翰 1835 年出版的《续编省身神诗》，麦都思 1838 年出版的《养心神诗》使用的还是比较典雅的文言，但到了 1922 年在上海美华书馆出版的《颂主诗歌》，就完全采用浅显通俗的语言，而且很大一部分赞美诗是以方言写成的，口语化色彩强烈。如 1852 年麦嘉缔在宁波出版的《赞美诗》第 7 首：

以圣血比川歌

一

有一川兮血流满溢，从耶稣心坎出。
诸犯罪者在伊川洗，衍尤都堪洗洁。

二

有死囚并钉十字架，见伊而反欢极。
我等虽比死囚更污，亦可洗去罪孽。

三

慈悲神羔尔宝贝血，永远不失其德。
迨神选民业经赎救，罪乃不再污得。

四

我既已信望见伊川，即尔血所流焉。
赎救之恩为我所唱，至于死时亦然。

五

虽我死后肉身已腐，我将以灵咏唱。

而以更贵更美之歌，赞救恩在天上。

这首赞美诗共分5段，采用了八言与六言组合而成，通俗化色彩显著，如“从耶稣心坎出”“永远不失其德”“虽我死后肉身已腐”等句，近乎白话。

许多赞美诗集，既有官话版，又有方言版，总体上都追求语言的通俗化。例如，《积少成多》是一首流传很广的赞美诗，《颂主圣诗》《颂主诗歌》以及1891年福州美华书局出版的《宗主诗章》等赞美诗集中收录了它的官话版，方言版的《积少成多》则见于1870年福州福音堂藏版的《榕腔神诗》、1871年福州福音堂救主堂铅印的《宗主诗章》、1897年福州美华书局出版的《救世教诗歌》、1906年福州罗马字书局出版的《赞主圣诗》、1906年福州罗马字书局出版的《圣诗乐谱》等。这些赞美诗集中收录了3个不同版本的《积少成多》。哈佛—燕京图书馆馆藏的各个版本的《颂主圣诗》《颂主诗歌》中的版本为：

积少成多

一

小莫小于水滴，渐成海汪洋。

细莫细于沙粒，渐成地四方。

二

微莫微于分秒，无非展眼间。

积为多日多月，渐成永久年。

三

可见微小过失，能败善美情。

渐至离开正路，专向恶而行。

四

待人有点恩惠，微发爱惜言。

必至满乎地上，渐成安乐园。

五

孩童手所行作，怜爱人之工。

推渐推到地极，福分与我同。

1891 年福州美华书局出版的《宗主诗章》中的版本为：

积少成多诗

一

滴水虽然微小，聚集成大河。

粒沙原是最渺，渐积成山坡。

积少成多。

二

寸阴真是快过，日月实如梭。

片刻积成万世，年数如沙河。

积少成多。

三

不可轻犯小过，犯则日益多。

若稍偏离正路，自陷坠网罗。

积少成多。

四

日日常行方便，勉力相琢磨。

使世渐成福地，自在如大罗。

积少成多。

五

孩童所布福种，为数原不多。

长大能益万国，救人脱邪魔。

积少成多。

方言（榕腔）的版本为：

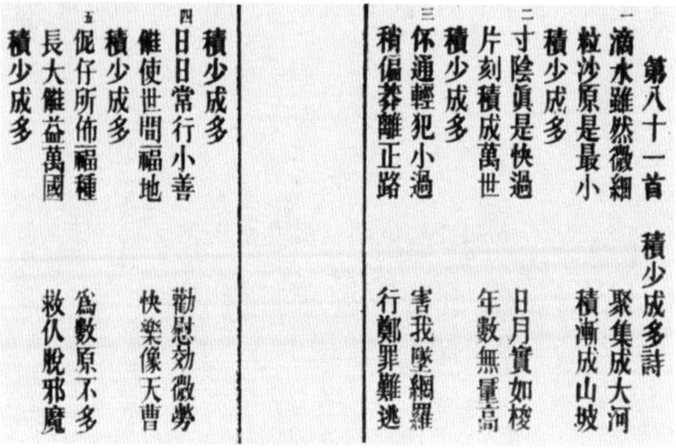
第八十一首　積少成多詩

一　滴水雖然微細　聚集成大河
粒沙原是最小　積漸成山坡
積少成多

二　寸陰眞是怏過　日月實如梭
片刻積成萬世　年數無量高
積少成多

三　伓通輕犯小過　害我墜網羅
稍偏叅離正路　行鄭罪難逃
積少成多

四　日日常行小善　勸慰効微勞
能使世間福地　快樂像天曹
積少成多

五　伲仔所佈福種　爲數原不多
長大能益萬國　救伙脫邪魔
積少成多

（选自 **1871** 年福州福音堂救主堂铅印的《宗主诗章》）

这首赞美诗被归入儿童诗歌，主要是劝诫儿童“勿以善小而不为，勿以恶小而为之”。上引第 1 首和第 2 首虽然都是官话版本，但在内容上有较大的差别，两个版本都押韵，但第 1 首是每 1 小节押 1 个韵脚，第 2 首是通篇押同 1 个韵脚。相较而言，第 2 首更为通俗，如诗的第 2 节，第 2 首运用比喻手法，更加形象地表现了时光的飞逝，而且第2首在每节最后都会加上“积少成多”4个字来反复强调，可以说第2首在第1首的基础上更加直白地道出了这首诗歌想传达的主旨。第3首以榕腔写成，是用福州方言转译第2首官话版《积少成多》，语义直白，不押韵，对第③小节和第④小节的句子进行了改编，意思更直白。

三、回环复沓的诗歌艺术

基督教赞美诗大量使用复沓诗句，以体现音乐的特性。教徒需要吟唱，运用这种重复的手法也便于诵唱，使诗歌更琅琅上口。同时还能起到强调的作用，突出诗歌的主旨。如美华书院1880年出版的《颂主诗歌》第105首：

归回天家

我等回家上入天城，你去否？
颂主替死莫大爱情，你去否？
亿万门徒已到福乡，主前立为祭司君王，
无数教徒在后随行，你去否？
我等去见流血羊羔，你去否？
颂赞其名音韵清高，你去否？
长生不老首戴冕旒，已胜诸恶再无愆尤，
享受福乐自在自由，你去否？
我等必列众圣之中，你去否？
弹琴鼓瑟歌主恩公，你去否？
圣使圣徒喜乐不胜，齐颂天主永治永生，
苍天穷宇普遍应声，你去否？

这首赞美诗中9次以“你去否?”作结，这句话看似是疑问句，实则是极力劝诫教徒同主一起“归回天家”，且在每句“你去否?”之前为读者描绘了进入天堂的美妙景象以及万物进入天堂的大趋势，因此每说一句“你去否?”，就进一步加强了信徒进入天堂的决心。1891年美部会出版的《宗主诗章》第93首：

愿亲近上帝诗

我愿与主相亲，与主相近，
虽然居处苦境，思慕更甚，
我仍愿歌好音，是愿与主相亲，
我愿与主相亲，与主相近。
现在我做客商，日已西墜，
四方黑暗无光，枕石而睡，
梦寐也是儆心，我愿与主相亲，
我愿与主相亲，与主相近。
梦中使我行路，缘梯上天，
所遇一切事物，都有恩怜，
就如天使呼名，教我与主相亲，
教我与主相亲，与主相近。
睡醒无限感激，赞美极致，
即将所枕之石，竖起为记，
路上许多苦心，令我与主相亲，
令我与主相亲，与主相近。
欢喜如鸟生翼，向天飞起，
游遍日月星辰，翱翔不止，

我仍原歌好音，是愿与主相亲，

我愿与主相亲，与主相近。

这首诗总共分5段，每一段都表达了对上帝的依赖与感激之情，并且在结尾处都会重复“与主相亲，与主相近”这8个字，很好地应和了这首赞美诗的题目，表达了作者想亲近上帝的强烈意愿，渲染气氛，更好地表达主题。1906年，福州罗马字书局活版出版的《赞主圣诗》第17首：

耶稣降生诗

请听天使唱歌声，赞美君王伶降生。

上帝怜悯救罪人，天下陇总得太平。

世间远近大小邦，都着颂扬齐喜欢。

天唱地和见欢腾，基督降生伯利恒。

天唱地和见欢腾，基督降生伯利恒。

基督永生其主宰，天使俯伏齐崇拜。

今旦救主由天梨，讬生童女就是伊。

至高上帝借□形，降落世间着接承。

愿共世人居下地，以马内利大名字。

愿共世人居下地，以马内利大名字。

美哉耶稣平安王，美哉耶稣做义光。

普遍照临亿万人，赏赐永生引归真。

谦虚屈己离天堂，降生就□免沉沦。

降生使□得更新，降生使□共主亲。

降生使□得更新，降生使□共主亲。

万国救主万国望，愿主施恩大无量。

奴心污秽请主除，永远共奴做同居。

亚当其像着换新，救主其像印落心。

请听天使唱歌声，赞美君王伶降生。

请听天使唱歌声，赞美君王伶降生。

这首诗在每段的最后都把最后一句重复两遍，并且整首诗首尾呼应，结尾和首句都是同一句诗，主题明确，吟诵起来琅琅上口，具有很强的音乐性。

四、赞美诗与《圣经》

《圣经》中本身就包含了赞美诗。诗歌体文学构成了《圣经》的重要部分，尤其是在《旧约》中。《圣经》中的诗歌体文学包括用于赞美和哀哭的诗歌及祷告，绝大多数诗歌见于《诗篇》。《诗篇》是一部由希伯来诗歌和祷文组成的文集，最初是犹太人敬拜礼仪的一部分，就像今天我们唱的赞美诗一样，这些诗歌的主要目的是帮助神的子民向神献上敬拜和赞美。《诗篇》又可以细分为各种类型，或者称“次文体”，包括弥赛亚诗篇、赞美和感恩的诗篇、哀歌、智慧诗篇、立约诗篇、历史诗篇、自然诗篇、朝圣诗篇以及咒诅诗篇。

后来创作的赞美诗，除了表达对上帝的敬仰与赞美之情，还有很多作品是对《圣经》内容的再现。如1835年由马儒翰编译、在马六甲出版的《续编养心神诗》第33首：

青青亮亮总是空，杳杳茫茫四面同。

上帝全能一语发，天开地利在苍穹。
蒙蒙暗黑气未分，独赖至圣永活神。
一言已了分光暗，书发光辉夜暗均。
天地万物已造成，神造一男一女灵。
训诫二人为世主，万物由之得其名。
神初造人是纯灵，动静语默像神明。
神喜万物得其所，各物顺时不息停。
上帝造生人为灵，通权达变守常经。
君子慕尊上主德，愚人无知不知敬。

这首诗主要是对《圣经》开篇上帝创造万物的描述，第一句对应《圣经》《创世纪》1：2[①] 地是空虚混沌，渊面黑暗；第二句是对《创世纪》1：3—1：10 上帝创造天和地的概括；第三句和第四句是对《创世纪》1：14—1：19 上帝创造出光明与黑暗的概述；第五句和第六句是对《创世纪》2：7—2：24 的概述，上帝创造出了亚当、夏娃，并让亚当给一切牲畜和空中飞鸟、地上走兽都起了名字；第七句到第九句是对《创世纪》1：24—1：31 的概述，上帝先创造出了牲畜、昆虫、野兽，然后按照自己的样子创造出了人类。作者在短短的 10 句诗中，融入了《创世纪》开篇上帝创造万物的内容。1914 年，横滨福音印刷合资会社出版的《颂主诗歌》第 34 首由富善翻译的赞美诗《耶稣降生》：

① 本文所引《圣经》版本均为《圣经·中英对照（中文：和合本，英文：英文标准版 ESV）》，中国基督教三自爱国运动委员会、中国基督教协会，2013 年。

当日耶稣离其天位，生于人间放于槽。
天上使者空中歌唱，听其声音最清高。
天上荣光归主，地下平安人蒙恩。
远方博士来而跪拜，宝物奉献犹太王。
今以爱心为我礼物，欢欣感谢同赞扬。
主于世上立其国度，如在旷野开鲜花。
各处罪人受其感化，诚心转回向天家。

这首诗的第 1 段以简要的语言概括出了《路加福音》2：6—2：16 里耶稣降生的过程。关于耶稣降生的具体过程，《路加福音》比《马太福音》描述得更为具体，《路加福音》2：6—2：16 具体描述了耶稣在马槽降生的具体过程。第 2 段主要是根据《圣经》《马太福音》2：1—2：11 博士知道耶稣降生的消息之后带着黄金、乳香、没药三样礼物去拜访小耶稣的概括。1870 年，福音堂藏版的《榕腔神诗》第 8 首《劝信耶稣诗》：

永生上帝名耶和华，造我始祖亚当夏娃。
埃田乐园百果赐他，富贵安乐无比。
可惜夏娃听蛇诡言，食善恶果亚当亦然。
获罪于天自取灾殃，曾恶惊惶羞耻。
二人违命心变邪僻，传诸子孙义人无一。
万族代代患难哭泣，病痛死亡不已。
幸蒙上帝心存可怜，使伊独子来救万民。
耶稣爱我甘愿舍身，赎罪功成就止。
凡知悔罪借主功勋，能得赦罪享福无穷。

> 163 卿弃洪恩怀肯信从，沉沦火坑无底。
> 得救之日正在此时，千万怀通错过恩期。
> 赶紧归主卿惊恰迟，天上有福全美。

这首赞美诗的前面三段主要是对《创世纪》2：4—25 和 3：1—24 的概述，上帝创造出亚当、夏娃，并把他们安置在伊甸园中，让他们在里面无忧无虑地生活。但是夏娃禁受不住蛇的诱惑，偷吃了禁果，还怂恿亚当和她一起吃，上帝震怒，把两个人赶出伊甸园，并从此有了生老病死，以此作为对他们的惩罚。第四段主要是对《新约》中上帝派遣爱子耶稣来人间代替世人赎罪的描述。

诸如此类以《圣经》内容作为题材的赞美诗不胜枚举。赞美诗本身的特质就决定了它与《圣经》有着千丝万缕的关系。无论是对《圣经》内容的再现，还是对典故人物的叙述，它们都与《圣经》存在着某种关联，这些诗作不仅是作者在抒发自我灵性，也是作者期望以此感动信徒，坚定追随上帝的决心。

五、与中国诗界革命应和

作为“舶来品”的基督教赞美诗（圣诗），近代以后开始大规模地传入中国，与近代中国文学的变革同步，无意中与诗界革命相应和，共同推动了中国新诗的发展。

诗界革命首先是从诗歌语言的变革开始的，即由文言到白话。黄遵宪提出：“泰西论者，谓五部洲中以中国文字为最古，学中国文字为最难，亦谓语言文字之不相合也。”① 他又进一步提出，“我手写我口，古岂能拘牵。即今流俗语，我若登简编。五千年后人，惊为古斓斑。”② 黄遵宪倡导诗歌的“口语化”，提出要敢于创新，甚至认为让“流俗语”进入诗，会使诗产生其妙无穷的效果。1902 年，黄遵宪致信梁启超，提出以流传于民间的弹词、粤讴的创作形式作为诗歌基础的“杂歌谣”设想。梁启超作为诗界革命的积极实践者，对黄遵宪的看法表示认可。梁启超随即在《新小说》上开辟“杂歌谣”栏目，让投稿者专门发表这类借鉴民间歌谣形式的“新体诗”。二人在晚清诗界革命时期都十分看重民间文学，把民间文学作为革新诗歌的资源，提倡把民间歌谣融入诗体。梁启超在《变法通议·论幼学》中就讲道：“古人文字与语言合，今人文字与语言离，其利病既缕言之矣。今人出话，皆用今语。而下笔必效古言，故妇孺农氓，靡不以读书为难事。”③

袁进认为，“言文一致”作为口号提出时，晚清白话文运动还处在初步发展期，文言与口语相距太远，因此“言文一致”只徒有“推行”的理想但却难以实行。他认为，由于口头语与书面语并非同等性质，所以两者不可能完全一致，黄遵宪提出的“我手写吾口”在实际文学操作上也不可能完全实现。“言文一致”作为口号在晚清开始提出，使汉语的书面语产生重要的变革，即由

① 黄遵宪：《日本国志·学术志二》，《黄遵宪全集》（下），中华书局，2005 年，第 1420 页。

② 黄遵宪：《人境庐诗草·杂感》，《黄遵宪全集》（上），中华书局，2005 年，第 75 页。

③ 梁启超：《变法通议·论幼学》，《梁启超全集》（第一卷），北京出版社，1999 年，第 39 页。

“雅”向“俗”发展，丰富了文学的表现力。[1] 张永芳认为，诗界革命通俗化的趋向乃来自中外文化交流，因此应该从世界文学的角度来看待此通俗化的现象。他指出，诗界革命结束后仍然没能创造出取代旧体诗的新诗体，主要原因是诗歌革新者过于着重模拟民歌的创作方式。[2] 实际上，在中国近代诗歌的变革过程中，我们对赞美诗的影响因素不可不察，赞美诗在诗歌创作上的创新及通俗化与诗界革命的主张在诸多方面不谋而合，对新诗产生了潜移默化的影响。

在赞美诗的创作实践上，一开始就表现出了口语化、通俗化的趋向，甚至提出用方言创作：“搜集及研究中国方言的材料，近数十年来当以西洋传教士为最早。除去翻译白话圣经为直接传教之用的以外，也颇有专为科学兴趣而研究的工作……此种书因其能用平正的眼光，绝无轻视土话的态度，以记录土语，土腔，说起来或者比我们中国人所著的许多方言考还有价值。”[3] 当然传教士作者更多的是出于宣教的考虑，是为了让妇孺农氓也能更好地接受福音。

在诗界革命中活跃的诗人们在诗歌创作中还引入了大量西方的文化、文学，包括宗教。梁启超曾提出：“当时吾辈方沉醉于宗教，视数教主非与我辈同类者，崇拜迷信之极，乃至相约以作诗非经典之语不用。所谓经典者，普指佛、孔、耶三教之经。故

---

① 袁进：《语言与形式》，《中国近代文学史》，人间出版社，2010 年，第 206—208 页。

② 张永芳：《晚清诗界革命论》，漓江出版社，1991 年，第 182 页。

③ 林语堂：《关于中国方言的洋文论著目录》，载《歌谣》1925 年 5 月 3 日。

《新约》字面，络绎笔端焉。谭、夏皆用‘龙蛙’语，盖时共读约翰《默示录》，录中语荒诞曼衍，吾辈附会之谓其言龙者指孔子，言蛙者指孔子教徒云，故以此徽号互相期许。至今思之，诚可发笑。然亦彼时一段因缘也。”① 在诗歌创作中也会引用《圣经》，如夏曾佑《无题》：“冰期世界太清凉，洪水茫茫下土方。巴别塔前一挥手，人天从此感参商。”这里就引用了《圣经·旧约·创世记》第11章中的典故。

总的来看，19世纪以来的赞美诗集在语言和内容的通俗化、口语化方面，与诗界革命的诗歌主张有诸多契合之处，二者都发生于清末民初，尽管目的不同，却都对中国新诗的形成在一定程度上发挥了不同作用。尽管赞美诗集不是纯粹的文学性诗歌，但其文学价值和意义不容忽视。

---

① 梁启超：《饮冰室诗话·六十》，《梁启超全集》（第十八卷），第5326页。

第三章　公　祷　书

第一节　什么是公祷书

一、公祷书的发展

公祷书（The Book of Common Prayer）作为一个特殊的文类，诞生于16世纪的英国，第一部通用的公祷书由坎特伯雷大主教托马斯·克兰麦（Thomas Cranmer）编撰。克兰麦意识到会众一同敬拜的时候，对圣言的聆听和诵读极其重要，而聆听与诵读需要借助一种载体，使信徒的崇拜效果更好。当时的英国大约有一半人口目不识丁，因此，编撰一本可供公众和个人在不同场合、时间都能运用，以进行崇拜的礼文书成为当务之急。

《公祷书》的底本是公元6世纪的祷文书。祷文及崇拜方式可以追溯到古代的圣礼书，现存最古老的圣礼书是《李安纳圣礼书》（*Leonine Sacramentary*），是一部做弥撒时用的祷文集。这部祷文集在当时虽然不是法定的祷文书，但在罗马境内流传广泛。公元7—8世纪的圣礼书则是此前由教宗哲拉修一世（Pope St. Gelasius I）草拟的，公元8世纪中叶的手抄本《哲拉修圣礼文书》（*Gelasian Sacramentary*），在高卢各地被广泛采用。教宗大格列高利（Pope

Gregory I)[1] 修订了罗马崇拜仪节，即格列高利圣礼仪文。由于当时的崇拜仪文尚未统一，因此，公元7世纪末期北欧的一些教区、教堂或修院，根据各自的需要和兴趣，编撰了多种不同仪文，即今天被称为加利根崇拜仪节的内容。公元8世纪中期，在查理曼统治下，新的崇拜仪文完成，即《格列高利崇拜仪礼书》（*Gregorian Sacramentary*），被罗马教会正式采用，而且至今仍为罗马教会所用的弥撒经书。

英国教会脱离罗马教皇统治后成为独立的教会，英国教会拟编撰一部众所周知的公祷书，同时想把崇拜礼仪变得更简单、纯正，以适合英国本土环境使用。中世纪罗马教皇时期的弥撒书、祷文，版本众多且礼仪复杂，加之弥撒书有诸多违背《圣经》之处，添加了人为的内容，有必要重新整理，便于一般民众知晓。[2]英国教会既已成为独立的教会，编撰一部统一的、带有英国特色的公祷书成为必然趋势。

英国国王亨利八世在位期间，推行修订版《公祷书》的进展较为缓慢，只纠正了几处明显的错误；在团体礼拜时，引用的是新译的英文《圣经》，即所谓的《大圣经》(*Coverdale's Bible*)；《公祷书》中唯一通用的英文文献是总祷文。[3] 1544年，坎特伯雷大主教托马斯·克兰麦开始推行英文《公祷书》。他有极大的热诚，又是一位文学天才，克兰麦把原来的祷文、礼仪从拉丁文翻译为英

---

① 教宗格列高利一世通常被称作大格列高利（Saint Gregory the Great）。

② Rev. P. V. Norwood：《英美公祷书沿革崖略》，宗羔辑述，载《圣公会报》1949年第8期，第38卷。

③ Rev. P. V. Norwood：《英美公祷书沿革崖略》，宗羔辑述，载《圣公会报》1949年第8期，第38卷。

文，神韵毕传，文理精湛。由于正值宗教改革期间，因而他推行的《公祷书》受到了支持。1549 年，国会通过《划一法》（*Act of Uniformity*），规定英国的教堂一律使用《公祷书》做礼拜，首次统一了英国的礼拜仪式，并在这一年正式施行。[1]

1549 年出版的《公祷书》实际上并不受欢迎，它首先遭到了激进的新教徒的反对，改革人士则不喜欢其中残存的罗马气息，而保守派也不喜欢其中的改动。1552 年新的《划一法》出现，并在这一年的诸圣日施行。祷文中的为死人祝福，葬礼时的圣餐，以圣桌代替祭坛、驱邪和涂油礼等内容被取消。伊丽莎白女王登基后，于 1559 年修改了爱德华六世的第二版（1552）《公祷书》，希望调和各派意见。1549 年第一部《公祷书》颁布以后，遭到了激进的新教徒的反对。1552 年英国通过了新的《划一法》（*Act of Uniformity*），希望人们接受宗教改革，也清除了第一部《公祷书》中浓厚的罗马天主教色彩和礼仪，称作《第二公祷书》。[2] 经爱德华六世改革后的宗教在形式上、内容上都有别于罗马天主教，他的政策也体现在第二部《公祷书》中各种祷文的结构大为改变，是最具有新教色彩的一版《公祷书》。爱德华六世之后，1553 年玛丽一世继承王位。玛丽一世作为一名天主教徒，在位期间全力恢复天主教，迫害新教，导致亨利八世以来的宗教政策被废除，同时也禁止使用《公祷书》。[3] 新教徒受到严酷的迫害，这时期的宗

---

① G. R. 埃尔顿：《新编剑桥世界近代史》（第 2 卷），中国社会科学出版社，2003 年，第 314 页。

② Rev. P. V. Norwood：《英美公祷书沿革崖略》，宗羔辑述，载《圣公会报》1949 年第 8 期，第 38 卷。

③ 柴惠庭：《基督教安立甘宗的形成特点论析》，载《史林》1940 年第 10 期。

教领袖即坎特伯雷大主教托马斯·克兰麦在圣玛丽亚教堂被判处火刑，大批支持宗教改革的贵族和其他人士都逃往国外，直至伊丽莎白女王登基后，他们才返回。在流亡期间，支持宗教改革者受到日内瓦归正派的影响，对之后《公祷书》的演变产生了影响。

伊丽莎白执政期间，为调和各派冲突，采取了一个折中的方案，1559 年颁布至尊法案（Supremacy Act）[①]，以《第二公祷书》为蓝本，仅做了几处必要的、谨慎的修订，吸收了一些带有浓重传统色彩的圣礼内容，剔除了冒犯罗马教皇和主教的语句。[②] 1559 年的《公祷书》也受到猛烈攻击，当局原本是想调和冲突，利用这部书联络各派人士，结果两边都不讨好，遭到了亲日内瓦派和守旧罗马派双方的反对。

1649 年政变，查理一世被推上断头台，主教制被废除。作为护国公的克伦威尔在执政时期，严禁英国人使用《公祷书》，对违抗的人予以重罚。克伦威尔的政治手腕过于严厉，他死之后，查理二世结束流亡生涯，复辟王位。传统的英国教会、主教制度以及《公祷书》也卷土重来。《公祷书》又一次被修订，经过全国总会的通过和国会的承认，成为法定崇拜文献，即 1662 年查理二世复辟时的版本。[③] 经过不断修订，1662 年出版的《公祷书》被奉为权威，圣公会宣教机构及其他天主教派、福音派，不同宗派的宣教机构在翻译各国《公祷书》译本时，都会参照 1662 年版《公

---

① Bryan Spinks, *From Elizabeth I to Charles II*, *The Oxford Guide to The Book of Common Prayer*: *A Worldwide Survey*, 2006, p. 47.

② Bryan Spinks, *From Elizabeth I to Charles II*, *The Oxford Guide to The Book of Common Prayer*: *A Worldwide Survey*, 2006, p. 47.

③ （美）威利斯顿·沃尔克：《基督教会史》，中国社会科学出版社，1991 年，第 453—467 页。

祷书》。因而，1662 年版英文《公祷书》（*The Book of Common Prayer*，*1662 church of England*）可以视为正式出版的标准公祷书，为圣公会通用祷文。其主要内容包括《圣礼传说》《节日祝文》《成人洗礼》与《坚信礼文》《圣餐礼文》《婚礼》《为病人祈祷》《丧礼》《诗篇》《颂歌》《信仰纲要》等。此后，各地《公祷书》虽有版本及文字差异，但内容大同小异。

时至今日，英国仍沿用的是 1662 年版的《公祷书》，1928 年虽出过修订本，由于未得到国会批准，不能正式公开使用。[①]《牛津公祷书指南》（*The Oxford Guide to The Book of Common Prayer*：*A Worldwide Survey*）一书中，收录了多篇关于公祷书历史、文体、结构等的文章，其中包括美国圣公会主教 J. 尼尔・亚历山大撰写的文章《公祷书的组成》（*The Shape of the Classic Book of Common Prayer*），此文称：

> 公祷书具有有独特的、不易混淆的框架：它由五部分礼仪组成，包括日课（daily office）、连祷（the Litany）、圣餐礼文（the Holy Communion）、牧养礼仪（the pastoral office）和派立圣职礼文（the ordinal），每一个礼文都会在公众敬拜，或是由神职人员、会众在圣日诵读，公祷书也由其他附属的内容组成，包括《诗篇集》（*Psalter*）、教会年历（the calendar of the church year）等则是在

① Rev. P. V. Norwood：《英美公祷书沿革崖略》，宗羔辑述，载《圣公会报》1949 年第 8 期，第 38 卷。

不同的节日、场合诵读。[①]

1662年版《公祷书》是最后一部获英国国会通过、具法律效力的《公祷书》。后来的宣教机构以及其他的天主教、福音派等，在翻译《公祷书》时，均以此版本为参照。[②] 此后，1662年版《公祷书》屡经修订再版，相较早期版本，后来的修订版中多少存在一些细微的改动，如根据新的君主或当时的政治因素进行适当的内容调整。到20世纪，几乎每一个圣公会教区都会根据自己的需要进行相应的内容调整。大多数修订版内容变得更加丰富，不过每个版本基本保留了托马斯·克兰麦的框架[③]，只是在此基础上润色，适当融入一些本地文化和时代特色。

关于公祷书的研究很多，比较重要的有：

《牛津公祷书指南》是第一部关于公祷书及其变体的历史和使用的综合指南，介绍了世界各地目前使用的数十种祈祷书版本，全面调查了原始公祷书及其各种变体的丰富历史，以及各主要教派的贡献，揭示了公祷书的影响。《牛津公祷书指南》研究了世界各地现在使用的几十个版本的相同文本，包括日常祷告、圣体圣事、婚姻和丧礼等等。

《普通人祈祷文的历史》（*Everyman's History of the Prayer Book*），该书梳理了公祷书的历史和文献记录，并罗列了部分祷文

---

① J. Neil. Alexander, *The Shape of the Classic Book of Common Prayer*, *The Oxford Guide to The Book of Common Prayer: A Worldwide Survey*, 2006, pp. 64–72.

② J. Neil. Alexander, *The Shape of the Classic Book of Common Prayer*, *The Oxford Guide to The Book of Common Prayer: Worldwide Survey* p. 64.

③ Gordon Jeans, *Cranmer and Common Prayer*, *The Oxford Guide to The Book of Common Prayer: A Worldwide Survey*, 2006, pp. 21–22.

内容，分析其结构。作者较为全面地说明了公祷书的传统和来源，书中提供了许多肖像、地图、手稿草图等原始文本信息。

《英国新教礼仪和文学》（*Liturgy and Literature in the Making of Protestant England*），是提摩太·罗森代尔（Timothy Rosendale）对近代早期英国文学和民族文化礼仪的一个创新研究。它令人信服地证明了公祷书对新兴民族文化的作用。罗森代尔认为，1526 年首次出版的英文白话《圣经》使个人与神圣文本的相遇合法化，1549 年出版的第一部通用《公祷书》允许政府控制个人参与公众崇拜，这种国家认可、宗教权威、个人礼仪之间的交融，有助于解释伊丽莎白和斯图亚特王朝的文学百花齐放的特征。作者在前半部分对公祷书卷入民族主义和个人主义的早期现代话语进行了分析，认为礼仪调和了这些矛盾冲突；该书后半部分，探讨了礼仪和文学的关系，重点关注四位作家，即菲利普·西德尼（Sir Philip Sidney）、莎士比亚、约翰·弥尔顿（John Milton）和托马斯·霍布斯（Thomas Hobbes）。罗森代尔在分析的同时也描述了《公祷书》的简史，并附以较为详尽的附录。

《公祷书的过去、现在、将来》（*The Book of Common Prayer*: *Past*, *Present and Future*）一书指出《公祷书》的文字深入人心，仅次于英语《圣经》和莎士比亚的作品。该书不仅揭示了《公祷书》在过去的影响力，而且还赞扬了它在当下的作用，以及未来不管是在礼仪还是宣扬教义方面，公祷书在教会都将具有不可或缺的作用。

《中世纪英国的礼仪》（*The Liturgy in Medieval England*），本书对中世纪英格兰的拉丁礼仪进行了历史的描述。作者理查德·普法夫通过幸存的手稿，对大教堂、修道院或教区的崇拜历史进行了考察，主要集中在奉献礼仪和日常礼仪等方面，按时间顺序和类型分别描述每一种宗教礼仪的具体程序及其在世俗社会的使用情况。

二、公祷书进入中国

公祷书之于基督教圣公会而言，是规范教会崇拜生活的准绳，对中国近代文学史而言，公祷书同样具有不可忽视的研究价值。19 世纪末，英国伦敦会传教士马礼逊翻译了第一部汉语《公祷书》，开启了公祷书翻译的先河，之后麦都思、俾士、包尔滕（John Shaw Burdon）和施约瑟（Samnel lsaac Joseph Schereschewsky）等人也进行了公祷书的翻译，每一个译本都有其独特的文学特色。

有关汉语公祷书，前人已有相关研究。中华圣公会的郭峰牧师在其《试析中华圣公会公祷书的编撰工作》一文中揭示了 1912 年中华圣公会成立之后，由于宣教差会背景的不同、汉语复杂的方言系统等原因，汉语公祷书在版式、文字、内容方面差异很大。中华圣公会的领袖们承担起了整合、编撰公祷书的职责。《试析中华圣公会公祷书的编撰工作》一文细致梳理了中华圣公会公祷书的编撰工作，指出 19 世纪宣教士出于传播福音的需要而编撰公祷书。他们在讲究礼仪、等级森严、有着悠久历史文化传统的中国布道时，公祷书在教导信徒，规划信徒宗教生活方面具有不可替代的积极作用。

新加坡神学院的潘乃昭在其《公祷书的翻译与圣公会命名的历史关系》一文中，回顾了公祷书的翻译历史，并从神学的角度对各个版本的公祷书进行了梳理和评价。马礼逊的《年中每日早晚祈祷叙式》，为华人基督教创立了基本词汇和用语；施美夫主教则在麦都思的基础上翻译了英国公祷文；慕稼榖（George Evans Moule）用宁波当地方言翻译公祷文，出版罗马拼音的公祷书；美国文惠廉（William Jones Boone）主教在上海翻译公祷文，把美国监理会公祷文译成上海方言；19 世纪中后叶，包尔滕与施约瑟在北京合作，编译了中文公祷书。今天使用的华文公祷书，主要就是以他们的译本为底本的。同时，潘乃昭在文中也指出了华文公祷书未能很好地与中国文化结合的问题。

上海广学会出版的《圣经之文学研究》一书，总结了圣经文学的要素及体例，揭示了希伯来文学的特征，列举了《圣经》中的乐歌、哀歌、颂歌、冥想诗等文学体裁，分析其作为诗歌的文体和韵律特征。刘丽霞在《中国基督教文学中的圣歌》中指出，圣歌（俗称赞美诗）是基督教文学的主要部分之一。在中国基督教文学中，圣歌占据了突出的位置。中国的圣歌可以分为两大类：一类是翻译的，一类是本土人士创作的。这些圣歌的存在不仅为世界圣歌文学做出了一定贡献，也为中国新诗的发展提供了借鉴。姜宗强、孙玥的《李荣芳对〈耶利米哀歌〉的翻译——兼论中西文化交流》，指出李荣芳以屈原的“楚辞体”翻译《耶利米哀歌》，开创了一个有别于《圣经》翻译的文学翻译传统。李荣芳“楚辞体”的翻译，引发了后来的学者对中国“哀歌”传统的关注，是对《圣经》“哀歌”传统的跨文本、跨文化解读。李荣芳“哀歌”的翻译风格，与中国历史悠久的“哀歌”传统一脉相承，体现了一个中国译者对自身文化血脉的延续，对于中西文化的深入交流，实有借鉴意义。包兆会在《当代灵性诗歌对汉语写作的贡献及存在的问题》一文中探讨了当代灵性诗歌对汉语写作的贡献，其贡献主要表现在对书写方式的突破上，提供了“我与你”的对话写作，在神性的光照和启示下，诗人的写作成了聆听式的写作，诗人的写作语调、写作姿态也不知不觉发生了改变。此外，灵性诗歌对汉语书写方式的突破还表现为，在书写内容（对象）上给汉语写作注入了一种神性超验的维度。当代灵性诗歌存在着概念式、表态式和总结式写作，这些“谱系”相似的表现模式影响了诗歌的特性。要想使写作更具个性和原创力，灵性诗人要走的路还很长。

施玮发表的《开拓华语文学的灵性空间——“灵性文学”的诠释》一文，提出“灵性文学”这一文学概念是基于《圣经》的“人论”神学，是对中国传统文化的传承与超越。“灵性文学”有三个层面：第一，有灵性的人的写作；第二，呈现有灵性的人的思想与生活；第三，启示住在人里面的灵的属性。“灵性文学”写作在思想、体验、语言三方面有其突出的特点，即神性光照的思想特质、灵性空间的创作体验、信望爱的文学语言。

朱维之的《基督教与文学》一书则较为全面地讨论了基督教对文学的影响，该书首先揭示了《圣经》本身的文学特质及其对后世文学的影响；其次讨论了《圣经》中的圣歌、祈祷、说教等与文学的关系；最后考察了诗歌、散文、小说、戏剧与基督教的关系，揭示了《圣经》中包含的各种文学体裁。《基督教与文学》集中体现了朱维之早年对基督教与文学关系的研究成果，不仅全面论述了基督教对欧美文学的影响，而且把基督教文学视为文学的重要组成部分，并为早期中国比较文学研究提供了有价值的参考。季玢在《论新时期以来中国基督教文学的自然书写》中，探讨了20世纪的文坛中，伴随着都市文明弊端的日益凸显，自然与人性被严重异化，人的完整性被无情割裂，回归自然乐园与本真人性成为一种不可阻挡的潮流。新时期以来的中国基督教文学试图通过对自然的神性诠释，从神性之美中寻觅终极的源泉，构架起重返自然乐园和复归本真人性的诗意桥梁。这种神性书写暗合了世界艺术潮流的脉动，提供了某种具有未来意义的现代化文化因子。

有关汉语公祷书的研究，最值得注意的是耶鲁大学神学院司马懿（Chlo Starr）博士发表的《19世纪中译本〈公祷书〉版本研究》（The Prayer Book In Nineteenth—Century China）一文。此文对汉语公祷书、公祷文及相关文献进行了细致的考察，以19世纪的书籍形式和印刷发展为切入点，讨论了汉语公祷书的编撰和印刷及其与基督教崇拜之间的关系，揭示了汉语公祷书不断成熟的语言、文本形式以及日趋中国化的特征。

汉语公祷书的内容丰富、复杂，19—20世纪的汉语公祷书按语言特征可分为三个发展阶段，即早期的文言文版、中期的浅文言版和方言版、晚期的官话版。早期汉语公祷书以马礼逊的《年中每日早晚祈祷叙式》为代表，欧化白话与文言文混杂，创造了许多新词汇。中期以《祷告文式》和《众祷告文》为代表，欧化白话与浅近文言、汉语方言杂糅，同时近代官话本的公祷书崛起。晚期译本以《教会祷文》为代表，由包尔滕、施约瑟合译，影响深远。汉语公祷书具有三方面的文学价值和意义：第一，中西诗学融通的研究价值；第二，汉语公祷书在某种意义上是现代白话诗的先驱；第三，公祷书中西方宗教与中国传统文化交织的意象对中国现代文学的影响，如《婚姻礼文》中的符号人物“以撒”“利百家”以及《施洗礼文》中“洗礼”的“水”和“火”的意象。

第二节　汉语公祷书概述

公祷书的汉译始于1818年马礼逊译述的《年中每日早晚祈祷叙式》（*Daily Order of Morning Prayer Throughout the Year*），该书1818年刻印于马六甲，共30页。[①] 马礼逊的另外两部公祷书为：1829年版的《公祷书》，它代表着汉语公祷书的第一个里程碑，其中包含了经文注解和经文索引，还有主持牧师的教导等内容。这一版本的标题在1845年再版时译成英文"重要的话语：英吉利国神会祈祷文的汉字翻译"（Important Words：being the United Prayers and Supplications to God of the English Nation Translated into Chinese Characters）[②]。1833年，马礼逊的《祈祷文赞神诗》（*A Prayer Book with Canticles for Praising God*），共60页，在澳门出版，主要是供英国圣公会的早礼拜仪式之用的祷文，其中的赞美诗大部分由马礼逊本人所作。

1818年，米怜编译的《祈祷真法注解》（*Exposition of the Lord's Prayer*）也在马六甲刊印，该书由一篇序和10篇祷文组成，内容分别是：①导言、上帝的存在、人类的责任、基督救赎；②正确的祷告对象及适用于其的祷告形式、不同的祷告种类；③上帝之

---

① Alexander Wylie, *Memorials of Protestant missionaries to the Chinese: giving a list of their publications, and obituary notices of the deceased, With copious indexes*, American Presbyterian Mission Press, p. 5.

② 司马懿：《19世纪中译本〈公祷书〉版本研究》，张靖译，载中国人民大学基督教文化研究所：《审美的神学——基督教文化学刊》（第20辑），宗教文化出版社，2008年，第217页。

名释义及上帝如何为神；④上帝之国的本质与法则；⑤上帝的意志是什么及其他；⑥如何祈祷世间的幸福；⑦罪、祈祷恕罪及互相的宽恕；⑧诱惑及其种类、撒旦的本质和行为、疑虑消除；⑨从邪恶中得到解救、本性邪恶和道德邪恶、邪恶之人、不应从异教徒的偶像中寻求解救；⑩如何给上帝带来荣耀、上帝的权威、上帝的力量，以及对世界的统治、不能将上帝同偶像混为一谈。最后为讲道词。这本册子后来成为麦都思 8 篇布道词的基础。[①]

马礼逊、米怜之后，公祷书编撰和翻译进入了一个过渡时期。各宗派的传教士如雨后春笋般地开启文字事工，尤以公祷书为甚。1845 年，福汉会郭实猎（Karl Friedrich August Gützlaff）译《圣会祷词》（*Church Prayer Book*），该书为六卷本祈祷书，在新加坡出版。根据伟烈亚力《1867 年以前来华基督教传教士列传及著作目录》记载，郭实猎还著有《圣会祷咨》（*Selection from the English Church Liturgy*），内容包括早祷和晚祷、混合祈祷（如雨季或饥荒时期祷文）、圣徒节期经文等。1840 年，美国浸信会传教士粦为仁（William Dean）的《祈祷神诗》在曼谷出版。[②]

各类土话版公祷书也层出不穷。比如，美国传教士麦嘉缔[③] 1849 年在宁波出版的 24 页的宁波方言版《祈祷入门要诀》[④]；宁波方言的公祷文还有 1860 年慕稼穀《众祷告文》（cong tao – kao veng si—li，van—tsan，lin kong—wes ding—go ih—ts'ih coh—veng. Wa—

---

① Alexander Wylie，*Memorials of Protestant missionaries to the Chinese*，p. 15.

② 熊月之：《西学东渐与晚清社会》，中国人民大学出版社，2011 年，第 109 页。

③ 麦嘉缔 1844 年抵达宁波，曾翻译宁波方言的《路加福音》。

④ 熊月之：《西学东渐与晚晴社会》，第 142 页。

yiu Da—bih—go s—p'in teng bih—yiang s—dz，ko—fu，keh—sing），用罗马字符拼写印行，除了序言外，包括早祷文、晚祷文、总祈祷文和晚餐礼节祝文；1861 年的《众祷告文》（*Chúng taòu kaóu wàn*），是前一作品的增订本，也采用宁波方言，用汉字书写，分为若干部分，加了一页说明性文字，主要内容包括早晨祷告文、下午祷告文、总祷告文、晚餐礼节祝文、施壮年洗礼祝文、施婴孩洗礼祝文。[1]

1854 年，伦敦会派合信（Benjamin Hobson）前往澳门，作为驻澳门教会医院的传教医师，合信在广州出版了羊城土话版的《祈祷式文》（*K'é taóu shĭh wăn*），1865 年又出版了它的修订版。[2]美国美以美会传教士麦利和抵达福州以后，为方便传教，潜心学习福州话，1857 年在福州出版了当地方言版的《祈祷文》（*K'é taóu wăn*）。[3] 麦利和曾与美国公理会的摩嘉立牧师合作编撰了《福州方言拼音字典》（*The Alphabetic Dictionary in the Foochow Dialect*）和《榕腔初学撮要》（*Manual of the Foochow Dialect*），他是把《新约全书》翻译成福州话的委员会成员之一。1858 年，卢公明（Justus Doolittle）的《祈祷式文》（Ch'i tao shih wen）共 6 页，是

---

① Alexander Wylie, *Memorials of Protestant missionaries to the Chinese: giving a list of their publications, and obituary notices of the deceased*, With copious indexes, American Presbyterian Mission Press, pp. 247 – 248.

② Alexander Wylie, *Memorials of Protestant missionaries to the Chinese: giving a list of their publications, and obituary notices of the deceased, With copious indexes*, American Presbyterian Mission Press, p. 126.

③ Alexander Wylie, *Memorials of Protestant missionaries to the Chinese: giving a list of their publications, and obituary notices of the deceased, With copious indexes*, American Presbyterian Mission Press, p. 177.

用福州方言编撰的公祷书。[①] 伦敦会的慕维廉是旅居上海时间最长、作品最多的传教士，1861 年在上海出版《便用祷告文式》（*Pëén yúng taóu kaóu wăn shĭh*），是方便信众使用的祷文传单（sheet tract）。[②] 1865 年，英国循道会传教士郭修理（Josiah Cox）翻译了汉口方言的《祈祷文全书》（*K'é taóu wăn tseuên shoo*），主要是翻译《公祷书》中的部分内容。[③] 沃伦（Charles J. Warren）的《家用祈祷文》（*Household Prayer Book*）1867 年在中国香港印刷，是为家庭的日常使用而特别编撰的祈祷文，语言呈现出一种混杂的形态，人称代词用方言俗字，祷告和应答时则交错使用文言文和白话文。[④]

特别值得一提的是，1844 年麦都思在上海出版的《祈祷式文》（*K'é taòu shĭh wăn*）。[⑤] 该书共有两个版本，一为官话本，一为上海方言本，内容包括一周每日的早祷文和晚祷文。1843 年，麦都思到达上海后，立即开始学习上海话，第二年就出版了上海方言《祈祷式文》。麦都思还修订了米怜用粤语编撰的《祈祷真法注解》（*K'é taòu chin fă choó keaé*），1850 年在上海出版，题为《祈祷式文

---

① 卢公明：《祈祷式文》，福州霞浦街礼拜堂印，光绪元年（1875）刊本。

② Alexander Wylie，*Memorials of Protestant missionaries to the Chinese*：*giving a list of their publications*，*and obituary notices of the deceased*，*With copious indexes*，American Presbyterian Mission Press，p. 171.

③ Alexander Wylie，*Memorials of Protestant missionaries to the Chinese*：*giving a list of their publications*，*and obituary notices of the deceased*，*With copious indexes*，American Presbyterian Mission Press，p. 283.

④ 司马懿：《19 世纪中译本〈公祷书〉版本研究》，载中国人民大学基督教文化研究所：《审美的——神学基督教文化学刊》第 228 页。

⑤ Alexander Wylie，*Memorials of Protestant missionaries to the Chinese*：*giving a list of their publications*，*and obituary notices of the deceased*，*With copious indexes*，American Presbyterian Mission Press，p. 32.

释句》（*K'é taòu shĭh wăn shĭh kéu*）。另外，麦都思1855年出版了《祷告文全书》（*Complete Prayer Book*）的文理版和官话版，由香港圣保罗出版社出版，“印刷风格比较像中国古籍……这个版本为十四卷完整的《公祷书》，从早祷开始，然后是连祷，逐步到洗礼等仪式部分和葬礼仪式以及三十九条信纲”①。麦都思对上海方言的重视影响了美国圣公会传教士文惠廉和其他传教士，文惠廉和麦都思是上海方言著述最多的两位传教士。1860年，文惠廉编撰的《常年祷告》用的就是上海方言。1862年他又出版上海话版《圣会祷》，包含了圣公会公祷书的主要内容，有前言、基督教主日和节假日应诵读祷文表、早祷文、晚祷文、杂用祷文、谢恩祷、本日祷、圣诗、分派圣餐文、婴孩领洗文、大人领洗文、坚信礼、婚礼仪文和丧事文②，内容较为齐备。

麦都思的《祷告文全书》（*Complete Prayer Book*）后来成为其他传教士广泛参考的底本，如1857年俾士的《祈祷文全书》（*Prayer Book*）在广州出版，大多摘自麦都思翻译的《祷告文全书》，俾士在休顿（Hutton）先生的协助下对其进行了修改，内容包括早祷文和启应祈祷文等，应答部分按照旧时成规用红色字体印刷。③ 另外，英国圣公会派往中国的施美夫（George Smith）主教对麦都思1844年翻译的《祈祷式文》（*Forms of Prayer*）进行了

---

① 司马懿：《19世纪中译本〈公祷书〉版本研究》，（John Shaw Burdon）第226页。

② 潘乃昭：《公祷书的翻译与圣公会命名的历史关系》，新加坡三一神学院亚洲基督教研究中心，附录部分为华文公祷书出版演变一览表。

③ Alexander Wylie, *Memorials of Protestant missionaries to the Chinese: giving a list of their publications, and obituary notices of the deceased, With copious indexes*, American Presbyterian Mission Press, p. 208.

节选，编成《耶稣圣教祷告文》（*Yay soo shíng keaóu taóu kaóu wăn*），共21页，1854年在香港地区出版。[①]

1864年第三任维多利亚教区主教包尔滕与美国圣公会上海教区的施约瑟，在北京出版《吁主文式》，内容包括早晚祷文、启应祈祷文、洗礼和圣餐仪式，书前有序言和凡例，以官话书写。[②] 1866年，包尔滕《吁主文式》在香港出版，是前书的广州方言本，序言和介绍性文字都从略。[③] 1872年，美华书馆出版了包尔滕、施约瑟合作翻译的《教会祷文》，这是根据1662年的英国公祷书翻译的，以北京官话书写，这一公祷书具有普适性意义，无论英国还是美国背景的教会都使用此公祷书，这部祷文集后来成为所有华北地区华文公祷书参考的底本。[④] 1879年，圣保罗书院出版了包尔滕的《教会祷文》，为浅文理版；1880年，圣约翰书院出版施约瑟《教会祷文》，内容较前几个版本更为丰富、完备。此外，还有一些中译本只翻译了教会礼文部分，例如，1885年，美华书院刊印的《圣教择要礼文》，内容仅有《公理教会择要礼文》《教会圣经信经》《认主受洗文》《婚姻礼文》和《殡葬礼文》；1888年，美华书院刊印的柏亨利《共读经文》，内容有《婚姻节礼文》《殡

---

① Alexander Wylie, *Memorials of Protestant missionaries to the Chinese: giving a list of their publications, and obituary notices of the deceased, With copious indexes*, American Presbyterian Mission Press, p. 142.

② 潘乃昭：《公祷书的翻译与圣公会命名的历史关系》，新加坡三一神学院亚洲基督教研究中心，附录部分为华文公祷书出版演变一览表。

③ Alexander Wylie, Memorials of Protestant missionaries to the Chinese: giving a list of their publications, and obituary notices of the deceased, *With copious indexes*, American Presbyterian Mission Press, p. 283.

④ Sze－Kar Wan, *The Chinese of Prayer Book*, *The Oxford Guide to The Book of Common Prayer: A Worldwide Survey*, 2006, p. 397.

葬礼文》等①，可能译自《教会祷文》。

19 世纪后半叶，公祷书出现了本土化的趋势，编者倾向于站在中国读者的角度编撰、翻译，正文前面往往加有专门的序言："中国书籍很少没有序言的。序言一般以精湛的书法手写而成，传统的功用是为了美化文本、彰显作品的文学地位或者对读者有个交代。"② 一些传教士在序言中加入说明性的前言，这与以往在序言中用诗意的颂歌来美化正文有所不同。比如，慕稼榖和高富编辑的宁波土白《众祷告文》(*Ningbo*：*Ningbo Ren'en Tang*，宁波仁恩堂，1864)③ 中"序言"和"凡例"占据了 10 面的篇幅，其中，"序言"简洁地把祈祷礼仪的每个部分连缀成整体，解释了一些基督教术语，提供了基本的神学教导。"凡例"即发凡起例，对本书的宗旨、著作内容、编撰体例、结构及编写中一些基本问题做了规定和说明。身为圣公会华中教区的第一任主教，慕稼榖又于 1910 年撰《公祷文》，这应当是传教士翻译的最后一部重要的公祷书。

第三节　汉语公祷书的语言特征

汉语公祷书的发展，根据语言特征大致可分为三个时期：早期公祷书主要采用文理版，代表作是马礼逊的《年中每日早晚祈祷叙式》；中期公祷书主要包括浅文理版和方言版，具有代表性的是《祷告文式》和《众祷告文》；晚期公祷书普遍采用官话，代表

---

① 柏亨利：《共读经文》，京都（北京）美华书院印，光绪十四年（1888），封封。

② 司马懿：《19 世纪中译本〈公祷书〉版本研究》。

③ 慕稼榖：《众祷告文》，同治三年，宁波仁恩堂刊。

作为《教会祷文》。

一、公祷书中欧化白话的使用

从马礼逊的《年中每日早晚祈祷叙式》开始，已经具有了一些欧化白话的特征，麦都思的《祷告文式》、慕稼榖的《众祷告文》则进一步体现了公祷书运用欧化白话的深化，以及对汉语的突破和创新；到官话本公祷书崛起，欧化白话成为主导的语言，19世纪末的《教会祷文》对欧化白话的运用程度也最高。

马礼逊是19世纪翻译公祷书的第一人。有意思的是马礼逊虽然来自公理宗，并非圣公会，但是他却翻译了带有明显圣公会色彩的公祷书，这一问题值得探讨。这或许是因为无论属于哪个宗派，传教士都会有意识地通过翻译公祷书来规范崇拜，公祷书的汉译比宗派之别、之争更为重要。

《马礼逊回忆录》中记载了1817年马礼逊的书信往来："这个中文版《公祷文》可供中国信徒早晚祷告之用，每天一篇。米怜先生想要修改它，以便更适合异教徒使用，但我认为还是照我原来的中文译文印刷，因为异教徒在初次使用时，需要给他们一些辅导。米怜已和我取得了一致意见。"① 马礼逊指出，针对当时中国的政治环境，他对其中的内容进行了部分改动，把原来英文公祷书中对英国国王的祈祷文改成对中国皇帝的祈祷文。马礼逊翻译的《年中每日早晚祈祷叙式》得到了英国赞助人的热烈回应，英国公祷文和布道协会普利切特牧师在回复马礼逊的信中提道：

① 马礼逊夫人：《马礼逊回忆录》，顾长声译，广西师范大学出版社，2004年，第132页。

你在1817年11月9日寄给我的信和一本中文的《公祷书》已在去年五月收到了。你的信和你编译成中文的《公祷文》给了我们真正的快乐。……我已获得本协会的委员会授权，要求你尽快地印刷2000本中文《公祷文》，费用由本协会供给。我们希望你利用一切机会在马六甲等地的中国居民散发这部《公祷文》，如有可能，也请你在中国散发。……请你寄100本中文《公祷书》给我，以便在英国的华侨中散发，并留数本在本协会供展览之用。①

对于早期的来华传教士而言，他们所关注的不仅仅是传福音或派发《圣经》单张，而是同样关注如何对华人基督教徒进行教导与牧养，这也解释了为什么他们编译公祷书、要理问答、主祷文、使徒信经等文本。此外，传教士也要考虑特殊的文化处境，即司马懿指出的，公祷书对于在一个讲究礼仪、社会等级森严并且有着古老文化传统的国家是非常重要的，中国传统文化本身对礼俗就有着强烈的敬畏之情，因此公祷书的翻译势所必然。

1817—1818年，由于米怜病故，麦都思要承担印刷所、学校管理等繁忙的事务，因而便由一位中国人来主持编写祈祷文。关于这位中国人，马礼逊指出，他是一位孔子的忠实追随者，视孔子为优秀的典范，不过这并不妨碍传教士邀请这位异教徒主持早祷仪式，他们反而认为这是“将福音根植于异教徒心中的第一步”。对于书面的祈祷文，马礼逊坚定不移地相信它的有效性，他

① 马礼逊夫人：《马礼逊回忆录》，顾长声译，第148页。

甚至确信，即便是对异教徒，公祷文也有难以想象的作用，“关于祈祷的精髓及其恰当的表达方式，他们也毫无所知，必须通过书籍或模仿他人来学习”[①]。

二、早期公祷书的语言形态

马礼逊翻译公祷书与其翻译《圣经》的活动密不可分。他的赞助人大英圣书公会对他的翻译提出过明确要求，即译文要忠于原意，使中国人能够理解，并博得中国人对《圣经》的尊重。他认为，如果采用《三国志演义》半文半白的语体来翻译《圣经》，不但可以保留经典著作的庄重风格，也可以避免因过于浅显而导致口语化的粗俗倾向。因而马礼逊认定，最好采用融合了典籍注疏与《三国志演义》语言风格的“中间文体”，这是翻译文本及一般性神学著作最适宜的文体。[②]

在翻译《年中每日早晚祈祷叙式》时，马礼逊创造了一系列汉语基督教用语，被后来的传教士参照沿用。比如，“天国”“兄弟”“福音”“使徒”“祈祷”“得救”“罪”“义”等。在翻译过程中，马礼逊力求在字面上接近英文原文，因而并没有严格遵循文言文的修辞规范。他有时自由地运用句式，如大量使用虚辞和代词。马礼逊译介的《年中每日早晚祈祷叙式》以文言文为主，同时又夹杂欧化白话。在句法的使用上，该书有许多不符合文言文用法之处，与传统汉语表达也有出入。马礼逊较为注重句子结构的完整性，即包含主、谓、宾成分，句子结构则以逻辑来组织。

① 米怜：《教在华传教前十年回顾》，大象出版社，2008 年，第91 页。

② 袁进：《新文学的先驱——欧化白话文在近代的发生、演变和影响》，复旦大学出版社，2004 年，第 18 页。

申小龙在《中国句型文化》一文中指出，所谓“欧化”最明显的特征就在于那些以动词为中心、具有复杂结构的长句。[①] 显然，《年中每日早晚祈祷叙式》的句式就具有这一特征：

> 诗九十五：荣归父者、子者、及圣神风者。照当始初有之，今有之，及永将有之，世世无尽焉。
>
> 使徒敬信全书：我信于圣神风者于圣公会者于信者之相通于罪之赦于肉身之复活于永生矣正是。
>
> 晚上祈祷：神欤，由汝凡圣念，凡善议，凡义行作皆出，今求汝赐给尔诸仆以今世所不能给之安。[②]

书中还有大量关于“……者”的翻译，比如，《主耶稣教厥使徒之祈祷》：“盖国者、权者、荣者，皆属尔于世世焉。”这个“者”字对应的是英语单词后缀“er”[③]，这一用法在现代汉语中被广泛使用，如“读者、作者、消费者、牺牲者”等。传统的汉语表达中，条件句通常不太用“若”“倘”“如”一类的表示假设的字眼[④]；但在欧化白话中，“若”“倘”等成为构成条件句的关键词，对应英语条件句中的“if”。如《年中每日早晚祈祷叙式》中：

> 若翰之第一公书：若吾侪自云，我等无罪即自欺，

---

① 申小龙：《中国句型文化》，东北师范大学出版社，1988 年。

② 马礼逊：《年中每日早晚祈祷叙式》，英华书院藏版，1830 年。

③ 王力的《中国语法理论》具体分析了“者”字的产生，1955 年中华书局重印。

④ 王力：《欧化的语法》，载《王力文集》（第 2 卷），山东教育出版社，1985 年，第 500 页。

而真理不在吾内，若吾侪谢罪神则诚实公平以赦吾侪之罪，及净我们去诸不义之处矣。[1]

If we say that we have no sin, we deceive ourselves and the truth is not in us. If we confess our sins, he is faithful and just to forgive us our sins, and to cleanse us from all unrighteousness.（钦定版《约壹》1:8—9）

"若……，而……"这一句式以直译的方式翻译英文中的条件句，明显带有欧化白话的特征，与现代汉语条件句"若……，就……"基本一致。

传统的汉语表达往往用单音字"将"表示未来的事情，但通常不用双音词"将来"表示。但《年中每日早晚祈祷叙式》中的《赞神篇》和《使徒敬信全言》却频繁使用"将来"[2]：

《赞神篇》：我等信以尔将来要至来一位以为我之审司者。

《使徒敬信全言》：……于第三日其自死者之中后活上来，其又升天而坐于神父权能者之右，后自彼其将来以审判连生死者。"[3]

"……He descended into hell; The third day he rose again

① 马礼逊：《年中每日早晚祈祷叙式·若翰之第一公书》，英华书院藏版，1830 年。

② 袁进：《新文学的先驱——欧化白话文在近代的发生、演变和影响》，第 171 页。

③ 马礼逊：《年中每日早晚祈祷叙式》，英华书院藏版，1830 年。

from the dead, He ascended into heaven, And sitteth on the right hand of God the Father Almighty: From thence he shall come to judge the quick and the dead."① (1662年《公祷书》教义问答)

马礼逊在翻译时以"将来"对应英语中的"shall""will",这一用法在现代汉语中普遍使用。

逻辑关联词、系词的大量出现是汉语欧化的一个重要特征,也是传教士在翻译中逐渐引入的。马礼逊认为,对于任何一本书的翻译,译者的职责有两个:一是必须准确理解该书的原意,领会原著的精神;二是必须以诚信、明达和典雅的译文,来表达原著的意思和精神。他坚持第一点比第二点更重要。② 在翻译《年中每日早晚祈祷叙式》时,马礼逊力图通过逻辑关联词、系词的使用,准确表达原文内容的逻辑层次和意思:

牧者向众道云:"甚爱之诸弟兄,圣禄内多处劝我等必要召认而自谦自爱之多罪多恶,致不可自遮己罪于全能神我等天父者之面前,乃以谦逊自悔,顺心而召认之,致可以其无限之恩之慈怜而获罪于赦。且虽然我等该当时在神之面前,自召认己罪,尚且我等最应如此于会同时,以为感谢神,因其以手赐我之大恩……"

为平安之祈:"神欤,平安爱宠相和之原作者,我等

① Introducted by James Wood, *The Catechism*, *The Book of Common Prayer* (1662, church of England), Penguin Deluxe Edition, p. 299.

② 马礼逊夫人:《马礼逊回忆录》,顾长声译,第154页。

获永生，是在乎识尔，又服侍尔为最自主也。我等诸敌攻我之时，求获守我等为尔逊仆，致我等固赖尔护守，不需畏惧何敌之强，因赖我主耶稣基利士督之大能也。”为神恩之祈：“神主欤，我等天父全能常永之神者，尔曾安护我等至今日之早始，求以尔大能而围我等，且赐以我等今日不失落于何罪，并不走进入何危险之事，乃赐以我等诸行，皆被尔治理，致可常行凡为义于尔眼前，求赐此因我等主耶稣基利士督也。”[①]

以上三句通过使用关联词“因”，表现这三段文字在逻辑上的关联性。马礼逊在翻译《圣经》时，也采用了相同的做法：“与其修饰润色，不如直接将原文内容译为中文，相信其丰富、虔诚的词语和普遍认同的优点，足以弥补对其内容一知半解的人造成的缺陷。”[②] 马礼逊力求忠于原文的翻译，对汉语构成了一种变革，不仅加强了短句间的逻辑关系，也使译文内容以及原文的结构特征更为鲜明。

马礼逊在翻译《养心神诗》的时候，试图采用中国传统的诗歌体。但由于他的中文能力有限，还达不到写作诗歌的水平，不得不请中国助手协助他：“这些赞美诗先由马礼逊译成散文形式——基督教国家赞美诗的通常形式，再由其助手改写为韵文。”[③]

---

① 马礼逊：《年中每日早晚祈祷叙式·为平安之祈》，英华书院藏版，1830 年。

② 马礼逊夫人：《马礼逊回忆录》，顾长声译，第 145 页。

③ 袁进：《新文学的先驱——欧化白话文在近代的发生、演变和影响》，第 222 页。

评判一部公祷书的价值，要以其诵读时是否琅琅上口、便于理解为标准。马礼逊的译本，读起来有一些佶屈聱牙。施约瑟在《在中国宣教中涉及的圣经、公祷书及术语》（*The Bible*, *Prayer Book*, *And Terms In Our China Missions*）中也评论说，这个译本完全不能用。[①] 虽然马礼逊努力模仿《三国志演义》的语体风格，但是由于马礼逊不了解中国传统诗歌的押韵等诗艺，也不熟悉中国典故，又要顾及普通信徒对公祷书的理解，这些复杂因素导致他翻译的公祷书及赞美诗有些不伦不类。

不过从另一方面来说，《年中每日早晚祈祷叙式》有其不可磨灭的价值。这部书最具影响力的地方就是马礼逊对神学词汇的创造。《年中每日早晚祈祷叙式》涉及许多基督教神学词汇，如将诗篇中的“Lord”译成“神主”；将“Minister”译为“牧者”；将“Holy Spirit”译成“圣神风者”；将“Jesus Christ”翻译为“主基利士督”；将“Church”翻译为“圣公会”等。马礼逊将引用的《圣经》书卷翻译为《圣路加书》《若翰书》《神诗书》等。马礼逊的翻译反映了部分由天主教遗留下来的风格，他在回忆录中提到，自己在学习中文时会借鉴耶稣会士所译的中文文稿，他刚来中国时则是跟着一位叫容三德的中国天主教徒一起学习中文，这似乎也佐证了他在翻译中可能参考了天主教传教士的翻译。[②] 此外，在翻译神学词汇时，马礼逊的策略颇为复杂，一要忠于原文，这使得他在翻译中常常不得不采用音译的方式；二要考虑受众的

---

① Samnel lsaac Joseph Schereschewsky, *The Bible*, *Prayer Book*, *And Terms In Our China Missions*, Project Canterbury, 1888.

② 潘乃昭：《公祷书的翻译与圣公会命名的历史关系》，新加坡三一神学院亚洲基督教研究中心，第2页。

接受度，不能单单译成一个神学词汇，如对“Holy Spirit”，从忠实原文的角度理应翻译成“灵”，像和合本中译成“圣灵”，但出于与异教词汇相区分的想法，马礼逊将之形象地译为“圣神风者”，因为根据《圣经》中的记载：“风随着意思吹，你听见风的响声，却不晓得从哪里来，往哪里去；凡从圣灵生的，也是如此。”（《约翰福音》3：8）当时耶稣用风来比喻圣灵重生的工作，马礼逊可能是根据“风”的比喻而采用了这一译法。

此外，马礼逊出于适应中国文化的考虑，在翻译中不时根据中国的状况进行调整，比如，《年中每日早晚祈祷叙式》中有对中国皇帝的祈祷文。马礼逊认为这样修改更适用于中国的皇室和政府。他删去了关于“敌人”的句子，希望中国的信徒在祈祷时不要带着仇恨的情绪，同时祈祷时也不应使用鄙视他人的语气，以及可能燃起心中报复欲望的话语，或强化一个国家对于另一个国家通常不怀好意的偏见和憎恶的话语[①]，对《年中每日早晚祈祷叙式》里面祈求免于敌人阴谋并且献上感恩的文字，马礼逊解释道：“这固然毫无疑问是国家的责任，却是公开祈祷最为敏感的一部分，也是最难以从中排除人类内心最糟的情感的一部分。”[②] 因此马礼逊进一步提出，是否对英国人使用的祈祷书做一些变通，即从中国的处境出发，删除英国公祷书原文中斋戒、感恩节使用的祈祷文、讲道词里面怀有煽动仇恨情绪的文字。可见，马礼逊在翻译中文公祷书时，实际上对原文中的问题也进行了反思，充当了客观的、批判者的角色，这一翻译的立场值得后来的译者借鉴。

---

① 米怜：《教在华传教前十年回顾》，第96 页。
② 米怜：《教在华传教前十年回顾》，第 97 页。

三、中期公祷书的语言形态

中期的汉语公祷书有许多采用浅文理，即浅显的文言文翻译。浅近的文言文在这个时期被看作是“最有希望的语言”。这一时期的汉语公祷书表现为欧化白话与浅近文言杂糅。本节将通过着重考察澳大利亚国立图书馆所藏1852年手稿本《祷告式文》（*Forms of Prayer manusricpt*）和1861年上海刊印的《祷告文式》（*Forms of Prayer*）揭示中期公祷书的语言形态。尽管这两个版本信息不够完备，无法确知译者等信息，但它们都是自由的祷文形式，按照信徒和教会礼拜接受的方式编撰，也是脱离英文《公祷书》而创作的祷文。

1852年的手稿本《祷告式文》（*Forms of Prayer manusricpt*）仅13页，它更像是便用祷告文，可供信徒随时随地诵读。由于刊印中讹误颇多，现存稿本中可以见到许多涂改的痕迹。其内容包含12篇祷文，即《论灵魂之祈祷第一式文》《论上帝祈祷第二式文》《论十诫祈祷第三式文》《论仁爱祈祷第四式文》《论罪恶祈祷第五式文》《论刑罚祈祷第六式文》《论耶稣祈祷第七式文》《论悔罪祈祷第八式文》《论圣法祈祷第九式文》《论来生祈祷第十式文》《论地狱祈祷第十一式文》《论复活祈祷第十二式文》，12篇祷文的语言风格一致。以《论上帝祈祷第二式文》为例：

> 世间万光皆由上帝而来、是故切求上主、教我笨人、顺应天启、可学道焉、叨蒙天父赐我圣书一部、令我敬读学习、可晓有上帝而奉事之、亦可晓上帝爱人之理也、天父欤、原来尔为上帝、纯灵无像、无所不在、无所不

> 知、无始无终、又至智、至能、至圣、至怜、至公、至真者、切求真主、帮我以灵、以真、奉拜天主、如所合宜矣……①

《祷告式文》的语言保留了一部分文言文特征，如“焉”“……欤”“……也”的使用。文中鲜有生僻的词语，也罕有典故，多排比句，读起来琅琅上口。同时，其中又体现了部分欧化语言的特征，嵌入了一些宗教外来词语，如“奉事”“奉拜”，注重动词的使用，如“教我”“帮我”等，不遵循格律，为散文体。

1861 年，上海刊印的《祷告文式》（*Forms of Prayer*），共 40 页，内容包括《早晚祷告文》《主祷告》《祝福颂》，还有从礼拜一到礼拜日的早晚祷课文。该书脱离了英文《公祷书》的形式，是供教会内部信众使用或者私下灵修之用的文本，便于携带使用。开篇有一个引，写道：“惟有朝夕祈祷之则，即为居恒策励之资……”② 大致介绍了祷文的功能，在结尾处标注：“上海 三牌楼福音会堂 五老峰礼拜堂。”根据《上海宗教志》对各个上海教堂的记录：

> 天安堂第一任牧师是麦都思，后为慕维廉、包克私等。第一位华人牧师是倪蕴山，他从清咸丰八年（1858 年）至光绪十五年任牧职 32 年之久。天安堂自立后的牧

---

① Forms of Prayer manusricpt, *Catalogue of Chinese Library*, National Library of Australia, 1852.

② Forms of Prayer, *Dao gao wen shi*, *literary Dramatic Musical*, National Library of Australia, 1861.

师有柯骏行、焦志芳、邬志坚、周梅阁、张孝基，1949—1954 年尤树勋任牧师。天安堂设分堂于南市三牌楼，名福音堂，还在南翔设慈善安老院和留养所。1958 年联合礼拜时，天安堂人员参加黄浦区联合礼拜，原址归仁济医院。1989 年改为仁济医院门诊部。[①]

据此推测，1861 年的《祷告文式》可能出自麦都思之手。语言流畅，笔法老到，应该有中国助手协助润色。通篇祷文在语言和风格上十分和谐，行文优美、雅俗兼备，可谓祷文中的上乘之作。如开篇《早晚祷告文·礼拜日早晨·祷告文》：

恭谢慈悲天父、永活上帝、幸蒙尔赐下鸿恩、保佑我等、昨夜睡卧平安、使我等今日、使我等今日、又能保全生命、惟赖救主耶稣基督、拯救我等灵魂、代赎我等罪愆、念此莫大鸿恩、故当诚心感谢、痛悔我从前罪恶深重、心实惨伤、我今定心立志断勿敢再犯前非、总要恳求吾主、速赐圣神开导我心、洁净我灵、加我信德、助我力量，使我终身愿从主之正道、遵守主之圣者、上能敬畏天父、下能仁爱众人、再求吾主、保护我等、今日都能守住安息日规矩、乐行众善、免作诸恶、戒所当戒、为所当为……”[②]

---

① 孙金富、吴孟庆、刘建：《第五编基督教》，《上海宗教志》，第一章《场所》第二节。

② Forms of Prayer, Dao gao wen shi, literary Dramatic Musical, National Library of Australia, 1861.

可以说，19世纪中期汉语公祷书的语言风格深受《圣经》翻译的影响。明末清初之际，利玛窦、罗明坚等天主教传教士把汉语学习的重点放在文言文上，但到19世纪中期，随着中国社会发生的改变以及新教传教士宣教策略的变化，面向社会下层传教成为重心。这正好与现代社会对社会组织和教育对象的转变相吻合，他们不再仅仅局限于贵族或精英，而是扩展到社会各个阶层，以期实现“全民化”“世俗化”，这对现代历史的发展趋势产生了引导作用。[1] 浅近文言作为文言文与白话文之间的过渡性语言，发挥了重要作用。作为基督教文本的公祷书在译介过程中，又自然地带上了欧化色彩，浅近文言与基督教词汇、西文语法相糅合，形成了中期汉语公祷书独有的语言形态。

这一时期的方言公祷书繁多。代表作如1860年慕稼穀的宁波方言《众祷告文》；1843—1845年，麦都思出版上海方言《祈祷式文》（*K'é taòu shĭh wăn*）；福州方言有麦利和（Robert Samuel Maclay）1857年的《祈祷文》（*K'é taóu wăn*）和1858年卢公明的《祈祷式文》（*Ch'i tao shih wen*）；汉口方言有1865年郭修理翻译的《祈祷文全书》（*K'é taóu wăn tseuên shoo*）等。在众多方言本公祷书中，慕稼穀的《众祷告文》可谓独树一帜，编撰者开始有意识地模仿中国著书的体例，使其更具中国本土特色。他在《众祷告文》“凡例”中介绍了他用宁波土白写作此书的原因：

是书总欲众人易于动听，若用文理恐听者不能尽解，

① 袁进：《新文学的先驱——欧化白话文在近代的发生、演变和影响》，第78页。

> 徒费唇舌。故言之不嫌其土，鄙陋之讥诚所不免。书中之字若就官音读之，恐听者一时难悟，故宁以此地之土音出之。[①]

编撰者在反复权衡后，放弃了文理和官话，唯恐使用文理会使听众不明白，而官话则让人无法领悟祷文的精义。为了既让听众理解，又便于诵读，本书选择了宁波土白。方言本祷文也是运用拼音文字和注音的开端，方言版本往往采用罗马字母进行拼写。慕稼穀不仅用宁波方言写布道词，也用宁波方音字为《众祷告文》注音：

> 赦—读“所”；自—读“徐”；解—读“街”；死—读“洗”；懵—读“蒙”；
>
> 饶—读“尧”；奢—读“速”；央—读“仰”；缚—读“婆”；掉—读“条”；
>
> 介—读“街”；著—读“濯”；谁—读“汝”；埃—读“哀”；掴—读“括”；
>
> 跪—读“具”；问—读“门”；交—读“告”；了—读“挜”；讨—读“太”；
>
> 伏—读“匐”；闻—读“门”；撒—读“札”；彀—读“苟”；胜—读“剩”；
>
> 埋—读“毛”；眼—读“眼”；又—读“以”；跟—读“义”；屯—读“滕”；

---

① 慕稼穀：《众祷告文·凡例》，同治三年，宁波仁恩堂刊。

颜—读“严”；儿—读“俉”。[①]

其他教区的传教士纷纷学习、效法这一方法。1883 年，苏慧廉看到慕稼榖的布道词后深受启发，他总结道：“正如多数语言学家所做的那样，最佳拼音方案采用英语的辅音和意大利语的元音发音……经过艰苦努力，他（指苏慧廉）把拼法进行分类，编制了一个体系，发现十分容易用‘拉丁字母’拼读汉语。”[②] 之后，苏慧廉开始在温州地区推行此法。

方言公祷书的语言融合了欧化的词语和语法，以宁波土白《赦罪祝文》为例：

葛位全能上帝我主耶稣基督个阿爹、是弗欢喜罪人灭亡、只要其离开罪恶、好得着活命、况且葛位上帝已经托付其个教师、去传赦罪个恩惠、拨其悔改个百姓听、凡百真心悔改、笃实相信其圣善个福音上帝就会饶恕赦其个罪、所以阿辣该常去求求其赐拨阿辣有真懊悔个心……[③]

这段文字既通过“阿辣”“葛位”“赐拨”等独特的宁波方言的运用，使祷文通俗易懂，具有亲切感，又在语法上体现出欧化白话的特征。如在主语“阿爹”之前加上一个长的修饰成分，句子的主、谓、宾结构十分清晰，用“只要”对应英文中的条件状

① 慕稼榖：《众祷告文·音注》，同治三年，宁波仁恩堂刊。

② 苏慧廉：《晚清温州纪事》，宁波出版社，2011 年，第 37 页。

③ 慕稼榖：《众祷告文·赦罪祝文》，同治三年，宁波仁恩堂刊。

语，使用“况且”“所以”等关联词，创造了“赦罪”“悔改”“恩惠”等基督教用语。这些变化背后反映的是言文一致的诉求，使祷文由书写的阅读文本变成可以听、诵的文本。

汉语方言公祷书大致集中出现在19世纪50—60年代，这与方言《圣经》的翻译时间吻合，“以方言书写赞美诗、宣教书、祈祷书、西方小说，将西方文化嫁接入中国地域文化，进而改变地方文化形态，打破了地域文化的封闭性”[①]。同时，由于许多方言字缺乏相应的汉字，需要作者根据语音创造出新的字，使方言写作难以推广和流通，这为后来传教士追求“共同的语言基础”，提倡和推广官话写作埋下了伏笔。

四、晚期公祷书的语言形态

官话旧指官方普遍使用的共同语言，也称雅言、通语、凡语等。除了官场使用、通行范围比方言土语广以外，还含有比较文雅的意思在内。官话往往因政治经济中心的转移而转移。历史上，长安、洛阳、南京等地的方言，都曾因当地一度作为政治、经济、文化的中心而成为汉语的中心，成为某一个历史时期的官话。明末清初，教会曾对官话的使用情况进行调查，其大致结论是：官话本身分为北部官话、南部官话和西部官话三种。这三种官话很相似，所以讲某一种官话的人只要稍加训练就可以听懂另一种官话。全国各省中讲官话的人大约共有3亿，约占全国人口总数的3/4。沿海地区的方言在发音和虚词方面与官话很不相同，但在书

① 宋莉华：《19世纪传教士方言小说述略》，载《文学遗产》2012年第4期。

写上却很接近。[1]

19 世纪中后期，围绕汉语官话标准音问题，汉学家们也曾展开激烈的争论，北京音作为官话正音，以北京方言为基础的北京官话作为官方普遍使用的共同语的地位越来越得到大多数人的认可。对汉语方言深有研究的艾约瑟（Joseph Edkins，1823—1905）虽然坚持南京官话通行范围比北京更大，但也不得不承认“那些想说帝国宫廷语言的人一定要学习北京话，而净化了它的土音的北京话，就是公认的‘帝国官话’”。1874 年 3 月 17 日，日本首任驻华公使柳元前光在给外务省的报告中称：“满清建国后，苦于汉人吱唔不规则，另定北京官话，使满汉官吏一体遵用……始以官吏能京话方能上堂。”[2] 日本教育界很快于 1876 年放弃南京官话而改授北京话。1867 年，威妥玛编撰的《语言自迩集》是一部以当时北京话为描写对象的汉语读本。该书第一次把北京话官话口语作为研究与教学对象，书中的中文课文全部是白话文。美国长老会牧师薛思培（John Alfred Silsby）预言文言文将终结，“传统的”形式将被更为通俗易懂的浅近文言所取代，浅近文言则将被更为通俗易懂的官话或方言所取代。[3] 言文分离给传教带来诸多困难，因此他们想尽快统一中国语言，这一最有希望的语言必须具有以下要素：

1. 必须在帝国中通用，从官员到百姓的所有阶层都熟悉；

---

① 袁进：《新文学的先驱——欧化白话文在近代的发生、演变和影响》，第 29 页。

② （英）威妥玛：《语言自迩集：19 世纪中期的北京话》，张卫东译，北京大学出版社，2002 年，第 14 页。

③ The spread of Vernacular literature, *The Chinese Recorder and Missionary Journal*, 1895, Vol. 11, p. 508.

2. 必须具备一定的社会影响力和标识度，使人们愿意使用；

3. 这种语言应当具有成为未来民族通用语即“国语”的可能性。[①]

在这种诉求之下，传教士们联合起来，跨越宗派的鸿沟，开始翻译各个教派共同认可和使用的《圣经》，委办译本、北京官话本、和合本三个译本不同于其他译本之处即在于此。[②] 官话本汉语公祷书正是在这一浪潮中开始推广的。

1856 年，麦都思翻译出版南京官话本《圣经》，可以算得上是近代《圣经》汉译史上的第一个白话译本，由麦都思和中国助手从文理版的委办译本改译而来。[③] 在此之前，1855 年麦都思已出版《祷告文全书》（*Complete Prayer Book*）的文理版和官话版，由香港圣保罗出版社出版。从祷告文目录看，共 10 卷，内容包括：《早晨祷告文》《总祷文》《各项祷告文》；祝文内容有《各项鸣谢祝文》《每年应颂祷文》；圣礼礼文包含《圣餐祷告文》《施洗婴孩的礼》《施洗壮年的礼》；教会礼文则有《要理问答》《坚信的礼》。麦都思的官话本《祷告文全书》（*Complete Prayer Book*）具有承上启下的作用，成为后来其他传教士参照的底本，如 1857 年俾士在广州出版的《祈祷文全书》（*Prayer Book*），即摘自麦都思的《祷告文全书》。俾士在吉顿（Hutton）先生的协助下对其进行了修改，内容包括《赦罪祝文》《求恩祝文》《求佑君王祝文》

① Our Attitude to the Literature of China, *The Chinese Recorder and Missionary Journal*, 1897, Vol. 6, pp. 285 - 286.

② 袁进：《新文学的先驱——欧化白话文在近代的发生、演变和影响》，第 93 页。

③ 贾立言：《汉文圣经译本小史》，上海广学会，1934 年，第 64 页。

《为众人谢恩文》《求佑圣品人及会众祝安》《求佑天下众人祝文》，下午祷告只剩1篇，以总祷文为结束，此版本省去了使徒信经的翻译。此外，还有英国圣公会派往中国的施美夫（George Smith）主教对麦都思1844年翻译的《祈祷式文》加以节选，编订成《耶稣圣教祷告文》（*Prayers of the Christian Religion*），1854年在香港出版。麦都思《祈祷文全书》所用的语言已接近现代白话：

> 假如恶人悔改平日的行为，常常做公义的事，就可以得着生命了。我自己说出我自己的罪来，时常纪念自己的恶。不要明察我的恶事、定要抹掉我的罪过。上帝所要的祭祀，只在乎痛心悔罪，有了这个心怀，必定不被上帝丢弃咯。①

双音词明显增多，条件句频繁出现，如“假如……就……”“有了……必定……”，使用被动句“不被上帝丢弃”等。但施约瑟对麦都思译文的评价并不高，他认为，虽然相较于马礼逊的翻译，麦都思的译本成熟了许多，但是依然无法被视为上乘之作，也无法被使用。②

后期的官话本公祷书日益成熟，代表作可推包尔滕、施约瑟二人合译的《教会祷文》，他们的合作旨在统一繁多杂乱的各种祷文，形成统一的书面文本的祷文集。《教会祷文》是二人在北京合译的一部公祷书，后成为中国圣公会在各地通用的版本，今天的

① 麦都思：《祷告文全书》，香港圣保罗书院镌，乙卯年仲夏。

② Samnel lsaac Joseph Schereschewsky, *The Bible*, *Prayer Book*, *And Terms In Our China Missions*, Project Canterbury, 1888.

华文公祷书也是以这一译本为基础的。1872 年，《教会祷文》在北京出版。这是英美教会第一次合作，编订全国通用的祷告文本。在《教会祷文》之前，19 世纪英国安立甘宗与美国监理会在中国传教时，曾各自出版祷文，但彼此并不统一。1872 年的《教会祷文》则基本涵盖了英美两个国家的礼文，这样就能让不同背景的英美教会信徒使用同一部公祷书。之后，包尔滕、施约瑟又以其为底本，于 1879 年和 1880 年分别在上海、香港教区出版《教会祷文》[①]，开启了翻译公祷书的大公传统。

《教会祷文》以北京官话作为公祷书的语言，目的是使这部公祷书不受方言的限制而通行全国，同时促进不同宣教组织之间的合作。施约瑟在写给其他主教的一篇文章即《在中国宣教中涉及的圣经、公祷书及术语》（The Bible，Prayer Book，And Terms In Our China Missions）中，提到了他对公祷书所使用的语言的思考。他指出，中国至少有 2/3 的人口使用的口语是官话，它将成为未来的文学语言。施约瑟认为，在西方，口语被视为一种文学语言。中国小说虽然用白话书写，但白话却并不被认为是一种合法的文学语言。因而，为了达到文学目的，士大夫阶层依然以文言文作为书面语。施约瑟进一步指出，文言文已经是一种“死的语言”，不宜使用。[②]《教会祷文》“凡例”称：

翻译是书专用官话者，一则缘教中定例祈祷需用众

---

① 潘乃昭：《公祷书的翻译与圣公会命名的历史关系》，新加坡三一神学院亚洲基督教研究中心，附录部分为华文公祷书出版演变一览表。

② Samnel lsaac Joseph Schereschewsky，*The Bible*，*Prayer Book*，*And Terms In Our China Missions*，Project Canterbury，1888.

人熟悉之言语议成官话，使人易解。一则缘至尊无文在天主前固不宜之乎者也等字常在口端也。[1]

可以发现，两位译者有意识地运用官话，以使广大信徒更便利地使用该书；同时也宣告了文言文将退出历史舞台的趋势。正如理一视（Jonathan Lees）曾预言的：

> 因为它有一种活的语言——无论是在写或说方面——如此广泛地传播以至于它应该被视作现代的民族通用语而非仅仅是一种方言。这种语言有着生命力和高雅的情趣，我怀疑其他方言并不具备这一特征。这种语言注定具有其他方言不能望其项背的未来……如果中国今日有一种国语的话，那肯定不是学究们所使用的半死的文言，而是官员与人民都同样熟悉的官话。[2]

从《教会祷文》的内容来看，一共有六卷：卷一为《早祷文》《晚祷文》《总祷文》和《随时祷文谢文》；卷二为《圣诗》；卷三为《主日祝文书信福音》《圣日祝文书信福音》《施餐圣礼文》；卷四为《施洗婴孩圣礼文》《施洗壮年圣礼文》《教会问答》《坚信礼文》《大斋首日忏悔文》《婚姻礼文》《看视病人文》《施餐病人圣礼文》《殡葬礼文》《家用祷文》；卷五有《派立会吏礼文》

---

① 包尔滕、施约瑟：《教会祷文·凡例》，京都（北京）美华书局印刷，同治十一年（1872）。

② Jonathan Lees, Letter to a friend on Wen—li v. Vernacular, *The Chinese and Missionary Journal*, Vol. XXXIII, April 1892, p. 178.

《派立教师礼文》《派立监督礼文》；卷六有《论要道三十九条》。

就语言而言，《教会祷文》的欧化程度达到了一个高峰。其中的祷文完全不讲究平仄、对仗、韵律，而更像是散文。除此之外，《教会祷文》中运用的宗教用语后来被广泛使用，如将“bishop”译为“主教”，“priest”译为“教师”或“教牧”，“I believe in the holy, catholic church”译为“我信圣公会”。文化背景和文学性是施约瑟翻译中着重考虑的因素。施约瑟在《在中国宣教中涉及的圣经、公祷书及术语》一文中提出，译者需要考虑可译性的问题，即用汉语传达“神旨”的适应性，翻译时既要尊重释经传统，又要注重汉语的表达形式：

> 就语法而言，两者是相同的。文言与口语的区别主要在于文言更加简洁，具有不同的助词和代词。在我看来，华文公祷书必须要有文学性。

施约瑟追求的效果是，不仅要让文士接受，同时让那些没有受过教育的人也能理解。为了达到这一目的，施约瑟强调要双管齐下：一方面要尊重原文；另一方面要注重汉语表达。他与包尔滕翻译的《教会祷文》，语言更为凝练，形式更为完备，成为华文公祷书的范本。

不过，《教会祷文》并没有完全被全国教区采用。1912 年，中华圣公会成立后，华人圣公会想成为一个由本国信徒掌管而不受英美资助的独立辖区，并按照英美合译本公祷书开始编撰具有中华圣公会特色的公祷书。1946 年，主教院会议任命沈子高拟定新的公祷书。晚近的华文公祷书遂在英美合译本的基础上出现了本土化倾向，华人独立编撰的公祷书纷纷问世，例如，1976 年由庞德明、张绿芗、黄明德主编的《公祷书》①，脱离了英美译本的主导，将中国的儒家思想融入礼文中，根据中国民间节气编撰新的祷文。

第四节　汉语公祷书的诗歌艺术

一、公祷书的诗歌特性

英文《公祷书》的第一部分由早晚祷告文（morning prayer and evening prayer），圣餐预备礼文（preparatory to the Holy communion）、连祷（the litany）组成。其中，早晚祷告文有多种汉译版本，既有一字不落的如实翻译，也有根据需要自由改动的译本。《早晚祷告文》包括传统的日课，通常以“求主助我们开口，使我们能用口赞美主”开篇，内容多取自《诗篇》和《圣颂》。《诗篇》和《圣颂》以赞美和感谢上帝为主题，也有悔改、为别人代祷等其他主题。

（一）“骚体”的运用

马礼逊的赞助人大英圣书公会对他翻译《圣经》有明确要求，即译文应忠实原意，便于中国人理解，并对《圣经》产生尊重。马礼逊本人也认为，与其不断对原文进行阐释和修饰，不如将原文内容直接译为中文，他相信《圣经》本身的丰富内容和被普遍

① 潘乃昭：《公祷书的翻译与圣公会命名的历史关系》，新加坡三一神学院亚洲基督教研究中心，附录部分为华文公祷书出版演变一览表。

认同的特点，足以弥补中国读者对其内容感到陌生而带来的问题。作为来华不久的传教士，马礼逊更看重文本的神学内涵，外在形式在他看来只是辅助“圣言”的工具。

马礼逊的公祷书翻译以神学为出发点，在一定程度上牺牲了文学的美感。他所译的公祷书，语言佶屈聱牙，适用性不强。因而1840—1850年之后的传教士在翻译公祷书时，开始注意语言的美感、文学艺术性及适用性等问题。这也是摩尔登在《圣经之文学研究》中提出的“我们不可如旧日的神学家和圣经的诠注家那样，以为圣经的逐字逐句，全无作者的情绪、性灵和气味，只是上帝所发的神旨的气味”①。

同治四年（1865）汉口福音堂刊印的《祈祷文全书》，从文学角度来看，有一些值得注意的特点。《祈祷文全书》由俾士在麦都思译文的基础上删节而成，内容包含了清晨祷告文、启应祈祷文、下午祷告文和总祷文。该书通篇采用浅显的白话，但清晨祷告文中的启应部分却采用了骚体翻译，富有浓郁的抒情成分：

耶和华兮我之救主，尔等应同我唱歌赞美兮，我将称颂之言，扬声在前，欢乐歌诗颂之不止兮。耶和华上帝大不可及，几于天地中称为帝者岂敢与之匹比兮。最深之渊、最高之山，皆归上帝统辖兮。惟上帝创成大海，造成陆地，皆其所有兮。上帝乃造化之主耶和华，尔等何不同我俯伏跪拜兮。上帝是我等之主，我等小民即上

---

① 摩尔登：《圣经文学之研究》，贾立言、冯雪冰译，上海广学会，1936年，“序言”第3页。

帝所牧之羊兮，上帝曰，已到今日，尔愿听从我言，勿固执尔心，如昔日之民触犯我，试我于野兮，尔祖看我行事，亦曾试我历四十年，我憾当时之人，其心当迷，不识我路兮，我怒而视之，毋俾斯人享我安息兮。[1]

一般而言，公祷书作为独立的文本，整体风格应基本保持一致。但是，俾士在翻译《诗篇》第95首时却采用了骚体，运用参差灵活的长短句，句尾使用标志性的“兮”字，充满中国古典诗歌的气息，在该书其他使用浅显白话文的篇章中显得十分突出。

《诗篇》第95首是古希伯来人在圣殿敬拜时使用的感恩敬拜诗。作为仪礼诗，它是以色列民族集合时，共同向神祈祷的诗篇。在1662年的公祷书中，在《诗篇》第95首上方写着“VENITE，EXULTEMUS DOMINO”[2]，意思是“来吧，都来颂！”许多教会用这首诗作为崇拜的宣召。《诗篇》第95首之后则是“Te Deum Laudamus”，意思是“赞美神”。无论是在希伯来原文中，还是在公祷书中，《诗篇》第95首都显示出特别之处：第一，其崇高、肃穆的基调，该诗前半部分为颂歌，带有强烈的宗教情绪；第二，该诗后半部分追溯昔日以色列民族的历史，显得凄凉悲壮；第三，它与“歌”同义，属于一种“精美的歌”[3]，与纯粹的音乐也十分接近。这些特点与中国的“骚体”有许多相通之处。“骚体”属于韵文体裁的一种，是屈原在楚国民歌的基础上所创造的一种抒情

① 佚名：《祈祷文全书·清晨祷告文》，同治四年新镌，汉口福音堂藏版。

② Introducted by James Wood, *Morning Prayer*, The Book of Common Prayer (1662, church of England), Penguin Deluxe Edition, p. 71.

③ 摩尔登：《圣经文学之研究》，贾立言、冯雪冰译，第69页。

韵文，以《离骚》为代表，一般篇幅较长，句式灵活参差，多六、七言，以“兮”字作语助词。“骚体”不拘泥于古诗章法，放纵诗人的情绪，或陈述，或悲吟，或呼告，而这一段以骚体翻译的诗篇主要是表达对心迷之人的哀叹。朱维之在《基督教与文学》一书中曾指出，中国特有的“骚体”诗和希伯来民族特有的“气纳体”之间有文学渊源。[①] 中国的“骚体”和希伯来民族的“气纳体”在四个方面有相似之处：第一，两者都属于哀楚、悲壮的诗体。第二，“气纳体”每行五个强音节，前三后二，中间有一个停顿，像人在哭泣时，话语若断若续。“骚体”之“骚”也表示“忧愁”之意。每句六个音节，中间的停顿词“兮”本是哀情之叹。第三，两者发出的都是亡国的哀音。诗者不是为一己之悲而歌，而是慨叹国土丧失、山河破碎之惨。第四，两者在抒发悲哀之情时颇带有宗教情绪。[②] 此外，“兮”字有表示语音持续、加强咏叹色彩、构成文法意义的三种功能。它不仅是语音的中心，也是结构的枢纽，它规定了楚骚句子内部和两句之间的对应关系及基本节奏，同时也规定了楚骚句子必须以两两相对的偶句形式出现，否则会破坏结构的平衡。“骚体”句式也有一定的灵活性，“兮”字前后的字数如果不完全相等，也可以通过诵读时语音缓急的调节来达到平衡。“骚体”的多重表情功能和丰富文体特征都为翻译外国诗歌提供了极大方便。纵观近代外诗汉译，以“骚体”翻译外国诗歌的例子不少，除了王韬、林纾、胡适之外，第一个翻译意大利诗人但丁《神曲》的钱稻孙从一开始就采用“离骚体”；鲁

---

① 朱维之：《基督教与文学》，第 133—135 页。

② 任东升：《圣经汉译文化研究》，湖北教育出版社，2007 年，第 319—320 页。

迅、郭沫若则分别用“骚体”翻译过波兰诗人显克微支《守灯台》里的诗句和波斯作家莪默·伽亚谟的《鲁拜集》。[1]

在圣经诗歌翻译方面，李荣芳、朱维之、吴经熊也采用了“骚体”。其中李荣芳的《耶利米哀歌》、吴经熊的《圣咏译义》颇为著名。有学者甚至认为最早尝试“骚体”翻译的是李荣芳。在姜宗强、孙玥的论文《李荣芳对〈耶利米哀歌〉的翻译——兼论中西文化交流》中开宗明义地指出：

> 李荣芳先生以屈原的“楚骚体”翻译《耶利米哀歌》，开辟了一个有别于传教士翻译圣经的文学翻译传统，他的影响不仅限于翻译界和翻译，而是更广泛地涉及人们对中国传统文化与圣经传统所代表的犹太——基督教文化传统的交流与关系这种深层面问题的考虑。李荣芳“楚骚体”的翻译影响了后来学者关注中国的哀歌传统与圣经哀歌传统的跨文本解读。[2]

但是，从现存的公祷书译本《祈祷文全书》来看，在李荣芳之前就有传教士尝试以“骚体”翻译公祷书。

（二）诗与散文的重叠

“希伯来文学中还有一项特质是其他文学所没有的，就是诗文的重叠（overlapping of verse and prose）。这是我们所讲到的几项中

① 任东升：《圣经汉译文化研究》，第 319 页。

② 姜宗强、孙玥：《李荣芳对〈耶利米哀歌〉的翻译——兼论中西文化交流》，载《圣经文学研究》2014 年第 2 期。

最重要的一项。我们已经看到希伯来诗，它的结构不是依据韵和律，而是以思想为标准。所以诗和散文表面看来并无明显的区分。但是，这种并行的体裁，在世界文学汇总，只是散文的修辞学的一种方法。假如某个国家以并行体为诗的根据，那么，诗和散文的重叠就不是可避免的结果了。而《圣经》文学就是发现了这样的现象。"[①] 诗与散文的混杂、重叠是希伯来文学与世界其他文学最为显著的区别。

中国文学传统中的"赋"与此有异曲同工之妙。班固在《两都赋》的序中将"赋"定义为"赋者古诗之流"以及在《艺文志》说的"不歌而诵谓之赋"；刘勰在《诠赋》中说："赋者铺也。铺采摛文，体物写志也。"可以将其归纳为，"赋"是介于诗和散文中间，可以起到描写的作用，铺张华丽，但是比起音乐性较强的诗歌，"赋"更接近图画。朱光潜总结"赋"有诗的绵密而无诗的含蓄，有散文的流畅而无散文的直接。因为体裁的相通之处，一些传教士在翻译祷文的时候，会有意识地借鉴赋体，例如，1861 年三牌楼福音会堂、五老峰礼拜堂的《祷告文式》。

礼拜二晚刻 祷告文

无始无终、全能全智、至高上帝、至慈天父、我等瞻仰尔之荣光、尔之大德、屈膝祈祷、感谢不置、应尔无穷仁爱、降生救主耶稣、在世为人、身如罪徒、德超天使、甘心受苦受难、钉死十字架上。

① 摩尔登：《圣经文学之研究》，贾立言、冯雪冰译，第 64 页。

礼拜日晚刻

全能上帝、至尊天父、我等仰受鸿恩、感谢不尽、向则我心刚硬、我志昏迷、若非主赐圣灵感化我心、焉能信从真道、弃邪归正、使我今日得能共聚会堂、遵依安息礼节、钦崇礼拜、赞扬主名、同享和平之福、共得救赎之恩。[1]

虽然上述祷文不能被称为“赋”，但是却带有“赋”的韵律，尤其是它不吝铺张，铺采摛文，在对“上帝”赞美时运用了许多四字句，具有排偶的特征，兼具诗歌和散文的特点。

二、现代自由体诗歌的先驱

（一）不拘泥于格律的自由体诗歌雏形

作为汉语公祷书蓝本的英文《公祷书》本是《圣经》的附属文类，却对英国的宗教、神学、文学产生了巨大影响，莎士比亚、弥尔顿等人的作品中都可见其影响的痕迹。《公祷书》甚至被认为是现代英语散文的范本。

《公祷书的过去、现在及未来》（*The Book of Common Prayer*: *Past*, *Present and Future*）一书中专门探讨了公祷书的韵散结合、诗歌散文化等文学特征。

① Forms of Prayer, *Dao gao wen shi*, literary Dramatic Musical, National Library of Australia, 1861.

《公祷书》里的诗歌并不局限于韵文；《公祷书》中的大部分散文体祷文又都是诗歌。散文体祷文应当大声地朗读，正如几个世纪的信徒们已经证实的那样，它的文体经过诵读之后语气强烈、字句清晰，并且非常优美……①

从马礼逊开始，很多汉译公祷书都采用的是文言文翻译，这样做一方面是为获得文人士大夫的认可；另一方面，从英文《公祷书》自身的文类特征出发，运用文言文翻译祷文更能彰显其蕴藉、优美的特色。从现存早期的汉译公祷书来看，大多不拘泥于格律，兼有散文和诗歌的特点，体现出自由体诗歌的雏形。如1662年英文《公祷书》中的一篇“Te Deum Laudamus”，意为“哦神，赞美祢”：

WE praise thee, O God: we acknowledge thee to be the Lord.

All the earth doth worship thee: the Father everlasting.

To thee all Angels cry aloud: the Heavens, and all the Powers therein.

To thee Cherubin and Seraphin: continually do cry,

Holy, Holy, Holy: Lord God of Sabaoth;

Heaven and earth are full of the Majesty: of thy glory.

---

① Ian Robinson, *The Prose and Poetry of the Book of Common Prayer*, *The Book of Common Prayer*: *Past*, *Present and Future*, p. 73.

The glorious company of the Apostles: praise thee.

The goodly fellowship of the Prophets: praise thee.

The noble army of Martyrs: praise thee.

The holy Church throughout all the world: doth acknowledge thee;

The Father: of an infinite Majesty;

Thine honourable, true: and only Son;

Also the Holy Ghost: the Comforter. ①

这是一首早期的基督教赞美诗，于386年由一名圣徒创作，原文为拉丁文，后译成英文，收录在1662年的《公祷书》中。这首赞神颂一般是在感恩节或重大节日时，宣读完《圣经》的内容之后，伴随着音乐由全体信众一起吟唱敬拜，直到今天仍在沿用和吟唱。该诗体现了韵散结合的文学特征，多处运用头韵、尾韵及回旋复沓等，此外，不拘泥于韵律，不像拉丁文版本使用繁复冗长的修辞，英译本更趋简洁，富有节奏感和音乐性，在敬拜时配合音乐可以吟唱。马礼逊在《年中每日早晚祈祷叙式》中，最早翻译了这首作品，题为《赞神篇》：

神欤。我等赞美汝。我等认以汝为主也。

全地係崇拜汝。汝乃常永之父也。

向汝万神使高呼。

① Introducted by James Wood, *Morning Prayer*, The Book of Common Prayer (1662, church of England), Penguin Deluxe Edition, p. 299. 此处为节选。

向汝各所称其路比及西粒飞之各天使常呼云。

圣者。圣者。圣者神主者。天君之神也。

天地俱满以尔威。尔荣者也。

诸使徒之荣群皆赞尔。

诸先知之美伴皆赞尔。

节死者之贵军皆赞尔。

满世界之圣公会皆认尔。

为父者无限之威也。

且尔贵者真者之独子也。

及圣神风施惠慰者也。① （节选）

马礼逊以文言文翻译，但其中夹杂了一些欧化词语，如“赞美”“使徒”“节死者”等外来词汇。此外，“Cherubin and Seraphin”是两个天使的名字，本身包含尾韵，马礼逊用直译的方式译为“其路比及西粒飞”，不合韵脚。文言文以单音节词为主，但白话中包含大量双音节词。从马礼逊的《赞神篇》来看，运用白话写作，单音节词、双音节词、多音节词混合使用，诗体不受任何框式的束缚，段、行和字数都不固定，更注重诗意的表达，不拘泥于外在的格律和音节等，带有现代自由体诗歌的特征。

同治四年，汉口福音堂刊本《祈祷文全书》和包尔滕、施约瑟合译的《教会祷文》，也翻译了这首颂神诗。《祈祷文全书》中的翻译对原文有所删减：

① 马礼逊：《年中每日早晚祈祷叙式·赞神篇》，英华书院藏版，1830 年。

我等赞美上帝、崇敬上帝为主、无始无终之天父、万国皆崇拜吾主、

众天使同天上有权利者、皆称呼我主的名、基路冰与哂拉冰、

常称颂主曰、圣哉、圣哉、圣哉、万有之主上帝、上帝荣光照耀、充满天地、

众使徒乃荣华之人皆赞美吾主、众先知、乃至善之人、皆赞美吾主。[①]（节选）

诗句比之前马礼逊的翻译更显灵活，长短不拘，富于音乐性。包尔滕、施约瑟合译的《教会祷文》，文学性又胜一筹。“这显示了两位优秀的语言学家（他们比马礼逊甚至麦都思受过更好的训练，并有更好的字典可用）所取得的成就以及现代标准普通话的演变过程。”[②] 因此，这一公祷书在圣公会历史上具有不可替代的地位。该书对这首《赞美颂》的翻译语言熟稔，意境深远，饱含诗意：

我们赞美天主，认为万有之王。

主为无始无终的父。普天下人无不敬拜。

天和天使、並天上一切掌权的。都高声赞美主。

基路冰同西拉冰。時常大声称颂主。

① 佚名：《祈祷文全书》，同治四年新镌，汉口福音堂藏版。

② 司马懿：《19世纪中译本〈公祷书〉版本研究》，张靖译，载中国人民大学基督教文化研究所：《审美的神学——基督教文化学刊》（第20辑），第227页。

说圣哉、圣哉、圣哉。天地万物之主。
主的荣耀威言。充满天地。
有荣耀的众使徒。都赞美主。
众先知都赞美主。
舍命为道作见证的人。都赞美主。
普天下圣教会都尊奉主。
有极大威严的圣父。
当拜的、至真的。独一圣子。
安慰人心的。圣灵。①（节选）

这首诗完全从中国旧体诗的格律中解放出来，在语言形式上不受格律的限制。每一行诗的字数、节奏和韵律没有固定的格式，而是根据内在的情感起伏来安排诗歌意象和诗歌语言的节奏韵律，闪耀着诗性的光芒。

袁进将这一文学变化归因于《圣经》的翻译。由于传教士担负着正确传达“圣言”的使命，因此翻译的最终目的是在真实的基础上兼顾“美”。从语言形式上看，他们使用的欧化白话和诗歌形式，尽管并不押韵，也没有平仄，不讲究每句话要有多少音步，但是它却形成了一种新的语言节奏，从而产生一种现代诗的感觉。一般而言，古代汉语的诗歌韵律是建立在以单音节词为主的语言上；但是现代汉语改变古代汉语的一个重要变化就是复音节词取代了单音节词，这就很难再运用平仄等古代汉语的诗歌韵律。因

① 包尔滕、施约瑟：《教会祷文·赞美颂》，京都（北京）美华书局印刷，同治十一年（1872）。

而在新的形式和语言的运用中，现代自由体诗的雏形逐渐形成。

实际上，《公祷书》在英语和汉语世界引起的语言和文学变革，有诸多相似之处。在英语世界，《公祷书》被普遍公认为是英语散文体的典范。特别是1549年《公祷书》的出现，对现代英语语法的形成影响深远。托马斯·克兰麦于1549年作《公祷书》的特点为：兼顾韵律和语法，侧重于英文表达而不是拉丁语的传统。出于对敬拜功能的考虑，托马斯·克兰麦意识到信徒们文化程度不同，文盲很多，因而他认为过多地使用修辞显得华而不实，句子也不宜冗长繁复。当然祷文必须准确，注重句法表达有助于揭示祷文中所蕴含的“道”。公众敬拜讲究听和念，因而祷文要有韵律，念诵时要有节奏感、铿锵有力，但又不能被韵律束缚。作为坎特伯雷主教的托马斯·克兰麦，拥有教会牧者和改教家的双重身份，有着较高的文学素养，这使他编撰于1549年的《公祷书》在英语表达上十分出色，对现代英语的发展影响深刻。汉译《公祷书》也带来了汉语语言和文学的革新。来华传教士为了使社会各阶层的人都能读懂、接受，同时便于在敬拜活动中使用，尝试以多种语言和文体翻译公祷书，间接地影响了白话和诗歌文体的发展。

（二）救世主口吻

“一种语言会有自己的独特的腔调，《圣经》的翻译，在白话文的叙述上，带来了与古代白话文不同的新的腔调，这种腔调是与《圣经》本身的特点联系在一起的。”比如，《教会祷文》中的《新歌颂》：

新歌颂

你们当场新歌颂扬主，因主曾经行奇事。主用右手圣臂拯救了世人。主将救恩表明出来。显公义与万国人看。主纪念以色列族，向他们发慈悲、显诚实。四极的人都得见主的救恩。

欢呼颂

天下万民、都当因主欢呼、欢欢喜喜事奉主、到主面前歌诗颂扬、应当知道惟独上主是天主。造我们的是主、并非我们自造、我们为主的民、为主所牧的羊。

当进主的门感谢、入主的院赞美。称谢主、颂美主的名。主为至善主、主的恩典、永远常存。主的诚实、世世无尽。但愿荣耀归于圣父圣子圣灵。起初这样、现在这样、以后也这样。永无穷尽、阿门。

文中以“都当”“到……”“应当”等形成强烈的语气，表达命令、请求、劝告、警告、禁止等，对信众进行引导。此外，还使用了一系列排比句，斩钉截铁，不容置疑，显示出令人敬畏的预言力量，带着救世主的口吻。

这种口吻表明说话人至高无上的地位，掌握着真理，拥有支配别人的力量。这种腔调在中国近现代文学作品中很常见，通常被作家们用以启蒙民众。比如，郭沫若的新诗《匪徒颂》:

（一）

反抗王政的罪魁，敢行称乱的克伦威尔呀！

私行割据的草寇，抗粮拒税的华盛顿呀！

图谋恢复的顽民，死有余辜的黎塞尔（菲律宾的志士）呀！

西北南东去来今，

一切政治革命的匪徒们呀！

万岁！万岁！万岁！

（二）

鼓动阶级斗争的谬论，饿不死的马克思呀！

不能克绍其裘，甘心附逆的恩格斯呀！

恒古的大盗，实行“布尔什维克”的列宁呀！

西北南东去来今，

一切社会革命的匪徒们呀！

万岁！万岁！万岁！

（三）

反抗婆罗门的妙谛，倡导涅槃邪说的释迦牟尼呀！

兼爱无父，禽兽一样的墨家巨子呀！

反抗法王的天启，开创邪宗的马丁·路德呀！

西北南东去来今，

一切宗教革命的匪徒们呀！

万岁！万岁！万岁！

（四）

倡导太阳系统的妖魔，离经叛道的哥白尼呀！

倡导人猿同祖的畜牲，毁宗谤祖的达尔文呀！

倡导超人哲学的疯癫，欺神灭像的尼采呀！

西北南东去来今，

一切学说革命的匪徒们呀！

万岁！万岁！万岁！[①]（节选）

《匪徒颂》每一节末尾的号呼“万岁！万岁！万岁！”与上文所引《欢呼颂》中“但愿荣耀归于圣父圣子圣灵。起初这样、现在这样、以后也这样。永无穷尽、阿门”相似，诗人对于他所崇拜的对象进行宣誓。同时，诗中豪迈的精神，救世主、启蒙者的腔调，与《欢呼颂》也如出一辙。

（三）宗教意象与中国文化的交织

汉语公祷书中的许多宗教词汇，在传播过程中逐渐渗透到中国社会，丰富了其文学意象和功能。

1662 年的英文《公祷书》礼文由四部分组成：第一部分为公祷文（the book of common prayer），包含早晚祷告文（morning prayer and evening prayer）、圣餐预备礼文（preparatory to the Holy communion）、连祷（the litany），内容涉及为女王陛下的荣耀祈祷（a prayer for the Queen's majesty）、为皇室祈祷（a prayer for the Royal Family）、为神职人员和信徒祈祷（a prayer for the clergy and people），其他还包括感恩节及重大节日的祷文（the prayersand Thanksgiving upon several occasions）、大斋首日的悔罪奉献（apenitential office for ash wednesday）等。[②] 马礼逊的中译本《年中每日早晚祈祷叙式》，在早祷文结束后即为连祷，包括《平安之祈》《为神恩之祈》《为当今万岁爷之祈》《为皇家之祈》，有些祷文顺

① 郭沫若：《郭沫若诗歌》，内蒙古文化出版社，2006 年。

② Percy Dearmer, *Morning and Evening Prayer*, *Everyman's History of the Prayer Book* , Nabu Public Domain Reprints, pp. 160 – 163.

应当时中国的国情进行了相应的改译和删节。俾士的《祈祷文全书》在“清晨祷告文”之后则有《求安祝文》《求佑君王祝文》《求佑天下众人祝文》《为众人谢恩文》等。

第二部分统称为圣礼的管理（the order for the administration of the lord's supper for Holy communion），包括公开及私下的洗礼（the order of baptism both publick and private）、共同的认信（the order of confirmation）等仪文。[①] 其中译本有包尔滕、施约瑟合译的《教会祷文》中的《施洗婴孩圣礼文》《施洗壮年圣礼文》；麦都思译《祷告文全书》，主要是从卷六开始的礼文，如《圣餐祷告文》《施洗婴孩的礼》《施洗壮年的礼》《要礼问答》和《坚信的礼》等；柏亨利《共读经文》中的《施洗壮年圣事文》《施洗婴孩文》《接收幼年领洗者自认信主礼文》《施圣餐文》。

第三部分为教会其他仪文（and other rites and ceremonies of the church），包括的内容有殡葬文（the order for the burial of the dead）、婚姻礼文（the form of solemnization of matrimony）、探访病友礼文（the order for the visitation of the sick，and the communion of the sick）、孩子诞生礼文（the Thanksgiving of women after child——birth）等[②]；中译本有施约瑟、包尔滕合译的《教会祷文》里的《婚姻礼文》《看视病人文》《施餐病人圣礼文》《殡葬礼文》等。另外，还有一些中译本只翻译了教会礼文部分，例如，1885 年美华书院刊印的《圣教择要礼文》，内容仅有《公理教会择要礼文》

---

① Percy Dearmer，*Morning and Evening Prayer*，*Everyman's History of the Prayer Book*，Nabu Public Domain Reprints，pp. 190 – 193.

② Introducted by James Wood，*The Contents*，The Book of Common Prayer（1662，church of England），Penguin Deluxe Edition.

《教会圣经信经》《认主受洗文》《婚姻礼文》和《殡葬礼文》；柏亨利《共读经文》中的《婚姻节礼文》《殡葬礼文》等。

第四部分是《圣经》中完整的《诗篇集》（The Psalter, or Psalms of David）。[①] 编排这些诗歌的目的在于使信徒每个月都能阅读一遍，按照《圣经》的方式学习祷告。

（四）婚姻礼文中的“以撒”和“利百家”

祷告礼文涵盖人的生老病死以及生活的方方面面，婚姻礼文是其重要组成部分。婚姻礼文对近代以来中国的婚礼习俗也产生了影响，现在西式婚礼的主婚词主要就是源自《公祷书》中的文字。

婚姻礼文中经常会出现“以撒”“利百家”的名字，它们在1662年的英文《公祷书》中其实并没有出现，这可能是编撰者把《公祷书》的部分内容与中国的礼俗相杂糅的结果。近代中国的婚礼仪式受西方文化和宗教影响发生了剧烈改变，尤其是在上海等地。徐华博的《近代上海西人婚礼及其影响》一文中，引用《教会新报》1874年的一条记载《教事近闻·西国教会婚礼一》，反映了当时上海的一些婚礼，会使用汉译公祷书做证婚宣誓，其中就提及“以撒”“利百家”：

> 众人跪，牧师云：“无始无终之天主，创造世人，保全万民，常将灵恩永生赐与人。我们奉主之名，为此二

① Percy Dearmer, *The Contents of The Prayer Book*, Everyman's History of the Prayer Book, Nabu Public Domain Reprints, pp. 15 – 17.

人祝福，求主保佑伊等，赐福与伊等。伊等今日成为夫妇，彼此立约，以戒指为凭据，求主施恩。俾伊等后记今约，永远遵守。如古之时以撒、利百家相似，又使伊等彼此和好，终身遵奉主之圣法行之。此是靠吾主耶稣基督求之，阿门。[①]

和合本《圣经》中的“Rebekah”被译为“利百加”，在汉语公祷书中却译为“利百家”，尽管只有一字之差，后者却蕴含了对美好家庭的向往。1885 年美华书院刊印的《圣教择要礼文》中的婚姻礼文也印证了这一点：

无始无终之天主、创造世人、保全万民、常将灵恩永生赐与世人、我等奉主之名、为此二人祝福、求主保佑之、赐之以福、彼等今日成为夫妇、互相立约、求主施恩、使之以后纪念今日所立之约、永远遵守、如古时以撒利百家然、又使之彼此和好、终生尊奉主之圣法行事、皆赖我主耶稣基督、阿门。[②]

“以撒”和“利百家”在《圣经》中本是一对夫妻，彼此忠于对方。这种情况在《旧约》的历史中比较罕见，因为在古以色列历史中最伟大的、我们耳熟能详的族长亚伯拉罕、摩西都没能坚守一夫一妻，并引发民族混乱和家庭问题。因而以撒和利百家

① 《教事近闻·西国教会婚礼二》，载《教会新报》1874 年第 286 期。
② 《圣教择要礼文》，京都灯市口美华书院印刷，1885 年。

的彼此恩爱、忠贞，更能凸显他们在婚姻家庭生活中的模范作用。同时，在古代近东地区流行“一夫多妻”“群婚制”的背景下，以撒和利百家的婚姻意味着遵守神圣的盟约，保持婚姻的圣洁。二人的婚礼最终在上帝的恩典下顺利进行，他们的故事涵盖了《圣经》中关于“圣约”的概念，以及上帝通过婚姻“应许”救世主必然从他拣选的以色列支派诞生的意涵。他们的故事中所涉及的恢宏的历史及其变迁，反映了上帝与人之间永不改变的约定关系，象征着将来在天上举行的基督和教会的婚礼，也对应着人类生活中的夫妻之间永不改变的约定关系。①以撒和利百家的夫妻形象，向近代中国社会传递了男女平等、夫妻和睦的婚姻观念，对于婚礼则从追求热闹、讲究排场向强调忠贞不渝转变。

（四）洗礼

受洗仪式是一个宗教用词或信仰用词，指有基督信仰的人的一种仪式。汉语公祷书的施洗礼文，对于洗礼这一宗教仪式进行了具体指导。比如，包尔滕、施约瑟合译的《教会祷文》中有一篇《施洗壮年圣礼文》：

> 众位弟兄、凡人一生出来，就有恶性、因为从肉身、就是肉身、作事算不能得天主的喜悦、必时常犯罪、我救主耶稣说、人若不是从水和圣灵生的、必不能进天主的国、因此、我劝你们、靠我主耶稣基督、恳求天主圣

---

① 麦克·布朗、扎克·基利：《神圣盟约》，王一、骆鸿铭译，改革宗网路书房，2015 年，第 13—20 页。

父发大慈悲、将这人本性所不能有的赐予他、使他领受水和圣灵的洗、得入基督的圣会、在圣会里作真实的门徒。[1]

“施洗”仪式在《圣经》中有多处记载，如《马太福音》3：11中，执行洗礼的施洗约翰说：“我是用水给你们施洗，叫你们悔改。但那在我以后来的，能力比我更大，我就是给他提鞋也不配。他要用圣灵与火给你们施洗。”[2] 这里的“施洗”又称“洗礼”，这一仪式具有多重象征意蕴。用水进行洗礼包含了重生、悔改、旧生命的死亡、从过去的罪中得到洁净的意思，火与圣灵的洗礼则象征将罪像火一样的焚烧和洁净、对罪的彻底审判，因此复活，进入新的生命的意思。[3]

当施洗、洗礼这一宗教仪式进入中国之后，这一宗教用语也被广泛引入文学写作中，特别是在中国现代文学中，这是出现频率最高的词汇之一。而“洗礼”的内涵也随之发生改变，有的保留了经“水”的洗礼后获得重生这一层面的含义，但进一步融入了影响洗心革面而脱胎换骨的象征意义，有的则保留了经历火的试炼这一层面的含义，比喻在残酷的环境中经受考验，焕发出新的生命。

---

① 包尔滕、施约瑟：《教会祷文·施洗壮年圣礼文》，京都（北京）美华书局印刷，同治十一年（1872）。

② 《马太福音》3：11，和合本《圣经》，中国基督教三自爱国运动委员会中国基督教协会，2009年。

③ 《马太福音》3：11注释，新译本《圣经研读版》，环球圣经公会有限公司，2014年，第1469页。

第五节　汉语公祷书的文学价值

一、祈祷与灵性文学的开启

朱维之在《基督教与文学》中论述了祈祷与诗歌的关系、祈祷中的赞叹和恳求以及默想和神交。他指出基督教祈祷文学的特殊性："基督教祈祷的第一件要紧事，就是要预备赞美和感谢的心……别的宗教中也许有因为惧怕的心理而祈祷等情形；而基督教却因赞叹的心情而祈祷。"① 汉译公祷书中出现的不同形式的祷文，如赞美诗、哀歌、感恩诗、信靠诗、智慧诗，表达了人类各种不同的情感，促进了中国性灵文学的发展。特别是早、晚祷文，对许多中国现代文学作家产生过影响，如刘廷蔚、谢冰心、梁宗岱都有过早祷与晚祷文学的创作：

晚祷（一）

谢冰心

浓浓的树影，做成帐幕，

绒绒的草坡，便是祭坛——

慈怜的月，穿过密叶，照见了虔诚静寂的面庞。

四无人声，严静的天空下，

我深深叩拜—— 万能的上帝！

求你丝丝的织了明月的光辉，

作我智慧的衣裳，庄严的冠冕，

---

① 朱维之：《基督教与文学》，第149页。

我要穿着他，温柔地沉静地酬应众生。
烦恼和困难，在你的恩光中一齐抛弃；
只刚强自己，保守自己，永远在你座前
作圣洁的女儿，光明的使者，赞美大灵！
四无人声，严静的天空下，
只慈怜的月，照着虔诚静寂的面庞。①

晚祷——呈敏慧

梁宗岱

我独自地站在篱边。
主呵，在这暮霭的茫昧中。
温软的影儿恬静地来去，
牧羊儿正开始他野蔷薇的幽梦。
我独自地站在这里，
悔恨而沉思着我狂热的从前，
痴妄地采撷世界的花朵。
我只含泪地期待着——
期望有幽微的片红
给暮春阑珊的东风
不经意地吹到我的面前：
虔诚地，静谧地
在黄昏星忏悔的温光中

① 谢冰心：《晚祷（一）》，《晨报副镌》1922 年 5 月 17 日，后收入诗集《春水》。

完成我感恩的晚祷。[1]

这类汉语灵性诗歌“提供了‘我与你’的对语写作，尤其在神性的他者光照和启示下，诗人的写作成了聆听的写作，诗人的写作语调、写作姿态也不知不觉发生改变。也表现在书写内容（对象）上给汉语注入了一种神性超验维度，对汉语神学思想也提供了一次美学能力的教育”[2]。

二、崇拜与艺术结合

汉语公祷书将崇拜礼仪与艺术深深地结合，将仪式、诗歌、器物、音乐融一体，引发信徒的宗教情感而去追寻真道。赵紫宸在《团契圣歌集》中说：

> 译诗须有相当的训练，译赞美诗更须有相当的训练。第一是心灵的修养。译者若不切心景仰上帝，若不追求宗教上的了解与颖悟，自然是不能透入作者的神韵，宣达诗中的美感。第二是修辞的练习。在这一端上，译者须要注意文、意、声、韵四端。文是词藻，意是含义，声是节奏，韵是谐声；四者俱备方可成歌，歌须是诗，诗须是歌，二者兼至方可谓是赞美诗。往往原诗愈佳，情愈丰，则移译亦愈难。在我的经验中，每译最上乘的诗，

① 梁宗岱：《晚祷》，《梁宗岱选集》，中央编译出版社，2006 年，第一辑第一首。

② 包兆会：《当代灵性诗歌对汉语写作的贡献及存在的问题》，杨剑龙：《灵魂拯救与灵性文学》，新加坡青年书局，2009 年。

总须涂改数十次，几须呕出心肝来才止。[1]

宗教艺术起源于原始先民的图腾崇拜。在旧石器时代晚期，图腾祖先常常以自然力的形式出现，或被认为是自然力的创造者。图腾是原始人类区别于其他部落的根本标志，也是一个民族的宗教起源。无论鸟崇拜、虎崇拜还是龙崇拜，都会演绎出许多神话传说、巫术、祭祀、舞蹈、雕塑等，英国学者罗伯逊曾指出：古代的宗教实是由巫术、图腾制度、祖先崇拜、自然崇拜和合理化的但又互相矛盾的神话所构成的一种不调和的混合物。万物有灵论认为，自然界的一切都处于神灵的控制下，将自然事物的自然力量本身直接看成具有意志的对象而加以崇拜。同时，由于原始先民们求生能力薄弱，自然而然地就产生了自然崇拜，并由此产生了宗教和宗教艺术。宗教在宣扬自身教义的时候，通过绘画雕塑等审美主体将宗教教义镶嵌其中，在这个语义结构下，宗教艺术使人对神性的宗教意识顶礼膜拜。宗教艺术自身作为人类的一种文化思想体系，引领着人类靠近美好的精神彼岸。因此，诗歌、音乐、建筑、雕塑等，都表现出先民对自然和神灵的图腾崇拜，在宗教艺术里蕴含着深刻的宗教内容。[2]《诗经》中的诗歌就反映了上古的宗教仪式和习俗等。古希腊的诗歌、舞蹈、音乐起源于酒神祭典，“酒神是繁殖的象征，在他的祭奠中，主祭者和信徒们披带葡萄及各种植物枝叶，狂歌曼舞，助以竖琴等乐器”[3]。基督

① 王神荫：《神学家诗人赵紫宸》，载《金陵神学志》1988年第8期。

② 周巧云：《论宗教艺术的起源与图腾崇拜》，载《湖南师范大学社会科学学报》2011年第5期。

③ 朱光潜：《诗论》，人民出版社，2010年，第19页。

教的崇拜要求信徒将个人的思想、意志、情感完全献上以求悦纳。《彼得前书》:“惟有你们是被拣选的族类，是有君尊的祭司，是圣洁的国度，是属神的子民，要叫你们宣扬那召你们出黑暗入奇妙光明者的美德。”① 在崇拜过程中，运用诗歌、音乐，能更好地引领信徒。

三、诗性与神性交融

汉语公祷书为诗歌提供了神性的维度，在宗教情感的支配下，体现了文学对永恒和终极意义的追求。

朱光潜在《诗论》附录《中西诗在情趣上的比较》中指出，中国诗人对于自然的爱好可以分为三种，最浅显的就是“感官主义”；其次是大多数中国诗人对于自然的态度即“情趣的默契欣和”；最后是泛神主义，把大自然全体当作神灵的表现，在其中看不可思议的奥妙。可惜的是，“中国诗人在自然中只能听见自然，西方诗人在自然中往往能检出一种神秘的巨大的力量”②。朱光潜在谈到哲学与宗教的差异时，提出了为什么中国诗人在爱情中只能见到爱情，在自然中只能见到自然，而不能有深一层彻悟的问题。他将此归结为国人哲学思想的平易和宗教情感的淡薄。“诗虽不是讨论哲学和宣传宗教的工具，但是它的后面如果没有哲学和宗教，就不易达到神广的境界。”③

季玢在《中国当代基督教文学的自然书写》一文中，探讨了

① 《彼得前书》2:9，和合本《圣经》，中国基督教三自爱国运动委员会中国基督教协会，2009 年。

② 朱光潜:《诗论》，第 86 页。

③ 朱光潜:《诗论》，第 87 页。

诗性与神性的关系。该文认为，由于基督教是一种启示性的宗教，神的启示是一种自我启示，是以一种质朴而灵动的方式进行的，没有过多的技巧，“诗人的使命就是倾听并获得上帝的圣言与启示，以人言的最高诗意透过万事万物去向世人传达上帝之圣言与启示。而唯有被上帝的灵充满者才能完成神圣使命”[①]。这里所说的质朴并非原生态的机械照搬，不是苍白无力的“伪平民化”，也并非排斥隐喻的思想，相反，质朴是可以与诗意共存的。从这个角度来说，公祷书将诗性与神性融合，或许对现代诗歌的写作具有一定启发意义。

① 季玢：《中国当代基督教文学的自然书写》，生活·读书·新知三联书店，2016年，第215页。

第四章　福音故事

福音故事就是以《圣经》四福音书内容作为题材的故事，主要讲述了关于救世主耶稣降生的好消息、耶稣的言行、如何行神迹、以比喻故事向民众传道、死后复活等故事。

不可否认，《圣经》本身具有很强的文学性。自19世纪以来，《圣经》研究领域发生的重大变革之一，就是对《圣经》的文学性研究日趋加强。19世纪英国最重要的文学家和批评家之一马修·阿诺德（Matthew Arnold，1822—1888），就提出了文学性的《圣经》诠释方法。他从《圣经》语言的性质入手，细致探究了《圣经》话语的情感性、想象性和隐喻性品格，确立了与此相应的文学释经方法。《圣经》中充斥着大量证道喻言故事。比如，有一位律师问耶稣什么是“邻舍”的时候，耶稣没有对此下任何抽象的、命题式的定义，而是讲了一个故事（《路加福音》10：25—37）。这正是文学的特点，它不做抽象立论。文学是要体现人类经验，而不是要立题论述。耶稣相信，真理既可通过论述阐发，也可以用具体的事例或形象来表现。他选择了用文学的手段来表达真理，回避直接的命题论述，将真理蕴藏在鲜明的文学形式中。[①]“上帝创造人是因为他喜欢故事”，一位犹太法学家说。事实上，正是

---

① 里兰得·来肯：《认识〈圣经〉文学》，李一为译，江西人民出版社，2007年，第1—4页。

《圣经》引发了人们对故事的关注，叙事是《圣经》中绝对占据主流的表达方式。阅读《圣经》故事的第一个要求就是，个性化地参与到故事中，要求读者运用想象力，投入角色中，对人物产生认同感，并把听到的故事视觉化。要把阅读《圣经》看作是与故事中的人物共同分享的一段人生经历，尽可能有声有色地阅读故事。[①] 四福音书是《圣经》中文学性最强的篇章，人物个性鲜明、故事情节生动，对于充满想象力的儿童尤其具有吸引力。

第一节 《浪子悔改》

浪子回头是《圣经》中最广为人知的比喻故事之一（《路加福音》15：11—32）。故事讲述一户人家有两个儿子，大儿子教养很好，对父亲遵从有加。小儿子却放纵享乐，分得家产后，肆意挥霍，后又遇上灾年，很快沦落到给别人放猪，境遇悲惨，甚至于想用给猪吃的豆荚来充饥也办不到。他羞愧地回到父亲那里，请求给父亲当一名雇工。父亲却慈爱地重新接纳了这个浪子，给他穿上好的袍子，戴上戒指，穿好鞋子，并为他烹宰肥牛，为小儿子的回头由衷地感到快慰。大儿子知道后，愤愤不平，气愤得不肯进家门，因为他多年来像奴隶一样埋头干活，从不曾违逆父命，却没有得到过一只小山羊。最后，他终于被父亲说服。浪子回头的比喻内涵十分丰富，应该如何进行解读？一种观点认为，可以根据《圣经》叙事的上下文来解读，这个比喻故事是在耶稣回答法利赛人和文士的时候引入的，当时这些人抱怨耶稣接待罪人并与他们同席。因此，可以把浪子看作“罪人”的化身，饶恕浪子

---

① 里兰得·来肯：《认识〈圣经〉文学》，李一为译，第30—32页。

的父亲就是上帝和基督的化身，而不愿宽恕弟弟的大儿子则可以视为法利赛人和文士。[①] 也有人认为，它再现了人类“失乐园”的悲哀和“复乐园”的喜悦。亚当、夏娃被逐出伊甸园后，踏上远离上帝的行程，是失乐园的肇始；耶稣在约旦河受洗，继而抵御魔鬼撒旦的试探，被天父宣布为“爱子”，则是复乐园的开始。小儿子离开父亲，在异乡挥霍享乐，上演了失乐园的一幕，而他在穷困潦倒中迷途知返，重新回到父亲的怀抱，则又再现了复乐园的场景。[②] 而在世俗文化中，这个故事常常被解释为幡然悔悟，改过自新的含义，具有教育意义。中国的文化传统中也有许多浪子回头金不换的故事。这个比喻故事曾被来华传教士改编成多种版本而广为流传，如《浪子悔改》《浪子之喻》。[③]《浪子悔改》由英国伦敦会理雅各编撰，在香港刊刻，以广东土白写成。“自有史以来，没有一个喻言、故事，小说，描写社会或宗教的人物以及其他的一切，能够感动人心像这‘浪子之喻’的活泼而有生趣的。这喻言的教训有二：一、浪子而得重生，二、上帝的博爱。茫茫苦海中的人们，何不及早回头，同回到天父那里去呢！”[④]

---

① 里兰得·来肯：《认识〈圣经〉文学》，李一为译，第166页。

② 梁工：《圣经叙事艺术研究》，商务印书馆，2006年，第342—343页。

③ 《浪子之喻》（*The Prodigal Son*），原著为意大利巴比尼（Giovanni Papini，1881—1956），英国传教士贾立言（A. J. Garnier）译，周云路述，上海广学会1929年出版。

④ 《广学会图书目录》目录分类第十九“故事”，第2页。

第二节 《将明篇》汉译本研究

《将明篇》（*The Peep of Day*）[①] 是英国女作家莫蒂母（Favell L. Mortimer，1802—1878）1836 年创作的基督教儿童福音故事集。该书以基督生平为主线，讲述了《圣经》中的故事。莫蒂母是英国儿童福音教育作家，出生于伦敦的罗素广场（Russell Square），6 岁随家人迁居位于伦敦东北部的沃森斯德区（Walthamstow）黑尔安德路（Hale End），在那里她跟着母亲深受福音派教会的影响。1841 年，39 岁的莫蒂母与牧师托马斯·莫蒂母（Thomas Mortimer）结婚，托马斯·莫蒂母曾在伦敦多个区担任教区牧师。《将明篇》出版后风行一时，洛阳纸贵，第一版就发行了 50 多万册，后又出了多种英文版本。圣教书会（Religious Tract Society）还出版了 37 种方言及其他语言的版本。莫蒂母因为此书，一夜成名，她后来出版的作品都以“《将明篇》的作者”署名。

《将明篇》是一部以基督生平为主线的《圣经》故事集。内容主要来自《旧约》的《创世纪》和《新约》，作者用故事的形式来叙述其所理解的基督教。没有一本《圣经》故事集像《将明篇》这样受到来华传教士的高度关注。1859—1879 年 20 年间，先后有 6 位来华传教士把它翻译成宁波土白、羊城土白、苏州土白和官话 8 种译本，并多次再版。该书最早的中译本是 1859 年在宁波出版的宁波土白罗马字符拼音本《路童指要》（*Lu - dong ts's hyiao*），译者为美国北长老会牧师倪维思（John L. Nevius，1829—1893）

---

① 本书的传教士中译本书名各异，英国伦敦会艾约瑟根据英文书名译为“将明篇”，本文袭用之。

的夫人倪戈氏（Helen S. Coan Nevius，？—1910）。1861 年英国循道公会义务教士俾士将其译成羊城土白，1868 年将其译成浅显的文言两种版本。同治三年（1864），英国长老会宾为霖把它译成官话。1879 年美国长老会的帅小姐（A. C. Safford，1836—1890）又将之译成苏州土白《训儿真言》，由上海美华书馆刊行。据季理斐师母介绍，广学会最早出版的儿童书籍即是该书中译本，大约出版于 1888 年，题为《黎明》。不过这一译本久已绝版[①]，笔者也未见，故不纳入本书讨论范畴。一部小说，而且是儿童福音故事集，在当时具有这样大的影响力是不多见的。

一、《路童指要》：教会罗马字宁波方言译本

《将明篇》最早的汉译本是《路童指要》。该译本是以罗马字拼写的宁波土白本，题为"Lu－dong ts's hyiao"，译者是美国北长老会牧师倪维思的夫人倪戈氏，此译本 1859 年由宁波华花圣经书房出版。该书将全书 53 章译述成宁波方言，以教会罗马字拼写，但每章后面的赞美诗都没有翻译。

《路童指要》这一译本最突出的特点：一是用罗马字符拼写；二是宁波方言的运用。

教会罗马字是鸦片战争以后西方来华传教士制定和推行的罗马字母（拉丁字母）拼音方案，最初在福建厦门推行，后陆续出现福州话、宁波话、潮州话、海南话、兴化话、神州话、莆田话、客家话、上海话、台州话、建瓯话、温州话、官话（北京话）等方言罗马字。1850 年，宾为霖与美国公理会传教士打马字（John

---

① 《广学会五十周年纪念四月分短讯》，上海广学会，1937 年 4 月，第 7 页。

van Nest Talmage）、罗啻（Elihu Doty）合作，创造了一套以23个拉丁字母连缀切音的厦门话白话字（又称厦门话罗马字），易于学习和应用，开始主要是为了帮助传教士学习厦门话，由于教会罗马字易译、易学、易写，在传教和民众日常生活中得到广泛的传播与运用，以便让文化程度不高的信徒能够自己阅读《圣经》及释经读物。1853年，打马字和玛高温（D. J. Macgowan）翻译的厦门土白《天路历程》就是罗马字拼音本“Thian Lō Lék Thêng”。

教会罗马字拼音是以语音为中心创制的一套新的书写系统，运用的是真正鲜活的口语。《路童指要》是以教会罗马字拼写宁波方言的译本，充分体现了口语化的特点。译文除了对语音有细致的描写和记录，还反映了宁波方言特有的词汇、语气助词、语法，有些是难以用汉字来书写的。广学会后期的总干事，英国牧师贾立言（A. J. Garnier）曾经谈到使用教会罗马字拼音的必要性：

> 第一，有些方言，有音无字，所以不能写出，这样圣经的翻译就显得很困难，甚至绝不可能。第二，即使有字体可以写出，人民识字的能力也很薄弱，所以有许多人以为若用罗马拼音，那么在数星期之内即可习得。单是这个优点已足令许多人决意采用这个方法了。[①]

以《路童指要》的开篇为例：

---

① 贾立言：《汉字圣经译本小史》，第80—81页。

Nying-go Kyi-sing.

Keh t'in-zông-go nyih-deo, z jü zao gyi c'ih-læ? Jü peh gyi t'in-nyiang c'ih-ky'i, yia-tao z-'eo lôh-sæn? Yüih-liang teng sing-siu, z jü en-læ t'in-zông, peh gyi fah-c'ih liang-kwông peh ah-lah hao k'en-kyin? Nyih-deo, yüih-liang, sing-siu keh-sing, yiu soh-go nying we fông gyi ka lao-k'ao, s-teh ve tih-lôh-læ?①

这段文字本文勉强用汉字表述如下：

人的这个身体

这天上的日头，是就早起晚落？就让它天亮出去，夜到子②落山？月亮和星宿，是就安在天上，让它发出亮光，给阿拉③好看清？日头、月亮、星宿这些，有谁会放它们这么老高，竟然不会跌落来？

运用教会罗马字拼写，符合传教士的母语语言特征，即书写系统是对口头语言语音的转写，与口语表达直接相关，取得了“字话一律”的效果。一方面，教会罗马字能将方言土语的口语直接转化为书写形式；另一方面，它在阅读时能被直接还原为口语表达，使口语和书面语同时增加对“听”而不是“阅”的依赖，有助于为识字率较低的民众掌握。④《将明篇》原本就是为幼儿写作的宗教启蒙故事，全书以讲故事的口吻叙述，十分亲切，口语

① 《路童指要》第一章，华花圣经书房，1859 年，第 1 页。

② 宁波方言，即“晚上”。

③ 宁波方言，即“我们”。

④ 参见《圣经的书写与翻译语言系统》，第 66—67 页。

化色彩强烈。教会罗马字拼音在还原口语方面的优势，使译本《路童指要》将原著的这一特点发挥得淋漓尽致，满足了儿童的阅读要求，同时也可以视为用白话创作文学，实现文学语言的通俗化所进行的可贵探索。

口语化对于儿童文学至关重要。周作人认为，童话的文体标准之一就是“小儿说话一样的文体”。20 世纪 30 年代，有学者提出“汉字的活动力，实在不够”，推行注音符号可以增加“状音字”等，“可使其文生动，所谓有声有色，活龙活现”，“儿童欣赏故事，最喜声音的模拟，如能于讲述之际，插入呼声、鸣声以及开窗闭户、吐痰、咳嗽、走路、拍掌等声，则‘废寝’‘忘食’‘不知肉味’之境界，不难复演于今日”。[①]这种标准尽管很难在儿童文学写作的层面上实现，但是采用注音符号却可以最大限度地在阅读中满足儿童的这种需求，充分表现出讲故事的口吻。《路童指要》可以说是这方面的开路先锋。下面一段文字选自书中第三章“Tso Ah—tia—sing”（做阿爹的心），可以说声口毕肖：

Nying-go Kyi-sing.

Keh tʻin-zông-go nyih-deo, z jü zao gyi cʻih-læ? Jü peh gyi tʻin-nyiang cʻih-kyʻi, yia-tao z-ʻco lôh-sæn? Yüih-liang teng sing-siu, z jü en-læ tʻin-zông, peh gyi fah-cʻih liang-kwông peh ah-lah hao kʻen-kyin? Nyih-deo, yüih-liang, sing-siu keh-sing, yiu soh-go nying we fông gyi ka lao-kʻao, s-teh ve tih-lôh-læ? [②]

① 赵侣青、徐徊千：《儿童文学研究》，中华书局，1933 年，第 95—96 页。
② 《路童指要》第三章，第 10 页。

转写成汉字：	转换成现代汉语：
这时，阿拉要忖一忖，你的天父有啥个好好东西把你们，	现在，我们要想一想，你的天父有什么好东西给你们，
我好讲把你们听：	我好讲给你们听：
1 阿爹好赚铜钿送穤。	1 爸爸赚钱给你用。
2 阿娘好顾佑穤。	2 妈妈照顾你。
3 眠床好困。	3 有床可以睡觉。
4 衣裳好揾。	4 有衣服可以穿。
5 饭好吃。	5 有饭可以吃。
6 火好煮饭。	6 有火可以烧饭。
7 屋落好登。	7 有房子可以住。
8 生着好做人。	8 可以好好活着。

20 世纪 40 年代，口语化仍然被视为优秀童话作品的最重要的特征："进一步是要注意写'口语'，所有的句子，'文'的气味能减到零愈好，这个最好的例子是《安徒生童话》，他老人家写完一篇以后，就去念给儿童们听 ，看看他们是否听得懂。"①

口语化的内涵是反对古典化，要求通俗化，在形式上表现为文白对立，在内容上则是雅俗两分。以教会罗马字书写的方言文学，在口语化方面进行的开创性尝试，开启了 20 世纪 30 年代中国拉丁化新文字运动的先声。瞿秋白在 20 世纪 30 年代就针对"五

① 陈伯吹：《儿童读物的编者与供应》，载《教育杂志》1947 年第 23 卷 3 号。

四”以后白话文出现的欧化、文言化倾向，提出批评，认为是“半人半鬼”的不彻底的语言，提出要推进“言文合一”，要求废除汉字，推行拼音文字。[1] 教会罗马字书写方式，既符合传教士的母语习惯，又有别于纯粹的拼音系统，并在将各地口语转化为书面语的同时，与地域文化及观念的表达之间形成了有机互动。关于用方言土语作为译述语言和推行“教会罗马字”之间的必然联系，英国内地会传教士海恩波（Marshall Broomhall，1866—1937）说：

> 这些土话译本有时可用汉字写成，有时须用罗马字拼音。在会堂读文言《圣经》的时候，往往须顺口翻作土话来读，以便大多数的听众可以听得懂。……但这种临时随口翻译的方法，很容易出错误，故此土话圣经之编译实在是有充分的理由在的。[2]

传教士以教会罗马字译述的著作，除了宗教读物之外，还包括了大量的西方文学作品。因而，对于不同地区以及不同社会阶层的中国人读写能力相差悬殊这一社会现实，教会罗马字由于更易于掌握，实际上起到了促进西方文学传播与提高民众阅读能力的双重作用。然而，实行注音符号的可行性问题没有得到解决，推广面有限，所以连已经取得经验的传教士也放弃了此种努力，不再使用教会罗马字撰写，不能不说是一种遗憾。

---

① 瞿秋白：《鬼门关以外的战争》，《瞿秋白文集》（文学编第三卷），人民文学出版社，1989 年，第 138、165—168 页。

② 海恩波：《圣经与中华》，陈翼经译，宣道书局，1962 年，第 97—98 页。

二、《晓初训道》：羊城土白本与文理本

1862 年，英国循道公会传教士俾士把《将明篇》翻译成羊城土白，题为“晓初训道”。俾士 1840 年前后曾作为水手到过中国，1850 年来华传教。1853 年，俾士与简·王诺普（Jane Wannop）在香港圣约翰大教堂结婚后定居广州，并在广州创办男校和女校。俾士的办学经历，很可能是促使他翻译《将明篇》这部幼儿宗教启蒙故事集的重要因素之一。俾士在广州前后住了 28 年的时间，对当地语言和文化非常熟悉。他借鉴当地的方言文学传统，采用市民更为习惯的粤语进行翻译。除了《晓初训道》，他还用粤语翻译过宗教小说《贫人约瑟》（1851 年译）、《天路历程》（1871 年译）、《续天路历程》（1870 年译）等。

在粤语译本序言中，俾士指出，他之所以翻译此书，就是为了取得浅显明白的效果，让孩子喜欢，也帮助那些仅略通文字的父母掌握，以便教育孩子：

> 或者有人话，上帝嘅道理，原本好高深，做乜呢部书，讲得咁粗俗，点样教得嫩仔好呢？谁知特登做成咁俗，係罗个的内仔心中欢喜，易得明白嘅。有的父母，略略识的浅字，睇见呢部书，应该揾人嚟教识哋，若係已学识哋，是必好欢喜，拈嚟教仔女咯。历来有好多人，係照噉法子嚟学，就教得仔女咯。而且父母教仔女事好过别人教佢呀。①

① 俾士：《晓初训道》“序”，同治元年（1862），增沙惠师礼堂镌。

由于粤语方言区远离官话区，粤语定型后的语言结构又与官话有较大差别，使得官话在当地难以普及。同时，粤语区识字教的是方音，连知书达理的文人通常都只能用方音读书，很难讲一口流利的官话。直到 20 世纪 30 年代这种状况依然没有改变。1931—1932 年，瞿秋白提倡“新的文学革命”，也提倡“有必要的时候，还应当用某些地方话来写，将来也许要建立特别的广东文、福建文等等”①。这表明在以上地区方言的强大。这些地区的方言文学发展历史悠久，自成系统。相对于中国其他方言区，粤语地区的方言字十分丰富。换言之，粤方言具有一套比较完备的方言俗字书写系统。除了粤语小说，当地还流行木鱼书、龙舟、南音、粤讴等歌书，保留了大量的方言文学作品。

《晓初训道》对原书 53 篇故事进行了完整的翻译，同时突出了该书作为幼儿读物的特点，力求语言浅显、生动。篇末的诗歌则被巧妙地译成童谣，符合儿童阅读的兴趣。比如第四章：

CHILD.	仔问
Tell me, mamma, if I must die,	请亚妈你，话明我知，
One day, as little baby died;	终须一日，系我死期。
And look so very pale and lie,	全身冻哇，挤入棺材，
Down in the pit—hole by his side,	叫人抬去，葬在坟内。
Shall I leave dear papa and you,	我必离开，亚爹同你，

① 瞿秋白：《大众文艺的问题》，《瞿秋白文集》（文学编第三卷），第 17 页。

And never see you any more?	永远咁耐，有见面时。
Tell me，mamma，if this is true；	请亚妈你，话真我知，
I did not know it was before.	因我从前，不知如是。
MAMMA.	母答
This true my love，that you must die；	我嘅仔呀，此事系定，
The God who made you says you must；	你之必死，系上帝命。
And every one of us shall lie，	我地各人，都要死哇，
Like the dear baby，in the dust.	葬在山坟，全身变坏。
These hands，and feet，and busy head，	你死之后，骨肉身体，
Shall waste and crumble quite away：	所有一的，变为灰泥。
But though your body shall be dead，	虽然你身，死必葬埋，
There is a part which can't decay.	惟有你魂，永远唔坏。[①]

—Jane Taylor's Hymns for Infant Minds. [②]

这首诗出自英国著名女诗人泰勒（Jane Taylor，1783—1824）所著的幼儿赞美诗集，俾士的译文非常贴切，传达出了原诗的神韵。这种母子间一问一答的形式，在中国诗歌及童谣中，并不多见。问答体的体例，很适合用来教育孩子，既解答了孩子的疑惑，启发他对生命和死亡的感悟，也有效地进行了情感沟通，让孩子感到亲切。这一段问答，以羊城土白译，不拘中国古典诗歌格律，

① 俾士：《晓初训道》第四课“灵魂论”，同治元年（1862），增沙惠师礼堂镌，第 9 页。

② *The Peep of Day*，John S. Taylor & Co. 1845，p. 32.

而讲求自然的音节、韵律，读起来琅琅上口。

值得注意的是，同治七年（1868），俾士又将该书译成浅显的文言。其序云：

此书是将上帝之道，分开次第而言，以助父母之训诲子女，心目易于了然也。夫小子略能语言，及略晓听人语言时，信道者之父母，宜将一二句至浅之言以教之，使其知有上帝，及有耶稣。至三岁或五岁时，可将圣道分次第以教之，其时即读此书他听，他即欣悦焉。或者曰："上帝之道，原属高深，何此书说来若是浅薄乎？"或又哂其语之粗俗，如何能训子女乎？不知故为是浅薄粗俗者，正欲小子易于入耳，而心易领会也。如父母略识字者，既得此书，应即求人教读，尽识其字，后必悦而训其子女矣。向有多人，是依此法而行焉。且父母之教子女，更切于别人之教，若父母常带子女入礼拜堂听道，既归，又同子女玩读此书，或取圣经逐节教之，此家之人，诚有福矣。是书名为《晓初训道》者，系由小至大之意，无异旭日之出，初为小光，渐觉大光焉。读是书者，祈勿轻视可。是为序。同治戊辰岁冬月羊城增沙惠师礼堂俾士氏识。①

其实，文理本的这段序言内容与羊城土白本大致相同，只是改用文言表达，然而审美风格却大异其趣。以第十三课《童女马

① 俾士：《晓初训道》"序"，同治七年（1868），增沙惠师礼堂镌。

利亚论》为例，文理本译文如下：

及亚当夏娃死已久时，上帝谓耶稣曰："我所爱之子欤，尔今可降于世矣。"凡世人初出世时，人人皆属婴儿。耶稣之出世，亦是婴儿耳。其降于何家欤？是令其为一贫女之子也。此女名为马利亚，是极善之人，敬爱上帝者。又有圣神在其心，教他温柔谦逊者。一日有天使来与之言，马利亚忽见其光，心即惶惧。天使谓之曰："尔勿惧，上帝欣喜尔，故使生一极善婴儿，其名耶稣，是上帝特遣降世，以救万国之人者。"马利亚闻此，甚觉奇异，自以为不应得此善子也。未几，天使复升于天，马利亚遂歌诗赞美上帝曰："我心赞美上帝，亦极喜悦我救主。"何以马利亚称此子为救主乎？因他知耶稣能救其灵魂，免入地狱者也。[1]

这段文字在1862年的羊城土白本中作：

亚当夏娃死哓好耐个阵，上帝对耶稣话："我所爱嘅仔呀，你而家落去地上啦。"世人初出世时，个个都系嫩仔，耶稣出世时亦系嫩仔呎。上帝令耶稣做一个贫贱女人嘅仔，个女人嘅名叫做马利亚，佢系实首好嘅人，敬爱上帝嘅，又有圣神喺佢心中，教佢谦卑温柔。一日有

① 俾士：《晓初训道》第十三课"童女马利亚论"，同治七年（1868），增沙惠师礼堂镌，第24页。

个天使嚟共佢讲。马利亚见个天使咁光，就慌起嚟。天使对佢话："你唔使慌，上帝欢喜你，故等你生个好嫩仔，名叫耶稣，系上帝打发嚟救万国人嘅。"马利亚听闻天使噉话，见好出奇，见得自己唔应该有噉好仔嘅。冇耐，天使飞翻上天。马利亚就唱歌嚟赞美上帝，佢话："我心赞美上帝，亦好欢喜我救主。"做乜马利亚称个嫩仔做"救主"呢，因为佢知到耶稣能救佢灵魂，免佢入地狱嘅呀。①

俾士在文理本序言中并没有解释，为什么在粤语译本出版7年之后，他又用文言来翻译此书？唯一可能的理由是，他想扩大受众面，让本书成为文人阶层教育子女的读物。不过，从实际的翻译效果来看，文理本的译文显然不及粤语本生动。原著作为儿童读物的口语化色彩、生动浅显的审美风格、娓娓道来的讲述故事的口吻，在文理本中都大打折扣。

从早期的传教士译本来看，方言译本的确比文言译本更受欢迎。美国美以美会的怀特（Moses Clark White，1819—1900）牧师在回忆录中谈到，当初促成他下决心用通俗的"平话"（福州话）来翻译《圣经》的原因，就是看到街边书摊上租售的读物大多数都是用这种"平话字"写的："1851年，M. C. 怀特申请出版《马太福音》的福州口语译本……用方块汉字来表示方言口语里的音节和词语，这是一个把圣经翻译成福州方言口语的实验。当把这

① 俾士：《晓初训道》第十三课"童女马利亚论"，同治元年（1862），增沙惠师礼堂镌，第25页。

个口语译本和文言译本同时在公众场合向各式各样的市民散发时，每五六人中大约会有一人瞧不起这个口语译本，而选择了文言译本。但其余的人会急切地请求：‘给我平话字的。’他们需要能够看懂的方言口语译本……几周之后，所有的英美传教组织都对这种口语形式的圣经译本给予了一致的支持。”[①] 然而，方言版本极大地增加了教会的工作负担。同时，各差会逐渐达成共识，北京官话作为官方普遍使用的共同语的地位越来越得到认可。对汉语方言深有研究的艾约瑟也不得不承认“那些想说帝国宫廷语言的人一定要学习北京话，而净化了它的土音的北京话，就是公认的‘帝国官话’”[②]。因而从19世纪后期开始，教会逐渐倾向于用官话写作，方言文学写作逐渐中断，到1917年新文化运动以后几乎销声匿迹。

三、宾为霖译《正道启蒙》

1864年，英国长老会的宾为霖用官话翻译了《将明篇》，题为“正道启蒙”。宾为霖译本在结构内容和美学风格上与原著相比，都发生了巨大变化，基本上改变了原著作为儿童读物的性质，而成为一本成人宗教读物。伦敦会传教士韦廉臣（Alexander Williamson，1829— 1890）对宾为霖翻译的《正道启蒙》给予了高度评价，指出该书无论“外表、书名、内容和语言风格都大受读书人

① Moses Clark White. Photo copied from the United Methodist Church Arohives—GCAH（美国基督教卫理公会档案微缩胶片），转引自陈泽平：《19世纪传教士研究福州方言的几种文献资料》，载《福建师范大学学报》2003年第3期。

② 威妥玛：《语言自迩集：19世纪中期的北京话》，张卫东译，“译序”第5页。

的欢迎”[①]。其受欢迎的程度是毋庸置疑的，版本之多，非其他译本可比。最常见的版本是京都（北京）福音堂同治三年（1864）刻本，线装1册，共68页，本书所据即为此版本。此外，同时在1864年出版《正道启蒙》者，计有基督圣教协和书局（汉口、天津）、中国圣教书局、华西圣教书局（重庆、成都）。1869年，上海美华书馆推出新铜铸版《正道启蒙》。除了官话译本外，宾为霖还将此书翻译成福州土白，有太平街福音堂同治十三年（1874）刻本，福州圣教书局1917年重印。

《正道启蒙》的译者宾为霖对原著进行了较大的改编，首先是结构上的调整。原著共53课，《正道启蒙》合并为50课。原著第2课“Of a mother's care”、第3课“Of a father's care”被并为第3课《父母爱子论》；原著第5课“Of the good angels”和第6课“Of the wicked angels”并成第4课《神灵善恶论》；原著第43课“The soldiers”和第44课“The grave”被并成第41课《埋葬耶稣论》。宾为霖对论题基本一致的两课进行了合并，合并后的文字是在原文基础上的改写。该书的英语原著曾多次再版，多数版本是53课，也有52课的，如1873年伦敦版本没有第3课“Of a father's care”。这也在一定程度上说明了宾为霖改动的合理性。不过，这一结构上的调整最大的影响在于，它足以改变原著专门作为主日学校儿童读物的功能，而是作为初学道者的一般性宗教读物。译者在序言中称“《正道启蒙》一书，乃耶稣圣教初学之津梁也”，“统观旧、新二约全书，俱非人力所能参赞，乃系圣神之默示，亦

① 转引自黎子鹏：《编者序》，《晚清基督教叙事文学选粹》，橄榄出版有限公司，2012年，第X—XI页。

系上帝之指点，斯诚为人道之要术，救灵魂之良法。有志于《正道启蒙》者，必须索旧、新约全书，详细考究，则获益良多，亦入道不难矣。勉之。望之”。[①] 这里译者强调的是针对初学者、初入道者，而忽略了该书作为儿童读物的特性。

其次，在内容上，宾为霖进行了诸多自我发挥。艾约瑟在《宾先生传》中也指出了这一点：“复译《正道启蒙》一部。斯书之在英国名‘将明篇’，乃塾中用以训小儿女者，故以‘启蒙’为名。译时先生多以己意笔削之，期于中国方言有裨使人洞悉。”[②] 宾为霖把原著的问答体变成叙事体，并在其中融入了四福音的叙述，加入个人的评论和观点。比如，第 29 课《主逐买卖人出店论》讲耶稣入耶路撒冷圣殿：

> 主瞧见有许多做买卖的，换钱的在那儿，就赶他们出去。为什么殿内有做买卖的呢？因为那时候要用牛羊白鸽等这些牲口来献祭。百姓贪利，到那儿卖这些东西。有远道儿来的人，故此也有换钱的棹子。这圣殿渐渐变成街市一样，撒谎、骗人都有。救主看见，忍不住用绳子搓成马鞭子，赶他们出去，把椅子、棹子推倒，道：“《圣经》里云：‘上帝的殿是万民祈祷的地方。’他们把这地方做了盗贼的窝巢一般。”[③]

这里译者添枝加叶地突出了圣殿上的混乱情况，与原著中的

---

① 《正道启蒙》“序”，同治三年（1864），京都福音堂藏版。
② 《教会新报》卷六，华文书局，1968 年影印本，第 2790 页。
③ 《正道启蒙》，同治三年（1864），京都福音堂藏版，第 39 页。

描写并不相符。俾士《晓初训道》的译文相对忠实，其粤语译文只简略地提道："独係有的恶人，共骄傲嘅人，喺个处耻笑佢，或嬲佢，但耶稣都时时忍耐。"[①] 这句话在文理本中作"惟有恶人及骄傲之辈，在此讥笑之，怒骂之，而耶稣亦常为忍耐"[②]。《圣经》中也没有提到《正道启蒙》中的情节。宾为霖之所以这样写，似乎把自己在中国布道时的体验加入了其中。传教士在中国布道时的现场秩序往往比较混乱，缺乏他们所期望的神圣庄严的气氛。听众也不虔诚，缺乏理解力和自我约束力，更多的是抱着凑热闹的态度。"西国人用中国话讲道，不是容易，必需（须）明白中国话语，又要有忍耐心，不可因为小事，自己以为讨厌，生有拦阻，因为中国人不守聚集的秩序，多是随意自由来去，常是有人来一听，他不明白，或是不顺耳，不愿意听，一直的去了。或有人彼此谈话，或有人彼此问说，讲的甚麽。"[③] 宾为霖或许对此深恶痛绝，他自己在内心中希望上帝能够那样做，用鞭子来维持秩序，保持圣殿的神圣庄严。

译者针对中国社会有感而发的批评，还表现在《正道启蒙》中穿插了对佛道思想的批判，在原作中并无这些内容。第二课《灵魂论》对中国人关于灵魂的不同看法加以评论，驳斥了"无灵魂""三魂七魄""轮回""托生"的思想：

① 俾士：《晓初训道》（羊城土白本），同治元年（1862），增沙惠师礼堂镌，第51页。

② 俾士：《晓初训道》（文理本）第三十一课"上帝殿论"，同治七年（1868），增沙惠师礼堂镌，第50页。

③ 比顿：《杨格非传》，第41页。

> 或说人的生命不过是一口气罢哩，身死气散，人就没了，岂是通论！灵魂在身体，好像人住房子似的，房子坏了，人到别处去。还有的，身子死了，灵魂到阴间去，也还在的。或说人有三魂七魄，也是妄谈的。一个人不过一个灵魂罢哩。又说死后灵魂必入轮回，或托生人，托生畜牲，也是荒谬。上帝把灵魂给人，不会变做畜牲的，畜牲也不会变做人的。①

第4课《神灵善恶论》把中国民间信仰与魔鬼扯上关系，批判拜泥塑木雕的偶像崇拜和画符念咒等风俗，批评“世人做出坏风俗，不拜上帝，拜泥塑木雕的偶像，服事许多的鬼神，都是被撒旦迷惑上他的当。有人怕受魔鬼的害，就画符念咒，以为可以驱逐他。谁知这么做，实在是归服他，挂他的记号”②。这显然是有所指的，针对的是中国社会在基督教信仰上存在的问题。除了篇末的诗歌，正文部分译者基本上是在借题发挥。

从翻译的角度来看，宾为霖作为译者的自由度显然过高了。然而这个译本却是在各种译本中流传最广、最受欢迎的。艾约瑟谈到《正道启蒙》在山东一带的传播情况时，提道：“三年前，基督教传入这个村子后，《正道启蒙》及福音故事取代了中国的民间故事。这些事实清楚地说明，经过改编的基督教文学，特别是那些简明易懂、以叙事形式撰写的作品，尤其适合在山东的乡村宣讲。”③

---

① 《正道启蒙》，第二课“灵魂论”，第3页。
② 《正道启蒙》，第二课“灵魂论”，第6页。
③ 黎子鹏：《编者序》，《晚清基督教叙事文学选粹》，第XIV页。

总的来说，《正道启蒙》是一部以基督生平为主线的《圣经》故事集。这部西方基督教作品与中国传统文化背景产生关联，令中国读者更易理解和接受。《正道启蒙》在清末民初的基督教文学中占有重要的一席之地，主要归功于其浅白地道的语言、中国本土化的叙事特征，以及合参《圣经》各书卷的尝试。

四、官话译本《训儿真言》与《训蒙真言》

1865 年，上海美华书馆出版了《将明篇》的两种官话译本：其一为美国南浸信会传教士花雅各（J. L. Holmes）的夫人花撒勑（S. Holmes）翻译，由蓬莱周文源笔述，题为“训儿真言”，全书 53 章，59 页，1865 年在上海美华书馆初版，1867 年又二次重镌出版，后美华书馆又在 1869 年、1874 年、1882 年多次重印该书。其二为《训蒙真言》，不题译者，全书 52 章，51 页，1865 年上海美华书馆初版[①]，1915 年再版。江西九江教会学校儒励女中的校史记载，1900—1906 年，《训蒙真言》曾经作为该校教材，可见该书在当时的影响。

对照《训儿真言》与《训蒙真言》的译文，二者在内容及译文风格上，有较大差异。《训蒙真言》将原书第 5 课“Of the good angels”和第 6 课“Of the wicked angels”合并为第 5 课《讲天使和魔鬼》。《训儿真言》第 22 章《讲有罪孽的人和门徒》，内容是《路加福音》7：36—50 的内容，讲述了一个戴罪的女人由于爱主得到宽恕，与法利赛人西门对耶稣的冷淡态度形成了鲜明对比。

---

① 雷振华（George A. Clayton）：《基督圣教出版各书书目汇纂》，圣教书局，1918 年，第 163 页。

《训蒙真言》中选的是《路加福音》16：19—31 的内容，讲财主和拉撒路的故事。财主天天奢华宴乐，追求物质的享受以满足肉体需求，不听从摩西与先知的话，既不敬畏主，也不怜悯人，不想生命的归宿，所以死后受苦。拉撒路是一个在苦难中等候救恩的人，虽然贫病交迫，但因为敬畏主，他死后被天使带走放在亚伯拉罕怀里。这两个故事都是关于对主是否敬畏、爱戴的态度问题，不过《训蒙真言》中的内容似乎更适合小朋友阅读。

如果说宾为霖在《正道启蒙》中刻意淡化甚至抹去原著讲故事的口吻，以叙述、说理取代问答、对话，以更加适应成人的阅读需求，那么《训儿真言》则突出了这一点，或者说，最为忠实地传递了原著刻意营造的讲述故事的氛围。花撒勑的《训儿真言》这一译本最值得称道的是，译文完完全全地移植了原著中给幼儿讲述故事的口吻，这主要是通过人称代词以及问答形式的运用来实现的。纵观叙事文学发展的历史，第二人称叙事始终未能成为主流，在中国叙事文学中尤为罕见。用第二人称代词进行叙事是一种修辞行为。也就是说，第二人称叙事文本中的叙述者，在有意无意地利用"你"这一代词对其读者产生影响力，以达到某种效果。《训儿真言》采用第二人称，目的是营造出与幼儿对话的氛围，使幼儿直接感受到讲故事的人对自己的呼唤，实现与小读者之间的良好沟通，特别适合幼儿。同时，第二人称的使用，使小读者更容易找到一种代入感，与书中的人物产生情绪上的共鸣，在虚拟的角色身上看见他自己。故事开篇第一章"讲神造人的身体"：

小孩子们，我有几句话，要你们好好听着。你看那个日头，是谁安排在天上的？——是神。

你能勾着那个日头么？——不能。

谁教那个日头在空中掉不下来呢？——是神。

神在那里？——在天堂上。

天堂是什么样的地方？——天堂比日头更亮。

你能够看见神么？——不能。

神能够看见你么？——能。不止看见你，还看见地下拢总的东西。[①]

《训蒙真言》的行文风格则更适合那些年纪稍长、粗通文字的低年级学童。其第一章“讲神保养人的身体”是这样写的：

从前听见一个比喻说，有一个猪，在一科[②]杏树底下，饿了就吃落下的杏子，乏了就躺卧睡觉。终日间，自由自在，并不知食从何来，也不知感谢赐食的主。这是比方。我们世人，虽天天受神的恩典，蒙神的照应，却不知感谢神。我们这样待神，真是得罪他。于今请看此书的，仔细想一想，天父叫那日头早晨出来，晚上落下，自古至今，永不停止。这样的恩惠，谁未曾受过？谁会感谢神？[③]

《训蒙真言》中讲故事的口吻明显被削弱，译本不再是作为家

---

① 《训儿真言》，花撒勅译，美华书馆，1867 年，第 1 页。

② 当作“棵”。

③ 《训蒙真言》，美华书馆，1915 年，第 1 页。

长或老师讲故事的底本，而是供儿童自己阅读的读本，因此译者的提示语也是针对现在正在看这本书的小读者而不是小听众所说，“于今请看此书的，仔细想一想”。《训蒙真言》曾经作为镇江美以美会的教材使用。

《训儿真言》第二章“讲娘爱小孩儿”，也采用了类似的开头，设想对着虚拟的孩子讲故事：

> 小孩儿，我已经告诉你这身体是怎么样。再说起头你眉头这样大的时候，你也不会自己吃，也不会自己穿，也不会自己走。那时候，是什么人怀抱你？喂养你？给你洗脸？给你梳头？给你穿衣服？是你的母亲啊。①

在运用第二人称叙述的同时，《训儿真言》又使用了问答体，由于问答体适宜用来表现不同思想之间的交锋，能够更有效地传播论点，因而在宣教手册包括宣教小说中十分常见。不过在其他的传教士汉文小说中，一般由懵懂无知的人（通常是异教徒）来发问，由睿智正义的传教士或信徒回答，揭示神的道理。《训儿真言》中的问答形式有所不同，其主要起到模拟讲故事的作用，提问者占据主导位置，他是讲故事的人，是老师，是领路人。这些问题或者让幼儿简单地回答“是”“不是”，或者只是一种设问，不需要幼儿回答，而由提问者自己来回答，主要起到引导小读者的思路的作用。如《训儿真言》第三章“讲老子养小孩儿”：

① 《训儿真言》，花撒勑译，第 2 页。

小孩儿啊，谁做衣服给你穿，做饭给你吃呢？——是你母亲。

你母亲哪里来的这些钱呢？——是你父亲给他的。

你父亲哪里来的这些钱呢？——是他种庄稼，风里雨里，热汗直流挣的；是他耍手艺，这里那里，千辛万苦挣的，是他做买卖，南边北边，漂江过海挣的。他挣的钱，拿来交给你母亲说："要给小孩儿置衣服穿，买东西吃。"

你父亲这样待你，你爱不爱他？——爱他。

我晓得你爱他，也应该爱他。我看见有小孩儿，他父亲死了，难受得很。若是你父亲死了，也是这样。所以你应该跪下求神，保佑你父亲无灾无病。①

这一段内容在《训蒙真言》中改成第三人称：

人从婴孩直到成丁的时候，是谁做衣服给他穿？做饭给他吃呢？不是他母亲么？他母亲哪里来的这布匹、这粮食呢？不是他父亲挣的么？于今想一想，做父母的，为养活儿女，费了多少心力。或是种庄稼，起早巴晚，殷殷勤勤，受许多的风雨，吃许多的辛苦；或是做买卖，南边北边，漂江过海，经许多的危险，担许多的心思。一辈子劳劳碌碌，少吃俭用，积蓄几文钱，都花在儿女身上。父母在儿女身上，既有这样的恩情，儿女岂不应

① 《训儿真言》第三章"讲老子养小孩儿"，花撒勑译，第3页。

> 当恭恭敬敬，一辈子孝顺父母么？不只如此，也应该跪下求神，保佑父母，无灾无病，使父母身体健壮，精神充足，在世长寿，使儿女得尽孝心，如此方可算是孝顺的儿女。①

《训儿真言》采用第二人称，使文本最大限度地实现了从作者到读者，从隐含作者到隐含读者，从叙述者到虚拟听者的叙事交流——交流正是叙事的最终目的。如何叙述是个修辞问题，而修辞牵涉到效果。第二人称的叙事效果明显优于第一、第三人称叙述效果。至少在儿童读物中，第二人称叙事在故事氛围的营造上、在亲切感上，有着巨大优势。第二人称与问答形式的同时使用，构成了花撒勑译本《训儿真言》在叙事方式上的重要特点，它给阅读带来了声音的效果，影响到小读者对故事的反应和理解。

五、苏州土白译本《训儿真言》

《训儿真言》还有一个吴方言译本。1879 年，美国长老会的帅小姐把该书译成苏州土白，由上海美华书馆刊行。帅小姐 1836 年生于美国佐治亚州的奥格尔索普（Oglethorpe），1890 年在上海去世。她受美国南长老会派遣来华，是最早来华的女性传教士之一。1873—1890 年在苏州从事翻译工作，著有《典型的中国妇女》（*Typical Women of China*）一书，1891 年由上海别发洋行（Kelly & Walsh）出版。由她翻译的苏州土白本《训儿真言》共五十一章，或许是认为与本书的主题关系不密切，译文删除了原著的第二课

① 《训蒙真言》第三章“讲父母的抚养”，第 3 页。

“Of a mother's care”、第三课“Of a father's care”。

这个译本包括目录部分均采用苏州土白翻译，是一部非常成熟的吴语文学作品。吴语虽然普遍存在于明清小说中，但往往只是以词汇的形式在人物对白中偶尔露面。吴语文学的真正出现是较为晚近的事情，清末的《海上花列传》《九尾龟》等才称得上成熟的吴语小说。这之前，清代乾嘉时期可以视为方言小说的过渡时期，出现了《飞跎全传》《何典》等吴语文学作品，这与乾嘉时期传统方言学的兴盛有关。真正标志着吴语小说成熟的，一般认为是清末民初韩邦庆所著的《海上花列传》，胡适称之为“吴语文学的第一部杰作”。孙玉声的《退醒庐笔记》载：“而余则谓此书通体皆操吴语，恐阅者不甚了了；而吴语中有音无字之字甚多，下笔时殊费研考，不如改易通俗白话为佳。乃韩言：‘曹雪芹撰《石头记》皆操京语，我书安见不可以操吴语？’”可见韩邦庆作《海上花列传》是有意识地以吴语著书。不过，在1892年《海上花列传》开始在《海上奇书》连载之前，传教士实际上已经有许多成熟的吴方言作品问世，包括宁波话、苏州话、上海话、杭州话。本文所讨论的英国作家莫蒂母的这篇儿童故事集《将明篇》以及她的另一部作品《蒙童训》都曾被译成苏州土白，但一直未受到研究者的关注。

吴语是最重要的汉语方言之一，而吴语中的苏州话，由于苏州这个城市的历史地位，也因为苏州话自身的音韵特征，向来被当作是吴语的代表方言，在历史上有很高的地位。近代中国有四大白话——京白、韵白、苏白和粤白，而苏白无疑是江南地区最流行的语言。所谓的“吴侬软语”在多数情况下指的就是苏州话。[1] 苏白在明代从江南的流行语言成为士大夫的流行语言。评弹以苏白为标准音，甚至一开始的京剧都曾使用过苏白。明代王士性在《广志绎》中说姑苏人：“善操海内上下进退之权，苏人以为雅者，则四方随之而雅，俗者，则随而俗之。”[2] 上层社会，尤其是江南地区的上层人物大多以讲苏州话为荣。甚至不同地区的人交流也有使用苏州话的。和官方“普通话”京白相对而言，苏州话在当时社会的地位相当于民间的“普通话”。

帅小姐翻译《训儿真言》采用的正是苏白。与花撒勑翻译的官话本《训儿真言》一样，苏州土白译本也忠实地传递了原著讲述故事的口吻，采用第二人称叙述，保留了原著的问答形式，并且由于方言的使用，与官话译本相比，其口语化的色彩尤为突出。如故事开篇：

> 倷看四周围花草树木咾菜，全是捺哼有个？是神造个。
>
> 倷阿能够叫地生出啥物事来？勿能够个。不过独一位真神能够叫地生出物事来。
>
> 神拉笃洛里？各到各处全拉笃个。
>
> 倷阿能够看见神吤？勿能够。
>
> 神阿能够看见倷吤？能够个。勿独是看见倷，还看见地上共总个物事。[3]

---

① 谢自立：《二十年来苏州方言研究综述》，载《方言》2001年第4期。

② （明）王士性：《广志绎》卷二，中华书局，1981年，第219页。

③ 《训儿真言》，帅小姐译，美华书馆，1879年，第1页。

作者相信基督教徒的信仰贯穿于生活，基督教徒的教育源于生活。在解释一些较为抽象的宗教观念时，作者针对儿童的特点，利用儿童熟悉的生活中的事物加以引导，帮助他们理解。第二章“讲灵魂”，作者通过狗、猫、鸡、苍蝇等的身体与人的对比，将问题逐步接近主题：人和它们有何不同，为什么不同，从而得出上帝赋予人类灵魂的观点。同时，提问的方式几乎是重复的，除了对象稍稍有所变化，句式大致相同。这种不断重复的方式，在儿童文学中很常见，主要是为了加深幼儿的印象，使他们在重复中一步步地掌握故事的内容。

狗阿有身体吤？有个。神也拨俚一个身体，有骨头，有肉，有血，有皮。

狗个身体，阿像倷吤？勿像。

狗有几只脚？四只。

倷阿有臂把吤？有两只。

狗阿有臂把吤？嘸不臂把，也嘸不手。

狗个皮阿像倷吤？勿像。狗个皮有毛，吤个皮是光个。

猫个身体阿像倷吤？也勿像，俚个身体也有毛。

鸡个身体阿像倷吤？也勿像。

鸡有几只腿？两只。倷也有两只，但是俚个腿，勿像倷个腿。俚个脚有爪，鸡有趾甲，倷嘸不。鸡个嘴，也勿像倷个嘴，俚也嘸不牙齿。鸡个身体虽是勿像倷，但是俚也叫身体，因为俚也骨头，有肉，有血，有皮。

苍蝇阿有身体吤？俚有黑个身体，六只脚，还有两个骣甲，像轻纱一样。俚个身体，一点勿像倷个狗咾猫、鸡咾。苍蝇个身体，捺哼有个？是神造个。

鸡咾狗，阿会得谢谢神？鸡咾狗，搭子马、牛、羊，个几化中牲，全勿会得谢谢神。为啥咾勿会？是因为俚勿会说话咾？勿是因为俚勿会说话，是因为俚勿会想啥念头。为啥咾勿会想念头？因为俚嘸不灵魂。神造个几化中牲，嘸不拨俚灵魂。

倷阿有灵魂吖？有个。是有拉笃倷身体里，所以倷能够想着神，也会得谢谢神。倷个灵魂是神拨倷个。[1]

从方言写作的角度看，《训儿真言》对苏白的运用更为彻底。被誉为吴语文学第一部杰作的《海上花列传》以及后来的《九尾龟》，都是有保留地运用了苏白。《海上花列传》中人物对话用苏白，叙述语言用官话。而《九尾龟》遵循的是什么人说什么话的原则，以语言区分人物身份，倌人操苏白，嫖客说官话，叙述语言用的也是官话。《训儿真言》则通篇采用苏白写作。这样做的好处是，可以充分传递原著讲故事的口吻，浅白生动。不足之处是，这样会阻碍作品在方言区之外的广大范围的流传。在《海上花列传》"致客省人几难卒读，遂令绝好笔墨不获风行于时"之前，《训儿真言》就已经通篇采用苏白写作，以致学界对这部方言小说知之甚少。当然，作品的宗教主题可能也是造成这部儿童故事集传之不远的因素之一。

1859—1879 年 20 年间，《将明篇》先后有 6 位来华传教士用

---

① 《训儿真言》，帅小姐译，第 2—3 页。

方言和官话翻译出版了 8 个版本，20 世纪仍继续再版，并被教会学校作为学生读本使用，在同时代的儿童读物中可谓奇葩。这些译本对方言文学的写作提供了可贵的经验和范本。同时，多种译本成功地运用问答体和第二人称讲述故事，努力营造出与幼儿对话的氛围，实现与小读者之间的良好沟通，适合儿童尤其是幼儿的需要。传教士译者巧妙利用第二人称这一主要见于现代主义文学作品中的叙事技巧，为中国儿童文学的发展注入了新的元素。

第三节 《蒙童训》

《将明篇》出版后大获成功，于是莫蒂母又编撰了《蒙童训》(*Line Upon Line*，1837)，将《旧约》“摩西五经”的内容改编成儿童故事集。作为文学的《圣经》，《旧约全书》的价值高于《新约全书》。《旧约》是古代希伯来民族的神话、英雄史诗、民间歌谣、民间故事、寓言、格言的结集，是古代希伯来民族的智慧结晶。《旧约》中的“正经”5 篇和“史志”8 篇，除《创世纪》为宗教神话故事以外，其余各篇都是由以色列英雄传说与宗教神话相结合的民族史诗。莫蒂母以“摩西五经”作为改编的对象，可以说极具慧眼。她希望通过这些精彩的故事，使儿童以愉悦的心情，潜移默化地接受神的启示和引导。

《蒙童训》英文原著全书共 39 章，故事分别来自以下章节：其中第 1 章到第 19 章出自《创世纪》，主要包括上帝创造世界、人类起源以及诺亚方舟的宗教神话故事；第 20 章到第 30 章出自《出埃及记》，主要讲述摩西的故事，以色列人在埃及受到迫害，由摩西带领他们离开埃及；第 32 章到第 34 章出自《民数记》，也是关于摩西的故事，讲摩西派 12 个探子勘察迦南地、摩西和亚伦犯罪以及铜蛇的故事；第 35 章出自《申命记》，讲了摩西之死；第 36 章到第 39 章出自《约书亚记》，讲约书亚接替摩西，继续带领以色列人过约旦河，进耶利哥古城的故事，第 39 章讲约书亚之死。

虽然《蒙童训》英语原著出版的时间比《将明篇》要晚一年，却比后者更早被译介到中国。这可能是因为在传教士看来，该书的故事性更强，更能吸引儿童读者。与《将明篇》一样，这部儿童福音故事集也引起了传教士的广泛兴趣，出现了诸多译本。而且这些中译本的特别之处在于，它们都是用吴方言翻译的。

一、《蒙童训》的几种吴语译本

《蒙童训》最早的中译本，由丁小姐（C. P. Tenney）[①] 用上海土白翻译，分上、中、下三卷，咸丰六年（1856）由浦东周凤翔刊刻出版。上卷凡 19 章，即原著的第 1 章到 19 章，全部为《创世记》中的内容；中卷 9 章，即原著第 20 章到 28 章，全部为《出埃及记》中摩西的故事；下卷 11 章，即原著第 29 章到 39 章，讲摩西和约书亚的故事。译者根据中国传统的蒙童读物将此书命名为"蒙童训"。中国古代儿童教育俗称"蒙学"。《易・蒙》云："蒙以养正，圣功也。"《尚书正义》："蒙为暗昧也，幼童于事多暗昧，是以未知同蒙也。"译者以《蒙童训》名之，表明该书旨在教育儿童，是明确把它作为儿童读物来翻译的。随后，美国长老会的帅

① 关于上海土白本的译者丁小姐，笔者没有发现关于她生平的任何线索，望方家赐教。

小姐将之译成苏州土白，1875 年以同一书名在上海美华书馆出版。将上海土白译本与苏州土白译本进行比对，可以发现，二者的章节相同，标题和译文也十分接近，只是在人称代词、指示代词的使用上，稍有差异。试以下面的一段文字为例。

上海土白本：第二章　讲究亚丹咾夏法犯罪个事体

我前头起对倻话，神叫亚丹搭子伊个娘子夏法，一淘住拉埃田园里。大家快活咾相爱，又勿曾生歇病咾吃歇苦个。垃拉园里收作个花果树木，一眼勿弛驼个。做第个生活，容易咾快活，因为天色末清凉，勿冷勿热，就是乱草咾镰人剑，也勿曾生出来个哩。垃拉花园里，有一棵树叫分别善恶个树，树上个果子末，神已经对伊拉话，勿许吃个，吃子末，就要死个。别样树上个果子末，倻可以吃个。伊拉爱敬神，照子伊个吩咐咾，勿吃伊勿许吃个树。[1]

苏州土白本：第二章　讲究亚当咾夏娃犯罪个事体

我前头对呒笃说，神叫亚当搭子俚个家小夏娃，一淘住拉埃田园里。大家快活咾相爱，又勿曾生歇病咾吃歇苦个。拉笃园里收作个花果树木，一点勿怯力个。做个个生活，容易咾快活个，因为天色末风凉，勿冷勿热，

① 《蒙童训》第二章"讲究亚丹咾夏法犯罪个事体"，浦东周凤翔，咸丰六年（1856）刊本，第 3 页。

就是乱草咾触人剑，也勿曾生出来个哩。拉笃花园里，有一棵树叫分别善恶个树，树上个果子末，神已经对俚笃说，勿许吃个，吃之末，就要死个。别样书上个果子末，俚笃可以吃个。俚笃爱敬神，照子俚个吩咐咾，勿吃俚勿许吃个树。①

基本可以认为，苏州土白本《蒙童训》是以上海土白本为底本进行的方言改写本，而不是根据英文原著重译的。这在相邻的方言区域内，应该是一种比较切实可行的做法。19 世纪，新教传教士来华后，面临的一个难题是：方言在某些地区作为强势语言使得官话难以普及，比如，在福建、广东包括吴越的许多地方，方言就是绝大多数市民唯一的口语形式。方言的多样性给传教工作带来了很大困难：传教工作往往局限于一隅，《圣经》的翻译和出版量也由此大为增加，同时还要为不同地区配备不同方言版本的辅助性读物。② 上海方言与苏州方言比较接近，在已有译本的基础上进行细微的改动，无疑可以大大提高文字事工的效率，减少传教士的工作量。因而本书在引用译文时，以时间最早的上海土白译本为主，同时参照苏州土白译本。

这部基督教儿童故事集还有两种教会罗马字的方言版本：英国圣公会柯播义（Robert Henry Cobbold，1820—1893）以教会罗马字拼写的宁波土白本《日积月累》（*Jih Tsih yüih le*），全书共两册，

---

① 《蒙童训》第二章“讲究亚当咾夏娃犯罪个事体”，美华书馆，1875 年，第 4 页。

② *The Chinese Empire*：*A General & Missionary Survey*，Morgan &Scott，1907，p. 61.

1869年由宁波镇海美华书馆出版；1875年英国伦敦会女传教士绿慕德再次用教会罗马字将之译成宁波土白《日积月累》1册，由宁波镇海美华书馆出版。这一书名也包含了寓教于乐之意。

《蒙童训》以在吴语地区最有影响力的苏州方言、上海方言翻译，后又译成宁波方言，有利于这部故事集在吴语地区的传播。

二、作为儿童文学的改编

儿童故事的特点是主题单纯，篇幅不宜过长，而为学龄前儿童编写的故事篇幅更有限。《圣经》中的故事寓意丰富，头绪纷繁。《蒙童训》在改编时，注意尽量减少故事头绪，简化情节。《蒙童训》的故事主要来自“摩西五经”。经过莫蒂母改编，故事获得了整体性和统一性。莫蒂母以人物为中心，搭建故事框架，组织故事情节。《蒙童训》就是由关于亚当和夏娃、诺亚、亚伯拉罕、雅各、摩西和约书亚的一个个人物的故事贯串而成的。如书中把《圣经》的《出埃及记》《民数记》和《申命记》中关于摩西的故事集中起来，加以浓缩，完整地表现了摩西率领200万以色列人逃出埃及，进入迦南的艰苦历程，直到摩西之死。把希伯来民族英雄摩西拯救人民的历史传说，同上帝耶和华赐福以色列人并与以色列人立约的宗教神话交融互汇为一体，构成了情节动人的故事。雅各的故事是围绕着主人公的性格缺陷和家庭问题的挣扎过程来写的。约瑟的故事则讲述了主人公如何实现了在故事一开始就被赋予的使命。贯穿故事情节前后的主人公也为整个故事创造了整体性。《蒙童训》中尽量避免抽象的议论、复杂的历史背景介绍和教理的阐释，以叙事为主。在中文译本中，为了保持故事叙述的连贯性，译者甚至将英文原著中的赞美诗也全部删除。

中译本《蒙童训》比原著篇幅更短，充分考虑到幼儿的特点，采用短小的故事，寓教于乐。书中多用重复的句式，用词也十分简单，并配有插图，帮助幼儿理解，发挥其想象力。幼儿好奇心强，喜欢发问，因而书中因势利导，采用问答体的形式，对幼儿可能有的疑问，给予简单的回答。

同时，为了适合儿童阅读，《蒙童训》在内容上做了某些删改，以使故事内容更富于情趣，便于儿童理解。比如，亚伯拉罕生下儿子以撒的第八天就给他行割礼，这种幼儿无法理解的事情在故事中就被删去了。又如，以撒有两个儿子，小儿子雅各用一碗红豆汤骗取了哥哥以扫的长子身份，所以哥哥以扫要杀他。对于不了解《圣经》故事文化背景的儿童来说，这一点是难以理解的。在当时的文化背景里，雅各的做法是可行的，古代的胡人文化允许通过谈判和购买来交易长子权。[①] 考虑到儿童的理解能力，《蒙童训》中是这样解释的：以扫和雅各性格迥异，父亲爱以扫，母亲爱雅各，而雅各待以扫不好，所以以扫要杀他：

> 以撒讨个娘子，叫哩别迦，养两个儿子，大个叫以扫，小个叫雅各。弟兄两个，虽是双胞胎，然而相貌咾、性子末，大两样拉。雅各末住拉屋里咾种田，以扫末常庄担子弓箭咾，到树林里去捉个鸟鸟咾野兽，担居来做子汤咾，拨拉以撒吃个。爷末爱以扫，娘末爱雅各。雅各末，勿是好好能待个以扫，以扫末恨伊咾，想等爷死

① 里兰得·来肯：《认识〈圣经〉文学》，李一为译，第 35 页。

子咩杀脱伊。[1]

莫蒂母在写作这部作品时，沿袭了《将明篇》的叙事方法，采用第二人称和第三人称交替叙述的手法，以便努力营造出讲述故事的氛围。在叙事作品中，“重要的并不在于对人称的选择，而在于这种选择背后存在着的叙事主体对叙事文本的总体效果和全盘结构的考虑”。因为叙述的人称“不仅仅是小说家为了讲述某个故事便从辞典里随手拽出来的几个代词；而是意味着一种叙事格局的确立，这种格局关系到作者与读者之间的对话方式”[2]。《蒙童训》中采用第二人称，正是为了追求对话的效果，第二人称与问答的方式相结合，可以产生强烈的现场交流感，就像老师或父母面对着儿童娓娓道来一样。

我爱拉个小囝呀，造成功天地是神。倻听得歇个者，倻心里想想看，有啥人能够造成功天地个否？人勿能够造成功个，不过会担料作来做个多化事物，就是房子咩、箱子咩、台子咩、椅子咩啥。比方有人会做箱子，领伊到无啥料作个房子里去，关子门咩对伊话：“侬勿可以出来，等到做好子箱子末，可以出来者。”第个人勿能够空手做好一只箱子，因为无没料作咩只那。神末是大两样个，伊造成功天地咩百万样物事，勿是拿啥料作来做个，不过出一句说话末，天地就造成功拉个者。[3]

---

① 《蒙童训》上卷第八章“讲究雅各梦里个事体”，第 14 页。
② 徐岱：《小说叙事学》，中国社会科学出版社，1992 年，第 274 页。
③ 《蒙童训》第一章“讲究造成功天地咩百万样物事”，第 1 页。

与《将明篇》相比，《蒙童训》的故事性更强，书中很少有关于教义、教理的讲解，因此对第二人称的运用也没有《将明篇》那么频繁。在叙述故事的时候又很快地转到全知全能的第三人称，这样对于叙事者而言，叙述起来可能更方便。然而，作者还是有意识地用了一些提示语来制造讲故事的对话氛围，诸如，“我爱拉个小囡呀”（我所爱的小孩子呀）、“我前头起对倗话”（我前面跟你讲过）、“上头一章书上话”（上面一章书里说）。在讲完故事后，又常常切换到第二人称。比如，第 6 章“讲究许亚伯拉罕养儿子”，故事讲完后，讲故事的人便改变了口吻：“小囡呀，随便啥事体，神许过拉个末，侬终要相信个。许倗啥，就是圣灵。若使侬求个神末，伊肯担圣灵来感化倗个心肠者。”[①] 把读者从《圣经》故事中拉回到讲故事的现场。在叙述故事的过程中，则通过语气词“哰”“末”的频繁使用，始终保持着这种讲述故事的口吻。

三、故事与儿童的灵性教育

作者莫蒂母虽然以写作儿童宗教启蒙故事而闻名，但她在结婚之前，对儿童的宗教教育并不关心。随着她对写作教育类作品的兴趣与日俱增，以及相关写作经验的积累，莫蒂母开始逐渐形成她个人关于教育孩子的方法和理念。较之于传统的入门书（horn book），她更倾向于在幼儿教育中运用一种类似于初期的闪卡（flash cards）教学法。她还将这种利用瞬间记忆卡片的形式融入儿童宗教启蒙故事的写作中。与成名作《将明篇》一样，莫蒂母写作《蒙童训》，也是计划把它作为主日学的教材来使用的。书后不

---

① 《蒙童训》上卷第六章“讲究许亚伯拉罕养儿子”，第 12 页。

仅有针对全书内容的40道测试题，还列出了针对该书中每一章内容的查经题和思考题，方便老师使用。另外，莫蒂母在书后摘编了一篇《经文诗句》（Verses of Scripture），共53句，每一讲各摘引一句诗，以帮助儿童理解各讲的主旨。诗句都很简短，便于儿童记诵。书中的查经题、思考题及摘引的诗句，都可以制作成卡片，配合故事内容的讲解，用于主日学的教学。这种教学方法被认为在幼儿的教育中卓有成效，因而1955年美国医学博士格林·杜曼（Glenn Doman）创办人类潜能开发学会后，大力发展闪卡教学法。它开始是被用于治疗脑受损的儿童，后来又推广到健全的婴幼儿。闪卡教学法根据人类大脑在枕叶部的视觉神经皮质，经光线透过眼球视网膜在1%秒内便能产生图像的原理而建立（Doman & Doman，1994），故高速闪卡能刺激视觉神经系统，进而激发大脑细胞的成长，并帮助大脑相关神经系统的连接，最终达到提升认知能力的效果。闪卡教学法利用视觉卡片在幼儿面前快速闪动和读出文字或数字，借此刺激幼儿的视觉及听觉感官，让看见和听见的信息登录知觉记忆系统并进行编码，使其成为短期记忆。为了将这些内容转换成为长期记忆，便需要反复的认读，务求加深印象。[①] 莫蒂母在书后的教师指南中说明，她所设计的问题和摘引的诗句，都是为了刺激儿童反复阅读书籍，以便加深其对书中内容的记忆。阅读和聆听《圣经》故事是儿童主日学常见的教学方式，莫蒂母的宗教启蒙故事普遍被儿童主日学采用。

儿童主日学始于18世纪。《圣经》中虽然没有明说要为儿童

① 陈艳媚：《闪卡教学与幼儿的认知发展》，载《香港幼儿学报》2011年卷10第2期。

设立宗教教育学校，然而为儿童提供宗教教育的教导却充满了《圣经》。无论是《新约》或《旧约》，都充满了这方面的教导。如《旧约》中提到，犹太民族是一个重视教育的民族，他们的教育是生活化的教育，无论在圣殿里、会堂里、家中，或各样的节期，都是他们教育子女的好机会。以下所引经文，都是关于神如何吩咐以色列人教导子女的：

■ 也要殷勤教训你的儿女、无论你坐在家里、行在路上、躺下、起来、都要谈论。（申命记 6：7）。

■ 因为他在雅各中立法度，在以色列中设律法，是他吩咐我们祖宗，要传给子孙的。（诗篇 78：5—6,）。

■ 教养孩童、使他走当行的道、就是到老他也不偏离。（箴言 22：6）

■ 儿女是耶和华所赐的产业，所怀的胎，是他所给的赏赐。（诗篇 127：3）。

1780 年 7 月，雷克斯（Robert Raikes）在英国古士塔城（Gloucester）创立了最早的儿童主日学。当时童工在工余时无所事事而游荡街头，造成许多社会问题。为了使孩童有受教育的机会，以及解决这些社会问题以改造社会，他便每星期日免费给 6 到 12 岁的儿童上课。后来主日学渐渐为大部分天主教和基督教教会采纳，分设成人主日学、青少年主日学、儿童主日学等。当时的课程内容大多是唱诗、背诵经文、聆听故事等。大部分教会认为，信徒品德的培育，年纪越小越能扎根。宁可在儿童期建立孩子的灵性，也不要等到成人后再来修补与纠正。儿童有很好的记忆力，是教导《圣经》故事与背诵神的话语的最佳时期，对儿童进行宗教教育有助于让神的话语永远铭记在他们心中。当神的话语进入孩童心里，神的灵便会在他幼小的心灵中做工，使他因信耶稣基督而获得得救的智慧，并帮助他一生。许多著名的传教士及布道家都是在儿童时期就信奉宗教并决定献身宗教的，如内地会的创办人戴德生（James Hudson Taylor，1832—1905）及著名布道家司布真（C. H. Spurgeon）。

中国的主日学始于 19 世纪。美国南浸信会传教士叔未士（Jehu Lewis Shuck）牧师夫妇于 1835—1837 年间先后在广州、澳门着手展开主日学的工作。[①] 1848 年 3 月 5 日，美以美会教士柯林斯（J. O. Collins）在福州创办主日学，是目前所能找到的主日学在华历史发展中最早的记载。主日学在华发展甚速，到 19 世纪末，大约 1/8 的教会已有了主日学。但迟至 1907 年基督教百年大会时，各个差会才感到有相互合作的必要。当时大会选出了一个 20 人的委员会，负责磋商具体办法，后于 1940 年正式成立中国主日学合会。据中华续行委办会调查特委会的统计数据，1907 年 1779 个教会中有幼童部主日学的仅占 12%，而 61% 没有主日学工作。1920 年，正式主日学学生约等于受餐信徒人数的 74%，另外还有相当数目的查经班，同时出版了一些儿童读物。1914—1920 年，受餐信徒人数每年约增长 6%，主日学学生则增长 12%。可见主日学事业的发展较信徒人数的发展快 1 倍。这项宗教教育事业的发展表明教会对于教育事业绝非全力以赴，却获益良多，因而大力推广普

---

① 吴文乐：《浸会在华布道百年史略》，浸信会出版社，1936 年，第 4—28 页。

通教育也是注重培养青年的特别方法。[1]

面对发展迅速的儿童主日学，编撰、出版适当的主日学课本及儿童读物变得相当迫切。《蒙童训》《晓初训道》正是在这样的背景下被译介到中国的。

第四节　《第四博士》与《失路小孩》

《第四博士》（*the Other Wise Man*）和《失路小孩》（*The Lost Boy*）都出自美国作家樊带克（Henry Van Dyke，1852—1933）之笔。他不仅是一名神职人员，而且是当时卓有影响的作家。樊带克是美国长老会牧师，1873 年毕业于普林斯顿大学，后任普林斯顿大学英语文学教授和巴黎大学讲师；1913 年，被美国总统威尔逊（Wilson）任命为美驻荷兰大使。樊带克曾当选美国艺术文学院院士（The American Academy of Arts and Letters），并获得过其他多项荣誉。在散文和诗歌领域都卓有成就。同时，樊带克在灵修小说的创作上，也不遗余力。《第四博士》和《失路小孩》都取材于《马太福音》第 2 章。由于作者樊带克自身的文学素养，使得其笔下的福音故事与其他福音故事相比，显得别具一格。他不仅对《圣经》中的人物故事进行了文学性的演绎，而且引导读者进行更深入的哲学层面的思考。樊带克是一位学者型兼作家型的教牧人员，其作品具有很强的文学性与艺术性，因而其作品也受到了来华传教士的重视。

---

① 中国社会科学院世界宗教研究所：《中华归主》，中国社会科学出版社，1987 年，第 103 页。

一、《第四博士》

樊带克 1896 年创作了小说《第四博士》，该书讲述了第四博士长途跋涉，历尽千辛万苦去朝拜耶稣的故事。该书最早由美国长老会费启鸿师母翻译成官话，于 1903 年上海中国圣教书局出版，1948 年汉口圣教书局再版。1929 年谢颂羔①也曾翻译此书，编入《第四博士及其他》一书中，由上海广学会出版，书前的介绍这样描述该书："它不仅把这位博士如此长途跋涉，历尽千辛万苦地去朝拜耶稣，而且那三个东方博士事前的预备亦说了许多，真是有味。"1902 年，樊带克短篇小说集《浊世兰花》（*The Blue Flower and the Source*）英文原本（*Charles Scrlbner's Sons*）在纽约出版，其中收录了包括《第四博士》在内的 9 篇小说，可见这部小说颇受作者重视。《浊世兰花》也有中译本，由加拿大长老会传教士薄玉珍（Miss Margaret H. Brown，1887—?）与刘文林合译成官话，1930 年上海广学会出版，可惜该译本仅翻译了其中的第一篇《浊世兰花》。

译者很忠实地翻译了小说原书的长序：

> 六年前，这本小书，如同一只船，在厂中造成，放在海面。这船不能说是一只极大的铁甲船，也不能说是一只极大的公司船，不过它可以算是一只很小的帆船。

---

① 谢颂羔，浙江宁波人，1917 年于苏州东吴大学毕业，次年赴美国的奥朋大学（Auburn University）修读神学，1921 年毕业，同年被按立为牧师。1922 年在波士顿大学获硕士学位。1924—1926 年在美以美会书报部任编辑，负责编辑《青年友》。1926 年夏到上海广学会任编辑，直至约 1952 年退职，著译甚丰。

这船已经行了许多路程，有几次遭着大风，被大风送他到很远的国度。它已经到过日耳曼、法兰西的“翻译”码头，（现在已经驶到中国的“翻译”码头）。这只小船，到远处去，为我寻着了许多好朋友，为了这只小船的缘故，有人送远方的好信息到我的地方。若有人问我这本小书，从哪里来？什么意思？我实实在在的不知道是从哪里来的，或者从空气中来的，也是难说。但是我可以告诉你，你不论往什么地方，从什么书上，终寻不着这书的意思。……他所走过的路程，所遇见的苦难，所经历的危险，所受过的逼迫，从起初到末后，如同链环，彼此接连，使人动听。我好像跟他一步一步的，在他所走的路上，就是从动身起，一直到走完他的路程为止。这本小书，到底有什么意思，请读这书的，自己细细地思想，静静地查看。你们已经听见从前有三个，从东方动身，走许多的路程，到了犹太，拿宝贝的礼物，奉献躺卧在马槽的婴孩。恐怕你们没有听见过第四个博士一路所经历的事，他也是为了看见天上的明星出现，就动身要寻找当来的王，但是他没有和他的三个朋友同去，寻见这一位新王，他所要走的路，没有走到。但是他后来走完了，他所要寻的的新王，起初没有寻着，但是他后来寻见了，我现在要详细告诉你们。[①]

这段序言用文学的语言告诉读者，这本书是要通过第四博士

① 《第四博士》，圣教书局，1948 年，第 2—4 页。

的经历告诉读者如何寻找上帝的真知。该书已经被译介到德国、法国等地，译者加了一句“现在已经驶到中国的‘翻译’码头”，很明显，作者与译者都带着宗教的目的。这篇序言在谢颂羔译本中变成了楔子，而且谢颂羔并非照原文翻译，而是根据中国读者的阅读习惯，糅合了作者的意思重新撰写的一篇简短的导读，以帮助读者领会本书内容及主旨。

诸君都已晓得那东方三个博士的故事，他们是从那远的东方把极贵重的礼物带到犹太的伯利恒城去敬拜耶稣。但是，你们尚未曾知道在他们三人之外的另一个人，正和他们是同伴的，但未能和那三人一同去罢了，这就是那位第四博士了。

现在我要说到那第四博士的事，他是抱着极大的希望，历尽了千辛万苦，但到底是终归失败，——不，这是他成功在失败的里面。他长途跋涉，行经多少山川险阻；他的灵魂深处是怎样的痛苦和激战，他为了要寻找他所要寻找的那位，真忍受了说不尽的劳苦哩。

我现在要将这个故事说出，这是从梦宫里听来的，——就是那在人心深处的梦宫了。①

不仅仅是序，费启鸿师母所译《第四博士》，对原著的五章内容进行了完整的翻译：

① 《第四博士及其他》，上海广学会，1929 年，第 1 页。

第一章　在天上的记号　The Sign in the Sky.
第二章　巴比伦的河边　By the Waters of Babylon.
第三章　为了一个小孩　For the Sake of a Little Child.
第四章　苦恼隐藏的路　In the Hidden Way of Sorrow.
第五章　值重价的珠子　A Pearl of Great Price.

谢颂羔的译文则有所节缩，不分章节。

《第四博士》作为福音小说来看，涉及两个重要的主题：其一，是对信仰的坚持，具有一定的励志意义。第四博士亚的班（Artaban）是波斯国火教的祭司，他和其他 3 位祭司朋友，时常一起研究古书、希伯来历史、巴比伦历史、但以里书等，也一起研究星象。他们注意到天上有两颗光亮的星，这两颗星在渐渐地移动接近，之后又发现一颗新的且非常光亮的星出现，但一两天后这颗星消失不见了。研究表明，当这两颗星接近到某一程度而第三颗星又出现时，希伯来民族的新生王就会诞生。于是，4 个人约定，到那时他们在巴比伦近郊的古庙集合，在那里等亚的班 10 天，再一起出发去以色列朝见新生王并献上黄金、乳香、没药三样礼物。这一情节在《马太福音》第二章中也有记载，但小说重点要表现的是第四博士因为要挽救濒死的病人、挽救将被杀害的婴孩，一直没能赶上朋友的步伐，在接下来的 33 年中，他独自一人继续努力寻找新生王，从未放弃。

从亚的班起初寻王，到现在已经有三十三年了，他还是走来走去，寻犹太人的王。他动身的时候，头发是黑的，现在头发很白，像冬天的雪一般。从前他的眼光，

> 好像火发光一样，现在像火已经灭了，只剩下灰尘，气力衰败，身体软弱，已经和死的人一般了。但是他还要寻这位王，他从前已经有好几次到耶路撒冷，在众人的中间，监牢的当中，仔细寻访，不知道能寻着从拿撒勒到伯利恒，后来逃走的人。现在他心里很愿意再到耶路撒冷去，因为这时候，在他的心中，像有微小的声音对他说："若是你再去，或者可以寻见。"[①]

第四博士准备献给新生王的宝物都用于救人了，最后一颗珠子也用来为一名被卖作女奴的波斯国火教女子赎身。但他仍心系着寻找新生王，这时突然发生了地震，一块大瓦片击中了他。陷入半昏迷之际，第四博士还喃喃自语："新生王啊！为何我都寻不到你呢？失志、苦痛又沮丧地想着，连最后的宝物我都没能献给你。"忽听见天上的声音告诉他："你不用烦恼，你的宝物虽没献给我，但你已给了我许多礼物，当我饥饿的时候，给我吃的，生病时给我药，坐牢时为我探监，没衣服穿时，你给我穿的。"博士回应说，"我的主啊，我何时见过您呢？我找寻了 33 年仍没找到您啊"，而后听到主耶稣说："当你做在至微小的人身上时，就是做在我身上，你虽没有将蓝宝石、红宝石、明珠送给我，但你为这些至微小的人所做的，就是做在我身上啊！比送我宝物更珍贵。""这时候，亚的班的面上有奇异的欢颜，正如山顶的雪，被日光照亮一般好看。他末次的呼吸，有很平安的样式，他的路程，

① 《第四博士》，第 32 页。

已经走完了，他的宝贝，已蒙王接收了，第四博士已经寻着他的王了。”[1] 第四博士的坚持，是对信仰的坚持，他确信，这一寻找对于他有着特殊的意义，是他生命真正的意义所在，是他生活的方向。坚定信仰正是译者想通过第四博士的经历和结局带给中国读者的启发与思考。

其二，试炼的主题。第四博士寻找新生王的33年是有宗教象征意义的，因为耶稣在世的时间也是33年，他履行着拯救世人的使命。第四博士找了33年，做了许多如同耶稣所行的事：为救治1名濒临死亡的得了瘟疫的以色列病人，他耽误了与朋友的约会，只能把准备献给新生王的碧玉卖掉，买了骆驼好赶路。当他到达伯利恒时，伯利恒一片骚乱，充满了哀哭之声，因希律王下令要杀死两岁以下的男婴，兵丁正在挨家挨户地搜寻。第四博士遇到1位妇女哭着哀求他救救孩子，第四博士用准备献给新生王的红宝石贿赂军长，阻止了兵丁继续搜查，使孩子躲过此劫。第四博士“走来走去，在掳掠的难民中，或者能够在他们中间，寻找那从伯利恒来的人家。他听见有荒年，百姓受难，都没有饭吃，他就到他们的地方，去寻这位王。他听见有瘟疫，百姓死亡，没有人服事，他就到他们中间，服事他们，也寻访这位王。他也到过许多监牢里和卖人为奴的地方去寻找。凡有人吃苦的地方，他就去察访，也寻机会服事他们。世界上许多很苦的地方，他虽然寻遍，终寻不着可以敬拜的王，倒寻见了许多要帮助的人。他看见饥饿的人，就给他吃，赤身的人，就给他穿，患病的人，就医治他，掳

① 《第四博士》，第39页。

掠的、被囚的，就安慰他”[1]。最后，他只剩下唯一一颗珠子了，因不忍心看波斯少女被卖作女奴而将其献了出来。这些经历其实都是试炼。《圣经》中试炼的主题是极为常见的。《马太福音》中说：“当至微小的弟兄饿了，你们给他吃；渴了，你们给他喝；他作客旅，你们留他住；他赤身露体，你们给他穿；他病了，你们看顾他；他在牢里，你们来看他。”

二、儿童是永恒的弥赛亚

《失路小孩》的英文原著1914年在美国出版，同一年立刻被翻译成中文。译者是美以美会的传教士亮乐月，最早发表在1914年12月1日第33期《女铎报》上。故事讲述了1900多年前，有一个小孩在去耶路撒冷朝圣的路上与父母走失。他是一个非常聪慧的孩子，身上闪耀着神性的光芒，与父母失散并不让他感到恐惧，他与当地的孩子比赛玩游戏、向妓女讲赎罪之道、听教法师讲先知但以理的事和弥赛亚的事，最后平安地回到了父母的身边。

《失路小孩》中的这个孩子身份是模糊的，作者似乎是在写人子耶稣，但有的地方又显得似是而非。这个孩子与耶稣一样也是拿撒勒城（Nazareth）的人，一出生便显得不同寻常：“这个小孩，他母亲很喜欢的。他母亲没有生他以前，早有天使告诉她说：这孩要做犹太人的王，要做全世界的光，所以非寻常小孩可比。”[2]这与《马太福音》第二章耶稣降生的情形相似：“当希律王的时候，耶稣生在犹太的伯利恒。有几个博士从东方来到耶路撒冷，

① 《第四博士》，第30—31页。

② 《失路小孩》，《女铎报》1914年12月1日第33期，第30页。

说：‘那生下来作犹太人之王的在那里。我们在东方看见他的星、特来拜他。’”（《马太福音》2：1—2）在去朝圣的路上，母亲叮嘱他走路要小心，以免失脚，他却一语双关地说：“我自能小心，我总将两只脚放在上帝所安排的磐石上的。”[①] 他总是悲天悯人，时时在思考要如何拯救世人。他父亲给他讲以色列人在埃及的故事，晚上大家都安睡了，这个孩子却仍在独自默想，“想到伊色列人就快乐一番，想到几万羊替人流血，就忧愁一番。”第二天是礼拜天，他跟随父母去圣殿。半路上遇见一个小屋着火，很多人望火哭泣，却不去救火。父亲向他解释说，这是在守犹太律法，圣日不准做工，如果去救火就算做工了。孩子对这种刻板地遵守律法的做法充满忧虑：“他人听见音乐，很是快乐，独此孩不乐，私想：‘犹太律法，如此严紧，恐非上帝所情愿，我巴不得众人皆能自由才好。’”[②] 孩子的身上始终闪耀着神性的光芒。有一天清早，他独自爬到山顶看日出，远望约旦河、死海旷野，“渐见日从东出，缓缓过伯大尼和耶路撒冷各地方，不多时，照满全山，光耀如金色。这孩坐下细想：此真如上帝的恩典完满了，全世界不论好人、坏人，个个受得到的。又想，我母从前曾说我做婴孩时，有三个博士到我家来送礼物，又想自己既是上帝的儿子，应当先救伊色列的百姓。自问：‘我怎样救法子?’停了一刻说：‘唉，我虽无法，我知我父必要教我妙法。我必要使全世界人都得快乐，巴不得我能激动那强盗的心，个个慈悲起来。’又想逐出那些在圣殿买卖的人，又想我巴不得改变律法，圣日使人快乐，多得益

① 《失路小孩》，《女铎报》1914 年 12 月 1 日第 33 期，第 30 页。

② 《失路小孩》，《女铎报》1914 年 12 月 1 日第 33 期，第 32 页。

处"[1]。这里再次提到孩子出生时的情形，有三位博士来送礼。这一记载同样见于《马太福音》第二章，从东方来的几个博士"进了房子，看见小孩子和他母亲马利亚，就俯伏拜那小孩子，揭开宝盒，拿黄金乳香没药为礼物献给他"（《马太福音》2：11）。孩子想拯救世人、洁净圣殿的想法，包括书中写到他后来遇见了一个妓女，没有丈夫，自称罪人，给他送来各种可口的食物，照顾受伤的他，眼泪滴在他的脚上。孩子告诉她只要真心向上帝祈求，就可以赎罪。这些经历都与耶稣的经历吻合。

那么作者写的就是人子耶稣吗？好像又不是。这个孩子依然童心未泯，是一个贪玩而争强好胜的12岁的世俗男孩。他与父母走失后，并不惊惶，自忖他们必会回来找他，又想还有别家帐篷可以投宿求食，还可以同其他孩子玩玩，于是他独自一人从羊门进城。

> 走到半路，见有几个男孩在那里游戏，都说："这个生人从何来的？"皆有欺侮的意，就问道："你这小木瓜，从哪里来？"这孩答道："我从加利利省来的。"又共问道："你会玩么？"答道："会玩。"于是，彼此同玩。谁知这孩玩得比众孩好，众孩妒忌说："这样玩不算数，你能跑么？你能掷石子么？"这孩说："都能。"于是又同玩。谁知这些事，他在山上练惯的，所以事事得胜。众孩大怒，即共着石子向他头上掷来，这孩带伤就逃，众

① 《失路小孩》，《女铎报》1914年12月1日第33期，第33页。

孩追赶，直过羊门方息。[1]

作者或许是把这个孩子塑造成一个呈现出儿童外形的基督，通过对他的描写传递基督教的儿童观。儿童是神秘的和强有力的，他的体内深藏着人性的秘密。在基督教中，儿童被赋予了宗教意义上的神性价值。人类先天具有宗教信仰的基因，其表现首先就在于儿童生就的神性。著名意大利儿童教育家蒙特梭利（Maria Montessori，1870—1952）认为，儿童的父母尽管给了他生命，却并不是子女的创造者，而只是他们的监护人，他们必须像承担着某种崇高使命的人一样去保护儿童，深切地关心儿童。为了这个使命，父母应该净化大自然赋予他们的对于子女的爱，应该尽力去明白这份爱是内心深沉情感的外露，绝不应该对它留有私心或者稍加怠慢。

基于此，蒙特梭利发展了一种类似宗教般的儿童崇拜，旨在彰显儿童非同寻常的神性价值，将儿童奉为神灵和先知，认为儿童的存在对于成人具有极大的重要性。成年人对一切都麻木了，需要一个新人去唤醒他们，用他们早已失去的那种富有活力的勃勃生机再次激发他们。成年人需要一个以不同方式行动的人，给他们以更好的生活的启示。没有儿童的帮助，成年人将颓废。如果成年人不努力自我更新，一层硬壳就开始在他的心灵周围形成，最终将使他变得麻木不仁。《圣经》中最后的审判场景，耶稣基督转向那些该死的人，以及那些在人世间从来没有运用他们所拥有的手段进行自我更新的人，责备了他们。《马太福音》（25：31—

---

① 《失路小孩》，《女铎报》1914 年 12 月 1 日第 33 期，第 34 页。

46）记录了这富于戏剧性的一幕：

31 当人子在他荣耀里同着众天使降临的时候，要坐在他荣耀的宝座上。32 万民都要聚集在他面前。他要把他们分别出来，好像牧羊的分别绵羊、山羊一般。33 把绵羊安置在右边，山羊在左边。34 于是王要向那右边的说，你们这蒙我父赐福的，可来承受那创世以来为你们所预备的国。35 因为我饿了，你们给我吃。渴了，你们给我喝。我作客旅，你们留我住。36 我赤身露体，你们给我穿。我病了，你们看顾我。我在监里，你们来看我。37 义人就回答说，主阿，我们什么时候见你饿了给你吃，渴了给你喝？38 什么时候见你作客旅留你住，或是赤身露体给你穿？39 又什么时候见你病了，或是在监里，来看你呢？40 王要回答说，我实在告诉你们，这些事你们既作在我这弟兄中一个最小的身上，就是作在我身上了。41 王又要向那左边的说，你们这被咒诅的人，离开我，进入那为魔鬼和他的使者所预备的永火里去。42 因为我饿了，你们不给我吃。渴了，你们不给我喝。43 我作客旅，你们不留我住。我赤身露体，你们不给我穿。我病了，我在监里，你们不来看顾我。44 他们也要回答说，主阿，我们什么时候见你饿了，或渴了，或作客旅，或赤身露体，或病了，或在监里，不伺候你呢？45 王要回答说，我实在告诉你们，这些事你们既不作在我这弟兄中一个最小的身上，就是不作在我身上了。46 这些人要往永刑里去。那些义人要往永生里去。

人应当去安慰隐藏在贫穷、被定了罪的和正在受苦难的人，如果我们把富于启发性的场面运用到儿童身上，就会发现，耶稣基督似乎也是以儿童的外形呈现的人。“我爱你们。早晨我来唤醒你们，而你们却拒绝我！”“但是，主啊！何时早晨你到我的屋前来唤醒过我，而我又拒绝过你呢？”“当你的小孩来叫你们时，他就是我。当他恳求你不要离开他时，他就是我！”“我们愚蠢的成年人！是耶稣基督来唤醒我们，并教我们爱！但我们却认为，这仅仅是儿童的一时兴致，从而丧失了我们爱的精神！”①

这种儿童观与爱默生不谋而合：儿童是永恒的救世主，他来到堕落者的身边，祈求把他拉回天堂。美国教育家、作家、哲学家阿尔科特（Amos Bronson Alcott，1799—1888）也相信儿童在出生时充满神性，只有儿童才有认识终极真理的直觉，才能毫无困难地与上帝交流对话。他把成人视为堕落之徒（fallen man），儿童则是半神（demi - god），他们还没有受到成人世界的不良影响。他们是纯洁无瑕的个体，是真与善的化身，与上帝的本性最为接近。

《失路小孩》并不是通过讲述一个情节简单而完整的故事，来点明福音的道理，而是由一些松散的情节构成，故事的线索就是小孩这一路上的经历，他看到的、听到的事情，碰到的人。作品充满了哲学思辨与宗教思考，这个孩子既像一位哲人，又像是悲天悯人的救世主，随时随地地进行观察和思考，这在作品中比叙述故事情节重要得多。在朝圣的路上，他们碰见一群骑马的强盗抢劫，孩子就问父亲：“那些骑马的人，是做什么的？”他父亲道：

① 蒙台梭利：《童年的秘密》第十七章“爱的智慧”，第108—109页。

"他们要我们所有的。"小孩道："我们所有，不过穿的衣服，带的食物，他们何不向我们索取呢?"他父亲说："他们不是索取的，要人东西，动手就抢。今天他见我们有预备，所以去了。"这孩子听了诧异道："世上竟有这种人，很是奇怪的，所以我看他们骑的马，虽然很好看，但是面如豺狼，两只眼睛炯炯如要发火。"[①] 孩子拿了一朵白荷花，说像皇帝穿的袍子一样好看。他母亲说荷花不过是植物，皇帝的袍子是丝绸做的，金线绣的，比白荷花尊贵得多。孩子就说："皇帝装饰虽然贵重，我想还是这花好看些。我看这花的意思，虽然生在旷野，但是极快乐、极清洁的。"原著为"百合"，无清洁之意。故事的最后，父母找到了失散的孩子，孩子却对母亲说："母亲阿，为什么要找我?我岂不晓得拿我父的事为念么?我现在岂不应当预备我父要我做的事?"孩子得了真道，有了生命的方向，因而对于这一段走失的经历，作者这样评论："诸君想这小孩，那时还是失了他的路，还是得了他的路。"

第五节　《福音故事》

19 世纪后期以来，儿童事工在来华传教士的工作中占据了越来越重要的地位。霍尔（L. K. Hall，B. S.）在《中国青少年中的基督教工作》的报告中指出：在使中国皈依基督的事业上，青少年时期的重要性不是被高估了，而是估计不足。基督教徒生活的显像、理想、态度和习惯必须首先进入 20 岁以下青少年的心中与脑中。过了这一年龄段，就很难大规模地办到了。在中国，青少

① 《失路小孩》，《女铎报》1914 年 12 月 1 日第 33 期，第 30 页。

年不如在西方那么受关注。通常对于少年时代的态度似乎是认为这个时期过得越快越好，认为对男孩子的性情和脾气应当加以压制，一个男孩子的行事为人从小就应当尽量像个“小大人”。甚至在宣教事业中，也是如此。西方流行的从基督教观点论青少年时期的几十种有益的书籍很少被译成中文。书刊的缺乏是一件需要引起注意的重要事工。[①]

这种状况在19世纪后期，随着大批女性传教士的到来得到了很大改观。美国女性传教士包括公理会的博美瑞（Mary Harriet Porter）、美以美会的亮乐月、长老会的杜步西师母、长老会的费启鸿师母以及季理斐师母等，都在儿童文字事工方面投入了大量精力，面向儿童译介、创作了一批宣教读物。

在这方面，季理斐师母编写了4册福音故事，专门向儿童介绍耶稣的生平事迹，共31章，1924年由广学会出版，1930年再版。第1册为《耶稣幼年光景》（*The Childhood of Jesus*），“这一部福音故事共分四本，是要儿童知道耶稣来到世界为世人受苦，替世人赎罪的事。这第一本是讲耶稣幼年的光景，把耶稣降生，博士拜访，再至圣殿，受洗被诱，宣召门徒等用浅显的文字写出来，并附有彩色画片，使儿童对耶稣幼年的事，有个深切的认识”[②]。第2册为《耶稣施行奇事》（*The Wonderful Deeds of Jesus*），“全书共分九章，记载耶稣在世的时候所行的奇事，要儿童从这些奇事里明白耶稣是上帝的儿子，明白他伟大的爱，明白他是真神，明白他

---

① 中华续行委办会调查特委会：《1901—1920年中国基督教调查资料》（下卷），蔡咏春等译，中国社会科学出版社，1987年，第952—958页。

② 《广学会图书目录》目录分类第二十“儿童用书”，第31页。

是救世主”[①]。第 3 册为《耶稣讲说比喻》（*Wonderful Stories Jesus Told*），“全书记载耶稣平生所讲的比喻，个个比喻都是极平常的事，都是人人极易懂的。这本小册子写的，就像耶稣与小朋友们面对面地在讲说这些比喻。外有彩色图画数张，更能引起儿童的兴趣”[②]。第 4 册《耶稣成就大功》（*Death*，*Resurrection and Ascension*）：“将耶稣的事迹告一段落，要知道世上没有一本书能把耶稣所做的事都一一写出来。何况这本小书呢！本书是把耶稣的死、复活、升天告诉小读者们，要他们了解这里面的伟大意义，做耶稣要他们做的事。做一个真正的基督教徒。”[③]

著者自序：

> 我们把这一部《福音故事》按照次序分成四本，大小与从前所出的福幼小丛书一样。甚盼望读这部书的人也要从头至尾按照次序诵读。书中的言词都很浅显，甚愿一切男女青年们因着这部小书得着莫大的益处。妇女查经班也可以用这部小书作教科书，为父母的也可以对儿女们诵读，使他们明白耶稣来到世界为世人受苦，替世人赎罪之事。[④]

作者不忘传教士的职责，时时站到前台布道：“在这部小书里我们不能把耶稣所做的事都一一地述说，就是那《圣经》之中也

① 《广学会图书目录》目录分类第二十“儿童用书”，第 31 页。
② 《广学会图书目录》目录分类第二十“儿童用书”，第 31 页。
③ 《广学会图书目录》目录分类第二十“儿童用书”，第 32 页。
④ 《福音故事》“序”，上海广学会，1924 年。

没有篇幅把一切的事都记载。但是我们盼望凡读这部书的也要读《新约圣经》，要学习着喜爱《圣经》。”①

一、给儿童讲《圣经》故事

阅读《圣经》原文对于儿童来说并不容易，因而将《圣经》中的内容重新改写成儿童故事，是对儿童进行宗教教育的一种常见做法。季理斐师母的《福音故事》就是这样一部作品。她在改写中针对儿童的特点进行了许多特殊的处理。如《耶稣成就大功》是根据《马太福音》的第26—28章内容改写而成。在本书的开始，她首先介绍了全书要讲述的内容，以便读者有一个大致的了解：

> 在这部小书里，我们不能把耶稣所作的事都一一的述说。就是那《圣经》之中也没有篇幅把一切的事都记载。但是我们盼望凡读这部书的也要读《新约圣经》，要学习着喜爱《圣经》。耶稣三年的工夫教训人，医治人，他知道日期快到，他将要被人杀害，在十字架上受暴虐的死刑。耶稣愿意离开天家，到世上来成为婴孩，后来在世上长大教训人，医治人。耶稣也乐意受死，因为他知道这乃是上帝意旨使他担当世人的刑罚。耶稣受死才使我们的罪能得赦免，使我们死后能上天堂。耶稣在世的时候众人有多少次要立他为世上的王，但是耶稣常常

① 《耶稣成就大功》第二十六章“末次守逾越节”，《福音故事》（第四册），上海广学会，1924年，第1页。

告诉人说他不是到世上来作王，他的国乃是在天上。那时候人都不明白他所说的是什么意思，但是耶稣知道自己将要受死回到天上去。[1]

编撰者尽量将《圣经》文本以及对经文的解释，融入故事当中。第二十六章写的是耶稣最后一次守逾越节的情形：

这时候又到了逾越节，于是耶稣到耶路撒冷去。他知道这时候将要被恶人杀害。他的门徒不愿意他去，因为他们知道法利赛人恨恶他，要杀害人。但是耶稣说他必须去。快到耶路撒冷，耶稣就打发两个门徒去找一个驴驹来，自己骑上。他告诉他们那可以找到驴驹的地方。耶稣知道《旧约》中记载着前几千百年先知所说的预言，说他要骑着驴进耶路撒冷。你们可以看《旧约·撒迦利亚书》九章九节。

门徒照着耶稣所说的把驴牵了来，把他们的衣裳搭在上面使耶稣骑上。耶路撒冷城里的人听说耶稣来了，就出来迎接他。他们把衣裳铺在地上，使他骑驴在上面走。又有人把树枝子也砍下来放在路上。男女孩童们都手里摇着棕树枝大声喊叫说："大卫的子孙和散那，奉主名来的是应当称颂的，在至上之处当称和散那。"法利赛人听见这些话就不喜悦。他们彼此商议怎样可以杀害耶

① 《耶稣成就大功》第二十六章"末次守逾越节"，第1—2页。

稣，只是他们又惧怕众人。[1]

故事采用单一线索叙述，只有一个主角，那就是耶稣，整个故事围绕耶稣展开，这样的情节简洁明了，便于儿童理解。故事语言浅白，行文中间或使用第二人称，注明《圣经》中对应的章节，仿佛跟小读者面对面地讲话，指导他们，有助于孩子们进行查经活动。有时则采用第一人称来教导小读者，如讲完耶稣为世人的罪受死之后，讲故事的人说："耶稣是因为我们的罪受死受难，这是我们不可以忘记的。现在我们可以学一首诗……"[2]

书中第二十九章表现耶稣被钉十字架的情景：

他们领耶稣和那些跟从的人到了城外的一座小山那里，就在那山顶上立起三个十字架。那一天有两个贼人也被钉，一个在耶稣左边，一个在耶稣右边。兵丁戏弄耶稣，给他醋喝。耶稣在十字架上举目向天祈祷说："父啊，赦免他们，因为他们所作的，他们并不晓得。"那些恶犹太人喊叫说："你若是上帝的儿子，可以从十字架上下来。"耶稣能从十字架上下来，只是他不肯。耶稣极其爱世人，他所受的苦难乃是为世人受的。

忽然遍地黑暗，太阳不见了。那时候虽然才午正，只是遍地极其黑暗。众人都甚惧怕，说这必是上帝向他们发怒。十字架下边站着许多爱耶稣的人。耶稣的母亲

---

① 《耶稣成就大功》第二十六章"末次守逾越节"，第 2—3 页。

② 《耶稣成就大功》第二十九章，第 22 页。

和他的门徒也站在那里。耶稣往下一看，看见他母亲哭泣，就对门徒约翰说："这是你的母亲。"又对他母亲说："这是你的儿子。"这样耶稣把他的母亲交托约翰，从那时候以后，约翰就认她为自己的母亲。

耶稣在十字架上也曾和他两边被钉的贼说话。有一个贼讥笑耶稣，但是那一个贼信耶稣乃是上帝的儿子，他看着耶稣，求耶稣赦免他的罪。耶稣对他说："今日你必定同我在天堂里。"可见耶稣在十字架上受苦的时候，还是多思想别人，肯赦免那悔改的贼。[①]

这段文字不仅是在叙述故事，而且也在向小读者传达道德伦理观念。这是一个关于"宽恕"的主题，但是，文中没有对"宽恕"进行任何抽象的界定和立论，而是通过耶稣的行为表现出来。"因为文学是要向我们展示经历本身而不是向我们间接地讲述关于经历的事，所以它不断地启发我们的想象力（我们所拥有的形象创造和形象感受能力）。"[②] 这一段情节本身很富于戏剧性，善恶分明，适宜儿童阅读，它们在明确地告诉儿童：什么样的人，什么样的行为方式会受到尊崇。这种讲经方式，既依附于《圣经》本身的文学性，也是改写者季理斐师母刻意追求的结果。具体性是文学表达人类经验的主要方法。《圣经》有着显著的注重具体体验的特征，其中充满着细腻的场景、感官感受以及日常生活。"《圣经》中的故事强调具体形象化，甚至当描绘人们在具体背景下做

① 《耶稣成就大功》第二十九章，第20—21页。
② 里兰得·来肯博士：《认识〈圣经〉文学》，李一为译，第4页。

什么事来显明真理时，也是在使用具体的媒介而非抽象的论述方法。”[①] 因而将《圣经》改写成孩童喜爱的文学故事并不困难。同时，19 世纪西方神学自身也处于转变之中。随着近代科学的发展，科学理性对宗教产生了巨大的压力，宗教的旧有形式已经很成问题，文学性的圣经诠释方法渐成趋势。[②] 在这样的背景下，我们看到 19 世纪后期英国和美国的文学性宗教著作数量明显增加，特别是出现了大量针对儿童的福音小说、童话、寓言故事，这些作品又由来华传教士译述成中文，在中国读者中流传。季理斐师母编撰的 4 册《福音故事》就是这一时期的产物。

二、悬念的运用

具体到文学艺术手法，《福音故事》中对悬念的成功运用值得肯定。在给儿童讲故事的时候，如何才能激发儿童持续阅读的兴趣？悬念的运用十分关键。悬念是设置故事情节不可缺少的艺术手法，它构成扑朔迷离的情节，推动故事一步步向高潮发展，吸引读者深入阅读，直到最终解开谜团，恍然大悟。运用悬念的效果是，使童话故事更吸引人、更加扣人心弦。

一般的儿童即使没有读过《圣经》，也知道耶稣死而复生、升天的结局，但是对这个结局是如何发生的，中间经历了什么样的具体过程，小读者并不清楚。于是讲故事的人，开始抛出一个又一个悬念，吸引读者去逐步了解事情的经过。故事开始不久，耶稣与门徒一起吃逾越节的羔羊时，对他们说：“你们知道你们中间

---

① 里兰得·来肯博士：《认识〈圣经〉文学》，李一为译，第 12 页。

② 参见刘锋：《〈圣经〉的文学性诠释与希伯来精神的探求》，北京大学出版社，2007 年，第 208 页。

有一个人将要卖我，使我受死么?”他们立刻显出忧愁的样子说：“是我么？是我么?”约翰问说：“主啊，是谁呢?”耶稣说：“我泡一点食物给谁吃就是谁。”于是就泡了一点食物递给犹大说：“你所要作的，快作罢。”犹大知道事情暴露了，就去告诉犹太人，答应当夜把他们带到耶稣那里去。[①] 第一个悬念迅速就有了答案。宴席结束以后，耶稣和门徒走在路上，耶稣说：“我不久就要死。今夜我的仇敌要来拿我，你们也都要离开我。”彼得立刻说：“主，我永不离开你。你就是被拿下监，受死，我也必跟从你。”耶稣带着忧愁的样子对彼得说：“彼得，我知道你今夜鸡叫二次以前要三次说不认识我。”彼得听了很忧愁，说他决不会这样，其余的门徒也都说决不离开他。他们一路走到西客马尼园，门徒跟着耶稣进去，心里都很忧愁，他们知道将要遭遇可怕的事，只是他们不知道是什么事。[②] 于是悬念又出现了，耶稣的预言到底准不准呢？如此热爱耶稣的门徒真的会离开他吗？彼得真的会说三次他不认识耶稣吗？甚至连时间都算得那么准确。读者不免将信将疑，急切地想知道真相而继续阅读后面的故事。果然，耶稣的预言一一应验了。耶稣被抓后，彼得由于极度的恐惧而忘了对耶稣的爱，撒谎说不认识耶稣，甚至向人发誓，正在他发誓时，鸡叫了第二次。故事在揭开层层谜底的时候，也不忘简单交代了一下彼得最后的结局，以保持故事叙述的完整性。当彼得发誓说不认识耶稣后，想起耶稣当初的预言，内心充满愧疚，“他立刻出去痛哭，心里充满了忧愁。彼得平日极其敬爱耶稣，但是当他心里惧怕的时候，

① 《耶稣成就大功》，第 6 页。
② 《耶稣成就大功》，第 8—9 页。

撒旦就引诱他说出那不承认耶稣的话。彼得那时候以为自己永不能再得到快乐。但是我们知道耶稣钉十字架以后，彼得乃是耶稣基督一个勇敢的门徒，到各处去宣讲耶稣的事。至终彼得也因为敬爱耶稣而受死。恶法把他捉住，他竟为道理殉难。这样我们知道彼得乃是耶稣的一个真门徒，耶稣一定赦免了他那一次因为惧怕所说那不承认他的话”①。

首先，悬念不断，就会让读者始终心存好奇和期待：下面怎么了？结果会怎样？而且每一次变化都要尽可能地出人意料，给人以紧张、忧虑或惊喜、惊讶之感。其次，讲究情节的环环相扣，一波比一波精彩、刺激。这样，才能始终吸引读者的兴趣。最后，儿童文学在运用悬念时，最好适当穿插一些有趣的情节和细节，以便打破过于忧伤或沉重的气氛。比如，《耶稣成就大功》中对彼得结局的说明，以及耶稣被钉在十字架上时，穿插的细节描写，淡化了恐怖、紧张的气氛，更加适宜儿童阅读与理解。

除了《福音故事》一书，季理斐师母还用官话编写了《圣经中的男孩子》，于1927年由广学会出版。该书“将圣经中最著名的男孩子的故事，用简单有趣的文字写出，并用图画生动活泼地表现出来。无疑地定受小朋友们的欢迎。本书共有九篇故事，以约瑟起，耶稣终，是儿童最好的读物”②。季理斐师母除了编撰的儿童《圣经》故事，还有图画书《耶稣我救主》，很受小读者欢迎。在纪念广学会成立五十周年，回顾其儿童读物出版工作中，曾提道：“儿童读物编辑部近年以来也有很显著的发展。该部出版

---

① 《耶稣成就大功》，第14—15页。

② 《广学会图书目录》目录分类第十九“故事”，第14页。

的《福幼报》久为一般儿童所爱读，后因儿童的需要，连续出版了不少儿童故事书籍和画片，为儿童开辟一个新的世界。儿童读物编辑部早期出版的故事书中，有一本名为《耶稣我救主》，是由季理斐师母著的，内容叙述基督生平的故事，很得读者各方面赞许。”①

① 《广学会五十周年纪念第六期短讯》，上海广学会，1937 年 6 月，第 14 页。

第五章　圣徒传记

明清时期的基督教文学中，圣徒传记占了很大比重，具有特殊意义。圣徒传记就是传教士用汉语写作的关于圣徒的传记文学作品。所谓“圣徒”（saints）指对基督教有特殊贡献的各位信徒，主要包括耶稣最早的追随者、创建教会体系的元老、舍生取义的殉道士、基督教神学理论家、品行高洁的信徒等。

本书讨论的圣徒传记，主要涉及耶稣最早的追随者，如伯多禄、约翰等，创建教会体系的元老、舍生取义的殉道士、基督教神学理论家，如保罗等，品行高洁的信徒，如利玛窦、徐光启、马礼逊等的传记。其中描写耶稣早期追随者的圣徒传记较多，如晚明高一志（Alfonso Vagnoni，1566—1640）的《圣人行实》《宗徒列传》，其他如《圣人宗徒十四行实》《十二位宗徒像谱》，清朝李问渔删润的《宗徒大事录》，郭实猎编撰的《约翰言行录》。描写基督教伟大的殉道者，早期神学理论家的传记，如晚清郭实猎编撰的《保罗言行录》，民国时期司徒葛尔著、陈启新译的《保罗生平录》等。

描写品行高洁的信徒的传记数量也较多，如晚明比利时耶稣会士柏应理所述的《徐光启行略》，葡萄牙传教士徐日昇（Thomas Pereira，1645—1708）与比利时传教士安多所述的《南先生行述》，《泰西殷觉斯先生行略》（作者不详），意大利耶稣会来华传教士龙华民译述的《圣若撒法始末》（*St. Barlaam and St. Ioasaph*），法国耶稣会士巴多明克安（Dominique Parrenin，1663—1741）译述的《德行谱》，清朝意大利耶稣会传教士艾儒略创作的《泰西利先生行迹》，法国传教士艾葆德创作的《圣方济各·沙勿略传》《方德望神父小传》，郭实猎编纂的《但耶利言行全传》《彼得罗言行全传》，谢洪赉（1873—1916）编纂的《天国伟人》，李提摩太夫人（Mrs. Timothy Richard）翻译的《教士列传》10卷，民国时期由法国传教士沙不烈撰、冯承钧（1887—1946）译述的《明末奉使罗马教廷耶稣会会士卜弥格传》，花友兰著、松江张士泉译述的《我之改奉天主教小史》《信心的十二英雄》，胡贻谷著作的《谢庐隐先生传略》，林辅华创作的《李修善牧师传》，麦雅各博士（James Matheson）创作的《施约瑟主教传》，李提摩太（Timothy Richard，1845—1919）著作的《近代教士列传》，清洁理（Miss Katharine R. Green）著、费佩德（Robert Ferris Fitch，1873—1954）、杨荫浏（1899—1984）译述的《马礼逊小传》等。

明清时期的圣徒传记，不仅仅是宗教文献，也体现了较高的文学性，其文学价值值得关注和探讨。

第一节　晚明的圣徒传记

晚明时期，正值西方地理大发现时代，以耶稣会为代表的天主教传教士开始来华。为了尽快博得中国人的好感，以利传教，传教士积极采用归化策略，入乡随俗。他们遵从中国人的生活方式，学习中国文化，穿汉服，写汉字，和中国人交朋友，融入中国人的日常生活中。同时，他们也不断揣摩中国人的心理，希望寻找中西文化的契合点。正是在这样的背景下，写作和翻译圣徒传记成为一种重要的形式。晚明时期的圣徒传记类型主要包括行实、行略、列传等。具有代表性的文本很多：行实类如高一志的《圣人行实》《古圣行实》《徐文定公行实》，行略类如《徐光启行略》《南先生行略》，列传类如高一志的《宗徒列传》，其他还有龙华民的《圣若撒法始末》，巴多明的《德行谱》等。圣徒传记一般具有较强的叙事性，在语言、人物形象塑造和结构等方面也体现了较高的文学艺术性。

一、圣人行实：虔诚的耶稣追随者

在明清圣徒传记中，圣人行实是较为常见的类型，数量也较多。所谓行实，就是如实记录圣人的生平事迹的传记文学。中国古代也有所谓的“行实”，唐代黄滔的《华严寺开山始祖碑铭》中写道：“十一年，其徒从绍疏师行实于阙，升其院为华严寺。”[①]清代方苞的《书直隶新安张烈妇荆氏行实后》中有“往年，或以烈妇荆氏行实视余”[②]。可见，西方传教士也在不断从中国传统文化中汲取营养。

《圣人行实》的作者高一志，又名王丰肃，字则圣，是意大利耶稣会士。他刚到中国时取名王丰肃，字一元，又字泰稳。“丰肃”是其圣名“Alphonsus”的音译，“王”大约是其本名“Vagnoni”的音译。高一志1605年来华，1616年南京教难时被逐出境，1624年底再次返回中国，到山西传教，1640年卒于山西绛州。高一志在华创作和翻译了多部宗教著作，如《教要解略》《四末论》

① （唐）黄滔：《莆阳黄御史集3》，商务印书馆，1936年，第311页。
② （清）方苞：《方望溪全集》，中国书店，1991年，第63页。

《则圣十篇》《童幼教育》等[1]，翻译了《圣母行实》3卷。明末清初深受教友及教外人士爱戴的传教士，除利玛窦外，就是高一志神父了。

《圣人行实》共七卷，《徐家汇藏书楼明清天主教文献续编》（*Sequel to Chinese Christian Texts from the Zikawei Library*）第24、25册收录该书。《圣人行实》全称《天主教圣人行实》，由耶稣会后学高一志蛰居澳门时撰述[2]，意大利耶稣会士郭居静（Lfizaro Catfino，1560—1640），葡萄牙耶稣会士阳玛诺（Emmanuel Diaz，1574—1644），葡萄牙耶稣会士费乐德（Rodericius de Figuerdo）修订，崇祯二年（1629）武林超性堂刊刻。高一志在《圣人行实》第一卷作自序，表明译述这部圣徒传记的目的：

> 古者载记圣人生平，功绩垂之后世，其益有三：其一则丕扬天主之全能神智，其一则阐明圣人之隐德奇功，其一则证验当遵之正道矩范。三者皆实学要领，世事大宗也。所谓丕扬天主者，莫若圣人生时所立名踪。先举十二宗徒，其始不越细民质朴无能。一蒙天主选择，代行圣道，遂为殊智异能，不烦习学精识，文艺篇晓，方音通达，四远辨服。博学之士，则置旧学而归正道。[3]

① 金文兵：《明末地方教化"引耶入儒"的现实考量——耶稣会士高一志晚年译著（1630—1640）背景初探》，载《世界宗教研究》2012年第3期。

② 金文兵：《高一志译著考略》，载《江南大学学报》2011年第2期。

③ 高一志：《圣人行实》，《徐家汇藏书楼明清天主教文献续编》，利氏学社，2013年，第223—224页。

高一志认为，古代记载圣人生平伟绩，主要有3个目的：第一，弘扬天主的全能和智慧；第二，彰显圣人高尚的道德品质和丰功伟绩；第三，希望后人能以圣人为楷模，遵循正道规范，成为一个高尚的人，皈依天主。这也是高一志译述《圣人行实》的主要目的，希望中国读者通过阅读圣徒传记，了解圣徒的高洁品质及言行，效仿圣徒，信仰天主。

《圣人行实》第1卷叙述了伯多禄、安德肋、若望、长雅哥伯、斐理伯、次雅歌伯、多默、巴尔多禄茂、玛窦、西满、达陡、玛弟亚、保禄、巴尔纳伯14位宗徒圣人的生平事迹；第2卷叙述了额我略、盎博罗削、奥吾思定、熟落尼摩、玛耳德、尼阁老、保里诺、弟阿尼恤、亚大纳削、巴西略、额肋岁略等12位司教圣人的生平事迹；第3卷叙述了若翰、斯德旺、老楞佐、味曾得、格勒孟德、巴斯第央、白多禄、亚玻理纳、瓯大觉、斯大尼老、龙大良、发斯丁12位致命圣人的生平事迹；第4卷叙述了6位显修圣人的生平事迹；第5卷叙述了6位隐修圣人的生平事迹；第6卷叙述了6位童身圣人的生平事迹；第7卷叙述了12位守节圣人的生平事迹。其中，前5卷叙述的是圣人，后2卷叙述的是圣女的生平事迹。

《圣人行实》涉及的人物众多，在人物塑造上有其特色。以第1卷“十四位宗徒圣人行实”为例，主要叙述耶稣最早的一些追随者如何信仰耶稣，并克服重重困难、艰险和挫折，坚持传播基督教的故事。如“斐理伯宗徒行实第五”：

斐理伯宗徒行实第五

斐理伯，如德亚国人，幼承亲训，读书学道，蔚然有贤圣之望。斐理伯内既成学，始出就贤师，习古经典。因获知天主将降生救世之深意，多思望之，多称叹之。

一日，适闻人言近有神圣者，豫知来事。洞晓里藏，为民捍患，祛病逐魔，无所不知，无所不能。斐理伯感慕，便往拜谒，幸逢耶稣收众圣徒，遂师事之。自是立志精修，便以劝人。遇故人纳大者，即引进圣门。耶稣一见，曰：斯忠直无为人也。纳大惶恐对曰：吾主何以识我乎？耶稣曰：斐理伯未召汝，汝栖迟某寓下。此时吾已鉴汝矣。纳大闻言敬服，因识大异于古今诸圣人矣。于是日益劝修，耶稣愈宠而教之。

一日，众从耶稣于野外，以承圣业。近百千、八，追随数日，乏食。耶稣恻然不忍，且欲借以试斐理伯，问曰：众随我不食三日矣，更无腹归，几饿殍也。对曰：欲市食二百金尚不足供。奈何耶稣令众席地，列作取一人所赍面五饼，小鲜二尾，以期能分散于众，克然有余。斐理伯深悟圣师之恻隐，及其神力无所不至。[①]

斐理伯从小接受良好教育，在听说耶稣的事迹后，对耶稣敬佩不已，希望追随他。斐理伯还将纳大引进圣门，通过耶稣与纳大的对话，反衬耶稣的先知先觉，表现耶稣的伟大，因而纳大也非常敬服耶稣，并且“日益劝修”，成为一名虔诚的信徒。书中还提到耶稣将食物分给众信徒的故事，那些追随耶稣的信徒已经3天

① 高一志：《圣人行实》，《徐家汇藏书楼明清天主教文献续编》，第293—295页。

滴水未进，几乎快饿死了，就在此时，耶稣拿出面饼等食物分给信徒，解救了众人。在某种意义上，斐理伯这些圣徒也是在宣扬、传播基督教，和高一志等人在华传教士的职责是一样的。《圣人行实》中的故事，对高一志本人及在华传教士其实也是一种鼓励，当然更重要的是，希望以此打动和感染中国读者。

在艺术上，作者对人物的心理描写细腻，人物语言生动传神，突出了圣徒的虔诚和高尚的精神境界。第一卷“斐理伯宗徒行实第五”中，传主斐理伯并非一开始就无缘无故地信仰耶稣，而是有一个内心转变、渐进的过程。他从最初对耶稣有所耳闻，到慢慢地对耶稣的为人处世欣赏、仰慕，进而前往拜谒耶稣。斐理伯信仰耶稣的过程被描写得非常细致生动，给读者以深刻印象。耶稣与信徒纳大的对话也很精彩，通过语言描写，耶稣的睿智、冷静与纳大的震惊、惶恐形成鲜明对比，两个人物性格、形象分明，跃然纸上。在书中，耶稣和斐理伯并不只是高高在上的天主和圣人，不食人间烟火，而是有血有肉的真实人物。作品表现了耶稣的恻隐之心，耶稣将食物分给众信徒的故事虽着墨不多，但是书中对信徒们的困难处境极力渲染，又具体地描绘了耶稣的拯救行为，两相对照，衬托耶稣悲天悯人的天主形象。语言简洁，含蓄蕴藉，可以与小说的故事情节相媲美，可读性强。

晚明时期还有《古圣行实》(《依撒亚先知圣人行实》)、《徐文定公行实》《圣人宗徒十四位行实》等行实类的圣徒传记，也有较强的文学性。以《圣人宗徒十四位行实》为例，作者逸名，主要叙述了圣伯多禄、长雅哥伯、保禄、多默、斐理伯、玛窦、安德肋、若望、次雅哥伯、巴尔多禄茂、西满、达陡、巴尔纳伯、玛弟亚 14 位圣徒的生平事迹。不过，后者叙述 14 位圣徒的次序与《圣人行实》不同，而且篇幅短小，对每位圣徒往往只是百余字的简单介绍，可与《圣人行实》对照阅读。其中也有斐理伯的故事：

圣斐理伯宗徒

圣人系如德亚国族，幼承亲训，喜习古圣经典。预知天主将降生之日，不胜怅望。既闻耶稣传教，遂拜受业，四方来归者，必圣人与安德肋引见焉。耶稣升天后，复传教亚西上国，复入非利日亚，辟邪证主建堂设教。

天主降生后五十四年，为汉光武建武三十年甲寅，墓在罗马宗殿中。①

对斐理伯的介绍比较简单，没有对话和曲折的故事情节。不过，总体来看，圣徒传记兼具宗教性和文学性，对中国传记文学有所发展。

二、行略和行述：品行高洁的信徒

除了“行实”之外，明清圣徒传记也常以“行略”“行述”名之，都是大略叙述圣人、使徒生平事迹、行状的传记文学。“行略”“行述”，中国古已有之，并非西方来华传教士的创造，如明代胡应麟的《诗薮·闰馀中》：“杜皆纪其行略，率豪侠节介，有大志而不遂者。”②清代袁枚的《随园诗话补遗》卷六：“余出孙公

① 《圣人宗徒十四位行实》，《法国国家图书馆明清天主教文献》，利氏学社，2009年，第593页。

② （明）胡应麟：《诗薮》，中华书局，1958年，第304页。

门下，采其行略，为作神道碑。”[1]唐代封演的《封氏闻见记·石志》中有“素族无名策，故以纪行述耳，遂相祖习”[2]。均以“行略”“行述”指一个人的生平概略。

晚明圣徒传记中，比较有代表性的行略、行述包括：《徐光启行略》（柏应理）、《南先生行述》（徐日昇、安多）、《泰西殷觉斯先生行略》（无名氏）。《法国国家图书馆明清天主教文献》（*Chinese Christian Texts from the National Library of France*，*Textes chrétiens chinois de la Bibliothèque nationale de France*）第12册中（第72、74和75页）收录。

徐光启（1562—1633），字子先，号玄扈，谥号文定，上海县法华汇（今上海市）人，明代著名科学家、政治家，官至崇祯朝礼部尚书兼文渊阁大学士、内阁次辅。1600年，徐光启与晚明著名耶稣会士利玛窦相识，1603年，他在南京由耶稣会士罗如望（Jean de Rocha）受洗加入天主教，教名保禄，1604年，徐光启中进士，考选翰林院庶吉士，从此，更加笃信天主教。徐光启与利玛窦结下深厚友谊，1606年，他与利玛窦一起合译《几何原本》前6卷，次年春翻译完毕并刻印刊行，之后，他又根据利玛窦口述翻译了《测量法义》一书。1612年，他向耶稣会教士熊三拔（P. Sabbathino de Ursis）学习西方水利，与其合译《泰西水法》6卷。徐光启是晚明较早开眼看世界的中国人，与当时西方来华传教士，尤其是利玛窦等人关系密切，为中西文化交流做出了重要贡献。徐光启还写有《农政全书》，是关于中国农业发展的集大成

---

① （清）袁枚：《随园诗话补遗》（第6卷），上海扫叶山房民国石印本，第3页。

② （唐）封演：《封氏闻见记》（第6卷），中华书局，1985年，第78页。

之作，影响深远。

《徐光启行略》由柏应理述，钱江张星耀紫臣氏编次，而且前面写有“通鉴纪事本末補附编卷”，似模仿中国传统传记的体例。这部圣徒传记主要记述徐光启的生平事迹，其中提到很多有关天主的内容，描写他在天主指引下行善，圆满度过一生，还描写了利玛窦、汤若望等与徐光启来往甚密的几位传教士的事迹。作品重点突出了天主如何改变徐光启的人生，表现他自从信仰天主之后，人生道路越来越顺畅，也变得更有意义。其叙徐光启入教的过程云：

> 公曰：是皆不足为也。论为人，当立身行道，学圣学，隐我欲，做一高官，治国治民。崇正辟邪，勿枉为人一世也。至后日，今则钦崇天主，喻义斥邪。是言虽戏，实天主有意启之矣。文学既读，即究心性命之学，寻生死本原，不特三愤五典，亦遍观释道诸家言。意以为虚无诞幻，非立命之道，心修不安。丁酉即试，即登榜首。庚子再入南都，知利玛窦先生来自大西，传天主之教。曰仕候，略闻其日，归来得一梦。见一圆堂中，设有二台，一无像。既醒，不识何解，大以为灵。癸卯又至南都，访利先生，时利子已往都门，即时罗先生出接。即刻再拜天主像。罗子谓天主三位一体，兹是第二位，降生为人之像。公忽忆前梦，始得窥，以告罗子，亦受天主默启。目观讲圣教之理、时译实义，及教要诸书送阅。公持归邸舍，撤花不寐，读之欣喜不已，遂曰：我乎生善义，至此而无可疑。平生好辨，即立志愿受教。

待旦复入堂求教，罗先生复讲十诫之理。公静听之，觉守之俱无难。[1]

徐光启入教的故事，饶有趣味。他从小就与众不同，聪明过人，自小便立下高远的志向，要“学圣学，治国治民”，而这一切都源自天主教的启发和指引。他一开始亲近天主，对大主教教义深信不疑，甘愿受教，没有一丝怀疑，而且很感兴趣。有意思的是，徐光启受洗入天主教第二年，便考中进士，连他自己都感到惊奇不已。文中还通过描写一些神迹来说明天主对徐光启的影响，如他晚上梦到天主讲圣教之理，便向来华传教士求教，被告知是受天主启发，寓意深刻。

在艺术上，作品对徐光启入教的经过写得极富传奇色彩，引人入胜，塑造了徐光启从小聪明好学、立志高远、对天主虔诚的生动形象，令人印象深刻。故事语言简洁，细节描写生动，如有关梦境的情节，写到徐光启如何在梦中受天主启发，令人联想到邯郸梦、南柯梦等中国文学作品以梦为结构线索的写法，具有很强的艺术性。

《南先生行述》和《泰西殷觉斯先生行略》也是晚明两部较为重要的圣徒传记，主要记述晚明两位传教士的生平事迹，集宗教性和文学性于一体。《南先生行述》由徐日升、安多合著，叙述的是虔诚的西方来华传教士南怀仁神父的生平事迹。徐日升，字寅公，葡萄牙耶稣会士，清康熙十一年（1672）抵达澳门，1673 年

---

① 张星耀：《徐光启行略》，《法国国家图书馆明清天主教文献》，利氏学社，2009 年，第 536—538 页。

经南怀仁推荐进入北京，在宫廷协助南怀仁修订历法，同时兼任宫廷西洋乐师，因而对南怀仁非常熟悉。《南先生行述》记述南怀仁不远万里从热尔玛亚国来中国传教，克服重重困难的事迹。《泰西殷觉斯先生行略》记述传教士殷觉斯曲折坎坷的事迹。殷觉斯即意大利传教士殷铎泽（Prosper Intorcetta，1625—1696），1659 年入华，与葡萄牙人郭纳爵（Ignace da Costa，1599—1666）曾用拉丁文合译《大学》，在中国文化西传史上，乃西方人介绍孔孟学说的功臣。[①] 两部著作描写的对象都是“当代”人物，表明圣徒传记不只以年代久远的圣人、使徒为对象，只要是虔敬信主、品行高洁者，都可以成为表彰的对象，学习和效仿的楷模。

三、宗徒列传

列传是明清圣徒传记中另一常见文类。中国纪传体史书中也有“列传”一类，司马迁《史记》中便开始采用“列传”这一体例，后在历代纪传体史书中被沿用，记述除皇帝以外的人物事迹。司马迁《史记》中有“列传者，谓列叙人臣事迹，令可传于后世”[②]。张守节《史记》正义中有“其人行迎可序列，故云列传”[③]。

明清圣徒传记中的列传，主要是关于耶稣的追随者或者信徒的人物传记，往往以人物为中心，记述其生平及有关历史。晚明天主教列传数量不多，代表性作品如高一志的《宗徒列传》。

---

① 方豪：《中国天主教史人物传》，宗教文化出版社，2007 年，第 318 页。

② （汉）司马迁撰，（唐）司马贞索隐：《史记》（一百三十卷），第 25 册，卷六十一，明崇祯元年刻本，第 1 页。

③ （汉）司马迁撰，（刘宋）裴骃集解，（唐）司马贞索引，（唐）张守节正义：《史记》（一百三十卷），第 20 册，卷六十一，明嘉靖王氏刻本，第 1 页。

《宗徒列传》崇祯二年（1629）在山西绛州初刻，清光绪十四年（1888）重刻，1 册；上海慈母堂于光绪十三年（1887）李杕（李问渔）删润，1 册；后编入《道原精萃》，《东传福音》第 4 册收录。《宗徒列传》叙述了 15 位泰西天主教宗徒的生平事迹，包括耶稣最早的追随者伯多禄、安德肋、若望、长雅各伯、斐理伯、次雅哥伯、多默、巴尔多禄茂、玛窦、西满达陡、玛弟亚和保禄 12 位门徒，另外还附有 3 人，分别是巴尔纳伯、路加和玛尔谷。《宗徒列传》语言生动，书中多次描写超自然的神迹，颇具文学色彩，从中也可以感受到作者深厚的中文功底。本书的论述主要依据上海慈母堂 1887 年刊刻的《宗徒列传》。

《宗徒列传》正文前有李问渔神父序言，阐明了刊刻《宗徒列传》的缘起和目的。李问渔（1840—1911），名杕，原名浩然，号大木斋主，出生于江苏省川沙县（今上海市浦东新区）唐墓桥镇之西李家。他少年时曾入天主教徐家汇圣依纳爵公学（今徐汇中学），与马相伯“同教、同学、同年”，1869 年成为一名耶稣会神父。1879 年，创办天主教综合性期刊《益闻录》。该刊以传播西学，辅助教化为办刊目的，以西学、论述、时事为主要刊登内容，1898 年与《格致新报》合并为《格致益闻汇报》，1907 年更名为《时事科学汇报》，1908 年简称为《汇报》。李问渔借此报刊传播西学知识，对西学知识进行系统译述，以一位中国耶稣会士的身份参与到晚清“西学东渐”的浪潮之中，被誉为“西学东渐的实践者”。李问渔一生著译作品达 60 余种，涉事范围广泛，代表作品有《理窟》《续理窟》《新经译义》《哲学提纲》《天演论驳义》《古文拾级》等，另编著《徐文定公集》《墨井集》等。他对《宗徒列传》进行了增删和润色：

> 高子一志，我耶稣会士也。前明崇祯间，著《圣人行实》七卷，其首卷为宗徒列传。自问世迄今，几三百载，教会多艰，梨册毁败。即有数部留存，大都残章断简，钞补成编。虽笔者在前面论述《圣人行实》时，已经对高一志进行了介绍，这里不再重复。实际上，《生年广益》一书，亦载宗徒事迹，总不及高子之详。特是措词未能简净，而阅者每嫌冗烦也。述事未尽的确，而学士虑其采滥也。有是二者，而欲付手民，自宜先为参校，丁亥春。[①]

在李问渔看来，天主教在华传教经历很多波折，当时流传的描写圣徒事迹的作品虽多，但都不及高一志《宗徒列传》叙述得详细。特别是在措辞方面，每嫌冗繁，不够简洁准确，不及高一志的《宗徒列传》。可见，他对高一志的《宗徒列传》颇多肯定。

从记叙对象看，《宗徒列传》与《圣人行实》第一卷所叙人物相同，但二者的叙述方式不同。以伯多禄为例，《宗徒列传》中的“伯多禄传”写得曲折有致，讲述了渔夫伯多禄，如何从一开始的犹豫不决，到决定追随耶稣信教，坚定信仰，克服重重困难宣扬耶稣的思想，最终悲壮殉道的故事。高一志的叙述非常详细，娓娓道来，感人至深。高一志擅长通过讲述一些具体而生动的故事来表现人物性格。

> 某日，耶稣欲航小海，遣门人先渡。忽暴风作，耶

① 高一志：《宗徒列传》，上海慈母堂，1887 年，第 1 页。

> 稣往救，门人大诧异。伯多禄闻耶稣声，跃身入海，趣而救之。心稍惑，便溺，急呼耶稣，耶稣提之起，风浪遂息，安然抵岸。后耶稣欲显荣光，用坚众徒信志，引伯多禄、若望、雅各布登大博尔高山，发奇异光。门人不克当，惛仆于地，惟伯多禄于恍惚间，求准筑居山上，亦以见其仰慕之诚矣。[①]

伯多禄一开始并不太相信耶稣，但当他见识了耶稣的种种神迹后，便日益笃信天主。书中写到伯多禄本来想入海搭救耶稣，但反被耶稣所救，既突出了伯多禄的虔诚，又表现出了耶稣的伟大。高一志注重细节描写，如书中写到伯多禄“跃身入海……急呼耶稣”，他当时担忧的心情、急于去救耶稣的心理和动作，都显得很真实。

《宗徒列传》的语言简洁平实，准确生动。高一志似乎在刻意模仿《圣经》的语言，语言朴素简洁，不拖泥带水，近乎白描，但在平淡的语言下面蕴含着深厚的情感和寓意。如“伯多禄传”的结尾写道：

> 王益怒，下伯狱。教友豫报圣人，劝其僭避，圣人不从，必欲为道委命。众人强之切，圣人悯感，暂避城外。甫出城，见耶稣入城，恭问吾主何往。曰：“将被钉于十字架上。”伯多禄恍然悟，仍回城中，聚诸门弟，告以主命不可违。无何，恶役至，拘送之狱。伯多禄传道

① 高一志：《宗徒列传》，第2页。

> 狱中，施神恩，疗疾病，除患祛魔，昭人耳目。凡求教求济于圣人，无不满其志愿。有役卒二人，兄弟也，恒聆圣训，观灵异事，皆醒悟归正。阅九月余，恶官枉法，命笞杖伯多禄，发往城外。会保禄亦在狱中，同日发送市曹。故二圣得互相劝慰，齐赴受难处所。伯多禄一见刑具，不胜快意，伏地感谢天主曰："小仆，蒙赐十字架，何幸如之，惟望我主加佑，勿使隳志。"云云。言讫，自就架下，请役卒倒钉，云往日吾主耶稣立钉，今小仆，岂敢与之同刑乎。役卒如言，将伯多禄足上首下，倒钉于十字架。其灵直登天国，时天主降世六十九年，夏至后七日也，计圣人居教宗位，共三十五载。门人遗骸于净地。今罗马瓦弟加诺是当时信友，画圣人像，传之天下。后公斯当王，捐资建宝殿，四方来朝者，至今弗替。①

语言朴实，却有一种打动人心的力量，催人泪下。作者在描写伯多禄时，并没有把他当作完美的圣人，对伯多禄的缺点并不避讳。他开始并不相信耶稣，后来见证了耶稣的神迹之后，才慢慢地改变了对耶稣的看法。当他知道自己将要被捕入狱时，也曾有过犹豫，在别人劝说下想"暂避城外"。不过，伯多禄刚一出城，就碰到了耶稣，而且知道耶稣是去城中受难，这时他才恍然大悟，毅然返回城中，即使被捕入狱也毫不畏惧，反而在狱中仍然坚持行医治病，救死扶伤，甚至连狱卒都被他感化了。因此，

---

① 高一志：《宗徒列传》，第5—6页。

高一志描绘的是一位有血有肉、真实可信的圣徒，他有着普通人的犹豫、胆怯、目光短浅等缺点和不足，但在耶稣的指引下，他能够战胜自我，不断完善自我，最终变成真正意义上的圣徒。高一志这样描绘圣徒反而让读者觉得真实可信，产生亲近感，更容易受到他的精神感染。

高一志注重细节描写，于细微处见真实。如“伯多禄传”结尾处，当圣徒伯多禄即将被钉上十字架时，他认为被天主蒙赐十字架是自己的荣幸，并因此感谢天主。伯多禄认为自己不能跟天主耶稣一样被钉在十字架上，他主动要求被倒钉在上面，以示对耶稣的尊重和崇敬，他没有一点儿畏惧感，视死如归，慷慨殉道，灵魂升天，皈依天主。这些细节描写使伯多禄这一人物显得更加丰满。

《宗徒列传》中的其他人物，在高一志笔下，也得到了立体真实的刻画。《宗徒列传》可以说是晚明列传体天主教圣徒传记的代表作，对后来的圣徒传记写作产生了较大影响。

四、其他的圣徒传记类型

除了行实、行略、行述、列传，晚明圣徒传记还有其他类型，广泛多样，如龙华民的《圣若撒法始末》、巴多明的《德行谱》《十二位宗徒像谱》等，都值得关注。

《圣若撒法始末》由大马士革的圣约翰著，意大利耶稣会士龙华民在广东韶州译述。[①] 耶稣会士费奇观（1571—1649）、艾儒略、

① 李奭学：《中国“龙”如何变成英国的“dragon”?》，载《读书》2007 年第 5 期。

杜与定同订，艾儒略准梓，吴右、徐骥（徐光启之子，1582—1644）、冯文昌校刊，晋江景教后学张庚订[①]，南明隆武元年（1645）乙酉岁辰至月，于福建闽中（今福建闽侯县）天主教堂付梓成书[②]，收录在《法国国家图书馆明清天主教文献》第 15 册。龙华民，字精华，1559 年出生于意大利西西里岛卡尔塔吉罗镇（Caltagirone）贵族家庭。1582 年，龙华民加入耶稣会，在本岛莫西拿城（Messina）的耶稣会士修院学习文学、哲学和神学达 7 年之久，毕业后还留校担任 3 年教师。1597 年，他因耶稣会士日本—中国省监管范礼安神父的招募，来到中国传教。[③] 龙华民首先抵达澳门，一开始在广东韶州传教，利玛窦逝世后，他接替利玛窦任在华耶稣会会长，著有《圣教日课》《地震解》等作品。龙华民在华传教 58 年，是耶稣会来华传教士中的重要代表。

《圣若撒法始末》讲述的故事很早就在欧洲流传。这部传记一开始并非天主教文学，而是关于佛陀的故事，是释迦牟尼的生平传记经过天主教化之后形成的文本。[④] 作品讲述了出生在应帝亚（印度）的太子若撒法，一开始被父亲亚物尼耳（Auenenir）蒙蔽，希望他信仰佛教而非基督教。但若撒法在天主耶稣的指引下，外出体验王宫外丰富真实的生活，看到人世间种种苦难和悲欢离

---

① 张庚是明末徐光启、李之藻和杨廷筠之外最有名的中国天主教徒之一，为耶稣会的译述事业做出了重要贡献。详见李奭学的《译述：明末耶稣会翻译文学论》，第 64 页。

② 圣约翰：《圣若撒法始末》，《法国国家图书馆明清天主教文献》，龙华民译述，第 217 页。

③ 李天纲：《龙华民对中国宗教本质的论述及其影响》，载《学术月刊》2017 年第 5 期。

④ 李奭学：《译述：明末耶稣会翻译文学论》，第 63 页。

合，最终悔悟，笃信耶稣，将自己奉献给主耶稣，并积极向世人宣讲基督，成为圣徒。值得关注的是，若撒法的经历和佛陀释迦牟尼的故事高度吻合，释迦牟尼的身份也是印度一个国王的王子，自己不愿意一直生活在闭塞的皇宫，于是外出游历，体验人生百态，目睹世间种种磨难，最终在菩提树下苦思冥想，创立佛教。不同之处在于，若撒法原本生活在信仰佛教的国度中，却最终改信了基督教。因此，有人指出这部圣徒传记在某种意义上，暗示着天主教与佛教的融合。

龙华民的译本虽然不是最早的译本，却称得上是最早传入中国的天主教圣徒传。《圣若撒法始末》重点讲述了主人公若撒法如何信奉天主并传道的过程。应帝亚（印度）国王亚物尼耳的儿子若撒法出生后，有人预言他以后必定舍身出家，侍奉天主。亚物尼耳唯恐儿子信仰改变，不再信仰佛教，于是从小就把若撒法置于金宫抚养，不让外人靠近，甚至不想让若撒法体验人间痛苦，不让他思考人生未来。[①]

> 一日，君生太子，喜溢殊甚，命名若撒法，又令众共拜佛，谢诞子之恩。复召司天文士五十五人，问以太子将来如何等。众曰：喜哉，太子多福多能，出类前王。中有一士前曰：以臣愚见，太子必当甚大，但不以君之位大，别以非常之位为大。臣盖豫知陛下悖天主教，太子则必专心奉之，而后得其所望。士人言此，似天主圣神，口授而心传者然。乃其君以此为大不悦也，阴管大

① 李奭学：《译述：明末耶稣会翻译文学论》，第66页。

殿于府傍，轮奂工美，借此壮丽，使太子居之。稍长，则止诸人不得近，惟迷师傅以训，而僮仆使令，尽是青年姣好，叮咛凡可忧可惧，若死若老若病，若穷苦，一切事语，概不许出口，致损太子之乐。但有可喜可欲事，则与太子习闻，使之心骛纷华，无暇返想后来之境。又命决口天主，与夫天教等情。所力戒隐藏，兹事尤为第一，唯恐曩日者天文士，豫言或中也。[①]

君王亚物尼耳为了让若撒法继续信仰佛教，担心他信奉天主教的预言实现，试图将他隔离起来，不与外界接触，不让他体验人世间任何真情实感，也不给他思考的机会。然而，亚物尼耳将若撒法与世隔绝的做法并未奏效，若撒法反而愈加笃信天主耶稣，二者之间形成了一种张力。作者想要表达的是，一个人是否信仰天主，是与生俱来的，任何人都无法阻止。

相对于释迦牟尼的故事而言，《圣若撒法始末》加剧了人物的内心冲突，更加具有戏剧性和传奇色彩，也显得更生动，完全可以和情节曲折的小说媲美。作者在书中刻画的进谏忠言的大臣，目光短浅、自私狭隘的君王亚物尼耳，都给读者留下深刻印象。尤其是亚物尼耳幻想着通过各种伎俩，阻止若撒法信仰天主，显得非常幼稚可笑。亚物尼耳希望通过富贵享乐的生活迷惑若撒法，使他远离烦恼，当然根本目的是不让若撒法相信圣主耶稣。亚物尼耳送给若撒法美轮美奂的宫殿，为他创造无忧无虑、美满幸福

① 圣约翰：《圣若撒法始末》，《法国国家图书馆明清天主教文献》，龙华民译述，第226—227页。

的生活，使他远离疾病、痛苦。但读者发现，这不过是亚物尼耳的一厢情愿，在这一过程中，若撒法反而对天主耶稣更加深信不疑，这种与生俱来的信念，也衬托出了耶稣的神性。这里暗含深意，显示了作者宣扬天主教的意图。若撒法的经历表明，与佛教相比，天主教更值得信仰，作者希望有更多人皈依天主：

> 太子听此话言，遂不复他有所问。盖天主圣言，夙已契于其心。圣宠之祐，始开灵魂之眼矣。其君以钟爱故，常临太子。太子谓君曰：儿今多忧多愁，不知何故，愿以闻于陛下。君闻而五内为裂，曰：我最爱尔，尔何忧何愁，乃伤我心。我即当为尔解。太子对曰：尔何故禁我此中，锁紧诸门，令人不得想通。君曰：我不欲尔见愁苦之事，故使居此中，受诸快乐耳。太子曰：陛下不知，我今在此，全无一毫快乐，又且加忧，难有欲食。亦甚为苦，惟思门外诸事，尽经目睹。陛下若爱我生命，随我之愿，悦我之心，使我见所未见足矣。君甚难之，但又恐拂太子意，姑许其出。第命诸侍从，凡道人及不美事，绝勿与见，只令见诸可乐者。又命沿途吹弹歌舞，以娱其志。太子途次，遇一瞽人，一残疾人，心忽生闷。问左右曰：此人为何，有此形状？左右答曰：是其人所禀身体之败，故不美如此。[1]

---

[1] 圣约翰：《圣若撒法始末》，《法国国家图书馆明清天主教文献》，龙华民译述，第232—233页。

这一部分紧扣上文，讲述太子若撒法长大以后，在天主耶稣的指引下，感到生活并不十分快乐，特别是当他听到童仆告诉他，自己其实一直生活在封闭的环境中的真相后，他觉得很奇怪，于是追问父亲原因，并且要求去看看外面的世界。亚物尼耳虽然不想这么做，不过因为担心若撒法不高兴，只得同意他去外面游历，暗中却安排路边的人吹弹跳舞，显现出一片歌舞升平的景象，以此希望太子心生快乐。令人惊讶的是，若撒法关心的却是身边的瞽人、残疾人，没有被生活的表象迷惑。若撒法在天主的指引下，慢慢发现真实的世界，了解到人间的苦难和悲欢离合，成为天主耶稣坚定的信徒。作品通过太子若撒法与君王亚物尼耳的对话，表现了若撒法喜欢独立思考、不安于现状的个性特征，同时塑造了亚物尼耳既是一位自私、矛盾的君主，又是一个深爱儿子的父亲形象。当若撒法外出旅行时，亚物尼耳“沿途派人吹弹歌舞，以娱其志”，这些细节安排显得比较巧妙，也符合亚物尼耳的身份和性格。《圣若撒法始末》取得了较高的艺术成就，是晚明圣徒传记中难得的佳作。

《德行谱》由法国耶稣会士巴多明译述，耶稣会士殷宏绪（Père Francois Xavier d'Entrecolles，1664—1741）继宗，白晋（Joachim Bouvet，1656—1730）、戴进贤（Ignatius Kgler，1680—1746）校阅，值会德玛诺鉴定。《法国国家图书馆明清天主教文献》第12册收录。巴多明，字克安，法国耶稣会士，1665年9月1日生于法国杜城，在里昂耶稣会的一所公学毕业后，于1685年9月1日入耶稣会，1698年11月4日来华，1741年9月29日卒于北京。在众多曾为中国传教事业做出卓越贡献的传教士中，巴多明神父毫无疑问是最杰出的人物之一，不但德业上和救灵热忱上出类拔萃，而且在汉文和满文方面的造诣，更是超群轶凡。巴多明神父才智上最显著的表现，在于他遇到棘手的问题时，能当机立断而又妥善处理。他的应对有时关系到中国天主教会事业的成败。他使康熙皇帝对天主教一直保持好感，并给予保护，他本人也受到皇帝的一贯敬爱。他的一生，四十年如一日，始终不渝地广扬圣教。

《德行谱》共4卷，跋1篇。这部圣徒传记主要叙述圣徒达尼老各斯加的生平事迹，赞美了他高尚的品德和行为。巴多明在传记序言中，交代了自己译介此书的目的。

> 可知在世之人，无论贫富智愚，从未有一人，欲修德行善，而恩或不足者。倘徒以不足为辞，无力能行，适自弃耳。然果如是，何以世鲜德行之人耶。殊不知上下感孚，其理甚明。天主施此至足之恩，以劝人之心。人能竭力仰承，感恩必随之而至。人再承受如初，则续又至，又日甚一日矣。倘人不肯仰承初施之恩，且茂视而轻忽之者数数焉。后望分外之恩，难言哉。圣达尼老自幼既知天主之恩，即仰承毋择，日夕水兢，笃信而守之。故在世不烦迟久，而天主特施分外之神恩，俾其德行大成也。似此精修幼圣，余穷向往之至，谨因本传而译述焉，以为众同人修德之谱，是为序。[①]

① 《德行谱》，《法国国家图书馆明清天主教文献》，巴多明译述，第485—486页。

译者在序言中写得很清楚，希望通过讲述达尼老各斯加的事迹，来劝更多人学习其美好德行，效仿其言行。达尼老各斯加之所以能成为德行高尚之人，主要是因为他自幼就懂得天主之恩，坚定信仰，而不是左右摇摆选择，这样笃信天主，日夕修养，终得大成。因而，世人应从中获得启发，坚信天主，不断完善自己。

《德行谱》对圣徒达尼老各斯加的日常生活进行了细致描绘：

> 达尼老，其最幼者，生于即耶稣降生后一千五百五十年，圣西满达陡宗徒瞻礼之日。迨知识稍开，即择一文学之师，名若望，姓毕林机。先教以辣弟诺之语，时与同岁诸童，举动迥别。论者每以其师将世俗之常言教之于外，而天生圣神则以敬主爱人之大道教之于内。故至亲好友俱称为小天神，因其行事而推许之也。品格既极其端庄，仪容更生而秀雅。人见之，莫不羡慕而仰企焉。惟自虑慎重，年虽冲积，他人从未敢干以戏言。且本来心德，超越寻常，偶闻一邪淫不正之语，羞恶之心即勃然而起不独频红面赤，必至迷闷昏沈。每遇亲朋燕集，达尼老同在座中，客或无心偶露其端，父即莞笑而力阻之。尝云：幸祈垂谅劣儿，免伊昏晕。同辈聚嬉游，惟以诵经看书惟务。①

这里写的是达尼老各斯加年少时的故事，他从小就表现出与

① 《德行谱》，《法国国家图书馆明清天主教文献》，巴多明译述，第488—490页。

一般儿童不一样的品质，乐于学习，聪敏过人，可谓“天生圣神”，自幼就受天主指引，这和前面提到的徐光启小时候的情形有相似之处。达尼老各斯加品格端庄，仪容秀雅，令人仰慕。他从不与人戏言，内心也没有丝毫邪念，常怀羞耻之心，能克制自身欲望，这些都是作为圣徒的品质，令人折服。达尼老各斯加的神性和灵感当然是源于耶稣，因而这正映衬出主耶稣的神圣性。

《德行谱》从多方面表现了圣徒达尼老各斯加的佳言懿德。如书中描写他“品格既极其端庄，仪容更生而秀雅”，正面肯定他的品德和外表，同时侧面描写他亲朋好友的失态，外人的邪淫之语，反衬出达尼老各斯加的德行高洁，异于众人，令人赞美。

综上所述，晚明的圣徒传记包含了行实、列传、行略和行述以及其他一些传记类型，在内容上，大多描写圣徒如何受耶稣启发，笃信天主，克服重重困难和挫折，坚持信仰并在外传教。在艺术上，圣徒传记语言简洁，富于文学性，塑造出了许多性格鲜明、栩栩如生的圣徒形象。圣徒身上也有普通人的弱点，同样有失望、怀疑、忧郁、彷徨和无能为力之时，这使圣徒形象显得亲切真实，拉近了与读者的距离，在人物塑造上取得了较高的艺术成就。

第二节　清代的圣徒传记

圣徒传记在清代获得了进一步发展，尤其是晚清，留下了数量众多的作品。如光绪十三年（1887）李杕的《宗徒大事录》，由上海慈母堂刊刻，属于天主教的圣徒传记。新教的作品以言行录、言行全传居多，如善德者郭实猎编撰的《保罗言行录》《约翰言行录》《但耶利言行全传》《彼得罗言行全传》等。

一、清代的天主教圣徒传记

《宗徒大事录》由李杕即李问渔节译，清光绪十三年夏在上海慈母堂刊刻，道原精萃活字版，《东传福音》第四册收录。《宗徒大事录》为圣徒路加所作，约创作于公元62年。该书记述内容广泛，涉及信徒入教、保禄投诚、基督教的传播等事迹。全书共28章，其中关于圣保禄艰难传教的事迹记述最多；其次是伯多禄的事迹。

《宗徒大事录》第17章“保禄传教于德撒老尼白肋亚亚德纳”讲述保禄传教事迹。书中描述了圣徒保禄传教中经历的种种挫折，如他曾受到一些势力之人百般阻挠，甚至被诬陷迫害，只能不断转移传教地域，来回奔波。读者可以从中感受到早期圣徒传播基督教时遭遇的困境，同时也可以看到许多善良的信徒对天主的忠诚。

> 今予所传耶稣，即基利斯督无疑。如人之信教者，与保禄西辣善。外人从教，为数益繁，贵家妇亦多投入圣门，忻沾化雨。惟局外之人，耽耽虎视。召集无赖多人，肆纵谣言。通城骚动，拥挤至寓主雅桑家，令将保禄西辣交出。未果，只以雅桑及信友数名，扭至官署，诬保禄煽惑民心，谋为不法。控雅桑私匿匪人，显干功令。官听词，严戒雅桑等重循故辙，遂释放。信士知保禄西辣不可久留，连夜送往白肋亚。迳入如德亚教堂，宣讲道义，闻者悦服。日读圣经，审保禄之言，果合经

旨与否。[1]

这段引文表明，保禄在传教时很受当地民众欢迎，很多人逐渐信奉基督教。但是保禄的传教行为危及地方势力，因而受到一些“局外之人”的破坏，甚至被他们诬陷。这些人散播谣言，威胁信友。保禄被迫不断转移地点，但他并没有向黑暗势力屈服，仍坚持宣讲道义。

《宗徒大事录》善于运用白描手法表现细节，刻画人物：

保禄挺身起，正言相告曰：汝亚德纳人重尚敬神，逾于凡众。予于行路时，见神像祭坛，不一而足。内有一坛，上书敬未识之主五字。尔辈未识，予实告汝。主者非他，生天地，造万物，超然于乾坤之上，不囿于庙宇之中。人之性命呼吸，日用各物，皆由主赐。主则无需乎人工，当开辟之初，主造一人，具传人类。由近及远，蔓处八诞。世人寿命修短，居住何方，皆上主冥中命定。且洋洋在上，随处谐人，故当罪勉求之，庶不乖对越之意。人所以生活运动，安保不亡，皆赖上主默佑。如诗人有云：我亦为其族类，既为主宰族类。不宜以金银石雕刻之形，奉为真主。古者人心惽昧，崇奉邪神，遂为天主所弃拒。然时至今日，主论人间，使万姓咸知悔改，革故鼎新，又定有审判日期。以耶稣一人，显昭

[1] 路加：《宗徒大事录》，李杕节译，上海慈母堂刊刻，道原精萃活字版，1887年，第36页。

公道。天主令耶稣复活，用征其独具权衡，人当坚信也。众人闻死人复活之说，或讥为荒诞。或谓保禄曰：此事他日再谈，今则何容多赘。保禄出，是日信教者颇多，内有一人名弟阿尼削，官至刑部主事。又有一妇，名达玛利。其余不记姓氏。[1]

这是“保禄传教于德撒老尼白肋亚亚德纳”的结尾。李杕所用语言简洁明了，如保禄在向众人解释天主和教义时，语言浅显易懂，避免晦涩。文中不仅描写了保禄如何传教，还特意写到了各类信教者的身份，这些人中既有刑部主事，也有普通妇人，信众广泛。

二、言行录和言行全传

普鲁士传教士郭实猎撰有《保罗言行录》，题“善德者纂”，道光十七年（1837）新加坡坚夏书院藏版，线装1册。这部圣徒传记是记录保罗言行的传记小说，牛津大学图书馆、哈佛燕京图书馆均有藏本。[2] 郭实猎1831年来华，勤于著述，其中有关中国的著作达61种，如《中国简史》（*A Sketch of Chinese History*, 1834）、《开放的中国》（*China Opened*, 1838）和《1831—1833年在中国沿海三次航行记》（*Journals of Three Voyages along the Coast of China in* 1831, 1832 *and* 1833）等。[3] 郭实猎的中文译名很多，

---

① 路加：《宗徒大事录》，李杕节译，第37页。

② 宋莉华：《传教士汉文小说研究》，第258页。

③ Alexander Wylie, *Memorials of Protestant Missionaries to the Chinese: Giving A List of Their Publications, and Obituary Notices of the Deceased, with Copious Indexes*, American Presbyterian Mission Press, 1867.

据统计达34个之多，他自己先后用过的有：爱则蜡、郭实猎、甲利、爱汉者、爱汉（Gaihan）、善德者、善德等；别人给他起的中文名有：郭士立、郭士力、郭吉叻、郭士笠、郭士利、郭子立、郭士林、郭实猎、郭实拉、郭实烈、郭施拉、郭甲利、吴士利、吴士拉、吴士拉付、咭吉音、吉士笠、甲士立、古特拉富、古兹拉夫、古茨拉夫、居茨拉夫等；外文中出现的还有：Karl Friedrich August Gützlaff、Charles Gutzlaff、Karel Gutzlaff、Carl Gützlaff、Philo - Sinensis 等，其中“郭实猎”是郭氏本人一直公开使用的唯一中文姓名。[①]

1803 年 7 月 8 日，郭实猎出生于普鲁士东部波美拉尼亚省（Pommern）的小城佩日采（Pyritz）[②] 的一个裁缝家庭。4 岁丧母，少年时曾从铜匠为学徒。15 岁学习阿拉伯语和土耳其语。18 岁入柏林神学院学习，1823 年到鹿特丹入荷兰教会学习。1826 年 7 月受戒，9 月启程前往巴达维亚，跟从麦都思学习汉语和马来语，1828 年到新加坡，1829 年脱离荷兰教会，在马六甲主持伦敦会。同年，和英国女士玛丽（Mary Newwell）结婚，1830 年携妻同往暹罗。他作为翻译人员和外科医生先后 3 次搭乘东印度公司（The Honourable East India Company）的“阿美士德勋爵号”（the Lord Amherst）、鸦片商人查顿（William Jardine，1784—1843）的“风精号”（Sylph）等到中国沿海旅行。根据这 3 次旅行，他写作了《1831—1833 年在中国沿海三次航行记》一书。1843 年，香港开

① 李骛哲：《郭实猎姓名考》，载《近代史研究》2018 年第 1 期。

② Archief van het Nederlandsch Zendelinggenootschap 1797 - 1951 (ANZ), 1102 - 1. 1. 2. 2. 7. 1. 3. 804. Kurzgefaszte Lebensbeschreibung von Carl Friedrich August Gützlaff, p. 1.

埠之后，郭实猎担任首任香港总督璞鼎查（又名砵甸乍，Henry Pottinger，1789—1856）的中文秘书及抚华道。[①] 1844 年，他在香港成立传教组织“福汉会”，太平天国的冯云山曾为该会教徒。同时，郭实猎还创立中国传教会，在伦敦招募来华传教士。中国传教会把戴德生送到中国，后来戴德生成功地建立了中国内地会。郭实猎曾参与马礼逊所翻译的《圣经》中文译本《神天圣书》（*Bible*）的修订工作，与他同工作的人有麦都思、裨治文（Elijah Coleman Bridgman，1801—1861）、马儒翰。在此修订工作中，麦都思、郭实猎担任主要工作，裨治文和马儒翰担任次要工作。麦都思主要负责《新约》，而郭实猎负责《旧约》。后来，郭实猎反复修订了麦都思的《新约》译本，前后至少有 16 次。太平天国所使用的《圣经》版本《新旧遗诏圣书》就是以郭实猎翻译的《旧约》与他修订的《新约》为蓝本合刊而成。

这些经历使他的身份变得相当复杂，既是布道者、小说作者、天才的语言学家、学者，又是冒险的旅行家、贸易公司的雇员、英国政府的官员。圣徒传记主要是郭实猎早期从事传教工作时写作的。

《保罗言行录》前有董手敬道光十六年（1836）所作序言：

> 从来英杰取人之誉，余亦景仰之，大工作行，惊天动地，垂下万世矣。余今借圣书之传，纂保罗言行之录矣。此保罗乃耶稣之圣差，于东汉年兴。劳苦坚心，忍

① 郭实猎：《赎罪之道传：郭实猎基督教小说集》，黎子鹏编注，橄榄出版有限公司，2013 年，p. xviii。

耐博爱，重越其同伴焉。巡遍地宣耶稣之教，恃节哉。看官效其表义，效劳甚爱我救世主行德。施仁广行，阴胜则读，是书不徒然是愿。①

董手敬可能是当时的一位底层文人和信徒。序言所用的语言与郭实猎的作品风格一致，甚至直接出现了“看官”这样的字眼，而且对传主的事迹极为欣赏。《保罗言行录》的故事性的确较强，可以视为叙事性的文学文本。

保罗是最具有影响力的早期基督教传教士之一，也是第一个赴外邦传播福音的基督教徒，他被基督教历史学家公认是对早期基督教会的发展做出贡献最大的使徒，可称得上是基督教的第一个神学家。据《使徒行传》和《圣经》中的保罗书信记载，他是一个对上帝热心的法利赛人，熟悉各种犹太律历，恪守摩西律法，因耶稣所传的福音和犹太人固有的对摩西律法认识的巨大冲突而积极参与迫害基督教徒。有一次保罗前往大马士革追捕基督教徒，在途中得知耶稣基督亲自显现而悔改信主，成为上帝拣选的器皿。后改名保罗。他与彼得、雅各一同领受上帝的异象而向外邦人传福音。他在地中海各地开展了 3 次传道，足迹遍及小亚细亚、马其顿、希腊及地中海东部各岛，行程共计 1200 里（600 千米），还在外邦人中建立了许多教会。其间被关押 2 年，出狱后再次前往各地传教。后被罗马皇帝尼禄处死，为主殉道。

《保罗言行录》主要描写圣徒保罗传教的故事，重在记录他传

---

① 郭实猎：《保罗言行录》，新加坡坚夏书院藏版，1837 年，“序言”第 1 页。

教的言行。全书共分 13 章：第 1 章讲述耶稣之教兴，保罗悔罪的故事；第 2 章讲述保罗宣耶稣之福音，保罗行程；第 3 章叙述保罗巡宣耶稣之道的故事；第 4 章描写保罗摒异端，招门生，遍地铎德；第 5 章讲述保罗寄书的故事；第 6 章叙述保罗建立圣会的故事；第 7 章叙述保罗凭借耶稣的保佑躲避危险的故事；第 8 章介绍保罗诣耶路撒冷，被捉坐监，投递诉状，匪徒谋杀保罗，原告欲害保罗的故事；第 9 章讲述保罗驾船临危，诣罗马京都的故事；第 10 章介绍保罗寄书到列圣会的故事；第 11 章介绍保罗教本国之人的故事；第 12 章讲述保罗巡慰圣会寄书给同伴的故事；第 13 章讲述保罗信德、桎辖、弘毅、行藏的故事。整部作品内容丰满，结构紧凑。

《保罗言行录》重点刻画了保罗坚毅的性格：

> 吾及同伴亲手作工，供吾须用也。如是教列位，勤工可扶持软弱者。且记吾主耶稣之言云：授者比受者，更有福矣。言毕，众跪下祈祷、苦哭，抱保罗，嘴啐之。且闻保罗言，不复见面，则忧矣。遂送之下船，就到他处登岸。离船卸货，必在彼处，且留七日矣。遇教门生，感于圣神，敬戒保罗，勿上耶路撒冷也。七日既过，则起程。诸徒携妻儿出城，送行，遂跪岸祈祷矣。既相告别，遂至皇城，入贤人之屋。忽然圣人自京都来，取保罗至带，自缚手足，曰：圣神云，此带之主人适时到耶路撒冷，犹太人将缚，解异族之手者。故此人都苦劝保罗，勿诣耶路撒冷。惟圣差曰：尔等为何涕泣，破裂我心乎。恭吾情愿为主耶稣之名，不止系累，乃亦捐躯矣。

众曰：主之圣旨成幸矣。保罗遂到耶路撒冷，庆贺圣差，叙明上帝，所施行异族类矣。①

这一段讲述保罗明知耶路撒冷充满各种危险，但为了传播天主耶稣的教义，不顾众人苦苦劝告，依然前往传教，将生死置之度外。作者在这里运用了对比手法，一面是众人纷纷相劝，一面是保罗执意前行。众人警告保罗不要去耶路撒冷，那里危险，保罗不仅没有一丝畏惧，反而安慰劝告他的信徒说，自己根本不害怕劳累，也不惧为耶稣捐躯献身，一切都是自愿的，而且能为耶稣献身，他的内心感到欣慰，凸显出保罗的使徒形象。

《保罗言行录》中的曲折情节和语言具有艺术的感染力。如第9章《保罗驾船临危》：

保罗驾船临危

当东汉明帝永平二年间，保罗囚人登船，带其同伴焉，致诣罗马京都。多日风逆，慢航，许久耽搁，期过，风逆海险焉。故保罗劝奉众曰：请列位听依吾微见。此次航海，必多损害，不只船破货失，恐累及生命矣。惟千总宁听船主、舵公之说，而轻保罗。因澳不便，难过冬，多劝离彼庶几可到别海口也。南风既吹，望已顺利，故起锚、驾船。不及日间，东北风狂风骤起，海浪击船，不能抵挡。故随风飘荡，挨近一岛，仅得三板拉入。既收三板，则用索缚船，恐搁沙线，且落帆慢飘，暴风愈

① 郭实猎：《保罗言行录》，第32—33页。

猛。次日弃货，第三日亲手抛去器物。数日未见太阳星宿，势日猛，则绝生之望。既久无食，遂保罗立众中曰：列位，盍听吾言，免此损害矣。但今奉劝安心，盍除船外，尔众一命不必丧失矣。吾所奉事，蒙佑之上帝。昨夜差使临我云：保罗勿惧，尔必侍皇上之御前，又上帝赐尔同航者之命。因此放心，吾信上帝必得如言也。①

这一段描写了保罗传教途中乘船在海上遇到风暴，情况危急，后在耶稣庇佑下平安度过危险。这一段描写险象环生，扣人心弦，“既收三板，则用索缚船，恐搁沙线，且落帆慢飘，暴风愈猛”，让人有身临其境之感，而情况越危险，也越能衬托出保罗的勇敢、坚定、临危不乱以及对耶稣的虔敬。

郭实猎还编撰有《约翰言行录》，新加坡坚夏书院藏版，道光十七年（1837）刊刻，1 册，共 23 页，牛津大学图书馆、哈佛燕京图书馆均有藏本。

郭实猎在序言中称：

余编约翰言行之录，致表著救世主之教。此约翰为其门生，负笈从师，仰德仁爱，看其录知耶稣之作行，明赎罪之道也。善读者，宜效力效法矣，则大有用也。我世人皆沾耶稣之恩，应当答鸿宠爱，倘愿尽本。分读约翰之录，循然信主曰行善焉，其益不胜矣。②

---

① 郭实猎:《保罗言行录》。
② 郭实猎:《约翰言行录》，“序言”第 1 页。

传统上认为，约翰是《圣经新约》中《约翰福音》、三封书信和《启示录》的执笔者，被认为是耶稣所爱的门徒，当约翰在福音书叙述自己时，总不提自己的名字，只自称为“主所爱的门徒”。约翰被公认为圣人，在早期教会历史中都扮演着重要的角色。约翰热衷上帝，得蒙启示编写耶稣的生平——约翰福音。约翰得蒙启示写下约翰一书、约翰二书和约翰三书，勉励信徒在生活上表现彼此相爱的精神，过圣洁的生活；在信仰上，勉励信徒要战胜异端的诱惑和破坏。当他被放逐至拔摩岛时，耶稣用末后之事启示他，让他一一记录下来，写成《启示录》。

《约翰言行录》共四章：第 1 章介绍约翰为耶稣之门生，约翰为圣差的故事；第 2 章叙述约翰奉天启的故事；第 3 章讲述约翰寄书的故事；第 4 章叙述约翰撰写耶稣言行的故事。《约翰言行录》虽然篇幅不长，但和《保罗言行录》一样，对人物塑造得细致生动，具有文学色彩。第 3 章约翰寄书描写了约翰用寄书信这一特殊的方式传教：

约翰寄书

约翰数年住是荒岛，此后归，且为圣会之教师矣。当是之际，异端兴焉。约翰诚恐牧师，将害圣会。故此明陈其教之凭据，且寄信令遍处之信士读之也。可通其教之统绪矣。内云：余自始见闻，且看手摸，即生命之道，尽生命已显。我亦证见，报之永生，原由天父显著矣。吾所见闻者，报尔知之，合汝交通，且我交通天父，与其子耶稣基督矣。倘我等信我救主耶稣，必须履光如上帝在光，则相交通，而神子耶稣基督之血，净去诸罪矣。

但凡信耶稣者，必须净洁，且守其诫也。若说识我主耶稣，而不守其诫者则谎，非守其理矣。

约翰所写来，非新命，惟古法也。故此苦劝老幼，执耶稣之道也。但只迷惑，就临危矣。诸世之情，即肉身之欲，眼前之繁华，此生之光彩，非由天父，此世必废，诸欲必亡，惟遵上帝之道者永存也。是以凡人好此世之繁华，不能为耶稣之门生，且此世将废，此等人亦将废亡矣，不亦严哉。①

约翰从荒岛回来后，看到异端兴起，内心忧虑，甚至担心牧师会加害圣会，于是通过给信徒写信，让他们辨别是非，坚定信仰。在信中，约翰诚意地奉劝诸位信徒相信耶稣，遵守上帝之道，节制欲望，洗净罪恶。

除了路加和使徒保罗以外，约翰写的圣经内容比其他作者都多。《圣经》记载了不少有关他的个性和品格的经文，而我们对约翰的认识大部分是从他所写经文而来。第4章约翰撰写耶稣之行论的故事描写了约翰的写作：

耶稣之门生亲眼看救世主之言行，且明述之也。他们过世之时，尚约翰独遗，而异端益增，再编书，述耶稣之行作之统绪矣。今诸人信耶稣，诚基督大辟之裔。既信之，可赖其名，得生命矣。其所述者真也，诚哉是

① 郭实猎：《约翰言行录》，第13—15页。

言也。另有耶稣所为多端，若一一书明，则料天下不能通所作之书矣。故特选其最要者，且细笔之于书也。

一曰：耶稣乃上帝之子，元始与上帝共在，凡被造者，无不以耶稣而造作矣。当时有圣人名曰：约翰。是人证云：吾见圣神，似鸽由天降下，而住其上也。彼以圣神将行洗礼也，吾见而证，斯人乃上帝之子也。有善人一看耶稣，即云：夫子，诚乃上帝之子。且耶稣自证云：上帝深切爱世，赐其独子，今凡信之者，免陷沉沦，乃得常生也。且上帝遣子降世，不罪世人，乃救世人也。凡信之者，无定罪，但凡不信者，已见定罪，因不肯信上帝独生之子也。①

语言平实，但饱含着对主的真情实感。书中还引入了《圣经》中的鸽子等隐喻意象。

《但耶利言行全传》，郭实猎编撰，新加坡坚夏书院藏版，刊刻于道光十七年（1837），共 23 页。但耶利即但以理（Daniel），是犹太王家的宗室，四大先知之一，但以理出生时犹太已亡国。当巴比伦王尼布甲尼撒第一次攻破耶路撒冷时（前 605），他还年幼，就被掳至巴比伦，由于他的容貌、学问、聪慧，他与另外三个犹太少年被选中在宫中受教育，服侍尼布甲尼撒王。但以理与其他三个少年在巴比伦宫中洁身自好，不为环境所玷污。虽然受了各样教育和训练，可是他们始终敬拜神，追求神，站在神的一边。他们都忠心于王事，可是更忠心于神，甚至舍去生命也在所

① 郭实猎：《约翰言行录》，第 16—18 页。

不惜。《以西结书》中几次提及但以理是一个在神面前少有的、特殊的完人。他在神面前的态度，都可以作为信徒们追求主的模范。在希伯来书中论及那些满怀信心的古圣时，用这样的话称赞他和他的三个同伴：他们因着信，制伏了敌国，行了公义，得了应许，堵了狮子的口，灭了烈火的猛势。①

这部圣徒传记主要叙述但以理在上帝指引下生活、传教的事迹。书前有序言：

> 先圣后圣所传之道，明著上帝福善祸淫焉。我靠上帝，恒赖恩祐，执持天法，自然兴旺不危。上帝所培者，人虽倾之，不能追也。上帝所覆者，人虽栽之，不能随也。如遭险临危之行状，却因祸而至福也。上帝所论要人丹新诚意，悦服其圣旨，敬谨遵行焉。但伪善言虔，诈然敬上帝，心内放肆纵欲者，不能邀上帝之眷祐也。上帝高高在上，至正，至公，至神，至灵，不用听而无不闻，不需视而明无不见。②

序言引导读者学习但以理敬信上帝，行善传教，劝告读者不能欺瞒上帝，唯有如此才能得到上帝眷祐。

书中写到“但耶利赴殿”故事：

---

① 《但以理书导论拾穗》，http：//www. ccbiblestudy. org/Old% 20Testament/27Dan/27GT00. htm。

② 郭实猎：《但耶利言行全传》，新加坡坚夏书院藏版，1837 年，“小引”第 1—2 页。

但耶利赴殿

当周朝年间，犹太国之民，邪行背逆，致招上帝之怒，劝巴比伦国王发兵，围困其京都，乃降服之也，国败京城陷堕，民人四散，或被虏，或饥饿，或死，或逃。巴比伦王遂抢夺神殿金银器皿之物件，虏俘各少年男子，乃降旨论太监之长，拣择犹太民丰资绰约少年之童子，及选王室尊贵之孩童，赴京都进国学，广器识，并学习其本国之话。各童子之中，有但耶利，亦抵京都。王派额分馔菜、珍馐及美酒、满日甘旨。惟但耶利与其同僚四人，固守上帝之正道，诚恐鹿浊所污，禁戒酒馔，自束守口食。欲邀太监之长恩慈，禀除王之珍，免自玷污矣。太监曰：我畏国王派额与尔等，饮食之物，恐看尔等羸瘦过于各童子，诚恐惹王怒，则自招斩首之罪。惟但耶利对其管家曰：请识仆等十日，给仆饮水食素，遂可看我等形貌如何，管家俯念准之。十日后，看但耶利与其同僚之丰资，俊俏越于食王馐珍群童子。管家即除王珍馐之荤，而给他们食素菜。①

这一段故事叙述了但以理幼年在巴比伦，谨遵上帝训导，面对珍馐美酒也丝毫不为所动，而是禁戒酒馔，饮水食素，安贫乐道，以苦为乐。奇怪的是，只吃素食的但以理和他的三个同伴反而变得更加丰姿俊朗，不免给人神异之感。“但耶利赴殿”故事虽着墨不多，却突出了但以理意志坚定的品质，深入人心。但以理

① 郭实猎：《但耶利言行全传》，第2—3页。

与巴比伦王管家的对话，则体现了他情感真挚、品质纯洁的一面。

郭实猎还编有《彼得罗言行全传》1部，新加坡坚夏书院藏版，道光十八年（1838）刊刻，共17页。这部圣徒传记共分为两卷，第一卷讲述使徒彼得罗（Peter）与耶稣的最后一次见面，第二卷叙述他后来的生活与工作。哈佛燕京图书馆藏有该书。彼得罗即彼得，天主教译作“伯多禄”或“伯铎”，正教中文译裴特若，唐朝景教译作“岑稳僧伽法王”，是基督教创始者耶稣所收的十二使徒之一，初代教会的核心人物之一。他有两封书信被收入《新约圣经》，另外，写《马可福音》的马可是他的门徒。天主教会认为他建立了罗马教会，是罗马教会的第一位主教，也就是第一任教宗。基督新教则认为这个说法没有证据支持，彼得甚至不一定去过罗马，而罗马主教的“首位身份”（primacy），更曾被早期教会视为异教思想，直到中世纪都仍未被广为接受。新教认为，罗马教会及其主教的地位只是在后来的历史发展中才逐渐建立起来的。按照《新约圣经》记载，彼得是加利利海边的一位渔夫，本名西门（希腊语作 Σίμων），由兄弟安德肋带领认识耶稣。耶稣给他改名为矶法（希腊语作 Κηφᾶς），即亚兰文“磐石”的意思，翻译成彼得，又称伯多禄。他开始跟随耶稣，承认耶稣是神之子，是耶稣最亲近的门徒之一，福音书中对十二门徒的记载以彼得最多。耶稣被捕以后，他失去信心，别人问他是否是耶稣的门徒，他三次否认，正如耶稣预言的一样。耶稣复活以后，他重坚信心。耶稣升天以后，他开始讲道，传讲福音，他大传耶稣是救世主，也就是弥赛亚，即基督的好消息，并成为教会的领导人。按照教会传统说法，他后来在尼禄迫害基督教的时候到罗马弘法，不久殉道，官府按照他自己的要求，倒钉十字架而死，因为他认为自己不配像耶稣一样端正地钉十字架。

郭实猎在《彼得罗言行全传》的序言中，表明了编撰这部使徒传记的目的：

救世主之教，广布于普天下，愿求其源，只看彼得罗言行全传，此士为圣差，奉命立圣会之基，感于圣神，于万人教诲赎罪之道。余取圣书之言编此书，劝善读者，焚膏继晷，知圣道之头绪，归向化笃信上帝之子耶稣是愿。[①]

即希望通过叙述使徒彼得的言行，劝诫读者笃信耶稣，明白如何走向圣道。

《彼得罗言行全传》与《保罗言行录》《约翰言行录》《但耶利言行全传》一样，都较为详尽地描写了传主的一生以及发生在他身上的感人故事。如其中第一卷写到“彼得罗背耶稣”的故事。

彼得罗背耶稣

门生看形势如此，皆散。惟彼得罗与别门生自远而随之，恶徒正告耶稣之际，彼得罗进院，坐棣劳役。忽然有女婢就之，曰：尔莫非同加利利人耶稣者也。其当众而推辞曰：不知尔说何耶稣。既出门外，复有一女对旁人曰：此人亦陪拿撒勒人耶稣矣。彼得罗再发誓曰：吾不识其人矣。顷刻，侍立者来对彼得罗曰：诚然，尔

① 郭实猎：《彼得罗言行全传》，“序言”第1页。

亦同伴，听尔土音，可忍之矣。维时彼得罗开门诅咒，言不识其人，随即鸡鸣。且彼得罗记念耶稣之言，鸡未鸣之先，尔必三次言不识我等语，一追忆而悲苦也。惟耶稣遇之之情，眷顾之也。[1]

这段关于彼得的描写尤为感人，当耶稣的一些门生对耶稣产生误解，慢慢疏离耶稣时，彼得却一直坚信耶稣，不怕因此受牵连而去服劳役。当彼得被人认出是耶稣的门徒时，他谨遵耶稣教诲。读者还可以从文中感受到彼得内心的纠结，他虔诚的门徒形象也跃然纸上。

第二卷“彼得罗责诈伪”对人物的形象、性格有深入的刻画。

彼得罗责诈伪

适时遇人有田宅，将产业卖去，带价银置圣差脚前。当下有某人并妻卖其产业，夫妇同谋私藏一分，带其余置圣差之前。但彼得罗谓之曰：因何给魔鬼迷心，敢漫圣神，私藏业价之分耶。产业尚可，固乃本物，产业既卖，价在汝手，因何心生此谋乎。汝非欺人，实哄上帝也。其人听毕，倒地断气，凡闻之者，无不畏惧也。诸少年遂起，殓尸，抬出而葬，再过三时，其妻不知所遇之事。入来彼得罗问曰：汝卖产业之价，若干是否。曰：诚是。彼得罗曰：汝等因何同谋欺主之圣神乎，方葬汝丈夫者，今在门前，将抬汝出葬矣。妇遂当面倒地，断

---

① 郭实猎：《彼得罗言行全传》（第1卷），第13页。

> 气。少年者入，见其已死，亦抬出葬于丈夫旁也。全圣会大惊，凡闻亦然。此后圣差多行神迹，且庶民恭敬之，男女信徒多人归上主也。且人有病者、置之床榻，带出街路，望彼得罗经过，其影可庇荫之也。且邻庶众，就耶路撒冷，抬病人及犯邪鬼者，悉得医也。[1]

语言简洁，但人物形象鲜明。故事中的夫妇鬼迷心窍、自私、欺骗上帝，与彼得的睿智、虔诚对比鲜明。彼得还为人治病行医，驱散邪鬼。这些神迹都表现了彼得的善良、无私，具有很强的感染力，塑造了一位令人尊敬的使徒形象。

传记最后对彼得给予了高度评价：

> 彼得罗列心真爱之情，崇拜耶稣之志，过于诸门生矣。虽一次背师，然此后孜恋之矣。当初加胆，宣耶稣之教，而不畏人也。若论其发奋去做，其谦卑退让，始终如一矣。其为万世之师，其言行可以为法则也。善读者若彼得罗敬爱救主耶稣，如彼得罗随行跟着，可以并享永福矣。[2]

郭实猎将其比作中国的“万世之师”——孔子，认为彼得的言行就像孔子的话语一样，可以成为后世法则，并呼吁人们效仿彼得，紧紧追随耶稣，信仰上帝，享受永福。

---

① 郭实猎：《彼得罗言行全传》（第 2 卷），第 6—7 页。

② 郭实猎：《彼得罗言行全传》（第 2 卷），第 14 页。

第三节　清末民初的圣徒传记

清末民初的圣徒传记是明清圣徒传记的发展和延续。由于近代越来越多的传教士来到中国，对传教事业和社会进步功绩卓著，因而有关当代布道英雄、圣人事迹的作品特别突出。不仅数量大大超过明清时的圣徒传记，其文学性也不断加强。

清末民初的圣徒传记主要分为两类：一类是关于早期舍生取义的殉道士，基督教神学家保罗的《圣保罗传》和《保罗生平录》；另一类是关于品行高洁的信徒的圣徒传记，主要是有关来华传教士的传记，如《马礼逊小传》《施约瑟主教传》《戴德生传》《中华最早的布道者梁发》《杨格非牧师传略》《约翰卫斯力传》《信心的十二英雄》《张亦镜生平》《马礼逊传》等。

一、早期殉道士、基督教神学家保罗的传记

《保罗生平录》由司徒葛尔著、陈启新译，中国基督圣教书会印行，《东传福音》第二十二册收录此作。这部传记共十章，另外还有一个附录。第一章介绍保罗在历史上的地位，第二章介绍保罗于无意中为主的工作准备，第三章介绍保罗悔改归主，第四章介绍保罗的福音，第五章介绍等候保罗担任的工作，第六章介绍保罗传道的路程，第七章介绍保罗的著作和人品，第八章介绍保罗所立教会的景象，第九章介绍保罗辩论的大纲，第十章是结局。附录主要是关于保罗的年谱及其主要生平事迹。

值得注意的是，李问渔译的《宗徒大事录》中有保罗的言行事迹，郭实猎也有《保罗言行录》，可见保罗在基督教史上的重要地位，这与他是第一个去外邦传播福音的基督教徒有关。他开启

了到外邦传教的先河，这使明清来华传教士对他格外关注，传教士也想从保罗身上汲取经验，获得力量。保罗（约公元3—67），本名“扫罗”（Saul），又称大数的扫罗（Saul of Tarsus），天主教译作保禄；唐朝景教译宝路法王；古希腊语作Πα λο，拉丁语作Paulus。他是早期教会最具有影响力的传教士之一，基督教徒的第一代领导者之一，被奉为外邦人的使徒。在诸多参与基督教信仰传播活动的使徒与传教士之中，保罗通常被认为是在整个基督教历史上最重要的两个人之一，并且是史上最伟大的宗教领导者之一。《圣经·新约》诸书约有一半是由他所写。他在整个罗马帝国的早期基督教社群中传播耶稣基督的福音。自三十几岁至五十几岁，保罗在小亚细亚建立了好几个教会，在欧洲建立了至少三个，包括哥林多教会。他一生中至少进行了三次漫长的宣教之旅，足迹遍至小亚细亚、希腊、意大利各地。

《使徒行传》把保罗的传教旅程分成三段。第一次，开始由巴拿巴带领，保罗从安提阿来到了塞浦路斯，然后又去了小亚细亚南部，接着回到了安提阿。在塞浦路斯，保罗驳斥了法术师以吕马并使其眼盲，因为以吕马批评了他们的教诲。从此刻开始，保罗被描写成这一次旅行团队的领导者。他们又航行去了位于旁非利亚的别加，约翰·马可离开并回到了耶路撒冷。保罗和巴拿巴继续去了彼西底安提阿。在安息日他们去了犹太教堂。教堂领导者邀请他们去演讲。保罗回顾了以色列自埃及至大卫王的历史。他把耶稣作为由神带给大卫的后裔来介绍。他说，他们是为了把拯救的消息带给大家才来到了这里。他讲了耶稣死而复活的故事。他引用了七十士译本来强调耶稣就是那个应许的受膏者，将为他们带来罪的赦免。在公元49年秋天，保罗从耶路撒冷开始了他的第二次传教。这是在和耶路撒冷会议争论了割礼问题之后启程的。在他们环绕地中海的旅程之中，保罗和他的同伴巴拿巴在安提阿停留，在那里他们激烈争论是否应该带上约翰·马可与他们一起旅行。《使徒行传》记载，约翰·马可在第一次传教旅行到塞浦路斯中就离开他们回家了。由于无法达成一致，保罗和巴拿巴决定分开而行。巴拿巴和约翰·马可同行，而西拉与保罗同行。保罗和西拉首先访问了大数（保罗的出生地）、特庇和路司得。在路司得，他们遇到了提摩太（St. Timothy），一个被称颂的信徒。他们决定带上提摩太。信众与日俱增，保罗每日不断加强他们的信仰。保罗的第二次宣教旅行，历时约三年，旅程中保罗见异象，首次把福音传入欧洲，前往马其顿。通过第二次传教，他们在腓立比、特罗亚、帖撒罗尼迦、哥林多等地建立了教会。第三次传教旅行在公元52—57年进行，以以弗所为基地，其间再次穿越马其顿，最后以耶路撒冷为终点。保罗以在加拉太和弗吕加的旅行为开端，然后去了以弗所，一个早期基督教的信仰中心，在那里停留了约三年。据《圣经》记载，他行了诸多奇迹，医治众人，驱逐恶魔，并且把有组织的传教活动带入了内地（罗马帝国境内）。

《保罗生平录》第六章也写了保罗传道的行程，也大致分为三次：

第一次路程

从最初的时候起，传福音的人，有一种习惯，是不单独出行，总是两个两个相伴。保罗对于这个习惯，更实而充之，总是携带两个同伴：一个是年轻的，大约是要他招呼一切路上的事。他第一次出门，所带的同伴，有巴拿巴和巴拿巴的表弟称呼约翰的马可二人。

巴拿巴，我们原晓得是保罗的介绍人，于今他们两个人结伴出行，巴拿巴的地位，似乎是作保罗的防护人。①

这里介绍了保罗出外传教的方式，和来华传教士有相通之处，大多结伴出行，可以相互照应。

第二次路程

保罗头次出门，所走的路程，只可以说是鹤鸟练翅，作初学飞行的试验。因为他所经过的一带，虽伏有危险甚多，还不过是绕他本省的边疆，作有限的回转。至于第二次旅行，他登高履险，经历更远更苦的区域。二次旅行，不但是他游历最辽阔的一次，并且是自有人类历史以来，关系最大的一次。综计他这次的行程，要较比亚力山大扩充希腊的武力文化到亚西亚中部，罗马的凯撒，泛海登了不列颠的海岸，哥伦布泛大西洋，发现新大陆的几大举动，影响更大。然而他起程上路的时候，并毫无成见，要游历宽广的地域，连走向何方，他也不曾预有计划。他于头次出门归来，略事休息之后，便对他同工的人说道："我们可以回到从前宣传主道的各城，看望弟兄们景况如何？"还是父母羡慕儿女的心肠，但上

① 司徒葛尔：《保罗生平录》，《东传福音》第22册，陈启新译，中国基督圣教书会民国排印本，第87页。

帝有更阔大的计划，要他担任实行。[1]

文中通过对保罗传教的描写，肯定了他的示范意义。他在传教中屡次遇到危险，经历坎坷，但影响深远，堪比亚力山大大帝传播希腊文化，恺撒大帝征服不列颠，哥伦布发现新大陆。保罗在传教中殚精竭虑，一方面希望不断扩大福音的传播地域；另一方面又惦记着曾经“宣传布道”的城市，犹如父母牵挂儿女一样，尽心尽力，充满奉献精神。

《保罗生平录》完全用白话写作，擅长运用比喻的修辞手法，引经据典，富于文学性。如文中将保罗第一次出行传教，比喻成“鹤鸟练翅，作初学飞行的试验”。文末写到保罗牵挂信徒，犹如父母惦记儿女，使保罗的形象显得仁慈善良，有血有肉，真实可信。

另外，还有一部关于保罗的传记《圣保罗传》也值得一提。《圣保罗传》，赵紫宸著，1946 年由青年协会书局出版，收录于《东传福音》第 22 册中。赵紫宸（1888—1979）是中国著名基督教新教神学家，诗人，作家，宗教教育家，也是翻译家赵萝蕤的父亲。他出生于浙江德清，1914 年毕业于苏州东吴大学，1917 年获田纳西州范德堡大学社会学硕士与神学学士学位。赵紫宸回国后历任东吴大学文学院院长、燕京大学宗教学院院长，中华人民共和国成立后，任中国基督教三自爱国运动委员会常委，北京燕京大学协和神学院，江苏南京金陵协和神学院教授。他还写有

① 司徒葛尔：《保罗生平录》，《东传福音》第 22 册，陈启新译，第 97—98 页。

《基督教进解》《从中国文化说到基督教》《炼狱记》等作品。赵紫宸是中国20世纪最具影响力的神学家之一，是中国处境化神学的早期缔造者，也是“中国系统神学”的最早倡导者。他在西方基督教界享有较高声誉，被誉为“向东方心灵诠释基督教信仰的首席学者”。

这部圣徒传记共五卷，后附有圣保罗年谱。这部圣徒传记和前面提到的《保罗言行录》一样，主要叙述保罗的生平事迹，不过集中描写了他的三次传道行程，这也是保罗最为突出的事迹。《圣保罗传》同样思想内容深刻，艺术特色鲜明，富于文学性，对读者产生深刻的感染力。

二、布道英雄的传记

近代来华传教士中产生了很多品行高洁，对传教事业贡献卓著的传教士，他们的同工为表彰这些传教士所做出的贡献，弘扬他们的事迹和品德，写作了大量传记，如广学会曾出版“国外布道英雄集”，为马礼逊、李提摩太、苏惠廉、杨格非、维廉·克理（William Carey）等当代传教士作传，此外还有《近代教士列传》等。

（一）第一位来华的新教传教士马礼逊的传记

马礼逊作为第一位新教来华传教士，开拓了新教在华的传教事业，是近代布道英雄的代表人物，有关他的传记文学也比较多。《马礼逊小传》由清洁理著，美国北长老会传教士费佩德、杨荫浏译述，上海广学会1934年铅印本，官话，共175页，中国社会科学院图书馆、上海图书馆均有藏本。

马礼逊，英格兰出生的苏格兰传教士。1804 年，已修读神学两年的马礼逊 22 岁，加入英国海外传教组织伦敦传道会（London Missionary Society，简称伦敦会），并被派往中国传教。他在书中写道："求上帝将我置于困难最多和从人类眼光中看来最难成功之布道区域中。"这一申请被接受后，伦敦会还聘请旅居英国的中国人杨三德教授马礼逊中文。他又学习一些天文及医学知识，期望与利玛窦采取同样的方式，以传授西方科技的身份进入中国。1807 年时马礼逊自英国启程来到中国，当时英国东印度公司垄断了伦敦至广州航线。公司为免运载传教士而得罪禁教的清政府，拒载马礼逊。马礼逊只好先到纽约再转往广州，成为第一个来华的基督新教传教士。马礼逊在广州做了大量文化工作，包括第一个把《圣经》全文翻译成中文并予以出版，题为《神天圣书》；独自编撰了中国第一部《华英字典》（*A Dictionary of the Chinese Language*）①，编写了《中国一览》《广东省土语字汇》（1828）等近代早期中西文化交流方面的重要作品。他为第一个华人基督新教教徒蔡高施洗，按立了第一名华人牧师梁发。他和米怜等在马六甲创办了英华书院、中文月刊《察世俗每月统计传》与英文刊物《印度支那拾锦》，在澳门出版中文报刊《杂闻篇》。英华书院是近代传教士开办的第一所中文学校，马礼逊曾任该院牧师。曾协助麦迪逊创办了在中国出版的第一份英文报——《广州记录报》。1834 年去世，葬于澳门旧基督教坟场。马礼逊在新教传教士心目中有很高的地位，被视为第一个在华传教的布道英雄。

---

① Rev. Robert Morrison, *A Dictionary of the Chinese Language*. East India Company, 1815, p. 1.

《马礼逊小传》共12章，出版于1934年，是为纪念马礼逊逝世100周年而作的：

> 露佩德马礼逊是改正教中第一位到中国来的宣教士，他死于一八三四年八月一日，如今在他逝世后百年纪念之际，我们重新想起他的工作与成功，不觉敬畏之心，油然而生。今日之中国，已与闭关时代之中国，完全不同，马礼逊以后，中国的国民，已经过了极大的改变。过去一百年中，基督教在华的宣教已有显著的进步。但是，我们决不能忘记，我们伟大的宣教先驱，他热诚的工作。①

序言提到，经过以马礼逊为代表的传教士近百年的努力，基督教在华传播越来越广泛，中国已经不再是以前闭关锁国的中国，越来越多的中国民众信仰基督教，令传教士们感到慰藉。

译者费佩德也作序宣称：

> 一般民众，和全体在华的信徒。都应当一读此书，其理由有二，皆攸关于中国人与外国人间，国际同情之增进，及相互了解之彻底。
>
> 第一层理由，是因为马礼逊小传表示在华宣教运动的实际性质，并不是帝国主义的。马礼逊到中国来，是

① 清洁理：《马礼逊小传》，费佩德、杨荫浏译述，上海广学会，1934年，“序言”第2页。

迫于爱怜华人的精神，切望要将世界救主的灵，所照进他性灵深处的神圣光辉，与华人分享。倘若这便是帝国主义，那么，这乃是爱的帝国主义，是迫着各地的人，到处去扩张它的权威的。不到人们都顺服于基督所超然显示的爱和牺牲的精神，世界上不能有真正的共和或公平。只有到了仁爱荣登宝座之时，孙中山先生的三大主义，总能普遍于世。①

《马礼逊小传》中多方描写了马礼逊传教的艰难。如第七章“连翩的不幸”云：

马礼逊回到广州，继续工作，是在秋初。他身心方面，得到了新的力量，但是，他却很是寂寞。他的家庭，赴英后，还没有回来，他在布道工作方面，也是完全孤独。

新的鼓励，乃从马六甲米怜处来，马礼逊听见米怜为他第一个转信的人，行了洗礼，不胜欢喜。这洗礼之行，是在一八一六年的十一月三日。转信的人，名叫梁亚发，是广州的一位印刷工人，他是在一八一五年间，与米怜一同到马六甲去的。

马礼逊自己在广州工作，遇到许多足以使他灰心的地方。他写信给一位朋友，说：“与你分袂之后，不觉已是十年。自己觉得比较已经垂老。……我们走幽谷的时

① 清洁理：《马礼逊小传》，费佩德、杨荫浏译述，“序言”第1页。

候，乃是永生的希望，岁月迁流，这希望愈变愈光明，这是一种何等的福气。……我现在又回到写字楼上，重新负起我的职责。此次旅行中国，久享户外的生活，归来重居斗室，乃益觉禁闭之不耐。米怜的身体，日益加弱；他满望到中国来，借凉爽的气候，稍苏身心，但终于未能如愿……”①

马礼逊在传教中，长期忍受孤独和寂寞，与家人分离。当然，其中也有喜悦，如梁亚发受洗，使他颇有成就感。马礼逊在信中提到自身处境艰难，甚至常常会感到灰心丧气，觉得自己已经垂垂老矣。同时，助手米怜的身体每况愈下，令人担忧。人们只看到马礼逊在传教上取得的成就，却忽视了他在背后付出的努力以及承受的痛苦和压力。而这些正是传记作者想在《马礼逊小传》中揭示的，希望能够真实、完整地还原马礼逊的形象，表现他的喜怒哀乐，真情实感。正如引文中提到的马礼逊书信中的内容，写了自己遇到的种种困境，而且对此常常感到无能为力，他也有内心感到彷徨、悲伤、忧郁、孤独和寂寞的时刻，就和普通人一样，显得很真实。

（二）街头布道家杨格非的传记

英国牧师杨格非受基督新教公理宗派遣来华，在中国度过了50余年的传教生涯，是华中地区传教事业的拓荒者，称得上是一位布道英雄。他热衷于街头布道，著作等身，生平事迹可见于几

① 清洁理：《马礼逊小传》，费佩德、杨荫浏译述，第78—79页。

种他的传记：汉口仁济协和医院院长英国人纪立生（Thomas Gillison，1859—1937）著、夏贵三笔述《杨格非牧师略传》，广学会民国铅印本；《国外布道英雄集》第五册《杨格非传》，比顿（Nelson Bitton，1870—1955）著，梅益盛（Isaac Mason，1870—1939）、周云路译，上海广学会1924年出版；汤普森（Robert Wardlaw Thompson）所著《杨格非：在华五十年记》（*Griffith John：The Story of Fifty Years in China*，A. C. Armstrong，1906）；吉伯（Noel Gibbard）所著《杨格非：华中的使徒》（*Griffith John：Apostle to Central China*，Bridgend，1998.）。

杨格非初译名“杨雅涵”，也译为“杨笃信”“杨约翰”，1861年后改称“杨格非”。杨格非出生于英国南威尔士的斯温西（Swansea），自幼丧母，父亲为一道德信徒，在杨格非幼年时便对他进行宗教教育。因而杨格非从小就立意献身上帝，8岁入基督新教公理宗，16岁开始出去做礼拜。1853年加入伦敦会，1855年与英国传教士韦廉臣一同来华。初来时，在上海、松江、平湖、苏州、杭州等地活动，并拜见了太平天国干王洪仁玕，获准在太平天国辖境内“随意传道，信教自由”。1860年《北京条约》签订后，西方国家获准在中国内地建立教堂。1861年夏，杨格非偕威尔逊（Robert Wilson）由上海溯江西上，同年6月21日到达内地重镇汉口，成为第一个进入湖北传教的新教传教士，并在此度过了50余年的传道生涯。他在汉口（1861）、武昌（1867）、孝感（1880）、黄陂（1898）、天门皂市（1899）等许多地方都设立了传教点，并在这些地方创建仁济医院，因为在他看来“医病能解人的痛苦，感力更大。不久，便开了医院，医院的事功好，名誉也传的宽广”[1]。1863 年，他在汉口夹街建起了华中地区第一所教堂——首恩堂。1864 年，他又在汉口英国领事的支持下，购得武昌戈甲营的一块土地建造教堂即崇真堂。他在湖北设立了多达百余所的福音堂，并远赴四川、湖南等地传教。1889 年，杨格非当选英格兰与威尔士公理会全国协会主席，爱丁堡大学授予他神学博士学位。1899 年，他又在汉口创办博学书院。1905 年，杨格非在主日讲道时突然中风，1906 年不得不暂往美国纽约儿子家中休养，次年仍回到汉口。1911 年武昌起义爆发，杨格非离开汉口，1912 年回到英国，不久病逝。

在传教方式上，杨格非特别注重对大众讲道并身体力行，因而被誉为“街头布道家”。

> 杨氏自来中国，欢喜对大众讲道，他深信在街头宣传福音，是很有效验的。所以他几乎成了一种惯例，每天一次或二次宣讲福音。因为这样，所以每年之中，听过杨氏讲道的，不下几十万人。他感到劝中国信徒，也照这种方法，在别处也如此办理。
>
> 杨氏在汉口每礼拜日讲书，对慕道的和已经信主的，讲圣经扶助他们道德上进行。又劝勉众位在外边为主作好见证。礼拜堂可以坐六七百人，男女老少都有，大半留心静坐，听受劝勉，各人带有圣经和赞美诗。杨氏登台，操他又熟又好的话，热心解释，条条清楚，容易明

① 比顿（Nelson Bitton）：《杨格非传》，《国外布道英雄集》（第五册），梅益盛、周云路译，上海广学会，1924 年，第 18 页。

白，这是在礼拜堂讲道之法。

此外，在热闹市中有讲道堂，大概多为对外人宣讲，也有中国先生帮助。讲堂外也一卖书店，杨氏有时故意坐在堂门口，为引动过路人注目，有的止步，有的买本书和劝世文。教士就此劝他们到堂内坐坐谈谈，先坐在门口近处，以后人来的渐多，杨氏便退到后面开讲，进来的人，多半留心听受福音真理，因此便浇灌在众人心里了。

杨氏讲过一番，便坐在旁边，再由中国先生接着讲，听的人有的走出去，也有些新进来，每开堂便是讲几个钟头，这样办法，是普通常用的。①

杨格非所推崇的直接面对大众讲道的方式，很少为天主教传教士所采用，却是中国传统的布道方式之一，符合中国听众的习惯："在中国到处对众人宣讲，更正教②的教士，才用这方法，以前的景教、天主教，他们有礼拜堂，但不肯在街头，或在讲堂，对大众用口讲道。在'满清'时代，官府派人讲《圣谕广训》，也或有人宣讲格言，从康熙发起这事，以为明然对大众劝善。是种有价值的工夫。此外更有宣卷说书的一派人，把中国的历史上的孝弟忠信的故事，演成小说，对众人宣讲，自古来就有这样的动

① 比顿：《杨格非传》，《国外布道英雄集》（第五册），梅益盛、周云路译，第41—42页。

② 更正教，即基督教新教，简称新教，或译为反对教、誓反教、改新教等，也经常被直接称为基督教，是与天主教、东正教并列的广义的基督教三大派别之一。

作，至于论到宗教，道教、佛教有它们的劝世文，但不见道士、和尚在街上讲经。”[①]《圣谕广训》是康熙一朝颁布的《圣谕十六条》以及后来雍正对其详加申解的总称，实际上就是帝王统治传习录。《圣谕广训》在清代是官民最熟悉的日常必备之书，对于平民生活信持、信仰习惯，有教化之功。这与清廷提倡的宣讲圣谕不无关系。后又在民间发展出以宣讲因果报应故事为主要内容的“宣讲拾遗”。宣讲拾遗原承袭宣讲圣谕，其内容扩大至地方善书，使木鱼书担当社会教化使命，较之圣谕收效更宏。这种中国本土的宣讲方式迅速被西方传教士吸收借鉴，而且看起来似乎颇有成效。咸丰四年（1854），王韬曾受雇于伦敦会传教士麦都思、慕维廉二位牧师，至松江、华亭、吴江、太湖洞庭山等地散书传教：“从麦慕二牧师上岸分书。彼都人士，竞来听讲，所携之书，顷刻都尽。”由于他们采取了中国宣讲拾遗的方式，乡民习见，视为平常的事情，不以为意。杨格非从咸丰八年（1858）开始在江南乡镇传教，也是由王韬担任助手。他在街头露天宣讲，并派发圣书，特别是选择在松江府考试之期，对考生宣教散书。王韬在日记中记载：咸丰八年九月二十一日壬辰，“同杨君往钱莲溪家见诸友。欲进教者群集其舍，杨君为之讲书解道”。咸丰八年十月一日癸卯，“时集于莲溪家，听杨君讲道者，共有九人：唐九翁、覃春、张藕汀东庭、王杏香东海、祝春泉志祥、陈啸园肇基及孙静庵、杨研山、屠俊卿、陆君。如是夕饭于钱氏小舍，有盛馔。研山、啸园为介，礼意殷勤，更深为归”[②]。有意思的是，杨格非既注重露天宣

① 比顿：《杨格非传》，《国外布道英雄集》（第五册），梅益盛、周云路译，第39—40页。

② 《王韬日记》，方行、汤志钧整理，中华书局，1987年，第24、33页。

讲，同时也不放过州县科举考试的机会。他竟能分辨岁试科试，凡遇州县考试，他必出现在贡院附近的通衢大街人烟稠密之处，对众宣讲。咸丰九年二月十六日及十七日，昆山科试。杨格非也从二月十七日赶到昆山，带着两千五百本《新约圣经》和五百本《新约》、《旧约》俱有的《圣经》，向一万多名科考举子派发讲道。在杨格非看来，这种讲道的方法有更重要的意义，“不只有传道劝世的益处，也帮助人开了演说的智识，你看时下要开一甚麽会，或是关乎地方上的改革，或是政治的讨论，都要对大众演讲，多半学得传道演讲的方法。”① 杨格非自认为，他的布道具有思想启蒙的意义。武昌起义时，他还留在汉口，他认为是他播撒的改良中国的种子推动了中国的进步：“在杨氏回国船离汉口的时候，革命已经开火，炮声连珠轰发，好像庆贺杨氏前此撒布的改良种子得有成功，时时加一番助力，算来也不在少。”② 甲午海战后，中国士子受到强烈刺激，借取宣讲的方式传播新知，唤醒民众。其取法传教士的布道经验还是重拾民间宣讲拾遗之法，已不可辨析。在晚清特定的历史情境中，这恐怕是中西文化交融的结果。③

杨格非少年时期就口才极好，许多教堂请他去讲道，在布道方面表现出了特殊的才能。传记中曾描述过一段他早年布道的经历，尽管他其貌不扬甚至外形遭人歧视，但却能以富于感染力的

① 比顿：《杨格非传》，《国外布道英雄集》（第五册），梅益盛、周云路译，第40—41页。

② 比顿：《杨格非传》，《国外布道英雄集》（第五册），梅益盛、周云路译，第50页。

③ 关于西方传教士借鉴清代圣谕宣讲及民间宣讲圣谕的方式传教，可参见王尔敏：《清廷〈圣谕广训〉之颁行及民间之宣讲拾遗》，载王尔敏：《近代文化生态及其变迁》，百花洲文艺出版社，2002年。本文对此多有参考。

布道打动听众：

有位传道的朋友，再三请我到他的宣道堂替他讲书，因他要往别堂宣道。我应许而定规某日到该堂讲道，到了那一天，我比众人早到半点钟，看见长老、执事们聚集在堂外看门的房子里，我进去和他们接见，并说，我是杨格非。他们立刻变色，有失望的状态。大概看见我身矮，年轻，穿的普通寻常衣服，没有牧师高帽大衣的装饰，以为传道先生请我，是恶作剧，所以他们立刻决定，临时另请别人，不用我讲道。恰巧这时候，忽然近来一位传道先生，他是在别处讲书已毕，特意来此作晚礼拜，要安然听讲。长老们看见这人进来，以为非常的天幸。就对那先生说，你来得真巧，是上帝的安排，那先生说，我来是特意听杨格非讲书的。执事再三敦劝，请他讲书，在这商定的时候，我就定意不讲，但这位传道先生说："最低限度也得由杨先生领开首礼拜，以后我讲书。"终于事情便如此定规了。我先登台，领礼拜的开首，我求上帝常帮助，读《罗马书》八章，唱诗，领祷，祈祷未完，众人已大受感动，祷告完毕，执事到台前请我讲书，我说，受托的事情，已经完毕，我便下台，传道先生上台来，定要我讲书，于是我再登台讲道，众人心如火热，不胜惊异，有一致佩服的状态。礼拜一毕，长老、执事前来赔过，并把我的名字列入轮流讲道人之列，盼望再来。[①]

初到上海的头两年，杨格非努力学习中文。“西人学习中文，不是易事，但他的才能，能副他的志愿。在英文威尔士言语上，既有特长，所以学中文、中语，也轻快而好。不久，便能操浅近的话，对人讲道……次年，同本会的一位朋友教士到苏州去，到了城门，守门的把住不许外人进城。他绕城寻得水门，进得城去，在街上散书讲道。”[②] 尽管如此，实际布道时的情形似乎并不理想，会场秩序混乱，缺乏庄重肃穆的气氛，听众也不虔诚，缺乏理解力和自我约束力，更多的是抱着凑热闹的态度：“西国人用中国话讲道，不是容易，必需明白中国话语，又要有忍耐心，不可因为小事，自己以为讨厌，生有拦阻，因为中国人不守聚集的秩序，多是随意自由来去，常是有人来一听，他不明白，或是不顺耳，不愿意听，一直的去了。或有来彼此谈话，或有人彼此问说，讲的甚麽。”[③] 而更深层的原因，恐怕还不在于语言障碍和中国人的集会秩序。在不同文化的交流中，如果交流双方的基本需要大致吻合，交流便可以顺利展开，但如果基本需要大相径庭，那么交流就会以破裂而告终。尽管杨格非等新教传教士在传教策略上煞费苦心，但其改宗信仰的基本目的与当时中国社会的基本需要相去甚远，当时的中国并不需要引入另一种洋道统来代替本土的道

---

① 比顿：《杨格非传》，《国外布道英雄集》（第五册），梅益盛、周云路译，第3—4页。

② 比顿：《杨格非传》，《国外布道英雄集》（第五册），梅益盛、周云路译，第11页。

③ 比顿：《杨格非传》，《国外布道英雄集》（第五册），梅益盛、周云路译，第41页。

统思想体系，而是希望能有人帮助中国实现现代化的学术、思想及科学技术，寻找一条适合中国的现代化道路。因而传教士的讲道经常遭遇中国民众特别是文人的抵制，杨格非在湖南布道时甚至性命堪虞。而其立意要将中国归入世界宗教秩序范畴的努力，也注定是徒劳的。

综上所述，清末民初的圣徒传记既是对明清圣徒传记的延续，又有重要发展，在传记创作中更加关注当代人物，艺术上也更为成熟，除了《国外布道英雄集》中的当代6位传教士传记，还有《施约瑟主教传》《戴德生传》等。圣徒传记构成了汉语基督教文献的重要组成部分，对于中国文学的发展有其独特的贡献。

第六章 喻道故事

喻道故事是用以传播基督教思想的小故事，多采用比喻的修辞手法，结构简单，故事细节通常带有超越字面意思的叙事含义，常以“比喻”“喻言”“喻道”等为题，如《喻道传》《证道比喻》《两可喻言》《喻言丛谈》《喻道要旨》《孩训喻说》《女训喻说》等。

喻道故事带有强烈的宗教色彩。《圣经》中原本就充斥着这类比喻故事。加拿大文学批评家弗莱（Northrop Frye，1912—1991），把《圣经》称为“伟大的密码”（the great code）。他认为，《圣经》从头到尾都是用比喻的或象征的语言来表达的，这些比喻的、象征的语言前后对应，暗中联结为一个丰富而完整的密码系统，不仅为《旧约》《新约》提供了双重蕴含的叙述模式，而且给后世西方文学奠定了构思、想象和表达的原型基础。叶舒宪将《圣经》中的“比喻”定义为一个较为宽泛的概念，大致可以分为三类：其一，经文中具有隐喻、象征意义的意象；其二，《圣经》叙述语言和对话语言中所使用的修辞性比喻；其三，带有说理、劝诫、或讽刺目的的比喻性小故事，把深奥的教理或观念用通俗的故事体现出来，如陶匠弄泥、两只大鹰、稗子和麦子、浪子回头等。《圣经》文本将这类寓言故事都叫作“比喻”。[①] 本章所说的喻道

① 叶舒宪：《圣经比喻》，广西师范大学出版社，2003 年，“引言”第 2—3 页。

故事即指第三类寓言故事。除了直接来自《圣经》的故事，来华传教士以及一些汉学家还编译、创作了许多作品。

第一节　明末清初伊索故事新诠

一、《伊索寓言》的译介

《伊索寓言》流传于中国，传教士是始作俑者。早在明代万历、天启年间，耶稣会士就用文言译述了部分欧洲寓言和逸事小说，其中也包括《伊索寓言》。明万历三十六年（1608）意大利耶稣会士利玛窦的《畸人十篇》在北京刊行，该书首次提到阨所伯（伊索）逸事，译介了4则伊索寓言及其他西方传说。明万历四十二年（1614），西班牙耶稣会士庞迪我的《七克》在北京刊行，该书第一次将伊索故事以“寓言”名之。明天启五年（1625），法国耶稣会士金尼阁译、福建泉州中国传教士张赓笔述的《伊索寓言》单行本《况义》在西安问世，其中选译了22则伊索寓言，每篇的结构大致分为两部分：前面为“况”，即翻译故事；后面为“义”，即揭示由故事引申的寓意。时人谢懋明“跋”谓：“况者，比也；义者，宜也，意也。”清顺治二年（1645），意大利耶稣会士艾儒略《五十余言》刻于福建，书中译介了《冬蝉求粮》《鹰狐》《农夫议刈》3则伊索寓言及西方历史、格言等。顺治十八年（1661），意大利传教士卫匡国的《逑友篇》刊刻出版，全书旨在论交友之道，但书中引用了10余则寓言、逸事及古史，包括《犬入牛槽》《母猴夸子》《狼求水》3则伊索寓言。意大利耶稣会士高一志所著《则圣十篇》《童幼教育》《齐家西学》《达道纪言》《譬学》等书中，也可散见一些寓言片段，不过较之他书，描写要简略得多。[①] 耶稣会士对伊索故事的原貌往往予以保留，或仅稍加变动，但在寓意上，主要作为证道之用。

最早来华的新教传教士之一米怜创办了第一份中文期刊《察世俗每月统记传》，其中，也曾刊载了《贪犬失肉》《负恩之蛇》《蛤蟆吹牛》《驴之喻》《群羊过桥》5 则故事。

与早期传教士翻译《伊索寓言》主要用作证道故事相比，由罗伯聃（Robert Thom，1807—1846）翻译的《意拾喻言》（*Esop's Fables*），似乎更应该被视为纯粹的文学译本，尽管此书编撰的初衷是作为汉语教材使用的。罗伯聃，出生于英格兰，1834 年来华，是英国驻宁波的第一任领事。他编撰过《华英通用杂话》（*Chinese and English Vocabulary*，1843）、《正音撮要》（The Chinese Speaker，1846）等多种汉语教材。《正音撮要》1846 年在宁波出版，该书节选《红楼梦》的第六回片段，是较早的《红楼梦》译著。《意拾喻言》实际上也是他编撰的汉语教材之一。清道光十七年（1837），罗伯聃任职广州怡和洋行（又称渣甸洋行）期间，把《伊索寓言》中的故事讲给他的中文老师“蒙昧先生”（Mun Mooy Seen - Shang）听，这些故事被笔录成册，先交由教会书局出版。1838 年，《中国丛报》（*The Chinese Repository*）上的一篇书讯曾介绍此译本，称当时已印行 3 卷，题为《意识秘传》。文章指出该书依据的原文是罗杰爵士（Sir Roger L'Estrange，1616—1704）的 *Fables of Aesop and other Eminent Mythologists* 一书。这一 17 世纪末的《伊索

① 参见颜瑞芳：《论明末清初传华的欧洲寓言》，载林明煌：《长河一脉：不尽奔流华夏情——2007 海峡两岸华语文学术研讨会论文集》“明末清初伊索寓言传华大事记”，万能科技大学创意艺术中心出版社，2007 年，第 24 页。

寓言》英译本被认为比较自由，在文辞和意义上提升了《伊索寓言》的内涵。不少寓言故事描写比较细腻，寓意后面还附有译者冗长的思考。[①] 1840 年，罗伯聃的汉译本在澳门地区由《广州周报》（*Canton Press Office*）[②] 再版，题为《意拾喻言》，由“懒惰生”（Sloth）即罗伯聃译，蒙昧先生述，全书共 81 篇。本文的论述依据即是这一版本。

《意拾喻言》“叙”云：

> 余作是书，非以笔墨取长。盖吾大英及诸外国欲习汉文者，苦于不得其门而入。即如先儒马礼逊所作《华英字典》，固属最要之书，然亦仅通字义而已，至于词章句读，并无可考之书。故凡文字到手，多属疑难，安可望其执笔成文哉！余故特为此者，俾学者预先知其情节，然后持此细心玩索，渐次可通，犹胜傅师当前过耳之学，终不能心领而神会也。学者以此长置案头，不时玩习，未有不浩然而自得者，诚为汉道之梯航也。勿以浅陋见弃为望。
>
> ——知名不具[③]

很明显，编译者的目的侧重于汉语学习，尽管如此，由于《意拾喻言》译文的生动活泼，引起了中国教育工作者和学者的重

---

① 王辉：《伊索寓言的中国化——论其汉译本〈意拾喻言〉》，载《外语研究》2008 年第 3 期。

② 广州周报社因中英关系紧张，于 1839 年从广州迁至澳门地区。

③ 罗伯聃：《意拾喻言》“叙”，The Canton Press Office，1840，第 1—2 页。

视，并将之引入学校作为教材使用。周作人在谈到《伊索寓言》的中译本时，对这个译本的偏爱和重视是显而易见的，曾经屡次提及此书，后来还亲自操觚翻译《伊索寓言》。不过周氏提到的书名是“《意拾蒙引》”，称自己曾在日本的上野图书馆见过此书，共40则，显然与《意拾喻言》的版本大相径庭，可能是该书早期的版本之一。①

近年来，《意拾喻言》——这一《伊索寓言》的早期中译本，也逐渐受到研究者的关注。日本学者内田庆市发表《谈〈遐迩贯珍〉中的伊索寓言——伊索寓言汉译小史》，戈宝权在《中外文学因缘》一书中也进行了简要的论述。此外，发表的相关论文有刘树森的《西方传教士与中国近代的外国寓言翻译》，鲍延毅的《〈意拾寓言〉二题》《〈意拾喻言（伊索寓言）〉问世的意义及影响》，王辉的《伊索寓言的中国化——论其汉译本〈意拾喻言〉》《翻译即改写——〈伊索寓言〉的三个晚清译本》，张林华的《中西之“梯航”——论〈意拾喻言〉的编译目的及其在中西文化交流中的作用》等。特别值得注意的是，台湾学者颜瑞芳编著的《清代伊索寓言汉译三种》，其中不仅收录了《意拾喻言》一书，而且在“导论”中对该书进行了细致的研究，对我们多有启发。

二、易明易记，启蒙证道

《意拾寓言》在“小引”中首先对伊索其人和其书进行了介绍：

---

① 目前，学界所论及的版本都是1840年广州出版的《意拾喻言》，但从前面的英文序言来看，该书的确存在更早的版本，是否当时题为《意拾蒙引》，希望就教于方家。1838年分三卷刊印的《意拾秘传》，其第三卷藏于荷兰莱顿大学，台湾学者颜瑞芳编著的《清代伊索寓言汉译三种》收录了该书书影及插图。

"意拾"者，二千五百年前，记厘士国一奴仆也，背佗而貌丑，惟具天聪。国人怜其聪敏，为之赎身，举为大师，故说此譬喻以治其国。国人日近理性，尊之为圣。后奉命至他国，他国之人妒其才，推坠危崖而死。其书传于后世，如英吉利、俄罗斯、佛欄西、吕宋、西洋诸国，莫不译以国语，用以启蒙，要其易明而易记也。

这段介绍虽然不长，但较之于其他人的介绍，突出了伊索个人遭遇的传奇色彩，颇为吸引人。而 1888 年张赤山辑《海国妙喻》，则把介绍的重点放在该书的写作特点上，对伊索语焉不详：

昔希腊国有文士，名伊所布，博雅宏通，才高心细。其人貌不扬而善于词令，出语新而隽，奇而警，令人易于领会且终身不致遗忘。其所著《寓言》一书，多至千百余篇，借物比拟，叙述如绘，言近指远，即粗见精，苦口婆心，叮咛曲喻，能发人记性，能生人悟性，读之者赏心快目，触类旁通，所谓："道得世情透，便是好文章。"

《意拾喻言》强调了该书用以启蒙、易明易记的特点。同时，从译文来看，《意拾喻言》的翻译更注重故事性和趣味性。文字亦庄亦谐，文白相间。语言的口语化色彩突出，文字浅显生动。试比较下面两段译文。

《况义》：

南北风争论空中。北风曰：“阴不胜阳，柔不胜刚。叶焦花萎，百物腐生，职汝之繇。我气健固，收敛归藏，万命自根，尔无与焉！”南风答曰：“阴阳二气，各有其分，备阴偏阳，两不能成。若必觭胜，我乃南面，不朝不让，是谓乱常。”

南言未毕，北号怒曰：“勿用虚辨，且与斗力。”乃从空俛地，曰：“幸有行人，交吹其衣，不能脱者，当拜下风。”南风不辞。

北风发飚，气可动山。行人增凛，紧束衣裘，竟不能脱。于是，南风转和，温煦热蒸，道行者汗浃，争择荫而解衣矣。北风语塞，怅恚而去。[1]

义曰：治人以刑，无如用德。

《意拾喻言》中译为《日风相赌》：

日与风互争强弱，两不相让，甚欲一较高下。忽见路上行人，穿着外套，忙奔而来。日曰：“妙哉妙哉！你我各自称大，未能分别。今来人身穿外套，你我各施法术，能使行人脱衣者，为胜。”于是相赌。其风则先行作法，大飓突起，几将行人外套吹落。行人以手护持得免。风法既无可施，及至日作法。云净天空，照耀猛烈，行人汗流两颊，热气难当，只得脱下外套，是以日为胜耳。

① 金尼阁：《况义》，《法国国家图书馆明清天主教文献》（第四册），第310—311页。

知世人徒恃血气之勇多致有失，反不如温柔量力，始得无虞。①

从语言形态来看，虽然二者都采用文言，《况义》的译文简洁传神，但《意拾喻言》也有其特点，使用的是较为浅显的文言，即传教士所谓的“浅文理”。从形象塑造以及审美风格来看，《况义》中，北风、南风如同两个辩士，特别是开篇北风与南风争论的话题，说理意味很重，充满思辨性。而《意拾喻言》的内容则简单得多，直接就切入日与风的较量当中。其译文不是以发人深省见长，而是以浅显生动、趣味横生取胜。译者在序言中提到，他坚持让合作者蒙昧先生用浅显的文字表达，以至于蒙昧先生感到为难，因为这种风格在中国属于“杂录”“文字之末”，在这位中国文士看来是难登大雅之堂的。正是这种风格，使得学生阅读《意拾喻言》时，如同阅读当时的通俗小说一般毫无困难。②

罗伯聃对《意拾喻言》的期待，并不止于让它停留在一部汉语教材上，而是希望它能成为“汉道之梯航”，即读者了解中国文化的通道。相应的，在翻译时，他采用了归化的翻译策略，对故事背景的描述、故事人物的描写，都做了许多中国化的处理。《意拾喻言》对故事的时间、空间、背景，采用了中国化的设置。如《豺烹羊》“盘古初，鸟兽皆能言”；《狮熊争食》“《山海经》载：狮子与人熊同争一小羊”；《牛狗同群》“大荒山外，狗坐青草中”；《瓦铁缸同行》“昔大禹治水，泗淮腾涌，被水冲出瓦铁二缸，漂

---

① 罗伯聃：《意拾喻言》，第 64—65 页。

② 罗伯聃：《意拾喻言》，“Preface”。

流无主”；《鸟误靠鱼》“大禹未治水之先，飞禽、走兽两不相和。”同时，希腊神话中的神在《意拾喻言》中化身为中国的神祇；《车夫求佛》中，将希腊神话中的大力士赫拉克勒斯（Hercules）译为“阿弥陀佛”；《蛤求北帝》将希腊神话中的主神朱庇特（Jupiter）译成北帝；《老人悔死》中将死神（Death）译成阎王；《愚夫痴爱》中，写一个人“家畜一猫，视如珍宝，常祝于月里嫦娥曰：‘安得嫦娥将我家猫，见换去形骸，变一美人，是余之所愿也。’”[①]这里的“嫦娥”原是维纳斯（Venus）。此外，译者对中国的习语、俗语、俚语可谓信手拈来，比比皆是，而且通常是在故事结束后，总结寓意时使用，这样故事的寓意也在某种程度上中国化了——当然寓言中包含的道理是具有普世性的，但这样至少便于中国读者理解。《愚夫痴爱》中变成姑娘的猫看到老鼠，忍不住猫性大发去逮老鼠，于是嫦娥又把它变回了猫。篇末：“俗云：青山易改，品性难移，正此谓也。”[②] 对照罗杰爵士的英文版：

> The extravagant transports of Love, and the wonderful force of nature, are unaccountable. The one carries us out of our selves, and the other brings us back again. [③]

此文译得十分贴切，又拉近了与中国读者的距离。《鸦狐》中

---

① 罗伯聃：《意拾喻言》，第 80 页。

② 罗伯聃：《意拾喻言》，第 81 页。

③ *Fables of Aesop and other Eminent Mythologists*, Printed for R. Sare, T. Sawbridge, B. Took, M. Gillyflower, A. & F. Churchil, and F. Hindmarsh, 1692, p. 61.

狐狸恭维乌鸦“闻先生有霓裳羽衣之妙，特来一聆仙曲”。《报恩鼠》中，小老鼠曾是狮子爪下的猎物，狮子觉得区区小鼠，抓住了也没什么用，一念之间就放了它。后来狮子落入猎人的捕兽网中动弹不得，老鼠念当初爪下之恩，咬破网，狮子得救。故事此处引用了一句粤语俗语：“如世所谓十二条梁，唔知边条得力。又云：得放手时须放手，得饶人处且饶人。”[①]《鸡斗》一篇，两只雄鸡相斗，获胜者站在高处，扬扬自啼，却不防被路过的老鹰抓去，斗败者反而平安无事。“可知两雄不并立，世事岂能预料。朝暮宜自慎，荣辱不足忧。所谓‘螳螂捕蝉不知黄雀在后’。‘得意须防失意时’，即此之谓也。”[②] 短短一个故事，却包含了深刻的道理，并用中国习语加以总结，妥帖而自然。

与后来的林纾译本相比，《意拾喻言》在文学性、趣味性、生动性方面，显然更胜一筹。1902 年，林纾翻译的《伊索寓言》风靡一时，并引发了 20 世纪初期的寓言热。尽管林译本被认为是清代译本中最忠于原著的，没有对故事背景或情节添枝加叶。但是，林译本的一个特点是，在每则寓言的后面都附了译者识语——“畏庐曰”，将伊索笔下“草木禽兽之相酬答”的故事，引入对晚清政治时局的评论中，借动物世界的弱肉强食、尔虞我诈，来声讨列强瓜分、宰割中国的行径，鼓吹爱国。比如，在讲了猪龙与鲸鱼斗，小鱼来劝架却人微言轻；燕子在巢中下的蛋被蛇尽食，大哭却无处申诉这两则故事后，译者不由联想到中国的处境，有感而发：

---

① 罗伯聃：《意拾喻言》，第 55 页。

② 罗伯聃：《意拾喻言》，第 19 页。

畏庐曰：不入公法之国，以强国之威凌之，何施不可？此眼前见象也。但以檀香山之事观之，华人之冤，黑无天日，美为文明之国，行之不以为忤，列强坐观不以为虐，彼殆以处禽兽者处华人耳。故无国度之惨，虽贤不录，虽富不齿，名曰贱种，践踏凌竞，公道不能稍伸，其哀甚于九幽之狱。吾同胞犹梦梦焉，吾死不瞑目矣！①

一棵大橡树，匠人用斧头劈不开，于是以橡树的旁枝作为椓杙插入裂缝，结果橡树一下就裂开了。橡树哀叹自己不是败在敌人手里，而是败给了自己的旁枝：

畏庐曰：嗟夫！威海英人之招华军，岂信华军之可用哉？亦用为椓杙耳。欧洲种人，从无助他种而攻其同种者，支那独否，庚子以后，愚民之媚洋者尤力矣！②

这些借题发挥的议论，打上了明显的时代烙印，在当时固然有其社会价值，但就内容而言，与故事本身很难说有内在联系，甚至完全是割裂的，因而削弱了作品的完整性与文学性。

三、《意拾喻言》的影响

周作人在谈到《意拾喻言》一书时，认为该书在当时的影响

① 《伊索寓言》，林纾、严培南、严璩译，商务印书馆，1913 年，第 21 页。
② 《伊索寓言》，林纾、严培南、严璩译，第 39 页。

可能被高估了。他在1926年3月《语丝》第69期上发表文章《再关于伊索》:

> 以前在讲明译《伊索寓言》这一条里说起在一八四〇年出版的《意拾蒙引》,近阅英国约瑟雅各(Joseph Jacobs)的《伊索寓言小史》,知道关于那本《蒙引》还有一件小故事。据他引摩理斯(R. Morris)在《现代评论》(Contemporary Review)第三十九卷中发表的文章,云《意拾蒙引》出版后风行一时,大家都津津乐道,后来为一个大官所知,他说道,"这里是一定说着我们!"遂命令将这部寓言列入违碍书目中。这个故事颇有趣味,虽然看去好象不是事实。《意拾蒙引》是一本中英璧的洋装小册,总是什么教会的附属机关发行,我们参照现在广学会的那种推销法,可以想见他的销行一定不会很广的,因此也就不容易为大官所知道,倘若不是由著者自己送上去,如凯乐思博士(Paul Carus)之进呈《支那哲学》一样。至于说官吏都爱读《意拾蒙引》,更是不能相信。西洋人看中国,总当他是《天方夜谈》中的一角土地,所以有时看得太寓奇了。但这件故事里最重要的还是《意拾蒙引》曾否真被禁止这一节,可惜我们现在无从去查考。[1]

---

① 王泉根:《周作人与儿童文学》,浙江少年儿童出版社,1984年,第122页。

其实，这里摩理斯提到的小插曲，出自 1840 年 5 月 15 日罗伯聃自己写的英文序言。他说 1837—1838 年该书首次印行时，受到中国读者的欢迎，在坊间不胫而走。直到被一位中国官员看到，认为该书有违当地习俗。他坚持认为，书中著录的《鹅生金蛋》故事的含义，表明英国在对中国进行挑衅，遂下令查禁此书。不过这件事情的真实性，无从查考，也不排除编译者假以自重的意图。

然而，《意拾喻言》的影响力确实不容忽视，至少在 1902 年林纾译本问世之前，该书是流传时间最久、传播面最广的《伊索寓言》中译本。无论是否曾确实遭到过查禁，可以确定的是，该书曾以多种渠道流传。事实上，《意拾喻言》面世不久就受到了传教士的关注。1838 年，《东西洋考每月统记传》（*Eastern Western Monthly Magazine*）就刊载了该书的 4 则译文。该刊 1833 年 6 月由德国传教士郭实猎在广州创办。戊戌（1838）九月《东西洋考每月统记传》在“广州府”新闻中就介绍了这本书：

> 省城某人氏，文风甚盛，为翰墨诗书之名儒，将希腊国古贤人之比喻，翻语译华言，已撰二卷。正撰者称为“意拾秘”。周贞定王年间兴也，聪明英敏过人，风流灵巧，名声扬及四海。异王风闻，召之常侍左右，快论微言国政人物，如此甚邀之恩。只恐直言触耳，故择比喻，致力劝世，变愚迁智成人也。因读者为看其喻，余取其最要者而言之。[①]

① 《东西洋考每月统记传》，黄时鉴整理，中华书局，1997 年，第17 页。

《东西洋考每月统记传》抄录了其中的4则：《豺烹羊》《狮熊争食》《狼受犬骗》《鹰猫猪同居》。

1850年前后，上海的教会医院施医院，删除《意拾喻言》中的《愚夫求财》《老人悔死》《蛤求北帝》《车夫求佛》《愚夫痴爱》《人狮论理》《驴不自量》《鳅鲈皆亡》《真神见像》9则故事，改换书名，并删去原来的英文及标音对照，加以重印，题为《伊娑菩喻言》出版。这个版本的特别之处在于，该书在《鹅生金蛋》《日风相赌》等8则故事旁附有插图，是《伊索寓意》最早的带有插图的版本。1853年8月，伦敦差会传教士麦都思在香港地区创办中文期刊《遐迩贯珍》（*The Chinese Serial*），从第一期开始即设“喻言一则”，而喻言故事均出自《意拾喻言》一书，而在中国影响深远的教会期刊《万国公报》，从第499期到第517期，每期也曾刊载喻言数则，内容同样来自《意拾喻言》。[①]

1888年天津时报馆代印的《海国妙喻》，也是《伊索寓言》重要的汉译本之一。该书序言称：“近岁经西人翻以汉文，列于报章者甚夥，虽由译改而成，尚不失本来意味。惜未汇辑成书，余恐日久散佚，因竭意搜罗，得七十二篇，爰手抄付梓，以供诸君子茶余酒后之谈。”因而，《海国妙喻》实际上是由张赤山辑录而成，并非新的译本。该书70篇译文中竟有36篇来自《意拾喻言》。[②]《海国妙喻》的销路似乎相当好，曾经两度重印，商务印书

① 颜瑞芳：《清代伊索寓言汉译三种》，五南图书出版股份有限公司，2011年，“导论”第6—7页。颜瑞芳的研究十分深入，本文多有参考、引用，在此致谢。

② 关于来自《意拾喻言》36篇的具体篇目，可参见鲍欣：《伊索寓言的第三个汉译本〈海国妙喻〉》，载《湖南教育学院学报》1999年第4期。

馆天津分馆也曾代售。光绪二十四年（1898），裘毓芳又用白话文将其中的25则改写成章回小说，更扩大了该书的影响力，由此也间接地传播了《意拾喻言》一书。

> 自来圣贤之教，经史之传，庠序学校之设，《圣谕广训》之讲，皆所以化民成俗，功在劝惩。无如人间正言法语，辄奄奄欲睡，听如不听，亦人之恒情。曷若以笑语俗言，警怵之，激励之，能中其偏私矇昧贪痴之病，则庶乎知惭改悔，为善良矣。昔希腊国有文士，名伊所布，博雅宏通，才高心细。其人貌不扬而善于词令，出语新而隽，奇而警，令人易于领会且终身不致遗忘。其所著《寓言》一书，多至千百余篇，借物比拟，叙述如绘，言近指远，即粗见精，苦口婆心，叮咛曲喻，能发人记性，能生人悟性，读之者赏心快目，触类旁通，所谓："道得世情透，便是好文章。"……其义欲人改过而迁善，欲世反璞而还真，悉贞淫正变之旨，以助文教之不逮，足使庸夫倾耳，顽石点头，不啻警世之木铎，破梦之晨钟也！[①]

这里值得注意的是，辑录者赤山畸士张焘，似乎有意使此书成为学校的教材，教育子弟，来弥补学校教育的不足。这种将《伊索寓言》作为儿童读物，开启儿童智慧的意图，到林纾翻译此书时变得更为明确：

① 《海国妙喻》"序"，天津时报馆代印本，光绪戊子年，即1888年。

> 伊索为书，不能盈寸，其中悉寓言。夫寓言之妙，莫吾蒙庄若也。特其书精深，于蒙学实未有裨。尝谓天下不易之理，即人心之公律。吾私悬一理，以证天下之事，莫禁其无所出入者，吾学不由阅历而得也。其得之阅历，则言足以证事矣，虽欲背驰错出，其归宿也，于吾律亦莫有所遁。伊索氏之书，阅历有得之书也，言多诡托草木禽兽之相酬答，味之弥有至理。欧人启蒙，类多摭拾其说，以益童慧。自余来京师数月，严君潜、伯玉兄弟，适同舍，审余独嗜西籍，遂出此书，日举数则，余即笔之于牍，经月书成。有或病其书　齐谐小说者，余曰，小说克自成家者，无若刘纳言之《谐谑录》、徐慥之《谈笑录》、吕居仁之《轩渠录》、元怀之《拊掌录》、东坡之《艾子杂说》然，专尚风趣，适资以侑酒，任为发蒙，则莫逮也。余非黜华仲欧，盖欲求寓言之专作，能使童蒙闻而笑乐，渐悟乎人心之变幻，物理之歧出，实未有如伊索氏者也。[1]

其中，对庄子寓言的评价，对《伊索寓言》的评价，都是从有益童蒙的角度出发。由此，《伊索寓言》开始作为儿童读物被全社会接受，并成为学校教材。光绪二十四年（1898），钟天纬

① 林纾：《伊索寓言》"序"，《伊索寓言》，林纾、严培南、严璩译，商务印书馆，1913年。

（1840—1900）[①] 在南桂墅里的三等公学自编《读书乐》课本12册，以改变以往只背诵不求理解的陈旧传统教学方法，参酌家塾与教会学堂进行新教授法教学。为扩大阅读面，《读书乐》中收录了《伊索寓言》。光绪二十六年（1900），江南书局印行的学生课外读物《中西异闻益智录》卷十一辑录了19则寓言故事，其中《二鼠过活》《驴寄狮皮》《鸦受狐骗》《狐与山羊》《雁鹤同网》《野鹿照水》《鸟误考鱼》《驯犬野狼》《浪断羊案》《狮驴争气》都是《伊索寓言》中的故事，而且是根据《意拾喻言》改编的，甚至篇名都基本照录。此后，光绪二十七年（1901）出版的教科书《蒙学课本》、光绪三十年（1904）出版的教科书《绘图蒙学课本》及《启蒙课本初稿》，都选入了中西寓言。[②] 光绪三十一年（1905），由蒋维乔编写、商务印书馆出版的初等小学使用的《最新国语文教科书》中，其中多篇改写自《伊索寓言》。光绪三十四年（1908），上海中国图书公司编印的《初等小学修身课本》，也采用《伊索寓言》作为修身教材，如其中收录了《犬衔肉》一篇。此后还有1909年《通问报》主笔陈春生翻译的《伊朔译评》和1910年济南高等师范学校的周梦贤教授（Prof. M. E. Tsur）编译的《伊氏寓言选译》。辛亥革命以后，《伊索寓言》入选教材，作为儿童启蒙读物的情形更是司空见惯，同时寓言这一文体则成为重要文体。

---

① 钟天纬（1840—1900），字鹤笙，亭林镇人。清同治四年（1865）秀才，曾在亭林设馆授徒二年。同治十一年（1872）入上海广方言馆，师从林乐知攻读英语，为该校第一期学生。毕业后，从事教育工作，与同学合作创办上海三等公学，并任教职。他采用新法施教，并自己动手编写教材。

② 胡从经：《晚清儿童文学钩沉》，少年儿童出版社，1982年，第74—76页。

第二节 《喻道传》与《喻道要旨》

19 世纪，传教士还创作了许多新的证道喻言故事。美国北长老会著名的传教士丁韪良（William Alexander Parsons Martin，1827—1916），就撰写了许多这类寓言故事。1858 年，丁韪良出版《喻道传》，书前有咸丰八年九月四明休休居士序：

> 奇奇怪怪书不胜详，本本原原言难缕述。然而海客挥毫，终嫌荒渺；老儒拥麈，又涉矜庄。听子虚之论未免生疑，聆耳熟之谈敢云忘倦。至若经翻贝叶，佛道亦尚虚无；曲谱霓裳，仙人悉多游戏。虽託以相劝，非无警心怵目之词而恶此而逃，又为败俗伤风之事所以害辞转能害意。有书不若无书也，乃者身离魔障，心澄蘭因。悲世路之崎岖，叹人心之颠倒。各师其说，莫知正道之由；独创所闻，又被众情之嫉。人多喜新而厌故，我毋随波而逐流。自宜作道旁之木铎，曲喻斯人；庶几令宇下之莠氓，偕归大道。于是苦心钩索，竭意搜罗，卷帙无多，岂曰不经。而道中边俱澈，要从罕譬而明。莫谓“我姑言，子姑听”，语亦有征。须知远自迩，高自卑，道由此悟。以小喻大，固深启迪之心；举一反三，毋执拘墟之见。

又有四明企真子书：

道也者，寓于事物之中，而实超乎事物之外者也。故执事物而曰道尽在是道，固不若是之滞然。舍事物而曰道不在是道，又不若是之虚。盖道无浅深，随见浅见深者之浅深以为浅深。其人不足深言也，深言之而道晦，不若浅言之，俾可心领神会也。其人果足深言道也，深言之而道显，即浅言之亦将触类旁通也。韪良丁先生，有见乎是，著《喻道传》十六篇，以己所独喻者，俾人共喻，且以罕譬而喻者，使人易喻。余知见浅者即浅以求道，而道之深者可得见。深者即浅以悟道，而道之深者不遗。统见浅见深者，诞登道岸，未必非《喻道传》有以启牖之也。故余赘语于篇后，又为之弁言于简端。

书的扉页上题“是道则进，非道则退”，英文书名“*Religious Allegories*”，表明了书中故事意在证道的性质。其中收录的 16 则故事，都以文言写成，每篇结尾则由企真子从神学的角度阐释其中的义理。试以《恩义两全》一篇为例：

希腊国有小邦名罗吉，僻处山陬，淫风流行。国君深恶之，乃严立禁令，谕诸民曰：“如有犯淫邪者，抉其双目，不赦！”君有太子，貌甚丰伟，人咸以宗器期之。一日偶犯此禁，被人觉察，察其事乃确。君即欲置之法，转念我仅此一线，断不可灭绝宗支，而国法又不可倖逃。若因私废公，何以立法？徇情偏护，何以教民？朝夕焦思，欲两全而不得，甚至寝食俱废。忽一日得代赎之计，乃于众前命太子跪而切责之曰：“我与尔，恩则父子，义则君臣。法不可逃，而情难终忍。尔果自新乎？我其分受之。”即自抉其一目，命行刑者亦抉太子一目。太子大恸，痛悔前非，高声曰：“我父位尊年高，代吾受苦，心非木石，吾何忍哉？”于是澡心浴德，祓濯自新，卒为令主。举国之民，传其事为美谈，且啧啧道国君之德，称嗣君之贤，而淫风亦因之少戢云。

企真子曰：天下无不爱子之父，子罹于罪，父受其刑，迨其后子能悔过，而父得令子。人知子之克改前非，其亦知父之用心为良苦乎？今天父创造人类，视为爱子，人既获罪，若仗公义而即行天讨，是为贼恩。若因私恩而概行赦免，是为害义。于是化身降世，名为耶稣，以受痛苦，以救亿兆。仁至义尽，实万不得已之苦心也。人即祓濯自新，已莫报鸿恩于万一，彼顽梗不化难免天诛者，非天父之见弃，实斯人之自绝矣。噫！①

《喻道传》在当时的影响很大，有多种版本行世：宁波华花圣经书房1858年本，中国圣教书局（上海）1858年、1909年本，上海美华书馆1863年本，上海美华书馆1869年本，这一版本到1916年已经是第5版。本章依据的就是这一版本。另外，上海图新报馆1884年将其与《真理譬言》《证道比喻》《和声鸣盛》合订出版。此外，此书1877年曾在日本东京出版，题为“劝善喻道传”，由日本渡部温训点。

丁韪良在《中西闻见录》上发表的寓言似乎更适合儿童阅读，

① 丁韪良：《喻道传》，上海美华书馆，1916年，第6页。

篇幅短小，内容有趣，如《三神寓言》《二蛙寓言》等。

《二蛙寓言》发表在 1873 年 11 月《中西闻见录》第十六号上：

有甲乙二蛙和鸣于汀芦岸苇间，轧轧之声，俨如鼓吹，意甚得。适有牛蹒跚来饮溪上，二蛙息声旁睨之。见牛饮讫，蹀躞而去。甲蛙叹语曰："适相此牛，角翘尾修，膘壮魁伟，真不愧大武之名。以彼雄杰，形吾渺小，愈觉更而增惭，徒令我辈形秽。吾将奋吾力，暴吾气，使吾表壮，与牛齐肩并股，无相上下以快吾志焉。终不能与区区井底者伍也。"乙蛙曰："吾与子叫跳于洲渚之中，朝唫风而暮讴月，亦云乐矣。尔乃狂念忽萌，顿欲比德与牛，何啻天渊，虽更增亿万蛙不如也。欲以一身为之，不惟无益，且有害。"甲蛙曰："不然，有志者事竟成，子姑待之。"于是奋力鼓气，以助长其形，瞥见两腋隆然起，问乙蛙曰："子视吾身大何如牛？"乙哂曰："大不及。"甲又鼓之，蛙腋更隆，又问曰："何如牛大？"乙又哂曰："大不及。"甲蛙转怒，闭口努目，一再鼓之，至于三四，鼓之不已，砌然一声，皮绽气脱，甲蛙毙矣。嗟乎！此所谓不知量也。夫世之贫贱子，不知义命自安，一切冠婚丧祭饮食车马衣服，动欲与富家大族夸多斗靡，卒至力竭身丧，而不知悔，其识见不过与甲蛙等，而又迥出乙蛙下矣。①

① 《中西闻见录》，1873 年 11 月第十六号，第 20 页。

这篇寓言完全没有证道的寓意，更多的是从处世哲学的态度出发，教导人们要安贫乐道，并带有一点儿宿命论的色彩。《中西闻见录》1872 年 8 月在北京创刊，由京都施医院主持，由丁韪良、英国教士艾约瑟和包尔滕等人主编，以报道新闻时事为主，但其中也经常刊载一些寓言故事。法国汉学家德微理亚（Jean Gabriel Deveria，1844—1899）翻译的寓言《驴驮圣物》《金卵鸡》《忘恩狼》《狐狸观葡萄》，曾发表在《中西闻见录》1874 年第廿一号上。其中《狐狸观葡萄》译文如下：

> 昔有一狐见葡萄满架，已经成熟，累累可爱。其心垂涎欲食，以充饥。无奈架高势难攫取，狐乃口是心非，诡云："似此尚未成熟，不可食也。若食此者，必是俗子庸夫。"予观此狐，欲食不得，反作此语，比不得而向隅饮泣者，其心之真伪，不亦大相径庭乎！[①]

译文虽然也很忠实原意，但显得较为平实。与《意拾喻言》相比，后者更为生动、浅显，对狐狸的表情、动作、语言的描写更为传神：

> 狐经蒲提架下，渴欲啖之，因其架太高，跳踊而摘之不得，遂怅怅然指骂之曰："此蒲提大不中用，酸而无味。"抑知酸正可以生津而止渴，不过因其不得而反骂之耳。俗云：皆因自己无能，反说他人无用。世间无日不

① 《中西闻见录》，1874 年 3 月第廿一号，第 3 页。

如是也。[1]

《中西异闻录》对于晚清寓言的盛行起到了推波助澜的作用。

第三节 《伶俐小孩》与《领出迷路》

《伶俐小孩》与《领出迷路》是两本短小精悍的喻道故事书，译者是英国伦敦会传教士理一视。故事中的证道意味很重。根据伟烈亚力《来华基督教传教士纪念册——附著述目录》（*Memorials of Protestant Missionaries to the Chinese*：*Giving A List of Their Publications*，*and Obituary Notices of the Deceased*，*with Copious Indexes*）可知，这两本书是根据教会编撰的英文宣教小故事译述而成的。[2]

一、译者理一视的文化立场

理一视为英国伦敦会传教士，1862 年携夫人来华。1862 年 2 月抵达香港，2 月 21 日抵达上海，3 月到达天津，此后长期在天津、北京传教。除了《伶俐小孩》《领出迷路》之外，理一视还著有《择善而从》，官话，1865 年在天津刊刻出版，内容是两位传教士在印度的传教经历和故事；《贤王遗事》，官话，是根据《旧约·列王纪》中有关所罗门的记载编撰的故事，1866 年北京刊刻

① 罗伯聃：《意拾喻言》，第 21 页。

② Alexander Wylie，*Memorials of Protestant Missionaries to the Chinese*：*Giving A List of Their Publications*，*and Obituary Notices of the Deceased*，*with Copious Indexes*. American Presbyterian Mission Press 1867，p. 264.

出版。[1] 理一视对赞美诗也很重视，1858 年曾在曼彻斯特出版了家庭和学校用的英文《圣歌集》，到 1863 年已经出版第 4 版。来华后，理一视又用官话翻译了赞美诗集《圣教新歌》（1879），选译了《圣教诗歌》（1891）。此外，他还编撰了《旧新约全书目录》，1864 年在天津刊刻出版。

理一视对于基督教如何适应中国文化从而更好地在中国传播，有自己的看法。19 世纪新教传教士来华之后，关于基督教的“God”的译法，又引起争议，宗教界爆发了一场激烈的“译名之争”。理一视在其中扮演了重要角色。美国长老会传教士陆佩（J. S. Roberts）坚决反对“上帝”说，主张“神”的译法。理一视则不赞同陆佩固执的看法，从而引起轩然大波。1878 年 4 月 13 日，理一视在《圣号论》第 484 期发表文章，称：近来《万国公报》“连篇累牍，络绎不绝，必欲以称上帝为非，以称神为是，以致闻之者中心惶惑，莫知所从”。他认为陆佩以“神”代替“上帝”的做法是不正确的，而且造成了误导和混乱。理一视认为，基督教的 God 是普遍永恒的，光辉平等地照耀世界各地，不能说犹太或西方的神是 God，而中国的“上帝”就不是 God，“诚若此，是耶和华任愚蒙之人久处于暗而弗以自己之尊荣示之，斯言予弗能信也”。从命名来说，各个不同的地方以其不同的语言称呼 God，称呼不一，但所指则一，都是最高的造物主，“人既知主，既必人尊主之称，弗论其称之为何，其意则指此主宰万物者而言”。至于翻译，他认为：我们不应该用某种文字去限定另外的文字，“中国

---

[1] Alexander Wylie, *Memorials of Protestant Missionaries to the Chinese: Giving A List of Their Publications, and Obituary Notices of the Deceased, with Copious Indexes*. American Presbyterian Mission Press 1867, p. 264.

既知有此大主，吾圣教即可以中国素有之称称之，何必拘于西国文字哉？况亦难以一国之文字例他国之文字”。况且，在理一视看来，希伯来、希腊、英国命名神的文字原也是偶然的、随意的。比如，英语中的God，原来可能就是good，即“好”的意思，后来成为神的专属词，“古今文字意义所以每有变易者，因人无心误用，或有心借用，故每有窄意变宽而宽意变窄者。是以我不能以《圣经》如此用此二字，遂证此二字原意必如此”。如果一味崇古，探寻文字的古代含义，恐怕不会有结果，“人为字句所拘，不详考其本然之理，则必谬误，因此非拘于章句者所能定之事也”。理一视幽默地说，即便让古人复活，也不能说出个所以然来，“世之学者常谓此等文字，惟当尊古，然人如何能得古之本意而遵之耶？恐虽起古之希百来、希利尼人而问之，亦未能明告我也”。[①]

1807年，伦敦会传教士马礼逊奉派东来之后，成功开创了基督教新教在华的传教事业。但是基督教仍然是中国社会文化机体上的一个外来体，当其与中国文化在不同层面相遇时，如果不能适应中国文化，不能融入中国本地文化，其在华传教事业将举步维艰。理一视作为伦敦会的一员，对此有清醒的认识，秉承了伦敦会的文化适应策略，并在他的写作中体现出来。因而《伶俐小孩》和《领出迷路》这两本福音故事，在翻译中都结合中国文化做了相应的改动和增删。比如，在《领出迷路》的篇末，作者专门针对中国民众加了一段劝导：

① 赵稀方：《1877—1888年〈万国公报〉的“圣号之争”》，载《现代中文学刊》2010年第6期。

这一段事虽是英国人所经历的，也与中国人甚有关系。诸位朋友，不论是谁，都是有罪的。离开了上帝甚远，心中不感他的恩，嘴里不赞他的名，不跪拜他，不服事他，倒供奉神佛偶像，惹上帝的恼怒。你虽没犯王法，算是好百姓，心中却有私欲邪念，口中说过恶言诡话，这等罪恶，都是上帝的天条所不能容。即或在世上不遭报应，去世必受刑罚。请问你有什么法子可以幸免呢？自己想救自己，万不能的。要望别人相救，也是空空的。独有一个法子，可以得救。无论中国外国，舍此并无他术。你虽离开天父，辜负他的恩典，他仍旧要可怜你，差他的儿子耶稣基督从天上降下来，替你流血，替你受死，赎你罪孽。你若是懊悔自己的罪过，依靠救主的功劳，上帝就看耶稣面上，饶恕你，把你当作儿子待承。你自然免掉地狱的刑罚，享受天堂的福禄。诸位朋友，若想得救，奉劝到礼拜堂，听讲救主的道理，讨本圣书，细细揣摩，认真去作，自然可出迷路，得到天父面前了。①

"触犯天条"原为中国道教中的说法，"遭报应"之说则见于佛教，这两种观念在民间影响深远，理一视将其引入基督教的宣教当中，以此帮助中国民众理解和接受。

二、《伶俐小孩》

《伶俐小孩》（*The Young Gideon*），官话，线装1册，共11页，

① 《领出迷路》，京都（北京）福音堂，1866年，第14—15页。

京都（北京）福音堂1866年刊本。

《伶俐小孩》主要通过一个小故事批评了中国民间的偶像崇拜。故事讲述在太平洋未开化的岛屿上，由于基督的福音没有传到这里，岛上一片野蛮景象，拜偶像成风，争斗、打仗、仇杀时有发生。岛上有一个小孩，上了学堂之后，念了圣书，开始懂得福音的道理，趁父母不在，烧了家中的偶像。在他的影响下，父母也成了信徒。孩子长大后在学堂里教学生，最终做了传道先生，在本国很有名望。

为赢得中国读者的亲切感，故事一上来就这样介绍："大清国东边有太平洋，里面有许多海岛，有大有小，地土肥美，景致很好，像园子一样，令人喜爱。""可惜那地方，从古以来，所生的人，甚是凶恶。他们实在是住在黑暗里面似的，不知道真理，不认得上帝，都是拜偶像的。还有许多不好的风俗，说不尽的。常常的争斗打仗，谁和谁有仇，就要杀害。"[①]基督教传教士在主张基督教的理性一神论方面态度十分坚决，向佛教、道教消极而又广泛流传的多神论、偶像崇拜等传统不断提出挑战。中国民间流行的道教偶像崇拜，被传教士视为低劣的迷信行为而受到批驳，以此宣扬上帝才是唯一的真神。

《伶俐小孩》除了语言浅白，情节和人物简单，适合儿童阅读之外，其对儿童心理的描写也值得一提。孩子在焚烧偶像的过程中，心里患得患失，表现得比较真实：

有一天他父母出去，剩他一个人在家中，他就用功

① 《伶俐小孩》，第1—2页。

> 念他明天要背的书。因记得昨天听见的道理，便想着把家中所供的偶像，用火焚烧，看有灵验没有。然而他却有一点害怕，怕他父母生气打他，也怕这偶像作祟。所以他先跪下，祈求上帝保佑他，祷告完了，他就起来。先拿了一个顶小的偶像，扔在火里，不多一会子，偶像化成灰了。偶像在火里的时候，这孩子免不了害怕，但见烧了没事，他就壮起胆来，把所供的偶像，不论大小，一个一个的，全扔在火里烧了。他作完这事，心里实在平安。后来想到他的父母，若是回来，必定动气，要责罚他，未免害怕，因此带上了房门，跑到外边树林子里去了。在那里仍旧跪下，祷告上帝，许了一个愿说：若是上帝认他作儿子，常常保护他，他必定服事上帝直到死。①

孩子开始带着忐忑的、好奇的，又害怕的心态，从最小的偶像开始焚烧，实验之后没有问题，再把其他偶像也丢进火里。虽然自己觉得自己做的是对的，但还是害怕被父母责打，所以躲到树林里。这一系列的举动和心理，既符合孩子的身份，又体现了一个基督教徒的勇气和虔诚。

三、《领出迷路》

《领出迷路》（*The Lost Child Brought Home*），官话，线装 1 册，15 页，京都（北京）福音堂 1866 年刊本。此书另有京都美华书院

① 《伶俐小孩》，第 4—6 页。

1875 年刊本。

《领出迷路》讲的是一个寒冷的冬天，英国满制司得（曼彻斯特）的小女孩再撒拉迷路了，躲在门洞里大哭，被当地一位有名的绅士发现。这个绅士是个仁爱的基督教徒，领着小姑娘吃饱饭，想办法把她送回了家，回到母亲温暖的怀抱。绅士由小姑娘的迷路，联想到自己曾经迷失灵魂，于是和再撒拉的母亲讨论了灵魂如何才能得救。再撒拉的母亲虽然读过圣书，但理解得并不透彻，对人应悔罪这一点从未放在心上。经过讨论，最后二人都受到感动，更加坚定了信仰。绅士在其中提供了基督教徒的行为示范，同时他又是一个布道者。在讨论中，绅士引述了《路加福音》第 15 章中的三个比喻，与小姑娘的迷路进行类比，引起了母亲的深思：

那一章书中有三个比喻：一个说，比方人丢了羊，后来好容易找着，心中得意，对人家传说此事，使人家知道，好同他欢喜。第二个比方说，妇人丢了银子，辛辛苦苦去找，到了儿找着[①]，也甚痛快。第三个比方说，一个人有儿子离了家，在外头浪荡，耗费家财。过几年懊悔回家，他老子乐极，饶恕他的前非，好好待承他，替他更换衣裳，摆筵席请亲友庆贺。看这三件比喻，就知道你肯悔罪，归到天父，天父必定喜欢，如同你喜欢你女儿回来似的。你晓得这个，岂可不快快跟随救主，

① “到了儿找着”为北京话，“最终找到”之意。

归到天父吗?[①]

以上所引失羊的比喻、失钱的比喻、离家浪子的比喻都是在讲失而复得的喜乐，小姑娘迷路被送回，母亲最能体会到失而复得的喜悦。绅士将这三则比喻与小姑娘的迷路联系起来，想让她明白的正是这三则比喻的寓意，即《路加福音》第15章第10节所说："我告诉你们：一个罪人悔改，在神的使者面前，也是这样为他欢喜。"

比喻的修辞手法在《圣经》中具有举足轻重的作用。当代神学家尼布尔（H. Richard Niebuhr，1894—1962）曾说："我们是制造、使用比喻的生灵，程度远远超过我们通常所认识到的……并且被我们头脑中的形象所左右和塑造。……人借助于伟大的形象、比喻以及类比来捕捉现实并将现实形象化。"[②]《圣经》就是最好的例子，其中，使用故事、人物、比喻以及实际生活中的事件来讲述现实的真理，远远多于它使用神学的抽象方法。《领出迷路》中既直接引用了《圣经》中的比喻，同时又借鉴了《圣经》的写作特点，以比喻的修辞手法来写故事。《领出迷路》的故事本身就是一个比喻。

《伶俐小孩》和《领出迷路》都是用北京官话写成的福音故事，具有儿童故事的特点：情节和人物简单，主题单一，进行了中国化的改动。短小的福音故事特别适合幼儿阅读，并对之进行宗教和道德教育。这一类作品数量颇多，如英国伦敦会杨格非师

---

① 《领出迷路》，第11页。

② H. Richard Niebuhr, *The Responsible Self*, Harper and Row, 1963. 转引自里兰得·来肯：《认识〈圣经〉文学》，李一为译，第13页。

母（Mrs. Griffith John）用官话撰写的《耀福三谎》《一块金钱》，英国伦敦会斐有文（Joshua Vale）译、柴运馥述《青年贻范五种》，英国圣公会传教士慕雅德师母（Mrs. Arthur Evans Moule）1893年翻译的《亮塔幼女记》（*The Lighthouse Keeper's Daughter*）。《亮塔幼女记》“述海中司灯塔者，因事不至，其女代为燃灯以济行舟”[①]，该书由中国圣教书局出版，1910年再版，书中最后号召小朋友向这位女孩学习：“幼女胆大心细，是非赖主之鸿恩，不能得此，再兼亡母之懿训，默记于心，致令人之覆险，如援以手，若而人者，岂可多得乎哉。吾愿世之幼女，俱能是则是效，则幸甚矣。”

第四节 《红侏儒传》

一、翻译及版本情况

《红侏儒传》（*The Terrible Red Dwarf*）是英国循道会牧师、作家马皆璧（Mark Guy Pearse，1842—1930）撰写的一部宗教小说，1880年由英国循道会（Wesleyan Conference Society）在伦敦出版。不久，英国传教士杨格非着手将之译成浅文理的《红侏儒传》，1882年由汉口圣教书局出版，同年又在《万国公报》上分两次连载，题为“大英杨格非著，金陵沈子星书”[②]。这是一篇隐喻性的

① 《女铎报》1917年9月1日卷6第6号“妇孺适用书目”。

② 第一次是在1882年11月25日（光绪八年十月十五日）连载于《万国公报》第15册，第716卷，题“红侏儒传”；第二次是在1882年12月2日（光绪八年十月二十二日）连载于《万国公报》第15册，第717卷，题“续红侏儒传”。

小说，以红侏儒隐喻人的舌头，说明流言的危害。小说共分四段：第一段论红侏儒及其所居之洞；第二段论红侏儒之役使；第三段论红侏儒在某村所行如何；第四段论红侏儒在村中如何被制伏。书叙红侏儒外形小巧伶俐，长不满数寸，居于奇巧洞中，洞黑而低，以象牙为门，门外又有门闭之。它无恶不作，有时开启洞门出去，焚害众屋，延烧一城，有时使一国被毁，有时群盗自其洞中潜出，劫人宝物，凡此种种，给人们带来了难以诉说的痛苦。在某村，红侏儒搅得村民鸡犬不宁，夫妻猜忌，朋友相离，邻里失和，仇敌并起，村民却制伏不了它。一日，村中老人在邻村忽得一奇书，书中妙语连珠，老人每日揣摩，智慧大增。村民不时向他学习请教。正巧书中有论红侏儒之事，老人大喜。在老人的指点下，村民们摆脱了红侏儒的迫害，夫妇、亲朋重归和谐。小说最后揭示，老人所得奇书即《圣经》，红侏儒即舌头。

《红侏儒传》由杨格非[①]译述。杨格非是一位高产的作者，而且敢于尝试多种文体的写作，曾经是《万国公报》的重要撰稿人。仅1882—1883年，他就在《万国公报》上发表了《上帝之称》《引父当道》《引君当道》《红侏儒传》《引民当道》《日月星真解》《引家当道》等一系列论著。《万国公报》是近代来华传教士创办的传播西学内容最多、发行最广、影响最大的大型中文综合期刊，这也无形中提高了杨格非的影响力。另外，他还撰写了《真理撮要》(*Selection of Important Truths*)、《德慧入门》《真道问答》《莫包脚歌》《福音大旨》，翻译了《旧约诗篇》等。

杨格非有意识地创作和翻译了一些宗教故事来吸引读者。如

① 杨格非生平见本书第四章。

马皆璧所著宗教小说《红侏儒传》。《红侏儒传》虽然是翻译作品，但杨格非在翻译时，却颇多自我发挥。他在书后的跋文中称：“余向在西国见一袖珍小本乃马皆璧先生所著，言红侏儒之事，意婉而深，辞腴而正，一再读之，发人猛省不少。壬午桂秋，译以中国文字。其间或芟其冗烦，或润以华藻，推陈出新，翻波助澜，是脱胎于原本，按字谨译也。阅是编者，谓之译可，谓之著可，谓之半译半著，亦无不可。总之，不问是译是著，吾人于一话一言切宜慎之。”

杨格非的合作者沈子星，生平事迹不可考，当为长期客居汉口的下层中国文人、教徒，长期担任杨格非的中文助手。清同治十一年（1872），沈子星还曾与汉口伦敦会花楼会堂执事杨鉴堂共同创办过武汉地区最早的以传教为内容的民间报刊《阐道新编》，这份刊物于光绪三年（1876）停刊。杨格非担任汉口圣教书会第一任会长，该会早年的出版物大多由他口述、由他的中文教师沈子星笔录。“在城里乡下作传道工夫，有几位中国教友常是同伴，有一份帮助，像这样忠心的信徒，愿意受辛苦，受逼迫，对本国弟兄传扬福音真理。这几位和杨氏同事的，总算是道德伟人，或是尽力帮助说教，或用心帮助翻书，所以在汉口有这样效果，也都是协合作成的。”① 杨格非尊重中国助手的工作，他是少数几个将助手名字也列入作品的传教士之一。他曾经这样描述传教士与中国助手的合作过程：“当他们（传教士）想要出版的时候，他们就将这个意思口头传达给学者，由学者翻译成流利的、惯用的中

① 比顿：《杨格非传》，《国外布道英雄集》（第五册），梅益盛、周云路译，第 33 页。

文。尽管传教士可能自己不会写，但他应当能够对他的学者[1]的文字形成一种批评意见。在反复阅读的过程中需要这种能力，这些都是必要的，为了结果能产生比传教士希望凭借自己个人的能力能写出来的更具伟大价值的作品。”这显然有其不得已的原因：“在中国，文学表达的准确和精美历经许多世纪的熏陶培养而成为一种美好的艺术，也一直被推崇备至，对一个外国人来说，要确定他会避免犯那些被训练有素的眼睛立刻察觉的错误，不触犯一个受过教养的中国人的敏锐的直觉，还不能使该中国人对一个没有受过教育的人写的作品退避三舍，这些实际上都是不可能的。”[2]

二、隐喻手法的运用

红侏儒在欧洲传说中久已存在，英文称“Red Dwarf”，法文作“Nain Rouge”，据说是起源于法国诺曼底地区的一种神秘生灵。红侏儒形象十分丑陋，个子矮小如孩童，通常穿红色或黑色的皮靴，双眼通红，牙齿腐臭。红侏儒具有攻击性，非常好战，常抓人和家畜作为食物。因此，红侏儒在欧洲文化中被作为恶魔、厄运的象征。不过，显然，马皆璧的小说《红侏儒传》与这类传说无关，作者是在比喻的意义上使用“红侏儒”这一形象的。小说通篇以红侏儒隐喻人的舌头，来说明流言的危害性。同时，书中红侏儒的形象保留了欧洲传说中红侏儒的邪恶色彩、矮小的外形以及好战、惹是生非的特点。

隐喻是一种源远流长的语言现象，作为修辞格的隐喻研究历

---

① 杨格非习惯把中国助手称为“学者”。

② 韩南：《中国19世纪的传教士小说》，载韩南：《中国近代小说的兴起》，徐侠译，上海教育出版社，2004年，第70页。

史久远，最早可以追溯到古希腊的亚里士多德，他在《诗学》和《修辞学》中对隐喻做过系统的阐述。隐喻是最常见的一种比喻方式，它的本质是用一种事物去理解和经历另一种事物，而把两个不同事物联系在一起的纽带就是它们之间的相似性。隐喻是在彼类事物的暗示之下感知、体验、想象、理解、谈论此类事物的心理行为、语言行为和文化行为。它首先表现为语言现象，却暗示为更具深意的心理现象，而任何心理现象都是文化现象的深层次展示。文化包括一定民族的思维方式、价值观念、行为取向等。社会文化中的每一个侧面都会反映到语言中来，语言中的隐喻当然与文化息息相关，是语言中民族文化和变化最为敏感的部分。[①] 在基督教文化传统中，隐喻通常带有宗教性质，作家频繁地运用它，意在深入浅出地揭示神学教义，使深奥的教理得以明白晓畅地显露出来。

《红侏儒传》用邪恶、好战的红侏儒隐喻口舌，是直接受到了《圣经》的启示。关于这一点，下文将具体展开论述。小说通过红侏儒在村子里为非作歹，搅得整个村子鸡犬不宁，人们平静的生活遭到破坏，形象地揭示了它的破坏性。在这个比喻里，每一样事物都是生动具体而强有力的，将读者带入一个熟悉的世界。由于隐喻的运用，说教的色彩淡化了，甚至难以察觉，故事变得有趣而发人深省。杨格非在跋中这样写道：

中国自古以来，传载之事甚多，未知有《红侏儒传》

---

① 李晓红：《隐喻性思维与中西文化认知》，载《江苏社会科学》2007 年第 1 期。

否？惟余自西至东，皆得遇之。在西方，其生平之为人，知之最悉，试略述之于后。华人观此，可知彼红侏儒者，非但在外国有，中国亦有之矣。其性情举动未尝不同，凡侏儒之中，言及乱事害人，无有能比红侏儒者也。异哉！彼之躯干甚小，长不满数寸，总之我未见如此其小之侏儒也。此伶俐侏儒居于奇巧洞中，洞黑而低，象牙为门，门外又有门，闭之甚固。然虽有两重门，实难禁其不出也。无铜工能作锁锁之。大盗锁于监中，猛兽锁于栏内，可也，然此侏儒，闩锁皆不能闩之锁之也。[①]

《红侏儒传》中奇特的想象、隐喻手法的运用十分突出。马皆璧还创作过很多作品，如《儿童训道故事集》（*Sermons for Children*，1876）、《康沃尔的传说》（*Cornish Stories*，1900）、《金子和奉承：西方故事集》（*Gold and Incense：A West Country Story*，1905），其中也大量运用了隐喻的修辞手法。

三、宗教寓意

《红侏儒传》既有汉口圣教书局单行本，又曾在《万国公报》连载。这两个版本的一个重大差异在于，杨格非在单行本的跋后附有一篇《上帝真理》的布道文。[②]

《红侏儒传》中所言之上主，即上帝也。因其论上帝

① 马皆璧：《红侏儒传》，杨格非译，圣教书局，1882年，第1页。

② 林惠彬的《晚清基督教小说〈红侏儒传〉考论》中对该书版本详加考辨，对于这一点也有所论及，本章曾经参考。

处甚略，恐人轻易读过，不知敬畏而崇拜之也，故特续《上帝真理》一篇于后，使此大道显明。凡人欲改一切邪恶，皆必赖上主之力而始能，非但红侏儒赖上主以制服之也，人人皆当知者上帝真理耳，请细玩此篇而可也。[①]

对中国儒书中的上帝、佛、菩萨、玉皇上帝一一辨析，来说明基督教的上帝才是唯一值得人敬拜的真神。最后，译者杨格非劝告读者：

一国止一主，设一国有两主，人必不宁，况有两上帝乎！或云：上帝惟一，管理天地人物，必赖百神以佐之，如国君无诸臣辅翊，则国不治。曰：此不明道者之言，以上帝比人，始有此妄论。国君虽为一国之尊，究之人也，才识有限，故必百官匡辅，设国君亦无所不知，无所不能，无所不在，何用群臣相助为理哉？上帝则不然，全知全能，随处皆在，天上所有之天使，世上所有之人，同为上帝造，才能同为上帝赋，实皆上帝仆。然非上帝所不可少者，蒙帝恩，服帝役而已，故人当认一上帝为主宰也。有求，求一上帝；有得，谢一上帝；见万有之荣光，必恭敬而颂美此一上帝也。中国久忘上帝而不事，因不知万物由上帝而有，赖上帝而存，故妄以天地为神，并天地所有之物为神，如火神、水神、风神、雨神、门神、灶神等是也。又有拜古人求福免祸，信之

① 马皆璧：《红侏儒传》，杨格非译，第 11 页。

不疑者，而不知祸福皆上帝主之，与彼何与哉？宜尽弃所有之木石金土雕塑及纸绘之伪像，而恒敬一上帝而已矣。昔上帝垂诫曰："余而外，不可别有上帝，独一之谓也。"①

《红侏儒传》甚至在第四段"论红侏儒在村中如何被制伏"中，直接大量引用《圣经》：

木工读《圣经》云："舌虽小而能夸大，薪甚多，微火可焚之。舌即火，能玷污一身，其罪恶大如世界，能焚毁万物，其火由地狱生。各类之飞禽走兽昆虫水族，皆可制伏，惟舌无人能制，乃最难约束之恶物，害人之毒气充满之"云云。②

这段话出自《新约·雅各书》第三章：

这样，舌头在百体里也是最小的，却能说大话。看哪，最小的火，能点着最大的树林。(《雅各书》3：5)

舌头就是火，在我们百体中，舌头是个罪恶的世界，能污秽全身，也能把生命的轮子点起来，并且是从地狱里点着的。(《雅各书》3：6)

各类的走兽、飞禽、昆虫、水族，本来都可以制伏，

---

① 马皆璧：《红侏儒传》，杨格非译，第15页。
② 马皆璧：《红侏儒传》，杨格非译，第9页。

也已经被人制伏了。(《雅各书》3：7)

惟独舌头没有人能制伏，是不止息的恶物，满了害死人的毒气。(《雅各书》3：8)[1]

马太十二章三十四节，又五章十八节可知：耶稣云："心所存者如何？则口所言者亦如何？"又云："惟有出口者，乃由心而起。"[2]

《新约·马太福音》的和合本原文如下：

毒蛇的种类，你们既是恶人，怎能说出好话来呢？因为心里所充满的，口里就说出来。(《马太福音》12：34)

惟独出口的，是从心里发出来的，这才污秽人。(《马太福音》15：18)

《红侏儒传》中又引《以西结书》：

《圣经》《以西结》三十六章二十六节：上主告其民曰："我以新心赐尔，必将尔顽梗之性去之，使尔有柔和易化之心，必将我之神赋尔，使尔遵我之法度而守我之律例也。"[3]

---

① 这里《圣经》原文皆出自《圣经》和合本。
② 马皆璧：《红侏儒传》，杨格非译，第9页。
③ 马皆璧：《红侏儒传》，杨格非译，第10页。

这段话出自《旧约·以西结书》：

我也要赐给你们一个新心，将新灵放在你们里面，又从你们的肉体中除掉石心，赐给你们肉心。(《以西结书》36：26)

我必将我的灵，放在你们里面，使你们顺从我的律例，谨守遵行我的典章。(《以西结书》36：27)

小说《红侏儒传》不仅大量引用《圣经》原文，而且故事情节的设置也受到了《圣经》的直接影响，通过隐喻的手法，以叙事性的故事演绎《圣经》的思想。红侏儒最终被制伏，也是得益于人们在老人的带领下学习《圣经》，幡然醒悟。不过，小说在最后附录了一则唐太宗的典故，以进一步印证红侏儒中外皆有，性情举动亦皆同。今录于此：

唐太宗问许敬宗曰："朕观群臣之中，惟卿最贤，人有议其非者，何也？"

敬宗对曰："春雨如膏，农民喜其润泽，行者恶其淋漓；秋月如镜，佳人喜其玩赏，盗贼恶其辉光。天地之大，人犹憾焉，而况于人乎？臣无肥羊美酒以调众口是非，且是非不可听，听之不可说。君听臣遭戮，父听子遭扑，夫妇听之离，朋友听之别，亲戚听之疏，乡邻听之绝。人生七尺躯，常凭三寸舌，舌上有龙泉，杀人不见血。"

太宗曰："卿言甚善，朕当识焉。"[1]

这一则附录既可以视为对小说本身的最好注解，又体现出译者杨格非对中国话本小说体例的某些元素的借鉴，即篇尾用相似或相反的小故事进一步点明主题。

第五节 《喻言丛谈》与《和声鸣盛》

《喻言丛谈》与《和声鸣盛》分别译自英国格铁夫人（Mrs. Margaret S. Gatty，1809—1873）所著寓言故事《自然寓言集》（*Parables from Nature*）的第一集和第二集，由季理斐博士及其夫人翻译。格铁夫人自小受教于其父司各特（Rev. A. J. Scott, D. D.），一位英国皇家海军牧师。她的作品以渊博的知识和人物的深度而著称，著有《爱模仿的乔钦》（*Joachim the Mimic*）、《自然寓言集》、《寓言书》（*A Book of Emblems*）、《茱迪姨妈的故事》（*Aunt Judy's Tales*）、《人面女神》（*The Human Face Divine*）、《混沌世界》（*Worlds not Realised*）、《绘图箴言集》（*Proverbs Illustrated*）等，并主办儿童刊物《茱迪姨妈画报》（*Aunt Judy's Magazine*）。其中《自然寓言集》共五集，由 Bell and Daldy 在 1855—1871 年出版。该书收录的都是一些关于大自然的故事，意在通过自然界中的事物和现象启发儿童的宗教信仰。

一、季理斐夫人译《喻言丛谈》

季理斐夫人，本名"Elizabeth Bovey"，出生于英格兰，1898

---

[1] 马皆璧：《红侏儒传》，杨格非译，第 10—11 页。

年受英国伦敦差会资助来华。1899 年与加拿大传教士、有广学会彩笔之称的季理斐博士（Dr. Donald MacGillivray，1862—1931）结识，并于次年建立家庭，共同投身于中国妇女、儿童与青少年的福音工作中。她曾协助季理斐创办《女铎报》《福幼报》《明灯》等期刊，并于 1917—1929 年主编《福幼报》，造福小读者。在季理斐的传记中曾经这样介绍二人的关系："他的师母也是热心于国外布道的人，曾著过几本书，也很风行一时。他们俩一心一意作文字事业，算得是'天作之合！'"① 1931 年季理斐去世后，季理斐夫人继续承担广学会的工作，直至 1936 年去世。② 在 20 世纪的最初 20 年，基督教社会福音神学对中国教会的影响日渐扩大。传教士开始用社会福音的眼光来重新检讨以往的传教事业，神学倾向发生了深刻的变化，新的传教目标和方法逐渐产生，并形成了在中国的社会福音派，其根本目的在于改造社会，拯救社会，从原先个人的灵魂救赎转向造福社会的福利。季理斐夫人借助文学译介来传播福音的一系列文学实践正是在这一大背景下进行的。20 世纪初，她将大量的西方小说译介到中国，她的译介活动带有鲜明的女性意识，注重儿童文学的译介，特别是针对女童的成长译介了大量文学作品，以帮助提高和改善中国儿童的社会地位和境遇。

季理斐夫人翻译的《喻言丛谈》是《自然寓言集》的第一集。"这是一本有趣而富于兴奋的喻言丛谈，全书共有九种喻言，每种

---

① 《季理斐博士小传》，《广学会近况》，上海广学会，1931 年 10 月，第 17 页。

② John D. Meehan, *Chasing the Dragon in Shanghai: Canada's Early Relations with China*, 1858 - 1952, University of British Columbia Press 2011, pp. 20 - 21.

附有说明，俾使读者易于了解真义，不感觉艰阻而起兴趣。启迪世人，使人们不再执迷不悟，而能得入光明大道，诚有功于青年匪浅也。”① 或许是出于扩大受众人群的考虑，季理斐夫人分别用官话和文言翻译了此书，1906 年由广学会出版。该书后来多次再版，本文所据为 1923 年第三版官话译本。

官话译本《喻言丛谈》在其同时代的译作中，是难得的儿童文学佳作之一。这一方面当然与原著的文学成就密不可分；另一方面季理斐夫人的翻译也为本书增色不少。《喻言丛谈》共包括九篇故事：《燐火之喻》《蜻蜓前身喻》《蝶喻》《思想奇妙园》《桦柏之喻》《今日之劳今日足矣》《蜜蜂之喻》《风云蔽月》《风花晤谈》。这部故事集本身被认为充满了“对自然界中弱小、无助的美丽事物的喜爱，基督教色彩浓厚的想象力和饱满的情感”②。书中描写的自然现象、动植物都被赋予了人的特点，进行了拟人化的描写，栩栩如生，充满童趣，与英国作家吉卜林（Rudyard Kipling，1865—1936）的动物故事集《原来如此》（*Just So Stories*）颇有异曲同工之妙，通过想象的、拟人化的方式解释了自然界中的许多现象，使儿童在引人入胜的故事中了解大自然的奇妙之处。

《喻言丛谈》中的角色，无论是燐火、蜻蜓、蜜蜂、蝴蝶、知更鸟、青蛙，还是风、桦树、柏树，都有着极为鲜明的性格，作品对人物的语言、性格都有细致深入的刻画，与此前占据主流的寓言不同，寓言往往仅取其一点，通过三言两语的小故事来说明一个道理，属于漫画式的粗线条勾勒，而《喻言丛谈》以“喻言”

① 《广学会图书目录》目录分类第十九“故事”，第 1 页。

② “*Introduction*”，*Parables from Nature*，London：J. M. Dent & Sons，Ltd.，E. P. Dutton & Co.，1907，p. ix.

名之，实则为小说，其在内容的深度与广度上，都非前者可比。如《蜻蜓前身喻》① 一篇，首先用一段小引，简单介绍了水虫蜕变成蜻蜓经过，接着通过一只追根究底的水虫的亲身经历，来演绎这个成长的过程。

> 在一带山岭的中间，有一个水池子，这地方很是幽雅，水清山秀，景况极好，四周围栽的苍松古柏，青翠的颜色，使人爱看。池傍石头桥，过桥一片野草，这野草正在开花的时候，那香味儿，阵阵不断。这个景致，不是人巧手做成的，实在是天造地成，自然的文章。不是平常的地方了。再看那水中萍草，半露半没，波浪微微皱起，有许多水虫，或伏在萍草上，或藏于水底，或来来去去，水中乱跑，各随其心性，何等快乐呢！这时有一水虫向众水虫说："我们这水族中，有一族名字叫青蛙，叫我可怪。我常见他在水中跳，忽然之间，不知去向，忽然之间，又显出来，真是神出鬼没，叫我想不透。难找他去的地方。虽有时偶然露出他的身子，到底来去的路，没处捉摸。不知众位邻居，有知道的没有，请教道（应作"导"——笔者注）我。"②

从水虫生活的环境写起，自然地将读者带入故事的情境中，这种开篇的方式属于西方文学。而水虫对于青蛙及外面世界的好

---

① 目录中作"蜻蜓前身喻"，但在正文中的标题作"蜻蜓前身之喻"。

② 《喻言丛谈》，上海广学会，1923 年，第 5 页。

奇心，穷追不舍、打破砂锅问到底的执着，可以说是儿童的普遍共性，吉卜林的《原来如此》中的小象也是如此，因而易于引起儿童读者的共鸣。水虫问了很多人，也试图跟着青蛙一探究竟，都以失败告终。有一天，来了一只老蛙：

> 水虫听说，很欲去问，但素知这青蛙在水族中，是最尊贵的，在众水族之上，所以自觉高大，轻视所有的水虫，不容易高攀他，合他说话。只因求知的心恳切，所以壮起胆量来，到老蛙前面，恭恭敬敬对老蛙道："我本微小族类，请大族容谅。敢问一言，不知容纳否?"老蛙说："你这个小小虫儿，有什么话说?谅你也没有大见识，说也无损，准你说罢。"水虫忙道："小族住在这小地方，没有聪明见识，今日求问一事，愿大族指教我。请问，我水族所住之地外，还有好地没有?"老蛙闻言，两眼直瞅着水虫说："你所说所居的地，就是指着这池子么?"水虫说："不错。"老蛙不觉鼓腹大笑说："你所住的叫地，你所住的以外叫什么呢?"水虫说："因我不知，求大族告诉我。"老蛙自觉身份高大，不免带着轻看的样子，连讥带笑的说："是，你前来，我教道（"导"）你，叫你知道所不知道的。你所住的以外，就是陆地，知道么?"水虫微微的笑道："名字叫陆地么?不知在那里。也能浮水游玩不能?"老蛙哈哈大笑，对他说："那却不能。水陆大有分别。"水虫问："陆地到底什么样?请明白指教我。"老蛙说："你领教的心很是诚实，所以我仔细告诉你。你愿意知道这陆地那样式，就如同你所居的

水底，但是没有湿泥。”水虫又追问说：“里头还有别的活物么?”老蛙回答说：“有！有！样儿很多，难以详说。有人住着，也有一种濛濛胧胧的气，人叫他空气，包括一切，眼不能见，手不能摸，不过心内觉悟，知道实在有。但是于我没有用，虽有如没有一样。你能知道么?”水虫说：“我太愚笨，所见的少，求加添我的见识，开通我的愚鲁，我的心就足了。”老蛙说：“你虽然无智的小虫，也有考究大事的心，且有胆量，我很佩服你的志向。若你伏在我脊上，我驼着你，可以一块到陆地上去，亲眼看看，就不难知道的详细了。”①

在这段对话中，青蛙始而傲慢，继而被水虫的诚意、好学所打动，最终决定带水虫去见识外面的世界，也进一步衬托出了水虫的性格。一段冒险的旅程开始了，但水虫由于离开水后无法呼吸，以失败告终。当它再次与老蛙相遇时，忍不住声讨对方，老蛙则向他讲述了自己那天目睹水虫蜕变成蜻蜓的过程。不久水虫、它的兄弟、其他的家族成员都变成了蜻蜓。水虫的故事是一个关于成长的故事，水虫就像一个懵懂无知的孩子，在好奇心的驱使下，去探索世界，追寻真相，在这个过程中它也完成了自己的成长。整个故事情节曲折生动，通过水虫的疑问，设置了重重悬念，推动了故事的发展。与此相似，《蝶喻》一篇，也是讲菜虫化蝶的故事。不过故事的重点，在于表现它的忠义。菜虫一诺千金，信守着它对蝴蝶许下的承诺，尽心地照顾蝴蝶的孩子。同时，它在

① 《喻言丛谈》，第6页。

聪明伶俐的百鸰鸟的指点下，逐渐发现自我，化身成蝶。

值得注意的是，《喻言丛谈》的写作手法完全是西方式的，译者季理斐夫人并没有刻意为它戴上一副中国面具。如《思想奇妙园》一篇，写一群小鸠在母鸠的照顾下，过着宁静的生活。书中多次写到江边的景物：

> 有一条江，岸上芦苇茂盛得很。那些斑鸠，在芦苇上做窝，天天歌唱，声音好不悠扬。看他是十分快乐的。有一天，正是夜半的时候，那江水一篇清光，有月亮照着，就如白日一样。那些小鸠，个个抬头向外观看，见那月亮，从天上照入江底，岸边树影，浮在水面，这个景致，十分美妙。①
>
> 这条江是通到一个出名的京都。在那京城里，有顶高顶大的桥梁，各国的生意船，都聚集在那里，十分热闹。来的船卸货，去的船装货，白日里很烦杂，惟有夜晚清净。不过看见那波浪汹涌，城郭极其坚固，看这京城日夜的景况，和我们如今所住的地方，不大相同。原来这个京城，往来生意，最是繁盛，大概白日里，就异常拥挤热闹，到了夜晚，人都安息了，才没有声音。②
>
> 早晨看见红日东升，万道光芒，照着那绿树，何等美丽。到了日头高升，景致也还不差，实在是好看。就是傍晚的时候，我们住在树上，看那红日西沉，或飞去

---

① 《喻言丛谈》，第 13 页。

② 《喻言丛谈》，第 14 页。

那小岛上游玩。等到黄昏时至，明月当空，再回家来，一同唱歌，困了就高睡枝头。就是那云阴四起，夜雨潇潇，听那木叶和江水，在雨中滴滴传声，也别有一番趣味。[①]

这种描写景物的方式，与章回小说及话本小说中袭用的套话截然不同，给读者以新鲜的感受。同时，景物描写在故事中有其具体的用意，即通过描写美丽的景色，表现小鸠们对家园的依恋，也加剧了它们心中的疑问，为什么母鸠一再地歌唱赞美奇妙国，让小鸠们离开如此美好的家园？直到父母双双死于猎人的枪下，小鸠们才明白了母亲的苦心。故事中对母鸠吟唱奇妙国的重复描写、母子间的对话、稚嫩的小鸠对母亲的依恋和深信不疑、母子共享天伦之乐的场景、小鸠与喜鹊争辩时表现出的争强好胜，都充分体现了儿童文学的特点。

原作者格铁夫人既是一位博物学家，又是一位虔诚的基督教徒，因而体现了自然神学的思想，即通过描写大自然这部上帝的伟大作品，从而发现并证明上帝的智慧。她写作本书的意图是希望通过对大自然的探究，使读者更加了解他们所处的这个世界，同时赞美上帝创造的奇迹，更加坚定宗教信仰。季理斐夫人之所以选择这部作品来翻译，与此不无关系。原著中每一个故事的开篇，都引用了《圣经》中的一句话，之后通过演绎自然界的故事来印证、阐释引文的宗教寓意。而季理斐夫人在翻译的过程中，又通过自我发挥，在文末将其中的宗教寓意放大、凸显。如《蝶

① 《喻言丛谈》，第 15 页。

喻》一篇，原著故事开篇引用的是《圣经》中《约伯记》的第十四章第十四节：

> "If a man die, shall he live again? All the days of my appointed time will I wait, till my change come."
>
> ——JOB xiv. 14.[①]

而季理斐夫人在篇末加上了大段布道式的阐释：

> 我们世上的人，有许多奥妙不测的事，自己不明白，千万不可疑惑，但要存倚靠的心。人若到去世的时候，这肉身埋在土里，灵魂却是不灭的，必要去到天堂上头，世人往往以这话为奇异，疑惑不信，请看哥林多前书（十五章三十五至五十八节）说道：又问死的人，如何能复生？他凭个什么身子生呢？答道：你真愚得很，你所种的种子，必定变化，后来才生，你所种的种子，和你所生的身体不同。所种的或者是麦子，或是百样的谷，只有一颗。上帝随意赐给各样身体，形象各各不同，有人、兽、鱼、鸟等项，有天上的物，有地面的物。天上物的荣耀与地上物的荣耀，各有不同。日头的荣耀，不同月亮，月亮不同星宿，一个星的荣耀，不同众星，复生的道理，也是这样。[②]

① 人若死了岂能再活呢？我只要在我一切争战的日子，等我被释放的时候来到。

② 《喻言丛谈》，第12页。

《喻言丛谈》的每一篇故事的篇末，都少不了这样的教训。《思想奇妙园》在讲完这个悲惨的故事后，这样总结：

看上头这一段话，可见斑鸠的本性，是上帝给他，不同别的鸟。原来斑鸠在了夏天的时候，时常住在窝里，等到秋来，就离了窝往别处去。究竟他所去的地方，没有定处。这是上帝特意给他有倚靠的心了。照这样看来，我们可以学他的榜样，知道世界上就是一块大旷野。人在世间，好像住在客店里一样。世人心里迷惑，不晓得死后到什么去处。但是倚靠天父的，心上却没有惧怕。《圣经》上说道："等上帝所造坚固的城邑。"希伯来十一章十节又说道："等上帝所造坚固的城邑，就是天主的家。我主预备得顶好，我们不可疑惑，急要倚靠我主。信这句话。"又说道："我不是凭眼睛看见，但是信主去做。"哥林多后书五章七节又说道："看的人许多围绕，我要放下我的重担子。我谋我的事情，所吩咐我的路途，要恒心尽力走去。我们始终能信，都是出于耶稣，要专心望他。他想从前所许的快乐，受苦在十字架上。虽然惭愧也不能留意，现今坐在上帝的右边。"希伯来十二章一二节看这样我们将来有个长住的去处了。

歌道：

我是行路的人，
我家在天。
在世上有忧闷，

我家在天。
飘游过海登山，
东西南北循环，
福地不在世间，
我家在天。[1]

译者刻意在此进行宗教化的解读，颇觉牵强，与故事本身带给读者的感悟并不契合，说教的意味较重。

二、季理斐译《和声鸣盛》

季理斐博士是加拿大长老会传教士，1888 年来华，初到河南传道，后受李提摩太邀请，为广学会工作。他曾任广学会的第四任总干事，任期是 1920—1930 年。实际上，在未任总干事以前，他就协助李提摩太惨淡经营，共同进行会务有 20 年的历史。“国人对于李提摩太很熟悉，可是对于季理斐并不深悉，原因是季博士重教会工作，所以教会中人一听便知，教外自然差些。他自从做了总干事以后，对于会中的工作已另定方针。开辟民智与介绍西方文化原是广学会以往的任务，在他任职总干事以后呢，他以为广学会的目标当注重于教会了。于是，他出版了大部分的教会著作，把海丁氏的《圣经辞典》及其所编的伦理宗教拜客全书都译成中文，当然也有人帮助他，但是主张是他的。”[2] 季理斐宣称：

① 《喻言丛谈》，第 17—18 页。
② 《季理斐博士小传》，《广学会近况》，第 11—12 页。

> 想一想这个名称——“在中国传播基督教与普通知识协会”。将“基督”这个词放在前面，我相信它的意思是要涵盖协会所有的工作。对我来说，我并不打算涉足所谓“普通知识”领域，因为我没有被呼召去做这样的工作……我的目标是使用基督教的文字出版资料，就像我从现在开始要使用我的声音一样，将上帝的福音传给数以百万计的人民。①

因而，季理斐尽管著作宏富，但绝大多数是宗教类书籍。在了解了季理斐的上述立场之后，再来看他翻译的寓言故事集《和声鸣盛》，我们就会对他的译文及翻译方式有更深入的理解。

《和声鸣盛》译于 1900 年，是在季理斐接任广学会总干事一职不久。该书从《自然寓言集》第 2 集的 15 篇中选译了 9 篇，包括《声闻于天》《禾稼主人》《岁寒妙喻》《倔强无益》《生命之光》《昼夜争长》《宜谨微小》《童戏颉颃》《蛛网添丝》9 则故事。广学会于 1900 年出版了其官话本，1901 年又出版了文理本。季理斐在序文中详细介绍了作者情况、本书主旨以及译介目的：

> 是书原文，系英国著名信女哈提氏所撰。尝考其人，生于西历一千八百零九年，于一千八百三十九年，嫁一英国牧师，后卒于一千八百七十三年。数十年间，琴瑟静好，如宾如友，洵德配也。而哈姑自幼即信靠上帝，

---

① Christian Literature Society for China (Shanghai), Annual Reports, 1919—1920，转引自何凯立：《基督教在华出版事业（1912—1949）》，四川大学出版社，2004 年，第 77 页。

明晓真理，其姆仪闺范，足为世训者，已备载于《西国列女传》中，兹不赘述。惟居恒好察庶物，潜心观理，故于上帝所造之物，凡动植飞潜，皆深究其形性妙蕴，一则夸耀万物之美备，一则追寻其中之教悔，即人所漠不关心之微物，亦恒爱而惜之，且推论其物中之善，与有益于世之处焉。夫哈氏著述多矣，其便于童子诵读者，久已为蒙学之善本。惟此帙取譬于物，着意训人，言近指远，语语针对世情，义正词严，篇篇脍炙人口。哈氏集中，此书为压卷，故不胫而走，已译成数国文字矣。今余译以华文，窃愿华人读是书者，一则知上帝所造之物，即甚微小，亦无容忽，虽如蜘蛛等物，皆有良知良能；二则书内训词，使人知万物中，皆寓上帝之智能妙造，虽人习见之物，或罕见之物，皆于世有关涉，静言思之，奥妙无穷，正所谓雨露风雷，无非教也。况篇中词旨风骚，有美有刺，无非醒世良言，煞费一片婆心，语虽光怪陆离，意实清真雅正，不善读者，苟以为牛鬼蛇神之像，矜奇立异之谈，则大负作者之良意矣，遂恳恳而为之序。①

这里，季理斐首先介绍了原著作者的生平，特别揭示了原书的宗教意图，“使人知万物中，皆寓上帝之智能妙造，虽人习见之物，或罕见之物，皆于世有关涉，静言思之，奥妙无穷，正所谓雨露风雷，无非教也”。同时，表明他翻译此书的目的，是希望华

① 《和声鸣盛》，上海广学会，1922 年，“序文”。

人了解上帝所造之物，即使再微小的生命也有良知良能，同时思考并领会上帝造物的无穷奥妙。格铁夫人原著的一个特点是，文字浅显，故事生动，便于童子诵读，因此长期以来成为启蒙儿童的好书。但季理斐在译介时，对于这一点似乎并未特别留意。以《声闻于天》为例，该篇译自“The Voices of The Earth”：

“Let every thing that hath breath, praise the Lord.”—Psalm cl. 6.

“Would that I could pass away, and cease to be!” murmured the Wind, as it performed its circuits round the earth, long ages ago. “Would that I could cease to be! Since the creation of man, existence has become insupportable.”

“Thou art mad!” cried the Mountains and Valleys, over whom the wind was passing, with its outcry of lamentation. “Is not man the glory of the world, the favourite of Heaven Surely thou art mad, or else jealous of the greatness of others—jealous of the master—piece of creation. O thou, ungrateful and unwise, to whom is committed the privilege of refreshing the earth and its inhabitants, why turn aside to hold judgment and condemn Enough that thou fulfil thine own appointed work, and, in so doing, exist to the glory of the Creator.”①

《和声鸣盛》译文如下：

---

① *Parables from Nature* (*2nd series*), George Bell and Sons, York Street, 1882, p. 47.

凡有血气者皆当颂扬主阿勒卢亚——诗篇第一百五十首六节

有风焉，周行地球，吹嘘不息。忽自叹曰：“吾不如死之愈也。盖自创世生民以来，在世不如逝世，吾不欲生，以吾是职之难任也。”然正叹息飞过之时，有山与川谷闻之而答曰：“尔得非病狂乎？人非为万物之灵，蒙上帝宠爱者乎？尔如非狂，即为妒人尊于尔，愤怼受造中之极贵者。尔不感恩，多见不智，上帝付尔之责任，即为使环球人皆爽怀畅适，尔何专摘人之疵，定人之罪，此非尔之职。尔忠于尔事，克善己职，以此荣造尔之主，不亦足乎！”①

季理斐的目的在于证道，同时由于采用了文言文翻译，因而与原著写作风格大异其趣。格铁夫人采用拟人化的手法，用词浅显，语言活泼，充满童趣。译文用语偏于雅驯，风与川、谷的对话如同文士之间的辩论，而且这一风格贯穿始终。尽管季理斐没有逾越一个翻译者的界限，十分准确地翻译了原文，对故事结构和内容没有进行任何调整和增删，甚至连故事后面揭示寓意的“后记”都照原文翻译，而未加改动或进行自我发挥。但是总体看来，季理斐的译文加重了证道的色彩，过于严肃，使其作为儿童读物的趣味性大打折扣，因而这本译著出版后传播效果并不理想，反不如后出的由季理斐夫人翻译的《自然寓言集》的第一集——《喻言丛谈》的影响大。广学会在介绍《和声鸣盛》时，反而要借

① 《和声鸣盛》，第1页。

助后者的影响力来宣传："本书是《喻言丛谈》第二集，除却这九种喻言的材料和译者不同之外，其他一切都和第一集一般。设一二两集同读更能使读者得益匪浅。"①

第六节 《安仁车》

1902年，美国监理会传教士林乐知（Young John Allen，1836—1907）编译的证道故事集《安仁车》（*Illustrations of Christian Truth*）由上海广学会出版。该书共收录50则故事，其中，林乐知编译了41则，后附9则故事由林乐知的女婿——曾任广学会总干事的美国传教士刘乐义（G. R. Loehr）翻译。林乐知《安仁车序》云：

> "安仁车"何书名也？何取乎尔？以车为行道之具，仁即为行道之本。吾侪奉耶稣基督之命以传教于天下，无非以仁为本，亦即以行仁为事。盖其心若有不至于仁，而心即不安，道即不行，此安仁车命名之所由来也。是书也，或据实直陈，或罕譬曲喻，或援引故事，或摭拾近闻。文虽浅率，而大旨总以仁为依归，犹之车也。意于东则东，意于西则西，亦当以仁为轨辙。故在讲堂中亦可令诸生习诵，即在庭闱内家人妇子，亦可随时讲训，达与彼，亦通于此。则是书之名为"安仁车"若有深意焉。然乎？否乎？愿质诸有道君子。林乐知自识。

① 《广学会图书目录》目录分类第十九"故事"，第2页。

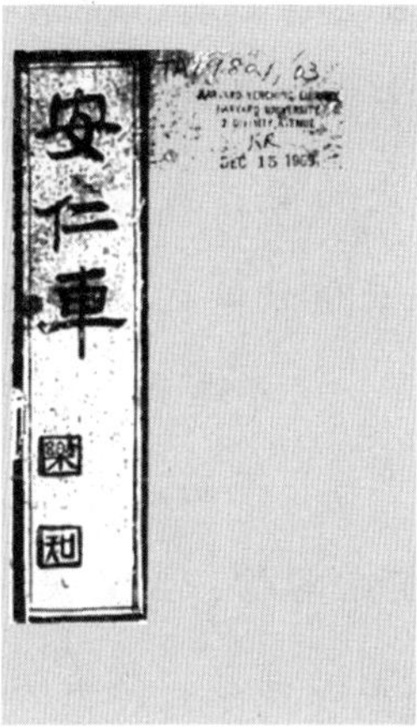

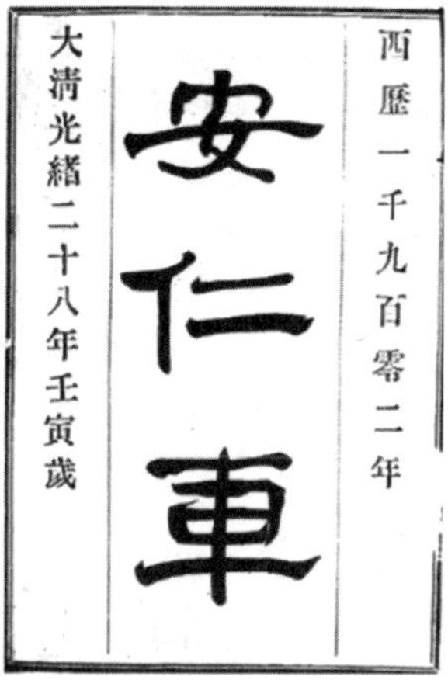

在这段序言中，林乐知解释了将此书命名“安仁车”的含义，表明他编译此书，意在教育天下人“以仁为本”。书中的故事都是浅显率真的证道寓言故事，或据实直陈，或罕譬曲喻，或援引故事，或摭拾近闻。林乐知设定的读者面很广，将讲堂诸生以及庭闱之内的妇女、儿童都包括在内。而其生动的内容、短小的篇幅、明确的教育意图，使此书确实很适合作为儿童读物。如书中《浪子回家》一篇，是美国传教士慕翟（Dwight L. Moody，1837—1899）结合自己的亲身经历，仿照《圣经》中“浪子回头”的比喻故事写成：

麻笛先生一日登台讲书，将己所亲历之事，作为比喻，谓主之爱信徒，无异父母之爱子也。其言曰：“我年十四，遭父丧。弟兄众多，家甚贫，母则率诸儿作苦度日。我兄长我一岁，母刻望长子先成家立业。不料其不甘做苦，忽然变性，遂弃之他适，游荡不返。四处找寻，杳无踪迹。母则常遣我等到信局探问消息，日望其归，也则燃灯教我兄弟等读书，并将我父生前嘉言懿行，讲示一番。至临睡之时，跪地祷告，并求长子得圣灵感动悔悟归家。习以为常，几乎无日忘之。我等心中私谓我母爱已失之长子，甚于爱目前之众子也。一日值秋收之际，循俗例报赛酬神，各家俱设筵宴以为乐。我母在家开筵之处，特设一虚座，怪问起故，则曰：‘为长子而设也。’其望子之心之切每如此。历数年我渐能写信，至各处探问，然亦无确耗。迨后我在波士顿城留心寻觅，忽有家报来云‘汝兄已回家矣’。问如何而来？据言是日我母适倚闾而望，见有一不相识之人，行近门前，两手交胸而立，鬓甚长，无言而泣。母见此情形，疑即为长子，请其入内。不遽入，即启口云：‘须求我母先赦我罪，然后进来。’母一闻此言，即抱其颈，赦其罪，遂为母子如初。”①

这个故事的框架与“浪子回头”大致相同，不过故事是由麻笛先生在讲道时转述的。他的长兄成了故事中的主角浪子，父亲一角则被他的母亲取代。作为布道者，通过这样的亲身经历，可以有效地拉近与听者的距离，使故事显得真实可信。《安仁车》一书与《喻道传》一样，被传教士奉为证道寓言的经典，曾流传到韩国。

明清时期的证道故事，往往具有深刻的现实性，其中存在的大量具有对应意义的细节及其艺术上的卓越性，都对读者产生了吸引力。它们能让读者对生命的本质认识更全面，或者让读者的

① 《安仁车》，上海广学会，1902 年，第 50—51 页。

是非观念更明确，或使读者对事物有无价值的判断更清晰，这样它们就达到了借由阅读故事使读者产生信仰的目的。对于喻道故事，我们需要采用寓言的方式来理解其中的比喻，避免回到中世纪的老路上。要观察比喻的具体上下文，寻找释意的线索；观察某些细节信息是否具有传统象征含义，比喻的主要教训与《圣经》教导的兼容性。[①] 同时，这些故事又超越了宗教的用意，给一般读者包括儿童带来文学的审美和愉悦。比喻不仅在内容上是文学的，而且它在读者身上产生的效果也是文学性的。比喻故事的主要目的不是要我们用大脑去捕捉一个什么思想，而是要我们用想象和感情对真实的生活经历做出反应。比喻常常将读者毫无戒备地引入故事场景之中，再突然将话锋转向他们自身，使读者与故事人物产生联系，从而发挥这一类故事的证道、启蒙作用。

① 里兰得·来肯：《认识〈圣经〉文学》，李一为译，第224页。

第七章　原创汉语基督教小说

第一节　早期汉语天主教小说《儒交信》

一、作为汉学大师的马若瑟

法国耶稣会士马若瑟是对西方汉学影响最大的来华耶稣会士之一。1693 年，白晋作为北京宫廷的特使被派往法国宫廷，以表达康熙皇帝对法兰西皇帝的感激，法王路易十四决定送一些珍贵的礼物给康熙，并批准白晋带一些新的耶稣会士与他一起返回中国。马若瑟入选其中，1698 年他来到中国，1699 年被分配到江西传教达 20 余年。1724 年，雍正皇帝下令禁西教，马若瑟与其他西方传教士被驱逐到广州。

在华期间，马若瑟将大部分时间用于研究中国语言和文学，而把传授宗教教义的任务交给助手。他这样做的原因在于，他认为与投身普通的传教工作相比，通过苦心钻研他不断丰富的藏书，能使他为归化中华民族的信仰做出更大的贡献。马若瑟在汉学方面造诣极深，被后世学者公认为是西人汉语文学专家和易学专家。他博览中国经籍，晚年在澳门潜心治学："瑟于十三经、二十一史、先儒传集、百家杂书，无所不购，废食忘寝，诵读不缀，已十余年矣。今须发交白，老之冉冉将至不知之累，何为哉？有能度吾之心者，必知其故也。”[1] 同时他还为法国本土汉学研究的开创者傅尔蒙（Etienne Fourmont，1683—1745）收集汉文典籍，以促进法国汉学的形成和发展。

马若瑟最重要的著作就是拉丁文手稿《汉语札记》（*Notitia Linguae Sinicae*）。此书于1831年即马若瑟辞世70多年后才在马六甲出版。这是一本关于中国语言和文学的指南书，内容主要涉及汉语语法、文学写作等方面的知识。无论在对汉语研究的深度上还是在所引例证的广度上，都反映出作者在中国语文方面的良好修养，被视为欧洲汉学研究的奠基著作之一。马若瑟编写这部著作的想法，在当时看来很特别，他认为学习中文，不应该沿袭拉丁文文法的理论和方法，而应该通过实践来学习。

马若瑟穷30年心力研习中文，精通汉籍，做了大量笔记，《汉语札记》是他长期勤奋工作的成果。《汉语札记》通常被当作一部中文语法书，但实际上它的价值远远超出了这一范畴。作者的目的是向传教士提供一本适用的教材，并且为进一步研读中文作品打下基础，而不是总结出一套系统严格的语法来。马若瑟着眼于教学实践，他强调通过例句学汉语，认为通过例子比通过规则能更快地通晓中文。这一点正是他受到傅尔蒙、雷慕沙（Jean - Pierre Abel - Rémusat，1788—1832）批评的原因，而从学习汉语的效果来看，马若瑟的做法无疑是正确的。马若瑟在书中强调中文语法与西方的语法体系差异巨大，他呼吁人们要摆脱头脑中的语言成规的束缚。这对于学习差异性极大的语言当然十分重要，然

---

① 《马若瑟传》，方豪：《中国天主教人物稿》（第二册），先启出版社，1970年。

而他的希望多少有些不切实际，他没有认识到人们的思想观念在多大程度上受制于固有的语言习惯。而且颇为矛盾的是，马若瑟一方面高呼要告别拉丁语法，另一方面仍采用拉丁语的语法模式解说中文。他还没有一套适合汉语特征的术语，因此尽管引用中国传统的实词与虚词的概念，归根结底他还是要套用西方传统的语法规范。对于当时的西方人而言，所谓语法只存在于由传统的拉丁文法发展出来的一套体系中，这也是西方人描述其他语言的规则时唯一可用的工具。马若瑟本人也意识到了自己的矛盾之处，因此他有时会采用具有自我解构意味的表述方式：他列出汉语的名词、代词、动词、形容词、副词等词类，但又指出这些说法其实在汉语中没有什么意义。应当承认《汉语札记》作为一部语法书显得不够系统，其明显的缺陷是没有句法部分，但《汉语札记》的丰富性又远远超越了语法书的范畴，它充分体现了马若瑟在中国语言文学方面的渊博知识和深厚功力。这部著作的问世有一段不寻常的经历，从马若瑟写成书稿寄回法国，到这部书问世经历了一个多世纪的时间，其间的经历也颇为曲折。按照法国汉学家雷慕沙、高第（Henri Cordier，1849—1925）的看法，傅尔蒙剽窃了马若瑟的这部《汉语札记》，同时被剽窃的还有另外一位来华的多明我会传教士、西班牙人万济国（Francisco Varo，1627—1687）1703 年在广州出版的《官话语法》（*Arte de la lengua mandarina*）。

马若瑟的《易经》在欧洲也很有影响。自 16 世纪以来，耶稣会士开始对《易经》展开直接而系统的研究。这一研究始于对易经原典和中国当时某些具有权威性的注释本的深入研读，结果就形成了一批由耶稣会士直接用汉文字书写的《易》著。马若瑟的汉语著作《经传论》12 篇，其中 1 篇就是《易经》。马若瑟在西方影响很大的《易著》是法文本《〈易经〉入门注释》（*Notes cntique pour entrer dansl'intelligence de I'Y King*），由于他曾和白晋、傅圣泽（Jean－Francois Foucquet，1665—1741）共同探讨过《易经》，所以他在本书对其治《易》过程做了较详细的介绍。该书首先对“乾”“坤”进行阐释，然后对各卦分别加以论述。1728年8月27日、12月4日、12月10日马若瑟在致傅尔蒙的信中都说到，他曾将唯一的一篇关于《易》的长篇手稿寄给傅尔蒙。费赖之（Louis Aloys Pfister，1833—1891）认为，这篇手稿就是《〈易经〉入门注释》。马若瑟虽然相信中国古经中史实的可靠性，并试图从中寻找原始宗教启示的痕迹，但他并不认为《易经》或其他古经是神启示给以色列十二支派的痕迹。他不牵强附会于自己的假设，体现了高度的理性精神，既不像白晋那样沉迷于《易经》的预言，也不像傅圣泽那样将中国古史视为神话。他可以说是耶稣会士中以较为理性的态度将《易经》和中国古史带出以犹太为中心的基督教义的第一人。[①]

马若瑟还把中国的元曲《赵氏孤儿》译成了法文（*Tcho－chi－cou－eulh；ou，L'orphelin de la Maison de Tchao，tragédie chinoise*），这是欧洲人首次将中国戏剧译介到海外的译本，收录在由杜赫德（Père Jean Baptiste Du Halde，1674—1743）编的《中华帝国志》（1735年出版）的第3卷内。伏尔泰（Voltaire，1694—1778）在读了马若瑟的法译本《赵氏孤儿》之后，对其进行了改写，更名为《中国孤儿》，于1755年出版，并于同年8月在巴黎

---

① 参见杨宏声：《明清之际在华耶稣会士之〈易〉说》，载《周易研究》2003年第6期，第48页。

国家剧院上演。伏尔泰把故事发生的时间推到了成吉思汗时期，对情节做了较大改动，并加上了《孔子学说五幕剧》的副标题，但其蓝本仍是马若瑟的法文译本《赵氏孤儿》。《赵氏孤儿》在法国一经发表，就赢得了众多的读者的青睐，甚至在整个欧洲不胫而走。前后几十年间，该剧就被译成了英文、德文、俄文等多种版本。就连当时在欧洲名声显赫的文学巨匠、诗人和思想家，如意大利的梅达斯塔齐奥（Jozef Minasowicz，1718—1796）、德国的歌德（Johann Wolfgang von Goethe，1749—1832）等，也对它产生了浓厚的兴趣，给予了极高的评价，并纷纷加以改编。英国人哈切特（William Hatchett，1701？—1768？）改编的《中国孤儿》（*The Chinese Orphan*），意大利著名诗人梅达斯塔齐奥的《中国英雄》（*L'Eroe cinese*）等在舞台演出后，在欧洲许多知名的大戏院都引起了轰动。歌德受《赵氏孤儿》的启迪，也曾于1781—1783年写作歌剧《埃尔佩诺》（*Elpenor*），剧本虽没有写完，但从已经写成的两幕中，仍不难看出《赵氏孤儿》对该剧创作的影响。而在多种西文译本中，最具影响力的应当是法国启蒙主义思想家和文学巨匠伏尔泰以《赵氏孤儿》为蓝本改编的《中国孤儿》。它被搬上舞台演出，轰动了整个巴黎。当初，伏尔泰读到马若瑟的法译本时，就对《赵氏孤儿》给予了很高评价，说："戏剧诗之发达最早的，则莫过于在伟大的中国和雅典。"并说"这出中国戏，在我们近代的作品中，无疑是胜过我们同时代的作品的。"不过，伏尔泰的《中国孤儿》，把故事放在了成吉思汗时代，剧情也有所不同，但在欧洲演出时十分火爆，好评如潮。

马若瑟还曾给巴黎法国皇家图书馆寄过许多中国出版的书籍，法国国内非宗教界的世俗中国学家们曾对这些书籍进行研究。马若瑟在向法国邮寄书籍时，特意挑选了一部元代杂剧选集，后来这本书由巴赞（Antoine Pierre Louis Bazin，1797—1873）和儒莲（Stanislas Julien，1797—1873）合作译成法文，1838 年在巴黎出版。而马若瑟提供此书的中文原本的功绩则不应当被遗忘。

二、稀见天主教传教士汉文小说《儒交信》

早期的天主教中文叙事文学作品今天已不易见到，但这并不意味着它们未曾存在过。事实上，17 世纪以来，耶稣会士在圣礼之后的福音宣讲成为其传教的重要手段。宣讲者把圣经故事口头翻译成当地的语言，然后再以书面的形式出版，比如《口铎日钞》就是一例。该书收录了两位耶稣会士艾儒略和卢安德（Andreas Rudomina，1595—1632）1630—1640 年对福建基督教社区的布道事迹，他们通过讲故事而不是诵经的形式介绍了《圣经》中的故事，包括：

> 《口铎日钞》卷 1，页 23a：荡子的比喻（路加福音 15，11—32）：崇祯四年四月二十日，即 1631 年 3 月 22 日，礼拜六（四旬斋的第 2 个主日之后的礼拜六）。
>
> 卷 2，页 3a：圣若望论爱（若望一书 4），崇祯四年四月六日，即 1631 年 5 月 6 日（宗徒和福音作者若望）。
>
> 卷 4，页 25b：不可宽恕的仆人的比喻（马太福音 18，21—35）：崇祯六年九月七日，即 1633 年 10 月 9 日，礼拜日（圣灵降临节之后的第 21 个礼拜日）。
>
> 卷 4，页 28a：无花果树的比喻（路加福音 13，6—9）：崇祯六年九月十四日，即 1633 年 10 月 16 日，礼

拜日。

卷5，页14b：大筵席的比喻（路加福音，14，15—24）：崇祯七年五月二十三日，即1634年6月18日，礼拜日。卷5，页19a：厄里亚退往曷勒布山（列王记19）：崇祯七年五月二十五日，即1634年6月20日，礼拜二。

卷6，页12b：耶稣喜爱火（可能参考了路加福音12，49）：崇祯八年十月二十六日，即1635年12月5日，礼拜三（或者是1635年11月25日，礼拜日：圣灵降临节后的最后一个礼拜日的误写?）。

卷7，页5a：耶稣向玛利亚玛达勒纳显现（约翰福音20，1—18）（复活节弥撒）：崇祯十年三月十八日，即1637年4月12日，礼拜日（复活节礼拜日）。

卷8，页17a：不忠信的管家（路加福音16，1—13）：崇祯十二年七月九日，即1639年8月7日，礼拜日。

卷8，页30a：跟随耶稣者得到的比一百倍还多（Mc. 10，28—30）：崇祯十三年五月十一日，即1640年6月29日，礼拜五（圣彼得日）。

卷8，页31a：圣母往见表姐依撒伯尔（路加福音1，39—45），崇祯十三年五月十四日，即1640年7月2日，礼拜一（圣母访问节）。[①]

---

① 孙尚扬、钟鸣旦：《1840年前的中国基督教》，学苑出版社，2004年，第394—401页。

其中第一则《路加福音》中耶稣关于浪子回头的比喻，被美国小说理论家汉弥尔顿（Clayton Hamilton，1881—1927）视为近代短篇小说的典范，他在《小说法程》中说：“《浪子回头》一篇，虽作于千百年前，极合近代之短篇小说观念。能以最经济之法，最能动人之力，发生独一之叙事文感应也。”“《浪子回头》这篇仅五百余言，然自结构论之，诚古今之绝作也。所表现者，为人生重要之真理，其中三人物，表达皆甚明晰，阅者之所得，较长篇小说之主人或尤多。所叙事实，于经济、动人二者，兼顾并重，分配得度。”①

早期耶稣会士的文学作品，目前所能见到的主要是用文言译述的欧洲寓言和逸事小说，如龙华民编译《圣若撒法始末》（1602年韶州刻本），现存隆武元年（1645）张赓修订本；高一志《圣人行实》（1629）、《圣母行实》（1631）；艾儒略的《五十余言》（1645年福建刻本）；巴多明编译《德行谱》（仅见1726年北京刻本）等。②“寓言系大众文类，人人得借以明志，所以诠释上变化无穷。寓言的改编可跨越文化与国界，形成形式与诠释的互典。这种现象古今一理，中外皆然。”③ 耶稣会士将寓言故事用于中国晚明，主要是将其化身为证道用的故事手册。不过这屈指可数的几部作品，相对于当时来华的耶稣会士人数而言显然微不足道。一种合理的推测是，当时天主教出版审查制度过于严格，其学术传统又比较严谨，因而为适应传教需要在华耶稣会士虽然也有叙

① 《小说月报》第12卷第1期，1921年。

② 关于早期耶稣会士译述的寓言及逸事小说，详见本书绪论。

③ 李奭学：《中国晚明与欧洲文学——明末耶稣会古典型证道故事考诠》，第79页。

事文学问世，但可能主要以口头形式流传，而刻本极为罕见。无论上述推测是否成立，1729 年马若瑟用白话创作章回小说《儒交信》在当时都是弥足珍贵的开创性尝试，尽管这部小说在他生前同样未能获准刊刻行世。

马若瑟从最初学习汉文开始，其目的就不只是传教，他还想运用汉语来著述，并试图从汉文经籍中寻找信奉基督教的支持和依据。在一封致郭弼恩（Charlws Gobien，1653—1708）神父的信中，他这样写道："对这些不幸者天生的怜悯，使传教士首先产生了这样的思考：我们能否把遵循福音准则的穷苦人所感到的巨大安慰，至少也告诉他们，我们可否向他们提供为爱他们而受难的耶稣基督的榜样，并告诉他们可通过贫寒、艰辛、勤勉的尘世生活而在天国获得永福，从而教他们学会圣化自己的苦难呢？然而，区区几个传教士的呼声如何能使必须以百万计的大批非基督教徒听到，在一个您知道必须克服语言障碍的国家里就更加不易了。"[①] 由此可见，马若瑟已经意识到语言障碍的问题，并开始思考用中文写作以便让大批非基督教徒听到传教士的呼声。《儒交信》一书可以视为他努力的成果之一。

《儒交信》是一部宣教小说，巴黎法国国家图书馆东方稿本部藏有汉文抄本。这部小说问世以来，便被深锁重门，不准付梓。卷首有用拉丁文撰写的每一回的提要，署"无名先生述"。不过在拉丁文提要后面有"Jos. Hon. de Prémare"的签名，且小说中人物司马慎号"温古"，教名"若瑟"，而马若瑟自号"温古子"，暗

① "耶稣会传教士马若瑟神父致本会郭弼恩神父的信"，杜赫德：《耶稣会士中国书简集——中国回忆录》（第一卷），吕一民、沈坚、郑德弟译，大象出版社，2005 年，第 151—152 页。

示了马若瑟与该书的内在联系。小说第三回还插入了马若瑟所作的《信经直解》。此外，马若瑟与中国下层文人与平民交往甚密，对世俗文学有着深入了解，以他对于中国文学的精通和偏好，他本人也完全有可能，也有能力写作这样一部小说。他的《汉语札记》一书语法的第一部分“关于白话和日常风格”，其中相当一部分例句就来自当时流行的戏剧与小说。《儒交信》第五回则提到李光的妻子——女主人公吴氏平日喜读平话小说，也从侧面表明马若瑟对这种通俗文学并不陌生。种种迹象表明，“无名先生”所述《儒交信》正是出自马若瑟之手。

《儒交信》一书长期在巴黎法国国家图书馆东方稿本部沉睡，直到最近几年才被学者发掘出来，收录在2003年由北京大学宗教研究所整理出版的《明末清初耶稣会思想文献汇编》第45册。然而，大约是整理者不熟悉章回小说体例的缘故，将回目与开场诗混淆在一起，因而现在所见的北大整理本是没有回目的，给读者造成了一些误解和不便。法国国家科学研究中心的陈庆浩2005年在我国台湾嘉义大学召开的中国小说与戏曲国际学术研讨会上，发表了论文《新发现的天主教基督教古本汉文小说》，对《儒交信》做了简略的介绍，包括小说的内容提要及释名。台湾成功大学王三庆发表的论文《东西交流史上汉文小说所表现的文化冲突》引用了他的观点，但并无新的发现和进一步的研究。[①] 总体上，目前对小说《儒交信》还缺乏更为深入细致的研究。

① 王三庆：《东西交流史上汉文小说所表现的文化冲突》，载《成大中文学报》第17期，2007年7月。

小说《儒交信》共六回[1]：

第一回　嗔天教员外逞花唇，揭儒宗孝廉开另眼。员外杨顺水与举人李光之间议论洋教的对话。二人都不信教，但杨员外代表了世俗老百姓的态度，他批评西洋人剜死人的眼睛做千里镜；信教者连祖宗都不要了，虽丧父母并不使僧道念经烧纸；不许纳妾，致使无后等种种行径。李光虽不信教，却驳斥了这些诋毁西洋人及其宗教的荒诞不经的言论，认为西方所谓的天主即《诗》、《书》当中的上帝，中国有孔子为师已经足够了，不必再去信奉天主。这反映了当时传教士与中国知识分子的思想矛盾与文化冲突的实际情形。

第二回　惊异梦急切访真因，笃交情详明谈大道。李光因为心中存疑，整晚心绪不宁，恍惚间听见天主教徒司马慎叫他，一晃又不见了，原来是南柯一梦。于是第二天早上，天色刚明，李光就去司马慎家请教。二人就天主教与儒教、佛老的关系展开了广泛讨论。司马慎解释说，天主教与孔子的学说其实是相通的，“凡奉天主教，不但不背孔子，实是相助全守孔子的道理”，“耶稣不灭孔子，孔子到成全于耶稣”。他对李光说：“入天教室，必自儒门。”李光对司马慎入教后的变化也颇为信服。

第三回　一片言唤醒宦海客，十二解提醒儒教人。

---

① 本文所据《儒交信》的版本为巴黎法国国家图书馆东方稿本部汉文抄本的影印本，由陈庆浩先生提供。下文如无特殊说明，引文皆出自此版本。

司马慎的朋友赵敬之服满三年丁忧，欲往京里起官。他听说信天主做官就容易，所以向司马慎请教其中的道理。司马公告诉他信天主而出仕，就会有仁有义，先民以德，受百姓爱戴，善抚字而民牧，这叫作易于居位。临别之时，他叮嘱赵到北京后，要去天主堂会西洋先生。此时，李举人则在书房读马若瑟所著《信经直解》。小说概述了该书的十二节内容。

第四回　究真诠古经多秘寓，述灵迹大道见躬行。李光与司马慎讨论《信经直解》，认为此书固然很妙，但他质疑书中所载是否属实，因为中国古书中未见记载。司马慎就与他讨论了信与知的关系，信并不等同于知，如能生信，又知晓圣教事，则可印证中国古书如《易》《中庸》。李光认为孔子言行，是其弟子所书。司马慎则提出耶稣的言行，也有十二弟子及当时人作为见证，并讲述了天主及教徒的圣迹，又拿出《天主降生言行纪略》《轻世金书》《真道自证》给他阅读。

第五回　妹劝姐魔女回头向正，儒交信春光天悟皈心。李光回家翌日，即将皇天上帝安在内庭正位，先人先师牌位则放到别处，又把家中佛像打得粉碎，引起虔诚信佛的妻子吴氏的不满，夫妻大吵。李光于是到司马慎家逃避，每日学习耶稣的道理。吴氏的亲妹妹恰好也信奉圣教，这天到姐姐家探访，看到姐姐为打烂的菩萨悲伤不已，于是再讨论到僧尼所信为假，儒教也是不全，要真要全只有天主圣教，并且谈到天主教的种种事迹，吴氏很是动心，也想奉教。于是留妹妹在家住三日，讲圣教道理。

第六回　迓西师兰舟谈妙义，归圣教花县萃群英。叙述司马公带李举人来到天主堂受洗，圣名保禄，请司马若瑟（慎）为代父，又和他们乘船一同下乡，路上两人悉心求教。第一日，若瑟问及关于信、望、爱三德，次日则由保禄询问性理之事，西师一一引及《说文》、庄周、孟子及其他先儒之说为之剖析。第三日，李举人又询问“如何方劝得人信教”？以及有关圣教之美。西师也都一一作答。西师又为司马夫人及吴氏付洗，城里乡里的人都来听讲问道，数日间领洗的有五十多人，西师乃命李光为会长。于是不上三年，整个地方信教者数千，乃建大教堂。杨员外因佞佛纳妾，未满五十岁，夜间被强人打劫，家破人亡。李光夫妇则年过古稀，无疾而终，骨肉同葬于地，灵魂同升于天，完全是传统果报思想的再现。

关于《儒交信》的书名，小说中有多处做出解释，最集中的是第五回。开篇《蝶恋花》词，概述本回大意，其下半阕为：“只道儒宗为极至，细审天人，始晓多遗弃。儒信相交才大备，死生方了真关系。”这一回的回末司马慎问李光：“如今李兄还是儒还是信?”李光说：“儒也是，信也是。儒未信无用，儒交信才实。需望圣人方儒，从圣人言为信。然小弟所谓圣人者，惟天主耶稣为能居之。”……正是：迷时无悟悟无迷，究竟迷时即悟时。此际将迷成悟境，儒交信也不差池。不知二人上省如何敦请西洋先生，请听下回分解。”整部小说实际上围绕着儒学与天主教教义并不矛盾，信儒学与信教是可以互相交融这一主题展开。

与后来19世纪新教传教士所作汉文小说相比，《儒交信》无论是在白话的运用上还是在对章回小说体例的模仿上，都明显技高一筹，显示了马若瑟本人高深的中国文学素养。小说回目拟得十分整齐，对章回小说的一整套叙述程式也运用得恰到好处，除了第三回因嵌入长篇的经文诠释《信经直解》而显得比较生硬外，我们很难看出作品是出自一个西方人的手笔。小说在结构上严格地遵循以诗词作为开篇和篇尾的体例，如第二回开篇用一首词引入正文：

> 洵是天心仁爱，端倪试借南柯。此衷未释敢腾那，急扣伊人则个。　　先觉殷勤接引，真途敢自蹉跎。金针贯顶妙如何？尽把疑团打破。　　右调西江月

这一回的结尾是：

> 李光接着那书，不多厚一编，满心欢喜，直进书房内去了。正是：
>
> 已爱心情融水乳，更凭书卷代提撕。
>
> 不知赵老爷有什么话，且听下回分解。

作者在此完全沿用章回小说的结构和套语，而且在叙述中经常穿插诗词典故，这是“说书人”作为叙述者最明显的标志。《儒交信》在文学性特别是人物塑造方面也比新教传教士的作品更胜一筹，后者由于重教义、重辩论而忽略了人物塑造。《儒交信》中

的人物则个性鲜明，司马公的淡泊宁静、循循善诱，李光的善于思考、做事果决，特别是李光的妻子吴氏表现出的泼辣伶俐都给读者留下了深刻印象。吴氏第五回方才登场：

> 原来李举人的妻子吴氏，即如司马夫人信佛还加一倍，却是百伶百俐，莫说女红针指，就是敲棋点陆，也都晓得，字也认得多，平话书也看得过，只是一桩，嘴头子最快，是个红粉中辩士。李举人没奈何得她，也凭她供佛念经。

李光为了阻止她信佛，把家中的佛像打得粉碎。吴氏看到菩萨碎得七零八落，先是惊得面如土色，待了半晌，乃大声嚷叫起来道："你这天杀的，敢是遇了邪，疯癫了不成，为什么把我的一堂佛菩萨，打得稀烂，这个了得么？"李光劝化妻子说拜木头菩萨，没有意义，又招来吴氏一顿骂："你这阿鼻地狱坐的，你未曾读过佛书，那里晓得有意思没意思？""你这书呆子，只怕往日在鼓里睡，既有个皇天上帝，你如何早不说？我二十多年，在这里供养佛爷，祈求观音，你二十年也不做句声，你也同我拜了菩萨多少次，就是你获罪于天，无所祷也。"她的语言鲜活、生动、酣畅淋漓，极富个性，体现了作者高度的语言造诣，是其他传教士无法企及的。

《儒交信》用人物问答结构全书，这不由让我们联想到新教传教士的许多汉文小说，如米怜的《张远两友相论》（1819）、郭实猎的《赎罪之道传》（1834）和《诲谟训道》（1838）、叶纳清（Ferdinand Gen ahr，？—1864）的《庙祝问答》（1856）。尽管《儒交信》并未付梓，但它是否有可能曾以抄本形式流传而产生一定影响？

我们知道，马若瑟《汉语札记》的出版最终由英国新教徒完成。近代中国新教传教事业的开创者，英国人马礼逊获得一位英国贵族的资助，决定在马六甲的英华书院出版《汉语札记》。当时还是雷慕沙的学生的儒莲为谋生计，给马礼逊抄录了手稿（根据雷慕沙的抄本）。1831 年，这部著作终于在马六甲出版了。该书随即获得许多人的推崇。马若瑟也由此确立了他在汉学史上应享有的地位。那么《儒交信》是否也曾被抄录出来，我们不得而知。如果这个假设成立，那就不难解释为什么第一部新教传教士的汉文小说是出自曾任马礼逊的助手、英华书院第一任校长米怜之手，并且在结构特征和写作手法上那么接近《儒交信》了。当然，这种假设可能显得过于大胆了。马若瑟与后来的新教传教士不约而同地选择将白话小说与问答体相结合的体例，更为主要的原因恐怕还是在于这种形式本身使观点的表述更为直观和清晰，有助于要点明确地传播教义。作者可以借人物之口，在问答之间自由地发表个人的见解，阐释教义，几乎不受情节设置的干扰。而且，问答体在欧洲的哲学和宗教著作中本身就是有先例可循的。

三、《旧约》索隐派神学观与《儒交信》的创作

《旧约》索隐派（Figurists）又译“形象学派”或“象征学派”。这一名称最早见于 1732 年法国汉学家佛来勒（N. Frere，1673—1741）与马若瑟的通信中。索隐派是 18 世纪初专门研究《圣经》《道德经》、中国文字及古史的学术小团体，创始人是白晋，马若瑟、傅圣泽、郭中传（Alexis de Gollet，1664—1741）是

其中的主要成员。十七八世纪之际，欧洲正值盛行批判地研究《圣经》时期。在华传教士关于中国天文推算的发现性的报道，引发了关于中国文明起源的确切年代的讨论。17 世纪前期，汤若望、柏应理等曾对此问题略加讨论，但并无确切结论。至 1658 年卫匡国（Martino Martini，1614—1661）的《中国上古史》（*Sinic Histori Decas PrimaMunich*，1658）在德国慕尼黑出版，其中所提出的中国历史纪年与《旧约》的矛盾问题，促成了对《易经》做基督教阐释的尝试。基督教学者开始用中国史来验证《旧约·圣经》的可靠性，把中国古代传说（《周易大传》中有系统的表述）当作《旧约》故事的变种加以研究。虽然大多属于臆测，但是其学术动机不容忽视，它表明了近代基督教学者试图把欧洲之外的非基督教国家也编入基督教世界史的努力。①

马若瑟博览中国经籍，在索隐派中，马若瑟对中国学术的了解相当深入，其研究方式也较理性。他于 1703 年前后开始与白晋交往，在与白晋的通信中，曾自称是白晋的学生。马若瑟于 1698 年抵达中国后，一生大部分时间在江西和广东度过，所交往者多属中国的下层文人和平民，因而对中国的现实社会和世俗文化有较深刻的认识。虽然同属索隐学派，马若瑟的见解与白晋、傅圣泽有所差异。他坚信中国古经中史实的可靠性，进而从中寻找原始宗教启示的痕迹。按照马若瑟的看法："中国的宗教全部存在于经书之中。那里，就基本教义而言，人们可以发现古代中国人从诺亚子孙处获得了自然法则的原理。他们既授人以上帝的知识，

① 参见杨宏声：《明清之际在华耶稣会士之〈易〉说》，载《周易研究》2003 年第 6 期。

也教人尊敬上帝。”[①] 他相信基督信仰的主要奥秘可在中国古书中找到，但并不认为《易经》或其他古经是神启示给以色列十二支派的痕迹。马若瑟并不牵强附会于自己的假设，体现了高度的理性意识。由此及彼，他不像白晋那样沉迷于《易经》的预言，也不像傅圣泽那样将中国古史视为神话；他对研究中国文字感兴趣，注意到象形文字的复杂含义，但并未牵涉犹太的神秘理论，而宁愿将中国作为一种独立的文化来研究。他可以说是耶稣会士中以较为理性的态度将《易经》和中国古史带出以犹太为中心的基督教义的第一人。马若瑟作为《旧约》索隐派的重要成员，其历史感觉与形象主义冲突，主要体现在他的《中国古书中基督教义之遗迹》（*Selecta quaedam vestigia Praecipuorum Christianae Religionis dogmatum ex antiquis sinarum Libris*）一书中。在阅读中马若瑟提出了不少中国古史问题。诸如，何以古代中国分天下为九州？文王果真如此理想吗？龙、麒麟、凤凰是否为一种由人创造的符号？当然，他的终极观点仍认为必须以符合基督教教义的象征主义来解释。尽管如此，他在华28年，终因“赞美中国《易经》和不尊重《旧约全书》”而被罗马天主教传道总会召回。[②]

《旧约》索引派神学的观点贯穿在马若瑟的文学活动中。他翻译《赵氏孤儿》的前后经过就与索隐派的观点密切相关，他是为了在欧洲传扬索隐派的神学观才翻译了该剧，并把它寄给了当时法国的中文权威傅尔蒙。马若瑟为什么会在百种元剧中选择了

---

① 参见《马若瑟传》，方豪：《中国天主教人物稿》（第二册），先启出版社，1970年。

② 杨宏声：《明清之际在华耶稣会士之〈易〉说》，载《周易研究》2003年第6期。

《赵氏孤儿》？至少有一点可以肯定，他并非随便找了一个剧本来译。《元人百种》所有的插图都集中在第一册里，一共有 224 幅，每幅插图尽管有题目，但这个题目和剧本的标题并不对应。马若瑟给每幅插图都标上了对应的剧本号码，又把这个号码标在对应的每册书上和每个剧本前，这至少需要对每个剧本都浏览过，因此他显然是有意识地选择了该剧。这出剧在元剧中最符合当时法国文学界对悲剧的观念，同时剧中人物高贵的英雄气概也是吸引马若瑟的原因之一。耶稣会一贯主张用悲剧人物的英雄品格教化世道人心。尽管马若瑟因为索隐派观点与耶稣会上层存在很深的矛盾，但他毕竟是长期受耶稣会传统教育培养出来的学者，因此在美学观点上并无太大分歧。程婴、韩厥、公孙杵臼为了国家民族不惜牺牲自己的忠义道德，正合乎这种悲剧观。可以推断，马若瑟是在熟悉元剧的情况下，挑选了一部优秀的中国作品，它同时又最适合法国包括法国耶稣会的美学观念。耶稣会尽管反对索隐派，却认定这出剧本能为《中华帝国志》一书增色，因而杜赫德不顾一切地要发表它。[①]

《旧约》索引派神学的观点在他的小说《儒交信》中同样一以贯之，了解这一点有助于我们对小说及其文化价值的理解。这部小说的核心内容实际上就是要在儒学与天主教之间寻找共同点，试图借助小说人物对儒家经典的解读和对天主教教义的解析，证明"奉天主教不但不背孔子，实是相助全守孔子的道理"，"耶稣到不灭孔子，孔子到成全于耶稣"。[②] 小说中充斥着大段的这类

---

① 鲁进：《马若瑟为什么翻译了〈赵氏孤儿〉》，载《中华读书报》2007 年 9 月 12 日，第 19 版"国际文化"。

② 《儒交信》第二回。

“读书笔记”式的辩论，如第二回李光大段引用儒家经典以证明二者相合：

举人道：“五经四子，是小弟一生诵读的；先师孔子，是小弟一生顾学的；天主教大略，也是老兄和我说过几次的，故小弟也颇晓得些。今推论之，天主教所有，我儒教都有了。天教言天主，吾儒言上帝。据西儒说，天主就是无始无终、自有自足、全能全知全善、至尊无对、至公无私、至一不贰、无形无像、纯神妙体、造天造地、生人生物、无所不在、无所不见、无所不闻、无善不赏、无恶不罚，这都是极真的道理。然据儒教的六经，言上天、神天、上帝、皇天上帝，其与西儒言天主，一些也不差。又天教言善恶不同归，人在世为善，身后必升天堂；在世行恶身后必下地狱。然按《诗》曰：‘文王在上，于昭于天。’《书》曰：‘殷多先哲王在天。’善人如成汤，如文王，果登于帝廷；恶人如桀如纣，必坠于地狱。西儒中儒，心同理同如此。又天教言人虽会死，他的灵魂却常在，这灵魂是神妙的物，不会死，不会灭。然儒教亦是这样说，孔子曰：‘事死如事生，孝之至也。’生时既在，后必也还在；善者在天，恶者在渊；某人在上，某人在下。虽不可必，然既或在上，或在下，必竟尚存而不散，亦实不可疑。天教有七克，有十诫，有十四哀矜，皆是敬天修己爱人的纲目，与孔子的道理何尝有什么不同？这几件事，小弟若看得不错，敢问仁兄，入天主教，到底是什么要紧？”

司马慎对他的分析表示认同："李先生这四端道理，果说得很好，弟不得不服。孔子的心法，若看得到极处，其与天教的心法，实不异也。任一样重，道一样远。"这番试图将中西文化调和的言论，是特定历史文化语境下的产物。既是马若瑟个人努力要发掘的，也代表了这一时期来华传教士为了达到传教的目的而进行的探索，并成为当时礼仪之争中争论的焦点。既然儒教与天主教实不相异，那么只需知道孔子的道理即可，为什么必奉天主教呢？司马慎的理由是：

在李兄大儒是不打紧，必定尊嫂、令郎、管家们都归儒教，不信佛菩萨，只认得孔子。然外有四邻八舍、亲戚朋友，未必都是明白的。好兄，你老实对我说，你几次去劝他事上帝，学孔子绝异端？若果劝了他几回，又老实说劝化了几个？除了本府本县，还有十三省；除了中国，还有四夷。他们不认得上帝，不晓得孔子，难道不是上帝大父母所生，难道不是与我们同气弟兄不成？上帝明臣，孔子贤徒，你在这里做什么，何不分敷儒教于万方？孔子在世，昭事上帝，也行教于诸国，故自称为东西南北之人。

这番话在我们看来，其实并不足以服人，不过作者按照一名传教士的理想方式，在接下来的情节中一厢情愿地写到，李光为这番言论深深折服，并对信教后的司马公仰慕不已。马若瑟遵循了自利玛窦以来耶稣会士所奉行的合儒排佛策略。利玛窦来中国不久就认识道："儒教是中国所固有的，并且是国内最古老的一种。中国人以儒教治国，有着大量的文献，远比其他教派更为著名。”[1] 面对着这样一个神权与政权完全融为一本的社会结构，天主教要想进入中国，几乎可以说没有其他的选择，只能与当时作为国家意识形态的儒学结合，即走“合儒”的路线。如果从中西文化交流史来看，从西方思想文化与中国文化的碰撞与融合来看，这一策略具有历史性意义，唯其如此，西方文明才开始与东方文明实现真正对话，西方文明的核心——哲学与宗教才开始同东方哲学和宗教展开一种实质性的对话。不过这一策略对于天主教的传统传教方法来说也是很危险的，有离经叛道之嫌，这也是后来耶稣会与其他后进入中国的天主教修会，如方济各会、多明我会、遣使会、奥斯汀会等发生分歧并引起内部不同意见的根本原因之一，所谓的“礼仪之争”从这时就埋下了导火索。

马若瑟试图从中国语言文字及古代典籍中发掘天主教教义的努力，与当时罗马教廷的主流思想发生了激烈的冲突。也正因为如此，小说《儒交信》的命运与马若瑟的其他著作一样，在他生前都被视为异端而未获出版。他的《经传论》十二篇在这一点上则更为突出，该书引述历代儒者的经说，利用“以子之矛，攻子之盾”的手法，说明索隐派观点：唯有古经可信，而诸儒之说不可尽信。但是对于中国读者而言，他的天主教思想完全埋在经学和理学的文字之下，难以看出他在传布天主教的教义。虽然他的书写策略合理化了传教士的存在，却也使传教士看来更似当时一般的中国学者。马若瑟即使从来未曾质疑自己的信仰，但他的书

① 利玛窦、(比) 金尼阁：《利玛窦中国札记》，何高济、王遵仲、李申译，广西师范大学出版社，2001 年，第 70 页。

写策略，以及对于异文化的包容，让教会感到了危险，甚至要将他召回。马若瑟的案例或许能让我们更加同情地理解远人在文化夹缝中的尴尬。①

“无论是在日本的沙勿略，还是在中国的利玛窦，这些先驱者都表现出过人的智慧和献身精神，他们的人格魅力、对于异族文化的现实主义态度和宽容精神，显然已超然于具体的历史时代和个别的历史事件，具有一种广博而深刻的文化象征意义。正是由于耶稣会士对于异质文化的体认及其传教策略的不断修正，才使得东西方的文化交流进行得如此深入。”② 马若瑟所做的意义正在于此，他是真正的汉学大师。他的白话小说《儒交信》表现了对儒学以及中国文学的深刻体认和现实主义的态度。《儒交信》用白话小说写作传教手册，实际上开创了一种新的适合更广大的中国本土读者的传教方式，并被 19 世纪的新教传教士发扬光大，证明了其适用性和有效性。

第二节　汉语新教小说的开端《张远两友相论》

《张远两友相论》是由伦敦差会传教士米怜创作的第一部以章回体撰写的白话小说。米怜，苏格兰人，1812 年奉派来华协助马礼逊工作。1813 年，到达澳门。由于传播新教，他遭到葡萄牙人的驱逐，继往广州，一边学习中文，一边帮助马礼逊翻译《圣经》。1815 年，米怜在马六甲设立印刷所，并创办了第一份中文期

---

① 参见祝平一：《经传众说——马若瑟的中国经学史》，《“中央研究院”历史语言研究所集刊》第七十八本第三分，2007 年。

② 戚印平：《日本早期耶稣会史研究》，商务印书馆，2003 年，第26 页。

刊《察世俗每月统记传》。他所撰写的《张远两友相论》，最初于1817年开始在《察世俗》第三卷连载，共十二回。这部作品可能是19世纪翻印次数最多的中文小说，当时在传教士及中国读者中广为流传。该书创造的叙事框架数十年间一直深刻地影响着在华传教士的写作，但迄今为止学界对它的介绍极为有限。本文旨在讨论这部作品在小说史上的意义，它的流传情况及社会影响，以引起研究者关注，并将这种关注延伸到几近空白的传教士小说领域。

一、问答体小说的先驱与中西文化的交融

毋庸置疑，《张远两友相论》是对基督教教义的一种文学书写，这一类作品在传教过程中并不鲜见。它之所以引起我们注意，在于其小说文体上的特点、创新及其表现出来的中西文化融合的特征。

这部小说最重要的意义在于它的原创性，作者第一次采用中国传统的章回小说形式阐释基督教。小说的背景设置在中国，张与远是好友，张是虔诚的教徒，远则对圣教蒙昧无知。二人偶然在路上相遇谈起基督教。此后远常常拜访张，请他解答教义上的疑惑。二人在夜晚的梧桐树下进行了一系列对话，远最终成了一名信徒。小说根据二人对话的论题分十二回，不标回目。[①]作者严格地将对话设置在叙事语境中。行文中还仿照章回小说评点的形式间或采用眉批出注，为读者提供阅读线索获取更多信息。如第

---

① 在改写、重印过程中，回数有所变化。本文论述主要据早期版本：哈佛—燕京图书馆藏1836年新加坡重印本，题“道光十六年镌，新加坡坚夏书院藏版”，也适当参照后期版本，进行必要的比照。文中引文仅注回数者皆系此版本。

五回，张谈到阅读《圣经》中耶稣降世以救罪人的感受时，有眉批“见弟摩氏第一书第一章十五节”；第七回，张谈到复活身与现在身的不同，有眉批“见保罗与可林多辈书第十五章四十二节”。

选择传统章回小说宣扬教义，表达非我族类的思想观念，迎合了中国读者的阅读习惯和审美特征，这与早期耶稣会士所推行的文化适应策略一脉相承。以米怜为先驱并成为基督教新教在华传教特色的这一文学创举，在梁启超日后的文学革命主张中得到概括并身体力行，即所谓的“以旧风格含新意境”[①]。他 1902 年从日文本翻译的法国作家儒勒·凡尔纳（Jules Verne，1828—1905）的科学小说《十五小豪杰》即“纯以中国说部体段代之”[②]。而米怜早在 1819 年就已经开始了这种尝试。

米怜创造性地运用了问答体例，这一体例适宜于表现不同思想之间的交锋，能够更有效地传播论点。事实上，古希腊哲学家柏拉图（Platon，前 427—前 347）著作的特点之一就是运用问答体，我国古代也有“语录”“答客问”。特兰托公会议（1545—1563）之后，为初入教者撰写的各种教义问答手册的做法在欧洲极为普遍。它们大都模仿中世纪基础教育的四支柱结构：使徒的象征、我们的圣父、十诫以及圣礼。对《圣经》的新兴趣反映在《由特兰托公会议向各地教会颁布的教义手册》（*Catechismus ex decret concilii Tridentini ad parochus*，1566）中，一些非常流行的教义问答手册，诸如，耶稣会士奥格尔（Auger）和卡尼秀（Canisius）

① 梁启超：《饮冰室诗话》，人民文学出版社，1982 年，第 51 页。
② 《新民丛报》，1902 年 2 月第 2 号。

所撰写的手册就是仿此而成的。[①] 早期来华的耶稣会士——声名卓著的利玛窦和艾儒略也使用过问答体。但将问答体用于章回小说，并贯穿全书者，米怜是第一人。[②] 他在书中为远设计了一系列问题，这些问题循序渐进地逼近基督教的核心，如基督教徒的行为特征与准则、原罪与忏悔、耶稣的品质与忠贞、灵魂永生与死后入天堂或地狱、复活之身与现在之身的不同、有罪之人是否能得到上帝的赦免等等。它们既是普通民众困惑不解或感到好奇的，也反映了西方传教士对中国宗教信仰、思想观念、民间习俗的观察与思考。

书中张与远的对话实际上是中西文化之间的碰撞与交锋。但二者的话语权并不平等。身为基督教徒的张能言善辩，滔滔不绝，而远则懵懂无知，即便偶尔对张的说法表示异议，也很快就被他说服。这与欧洲教理书由老师提问、学生回答的一般模式不同，而是考虑到东方国家的读者的知识背景和表达习惯进行了调整。这种模式在日本的宗教书籍中也可以见到。[③] 米怜显然是一个有耐心的、善于观察和倾听不同声音的布道者。他身上没有强加于人的霸气，而是时时留意中国本土文化，在对比中说服、劝诱。他

---

① 参见孙尚扬、(比利时) 钟鸣旦:《1840 年前的中国基督教》，学苑出版社，2004 年，第十一章“圣经在十七世纪的中国”。

② 哈佛大学教授韩南认为，早在米怜之前，对话形式在印度就被传教士们普遍采用。斯渥兹（Christian Frederick Schwartz）也作“Swartz”用泰米尔语写作，曾写过发生在一位基督教徒与非信徒之间的 12 段对话，1772 年发表于马德拉斯（Madras）。他的作品无意中激发了米怜的创作灵感。See Patrick Hanan, The Missionary Novels of Nineteenth—Century China, in *Harvard Journal of Asiatic Studies*, vol. 60 · 2, p. 418.

③ 参见戚印平：《日本早期耶稣会史研究》，商务印书馆，2003 年，第 231—232 页。

习惯用中国人熟悉的日常生活来说明问题，唤起读者的亲切感和认同感。如第八回写到元宵节闹花灯，初一、十五祭神、拜祖，第四回用读书人寒窗苦读以望做秀才、中举人、升云梯来说明天上的事与地上的事二者的关系，告诫读者不能只看眼前，还要考虑身后事。行文中时常引用中国古训，如“古云：‘一日不念善，诸恶悉皆生’”（第五回）、“古者曾云：‘恶有恶报。’”（第十回）。17 世纪中叶到 18 世纪中叶发生“中国礼仪之争”后，耶稣会士们放弃的文化适应与本土化的主张，在米怜与他的后继者身上得到了再现。值得注意的是，米怜对中国文化与宗教所持的态度：排斥佛、道，对儒家提倡的五伦五常、孝道等思想则充分肯定。这样，就在儒家思想与基督教之间构筑了沟通的渠道，为从文士阶层到普通民众都能接受基督教奠定了基础。第六回写到佛教的轮回与基督教复活的不同，作者的代言人张谆谆告诫说：“死人转出世成禽兽之形，皆虚话，哄骗愚人，相公不可信之。”并试图把基督教的复活思想与中国人讲究的孝道联系起来，深深打动了他忠实的听众远。对于道教的多神论和偶像崇拜，书中则在第一回就批驳说：“世人所敬的各神类，不过系自己手所作、无用无能的偶像而已。这是假神，不是真神，又这假神系无数的，惟其真神止一。”第八回、第九回写到教徒的祈祷仪式与中国拜神、拜祖先的区别，教徒祈祷不设香案蜡烛，目的也不是求名求利、替儿孙求福。这些都触及中西文化的差异，并且是具有普遍性或日常生活中面临的问题。

并不需要深刻的洞察力，我们就能体察到作者的命意在于宣教，“保罗劝民弃假神，宜专拜造天地万物独一真神，其意见《使徒行传》十四章与十六章"[①]。但这一意图由于被限定在小说框架内而使枯燥的教义问答变得有趣起来，其中，有人物性格的刻画、心理描写、情节的设置。需要说明的是，在成书之初只有两个主人公的个性较为彰显，他们的朋友、家人只有简单的行动描写，几乎没有对话。随着不断被改写、修订，其他人物形象也日渐丰满，如1875年京都（北京）美华书院印刷的《张远两友相论》就增加了远的妻、儿、朋友的描写：

> 他儿子在旁边听见这些话，就吓得不敢言语。他的妻用手指着远向他儿子说："你父亲必是疯了，不然就是被甚么迷住了，你快去请你的先生来，看看你父亲是怎样了。"原来这先生姓王，是聪明人，最与远相好。晌午时分，王来到远的家里，问远说："吾兄有甚么苦处？"远说："我得罪了天地万物的主，恐怕难免地狱的刑罚。"王说："吾兄不必这样惧怕，你是最公平、最善良的人，人人都知道。"远就仰面长叹说："我的心是善是恶，你们不能看见，我自己知道我心中的罪恶，所以我这样惧怕。"王说："你说的这些话，我全不明白你的意思，也不知道你是听了谁的讲论了。"远说："我有一个朋友姓张，他将这样道理讲与我听，我才知道我的罪。"王就惊讶起来说："怪不得你这样胡说，原来你是听了他的讲论。他是耶稣教的人，他的眷属本家邻舍，谁不厌恶他，你为甚么与他来往？我劝你不要亲近他，免得受了他的

① 《张远两友相论》，光绪六年庚辰（1880），上海美华书馆排印本，扉页。

迷惑。”远说：“那位先生讲论的道理，甚是有凭有据，我也确实知道是好，人若不肯听信，决不能得救。”（第十三章）

这一段描写可谓相当生动，恰如其分地表现了各人的反应。远已经成了一名真正的基督教徒，使用的是教徒的语言，并真诚地忏悔自己的罪孽。但却给他的妻、儿带来了恐惧，而他的朋友则又惊又恨，劝他回头。

问答体运用的是限知视角，使人物形象特别是远的表现显得非常真实。如第九回，远看到烦琐的祈祷仪式，不免产生疑虑："只怕像我贫穷做工的人，不得闲行这么多事。"[①] 第十回看了张的祈祷后，"远回家一路思张在祈祷所说之话，心下想道：'此人奇怪得很，我看他日日行好，又人人都说他是个善良不多事之人，而他自己祈祷时却说有罪，说心恶，又说该受天之怒等话，不知何故？第二会我定要问他'"[②]。这些描写都很契合平常人的思维逻辑，远的疑惑正是米怜站在读者立场所想象的他们可能会有的疑惑。他的悉心揣摩使问题的设计能够准确地抓住读者心理，使阅读过程充满悬念。小说对远的心理变化展示得较为充分，他由最初的好奇到进一步了解耶稣教时的困惑，对复活的渴望和地狱的恐惧，最后成为虔诚的教徒。在与远的交往中，张的睿智、坚忍、忠贞、善良的基督教徒形象也得到了烘托。作者在写作时预设了读者层（也同时是宣教对象），将社会底层民众纳入其中。主人公

① 《张远两友相论》，第28页。
② 《张远两友相论》，第31页。

远本身就是一个贫穷做工的人。采用问答体可以使观点的表述更为直观和清晰，有助于文化程度不高的读者领会要点。出于同样目的，作者还很注重用形象生动的比喻进行论说。如以棹子和木匠的关系说明上帝与天的关系（第一回），以只有暂受剖恶疮之痛才能保性命无虞说明生前死后之苦的关系（第二回）。

考察《张远两友相论》的语言形态，是一件相当有意思的事。尽管米怜非常努力地尝试用白话写作，尽量采用地道的中文表述，如尊称对方“尊驾”，同宗族的人称“本家”等，但该书半文半白，不够流畅的语言还是不经意间泄露了作者异国人的身份。毕竟这只是初试牛刀之作，还带着初期传教士中文小说的稚拙。从中我们可以看到很多西方化的表达方式。需要说明的是，经过修订、改写，《张远两友相论》前后的语言形态有很大不同，日趋明白晓畅。如书中两个主要人物的名字只是音译，这是按照西方人的习惯用姓氏指称人物（书名也由此各异），或称张、远，或称张、袁，或称长、远，或称甲、乙。唯一的例外是咸丰四年（1854）福建鹭门花旗馆寓刊本，题“长远两友相论”，书中人物全名作“潘长”“曹远”，可能是由中国文人改写的。对宗教用语的中译法，也尚在摸索之中，如“上帝”译为“神天”，《新约全书》译为《新遗诏书》等。第三回写道“真神止一，但在其体有三位，曰父曰子曰圣神风。此三位非三个神，乃止一全能神”。这段话在1906年上海美华书馆摆印本中就成为“上帝止是一个，但一体之中，分为三位，就是圣父、圣子、圣灵。这三位并不是三位上帝，止是一个上帝”。后者已与当今普遍的译法趋于一致。在人物刻画中，作者显然也更擅长于西方小说的心理描写，而不是以章回小说特有的白描手法见长。而文中张连篇累牍的宣教，张的循循善诱，更使读者体验到西方式的哲学思辨。

这是一种奇妙的融合，中西方不同的宗教思想、语言表达方式、写作手法交织在一起，带给读者独特的审美体验。在米怜之后，郭实猎、理雅各、杨格非等传教士竞相效仿，以章回小说体撰写旨在宣扬教义的小说。

二、长期的流传与众多的版本

《张远两友相论》虽然带着初期传教士小说的种种草创痕迹，但由于它的开创之功，该书一再被改写、修订和再版。它流传的时间相当长远，事实上，自 1819 年初次在马六甲出版之后，平均每两年便出版一次，直到 20 世纪初才随传教士小说逐渐消亡。

早在伟烈亚力 1867 年出版的《在华传教士回忆录》中就已收录了此书的 13 种版本，表明此书在当时已极具影响力[①]：

> 1819 年马六甲出版，20 页。[②]
>
> 1831 年马六甲重印本，42 页。[③]
>
> 1836 年新加坡重印本，42 页。[④]

---

① *Memorials of Protestant Missionaries to the Chinese*: *Giving A List of Their Publications, and Obituary Notices of the Deceased, with Copious Indexes.* American Presbyterian Mission Press 1867, p. 17, p. 145.

② 伟烈亚力称为重印本者，页数都有变化，版式不同，故本文作为别一种版本列出。

③ 牛津大学 Bodleian Library 有藏本，英华书院，道光十一年（1831）重镌。

④ 哈佛—燕京图书馆有藏本，内封题“道光十六年镌《张远两友相论》，新加坡坚夏书院藏版”，第 12 回。

1844 年香港修订本，缩减为 41 页。[①]

1847 年上海印本。

1847 年宁波重印马六甲原本，35 页。

1849 年上海由叔未士（John. Lewis. Shuck，1812—1863）稍作修订出版，35 页。

1851 年米怜的修订版在上海出版，24 页，由原作 12 回压缩成 11 回。此版本 1851 年又在香港获重印，27 页。[②]

1851 年另一修订本以《二友相论》为题在宁波出版，30 页。

1858 年上海又出修订版，以《甲乙二友论述》为题出版，22 页。此书由 12 回压缩成 10 回，最后一回由艾约瑟增补，叙述了远（即此书中的乙）彻底信服，受洗并加入教会。此书 1861 年又在上海重印。[③]

1862 年广东出版《张远两友相论》，16 页，其中包括了米怜原著的前五回，改写成广东话。

迄今为止，以牛津大学波德来图书馆（Bodleian Library）收藏的该书版本最为可观，有 21 种之多。除了伟烈亚力提到的 5 种之外，还有 16 种其他版本：

---

① 哈佛—燕京图书馆、牛津大学 Bodleian Library 都有藏本，内封题“《张远两友相论》”，香港英华书院藏版，共 12 回，在伦敦铅印线装。

② 牛津大学 Bodleian Library 藏有咸丰元年（1851）香港英华书院刊本，美魏茶（William Charles Milne，1815—1863）修订。

③ 由上海墨海书馆刊印，伟烈亚力修订，艾约瑟增补，牛津大学 Bodleian Library 有藏本。

1852 年刊本《长远两友相论》，墨海书馆，24 页，米怜修订。

1853 年刊本《张远两友相论》，圣会堂，24 页，叔未士修订。

1857 年刊本《张远两友相论》，宁波：华花圣经书房，33 页。①

1857 年刊本《张远相论》，上海出版（未注出版者），美国南浸信会传教士晏玛太博士（Matthew Tyson-Yates，1819—1888）译成官话。

1863 年刊本《张远两友相论》，上海：美华书馆，40 页。

1864 刊本《二友相论》，宁波：英华圣经堂，胡德迈（Thomas Hall Hudson，1800—1876）修订，内封题“同治二年 宁郡福音殿”，30 页。

1865 年刊本《张远二友论述》，上海：墨海书馆，艾约瑟增补，慕维廉编订，22 页。

1867 年刊本《长远两友相论》，香港：英华书院，米怜修订，32 页。

1868 年刊本《张远两友相论》，上海：美华书馆，柯别特（Hunter Corbett，1835—1920）② 增补并译成官话，60 页，最后 7 页缺。

1868 年刊本《张远两友相论》，上海：美华书馆，

---

① 此书也藏于哈佛—燕京图书馆，内封题“张远两友相论，宁波华花圣经书房订，耶稣降世一千八百五十七年，□样人第”，12 回。

② 柯别特，中文名“郭显德”，为美国长老会在山东的传教士。

33 页。

1869 年刊本《张远两友相论》，上海：美华书馆，新铸铜版，11 页。

1871 年刊本《甲乙二友论述》，福州：太平街福音堂，榕腔，28 页。[①]

1871 年刊本《长远两友相论》，香港：英华书院刊本，米怜修订，32 页。

1875 年刊本《两友相论》，京都：美华书院，柯别特增补并译成官话，63 页。[②]

1882 年刊本《张袁两友相论》，上海：中国圣教书会，米怜修订，22 页。

1883 年刊本《长远两友相论》，汉口：圣教书局，米怜修订，23 页。

此外，哈佛—燕京图书馆还保存有 4 种不同的版本：

1849 年福州刊本，内封题“张远两友相论，道光二十九年福州城刊刻，耶稣降世壹千八百四十九年，板藏花旗寓所”，12 回。

1854 年福建刊本，内封题“长远两友相论，福建鹭门花旗馆寓，咸丰四年印刷”，11 回。

---

① 此书也藏于哈佛—燕京图书馆，内封题“甲乙二友论述，同治十年福州城内太平街福音堂印”，10 回。

② 此书也藏于哈佛—燕京图书馆，内封题“两友相论，耶稣降世一千八百七十五年，岁次乙亥，京都（北京）：灯市口美华书院印刷”，13 章。

1875 年京都美华书院印刷《美华书院短篇集》合集，卷一第一部即为《两友相论》。

1906 年上海排印本，内封题“张袁两友相论，救主耶稣降世一千九百零六年，华北书会印发，大清光绪三十二年岁次丙午，上海美华书馆摆印”，11 回。

熊月之在《西学东渐与晚清社会》中对传教士在各地出版的中文书籍进行了梳理，其中，《张远两友相论》的多数版本都是据伟烈亚力的《来华基督教传教士纪念册——附著述目录》，只有一种版本未见他书提及，作者也没有说明收藏于何处及其资料来源：1847 年宁波出版米怜《张远两友相论》，共 8 页，据 1836 年新加坡版修订。[①]

另外，《中国通俗小说总目提要》，王继权、夏生元编《中国近代小说目录》，孙文光主编《中国近代文学大辞典》，刘叶秋、朱一玄、张守谦、姜东赋主编《中国古典小说大辞典》，日本学者樽本照雄编《清末民初小说目录》都收录了同一种版本。1880 年上海美华书馆排印本《张远两友相论》，共 12 回，不题撰人，内封题“张远两友相论，耶稣降世一千八百八十年，光绪六年岁次庚辰，上海美华书馆重印”[②]。令人费解的是，这么多书目都仅收录了同一种版本。这大约与其读者层有关。此书当时在上层文人中读者有限，更谈不上研究，以至于注重学术传承的中国当代学

① 熊月之：《西学东渐与晚清社会》，第 176 页。

② 江苏省社会科学院明清小说研究中心：《中国通俗小说总目提要》，中国文联出版公司，1990 年，第 753 页；王继权、夏元生：《中国近代小说目录》，百花洲文艺出版社，1998 年，第 216 页。

者继续着对它的忽视（详见下文）。

就笔者目力所及，《张远两友相论》自1819年在马六甲初刻以来，几乎平均两年就刊印一次，到1883年短短数十年时间版本已多达34种，20世纪以后仍有新版本出现。这与哈佛大学韩南教授掌握的情况是一致的。他统计了1876—1884年的书目，并补充大英图书馆所藏其他年份出版的版本，以及哈佛—燕京图书馆和菲利浦（Phillips）图书馆所藏版本，认为《张远两友相论》至少有30个版本。同时，由于在同一年印刷了不止一版，实际的数量可能还要高一点儿。[①] 而贝斯（Daniel H. Bays）根据自己所掌握的1819—1906年间的17种版本，估计该书至少印行了10万册甚至超过100万册。[②] 其出版地主要集中在马六甲、香港、上海、宁波、福州、北京。对该书的修订、改写未曾间断。

三、中西读者的接受与影响

在《张远两友相论》问世的时代，中文书籍的刊印对传教士而言并非易事。事实上，1812年当米怜夫妇刚刚抵达澳门时，澳门总督不仅拒绝其在当地停留，并禁止为他求情的当时居住在澳门的马礼逊印刷中文书籍。1816年，广州巡抚下令严禁当地人帮助外国人印刷中文书籍，容三德（根据Yong Sam Tak音译，马礼逊曾在伦敦师从其学习中文）、梁发（1789—1855）等工人被拘捕，马礼逊的老师和誊写员则受到通缉，结果马礼逊不得不让葡

① Patrick Hanan, *The Missionary Novels of Nineteenth—Century China*, p. 417.

② See *Christianity in China: from the eighteenth century to the present*, edited by Daniel H. Bays, Standford, Sandford University Press, 1996.

萄牙工人毁掉准备用来印刷字典的中文模版。[1]

在这种环境中，中文小说《张远两友相论》的出版对传教士来说，具有不同寻常的意义。1819 年马礼逊与米怜合作的中译本《圣经》刚刚完成，正是在这一年，《张远两友相论》出版。作品采用了小说文体，而且由一系列对话构成，内容是西方人所熟悉的，无疑很适宜作为中文学习的入门读物，故而很受青睐。一位署名腓烈（Phlio）的作者就曾向读者大力推荐《张远两友相论》："这些对话以简明的风格写成，包含了大量普通人经常使用的语汇。我之所以在学习之初就选择此书，是因为据我所知，没有一本书比它所含的语汇更为丰富了。我会与老师一起将它研读两三遍，学习之余，还请老师把它抄在空白的簿子上，栏与栏之间间隔开来，一页或许能写两栏以上。"[2]

然而这部作品显然不仅仅作为中文学习的教科书在读者中流传，郭实猎曾提到此书在华人中的接受情况，他本人也深受其影响。1829 年 3 月，当他还在曼谷时，一个"手中持有米怜的《张远两友相论》且从书中获益匪浅"的人拜访了他。[3] 1833 年，郭实猎第三次进行中国沿海旅行。是年 2 月访问普陀山时，随船带了很多宗教论著，受到当地读者的欢迎，分发一空：

令人满意的是，我们看到那些主要的僧侣及僧人中

---

① 参见（英）汤森：《马礼逊——在华传教士的先驱》，王振华译，大象出版社，2002 年，第 74、90 页。

② Study of the Chinese Language, *Chinese Repository* 1839 Vol. 8 · 7, p. 343.

③ Jacob Tomlin, *Journal of a Nine Month's Residence in Siam*, Frederick Westley and A. H. Davis 1831, p. 105.

> 富于才智的那一部分人，是如此热衷于阅读我们的书籍，以致无暇顾及我们。其中最打动他们的一部书，是发生在张与远——一个基督教徒与他蒙昧无知的邻居之间的对谈。这部书的作者是已故的、令人哀悼的米怜博士，书中包含了极其尖锐和公正的评述，一直深受中国读者喜爱。①

这是一次发生在民间的中西文化的交流。我们无从考订，是书中的哪些内容打动了那些包括许多僧人在内的中国读者。但小说这一文体对吸引读者来说显然是奏效的，而且在儿女英雄类小说充斥的年代，中国读者对书中的内容感到惊奇与新鲜，也不足为奇。有一个细节值得我们注意，即郭实猎后来从普陀山僧人处获赠《香山宝卷》，发现东西方宗教在这一点上不谋而合，都采用讲故事的形式来吸引读者。在此后的写作中，他开始自觉撰写中文小说宣扬宗教与自己的观点。

一些中国文人为了让更多的下层民众通晓此书，还自觉地把它改写成方言，为该书的流传起了推波助澜的作用。同治十年（1871），福州太平街福音堂印本《甲乙二友论述》序云：

> 是书系嘉庆年间英国米教士所著，名曰《张远两友相论》。后英国艾教士再加润色，重付上海书局刊印，易其名曰《甲乙二友论述》。愚得此书，见其理简而明，意

① Journal of a voyage along the coast China, from the province of Canton to Leaoutung in Mantchou Tartary, 1832 – 1833, *Chinese Repository* 1834, Vol. 2 · 2, p. 54.

显而顺，其裨益人诚非浅鲜。遂撮其大意译为榕腔，俾野叟村童易于诵读，由是知耶稣救世之鸿恩，以及吾侪奉道之大意。遂弃邪归正，同作新民，钦崇天道，信顺福音，致同享身后无穷之福云尔。同治十年仲春下浣愚教弟沈守真识。

在西方传教士中，《张远两友相论》受到了一致推崇。不仅如前文所述，改写、修订者不断，而且许多人以它为蓝本，进行模仿，出现了许多问答体的章回小说。其中，以郭实猎的《正邪比较》以及叶纳清的《庙祝问答》最具代表性。

我们注意到，米怜对章回体的利用与学习其实还相当有限，小说仅仅分回，没有回目，也并不遵循章回小说的叙述节奏，即注重情节设置，到紧要关头卖个关子，告知读者"且听下回分解"，而且还是根据两位主人公讨论的主题来分回的。这种状况在米怜的后继者——富于语言天赋和创作才能的郭实猎的小说中大为改观。郭实猎在这两部小说中显示出他已熟练掌握章回小说的套路，能在叙述行文中娴熟地使用诸如"且说""却说""话说""不在话下"这一类说书人的套语，添加回目、篇尾诗等。

《正邪比较》1838年在新加坡出版，共三回。[1] 小说叙述了三位朋友陈成大、吴瞻能、马福领尝试理解基督教的故事。其中，吴瞻能是基督教徒，通过三人多次论说，马福领最终敬信耶稣，陈成大虽未彻底明白，但三人曾一起多次向上帝祈祷。该书模仿

① 哈佛—燕京图书馆藏《正邪比较》，题"善德者纂，道光十八年戊戌新镌，板藏新加坡坚夏书院"。

的痕迹非常明显，试引一段：

> 却说陈成大回到家中，日夜想道："我与吴瞻能盘桓数日，底里尽窥，方知他才高学博，人物清新，文华毓秀。与他相谈一日，胜于读三载奇书。但我与耶稣各信徒所言，终不投合。此教门之徒，虽然不害人民，似有利于家国，惟他们布传此道，不知何干犯国法，以为不义。"一夜如此想来想去，寝寐不安，捱至天明，清晨早起，梳洗毕，即再往吴瞻能之屋。到了其家，正欲进门，乃看见吴瞻能阖家崇拜上帝，切求圣神感动众心，全日行善德，免犯罪恶，亦禀求暗助降心教训万民，敬爱救世主耶稣等语。陈成大听了其禀求之言，不胜惊疑，坐于外厅等候。①

如果把这一段描写与《张远两友相论》中远的心理及行动相比较，可以说是亦步亦趋。作者在这里，也试图表现人物的心理变化。但与《张远两友相论》比较，这种变化的轨迹不够清晰、充分，马福领几乎没有自我思考，只是被动听从吴瞻能的宣教。陈成大对基督教态度的反复则没有逻辑可遵循，一面加以排斥，一面又与两个朋友共同参加祈祷。而他不信教的理由只有一个，即囿于朝廷禁令，并没有层面上的渐次深入。

较之《张远两友相论》的平静对谈，《正邪比较》具有强烈的

① 哈佛—燕京图书馆藏《正邪比较》，题"善德者纂，道光十八年戊戌新镌，板藏新加坡坚夏书院"，第三回"论诸邪不能胜正"，第21页。

感情色彩，排斥异教，带有攻击性和劝说意味，透露出作者努力说服读者接受基督教并非邪教的迫切心情。如第二回强调基督教："别异端之徒聚集，只烧香拜菩萨，串合糊言妄语，饮食乱闹，但此教之道真令人景仰瞻衣"；"却说马福领同陈成大商量停当，就一面差人探听耶稣此圣公会之情由，又一面查勘本国戒令邪教之禁例。既听知有人要拖累耶稣此教之信徒，不如寻一僻静地方居住，潜养道德，增广器识，似乎更有益矣。况且察知异端之徒，联盟结党，夜聚晓散，男女混杂，烧香为聚处之会，无恶不行，无弊不生，真可谓甚于盗贼水火。盖水火盗贼，害止及身，异端之害，及于人心"[①]。这显然真实地反映了当时清廷视基督教为邪教，严令禁止，普通民众也因而对它充满误解的社会现实。吴瞻能后来设法找到二人，请他们参观教徒聚会的过程，纠正误解。这里，作者利用小说为基督教正名的用意不言而喻，也曲折地传达出对清朝政府禁止传教的不满。

此外，郭实猎的小说《赎罪之道传》（1834）、《是非略论》（1835）也都大量地运用对话，侧重于比较中西方宗教的差异，力图说服读者弃暗投明，信仰基督教。郭实猎虽然模仿米怜写小说，而且极为高产，但他的作品从未再版，远不及《张远两友相论》深入人心。他个人充满冒险与投机的行为方式，使他在传教士中颇受非议，这是妨碍他的小说广泛流传的重要原因。

《庙祝问答》分上下卷，作者叶纳清是郭实猎的学生。该书1856年曾在香港出版[②]，又有1882年福州太平街福音堂印本。该

---

① 哈佛—燕京图书馆藏《正邪比较》，题"善德者纂，道光十八年戊戌新镌，板藏新加坡坚夏书院"，第二回"论伸说端曲"，第8、14页。

② 熊月之：《西学东渐与晚清社会》，第211页。

书记叙发生在一个传道者与庙祝之间的对话，明显地模仿了《张远两友相论》的问答体，但将坐而论道的场景缩减成两次，在情节安排、人物刻画方面都有所简化，而将重点放在对佛教的批判上。该书一开篇就写到拜菩萨的种种民间仪式在传道者看来都显得荒诞不经："二者相谈未已，忽有人入庙祭神，庙祝见而随之入内，传道者亦随庙祝而进。只见其人点烛、烧香、排牲、列酒，跪下求神，跌筶杯，撤签竹，乃起烧纸衣，化元宝，庙祝击鼓鸣钟，祭神者又烧爆竹。事毕，收拾礼物而去。"① 于是，传道者对此逐一驳斥。他的直言不讳使庙祝极为恼怒："庙祝怒曰：'速去速去！勿在此忤触神明！'"② 在随后与传道者的一问一答中，庙祝的信念逐渐动摇，开始接受基督教。该书作者常常以自己的方式解读中国历史：

> 昔自神农黄帝、尧舜禹汤，皆享寿考，百姓安乐。当其时，中国未有偶像。迨至夏商之际，人心偏向罪恶，从假离真，妄称天为上帝，媚拜鬼神，妄求福祚。当商武乙皇帝，初设偶像为神，后被暴雷震死。盖上帝罚造偶像者，以警后人也。降至汉明帝时，佛法始入中国，偶像之风由是渐盛。其祸流入中原，为害不浅，盖菩萨原非出自中国，乃由天竺而来。华人信之崇之，习俗相染，不究其诞。自汉以后，华人遂不认上帝为天地之大

① 哈佛—燕京图书馆藏本，题"光绪七年，福州城内太平街福音堂印，福州美华书局活板"，卷上，第1页。

② 哈佛—燕京图书馆藏本，题"光绪七年，福州城内太平街福音堂印，福州美华书局活板"，卷上，第4页。

> 主宰矣。于是崇信异端，奉拜偶像，焚顶烧指，百十为群，解衣散钱，自朝至暮，转相效仿。老少奔波，弃其本业，其弊可胜慨哉！自汉迄今，无处不有庙寺，兼之官民勤劳奉事，菩萨果能消灾降福，则事菩萨之世，尽享太平，人寿延长，过于尧舜之世也。何故晋汉以下，乱亡相继，祚运不长，世代衰微，人寿愈促，干戈屡动，盗贼灾危，无时休息，此祸患岂非由事菩萨所招耶？①

很明显，该书作者其实是刻意误读中国历史与文化，竭力歪曲佛教，将中国历史上的战乱与灾难都归罪于佛教的传入，视之为上帝对造偶像、拜偶像的惩罚，借此抬高基督教。

尽管《张远两友相论》及其仿作都以传道者说服与之辩论的人而最终崇信基督教作结，但当时这些书的实际布道效果可能并不如传教士作者们估计得那么乐观。署名“天下第一伤心人撰”的《辟邪纪实》，卷中收录《阅〈甲乙二友论述〉》，指斥该书荒诞不经，将矛头直指基督教：

> 第四章内谓耶稣降世，特救罪人。试问耶稣既特罪救人，然则从彼教者不必须罪人耶？
>
> 第五章内，谓人死复生之身，不病不老不死不坏，且谓恶者之身，精力必强。盖上帝将坚其体以膺多难。试问人既不病不老不死不坏，且精力必强，更何为难耶？

---

① 哈佛—燕京图书馆藏本，题“光绪七年，福州城内太平街福音堂印，福州美华书局活板”，卷上，第3—4页。

第八章内谓默念青苍之上，星宿之外，去日月辽远，有满福之所，是上帝之宫。万善同居，福禄无穷，信可乐也。试问此等默念，非梦癫耶？[1]

这显然是一个无神论者从生活常识出发驳斥上帝的荒谬与不可信，从逻辑上挑剔该书的破绽，而并非义理范畴的探讨。但这一判断的逻辑与观点在当时具有普遍性。中国人对基督教徒设想的上帝创造宇宙的方式不屑一顾，而崇信唯理主义、唯灵论，即便不能否认其中掺杂迷信色彩和无神论因素，但中国人的信仰从本质而言排除了对于神鬼、自然力量和荒诞魔怪的信仰。[2]

应该说，《张远两友相论》的版本与发行量与同时代其他中文小说相比，数字惊人。而且正如郭实猎提到的那样，该书也确实受到了中国普通读者的喜爱。然而它的社会影响与实际的传教效果却不尽如人意，在知识阶层特别是上层文士中拥有的读者不多。一方面，米怜为本书预设的读者是，数量最广大的下层民众，是像远一样的“贫穷做工的人”；另一方面，该书的大部分版本是1840年以后的。而事实上，从“中国礼仪之争”后，无论是天主教还是基督教，士大夫和知识分子都已很难加入，鸦片战争后，民族情绪高涨，他们对西方宗教的排斥与反感更为加剧，这直接影响到其对宣教类书籍的接受。

从小说的发展进程看，由《张远两友相论》开启的传教士中文小说创作，借用中国传统小说的外壳而注入西方宗教内容，构

① 天下第一伤心人撰：《辟邪纪实》卷中，同治辛未（1871）季夏重刻。
② 参见张国刚：《从中西初识到礼仪之争》，人民出版社，2003年，第512—518页。

成清代小说中极为独特的一部分。中文小说的写作似乎由此进入了一个新的层面，传教士的介入为中国传统小说创作同时带来了危机与契机，为中国小说由古代到近现代的过渡起了推波助澜的作用。一方面，他们给传统小说的内容注入了新元素；另一方面，这种中西合璧始终存在隔膜，中国传统小说在表现新思想、新内容时日益捉襟见肘，已无法适应时代需求，颓运无可挽回。1895年，傅兰雅（John Fryer，1839—1928）发起“求著时新小说”的征文，呼唤新的小说类型，到1902年梁启超最终发动小说界革命风暴，从内容、形式到写作手法，对传统小说的颠覆渐次展开，中国小说的进程翻开了新的一章。

第三节 19世纪前中叶的基督教小说

一、文化适应与小说写作

尽管基督教新教在华的传教事业远远晚于天主教，要迟至1807年伦敦会传教士马礼逊奉派东来之后才得以成功开创。但当其与中国文化在不同层面相遇时，仍然无法避免耶稣会士曾经历过的困境，即如果不在礼仪问题上妥协，适应中国本土文化，就会导致“士大夫不可能成为基督教徒或基督教徒不可能进入士林，这就破坏了耶稣会士和平进入中国的基础——同情关系。禁止祭祖礼仪则使中国人断定教会敌视中国社会，于是基督教仍然是中国社会文化机体上的一个外来体”①。特别是在17世纪中叶到18

---

① George H. Dune, *Generation of Giants: the Story of the Jesuits in China in the Last Decades of the Ming Dynasty*. 转引自张国刚：《从中西初识到礼仪之争》，人民出版社，2003年，第502—503页。

世纪中叶，当在华耶稣会士之间及耶稣会士与罗马教廷之间发生中国礼仪之争，最终由康熙在1717年谕礼部禁止天主教在华传教后，传教事业更加举步维艰。在这种情形下，新教教士秉承为耶稣会弃之不用的文化适应政策实在是明智之举，并很快在传教事业上超过了耶稣会。一个有趣的例证是，光绪皇帝延请的帝师并非清廷一贯聘用的耶稣会士，而选择了在学问与资历上稍逊一筹的英国浸礼会传教士李提摩太。运用通俗生动的白话小说宣扬教义，正是在这一背景下新教教士们独创的传教方式。在这一点上，新教传教士与中国的佛教僧侣不谋而合。佛教传入中土，僧侣采用俗讲、变文、宝卷等通俗的形式演说佛经故事，宣讲佛经，民众趋之若鹜："愚夫冶妇，乐闻其说，听者填咽寺舍，瞻礼崇奉，呼为'和尚教坊'。"[①] 从1819年第一部传教士小说——伦敦差会米怜所著的《张远两友相论》到1882年杨格非《引家当道》，短短数十年间，传教士们对于小说创作可谓乐此不疲。[②] 耶稣会富有创造力的文化交流与创新随着那场著名的"中国礼仪之争"戛然而止，而新教教士们却将这场交流与争论继续了下去，并充分反映在其小说创作中。

首先，传教士试图从被最大多数中国人认同的儒家学说中寻找有力的思想观念资源和支持的依据，作为基督教进入中国读者内心的通道。因此，传教士小说大量引用儒家经典，以儒释耶，

---

① 赵璘：《因话录》卷四角部，上海古籍出版社，1983年。

② 关于传教士小说发展史及代表作，参见本书绪论及 Patrick Hanan，The Missionary Novels of Nineteenth—Century China，*Harvard Journal of Asiatic Studies*，vol. 60・2，此处不再赘述。杨格非之后，传教士的文学活动虽仍在继续，但很难见到原创小说了。

而且常常采取简单而醒目的方式，即将儒家论点直接与《圣经》教义并列，表明二者持论相同。如《诲谟训道》第一回写基督教徒陈委化用《论语》“不义而富且贵，于我如浮云”，劝谕贪财而吝啬的商人勤跨：

> 他[1]道：“不义而富且贵，于我犹弃敝蹝矣。若留心于富贵，如春梦浮云。况生不携一缕，死不能带半缕，就有嶽财也，化阵清风而去矣。”耶稣曰：“谨慎勿贪财，盖本业盛余者，非真生命也。遂以比喻言。”[2]

《赎罪之道传》第一回，吴御史与林翰林首先探讨了《书经》所说的世界本源：

> 小弟读《书经》曰：“天地万物之父母。惟人万物之灵，亶聪明，作元后，元后作民父母。”亦《易》曰：“大哉乾元，万物资始；至哉坤元，万物资生。是天地者，万物之父母也。万物之生，惟人得其秀，而有四端之灵，备万善知觉，独异于物。”小弟再三看不尽其义，“天地万物之父母”何谓哉？[3]

二人讨论不出结果，不得不向学识渊博的陈老爷请教。陈公

---

① 指陈委。

② 《诲谟训道》，道光十八年（1838）镌，新加坡坚夏书院藏版，第3页。

③ 爱汉者：《赎罪之道传》卷一，第一回“论贤士教人遵万物之主宰”，道光丙申年（1836）镌，第1页。

是基督教徒，于是对儒家的这一观点做了一番基督教的阐释，结论是上帝是万物的主宰：

> 陈公道："天地无君，犹身无首，则身不立；无长则家不齐；无君则国不治；无源则川不流；无根则木不登；无帝则天地万物不生。今有主焉，天地与是乎成，而万物化醇，于是乎行矣。惟一大主，为群生本源，无形而形形；无象而象象；非天而天天；非地而地地；无始无终，全知全能，全智全善全义。此之谓天地万物之元也。"①

他又进一步将这一观点与忠孝观念结合起来，把中国人对养育之恩、对天地君亲师的恭敬和爱戴引申为对万物之主宰——上帝的信仰：

> 陈公喟然叹曰："甚哉谬矣！孝者天之经，地之义，百行之源，众善之宗，仁义之实，人之行也。孝父母，爱子之心，及恭敬天地万物之元者，乃众人之心，庶民之所当为也。饿而不能自哺，寒而不能自衣，以养以教不止。疾痛则寝食俱废，惟上帝万物之主宰之慈爱，太过之也。生我养我，无旦不保，无夜不佑。自生之日至于死后，莫不泽恩及我也。天以覆之，地以载之，而万

① 爱汉者：《赎罪之道传》卷一，第一回"论贤士教人遵万物之主宰"，道光丙申年（1836）镌，第2页。

物之主宰，生育超乎天地矣。君以治之，而万物之主宰，临更切乎君矣。亲以怀之，而万物之主宰，爱厚乎亲矣。师以诲之，而万物之主宰，训笃于师矣。是故导之者，不止于君焉；服之者，不止于师焉；感之者，不止于恩焉；望之者，不止于福焉。钦崇万物之主宰，信焉，爱焉，望焉，且尊之与万物之上，此之谓也。”①

作者常常不顾及小说这一文体本身的特征，在书中连篇累牍地引用、解读儒家经典。这些引文的出处很可能是传教士在学习中文过程中使用的经学教材，主要是“四书五经”，尤以《论语》《孟子》居多，目的性很强，即寻找基督教与儒家之间的联系，附儒合儒，至少使二者相互接近的思想观点与经验可以并存。由于儒家与基督教共同关心的都是人的道德发展及其对社会秩序的稳定作用，同时在神学与宇宙论的范畴上有许多并行不悖之处，为传教士以儒家学说附会基督教教义，以儒家的仁、道、德等概念来解释基督教伦理提供了可能。但不得不指出的是，传教士对儒家经典的解读和阐释，是带着先验的目的与假设的。这些阐释或许合乎逻辑和字面意思，却只是西方式的解释，服从传教利益的解释，是对本义未能完全参透或有意稍加歪曲的解释。②

文化适应的另一方面表现在，新教教士尽量尊重中国的文化

① 爱汉者：《赎罪之道传》卷一，第一回“论贤士教人遵万物之主宰”，道光丙申年（1836）镌，卷一，第二回“看山玩水赞美上帝”，第3页。

② 参见费乐仁：《现代中国文化中基督教与道教的相遇、论辩、相互探索》，载罗秉祥、赵敦华：《基督教与近代中西文化》，北京大学出版社，2000年，第399、410页。

传统、民族习俗及礼仪。即便是不肯循规蹈矩的郭实猎，在他的小说中，也竭力迁就中国读者的习惯，依据中国历史编年叙述西方历史事件，以便读者理解。他在《圣书注疏》中明确地表明了这种意图，并以此证明《圣经》内容的历史真实性：

> （泰成）对福有道："尔通得圣书之史，而知本国的史乎？只恐对人说，终未容易。"福有道："小弟自愧菲才，才薄智浅，然颇读史，殚心竭力说一遍。至于尧帝前，洪水横流，泛滥于天下，与圣书之史合，毫无异矣。尧纪儿童歌曰：'立我蒸民，莫匪尔极。不识不知，顺帝之则。'有老人击壤而歌于路曰：'日出而作，月入而息。凿井而饮，耕田而食。帝力何有于我哉？'舜继禹接，国民大兴。亚伯拉罕于夏帝扃年间旺盛焉，约色弗为宰相，积五谷，保国民之命。于商成汤年纪，当是之时，中国凶年饥岁，大旱七年。汤以身祷于桑林，祝曰：'无以子一人之不敏伤民之命！'以六事自责曰：'政不节欤？民失职欤？宫室崇欤？女谒盛欤？苞苴行欤？谗夫人昌欤？'言未已，大雨方数十里。且摩西商祖辛沃甲年间兴焉。据说来约书亚于商南康之纪崩也。由此观之，圣书之史确实有凭据，毫无疑矣。"①

又如《赎罪之道传》第九回中写道：

① 《圣书注疏》第二回，新加坡坚夏书院藏版，道光十九年（1839）镌，第11、12页。

忽然罗马民服普天下，犹大人进贡，罗马总督操权。西汉孝成皇帝建始元年，有犹太祭司飒加利亚夙夜只畏上帝，凛遵上帝之律例，妻石胎，年迈未生子也。忽一日，飒加利亚仍久在上帝殿焚香献祭，率然天使显焉。[①]

焚香献祭以示敬意，原是中国的社会习俗，此处居然被基督教徒用于向上帝的祈祷仪式中。而将教堂称为“上帝殿”的不伦不类的称呼，正显示了作者的良苦用心。而且该书中的主人公往往身兼教徒与儒生的双重角色，对科举考试的描写也是正面的：“却说苏连幸，固依靠上帝之宠佑，不徒费精神。捱过残冬，到了新年，转眼乃春闱。仍旧入场，真是文齐福齐，又高中了第十六名进士。及至殿试，又是四甲第三。选了官职，广东推官。”[②] 实际的情形与此相同，很多教会学校一面开设宗教与西学课，一面授国学，鼓励学生遵从中国的文化传统参加科举考试。直到19世纪末，科举的弊端日益显现才受到教会抵制。1895年，傅兰雅举行征文，“求著时新小说”以抨击他所看到的中国社会存在的三种流弊：鸦片、科举和缠足。

此外，文化适应政策的一个重要表现是，传教士在翻译宗教术语时，往往从儒家典籍中寻找对应的词语。如《张远两友相论》中，将“上帝”译为“真神”“神天”“神”“主”“神主”“天地之大主”，“圣灵”译为“圣神风”，《新约全书》译为《新遗诏书》等。《赎罪之道传》中“上帝”做“皇上帝”“圣神”，“圣

① 爱汗者：《赎罪之道传》卷二，第九回《论约翰行洗礼师》，第1页。
② 爱汗者：《赎罪之道传》卷一，第四回“论老年人听赎罪之道”，第10页。

父”做“大父”“神父”，“圣子”做“神子”等。事实上，上帝、皇上帝、神天、神主、神风、圣父、神父、神子这些概念全部源于儒家经典，有关创造并维护万物的造物主思想在儒家典籍中随处可见。《书经》及其他儒家典籍差不多每页都在昭示上帝的性格与属性：是万物之本，力量无边，纯洁、神圣与公正，严惩罪恶，哪怕是身居皇位之人；善良、仁慈并充满同情，公共灾难和四季失序仅是善意的忠告，用以暗示他们悔过与改正。[①] 但小说中术语的使用显然相当混乱，它们未经统一与界定，很容易令一般的晚清读者产生困惑。儒家典籍中就大量使用“上帝”，同时道教神灵世界中许多高等级的神祇也称为“上帝”。[②] 19 世纪末，多产的传教士学者花之安（Ernst Faber，1839—1899）在上海著名传教士出版社广学会发表文章，对运用不同中文词语指涉“God”这一基本问题，认为要谨慎，并最终确立借用儒家术语“上帝”指涉“God”，但他仍然担心这会令中国读者感到迷惑：

> 我侪所称上帝，与道家之称上帝不同，与儒家之称皇祖父为上帝亦异，中文上帝二字，无一定称谓，我侪专指大主宰而言，故圣经不泛称天而必称天父，所以示区别焉。[③]

此后术语的混乱状况有所改观。如《张远两友相论》第三回

---

① 参见张国刚：《从中西初识到礼仪之争》，第 336 页。

② 参见费乐仁：《现代中国文化中基督教与道教的相遇、论辩、相互探索》，载罗秉详、赵敦华：《基督教与近代中西文化》，第 421 页。

③ 花之安：《性海渊源》，上海广学会，1893 年，第 76 页。

写“真神止一，但在其体有三位，曰父曰子曰圣神风。此三位非三个神，乃止一全能神”。这段话到 1906 年上海美华书馆摆印本中就改为近代标准的译法：“上帝止是一个，但一体之中，分为三位，就是圣父、圣子、圣灵。这三位并不是三位上帝，止是一个上帝。”然而传教士小说创作的高峰期已经过去。

二、章回小说中的问答体与中西文化的对话

与文化适应政策相应，传教士小说尽力迎合中国读者的阅读习惯与审美特征，模仿传统章回小说，用白话写作小说。首先，学习添加回目，熟练地使用说书人的套语，如“且说”“却说”“话说”“不知林翰林后来如何，且听下回分解”等等。其次，注意骈散结合的特点。如《正邪比较》每一回结束都有回末诗。《赎罪之道传》第十一回《论约翰铎德》，将大量的赞美诗改编成中国的长篇歌行。《大英国统志》卷三则用一首长诗描绘英国的风土人情，抒发胸臆。最后，使用楔子。如《大英国统志》，传教士作者甚至仿照章回小说的评点间或采用眉批出注，为读者提供阅读线索获取更多信息。如《张远两友相论》第五回，张谈到阅读《圣经》中耶稣降世以救罪人的感受时，有眉批“见弟摩氏第一书第一章十五节”[①]。运用生动通俗的小说宣扬教义并非始于新教传教士，他们的开创之功只是在于模仿了中国传统的章回小说。由于小说容量较大，篇幅可长可短，便于充分、灵活地解析教义。同时因其叙事性和语言特色，更易于也更乐于为普通读者所接受，

① 《张远两友相论》，道光十六年（1836）镌，新加坡坚夏书院藏版，第 18 页。

对传播福音颇为奏效，所以广为传教士采用。

作者的命意显然在于宣教，是以个人叙事来传授教义。这种创作意图与小说文体结合的一种简单而有效的方式就是采用问答体，“假设问答以著书”①。事实上，古希腊哲学家柏拉图著作的特点之一就是运用问答体，这一体例在中国也古已有之。“问答”又称“答问”“对问”“问对”“设论”，其代表作如桓宽（汉宣帝时人，前91—前49）《盐铁论》、东方朔（前160—前93）《答客难》、班固（前32—92）《答宾戏》等。早期耶稣会士利玛窦和艾儒略也使用过问答体。② 米怜将问答体引入章回小说，并被其他传教士效仿。除了《引家当道》等极少数作品，传教士小说大多运用了问答体，由懵懂无知的非教徒发问，而睿智正义的教徒的回答往往是长篇演讲与辩论。触及的问题则非常广泛，围绕教义与宗教史展开，如《张远两友相论》中张与远二人就基督教徒的行为特征与准则、原罪与忏悔、耶稣的品质与忠贞、灵魂永生与死后入天堂或地狱、复活之身与现在之身的不同、有罪之人是否能得到上帝的赦免展开了一系列问答，逐步揭示教义内容。《赎罪之道传》共十八回，两卷，每回的回目即其中心论题。卷一分八个主题讨论：第一回论贤士教人遵万物之主宰；第二回看山玩水赞美上帝；第三回论人之善与人之恶明白；第四回论老年人听赎罪

① 章学诚：《文史通义·匡谬》，叶瑛校注，《文史通义校注》卷四内篇四，中华书局，1985年，第407页。

② 哈佛大学教授韩南认为，早在米怜之前，对话形式在印度就被传教士们普遍采用。斯渥兹（Christian Frederick Schwartz；也作“Swartz”）用泰米尔语写作，曾写过发生在一位基督教徒与非信徒之间的12段对话，1772年发表于马德拉斯（Madras）。他的作品无意中激发了米怜的创作灵感。See Patrick Hanan，*The Missionary Novels of Nineteenth—Century China*，p. 418.

之道；第五回论善人之死；第六回论祭祀之大义；第七回论赎罪之道安慰心；第八回论人尽心竭力得意。卷二分十回讨论《圣经》中的历史内容。

小说人物在问答之间实际上显示了基督教与佛教、道教、儒家之间广泛而且互动的对话，是不同宗教与文化之间的碰撞与交锋。作者非常注意强调基督教的不同之处，如《赎罪之道传》将儒、释、道的人生态度与基督教徒相比较：

> 吴公道："老先生说来最有理，进教解闷舒怀。但愚见僧言'佛子在西空'，道说'蓬莱在海东'，惟有孔孟崇现事，眼前无日不春风。莫若今日饮酒食肉，明日诸事罢了。"且说林公听此言，甚怒道："吉凶祸福由于天，非人所能主也。但放肆淫邪，招皇上帝之怒。轻圣教，纵邪欲，莫不惹万祸。上帝鉴万人，连心之私思可知也。相公若弃其实且随影，一定遭难无尽矣。"①

《悔罪之大略》写到主人公泉州同安的郭先生，遇到一个渴望上天堂而信仰佛教的人。他向此人解释，进入天堂是用钱财买不到的，任何情况下佛教都无能为力。但作者对儒、释、道观点的归纳不免失之于简单甚至存在误读，对话也停留在相当肤浅的层面。

与儒家学说相比，佛教和道教具有宗教突出的神圣性与排他性，与基督教存在更为明显的冲突。故传教士小说在主张基督教

① 爱汗者：《赎罪之道传》第十四回"论真道自证"，第19页。

的理性一神论方面态度十分坚决，对佛教与道教消极的而又广泛流传的多神论、偶像崇拜等传统不断提出挑战，同时触及深入人心的佛教轮回转世的观念、道教所追求的长生不死与基督教的复活思想之间的比较，民间流行的道教偶像崇拜则被视为低劣的迷信行为受到批驳。

《张远两友相论》第一回比较信耶稣与其他偶像崇拜的不同，强调真神只有一个耶稣：

> 远曰："我看世人多亦敬神，则何说信者比世人不同呢?"张对曰："世人所敬的各神类，不过系自己手所作、无用无能的偶像而已，这是假神，不是真神。又这假神系无数的，惟其真神止一，可见信者比世人不同。"[1]

小说第六回，由远追悼哀思父亲引出了佛教轮回观念与基督教复活思想的讨论，批评前者荒谬：

> 远想久而曰："……前四年，父亲眼看我，耳听我，口教我，手助我。而今其眼安在，却独留虚眶；其耳已坏，只留耳孔；其口舌唇皆成泥土，只留牙骨，起手足筋络已无，只留骨节而已。……夜梦见父亲转出世，变山羊形，食草在山野。从那时以来，我心不安乐，常想着轮回。今尊驾讲死者复活，我甚愿听。"张曰："死人

① 《张远两友相论》，道光十六年（1836）镌，新加坡坚夏书院藏版，第1、2页。

> 转出世成禽兽之形，皆虚话哄骗愚人。相公不可信之。今所言复活大不同。”远问曰：“死者复活过若何？”张答曰：“你看这苍天、明月、光星，今晚虽美之至，而无可比，然后来皆必致尽而完。于彼时万死者将复活。其葬在地冢与其没在海内者皆然。自天地开辟，至天地穷尽，所有万万人，大小贵贱贤愚，无一不复活，而各人得其本身。”①

《庙祝问答》中代表佛教立场的庙祝与基督教代表人物传道者之间也展开了跨越宗教的对话。如二人就点烛烧香拜菩萨的佛教仪式展开争论。

> 传道者就庙祝而问曰：“点烛烧香是何意耶?”答曰：“是表诚敬之心而已。”曰：“诚敬枯木何益乎?”曰：“非敬此木所雕之像，乃敬此像所附之神。凡拜之者，蒙其佑也。”曰：“果有神附此像乎?”庙祝曰：“然。”曰：“既有神附此像，何以鼯鼠穿之，蝼蚁蛀之，而不能自保。菩萨自身难保，安能保万民耶? 以生活之身躯，崇拜可坏之土木，比拜龟蛇者更愚焉。”②

但这显然是一种力量失衡的交锋，双方的话语权并不平等。庙祝与传道者的争论总是以失败告终，恼怒不已：“速去速去，勿

---

① 《张远两友相论》，道光十六年（1836）镌，新加坡坚夏书院藏版，第20、21页。

② 《庙祝问答》卷上，光绪七年（1881），福州美华书局活版，第2页。

在此忤触神明!”“问者必浅，而答者必深；问者有非，而答者必是”[1]，几乎已成了一种定式。发问的非教徒懵懂无知，处于劣势，提出的问题肤浅幼稚；而作答的基督教徒则睿智正义，博学善辩，大多以将对方说服入教结束。人物刻画上也出现定型化的通病，其原因并非由于写作技巧，而在于作者总是赋予基督教徒以强势话语权。小说文体的特性也由此大为削弱，对话的目的不是刻画人物，而是宣扬教义。长篇大论解构了小说的故事性与娱乐性。我们不得不承认，传教士小说在体例上其实相当驳杂，它们远远不是来自单一的、统一的、自成一体的章回小说传统，它们实际上包含的“异物”及与章回小说的差距比传教士们力图克服的要多。《大英国统志》中甚至连篇累牍地开列英国对外贸易的清单，介绍其殖民地，使其小说特性大打折扣。只有少数作品如《悔罪之大略》《诲谟训道》《小信小福》，更多地顾及小说的文体特征，使议论与故事情节叙述更有机地结合起来，也更注意人物性格的复杂性与立体感，表现其变化的轨迹与内心的矛盾。

传教士的问答体小说对晚清小说创作产生了直接或间接的影响。从梁启超的《新中国未来记》、刘鹗（1857—1909）的《老残游记》、吴趼人（1866—1910）的《上海游骖录》、钱锡宝（光绪二十年[2]前后在世）的《梼杌萃编》（1905 年写成，1916 年发表）、彭俞（亚东破佛，曾主持 1907 年竞立社的《小说月报》）的《闺中剑》、壮者的《扫迷帚》等小说中都可以看到问答体的特点。陈平原的《中国小说叙事模式的转变》将此归因于传统文体对小

---

① 章学诚：《文史通义・匡谬》，第 407 页。

② 1894 年。

说叙事模式转变的影响。[①] 但联系西风正炽的晚清社会状况与许多新小说家深受西学影响的个人经验，特别是小说界革命的发起者与代表作家梁启超甚至有为李提摩太担任秘书的经历，本文更倾向于将新小说家们热衷于问答体的运用视为是受到传教士小说影响的结果。

三、传教士小说的文化属性及其在近代历史语境中的阅读

毋庸置疑，对传教士小说进行美学与叙事学层面的研究是非常重要的。但由于小说的世俗性，它与所包含的真实背景之间的复杂关系，进一步探究传教士小说在历史叙事与文化版图中的位置更值得引起我们的特别关注。它的位置似乎是游移不定的，既可以归入 19 世纪帝国主义开拓殖民地的大背景下，又有着宗教的超越时代、地域与民族的特性；既有对当时中国现状的关切及对中国信众的真诚呼唤，又传达出对基督教在中国遭遇敌意的不满。

尽管传教士趋附中国本土文化的努力显而易见，但对其小说的文化属性做出判断并不困难：传教士小说是与 19 世纪帝国主义的扩张紧密相连的。一个无可否认的事实是，鸦片战争强行打开传教之门，为基督教在中国的第三次更大规模的传播提供了便利，这使得基督教与帝国主义的侵略难脱干系。1842 年以前，基督教传教士不能以传教名义进入中国内地，1842 年《南京条约》签订后，特别是 1843 年中法《黄埔条约》后，传教士获得了在中国通

---

① 参见陈平原：《中国小说叙事模式的转变》第六章“传统文体之渗入小说”，载陈平原：《陈平原小说史论集》，河北人民出版社，1997 年，第 441—447 页。

商口岸传教的权利，传教活动从地下转为公开。1860年，英、法、美、俄强迫中国政府批准和签订的《天津条约》《北京条约》几乎全部开放了西方传教士的宗教特权。[①] 尽管传教士也谴责鸦片，如小说《诲谟训道》通过苏州商人勤跨两个不成器的儿子万行、门咨因吸食鸦片家破人亡，下场悲惨，揭示了鸦片的危害。1895年傅兰雅的小说征文，将鸦片作为中国社会一大流弊，予以抨击。但是其中的“戏剧性和悲剧性成分，是传教士的同胞们把它带进来而用枪逼我们接受”[②]。传教士小说普遍印证了它与帝国主义之间无法隔绝的联系。

原创性传教士小说的高峰期出现在鸦片战争前后。它们的作者此时对中国的看法和立场已发生转变。大约从18世纪中后期开始，利玛窦时代耶稣会士对中国的理想主义的报道被遗忘，莱布尼茨、伏尔泰式的对中国宽容、羡慕、崇敬的态度越来越被“欧洲文化优越论”所替代。19世纪，随着欧洲科学技术的进步与工业革命的拓展，欧洲人的“自大感”发展到极端。德国历史学家郎克（Leopold Von Ranke，1795—1886）认为，中国是静止的，对英国以强权打开中国报以喝彩：“英国人用他们的商业统治整个世界，他们曾为欧洲打开东印度，打开中国，使所有这些帝国同时屈服于欧洲的精神。”[③] 而中国和中国人的形象则变得怪诞愚昧，滑稽可笑，溺婴、狎妓、吸鸦片、赌博、贪污等中国社会的种种

① 参见张海林：《近代中外文化交流史》，南京大学出版社，2003年，第205—206页。

② 林语堂：《信仰之旅：论东西方的哲学与宗教》，道声出版社，1996年，第36页。

③ 转引自丁建弘：《视线所窥，永是东方》，载周一良：《中外文化交流史》，河南人民出版社，1987年，第119页。

弊端被放大。[①]

一个极端的例子就是郭实猎。这位能言善辩的教会代言人出生于普鲁士，受荷兰教会资助来华，但他极力推崇的却是19世纪处于强势的英国文化。他在1830—1833年间曾3次搭乘鸦片商船沿中国海旅行，强行进入中国内地，这种举动本身就带有帝国主义扩张的性质。郭实猎从1835年开始为英国政府服务，并在《南京条约》谈判中担任英方翻译，自1843年以后担任香港总督的中文秘书。所以他的小说大多将英国作为理想的国度，代表着先进与文明。中国虽因情节需要和阅读对象的缘故也在书中得到描写，但没有正面的、全局性的评价与描述，而主要在叙事学层面上起作用，作为叙事场景存在，以博取读者的亲切感。他的历史小说《大英国统志》（1834）叙述了儒士叶椟花随朋友林德豪搭船去英国，旅居异国20余年回到家乡，向家乡人介绍英国的宗教、政治、军事、教育、贸易、外交等。作品传达了一种不满情绪。这位朝圣者与布道者在中国处处遭逢着急剧的失落感，他对所来到的这个地方没有政治上的控制权，没有自由贸易的权力，没有布道的机会，甚至被视为蛮夷得不到尊重，因此感到极为不满。《诚崇拜类函》发表于1834年初，由福州某户人家的长子在英国旅行期间写给家人的一系列书信组成。小说《是非略论》发表于1835年。此书模仿米怜的小说，由一系列的对谈构成。一个来自广州的名叫陈择善的人，自幼就是孤儿，后设法去伦敦，在那里开了店，生意兴隆。25年后他回到家乡，与一个姓李的仇视外国人并充满偏见的朋友展开了一连串辩论。题目中的“是非”不是指向道德

---

① 参见张海林：《近代中外文化交流史》，第74页。

命题，而是指海外对华关系的事实真相，尤其是中英关系。这部小说简直就是中国应加入互惠贸易关系的长篇咨文。书中宣称外国人，特别是英国人，既不是“红毛番鬼”也不是“夷人”，而是代表着一种先进的文化。作者提供的证据之一是——大英帝国每年出版不少于1万册图书。根据文化或军事实力，英国不应被作为进贡国来对待。书中咏叹“四海之内皆兄弟也”，意在使读者认识到外商的合理性，他们的富有和实力、好的政府以及外国的先进与文明。该书最后一章谈到了英国的基督教、教育（男女并重）、语言与撰文、婚姻习俗（年轻人应聚会并自主决定他们是否愿意结婚），并且强调了英国妇女的地位。[①]

这种英国文化优越论乃至欧洲文化优越论，使布道之举和意在宣扬教义的传教士小说都打上了帝国主义扩张的烙印，在近代历史的特定语境中，遭遇了来自中国各阶层的种种复杂态度。总体来说，传教士小说在晚清的阅读和接受大体可分上层文士与下层民众两个层面考察。

与晚明不同，晚清的士大夫很少有人与传教士建立良好的私交，对传教士小说也基本持抵触、排斥的态度。一方面，随着帝国主义的扩张，民族情绪日益高涨。国仇家恨都使稍有良知的文人难以再接近教会。署名“天下第一伤心人撰”的《辟邪纪实》，卷中收录《阅〈甲乙二友论述〉》，指斥这部小说荒诞不经，将矛头指向基督教。《辟邪纪实》对基督教的批驳并非严格意义上的义理辩驳，而更多的是在宣泄反感情绪，这种情绪在当时文人中较

① Patrick Hanan, *The Missionary Novels of Nineteenth—Century China*, pp. 428 - 429.

为普遍。另一方面，作品内容多为宣教，异乎当时中国主流知识分子的关怀，即富国强兵，为国家发展寻找理想的出路。所以与西学书籍大行其道相反，传教士小说备受冷落。而李提摩太的翻译小说《回头看纪略》由于提供了有别于封建皇权文化的社会发展模式，启发读者审视晚清现实，设想社会变革的前景，因而在思想开明的中上层官吏与知识分子中的影响远远大于传教士的原创小说，甚至光绪皇帝也购置了此书。[①]

下层民众的态度则需要辨析。一方面，老百姓不断与传教士发生冲突，教案频频，同时他们又是传教士小说的主要读者。郭实猎在游记中提到，1833 年 2 月当他第三次进行中国沿海旅行访问普陀山时，他分发的《张远两友相论》深受当地居民乃至僧侣的欢迎。一些下层文人甚至主动地将之改写成方言，以使野叟村童易于诵读。如福州沈守真曾将《张远两友相论》改写成福州方言。

究其原因，传教士小说非常善于抓住下层贫民的心理，利用他们喜闻乐见的故事打动读者。比如，通过宣扬耶稣治病救人吸引信徒。《赎罪之道传》“论救世主行神迹”写到耶稣伸手抚摸麻风病人，他便立刻痊愈；守备的仆人瘫痪在床、有女染疟疾，经耶稣之手，“一言一句，而不劳力，病即医矣”。还写到一名妇女十二年血漏，久治无效，摸耶稣的衣边而愈，又让知府的女儿死而复生，瞽者眼明，喑人能讲。[②] 像这样信仰耶稣即可使疾病获得立竿见影的救治，对贫苦百姓而言是很具有号召力的，而基督教

---

① 光绪皇帝所订书目见 1898 年《广学会年报》之附录。

② 爱汗者：《赎罪之道传》第十三回，第 16、18 页。

在华初期也正是以行医为契机进行传教的。如美国公理会传教士伯驾（Peter Parker，1804—1888）1833 年在广州开办眼科医院为教会赢得了极大的声誉。近代以来福建最初入教的信徒中，有许多是病残者。[1] 此外，一个常见的题材是某些身染恶习者，自觉无颜做人，转而信教，获得新生。这种浪子回头的故事，也很符合普通读者的口味。《常活之道传》（1834）中的高官李瑞，曾经非常贪婪、傲慢、野心勃勃。在外挥霍无度，在家里却是个吝啬鬼。一味追求功名利禄，纵情声色。然而快乐与他无缘，他被频繁发作的、喜怒无常的情绪所折磨，因为他已经触犯上帝的戒律。后来读了一位老人给他的《创世纪》，决定洗心革面。在流放途中，向一起流放的人、幼儿、毫无成效的人鼓吹耶稣，得到了人们的首肯。他的儿子成了一名教徒，死后进入天堂。《引家当道》中的李先生迫于生计，远走他乡，在当地一度频频出入赌场、妓院，弄得身无分文，无法回家。一日，他迷路来到一所教堂，听到牧师宣讲造物主及人如何为自己赎罪。他感到一阵阵的不安，便开始忏悔罪恶。他成了一名基督教徒，勉力地工作、赚钱，并返家帮助其家人入教。《诲谟训道》中商人的儿子现力、门咨最初吸鸦片、赌博、嫖妓，无所不为，后信教改邪归正；《悔罪之大略》中那个极有天分，却为一己私利杀人的文人郭先生最终也向上帝忏悔，这些都是浪子回头的典型。即便是以讲述《圣经》为主的小说如《圣书注疏》，由于《圣经》本身具有较强的故事性与叙事性特征，而且内容有别于中国传统章回小说，所以很容易带给一般

---

① 参见《近代福建教民的入教动机及其社会构成》，载陈支平、李少明：《基督教与福建民间社会》，厦门大学出版社，1992 年。

读者新鲜与愉悦之感。总的来说，下层民众由于其生存环境和教育状况，不易辨别传教士小说的文化属性，成为接受主体。然而正如当时出现了很多为生存而信教的吃教者一样，他们对小说的接受并不意味着真正的宗教信仰。从这个意义上说，传教士没能充分实现他们进行小说创作的意图，小说传播的实际效果至少距离教会的目标仍有很大差距。

第四节　19世纪后叶的基督教小说

英国牧师杨格非受基督新教公理宗（Congregationalists）派遣来华，在中国度过了50余年的传教生涯。他热衷于街头布道，并且著作等身，生平事迹可见于几种他的传记：汉口仁济协和医院院长英国人纪立生著、夏贵三笔述《杨格非牧师略传》，广学会民国铅印本；“国外布道英雄集”第五册《杨格非传》，比顿著，梅益盛、周云路译，上海广学会1924年；汤普森所著《杨格非：在华五十年记》（*Griffith John*：*The Story of Fifty Years in China*，New York：A. C. Armstrong，1906）；吉伯所著《杨格非：华中的使徒》（*Griffith John*：*Apostle to Central China*，Bridgend，1998.）。关于他所著译的汉文小说，则并无专文论述，目前可见的研究主要是哈佛大学韩南（Patrick Hanan）教授发表的论文《19世纪中国的传教士小说》（The Missionary Novels of Nineteenth Century China）①、韩国崇实大学教授吴淳邦（Oh Soon—bang）的论文《19世纪传教

① 《哈佛亚洲研究学刊》卷60第2号，此文后来由徐侠翻译，收录在韩南的论文集《中国近代小说的兴起》，2004年由上海教育出版社出版。

士中文小说在韩国的传播与翻译》[1] 中有所述及。本文拟在前人研究的基础上，进一步对杨格非及其所著汉文小说《引家当道》等作品展开较为细致深入的研究。

一、圣教书局与杨格非的中文著述

杨格非最擅长的当然是讲道，但他在写作与翻译上的贡献也不容忽视："成就最长久的结果，是著述的一切书籍，几乎各省各地，都有他手著述的小册。在起初传道的时候，著书本不在预料之中，后来感到传道所必不可少的，是在于用书。已经慕道的，有书扶助以解释圣经，可以培养道心。未曾入道的，看劝世文可以引领入门。以前中国这类的书很少，杨氏先出一书，名叫《真道入门问答》，后又出一种赞美诗和种种的劝世文。"[2] 杨格非是一位高产的作者，而且敢于尝试多种文体的写作，曾经是《万国公报》的重要撰稿人。仅1882—1883年，他就在《万国公报》上发表了《上帝之称》《引父当道》《引君当道》《红侏儒传》《引民当道》《日月星真解》《引家当道》等一系列论著。《万国公报》是近代来华传教士创办的传播西学内容最多、发行最广、影响最大的大型中文综合期刊，这也无形中提高了杨格非的影响力。另外，他还撰写了《真理撮要》(*Selection of Important Truths*)（汉口：汉口圣教书局，清宣统三年）、《德慧入门》（华北书会，民国元年）、《真道问答》（书名页等处题"真道问答入门"，成都：华西圣教书会，民国二年）、《莫包脚歌》（汉口：圣教书局，清光绪年间）、

① 发表于台湾东华大学《东华人文学报》，第9期，2006年7月。

② 比顿：《杨格非传》，《国外布道英雄集》（第五册），杨益盛、周云路译，第44页。

《福音大旨》（华北书会，清宣统二年），翻译了《旧约诗篇》（汉镇英汉书馆，清光绪三十二年）等。

1877 年在上海召开了第一届传教士大会，“有二十个教会，代表有一百二十六人出席，讨论组织一切布道方法。杨氏在会提出的问题，附以讨论的，如儒、释、道三教，教育文学，翻译书籍，建立分会，培养传道人才，各会联络合作。特别演讲一题：‘圣神与传道的关系。’他的言论，大感动了会众，大众承认他为教士中的领袖”[①]。杨格非将书籍的翻译和出版作为传道方式提到重要位置。

事实上，1876 年杨格非得到伦敦会的助款，已在汉口创立中国基督教圣教书局（Religious Tract Society Hankow），这是中国较早设立的基督教文字布道机构之一。圣教书局的前身是圣经会，1876 年为扩大影响，圣经会一分为二：一为圣教书会，专管出版发行；一为圣教书局，负责印刷事务，对外统称“圣教书局”，由董事会领导，董事长和董事都由牧师兼任。圣教书会在全国有多家，1913 年华北圣教书会与汉口圣教书会合并，1920 年华东圣教书会又与汉口圣教书会合并，以汉口为总会，并同时在沪、津、辽等地成立分区委员会。1931 年 9 月，该会成为伦敦圣教书会汉口分会。圣教书会以出版发行基督教各教会在汉口的各种分会的书报为主，稿件由教会、神学院的教师、牧师以及其他教会名人的著作构成，往往半卖半送，价格从几分、几角、一元多到三元

---

① 比顿：《杨格非传》，《国外布道英雄集》（第五册），杨益盛、周云路译，第 27 页。

多不等。[①]

圣教书会设立的初衷，是为了编写印刷传教士布道时散发的传单和小册子。或许因为杨格非本人在宣教方式上，特别注重街头布道，因而在著述中也强调用浅显易懂的语言创作。他所著的《德慧入门》，“大有名誉，无论是信徒，非信徒，都以为饶有趣味。因为书内所讲都是福音要道，而且辩论详明，有学问者爱看，就是寻常人也能领悟，两方俱能受益，真不愧为一本好书。人看杨氏译的书，受社会的欢迎，所以苏格兰圣经会，请杨氏另翻《马可福音》作为样本，大众喜欢，以后便翻成《新约全书》。以前圣经会印发的圣书不少，但以后印者，有 1850 年，数位教士所译的文理《新约》。这种文理，在有学问者或是爱看，在寻常人难以适用。所以杨氏的另译，文字不深不浅，恰合中道，文人和普通人均可适用，印行样本，果受大众欢迎”。[②] 杨格非所译《新约浅文理译本》1885 年在汉口出版，1889 年出版了其修订本，后又用白话将之重写为《杨格非官话译本》。

杨格非还有意识地创作和翻译一些宗教故事来吸引读者。如马皆璧所著宗教小说《红侏儒》（*The Terrible Red Dwarf*）1880 年由 Wesleyan Conference Society 在伦敦出版。不久，杨格非就着手将之译成浅文理的《红侏儒传》，1882 年由汉口圣教书局出版。《红侏儒传》曾在《万国公报》上分两次连载，题为“大英杨格非著金陵沈子星书”。这是一篇隐喻性的小说，以红侏儒隐喻人的舌

① 周光亚、舒兴文：《具有百年历史的圣教书局》，载《武汉文史资料》1994 年第二辑。

② 比顿：《杨格非传》，《国外布道英雄集》（第五册），杨益盛、周云路译，第 45 页。

头，说明流言的危害。《红侏儒传》虽然是翻译马皆璧的小说，却颇多自我发挥的成分。他在书后的跋文中称："余向在西国见一袖珍小本乃马皆璧先生所著，言红侏儒之事，意婉而深，辞腴而正，一再读之，发人猛省不少。壬午桂秋，译以中国文字。其间或芟其冗烦，或润以华藻，推陈出新，翻波助澜，是脱胎于原本，按字谨译也。阅是编者，谓之译可，谓之著可，谓之半译半著，亦无不可。总之，不问是译是著，吾人于一话一言切宜领之。"小说最后附录了一则唐太宗的典故，进一步印证红侏儒中外皆有，性情举动亦皆同。这一则附录既可以视为对小说本身的最好注解，又体现出对中国话本小说体例的某些元素的借鉴，即篇尾用相似或相反的小故事进一步点明主题。

圣教书局早年的出版物多用浅文理，后逐渐被官话所代替，这与杨格非有意识地倡导不无关系。尽管杨格非的大多数作品用浅文理写成，但这在某种程度上是由他的中国助手决定的。杨格非担任汉口圣教书会第一任会长，该会早年的出版物大多由他口述、由他的中文教师沈子星笔录。"在城里乡下作传道工夫，有几位中国教友常是同伴，有一份帮助，像这样忠心的信徒，愿意受辛苦，受逼迫，对本国弟兄传扬福音真理。这几位和杨氏同事的，总算是道德伟人，或是尽力帮助说教，或用心帮助翻书，所以在汉口有这样效果，也都是协合作成的。"① 杨格非尊重中国助手的工作，他是少数几个将助手名字也列入作品的传教士之一。他曾经这样描述传教士与中国助手的合作过程："当他们（传教士）想

① 比顿：《杨格非传》，《国外布道英雄集》（第五册），杨益盛、周云路译，第 33 页。

要出版的时候，他们就将这个意思口头传达给学者，由学者翻译成流利的、惯用的中文。尽管传教士可能自己不会写，但他应当能够对他的学者[①]的文字形成一种批评意见。在反复阅读的过程中需要这种能力，这些都是必要的，为了结果能产生比传教士希望凭借自己个人的能力能写出来的更具伟大价值的作品。”这显然有其不得已的原因：“在中国，文学表达的准确和精美历经许多世纪的熏陶培养而成为一种美好的艺术，也一直被推崇备至，对一个外国人来说，要确定他会避免犯那些被训练有素的眼睛立刻察觉的错误，不触犯一个受过教养的中国人的敏锐的直觉，还不能使该中国人对一个没有受过教育的人写的作品退避三舍，这些实际上都是不可能的。”[②]

然而作为街头布道家，杨格非本人或许更关注大众的接受能力。他不仅把浅文理本的《新约》译成白话，还把他的小说《引家当道》也译成官话本《引家归道》。汉口周明卿在《引家归道》“译官话序”中揭示了杨格非这么做的原因：

> 壬午岁杨君格非牧师著有《引家归道》一书，详言李先生修身、齐家、正己、化人之事，已足徵圣道之感动人心，使人弃邪从正也。时有沈子星老夫子，披阅良久，受感殊深，且预料其有益于天下后世，爰作一序以为读者之先导。今沈君虽没，言犹在耳。是书刊行数载，悦服者多，获益者亦不少。杨君复思是书之成，原期家

① 杨格非习惯把中国助手称为“学者”。

② 韩南：《中国19世纪的传教士小说》，载韩南：《中国近代小说的兴起》，徐侠译，第70页。

喻户晓，尽人皆知。文法纵非太深，诚恐村夫俗子未能精通文义者，无由观之了了。于是依原本再译官话，俾揣摩无难，展卷即能明晰。余一再读之，窃以为人能若此，何患家道不兴，人心不化。甚愿览是书者，默会夫李先生制行立表，皆由斯道陶淑而成。心服力行，步厥后尘，德修于身，化成于世。由家而国而天下，皆知尊崇上主，信赖耶稣。庶几圣道大行，人皆良善，升平之宇，即在今日，乃无负作是书者之苦心云尔。戊子冬汉皋周明卿敬序

杨格非在对官话的认识和运用上其实称不上先知先觉，米怜、郭实猎、威妥玛等人早已走在了他的前面。不过，这至少表明，对于官话的重视在传教士中已逐渐成为一种共识，并随着杨格非创办的圣教书局所发行的各类刊物和书籍，日益影响到中国社会和士人。①

二、《引家当道》——展示理想的中国基督教徒生活的小说

杨格非的小说《引家当道》1882 年在汉口圣教书局出版，前面有金陵沈子星的一篇序文。沈子星，生平事迹不可考，当为长期客居汉口的下层中国文人、教徒，长期担任杨格非的中文助手。清同治十一年（1872），沈子星还曾与汉口伦敦会花楼会堂执事杨鉴堂共同创办武汉地区最早的以传教为内容的民间报刊《阐道新

① 可参见本书附录“19 世纪西人小说中的白话实验”。

编》，这份刊物于光绪三年（1876）停刊。《引家当道》沈序云：

> 大英牧师杨君格非以所著《引家归道》十六章，前后言李先生笃行真道之事甚详。见示于余，且嘱余为序。展读之余不觉喟然叹曰："余仅如大荒中一微尘耳，何知有道，更何知有真道二十余年。蒙上帝之恩，因耶稣之功，赐圣神感化，使余粗通新旧约圣经，日日勉遵教规，常亲仁牧良朋。而今吾遂异故吾矣。虽然，今所至之境界，非所止之境界也。庄诵此书一再过，辄叹作者词简意赅，法良心苦，广之可以化国化世，约之可以救己救人。今以后余必由已至而趋赴凡所未至，庶得继武于李先生乎？书言大旨乃勿以过小而不谨始，勿以善难而不倡先。教子有义方，循循以诱劝，人从真道，侃侃而谈，孝亲，敬兄，清欠，爱敌，仗圣神之大能，竭自己之全力，卒至由亲及疏，多有入生出死者矣。嗟嗟！当今之世，舍李先生吾谁与归？此书一出，已信道者当更增其进修，未信道者亦可因以观感，立见真道光昌。兆民福乐，未始非此书默化所致也。余不敏，曷敢云序，惟以已得益于此书，并此书流行，预料其有益于天下后世。谨为悦道者言之。壬午菊秋上浣金陵沈子星书于汉皋客次

《引家当道》显然是为了宣扬基督教而写作的，作品叙述了基督教徒悔罪归道后的理想的生活状态。1882 年 10 月，杨格非在一封写自汉口的信中，提到了自己的这部小说：

> 我回来之后，除了诸如日常的传教、教书、照办教堂等工作之外，还写了6篇宣教作品。最后一篇今天完成，篇幅很长，我相信它会成为我所写的两篇最佳的作品之一。在这篇里，我描写了我心目中理想的基督教徒的生活，以及他应当如何努力拯救他的家庭、亲人和朋友。它类似小说，特别适合中国人。[①]

1883年《万国公报》分10次刊载了此书。但是，小说《引家当道》问世后似乎并没有像作者期望的那样“家喻户晓，尽人皆知”，也没有像沈子星预期的那样在读者中流行开来从而“有益于天下后世”。杨格非将之归结为语言的原因，因而1888年他将浅文理的《引家当道》改写为官话本《引家归道》，回目保持不变，正文改用官话，1889年由圣教书局印行，前面有沈子星原序及汉口周明卿“译官话序”。

《引家归道》共十六章，目录如下：

第一章　后世情起落无常
第二章　听真理今昔大异
第三章　复天良游子归家
第四章　观善行哲妇慕道
第五章　儿死女存悲复喜
第六章　闻声放足理兼情
第七章　谎骂赌钱从幼戒

① 韩南：《中国近代小说的兴起》，徐侠译，第94页。

第八章　家庭礼拜照常行
第九章　圣神妙化求能得
第十章　真道微言问更明
第十一章　欠债还清毋再欠
第十二章　仇人善待不终仇
第十三章　奉老亲劝归真道
第十四章　找长兄救出迷途
第十五章　公道谋生为善策
第十六章　亲身见嫂入明宫

主人公李先生是最普通的底层民众，他平常就像是读者所熟悉的邻居、亲朋，甚至就是读者自己。他不是读书人，不过知书明理，家中略有积蓄，也有些田产，平日做些生意帮衬家用，娶妻何氏，门当户对，育有二男一女，家庭生活美满幸福。不料被浪荡子弟引入迷途，钱财荡尽，亲情疏远，甚至卖儿鬻女，生活难以维系。杨格非刻意塑造了这样一个普通人的形象，以取得读者的认同感。"李先生受到感化，从此时起，痛改前非，自己常常祈祷，德行一日兴旺一日，不久，奉圣教为主门徒了。从此以后，李先生最喜欢的就是为耶稣作见证，逢人必讲解真道，尽力劝他们信主得救，倘若有人疑惑，李先生就对他们说：'主能救我这样的大罪人，岂不能救你们么？'因听他的言语，观他的行为，有许多人受了感动，并且与李先生往日相交的，和勾引他嫖赌的那些人当中，也有人改过自新，同归正教。还有多人，虽然不深明真道，也要奉教，为主耶稣的门徒。若问他们，这真道还未明白，为什么要奉教呢？必回答说：'我们虽然不深明这道，却都能看见李先生的举动行为，实在是改恶为善，去邪归正。他现在为人，比往日大不相同，若这道不是正道，李先生怎能如此改变呢？’”[①]

小说把重点放在走投无路的李先生如何通过悔罪归道获得新生，并感化家人和乡邻。“这部小说的确包含了一些教义，但中心在于对应当如何生活提出了实用的建议。”[②] 因而《引家归道》并不像其他的宣教小说那样，充满了连篇累牍的人物问答以阐发教义，而是具有较强的叙事性和故事性。小说涉及当时中国人日常生活中纳妾、缠足、抽鸦片、孝敬老人、教育子女、清还欠债、对家庭的责任感、诚信交易等问题。

《引家当道》在近代来华传教士原创小说中，是最具文学性的一部。这主要表现在小说人物的塑造方面。主人公李先生并不像其他小说中的正面人物那样，完全只是一个符号性的角色，是牧师的代言人，喋喋不休地向人讲道或与人辩论。作者将他还原成生活中的普通人，赋予了他多重身份，除了是一名悔罪归道的信徒外，他同时还是丈夫、父亲、儿子和弟弟。小说并没有用太多篇幅记述李先生向他人布道的言论，而是重在展现他作为一名教徒处理问题的方式，他是如何担负起生活中的种种责任，扮演好各种角色的。李先生和家人在生活中碰到了种种问题，身为基督教徒的李先生一一化解难题，构成小说情节推进的动力。除了李先生外，小说还塑造了他的妻子、儿子、父母、兄长等人物，他们也都有各自的性格和特点，接近生活中的真实人物。比如，写他的父母对于圣道的认识和接受过程比较客观，并未夸大圣道的

① 《引家归道》第二章，第3页。

② 韩南：《中国近代小说的兴起》，徐侠译，第95页。

影响力。虽然二老日日听讲圣道，只是难受感动，常说："我老了，筋力衰了，旧性难改。《圣经》难记，不是少年强壮人，诸事灵便。"李先生夫妇成心求上帝，感化二老的心，使二老能信赖救主，终不失天上的永生，二老虽然不深明圣道，但看见儿子媳妇，相敬如宾，视为一体，孙男孙女，也晓得孝亲敬长，太和气象，聚在一门，常常叹说："我们年近古稀，偏观别人家里，不能像这样，若感化他们的不是真道，怎能有如此的美妙呢？道中的许多奥妙，我们实在是难得明白，但子媳全家的行为，却容易看见。如教中人，都是这样，信的人不得不一日多一日，教会快快兴旺，也是我心所愿的。"[①] 又如李先生帮助兄长戒大烟的痛苦过程，也得到了真实再现。

《引家当道》译为官话本《引家归道》之后，其社会和文学影响是否确实得到了提升，我们没有直接信息可以证明这一点。但是，美国传教士武林吉（Franklin Ohlinger，1845—1919）将《引家归道》译成韩文在朝鲜半岛传播，似乎从另一方面印证了它的影响力。

三、武林吉与《引家归道》的韩译本

武林吉从某种意义上说，与郭实猎有些相似，是一位个性鲜明，同时颇具争议的传教士。武林吉 1845 年生于美国俄亥俄州。自幼熟读宗教书籍，为他日后的传教事业打下了基础。他富于热情和幻想，有着非凡的语言天赋，性格开朗，很容易与他人打成一片。这使得他在短时间内就掌握了中国官话、福州话及朝鲜语。

---

① 《引家归道》第十三章，第 17 页。

1870 年他来到福建，创办福州鹤龄英华书院，后更名为福州英华学校，1874 年创办福建第一份中文报刊《郇山使者》（*The Zion Herald*）。1887 年，由于他在传教和办学策略上与其他传教士产生分歧，武林吉被派往朝鲜传教，1895 年 10 月才重新回到福州。[①]与在中国时一样，他认为朝鲜民众的理解力有限，传教不能仅仅依靠在街头布道和散发书籍小册子，而应该尽力扩充民众的知识面，这样才能使他们更容易领悟基督教教义。抵达朝鲜伊始，他就开办了一所日间学校，并担任学校的教师。1891 年，他创办了一种三语刊物，用中文、英文、朝鲜文印刷，作为向朝鲜中下阶层传播福音的工具，另外还创办了《朝鲜丛报》（*Korean Repository*）及广学会在朝鲜的经销点，并且担任了第一任主理。

1894 年，武林吉将杨格非的小说官话本《引家归道》译成韩文，在汉城贞洞耶稣教会堂出版。此译本现存于韩国基督教博物馆中。[②] 武林吉为监理会传教士，1889 年在汉城培材学堂里创办了以印刷出版基督教典籍为主要事业的“三文出版社”，他是在韩国主动推行基督教文字传教事业的领导人物。

武林吉在《引家归道》“序”中阐明了译介的目的：

> 这部书是英国牧师杨格非先生所作的，叙述中国李先生虔信基督教，其故事内容真实，语言详尽，连小孩看都容易了解。因此重以韩文翻译出版，希望阅读者有过即时悔改。李先生奉养父母尽力孝道，恭敬兄姊，与

① 参见游莲：《美以美会传教士武林吉研究》，福建师范大学 2006 年硕士学位论文，未刊稿。

② 拜韩国崇实大学吴淳邦教授所赐，笔者已保存其复印件。

> 妻子和睦，器重弟妹，恤导孤儿，宽待怨仇，清还负债等事，皆为值得我们效法。这些事决不是靠一己之力量成就的，就是承蒙上帝恩宠与基督代赎、圣神感化而成的。是故，希望世人皆像李先生一样尽力虔信真道，转祸为福。

序文表明，武林吉之所以选择翻译杨格非的《引家归道》，主要是因为其语言浅显易懂，“其故事内容真实，语言详尽，连小孩看都容易了解”。他预设的读者显然是中下层民众，朝鲜的高层文人精通文言，他们是无须翻译的。武林吉劝说读者阅读此书，可以悔罪改过迁善，与沈子星原序及周明卿“译官话序”表达的意图大致相同。这里，他所倡导的对父母尽孝道、恭敬兄姊、与妻子和睦、器重弟妹、恤导孤儿、宽待怨仇、清还欠债等都是与儒家伦理道德思想相合的一面。韩国与中国有着相似的文化语境，也深受儒家文化的影响。而基督教与儒学的某些契合点，为基督教在韩国的传播提供了可能。武林吉的这段导读，可以说切中肯綮，迎合韩国读者的心理，基本上沿袭了合儒、补儒的传教思路。同时，小说主人公李先生修身、齐家、正己、化人之事，强调了基督教的精神力量及对人们行为的影响力，有助于人们精神世界的重建。此外，在19世纪末民族危机的压力下，寻求精神安慰和解脱的韩国人把信仰基督教作为精神寄托和争取民族独立的途径。正如美国学者费正清（John King Fairbank）所说：“藉助于认同民族主义的情感，基督教在朝鲜较之亚洲其他绝大多数地方找到了更多的追随者。”[①] 这些都推动了《引家归道》在韩国的流传。韩国基督教博物馆除了收藏它的 1894 年刊本以外，还藏有 1911 年 8 月 5 日“朝鲜耶稣教会”主管、在徽文馆印刷的刊本。此版本文字全用韩文，共有 78 页，文章隔写井然，半页 10 行，因为隔写的缘故，每行字数不一，多为 17 字或 18 字。吴淳邦据此推断，韩文的隔写方式从 19 世纪末叶开始，这种现代韩文的书写方式开始于基督教传教刊物，尤其是早期的基督教小说作品。其出版时间之早及其在书写方式的改革，开启了韩文的现代规范与韩国现代文学发展的进程。[②] 这也算得上是《引家归道》这部小说流传带来的副产品了。此外，《引家归道》在中、韩的流传状况还促使我们思考基督教在近代中国和韩国境遇不同的原因，进而从细节上讨论异质文化之间的交流和发展的具体过程。

---

① 参见裔昭印、石建国：《基督教在近代中韩传播不同境遇的原因与启示》，载《上海师范大学学报》2006 年第 2 期，第 92 页。

② 参见（韩）吴淳邦：《19 世纪传教士中文小说在韩国的传播与翻译》，载《东华人文学报》第 9 期，2006 年。

第八章 基督教小说译述

第一节 宾为霖与《天路历程》的译介

西方传教士著译的小说中，最为引人注目的，除了米怜的《张远两友相论》之外，大约就要首推英国长老会传教士宾为霖[①]翻译的《天路历程》了。这首先当然得益于这部小说本身的文学成就。《天路历程》是17世纪英国牧师、散文作家约翰·班扬（John Bunyan，1628—1688）的代表作。该书1678年面世后即获得了巨大成功，在不足1年的时间里连续印行3版，作者生前销售量已达10万余册，至今被翻译成120多种文字，在各地流传。文学史称："在世界文学中有三部伟大的讽喻体作品：斯宾塞的《仙后》、但丁的《神曲》和班扬的《天路历程》。第一部作品吸引了诗人，第二部吸引了学者，第三部则吸引了各种年龄和地位的人。"[②] 论及《天路历程》在中国的流传，宾为霖的译介则功不可没。在它的多种中译本中，宾为霖的译本并非最早的，却是第一

---

① 也译作宾惠连、宾惠廉、宾为霖、宾维廉等，本文采用当时传教士中最常用的译名。林乐知在答北京教友曹子渔的来信中解释说，传教士往往延请中国先生将口述内容译写成汉字，其间不免疏漏、讹误，因而宾先生的名字有多种写法，甚至作"柏先生"。《教会新报》卷二，华文书局，1968年，第559—560页。下文所引《教会新报》皆出自此版本。

② 李自修：《古朴素雅的讽喻体小说——析〈天路历程〉的语言艺术》，载《外国语》1988年第6期。

部完整的并被公认为是最佳的译本，在中国读者中也最具影响力。本文所关注的是，身为传教士的宾为霖在翻译此书时所采用的一些特殊策略，宾为霖译本的特点、流传，以及在宾为霖译本的影响下，《天路历程》这部宗教小说是如何被中国读者所接受的。

一、宾为霖的天路历程

尽管《天路历程》由于宾为霖的译介而深入人心，但这位译者本人似乎并不为人所熟悉。一个明显的例子是，熊月之先生在《西学东渐与晚清社会》一书中，误将宾为霖当作美国传教士。事实上，宾为霖作为一个来华传道的牧师，当时在教民中颇受爱戴。他去世后的数年间，《教会新报》曾发表多篇追思文章。《教会新报》卷二上刊载了北京教友曹子渔的《宾教师传》。宾为霖在京时曾租赁他的房屋，因而得以“朝夕过从，甚获提撕之益”。文章追忆了宾为霖的高尚品格及在京的传道事迹。第三册上有福建美以美会教友许扬美的《宾牧师行述》并附《吊宾牧师诗》，从第四册开始分32次发表了由英国传教士艾约瑟译述的长篇传记《宾先生传》，其中还包括《宾先生日记节译》《英国宾先生传问答八条》。艾约瑟称：“宾先生纬廉，传道中国，溯自道光戊申至同治戊辰，凡二十一年。其仁爱之心为教友所灼知，信德之闻尤教会所久著。今先生蒙主召，离世已三年矣。西国为之立传历述其生平语言事迹，极为详备。兹择要译之，约仅十分之二三，俾中国教友咸知云。”[①] 文章所述甚为详备，本文主要据此将宾为霖的生平事迹整

① 《教会新报》卷四，第1470页。

理成篇。

宾为霖初来中国，就选择翻译长篇宗教小说《天路历程》，并非出于偶然。他本人从小就深受《天路历程》的影响，“幼不嗜读，所读者《天路历程》暨《苏格兰杰士瓦里斯行述》各一部”[①]。并将书中所说的“随时待命”四个字作为他生活的原则和事神的态度。他因为翻译《天路历程》而为中国读者所认识，而他个人的人生轨迹同样深深打上了这部小说的烙印，是一段向天国艰难行进的历程。

宾为霖 1815 年诞生在苏格兰格拉斯哥，父亲是当地的牧师，性格仁厚，温恭虔谨。母亲勤勉劳作，常以义方训导他。13 岁时，宾为霖在舅父的安排下进入阿伯丁（Aberdeen）一所著名的学校就读，学业颇有进益：“掌院者弥勒分谙于拉丁方言，迄今苏格兰之地作拉丁文者咸景仰之。先生于兹始嗜读。迨出此书院时，学业已进，盖得斯琢磨预立传道之基而先生不自知也。”[②] 之后他又以优异的成绩从阿伯丁大学毕业，并且前往爱丁堡担任见习律师。

然而，事情忽然发生了转机：“忽一日，先生受感化，心顿易。会家有姊二人致书于先生，劝读圣道之书而恐先生不之听也。乃先生复函无厌道之语，即索圣道书于家，姊奇之。盖以先生素有美室良田之志，至是顿易其初心矣。”[③] 这一突如其来的感悟改变了宾为霖的人生轨迹，他放弃了即将获得的律师执业资格，转入格拉斯哥大学攻读神学，为传道生涯做准备。他向神许愿，愿意被差派到世界上的任何一块土地上去传福音。1838 年，他致信

---

① 《教会新报》卷四，第 1471 页。

② 《教会新报》卷四，第 1471 页。

③ 《教会新报》卷四，第 1471 页。

掌管印度传教事务的牧师，表示愿赴印度传道。

1839 年春，顿底（Dundee）圣彼得堂的牧师玛革遮那（Robert M. McCheyne）因为健康情况欠佳，延请宾为霖代理传道事务数月。这对他无疑是一个挑战，因为玛革遮那是当地声名赫赫的布道家，要找人接替实属不易，但宾为霖很快就在当地教民中赢得了声誉："盖先生虚心和平，不骄傲，不矜夸，自知人力为主所赐，仁以居心，恕以接人。传道讲书之际，无论博学者、愚陋者、富贵者、贫贱者，皆视如一例，竭力事主，无忝厥职。自觉若上帝之藉其口以宣命者，是以在顿底会堂初登讲席时虽在少年，毫无畏葸。维时安息作礼拜者，皆为之恐。继而听先生祈祷之语，坦然直陈，字字恳切，则如久咀福音之深味者，群疑始解，群惧始释，咸视之如本堂牧师。"①

此后，各地请宾为霖讲道者不断。1844 年，宾为霖又到加拿大传道，两年后乘船回到苏格兰。"斯二载也，先生为主之道多耗心力，乡人见其精神衰惫，知为基督奋勇驱驰之迹可证耳。"②1847 年 7 月，宾为霖登上一条驶向中国的商船。在旅途中，他仔细研读了两本与中文有关的书籍，一是卫三畏（Samuel W. William）编写的《英华辞典》，一是马礼逊翻译的《马太福音》。经过 5 个月的航行，宾为霖在将近年底的时候抵达香港。在香港，他刻苦学习中文："先生昔在加拿大时，日读法国书，祈祷皆用法国语言文字。今习中国方言亦然，且欲期速成，乃竭心力读汉书，夜以继日，或祷告唱诗皆用中国方言文字。常耳听人言

① 《教会新报》卷四，第 1495—1496 页。

② 《教会新报》卷五，第 2150 页。

而默会于心，以期速肖。"[①] 为了尽快提高中文水平，他"初与西人同寓，旋僦屋与华人为邻，旦夕交谈，以期庄岳之效，盖心急于传道以拯中国世人，故不惜心力日孳孳于方言也耳"[②]。这样做果然奏效，他很快就习熟粤东方言。宾为霖在粤东居住了一年零四个月，后因房屋租赁到期，房东欲转租他人，他认为这是主在暗示他离开此地，因而于1851年赴厦门传教。闽中之人喜听传道，而且愿意学习，长时间地听讲也不觉厌倦，较之粤东之厌于听者不啻天渊之别，这让宾为霖看到了希望。他在日记中写道："近予于各村并多处传福音，有数人偕予出传道。维时在会堂听讲者加多，在露地听者尤众，日讲书五六次。统计此次各村镇来者，不下三千人。斯土传道之事似有可望焉。"[③]

在阿伯丁接受的严格的拉丁文训练，使宾为霖学习中文时获益匪浅，不论是潮州话、厦门话、福州话，还是官话，他都能迅速掌握，并用于翻译和传道工作。宾为霖是一个热心于布道的传教士，他的一切著述活动都是以此为旨归的。除翻译《天路历程》外，他还译有《神诗合选》《潮腔神诗》《榕腔神诗》《厦腔神诗》《京音旧约诗篇》及小说《正道启蒙》（*Peep of Day*，官话本）等。[④]"（咸丰九年）十月内，先生赴福州府习其乡谈，每日在会堂或听或讲，尝以福州土语译圣诗以训人"；"（咸丰）十年十月，先生反（返）厦门、潮州查办传道之事，勤其失，勖其正，众来就

---

① 《教会新报》卷五，第2469页。

② 《教会新报》卷五，第2469页。

③ 《教会新报》卷六，第2735页。

④ Alexander Wylie, *Memorials of Protestant Missionaries to the Chinese: Giving A List of Their Publications, and Obituary Notices of the Deceased, with Copious Indexes*. American Presbyterian Mission Press, 1867, pp. 175 – 176.

听者较前益众。先生每为之哀痛，复以潮州土语译圣诗一册，以训于人焉。”[①] 1850 年，宾为霖还与美国传教士打马字、罗啻合作，创造了一套以 23 个拉丁字母连缀切音的厦门话白话字（又称厦门话罗马字），易于学习和应用。

1854 年，宾为霖护送英国长老会的医生杨雅各牧师（James H. Young）回国，同时在各地报道中国的需要。第二年，他再度动身来华，进驻上海。时太平天国建都于南京，他尝试与之进行接触，未获成功。一位船长告诉他，汕头很需要宣教，于是他动身前往汕头，同行的有戴德生。宾为霖的属灵经验对戴氏日后创设内地会（China Inland Mission）颇有帮助。咸丰十一年（1861），宾为霖又由潮州再赴福州，他作为一个“随时待命”的人奔波在传道之路上。

由于福建的信道之家常常遭到骚扰，宾为霖不得不买舟北上。同治二年（1863）西历十月，他抵达北京，在这里传道 4 年：“僦一屋极卑隘，一傭为之炊。先生自奉俭约，积资有余辄施贫人，或助义塾。常济医院买药之需，每佐讲堂僦屋之费。先生日惟二事：一译书，一讲书而已。”[②] 一向不愿照相的他，应母亲的要求，破例让一位俄国朋友为他照了一张相，右手拿着雨伞，左手拿着《圣经》，简朴而坚定。同治六年（1867），“先生知奉天省牛庄无人传道，乃慨然顾往。盖因其地西商云集，人数众多，独乏传道者，以致安息日讲书无人，且其地俗尚斗狠，亟应教之。先生乃刻日束装，由京赴天津大沽海口，觅舟以适牛庄。于八月初旬至

① 《教会新报》卷六，第 2778 页。
② 《教会新报》卷六，第 2790 页。

大沽候舟五日。每日市中讲书，迨登舟东发，旦夕礼拜。舟主不欲随之，三日后乃愿随先生祈祷。他舟子亦有如此者”[1]。可见宾为霖的传道颇具感染力。在牛庄（今营口）的4个月里，他平时用中文讲书，安息日用英文讲书。同治七年（1868），宾为霖完成了自己的天路历程，病逝于牛庄，先葬于牛庄河旁，后移葬于牛庄西商坟地。

二、翻译《天路历程》

法国文学评论家丹纳（Hippolyte Taine）说过，在英国除了《圣经》，《天路历程》是人们读得最多的一部书。宾为霖选择翻译《天路历程》，显然独具慧眼。然而，要让这部基督教的经典小说被中国读者所接受，又是不太容易的事情。因为《天路历程》是一部宗教寓言小说，全书自始至终穿插着《圣经》故事和箴言，可以说这部小说完全是依附《圣经》而生的。仅第一部中，作品直接引用《圣经》就达200余处，其中涉及《旧约》19部，《新约》22部，还有不少典故、故事来自《圣经》或对其中的文本略加变通或转述后再行引用的。[2] 艾约瑟在《宾先生传》中曾经谈到此书的重要性以及翻译成中文的难度：

> 斯时先生译《天路历程》书。考斯书之在西国，久已脍炙人口。作者英人，名本人，于中国明末清初之时传道英国，被窘下狱十二年，故以圣书寓言而成斯书。

---

① 《教会新报》卷六，第2790页。

② 参见李自修：《古朴素雅的讽喻体小说——析〈天路历程〉的语言艺术》，载《外国语》1988年第6期。

专叙求升天堂永生之路之人，应备历艰辛，耐诸试炼，坚心忍性，以期得救。传道者喜译斯书，以为传主福音之助，已各以诸国方言译之，凡译数十国矣。因中西方言不同，或读者不能识其寓言佳妙，则全译反恐失其真。盖作者才高笔大，精于圣道，善于喻言，多方劝导，引人入胜，使读者如游名园，奇花异卉，夹路盈眸。层层变幻，应接不暇。惟各国方言译改，未免失庐山面目耳。如华人西服，虽极于妆饰，亦不雅观，又若中国名人诗赋，亦尝译以西国方言，读之失其本来意味於以见方言译改，彼此一辙也。①

宾为霖本人也意识到了中西语言和文化的差异，在他最初的浅文理译本中，他不仅加入了插图帮助读者理解，而且在序文中试图引导读者更好地解读此书：

天路历程小引

天路历程一书，原是大英国人，耶稣教徒所作。复姓本人，名约翰，约二百年前，因传福音真道，被恶官囚于狱，十有二年。绝无怨恨之念，而慕道之心转殷。于是将圣经之理，辑成一书，始终设以譬词，一理贯串至底。其曲折处，足令人观之而神悦，其精严处，尤足令人读之而魂惊。且教人如何信福音道理，如何赖耶稣功劳，当如何著力，如何谨慎，是诚天路历程之捷径

① 《教会新报》卷六，第2736页。

也。至于人名地名，非真有其人其地，亦不外假借名目，以教人识真伪耳。读者自当顾名思义，因词达意也可。即如首卷首行所云："我者，本人自谓；穴者，比囚狱也；睡中之梦，比静中之思也；一人衣破，衣比世人有罪无功；面转室而他视者，是欲背世俗而向天理之意也；背上有大任，言世人身任多罪，如负一大任也，故观圣书，遂战栗而流涕云云。"以下五卷解法，大率如此类推。在善读书者，心领而神会之已。今爱是书者，已将各国文字译成，素未译以中国文字，至咸丰三年，中国士子与耶稣教师，参译始成。但恐读者以为假设虚造之词，不知书中之意，尽是圣经真实要理，今故绘以图像，作一小引于首，使知其由来，而索其奥蕴也。是为序。①

从宾为霖的浅文理译本中，我们看到译者对该书进行了适度的归化或者说本土化。之所以说"适度"，是因为宾为霖并未像其他早期的传教士那样，在中文著作中一味强调中国传统小说的表述方式，模仿套语，对原作进行大刀阔斧的删改。《天路历程》客观移植了原作的叙述者与视角，完全保留了第一人称叙事，尽管这并不合乎中国读者的阅读习惯。或许作为一个初来中国的传教士，宾为霖并不真正清楚中国读者喜欢怎样的叙述方式。小说是这样开篇的："我行此世之旷野，遇一所有穴。我在是处偃卧

① 《天路历程》1856年香港据1853年美华书馆本重印，哈佛—燕京图书馆藏本，标点为笔者所加。

而睡，睡即一梦，梦见一人，衣甚破烂……"① 这个"我"贯穿了整部小说，以"我梦见"基督教徒的种种经历构筑全书。小说最后写道："我知自天门亦有路通地狱，一若由将亡城然。我梦至此乃醒。"而在晚清，最早对中国作家产生影响的三部西方小说译作为《百年一觉》(1894)、《华生笔记案》(1896)、《巴黎茶花女遗事》(1899)，原作虽然都采用第一人称叙事，但译者考虑到中国读者不习惯这样的叙事方式，或担心读者把小说中的"我"等同于译者，都不约而同地进行了改动。李提摩太把"我"改成了"某"，林纾把"我"改成了"小仲马"，《时务报》则把"我"改成了"华生"，这样译者就免去了"荒诞"或"淫荡"之讥。②

不过宾为霖还是采用了分卷的形式，将全书分为五卷，每卷又分章节，但没有标回，仅冠以"天路历程续说"，大致与晚近直译本的章节相吻合。③ 另外，有一些无关痛痒的细节改动，如卷三，基督教徒与尽忠到达虚华市，宾氏为了博得读者的亲切感，将原文中的地名改为中国读者熟悉的中华衢、安南衢、天竺衢、吕宋衢等。同时，宾氏非常巧妙地将诗歌转化成中国的古诗，且每卷每节篇末几乎都有篇尾诗。这里略举两例，将宾为霖译本与西海的译本进行对照，可见其译述巧妙：

---

① 《天路历程》1856 年香港重印本卷一，第 1 页。

② 参见陈平原：《中国小说叙事模式的转变》，载《陈平原小说史论集》(上)，第 328 页。

③ 《天路历程》晚近的译本，为人所熟知的如西海的译本、王汉川的译本。

来斯得见七奇情，策我直趋狭路程 宝训诸条时必念，圣灵释示极高明①	在这儿，我看到了稀罕和有益的事情， 看到了快乐的和可怕的光景 这些都使我的意志坚定，把任务承当， 那么让我来把这些事情细细思量 让我弄明白为什么我会看到这一切事迹 哦，好解释者，让我对你感激②
不须痛哭尽忠兄，死既尽忠主赐荣 谋害圣徒皆自害，人虽杀尔尔犹生③	啊，忠信，你忠实地向你的主表明， 你会有跟他在一起的福运 而不忠实的人，尽管有他们虚妄的欢乐 现在却在地狱的苦境中悲哭 歌唱吧，忠信，引吭高歌吧，让你的名字永不衰败 因为，虽然他们杀死你，你仍旧健在④

1865年，出于受众的考虑，宾为霖将《天路历程》重译为官话，并在旁边出注，说明出自《圣经》某卷某节。宾氏的白话译

① 同治八年（1869），苏松上海美华书馆藏版，新铸铜版《天路历程》卷一，第9页。

② 约翰·班扬：《天路历程》，西海译，上海译文出版社，1983年，第44页。

③ 同治八年（1869），苏松上海美华书馆藏版《天路历程》卷三，第28页。

④ 约翰·班扬：《天路历程》，西海译，第103页。

本同样采用直译，语言朴实洗练，在当时的译作中实属罕见，具有开风气之先的意义。其“官话自序”称：“予不惮烦重译是书，诚以是书为人人当读之书，是路为人人当由之路。”上引文理本的开篇，宾氏译为官话如下：

> 世间好比旷野，我在那里行走，遇着一个地方有个坑，我在坑里睡着，做了一个梦。梦见一个人，身上的衣服，十分褴褛，站在一处，脸儿背着他的屋子，手里拿着一本书，背梁上背着重任。又瞧见他打开书来看，看了这书，身上发抖，眼中流泪，自己挡不住，就大放悲声喊道：我该当怎么样才好?①

艾约瑟在《宾先生传》中如是评价他的译作：“复译《正道启蒙》一部，斯书之在英国名《将明篇》，乃塾中用以训小儿女者，故以‘启蒙’为名。译时先生多以己意笔削之，期于中国方言有裨使人洞悉。又译《天路历程》书，初尝译以华文，今复译以北京土语，更译《续天路历程》，乃从前无人译者。中多妇女信道勤走天路之譬，先生随意酌削。即如婚姻一节，欲人知圣教婚姻之仪，故多以己意寓言之焉。”② 在小说第二部即《续天路历程》中，宾为霖的确增设了一些文字，目的是通过展示在基督教徒的婚姻中应当遵循的准则，来提高这部作品对中国妇女的实用性。不过宾氏对原文改动的程度并不像艾约瑟描述的那样，“随意酌削”，

① 《天路历程》卷一，美华书馆，同治四年（1865），第1页。
② 《教会新报》卷六，华文书局，1968年，第2790页。

事实上他的增删极为有限。将宾为霖的译本与晚近的译本相比，其叙事部分近乎直译，完整、准确地保留了原文内容和西方小说的基本特征。

在第一部的译作完成后，宾为霖长长地舒了一口气：

> 我能够完成班扬《天路历程》（第一部分）中文译本的最终修订稿，它让我们从 1852 年 6 月 1 日忙到现在，只除了去年夏末的那一个月，我生病发烧，被迫把它搁在一边。全文经罗啻（E. Doty）和施敦力亚力山大（A. Stronach，在厦门的传教士同仁）及他们的教师们审阅，由此获得许多有益的建议。在校完清样的最后一页之后的一小时里，我收到了来自上海的一本《天路历程》中文本，由伦敦布道会的慕维廉（William Muirhead）在两年前刊印的，主要是给学生看的。然而，它并非全书的完整译本。[1]

三、宾为霖译本的流传与影响

宾为霖的浅文理译本《天路历程》1853 年出版，后来他在北京又将它翻译成官话，于 1865 年出版。1866 年宾氏翻译了小说的第二部《续天路历程》。

现据笔者目力所及，并参考伟烈亚力 1867 年出版的《来华基

---

① Memoir of the Rev, Wm. C. Burns by Islay Burns, M. A. (New York, 1870)，转引自韩南：《中国近代小说的兴起》，徐侠译，第 90—91 页。

督教传教士纪念册——附著述目录》、1917年雷振华编撰的中文书目《基督圣教出版各书书目汇纂》（汉口：圣教书局1918）、《协和书局图书目录》（*Catalogue of Chinese Books Sold by the Mission Book Company*）、樽本照雄的《（新编增补）清末民初小说书目》，将宾为霖所译《天路历程》版本稍加整理。即使是通过这一并不完整的版本梳理，我们也可以看到宾为霖译本数十年间多次出版，与其他人的译本相比，可谓一枝独秀。

宾为霖的译本并非《天路历程》的首译，但它是第一部完整的中译本。此前有慕维廉的节译本，题为《行客经历传》，供学生阅读。另外，还有多种方言译本：宾为霖的译本刚一出来即由美国公理会传教士打马字转译成厦门土话，1853年在厦门出版；美国南方长老会的传教士来牧师（D. M. Lyon）也几乎在同时用苏州土话翻译了此书，1853年由协和书局出版；英国圣公会柯播义的宁波土话译本题为《旅人入胜》，1855年在宁波出版；同治十年（1871）出版了英国俾士广州土话译本《天路历程土话》，由羊城惠师礼堂镌刻；光绪二十一年（1895）出版了上海口音书局藏版、上海美华书馆排印的《天路历程上海土白》；斯得胜的上海土话译本1899年、1913年由中国圣教书局（上海）出版；钟秀芝的四川土白译本1912年由华西圣教书局（重庆、成都）出版。此外，英国浸礼会传教士胡德迈（Thomas Hall Hudson，1800—1876）翻译的《胜旅景程》是《天路历程》第二部完整的中译本，1870年分两部分在宁波出版。该书分回，比宾为霖的翻译更为通俗易懂。[1]又有英国伦敦差会孙荣理的官话译本1908年、1913年由中国圣教

① 参见韩南：《中国近代小说的兴起》，徐侠译，第91页。

书局（上海）、基督圣教协和书局（汉口、天津）出版；1930 年广学会出版了专门针对儿童的《小天路历程》（*Little Christian's Pilgrimage: The Story of The Pilgrim's Progress*），由英国伦敦会女传教士绿慕德（Miss M. Lawrence）根据英国维多利亚中期的女作家泰罗（Helen Louisa Taylor）的改写本翻译："本书是泰罗将本仁约翰的《天路历程》全书的大意，用简明的文字，编辑成功的。原文《天路历程》颇为冗长，儿童们不仅不易明白其中深奥费解的理，即其中章节子目亦不易使儿童了然。本书是将全书分为四十九章，每章贯以标题。见标题就可以了解本题的大意。全书能使儿童对作者所描写的这个基督教徒终身所遭遇的景况，和所接触的人物，可以概然于胸。而且译文又是流畅的语体文，有新式标点，其便利当不可胜言矣。"[1] 1936 年广学会又出版了谢颂羔翻译的《天路历程》，题为《圣游记》，1938 年广学会出版谢颂羔新译的《天路历程》，题为《圣游记续集》。

尽管《天路历程》译本众多，但宾氏所译是第一部完整的，也被公认为是最佳的译本，发行最广，版本最多。方言译本中有许多，特别是晚出的版本，其实就是用方言转译宾氏的译本，至少在很大程度上参考了宾氏的译本。俾士在将《天路历程》译成广州土话时作了一篇序：

> 《天路历程》一书，英国宾先生于咸丰三年译成中国文字。虽不能尽揭原文之妙义，而书中要理，悉已明显。

---

① 《广学会图书目录》目录分类第二十"儿童用书"，广学会，1938 年，第 35 页。

后十余年，又在北京重按原文译为官话。使有志行天路者，无论士民妇孺，咸能通晓，较之初译，尤易解识。然是书自始至终，俱是喻言，初译无注，诚恐阅者难解。故白文之旁，加增小注，并注明见圣书某卷几章几节，以便考究。今仿其法，译为羊城土话。凡阅是书者，务于案头，置新旧约书，以备两相印证，则《圣经》之义，自能融恰胸中矣。是书诚为人人当读之书，是路诚为人人当由之路。苟能学基督教徒，离将亡城，直进窄门，至十字架旁，脱去重任，不因艰难山而丧厥志，不为虚华市而动厥心，则究竟可到郇山，可获永生，斯人之幸，亦予之厚望也。爰为序。同治十年辛未季秋下旬书于羊城之惠师礼堂。

此序表明，俾士用广州土话所译《天路历程》受到了宾为霖译本的影响，译者肯定了宾氏译本的成就，并对宾为霖为小说加上旁白和注释，以帮助读者理解的做法尤加赞赏。而他在自己的译作中也很自然地沿袭了这种形式，并提醒读者将《新约》《旧约》置于案头，阅读时对照注解，参阅《圣经》，才能真正领悟其中的奥妙。宾为霖的注释全部放在书眉，主要是详尽标名其中的典故、箴言出于《圣经》某章某节，这对于阅读一部寓言性小说是很有帮助的。此外，还包括许多评论性的文字，如“此等危眼往往多为其所惑”，“此等只倚赖自己功能，乃似真而伪者，鲜有不为其所迁”，类似于评点。宾为霖是否确实受到了中国古代小说评点的启发，我们无法获知。但这一体例出现后，迅速被其他译者模仿。谢颂羔所译《圣游记》为“新译国语，用新式标点。而书中所有人名与地名，差不多完全采用旧译本。译文非常准确，使原文意义畅达无遗”[①]。谢氏之所以沿用《天路历程》旧译本中的人名、地名，当然是为了迎合读者的阅读习惯，说明旧译本影响深远。此处虽未点明旧译本是哪一种，不过，由于宾氏译本出版最多，影响最大，当为此无疑。

宾为霖的译本因为最为常见，易于获得，因而流播广远，不仅对各种各样的中译本产生了或多或少的影响，而且流风还及于韩译本和日译本。《天路历程》被视为最早译介到韩国的西方小说。尽管其第一个韩文译本是由加拿大长老会传教士奇一（James Scarth Gale）1895 年在元山直接译自英文本，但韩译本至少沿用了宾为霖的标题译名“天路历程”。而日本的基督教新闻《七一杂报》则从 1876—1878 年连载了村上俊吉翻译的《天路历程》，是根据宾为霖译本进行的转译。明治十二年（1879），佐藤喜峰对村上俊吉的翻译进行润色，题为《天路历程意译》，由东京十字屋书出版发行。著名日本作家芥川龙之介的小说充斥着基督教文化情结，鲜为人知的是，他曾翻译《天路历程》，题为《骨董羹》，是日本最早的单行本译本，其插图风格完全中国化，英诗的翻译也带着浓厚的中国调。[②] 此译本也参照了宾为霖的译本。

尽管《天路历程》实际上是最早介绍到中国的西方长篇小说，但学界却把这个第一的位置给予了英国作家利顿（Edward Bulwer Lytton，1803—1873）的《夜与晨》（Night and Morning，1873 年第 3 期—1875 年第 28 期先连载于《瀛寰琐记》，1875 年增加三章后

---

① 《广学会图书目录》目录分类第十九“故事”，第 23 页。

② 参见洪艺花：《〈天路历程〉的韩译比较研究》，延边大学 2007 年硕士学位论文，第 8 页。

出版单行本）。而《天路历程》的文学价值则长期被忽略，无论是在翻译文学史中还是在文化交流史中，这部作品都遭遇了不应有的漠视。就连译者本人也将其视为自传体宗教著作，而非虚构的文学作品。[①] 宾为霖翻译此书的初衷并未实现，即使其成为人人争读之书，而仅局限于教友范畴。这种社会效应与宾氏译本的众多版本形成了巨大的反差，值得反思。但从现代文学的发展来看，《天路历程》也不是没有知音。1919 年，周作人在《欧洲文学史》中就对该书大为推崇："其文雄健简洁，而神思美妙，故宣扬教义，深入民心，又实为近代小说之权舆。盖体制虽与 Faerie Queene 同，而所叙虚幻之梦境，即写真实之人间，于小说为益近。"[②] 许地山的小说《商人妇》中的惜官说，她在学校读的书中，《天路历程》和《鲁滨孙漂流记》两部书最让她感动，给她许多安慰。当然，他们阅读的不一定是宾为霖的译本。

第二节　异教徒改宗的故事《金物型仪》

1852 年出版于香港的《金屋型仪》是第一部译介到中国的西方小说，比学界一般认为的第一部翻译成中文的西方小说《昕夕闲谈》（1873）早了 20 年。[③] 但是由于《金屋型仪》的宗教色彩过于强烈，所以长期以来被研究者所忽略。关于这部小说，虽然哈佛大学的教授韩南（Patrick Hanan）和笔者都曾在论著中提及，但

---

① 参见陈平原：《晚清教会读物的图像叙事》，载《学术研究》2003 年第 11 期，第 118 页。

② 周作人：《欧洲文学史》，东方出版社，2007 年，第 216 页。

③ 参见韩南：《谈第一部汉译小说》，载《从晚明到晚清：历史传承与文化创新》，湖北教育出版社，2002 年，第 452 页。

在研究的深度上均不及香港中文大学的黎子鹏。他专门撰文《首部汉译德文基督教小说：论〈金屋型仪〉中女性形象的本土化》讨论这部译著。[①] 本文拟从儿童文学的角度对此书略做探讨。

一、传教目的与翻译策略

《金屋型仪》译自德国作家赫曼·保（Hermann Ball）所著基督教小说《十字架的魅力》（*Thirza, order die Anziehungskraft des Kreuzes*），该书1840年前后出版，也有可能是以罗德（Elizabath Maria Lloyd）1842年翻译出版的英译本 *Thirza, or, the Attractive Power of the Cross* 作为底本翻译的。[②] 该书讲述的是一个犹太女孩呲喳改宗信奉基督教后，带领家人信主归真的故事。译者叶纳清为德国礼贤差会牧师。小说在翻译时采用的是译述的方式，运用章回小说体例和中国古典小说的传统叙事手法。

原著不分章节，《金屋型仪》将原书内容节缩成仅三回的短篇，未标回数，但有对称的回目，1852年在香港刊刻出版。

痴辈受刑因弃主　淑媛慕道隐违亲（第一回）

蒙感化脱俗归真　挟嫌疑割恩变恨（第二回）

纯孝女几谏格亲　偏癖汉终悟从主（第三回）

该书不仅模仿章回小说分回标目，而且有楔子、开场诗、散

① 黎子鹏：《首部汉译德文基督教小说：论〈金屋型仪〉中女性形象的本土化》，载《中国文哲研究通讯》第二十二卷第一期《中国翻译史专辑（上）》，第21—41页。

② 参见韩南：《中国近代小说的兴起》，徐侠译，第90页。

场诗，语言则是半文半白，骈散结合。小说开篇，译者自己加了一段议论性的楔子，表明该书主旨乃是“遣圣神入其心，涤荡其旧染之污，令其心眼光明，醒悟悔改自新”[①]。其散场诗曰：

邪能混正古今同，争教举世尽痴聋。
魔关觑破持神剑，欲海寻航仰圣风。
囿俗随波原是歹，超凡入悟可为雄。
归真格父诚纯孝，犹太遗徽此女童。[②]

又有后人赞哋喳曰：

天堂地狱本无闲，只在平生志向间。
看破红尘双眼阔，认归光道一心闲。
谏亲有术诚能格，干蛊无方血可删。
成己成人真莫及，哋喳徽德范愚顽。[③]

这些诗歌大体概括了故事的情节发展脉络，并表达出译者对小说主题及人物的价值判断。书中采用了章回小说中习见的套话：“看官如不信，试即犹太国内摘一段事出来，讲与驾听，俾如知恶假好真。”[④]“忽见哋喳柳眉频锁，复带忧容，正是才将积虑消心

① 《金屋型仪》，第2页。
② 《金屋型仪》，第25页。
③ 《金屋型仪》，第26页。
④ 《金屋型仪》，第2页。

底，忽来旧事上眉尖。毕竟吔喳为何忧愁，且看下文分解。”[1] 另外，《金屋型仪》在人物肖像描写上表现出程式化的倾向，这也是中国古典章回小说的特点之一。书中写马利亚初见吔喳时，形容其外貌“始见其美貌可人，真个玉质冰肌，桃唇杏脸，有沉鱼落雁之姿，具闭月羞花之色”，“惟心忧如结，好似烟锁柳眉，云笼桃脸”。[2] 原著中并没有写吔喳如何貌美，而是突出了她心事重重，面带忧郁，给人以神秘感，从而吸引马利亚和读者进一步去了解这名少女。章回小说一写到年轻女性的容貌，就免不了采用套话，长期以来，这些骈词、骊句已经成为肖像描写的固定模式，难以更改。吔喳虽然是犹太女孩，一旦进入章回小说的叙事体系，也就自然地按照中国古典的美女形象加以塑造。

这样一部以少女为主人公、主要针对青少年读者的西方基督教小说，经过翻译，改头换面成了一部中国传统的章回小说。其作为儿童读物的特点几乎荡然无存，这与译者的传教士身份以及翻译的宗教目的密不可分。

译者叶纳清作为礼贤会传教士，1846 年来华。王谦如《叶纳清牧师传略》载：

公姓叶氏，讳纳清，日耳曼国人。道光廿五年入粤传道，为中国礼贤会开基牧师。初侨寓东莞一乡曰镇口，时洋人入内地之禁未开，往来颇艰。尝传道至石龙，土人千余，围之厮杀，有莫姓者，匿公于楼，迨众散，引

① 《金屋型仪》，第 9 页。
② 《金屋型仪》，第 5、6 页。

> 之逸。适镇口与乡邻排械不解，碍于传道，去之，至新安一堡曰西乡居焉。
>
> 公聪颖绝伦，博极群书，教授生徒，从游者百余人。丰赀币，延名士，课徒以中文，如黄孝廉甲臣，潘教授鉴蓉，黄茂才执经，陈茂才晓楼，温茂才廷芝等。门下诸生亦有博青衿，补饩食者。公亦自通中土典籍，与人辩道，援引经史，虽宿儒亦不过是；而不矜不伐，令人可爱可亲。[①]

这一段记载表明，叶纳清对中国文化的了解非常深入。他初来中国传道时，颇为艰难，这也许是促使他用中文撰写宣教手册、探索有效的传道方式的原因。他曾协助郭实猎传教。而郭实猎是最为多产的传教士汉文小说作者，他对中国历史演义小说的兴趣是显而易见的，并对小说的传播效果深信不疑，因而创作了大量宣教题材的章回小说，将西方宗教内容与中国的章回小说体例相结合。郭实猎的这种做法应该对叶纳清产生了深刻的影响。对急于布道的新教传教士而言，章回小说对于广大民众的吸引力正是他们最乐于见到的。同时，《金屋型仪》作为最早译介到中国的西方儿童文学作品[②]，并没有先例可以模仿，因为中国除了童蒙读物，没有专为儿童写作的小说。叶纳清唯一可以借鉴的，只能是章回小说，这也是当时新教传教士在用中文写作时较为常见的做

---

① 罗彦彬：《礼贤会在华传教史（1847—1947）》，礼贤会香港区会，1968年，第156页。

② 《金屋型仪》刊于1852年，黎子鹏指出：1851年慕维廉翻译出版的《天路历程》节译本《行客经历传》，才是最早译介到中国的西方小说。

法。由于叶纳清以传道为目的，因而在翻译时，对原著中文学性比较强的内容，如细腻的心理刻画的文字尽皆删除，重点放在概括性地描述吡喳及其父转变的过程、原因，采用译述方式，迫不及待地把主旨直接告诉读者。当生动的细节描写消失后，作品的文学性自然大打折扣，使这部文学作品彻底变成了宣教手册。

二、基督教成长小说的范式

《金屋型仪》作为第一部翻译成中文的基督教成长小说，具有一定的示范性意义。女孩吡喳的信教经历在基督教成长小说中成为一种固定的模式：书中的小主人公往往一开始都是异教徒或者对基督教懵懂无知，偶然路过教堂，听到布道或唱赞美诗而受到感染，或者是结识了牧师，与基督教徒成为朋友，听他们讲述福音的道理而最终也成为基督教徒。《亨利实录》中出生于印度的英国孤儿亨利，无人管教，后因传教士的女儿来到收养他的家庭，教他念书，告诉他要做耶稣门徒的道理，亨利慢慢成长为一名基督教徒；《贫女勒诗嘉》中的穷苦女孩勒诗嘉经过教堂，被唱诗班的歌声吸引，进入教堂，认识了牧师，此后便经常去听传道，学会了向上帝祈祷；《闺娜传》中的闺娜则是在去卖虾的途中认识了基督教徒伊底姑娘和她的妈妈，并获赠《圣经》，走上了天国之路。

《金屋型仪》中吡喳的信道之路同样是以教堂为起点的："且讲西国有一大邑，民如蚁聚，客似云来，正是人肩摩车毂之地。该邑外有一礼拜堂，极其幽雅。每礼拜首日，凡属圣会者，男女长幼咸集于此，唱音鸣谢救主耶稣代我辈受死赎罪之勋劳。”[①] 哋喳受到感染，特别是当她听到耶稣用血洗净人的罪，包括孩子，甚至是像她这样不快乐的以色列人的孩子时深受触动。哋喳常常来听讲道，并且总是坐在同一个位置，因此引起了牧师的妻子马利亚的注意。她见哋喳面容忧郁，有不安之色，就安慰她：“毋惧，姐且安心，顾我如姊妹一般。虽两不相识，因我爱尔而尔可安心。”[②]由此，马利亚与哋喳相识，并充当她信道之路的领路人。哋喳常常来听她和牧师讲道，信仰日益坚定，“又见哋喳自信耶稣之后，其品性温良，与前迥别，不得不欢喜其改化”[③]。最后，哋喳不仅自己成了一名虔诚的基督教徒，而且劝说她父亲也改信了基督教，父女关系得到了改善，由激烈的对立冲突变得相亲相爱。

孩子最先接受福音，然后带领着身边的成年人同登正道。基督教成长小说的这种模式，反映出基督教的儿童观：儿童是永恒的弥赛亚，是人类救赎的希望。美国教育家布朗森·奥尔科特（A. Bronson Alcott，1799—1888，《小妇人》的作者奥尔科特的父亲）的观点很具有代表性：成人被视为堕落之徒（Fallen man），儿童则被尊为半神（Demi－god），因为尚未受到成人世界的不良影响，他们是纯洁无瑕的个体，是真与善的化身，与上帝的本性最为接近。因而在通往天国的道路上，儿童常常是成年人的老师。

作者在刻画哋喳的形象时，突出了她身上的孝道，称她为纯孝之女。哋喳在天父与生父之间挣扎：一方面，父女情深，难忘养育之恩：

---

① 《金屋型仪》，第 4 页。

② 《金屋型仪》，第 5—6 页。

③ 《金屋型仪》，第 22 页。

> 若果逐我离本家，使我不得享高华大厦、美食艳妆、俊婢金银，总不关心。甚之身居嚣尘湫隘，口尝藜藿菜根，鹑衣百结，萧条四壁，我亦不惧。所不忍者，奴身远离慈父，不得朝夕膝下，克供子职，奉养服劳。回想鞠育提携之德，追思慈祥罔极之恩，一旦割爱分离，情同陌路，未免有情，谁能遣此？言毕哽咽悲鸣不已。[1]

另一方面，她又坚持天父的信仰："我无智之女，有一件我定知，因耶稣赎罪之功，我获赦罪，耶稣属我，我属耶稣。切爱之父，我常求上帝开尔心眼，能识我所识之恩，能享我所享之安。"[2]"心虽爱父，宁逆父意，不敢不从上帝之命"，"宁克己之性，决不可逆父之情，此亦尽子职之本分。独是为我从耶稣而见弃，要我离此而担今世来生永苦之关系，惟此一件事断断不从"。[3] 父女因为信仰的不同产生了激烈的冲突，这让孝女吔喳十分痛苦：

> 倘得父女如初，虽舍去世上凡所有者亦所不惜。夫善体亲心，方为孝子，宁克己之性，决不可逆父之情，此亦尽子职的本分。与其受无尽之苦，而得今世有穷之欢，宁可失今世暂时之欢，而享来生无穷之福也。且人生在世，如白驹过隙，为欢几何？[4]

① 《金屋型仪》，第 10—11 页。
② 《金屋型仪》，第 19—20 页。
③ 《金屋型仪》，第 12—13、14 页。
④ 《金屋型仪》，第 14 页。

尽管信仰不同，而且受到父亲强烈的阻挠，但吔喳仍然尽心尽力地在生活上做一个孝女。父亲重病在床，脾气暴躁，吔喳衣不解带，小心服侍，不离左右。她的孝行终于使父亲的铁石心肠慢慢融化。对比原著，上述引文其实做了许多改动，将吔喳照顾病父的举动与中国人崇尚的孝德联系起来，以便更好地被中国读者所接受。

《金屋型仪》是典型的异教徒改宗而信奉基督教的故事。书中的主人公吔喳及其家人都是犹太教徒。基督教与犹太教同根同源，二者有着千丝万缕的联系，相对于异教诸神，犹太教对基督教的正统性构成的威胁更为严重，因而犹太教被视作异教受到严厉排斥。而犹太教与基督教同样水火不容。吔喳的父亲就是一个保守的、严格的犹太教徒，对耶稣和虔诚的基督教徒怀有强烈的敌意。因而当吔喳信奉了基督教，试图劝说其父锁罗门也改宗时，遭遇了极大的阻力。所罗门甚至要与吔喳断绝父女关系："如从基督之徒，我永不准尔相见也。"吔喳仍然不愿放弃，一有机会就向父亲传道，以致所罗门一怒之下撕碎《圣经》，与吔喳爆发了激烈的冲突："吔喳亦近前问父曰：'切爱之爹，尔今信耶稣否？'此问刺入锁罗门之心，如火上添油，即执其书，碎扭几页，掷于地中，全身震栗，面如土色，怒曰：'咒诅是耶稣之名！'"[①] 这样一个冥顽不化的人，在女儿的感化下，最终信道归主，成为天国良民："因此所罗门越得明白上帝之道，信德越生，故读《圣经》索其意，此乃绝妙之功夫。今吔喳父女相爱，过于其前。"[②] 这也是传教士

① 《金屋型仪》，第 21 页。
② 《金屋型仪》，第 26 页。

来华的理想和奋斗目标。因此，叶纳清翻译《金屋型仪》一书，实际上具有强烈的现实指向性。在传教士的眼中，中国同样是异教盛行的黑暗国度，迷信各种异端邪说，搞偶像崇拜，亟须福音的光照。他们希望基督教文明能再次创造奇迹，征服这个古老的东方帝国。《金屋型仪》的故事提供了很好的异教徒改宗的范例。译者将此书命名为《金屋型仪》，也传达出欲通过该书为"金屋红楼之闺秀"[①] 树立典范的意图。

从儿童文学的角度来看，《金屋型仪》或许称不上是一部成功的译著，但是作为最早的汉译基督教成长小说仍然值得关注。《金屋型仪》在语言、体例及审美风格上体现了早期译著的一些特点，同时又具有基督教成长小说的基本特点，具有一定的范式意义。

第三节　儿童作为拯救者——《亨利实录》与《孩童故事》

一、小基督教徒亨利的成果

《亨利实录》一书的作者为19世纪英国最重要的儿童文学作家之一舍伍德（Mary Martha Sherwood，1775—1851），原著《小亨利和他的成果》（*The History of Little Henry and His Bearer*）1814年初版。这部小说被视为遵循传统社会道德规范和基督教教义的典范。《亨利实录》全书25章，讲述了一个英国孤儿亨利，出生于印度，父亲是一位英国武官。亨利出生不久父亲就战死了，1岁不到母亲又病故。他被一位太太收养，但养母并不关心他，只有仆

① 《金屋型仪》，第4页。

人蒲师对小主人忠心耿耿，关心他、爱护他。亨利身在异教的包围之中，没有人教育他，5 岁多了既不识字，也不懂英语，更不知道神的道理。这时来了一位传教士的女儿，用心教他念书，把做耶稣门徒要紧的道理告诉他。亨利体弱多病，但凭借悟性和毅力，成了一个虔敬的基督教徒，在病中也不忘感化仆人蒲师。亨利 8 岁时病故，死后不久，蒲师受洗并改名约翰，成了基督教徒，而他的养母也受到感化。这就是原书标题所说的小基督教徒亨利的成果。

此书最早的中译本是 1856 年由美国监理会传教士吉士师母（Mrs. Caroline P. Keith，1821—1862）与她的学生共同用上海土白翻译的，题为《亨利实录》，由上海美华书馆 1856 年出版。后美国公理会传教士柏汉理（Henry Blodget，1825—1903）将之译成官话，十分畅销，有上海美华书馆 1864 年、1867 年、1869 年、1906 年多种版本，这一译本还有北京耶稣堂 1865 年的线装本。本文讨论依据的是 1867 年柏汉理翻译的官话译本。

柏亨利，也作柏汉理，美国公理会传教士，毕业于耶鲁大学，1854 年到上海，随后又到天津和北京传教凡 40 年。除翻译《亨利实录》外，柏汉理还曾与富善共同编辑《颂主诗歌》，该书是在华各宗派协作出版《普天颂赞》以前流行最广的一本赞美诗集，1872 年由华北公理会出版。柏汉理负责文字，富善主管音乐，所以该诗集也以其英文名“Blodget and Goodrich Hymnal”著称。富善和柏汉理二人所编的圣诗达 300 多首，于 1895 年增至 408 首，在北京出版，1900 年再版，可惜全书印成之后，就遇到庚子年的义和团事件，全部新书和铅版都被烧掉。后来于 1907 年在日本横滨出版，计有 5 种不同的版本。1925 年、1929 年先后在上海美华书馆重印，1933 年在天津工业印字馆镌印。

《亨利实录》的宗教寓意是不言而喻的。福音小说为了宣扬神学内容，常常不顾情节的需要，直接大段引用《圣经》原文，不仅游离于情节之外，破坏了故事情节的连贯性和完整性，削弱了作品的文学性，而且作为儿童读物，也给小读者理解作品内容造成了一定障碍。事实上，《亨利实录》的英文原著也的确在一定程度上存在这个问题。但是柏汉理在翻译时，有意识地进行了改编，从而使得其中译本更适合作为儿童读物。

《亨利实录》在翻译时，将原著对《圣经》的直接引用转为化用的形式，与人物活动、故事情节的发展有机结合起来，因此不显得突兀和生硬。比如，亨利的生母临终之前，眼睛望着天说："真神呀！你是肯哀怜没有爹娘的小孩子，所以现在把我的小孩子交给你，求你保佑他，救他灵魂，别叫他在世界上受苦，陷入罪恶。"[①] 原著在这里直接引用了《耶利米书》第 49 章第 11 节："你撇下孤儿，我必保全他们的命，你的寡妇可以倚靠我。"与她的祷告相呼应。柏汉理删除了引文，直接将它融入情节叙述中。亨利 5 岁的时候，一位传教士的女儿来给他做家庭教师：

> 姑娘告诉亨利头一段要紧的道理说："神只有一位，就是造天地万物之主宰。人若是敬爱他，顺从他的话，死后必到天堂里去住，永享他的福气；人若是违背他，不懊悔罪恶，死后就往地狱去住，永受他的刑罚。这个

① 《亨利实录》第一章，1867 年上海美华书馆藏版，第 1 页。

话全在圣书上写明白的。”①

姑娘教导亨利时，原著中原本引用了《歌罗西书》第1章第16节，谈论神创造万物的内容：“因为万有都是靠他造的、无论是天上的、地上的，能看见的、不能看见的，或是有位的、主治的、执政的、掌权的，一概都是借着他造的、又是为他造的。”但中译本删除了这段话，从而突出了本章的主题，即集中讨论真神只有一个问题。

在中译本《亨利实录》中，原著中引用的《圣经》原文，通过姑娘的教育和亨利的成长得到了具体的体现：“姑娘这用心教训亨利，只是他从前和不晓得道理的人在一块儿，所以不大明白怎样是罪。不晓得撒谎是罪，比如偷人家的东西，一点儿不露出来，就算不惭愧。或是有人打他，他就还手，也不算错。还有许多这样犯罪的地方，自己不明白。惟独姑娘日日教训他，使他一点一点儿晓得人的心肠本是歪邪，必然去犯罪的。”② 在原著中，姑娘教导亨利的话本来引用了《圣经·诗篇》的第14篇第2、3节：“耶和华从天上垂看世人，要看有明白的没有，有寻求神的没有。他们都偏离正路，一同变为污秽，并没有行善的，连一个也没有。”柏汉理在翻译时，以转述的方式化用了其中的内容，这样使得文本的叙述不致被打断，行文自然流畅，淡化了说教的口吻。

姑娘教了亨利半年后准备离开，她打算检测一下亨利的学习效果，于是有了一番两个人之间的问答。问答体的形式在宣教书

---

① 《亨利实录》第四章，第4页。

② 《亨利实录》第五章，第6页。

籍中被广泛应用，也被来华传教士运用到宣教小说写作中。《亨利实录》的第 8 章完全采用的是问答体，由姑娘发问、亨利作答。姑娘所提的一系列问题，循序渐进地触及基督教的基本教义和信条，如“神有几个?”“这一神有三位，你信不信呢?”“神起头造的人，性子是善的不是?”“现在人的性子，是善不善呢？你能够找得出一个可以称是好人么?”然后，姑娘又逐渐将问题引到亨利的身上：

姑娘说：“亨利呀，你不必把厅上的人来回答我。这里有一个小孩子，前几个月，他常常撒谎，昨日个他要骑拉车子的马，因为管车子的人不肯给他骑，他就动气，把他打了一顿。像这样可以算得好小孩子么?”

亨利说：“我晓得有罪的，亏得我手里没有棍子，还不曾打伤他，只望真神赐我恩惠，以后我不做这样的事。今儿个我把剩下的银子送给他罢，对他说‘我有罪的’。”

姑娘说：“亨利呀，我要你心里明白众人都有罪，所以方才问你多少事情，叫你回答。”

亨利说：“我本是晓得我是不好，已经做了许多不好事情，别人不晓得，就是蒲师也不晓得，惟有神晓得。”

姑娘说：“这样看起来，你是一个犯罪的人了?”

亨利说：“我是一个大犯罪的人呵。”

姑娘说：“犯罪的人，死了到什么地方去呢?”

亨利说：“犯罪的和那忘记神的人，终要到地狱里去的。”

姑娘说：“犯罪的人，终要到地狱里去，你怎么可以脱免呢?"

亨利说:"我相信耶稣基督,钉十字架死了,赎人的罪,就可以得救。因为圣书上说过'不论什么人,相信耶稣基督,他必得救。'"

姑娘说:"亨利呀,你既相信耶稣基督,仍旧去犯罪,还可以到天堂去么?天上可以住有罪的人么?"

亨利说:"肮脏和有罪的人,都是神看不过的,他们和真神是两路的,不可在一块儿住。若是我肯悔罪相信耶稣,他就免掉我的罪,又把圣灵感化我心,拿去我恶心肠,换给我好心肠,就是同所欢喜的,像他自己性子似的,因为耶稣的血,能够洗净我的罪。"①

这一段问答,虽然是关于教义的,但由于针对亨利个人进行发问,与故事中的人物、情节自然地融为一体,所以我们并不觉得枯燥,而且问题和回答都很简明易懂,很适合儿童阅读。实际上,《亨利实录》确实被镇江美以美会作为教会学校的教材使用。

《亨利实录》涉及基督教信仰的一个重要问题,即基督教徒对待异教的态度。小说中的亨利出生于印度,他的养母和照料他的贴身仆人蒲师都是异教徒。他自己也像一个印度人一样生活:"日日在洋台上和蒲师一块儿坐着,吃糕干等等东西,不穿什么鞋子、袜子,只穿一条裤子,手上带着镯子。"② 亨利时常看见蒲师和其他印度人,把神像抬来抬去,对着神像下拜,他的养母则常常到

① 《亨利实录》第八章,第10页。
② 《亨利实录》第二章,第3页。

亭南怕[①]堂里去拜神，因此他相信有许多的神。当他的家庭教师第一次告诉他只有一个神的时候，他不相信，而且很生气：

> 亨利听得姑娘说“神只有一位”，就动气对他说：“为什么说这个谎话呢？我的娘有一个神，我的蒲师也有一个神，还有许多别的神，你怎么说只有一位神?”就跑到洋台上去，把姑娘的话学给蒲师听，坐在他膊胳盖上，不肯进去。虽拿很好看的书画引他进来，他还不肯的。[②]

这个问题不仅对于亨利很重要，也是译者柏汉理想努力处理的问题。中国和印度一样，在传教士看来，就是异教国家。只信仰上帝一个真神，是传教士首先要传播的宗教观念。作为基督教基本伦理的《摩西十诫》，第一条诫命就是“除了我以外，不可有别的神”[③]。“文化对待它所能包含、融合和正视的东西是宽容的；而对它所排斥和贬低的就不那么仁慈了。”[④] 因而传教士在主张基督教的理性一神论方面态度十分坚决，对在中国、印度等国家广泛流传的多神论、偶像崇拜等传统不断提出挑战，将民间流行的偶像崇拜视为低劣的迷信行为予以批驳，宣扬上帝才是唯一的真神。

由于蒲师原本相信的是假神，又跟从当地一些陋习和不良风

---

① 亭南怕，19 世纪时作“Dinapore”，印度地名，现在一般作“达纳布尔”(Danapur)。

② 《亨利实录》第四章，第 5 页。

③ 《出埃及记》20：3—17。

④ 萨义德：《文化与帝国主义》，李琨译，三联书店，2003 年，第 17 页。

俗，很怕得罪和尚，因此亨利希望用真神感动他。若不是真神感动的，没有什么人能够相信耶稣。亨利头一件做的事情，就是为蒲师求神，他说道："神呀，我的主！听我有罪的人祈祷，求教蒲师去掉假神，回转来信服耶稣。"又时时刻刻把姑娘对自己说的话说给蒲师听，只是蒲师虽然听着，终不肯细细地想，因为不中他的意思，所以向亨利说："多多的江，多多的河，那水都是往海里流的。多多的教门，什么回回教，什么佛教，什么耶稣教，也是这样的，无非叫人为善，到天堂去就是咯。"又说："有个人犯了重罪，只用到那恒河里去洗洗，就可以算没有罪了。"①

面对这样一个顽固的异教徒，亨利不断为蒲师祈祷，跟他一起念《圣经》，向他讲解其中的道理。即使自己病入膏肓，也不放弃，终于感化了蒲师。有一天，蒲师主动对他说："我整天觉着，我是一个犯罪的人。从小的时候，常犯过罪，这个罪就是到那恒河里去洗，也洗不干净。我恨不得相信耶稣，能够救我。"亨利听了非常高兴，对他说："蒲师呀，我方才听见你说的话，叫我快活得很，是耶稣使你相信了。你这样的说，我可以盼望在天上遇见你。蒲师呀，我没了爹娘，你从来待我很好，常常抱我。我到板拿②那里去的时候，除了你以外，没有什么人爱我。所以我死了到天上去，决不愿意你到地狱里去。如今我要谢谢神，因为神听了我求他的话，咱我晓得你定要做耶稣的门徒。"③ 亨利死后，"过了不多几时，蒲师就丢开佛教，相信耶稣，领受洗礼。他领受洗礼

① 《亨利实录》第十一章，第13页。
② 板拿即"Patna"，印度比哈尔邦首府，现在一般译作"巴特那"。
③ 《亨利实录》第二十二章，第25页。

的时候，改名叫做约翰”[①]。原著中，丢开佛教作“He renounced caste”，即放弃印度佛教的种姓。亨利的养母也发生了变化，以前她经常到亭南怕求神拜佛，有时间就呼朋唤友，并不把亨利放在心上。亨利临终前却放心不下养母，对养母说了一番话，他的养母似乎也有所感悟：“说完了话，他娘出来，手里拿着亨利日日念的一本圣书，哭的眼泡子都肿了。就走到自己屋子里去，把门关上，扎在那里，也不和什么人说话，直到亨利死了才出来。以后要变好点儿，日日念起圣书来。”她叫人做了一块石碑，立在亨利的墓前，碑上刻着亨利的名字、年龄，还有亨利喜欢的一句话：“招呼我的主，必定要应验了他许我的话。”这句话在原著中是直接引用《帖撒罗尼迦前书》：“那召你们的本是信实的，他必成就这事。”[②] 似乎在暗示亨利的养母也受了他的感化改变了宗教信仰，是小基督教徒亨利的成果之一。

《亨利实录》展现了小基督教徒亨利的成长轨迹，以及他的成长结出的果实。这部小说的译介开创了传教士译介儿童福音小说的一种模式。《亨利实录》是最早译介到中国的儿童福音小说之一。它的教育目的极为突出，亨利的墓碑上刻着：“有人感化一个犯罪的人，必救一个灵魂免死，又遮掩许多的罪孽。”[③] 最后，作者甚至直接呼吁读者向亨利学习“诸位看这本书，晓得亨利的事情，你们应该去学他”[④]。作者在此显然是要彰显亨利虔敬事主，病中也不忘感化周围人的事迹。

---

① 《亨利实录》第二十五章，第 28 页。
② 《帖撒罗尼迦前书》5：24。
③ 《亨利实录》第二十四章，第 27 页。
④ 《亨利实录》第二十五章，第 28 页。

《亨利实录》在基督教成长小说中具有示范性的意义。主体的成长主要不是生理上的而是精神上的成长。其成长的关键不是模仿英雄人物，而是皈依宗教。在精神的成长过程完成之后，他往往具有高尚的灵魂和强大的力量，具有面向宗教的献祭性。亨利去世的时候不过8岁，还没有成人，不过在作者看来，他已经完成了成长的过程，成了一名圣徒，即使在病得很重的时候，他也不顾自己的身体坚持向周围的人布道。《亨利实录》之后，这类作品的译介开始真正受到来华传教士的重视，西方的基督教儿童成长小说开始络绎不绝地进入中国，如《瑞士男孩赛皮利》等。

二、《孩童故事》：儿童的拯救与牺牲

《孩童故事》（*Seppili the Swiss Boy*）讲述了一个不幸的故事。瑞士男孩塞比利，是一个虔诚的小基督教徒。他家境贫困，母亲早亡，父亲无力抚养几个孩子，只能让他小小年纪就出外谋生。塞比利到一户人家帮佣，不顾其他两名工人的嘲笑，每天虔诚地向上帝祷告，并念圣书给这家的老妈儿听。两名工人用狗吓唬塞比利时，发生了意外，狗真的把他咬伤了。塞比利从此一病不起，临死前他原谅了这两个工人。老妈子和这家的主人，在塞比利的感化下，最终成了信徒。据《1884年伦敦世界卫生博览会中国展品目录》（*Illustrated Catalogue of the Chinese Collection of Exhibits for the International Health Exhibition*, *London* 1884）记载，这部书最早由美国北长老会牧师倪维思的夫人倪戈氏译成宁波方言，题为《撒庇记》（*She－pi Kyi－The Story of a Swiss Boy forgiving his Ene-*

mies)，1861 年在伦敦出版。[1] 1868 年该书被译成上海方言。1873 年倪戈氏把它翻译成官话，共 22 页，由中国圣教书局出版，1883 年、1897 年又再版。

《孩童故事》的主人公塞比利是苦难儿童的写照，他短暂的一生经历了人生的各种痛苦和不幸：亲人的离世、贫穷、孤独、疾病和死亡。

苦难儿童大都有一个共性，即家庭残缺不全。死亡几乎是苦难叙事中必不可少的内容。儿童面对父母至亲死亡，无疑是人生最悲惨的事。《孩童故事》甫一开始，塞比利就经历了与母亲的生离死别：

> 塞比利到十三岁，碰着荒年。他父亲虽会织机，一文钱不能赚。他的家业渐渐花费完了。他母亲做活计，昼夜不停，巴不得孩子们有吃的。但是看见他们常受饥饿，就忧愁生出病来。这病也日日沉重，渐渐衰弱，将近要死。有一日，他叫塞比利到床边来，手按在他头上，给他祝福，就拿出一本圣书递给他说："嗳，我亲爱的儿子呵，这本书就是我遗留给你的产业。我今天将要离开你，到救主那里去。往后我不能教训你了，但是你自己看这本圣书就能知道得救的法子和行天国的路程。你要用心洗看，就能明白，也要疑心靠耶稣就能得救。但愿天父保护你，开导你。我这时候将要死了，但是有个指

[1] *Illustrated Catalogue of the Chinese Collection of Exhibits for the International Health Exhibition*, London, 1884, p. 104; *China Imperial Maritime Customs Miscellaneous Series No.* 12, William Clowes and Sons, 1884, p. 108.

望，能安慰我的心，就是往后到救主跟前，你我也能再得见面。”说完了话，就抱着塞比利大哭，一边哭一边给他求福。求完了，又叫他的丈夫和别的孩子一同进来，安慰他，嘱咐他，而且说许多亲爱离别的话。说完，就躺下像睡觉一样，不多时，他的气就断绝了。塞比利看他母亲死了，放声大哭，哭了好几天，也劝不住他。①

然而灾难才刚刚开始。随着粮食越来越贵，父亲再也养不活几个孩子：

有一天塞比利的父亲叫他来和他说：“咳，我的儿子阿，我不能养活你。这样荒年，没有粮食，也没有钱，你必得出外做生活，养你的性命罢。但愿天父保佑你，不遇着灾难。你若出去，我就省一人口，再蒙天父帮助我，或能养你的兄弟姊妹。”塞比利听见这话，也不回答，也不生气，知道他父亲说的是实话，心里虽难受，眼里虽流泪，却依从他父亲的话，换上衣服，把他母亲给他的圣书包好了，和他父亲兄弟姊妹对哭一回，就走出去了。②

贫穷与死亡仿佛是一对难兄难弟，如影随形。在儿童文学中，儿童遭受的现实苦难首当其冲的便是贫穷，以及随之而来的饥饿。

① 《孩童故事》，中国圣教书局，1883 年，第 1 页。
② 《孩童故事》，第 1—2 页。

儿童文学中遭受苦难的儿童，绝大多数生活在贫困之中，贫穷是这一类故事的叙述背景。《孩童故事》反映了处于饥荒中的欧洲儿童恶劣的生存状况。到19世纪中期，欧洲大陆还时常有饥荒发生。童话故事《汉塞尔和格莱特》（*Hansel and Gretel*）也在提醒我们，饥荒距离今天并不是太遥远。19世纪40年代，欧洲还曾出现大饥荒，主要是由于马铃薯病虫害造成了国际性的马铃薯歉收，原本普遍处于贫困状态的农民雪上加霜。1845年，约有8%的栽种马铃薯的农田遭到病虫害，1846年和1847年病虫害依然严重。[①]

儿童是社会中的弱势群体，最容易受到伤害和攻击。塞比利走了8天，好不容易在瑞士的比耳尼城找了一户人家肯留下他做工，不料被那家的两名工人安得尼和士提反欺负。这两名工人不仅凶恶，满嘴脏话，而且不许塞比利祈祷，甚至亵渎上帝。安得尼还逼迫塞比利咒骂主，吓唬他如果不说就放狗咬他。结果狗真的把塞比利咬成了重伤。故事如实地描写了这一幕惨剧：

> 安得尼不是实在要放狗咬他，但是那狗越唆越气咯。塞比利一时没理会，狗就跳过来咬他，仿佛野兽一样。塞比利看狗来咯，就大声喊叫，要想抵挡他，但是抵挡不住，也躲避不及。狗咬伤他的手，血就多多的流出来，再一会儿就昏过去了。这两个工人看见他昏过去，怕他死了，不敢近前。以后他们去招呼他，摇撼他，叫他醒来。家主听见，就出来问道是什么事？两个工人不招

① 托马斯·索威尔：《美国种族简史》，沈宗美译，南京大学出版社，1993年，第23页。

（照）实说，（说）塞比利被狗咬着一点儿，就昏过去了。[①]

儿童是社会中的弱势群体，软弱、幼稚、最易受到伤害。塑造苦难的受伤害的儿童形象，最能集中地体现社会的苦难。脆弱的、天真无助的孩子承受苦难、受到伤害，能更醒目地揭露伤害的残忍性、非人道性，产生震撼人心的艺术效果。

可怜的塞比利，生命的最后时光，也是在疾病的痛苦中度过的。疾病是折磨儿童的又一苦难。

过了好几天，塞比利的手，有时疼的难受，有时不大疼，但是一天软弱一天。有一日早晨，老妈儿给他调理手，看他手上，有可几处小小的青伤发出来。老妈儿不做声，但自己跑到邻舍会治病的家里去讨点儿药，就快回家敷塞比利的手，但是医治的太晚了，不能见效。从此塞比利病的利害，他的手连胳膊都肿了。老妈儿看见实在难受，也没有法子治他。有一天，他坐在塞比利旁边和他说："你如今好些吗？"塞比利说："等一会许能好。"老妈儿听见这话，猜疑塞比利知道自己要死咯。……将近三更天的时候，听见塞比利大叫一声，他就急忙起来点着灯，上前看他，见他昏迷不醒，在床上翻来覆去，他的伤处越发黑咯，越发不好看。[②]

① 《孩童故事》，第 8 页。
② 《孩童故事》，第 8 页、第 10 页。

塞比利被狗咬伤后，没有得到及时救治，病情越来越重，最终不治身亡。这样一个幼小柔弱生命的逝去实在让人心碎。塞比利就是苦难儿童的代表，他们作为牺牲、作为祭献的沉默的羔羊，是社会苦难、罪恶和道德沦丧的受害者，为人类的罪恶付出代价，成为人的邪恶和道德败坏的恶果的承受者。伴随着人类历史的是儿童被伤害、被杀戮、被遗弃的历史。[①]

正因为有苦难，宗教和文学才有了存在的理由。《孩童故事》与一般的描写苦难的儿童文学作品有所不同。通常，儿童需要依靠他人的帮助来度过苦难。而《孩童故事》中的塞比利，虽然历经苦难，虽然生命历程短暂，却因为宗教信仰摆脱了痛苦，得到救赎并拯救了他身边的人。

在欧洲文化中，很长一段时间里，“无邪”被视为儿童的基本特性，并被作为与世俗、污浊的成人世界相对立的价值观。儿童因此被神圣化，被看作是天道神启的人，并成为宗教仪式中的一个重要组成部分，圣事中的一个象征。直到 16 世纪还可以看到打扮成主教的孩子，唱着古老的歌曲，跑遍伦敦城的场景。[②] 在古拉丁语中，儿童被称为“pure”，这个词来源于“a puriate（纯洁性）”一词，因为儿童是纯洁的，没有体毛，没有胡须，或者儿童被称为“ pueri（复数形式）”，因为他们是一个纯洁的未到青春期的群体。[③] 这种观点在 19 世纪成为基督教儿童观的一部分。美国

---

① 陈晓兰：《城市意象：英国文学中的城市》，广西师范大学出版社，2011 年，第 74 页。

② 陈晓兰：《城市意象：英国文学中的城市》，第 73 页。

③ 让－皮埃尔·内罗杜：《古罗马的儿童》，张鸿、向征译，广西师范大学出版社，2005 年，第 25—28 页。

教育家、作家、哲学家阿尔科特（Amos Bronson Alcott，1799—1888）将成人视为堕落之徒（Fallen man），儿童则被尊为半神（Demi - god），因为他们还没有受到成人世界的不良影响。他们是纯洁无瑕的个体，是真与善的化身，与上帝的本性最为接近。他反对洛克的“白板说”，认为儿童的心灵和大脑绝非白板一块，而早已具备明辨是非善恶的能力。甚至只有儿童才有认识终极真理的直觉，只有儿童才能毫无困难地与上帝交流对话。

《孩童故事》的塞比利正体现了对于儿童的这种定位。故事在塑造塞比利这一形象时，重点表现的不是他苦难的生命历程，而是他身上的可贵的基督教徒品质，他的纯洁、他对主的忠诚，与他周围懵懂的以及邪恶的成人形成了鲜明对比。在塞比利的身上，他作为基督教徒的特征远远超过了他作为儿童的特点。无论条件多么恶劣，无论塞比利心里多么害怕安得尼和士提反，他始终坚持每天祈祷。故事集中提到《圣经》的有 3 处，都是使徒约翰所写的：《约翰福音》第 3 章，《约翰福音》第 18、19 章，《使徒约翰默示录》第 21 章。其内容主要是关于重生与宽恕。

塞比利刚刚在主人家安顿下来，他见这家的老妈儿不懂得人有罪要靠耶稣得永生的道理，便给她念《圣经》中有关基督教徒重生的道理。重生意味着什么？回答这个问题的是《约翰福音》第 3 章。一天夜里，尼哥底母来找耶稣基督。耶稣与他的对话告诉我们：重生得救对一个人来说是多么重要。尼哥底母是法利赛人。法利赛人严格遵守神的律法和伦理道德，受人尊重。《圣经》介绍，尼哥底母是一名官员，公会议员。公会由 70 个人组成，他是其中的一员，热心于宗教事务，在政治上非常成功，有社会地位。尼哥底母因为在耶路撒冷逾越节期间看到耶稣所行的神迹，就来确认他是不是弥赛亚。他们的岁数相差很多，但是年轻的耶稣基督对这位有地位、有身份的老人一点儿都不客气，他一见到尼哥底母就直截了当地说，“你们必须重生”（约翰福音 3：7）。约翰福音 3 章 3 节记载：“耶稣回答说：‘我实实在在地告诉你：人若不重生，就不能见神的国。’”第 3 章第 5 节记载：“耶稣说：‘我实实在在地告诉你：人若不是从水和圣灵生的，就不能进神的国。’”“重生”是什么？为什么重要？重生在信仰生活里是必需的，是最重要的。一个人只有重生，他的罪才能被赦免，才能与神重新建立关系。在希腊文中“重生”有两个意思：第一是“再生一次”；第二是“从上面生一次”——在天上生一次。父母生我们，是我们的第一次出生，从此拥有属地的肉体的生命。我们相信耶稣基督、得到永生的时候，就从上面再生一次，就是神生我们，从此拥有属天的生命，这就是重生。神给了我们永恒的、属灵的生命。我们死去的时候，肉体的生命结束，但是属灵的生命还在，而且永不止息。当我们相信耶稣基督的时候，就从上面再生一次，成为神的孩子。当我们重生的时候，就得着天上的生命、属灵的生命、永恒的生命。塞比利给老妈儿读的正是这一段内容，既是针对老妈混沌不开的状态选择的内容，又暗示了她自己获得了永恒的生命。塞比利的一番劝导，果然让老妈儿心有所动：“塞比利正说这话的时候，圣灵感动这女人，叫她起了悔改的心，羡慕天国的好处。她忽然觉得心里比从前两样，一向为人正像瞎子，如今他的眼睛睁开一点。”[1] 塞比利在这里就是一个天道神启的儿童，把赎罪得永生的福音传给世人。

---

① 《孩童故事》，第 6 页。

塞比利病重将死，仍不忘给老妈儿念圣书，他念的是《使徒约翰默示录》[①] 第21章“我又看见一个新天新地”。这个“新天新地”具体指的是什么呢？是指悲哀痛苦都已经过去，罪恶已经消除，黑暗到了尽头，地上有限的短暂时间变成无穷尽的永恒。这种能够持续下去的信仰表明：人的心灵存着一种不能抑制的追求，渴望获得不朽的真体；人的心里仍然有一种内疚；人对神仍然存有信心。塞比利读的这一段内容，既回答了老妈儿的问题“你不怕死吗”，同时也表明他因为怀有信仰，对天堂充满了向往。他的脸上笑眯眯的，“带着安顿快乐的样儿”平静去世。他的灵魂到了耶稣跟前，在那里享永远的福。基督教的一个重要意义在于，将人从对死亡的恐惧中解救出来。

当老妈儿知道塞比利是被两名工人放狗咬伤的真相后，要去告诉主人，被塞比利拦住，劝她说：“你不记得耶稣快要死的时候，赦免他的仇敌吗？咱们要学他的样儿。”临终之前，两个工人看着塞比利浑身发抖，他们感到了不安，因为正是他们剥夺了塞比利的生命。两名工人将因此受到灵魂的考问，同时对儿童的幸福负有责任的整个社会也面临审判，如同上帝最后的审判那样神秘而令人敬畏，这里面存在着某种具有启示性的东西：“你们对我交在你们手上的孩子做了什么？”然而，塞比利却像耶稣受难时赦免罪人一样地赦免了他们：“塞比利的眼睛睁开咯，看见安得尼、士提反，就猛力要坐起来，伸手指着他们，咭咭叭叭的说：‘我已经饶恕你们，耶稣也肯赦免你们的罪。你们应该求天父为耶稣的

---

① 即《新约》的《启示录》，一般认为是使徒约翰所作。

功劳救你不下地狱。'"[1] 他曾经恭敬地给老妈儿念《约翰福音》第18、19章耶稣钉在十字架上的内容，而他自己最终对两名工人的宽恕，正体现了他对主的追随——不是通过暴力惩罚，而是通过宽容来教诲。故事着力塑造了塞比利作为基督教徒的形象。在塞比利的感召下，"那个老妈儿常想他，因为得了这孩儿的教训，成个顶好的人。家主从此也改了样儿，做个好人"[2]。这也体现了塞比利生命的意义，他用幼小、纯洁而柔弱的生命，感化了周围的人。

在故事的最后，作者突兀地转成用第二人称叙述："我劝你看这本书，早早去求塞比利所爱的耶稣，做你的救主。我也劝你想到他死的年纪还不大，或者你也不能长久在世。若是天父像这样叫你早死，你灵魂的事情将来怎么样，你也要想到。塞比利病的这样利害，若是他不早早信服耶稣，靠他得救，到死的日子，实在是可怕。若是天父叫你忽然得痛苦的死病，你也能像塞比利这么快快乐乐吗……"[3] 这是一种提醒，提醒我们，作者并不是要通过一个儿童不幸苦难的一生来揭露现实的黑暗，而主要是为彰显基督教徒的美德及感召力。像所有的宣教书籍一样，此书的主旨在于传道，因此作者免不了要出来谆谆教导一番，采用第二人称是最接近谈话口吻的。作者针对中国的祭祀、三魂七魄之说，进行了批驳，指明赎罪得永生之理：

看各国圣人所作的书，那一本有讲明赎罪得永生的

---

① 《孩童故事》，第9—10页。
② 《孩童故事》，第10页。
③ 《孩童故事》，第11页。

理呢？但是人虽没有这个道理，我看他们心里大不安顿，也不能不想到死后的事情。遇着朋友死咯，殷殷勤勤的祭祀，巴不得死人的灵魂得了好处。本地人说：烧钱纸一堆灰，奠浆水洗地皮，不知亡人在那里，这不是指点他死后的事情吗？但是讲到祭祀一事，虽有好意思在内，也有大错处，因为灵魂安顿不安顿，并不靠着祭祀的饮食。且俗语说，一个人有三魂七魄，一个魂在坟墓，一个魂在家里，一个魂去脱生。这话实在没有凭据，也不合真理。一个人有一个灵魂，那灵魂不能一时在三个地方。①

毋庸置疑，《孩童故事》的作者和译者都是从基督教的角度，来表现塞比利所遭受的苦难以及他对世人的拯救的。作品传递的是一种基于基督教信仰的儿童观：儿童的存在具有极大的重要性。儿童天赋神性，儿童是自然之子，更是历史之子，儿童是成人之父，也是成人之师。成年人对一切都麻木了，需要一个新人去唤醒他们，用他们早已失去的那种富有活力的勃勃生机再次激发他们。成年人需要一个以不同方式行动的人，给他们以更好地生活的启示。如果没有塞比利，老妈儿和主人一家，还处在混沌和麻木之中，正是塞比利唤醒了他们的灵魂。

同时，这个男孩的不幸命运，不能不引起读者普遍的思考，成年人应该以怎样的方式对待儿童？两名工人对待塞比利的那种令人吃惊的粗暴和鲁莽，最终断送了孩子的生命。这难道不值得

① 《孩童故事》，第 11 页。

反思吗？成年人无意中对孩子犯下的错误以及对于这种错误的麻木，在传统的中国社会中更为普遍。因而《孩童故事》在传播基督教观念的同时，事实上也是在警示读者，孩子是否成了你错误的牺牲品？这对于晚清中国社会儿童观的转变具有一定的借鉴意义。

第四节　寻找永恒的安乐之家——《安乐家》

长期以来，孩子是社会价值影响力最能发生效力的主要对象，因此，儿童也成为文学家和社会改革家用以评判社会价值以及社会状况的符号。无家可归的流浪儿童，冷酷无情地被遗弃、被虐待的孩子是十八九世纪英国文学中主导性的儿童形象。狄更斯（Charles John Huffam Dickens，1812—1870）的许多小说都是由儿童的不幸遭遇构成的，把无家可归的孩子置于描写的中心，将流浪儿童作为英国文学表现的重要题材。而在基督教小说中，孤苦的流浪儿童寻找永恒的安乐之家则成为一个重要的命题。小说《安乐家》则通过孩子的成长传递了宗教信仰对于人的重要影响。作者成功地塑造了一个孤儿利斯第的形象，他因为上帝之爱而最终获得救赎。

《安乐家》的译述者博美瑞为美国公理会传教士，1872 年来华。她是著名的美国传教士博恒理（Henry D. Porter）医生的妹妹，1893 年曾在山东庞庄创办女子寄宿学校。[①] 博美瑞在华期间翻译过多种儿童文学作品：《安乐家》（*Christie's Old Organ*：*or*，*Home*

---

① 该校建立之初以解放缠足作为学生入学条件，学校后来定名为“培贞阁”。

Sweet Home)、《两可喻言》(*Parley the Porter*)、《除霸传》(*The Giant - Killer, or the Battle which All Must Fight*)等。其中，影响最大的是《安乐家》，该书1875年由伦敦圣教书会（London Religious Tract Society）初版，作者威尔通夫人（Amy Catherine Walton，以“Mrs. O. F. Walton”而著称，1849—1939）。这部小说是英国维多利亚时代的经典儿童读物，讲述了孤儿利斯第（Christie）照顾贫穷、衰老又疾病缠身的流浪艺人卓飞（Treffy），二人一起寻找安乐家，即天堂的故事。博美瑞在该书面世不久即将之译成官话，1882年由画图新报馆出版，线装1册。这个译本后来几经印刷：上海美华书馆1900年，中国圣教书局1882年、1911年，基督圣教协和书局（汉口、天津）1882年、1911年都曾刊印此书。1897年小说被译成上海土白，题为《安乐个屋里》，译者不详，由上海文华书馆摆印。1917年，福州圣教书局出版福州土白《安乐家》，译者不详。从该书众多的中文版本，不难推想，这部小说当时深受中国儿童喜爱。本文依据1882年画图新报馆本，对这部早期译介到中国的基督教儿童小说展开研究，考察其对中国儿童文学产生的影响。如书影所示，该书并未标出作者及译者，据雷振华编撰的《基督圣教出版各书书目汇纂》（汉口：圣教书局1918）可知译者为博美瑞。哈佛大学韩南教授在论文《19世纪中国的传教士小说》(The Missionary Novels of Nineteenth—Century China)[①]、笔者在拙著《传教士汉文小说研究》以及论文《从晚清到“五四”：传

---

① 该文最初发表于《哈佛亚洲研究学报》(*Harvard Journal of Asiatic Studies*) vol. 60·2，后来由徐侠译成中文，收录在韩南的论文集《中国近代小说的兴起》中，2004年由上海教育出版社出版。

教士与中国现代儿童文学的萌蘖》[①]中都曾提及此书，香港中文大学黎子鹏曾发表论文《重构他界想象：晚清汉译基督教小说〈安乐家〉初探》[②]进行专门讨论，但该书作为早期译介到中国的基督教儿童文学作品，其文学价值和艺术特点仍有待深入研究。

一、孤儿的救赎

美国当代批评家乔治·福特说："要是我们把狄更斯这本小说中的孤儿编成一个名单，那我们就看得出来他是经常想到这个问题的。这个名单确实令人惊异，因为它几乎把所有重要的人物都包括在内。那些童年时就父母双亡的包括大卫本人，'他早年就在偌大的世界中成为一个孤儿'。此外有爱弥丽、特拉得尔斯，那个跟密考伯一家很亲近的孤儿，考颇菲尔太太、玛纱·恩德尔（早年就无父无母）和洛纱·达特尔。那写在童年就失掉了双亲之一的——他们也许可称为半孤儿——艾尼斯和朵拉。在故事发展过程中朵拉的父亲也死了，那以后艾尼斯就管她叫孤儿。""狄更斯把整个世界都看作好像居住着孤儿的世界，这本身就不仅从社会方面而且也是从宇宙方面来评论人的状况。"狄更斯"使我们大家觉得我们都是孤儿"[③]。《安乐家》写于1874年的伦敦，作者处于同一时代环境，面临相同的社会问题，因而她笔下的利斯第，这个生活在伦敦的苦难儿童的形象，并非无中生有，而是那个时代

---

① 宋莉华：《传教士汉文小说研究》，上海古籍出版社，2010年；宋莉华：《从晚清到"五四"：传教士与中国现代儿童文学的萌蘖》，载《文学遗产》2009年第6期。

② 黎子鹏：《重构他界想象：晚清汉译基督教小说〈安乐家〉初探》，载《翻译论丛》2012年第5卷第1期。

③ 罗经国：《狄更斯评论集》，上海译文出版社，1981年，第230页。

孤儿的真实写照。

利斯第“从母亲死后，就成了一个寒苦的孩子，没娘照应，也没人帮扶”。他流落到伦敦的一家客店，楼主白太太回忆他刚来时的样子十分可怜：“他来的时候穿着一件破衣裳，身上很冷发颤，肚子饥饿。我见了就爱惜他，因为比在店里的孩子们都老实。我往往儿给他点儿剩东西吃。”① 多年以后，利斯第以牧师的身份故地重游，来到他当初落脚的地方，肮脏、嘈杂、破烂依旧：“客店的院子，还是与卓飞、利斯第同住时一样。许多孩子在院子里，有吵嚷的，也有拌嘴的，与那时候一样。那地方有烟，有土，有气味，实在曹少烂，不堪居住。”“店里的楼，比先时更破烂，窗户上的玻璃都摔碎，甚至用烂纸堵塞。地板也曹少朽了。”② 即使他被卓飞收养了，悲惨的境遇也没有得到改善。老卓飞年老体衰，重病在身，两个人生存的压力完全压在了年幼的利斯第身上，他得每天出去转琴来养家糊口。有时候，利斯第转琴挣的钱不多，卓飞还对他心生抱怨。卓飞死后，利斯第大病一场，但没有人来关心他，甚至有的客人担心被传染，要店主把他赶走：

> 又有一人和楼主说：“这孩子害热病，我们怕传染，不如把他辞出去。”客人散后，楼主去瞧利斯第，到底是病了不是。叫醒了他，他睁开眼不认得人，楼主没法子，抱他到楼底下的一间小堆房，让他自己住着，把他的铺盖搁在地板上，给他点儿水喝。究竟没撑出店去，就不

① 《安乐家》第十三回，博美瑞译，画图新报馆，1882 年，第 36 页。
② 《安乐家》第十三回，第 34 页。

算不怜悯他。那一天晚上，也请了一位施医的先生瞧他的病。医生说："他是热病，重了几乎快死。"这时，利斯第什么事全不知道，有好些日子是那么着了。楼主出来进去，他也不知觉。别人没去瞧他，楼主事多，也没工夫常去照应。听他竟说安乐家，老是一个意思，叫人诧异。此刻利斯第虽然心里糊涂，总是一门儿的忘不了光荣城。过些日子，病势稍微见轻，身子极软弱，虽明白些儿，还是不能动弹。这会子觉着日子很长，楼主看他好些，就不去照管他。有几个时辰，没见人来和他说话，他睡的屋子狭窄黑暗，窗户不靠院子，望不见蓝天儿，只有别处透一点亮儿。白日听有孩子们在院子玩耍的声儿，晚上听见住客在楼上说话吵嚷，夜间楼梯那里的挂钟，刮搭刮搭响，到了时刻，就打几下儿，天亮了，听见客人一个一个的脚步声儿，下楼出去作工，独没有人问到他。[①]

利斯第的悲惨遭遇是严峻而真实的。英国作家詹姆斯·格林伍德（James Greenwood，1833—1929）在《流浪儿真实故事》（1866）中写道："在伦敦的花花世界里，每天每日，无论炎夏还是寒冬，都有上万男孩和女孩由于无人照管而颠沛流离，他们没有吃的，没有穿的，没有事情可干。他们是苦役犯、贫民习艺所的再好不过的后备军，最终不是被投入监狱就是被流放。"[②] 孩子

① 《安乐家》第十二回，第32—33页。

② 韦苇：《世界儿童文学史概述》，浙江少年儿童出版社，1986年，第190页。

在残酷的社会中是弱小者，往往成为冷酷、野蛮、非人化、不公正的社会的牺牲品。

苦难的儿童需要救赎，在小说《安乐家》中，获得救赎的唯一方法无疑就是通过宗教。正如乔治·福特所说：

> 一个孤儿寻求他所缺乏的爱抚和权威往往带上了一种宗教色彩，狄更斯的朋友卡莱尔把他的作品《萨特·雷萨图斯》的主人公写成了一个不但失掉了父母而且失掉了宗教信仰的孤儿。在书的高潮，魔鬼对他说："瞧，你是没有父亲的，是无家可归的，世界是我的。"[①]

这也反证了没有宗教信仰的孤儿的世界，将是魔鬼统治的罪恶世界和苦难世界。上帝的救赎是基督信仰的核心，救赎论在神学上居于非常重要的地位。"所有犯罪的，就是罪的奴仆"[②]。人因为罪而与上帝隔离，生命被罪恶捆绑，罪使人成为被奴役者，而救赎者则是要废除奴役，使人得释放。上帝是救赎者。在《旧约·出埃及记》中，上帝将他的子民从为奴之地领出来，《新约》中耶稣基督则将人从罪恶中释放出来。卓飞得以进安乐家之门（从某种意义上说，卓飞也是孤儿，宗教的孤儿），利斯第最终从病中康复并成长为一名受人爱戴的牧师，都印证了上帝才是唯一的救赎者。利斯第成长为牧师，固然是得益于美利一家的救助，但追根溯源，还是因为宗教信仰。这是作者想告诉读者的，也是

① 罗经国：《狄更斯评论集》，上海译文出版社，1981年，第230页。
② 《约翰福音》8：34。

译者博美瑞译介这部小说的初衷。

二、《天路历程》的影响

《安乐家》的宗教寓意是不言而喻的。这部小说显然受到了《天路历程》的影响，重点表现了卖艺老人卓飞和孤儿利斯第的"天路历程"。在宗教的意象上、在情节的设置上，作品都体现了深受《天路历程》影响的痕迹。

卓飞以转琴为生，他最喜欢转《安乐家》（Home，Sweet Home）这支曲子。孤儿利斯第天天听他转琴，他们由此认识，成为师徒。老卓飞年老体衰，得了重病，被告知生命只剩下一个月的时间。他非常痛苦，舍不得利斯第，舍不得心爱的琴，更不知道死后往哪里去。这种迷失的痛苦和精神上的需要，使得天堂的意象开始模糊地浮现出来：

> 利斯第瞧着火说："我母亲题[1]过说，有个天堂，是最好的地方，他要家去。那临终时所唱的《安乐家》，我想就是天堂。"卓飞说："好是好，想我在那里什么都不熟悉，不知道那里的礼法规矩。"利斯第道："我曾听见说过，却也不甚详细。"卓飞说："那里没我认识的人，我的古琴也不在那里，天堂也有转琴的么？"利斯第说："听我母亲题过，有弹琴的，没听说有转琴的。"卓飞说："你给我打听天堂的事情，如果晓得那里的光景，就不这

① 原文如此，照录，标点为本文作者所加。

样怕。你母亲不是说过，那地方可算是安乐家么？”①

利斯第接受了使命，四处打听天堂的情形。他从转琴时认识的小女孩美利那里第一次听说了天堂的大致景象：

利斯第问道：“不是还有一个家么？天堂就是罢？”美利说：“有天堂的家。那里不也算是你的家么？”利斯第道：“天堂在那里？”美利指着蓝天说：“在上头顶高的地方，比星星还高。”利斯第又问：“天堂怎么样式？”答道：“是最好的地方，人都穿洁白的衣服，道路是黄金，是明亮的黄金。耶稣也在那里。”②

利斯第回去后，讲给卓飞听。这天晚上，卓飞第一次在梦中见到了安乐家，他自述梦境：

我把你爱耶稣的那句话，思想了一会子，就睡着了。作了一个梦，梦见一座高大的门，是黄金作的，极其美丽。我在跟前见门上有字，很明亮，写着是“安乐家”，心想从前找不着，如今找着了，巴不得利斯第也在这里才好。忽然有人开门问道：“你老人家在这里要什么？”我说：“我要进去，我乏了，要到家歇歇。”那人摇头说：“老卓飞带着罪孽不能进去。”就把门关了。我觉着一身

① 《安乐家》第四回，第8页。
② 《安乐家》第四回，第10页。

是罪，回身便走，就黑暗了。到此就打了一个雷，惊醒了我，这梦却忘不了。[①]

这里，沿用了《天路历程》中以梦境为比喻，蕴含着基督教中“进天堂走窄门”的寓意。《马太福音》第7章第13—14节，耶稣对门徒和众人说：“你们当进窄门，因为引到灭亡的门是宽的，路是大的，进去的人也多；但引到生命的门是窄的，路是小的，找着的人也少。”《路加福音》第13章第24—27节，耶稣对众人说：“你们应当竭力进窄门！我告诉你们，将来许多人要进去，却是不能。”耶稣告诉那些人，他们以为自己曾经在耶稣面前吃喝过，耶稣也曾经在街上教导过人，他们就以为自己与耶稣和天国有份。耶稣说，“我告诉你们，我不晓得你们是从那里来的，你们所有作恶的人，离开我去吧”！这些《圣经》中的内容，在小说中化作卓飞的梦境。《安乐家》还模仿《天路历程》，在名字中寄寓宗教的含义，如将天堂称为“光荣城”（city bright），小主人公取名“利斯第”（Christie），这个名字在英语中的本意为“基督的追随者”，跟《天路历程》的主人公取名“基督教徒”（Christian）异曲同工。而安乐家则不无《天路历程》中“永存国”的印记。《天路历程》的主人公基督教徒曾这样描述永存国：

基督教徒曰：“有一永存国，将赐我永生，得以长居之。”易迁曰：“善哉是言也！余又若何？”基督教徒曰：“将赐我荣冕，及光耀之衣，使我身耀如天日。”易迁曰：

① 《安乐家》第五回，第12页。

> “若然甚善。余又若何？”基督教徒曰：“哀哭忧苦，是处终无。盖是处之主，将拭我泪。”易迁曰：“我若居是处，与谁为伴？”基督教徒曰：“与天使共处，其光夺人目。且先我往是处者，千千万万，尔往亦能见之，无相害，悉相爱。众皆圣洁，谒见上帝，得悦于上帝，而永立乎主之前。总而言之，若到是处，必见衣白衣，戴金冕之老，暨诸贞洁者，手各持金琴。且素因爱主，而遵其命者，虽被害于世人，或遭割碎，或被火烧，或被兽食，或溺于海，其人今已康强，衣永生之衣。我等到是处，必得见之。”①

《安乐家》的光荣城带着与此相同的印记，并在小说中不断被强化。卓飞去世后，利斯第到教堂听韦牧师布道，他想更多了解安乐家的情形，希望自己以后到了安乐家的美门时，老卓飞会在那里等他。在韦牧师的描述中，安乐家的形象愈加清晰起来：

> 先生说：“现今我要题明在安乐家的光景，且题明在那里罪已蒙赎的人，那地方是最洁净的，是精金的街路，没有一点儿不纯粹。城里住着都是没罪的人，引人作罪的，断进不去。那里全穿白衣，一点儿瑕疵没有，洁净光亮，没有能叫这衣裳曹少旧污秽的，是被羔羊的血洗得白净，永远不变，他们在真神的殿中。如今你们想要站在殿中，单有这一个法子，你们不可忘了。别想你们

① 《天路历程》，宾为霖译，厦门：咸丰三年（1853）刻本，第4页。

行了善事，作了好人，就可以到那里。你们若是要进光荣城，非羔羊的血洗白净了，断断不能。使徒约翰有一回见天堂有无数罪蒙赦免的人，他们唱新歌赞颂赎他们的罪的主。从那时到现今，又添许多这样的人，就是每天每时每刻，有人站在光荣城门外，内中凡被主宝血洗净的，那珍珠门为他们大开，他们个个穿了雪白的衣服，在黄金路上行走，在圣殿当中站立，同天使唱赞颂主的诗，说："阿们！颂赞荣耀、智慧！祝谢尊敬、权柄、能力，都是给我们真神，世世无穷。阿们！我的朋友阿，圣洁的主，看殿中的人，没有一点儿瑕疵，因为用宝血把他们的罪都洗净了。"堂内的朋友也要到那里去么？这黑暗愁苦的世界，常有死亡哀哭的事。你们单单在这里有分，难道你们就知足么？你们在安乐家没有分，难道你们心里就安然么？你们要耽延，不就了泉源去么？难道要光荣城关闭，竟不能进去么？上安息日，我和一个老人说话，算计起来，他已经在光荣城，今天是头一个主日。[①]

小说在此对韦牧师刻意针对利斯第的这一次布道内容，不厌其烦，进行了长篇大论的描写。韦牧师不仅为人们描述了安乐家的具体景象，而且指明了去安乐家的道路。

不言而喻，《安乐家》受到了《天路历程》的深刻影响，它甚至还将后者的人物也引入作品：

---

① 《安乐家》第十回，第28页。

到了半夜，利斯第估摸老卓飞睡着了，不料他竟小声儿说："门闭将罪阻止。"重复了好几次，不但利斯第听见这话，还有人听见了，就是《天路历程》上所说"看栅栏门的"，也听见老人忧苦的声音。他很知道老卓飞的情景，动了怜悯的心，过了不一会儿，就要用恩言和他说："我喜欢给你开门。"[①]

在《天路历程》出版后的300余年间，其儿童读者长盛不衰，因而对后世的儿童文学创作产生了深远的影响。《安乐家》便是其中之一，类似的受《天路历程》直接影响的基督教儿童小说还有《天路日程》（*Stepping Heavenward*）[②]、《扣子记》（*Teddy's Button*）[③] 等。

与《天路历程》不同的是，作者并没有忘记这部小说是为儿童所作，因此在《安乐家》中并没有使用太多的隐喻和典故。《天路历程》中直接引用经文或有《圣经》的含义和典故的部分，高达80%以上。据统计，《天路历程》及《续天路历程》分别从《圣经》中引用了160个和94个比喻，是文学史上引用经文最多的一部基督教作品。[④] 这些典故中包含着丰富的历史文化信息，其

---

① 《安乐家》第五回，第14页。

② 美国博伦悌思（Mrs. E. Prentiss，1818—1878）著。该书有中译本，由美国女传教士狄文氏（Ada Haven Mateer）译成官话，上海广学会，1928年。

③ 英国女作家梅理福（Amy Le Feuvre）著，由美国女传教士狄文氏翻译，有上海美华书馆1908年线装本、协和书局1910年版，还有浅文理译本，由协和书局1910年出版。

④ 参见吴文南：《〈天路历程〉中典故翻译比较》，载《滁州学院学报》2007年第9卷第4期，第63页。

本体、喻体、设喻形式之间的关系复杂多样，对于儿童阅读和理解造成很大困难。而《安乐家》形象地通过利斯第的成长经历和卓飞的身世遭遇，借助韦牧师之口，将宗教寓意明白无误地揭示出来。同时译者在将之翻译成中文时，没有采用当时更普遍的以浅显文言翻译的做法，而是罕见地采用了十分直白的、带有欧化色彩的口语，类似于现在的直译，人物对话居多。博美瑞的译本体现了以儿童为出发点、将之作为儿童文学翻译的意图。

三、用音乐结构的小说

《安乐家》这部小说在结构上的独特之处在于，它是一部由音乐贯穿起来的作品。“安乐家”既是小说的标题，又是一支深受主人公喜爱的福音歌曲的名字，它时而作为主旋律，时而若隐若现地作为背景音乐，在小说中回旋不已，以此将全书内容贯串起来。它自始至终贯穿于小说的线索，凸显了《安乐家》这部基督教儿童小说的独特结构。

《安乐家》（*Home, Sweet Home*）这首歌曲是一首经典的世界名曲。词作者为美国演员、诗人、剧作家佩恩（John Howard Payne, 1791—1852），曲作者为毕晓普（Sir Henry Rowley Bishop, 1786—1855），英国富有声望而受人尊敬的作曲家和歌剧指挥家。这首歌曲的旋律，据说是源于“西西里岛旋律”（Sicilian Air），曾收录于1821 年毕晓普编订的《民歌旋律》（*National Airs*）。1823 年，佩恩把它作为喜剧性歌剧《米兰姑娘克拉里》（*Clari, Maid of Milan*）的主题曲，由此广为传唱，家喻户晓。《安乐家》正是以歌词中最著名的一句作为小说开头的，“Home, sweet home, there's no place like home, there's no place like home”，博美瑞将之译为

"我家即安乐家，无地可比我家"[①]。它也成为小说《安乐家》的主题曲，始终在故事中回响。

这首歌曲是使主人公利斯第与卓飞相识并将两个人的命运紧紧联系在一起的媒介。利斯第被卓飞的琴声吸引，趴在卓飞门槛上听琴，特别是听到第四支曲子《安乐家》，勾起了他对母亲的回忆："就抬起头来，留神细听，心里却忍耐不住，因为他忽然想起一件事来。前几个月他尚有母亲，他母亲到临终的时候，曾躺在床上，用手摩挲他的脸，唱'我家即安乐家，无地可比我家'。声音极其好听，又说'我要到我家即安乐家'就咽了气。所以今日他一听这个调儿，他母亲患病唱曲去世的情景，就仿佛尚在眼前。"[②]有一天，卓飞转琴突然摔倒，利斯第救了他，并从此与他相依为命。利斯第学会了转琴，最喜欢转的歌曲就是《安乐家》。

这首歌又是卓飞和利斯第寻找安乐家的路标，二人在歌曲的感染下萌发了寻找安乐家的念头。卓飞重病缠身，时日无多，他渴望死后能进天堂，能住在安乐家。但他不知道安乐家到底是什么样的，托利斯第打听。女孩美利被利斯第的琴声吸引，当他转到《安乐家》这支曲子时，"他们一起拍手，喜乐非常，因为这曲子是他母亲常和他们唱的。琴曲到了叠句，孩子们也随口唱出来道：'我家即安乐家，无地可比我家'"[③]。两个人成了朋友，她第一次告诉利斯第有关天堂的景象，并说不爱耶稣就去不了天上的家。卓飞听了利斯第转述的这句话大受启发。他让利斯第到教堂里听讲，回来再向他解释。由此，卓飞认识到自己是个有罪的人，

① 《安乐家》第一回，第1页。
② 《安乐家》第一回，第2页。
③ 《安乐家》第三回，第6页。

只有洗清罪恶，才能进入光荣城的窄门，才能住进安乐家。卓飞最后在《安乐家》的琴声中平静离世：

> 卓飞说："旧琴在那里?"利斯第说："好好儿在这里呢。"卓飞说："你给我转《安乐家》的曲调。"……利斯第点了灯，到跟前瞧他的脸，看见他闭着眼睛，样式改变。利斯第从来没见过这样，不知怎样才好。就从窗户里望外瞧，满天漆黑，只有一颗亮星，仿佛又听见说："你心里别忧愁。"就答应了一声，说："我所爱的主，求你帮助我。"他转身回到床边，卓飞说："转琴！快转琴!"利斯第不再迟疑，便取过琴来，慢慢的在黑楼上转那《安乐家》的曲调。转的时候卓飞睁开眼睛，赶到听完那曲调，就叫孩子到他跟前，接着低声说："那门现在开着，我要进去，你再转一回。"那三个曲调在人临终时用着不合式，利斯第没法子，只得一一转出来。卓飞却不理会，小声儿说："求主洗我，叫我比雪更白。"利斯第第二回转到《安乐家》的曲调，卓飞便进了城门，到他的家，就是安乐家，利斯第一个人在门外悲伤痛哭。①

这曲子也是利斯第获得救赎的良药。卓飞死后，利斯第得了热病。店里的人十分冷漠，只是把他作为谈资，甚至害怕被传染，怂恿店主赶走他。《安乐家》成了他精神的支柱，使他得以挺过疾病：

---

① 《安乐家》第九回，第26—27页。

第二日早晨，楼上有一客人，向楼主问道："转琴的孩子怎样了？怕是害热病罢？一夜竟说谵语。我牙疼睡不着，听他说到天亮。"有人向牙疼的人问道："他说些什么？"答道："说些没味儿的乱话，忽地讲着天上光荣城，又说人间送殡事，并说好看的白花儿，都是驴唇不对马嘴的。有一回他坐着唱诗，难道你没听过么？"那人说："我成日家作活乏了，到晚上一躺下就睡着，什么也听不见。他诗里唱的是什么？"那人说："是旧琴的一个曲子，那曲子常在他耳朵里，连睡着了也不忘记。昨夜他还唱《安乐家》的曲子来着。"①

基督教是一个音乐的宗教，歌唱的宗教。基督教音乐是用音乐赞美上帝，是基督教宗教意识的重要组成部分。19 世纪美国著名布道家慕迪说过：人人都喜欢歌唱，歌唱使人聚集，歌唱驱除枯燥。在《圣经》中，赞美多于祈祷，音乐常伴随经文，加深灵命的供应。诗歌能使人对神的话语有更深的印象。在基督教活动中，音乐可以帮助信众抒发、宣泄情绪，唤醒信众对美的体验，唤醒他们内心积极的生命力量，从而引导他们走出困境，进行自我的修复，摆脱痛苦。

后来韦牧师来看他，并给他带来了银票。这是美利病逝的母亲托付丈夫完成的事。她母亲是虔诚的基督教徒，也特别爱听《安乐家》，希望资助利斯第生活并读书，如果他愿意，希望他以后做一名传道的牧师。小说的最后，利斯第果然成了一名受人爱

---

① 《安乐家》第十二回，第 32 页。

戴的牧师，并且成了家，拥有了尘世间的家，他盼望着天堂里的永恒的安乐家。他给韦牧师写信，报告了自己的情况：

> 我感谢主，因为他领我到你所住的村子来，又叫我在那里成了亲。现今我在世上有个家，是平平安安的，也有妇人帮助我作主的工。晚上回家，把一天的事都告诉他。那穷苦人也爱到这里来，和他说他们为难着急的事。我们一同为穷苦人祷告。我盼望你来瞧瞧。我的家也亮皞，也好住。成亲以后，我夫妻二人搬到家里住着，威力太太先给我们预备好了筵席。桌上搁一扎雪白的小花儿，上有碧绿的枝叶。我一看就想起太太小时候，教给我永远忘不了的祷告文说："求主洗我，叫我比雪更白。"我所亲爱的韦先生，你可以放心，不用惦记我。须想着我们二人在世上的家，是平平安安过日子，心里还是常盼望那永远存留光荣的安乐家。①

《安乐家》不仅作为纽带，将小说中的人物及其命运贯穿起来，而且情节的发展、人物的命运与佩恩所做的福音歌曲《安乐家》的5段歌词大致对应，表现了对安乐家从呼唤到追寻直到永恒的爱的过程，从而把歌词具象化为卓飞与利斯第的心路历程。

第五节　女孩的救赎《闺娜传》

《闺娜传》译自英语小说《海边小屋》（*The cottage on the*

---

① 《安乐家》第十四回，第39b—40页。

shore: *or*, *little Gwen's story*),作者不详,最早在19世纪50年代由纽约威泰克公司(T. Whittaker)出版,伦敦圣教书会(Religious Tract Society)1870年、1889年也曾印行此书。该书“大意教小孩能立己兼能立人。陶镕女子,莫善于此”[①]。作品采用了当时中国小说中尚不多见的第一人称叙事,由女主人公范闺娜讲述自己的身世经历。1882年,美国公理会传教士博美瑞(Mary Harriet Porter)将之翻译成官话,全书共13回,由中国圣教书局发行,画图新报馆印。本书的论述依据的就是这一版本。

一、第一人称叙事视角

小说《闺娜传》是这样开始的:“范闺娜说:‘我家住在威利斯国的北边,住的是小土房,在海边上。’”全书从头到尾就是闺娜以第一人称回忆自己的身世经历。这一叙事视角在同一时期的中国小说中极少被运用。

事实上,绝大多数成长小说,都习惯采用第一人称叙述。这一叙事视角的选择,并非出于偶然。叙事视角是一部作品,或一个文本,看待世界的特殊眼光和角度。它是作者和文本的心灵结合点,是作者把他体验到的世界转化为语言叙事世界的基本角度。同时它也是读者进入这个语言叙事世界,打开作者心灵窗扉的枢纽。[②] 由于成长小说的特殊主题,重在揭示小主人公的内心变化,决定了作品选择第一人称来进行叙述,以便深入、有效地表现这种变化过程。著名的成长小说《哈克贝利·费恩历险记》(*Adven-*

---

① 《女铎报》1917年11月1日卷6第8号“妇孺适用书目”(续)。

② 杨义:《中国叙事学》,人民出版社,1997年,第191页。

tures of Huckleberry Finn，1885）、《麦田里的守望者》（*The Catcher in the Rye*，1951）采用的是第一人称的叙述视角。

第一人称叙事的优点之一是能让读者充分地了解叙述者的内心世界，它能提高故事的真实度，缩短读者和叙述者之间的心理距离。闺娜作为小说的主人公，并且用第一人称来叙述，让她与读者直接对话，使读者和闺娜面对面地接触，生动地展现了叙述者闺娜的内心世界和心路历程，让读者充分地了解闺娜这一叙述者的真实感情，表现了一个小女孩真实的生活和内心，易于引起儿童读者的共鸣。

闺娜的身世十分不幸。当她还在襁褓中时，跟随父母坐船，遇到飓风，船触礁沉没，只有她活了下来。附近村子里一个姓范的矿工收养了她，对她十分疼爱。义父家本来有 4 个孩子，生活并不富裕，闺娜 6 岁时，义父又病死了，一家人陷入困顿。大儿子虎耳好吃懒做，三儿子彼得是个残废，从小摔坏了腰，格外怕冷，每天只能坐在小椅子上烤火，或爬到外面晒太阳。因此，闺娜的生存环境可想而知。她最害怕的是被义母送到育婴堂。邻居给义母出主意，让他们在海边盖个房子，种点儿菜，养几只鹅，再捞点儿虾米卖，帮人洗洗衣服，生活就过得去了。所以养母对 8 岁的小闺娜说："你还是跟着我们同住，帮着捞虾米。"又说："你这几年在我们家中，叫我们多多受累，现在作点儿活，挣一点钱帮着我们，也是应当的。"① 闺娜听了这话非但不觉得刺耳，反而很高兴，因为这样她就不用和好朋友柯耳分开了：

① 《闺娜传》第一回，第 2 页。

我听了这话，就很愿意，如今不愁没我的地方了。他们还有一个孩子，名柯耳。他和我想到后就能常在一块儿，就顶欢喜。我先前没题到柯耳，现在要从头至尾，说我的事情。柯耳与我最相爱相得，他的正名叫哥尼流，在他们的孩子里是最小的，比我大三岁，身量高两倍，一脑袋红头发，长的喜相，不胆怯，又老实，别人都说他不机灵，憨头郎儿似的。因为他是男孩子，不会抵抵拨拨，作家内的事情呵。我想不论什么人，没像柯耳这么好的。[①]

闺娜一家在街坊四邻的帮助下，在海边盖了两间简陋的屋子：

这房子但盖了两间，虽然矮小，据我们孩子们看来，却是极好，外面有极大的空地，走走逛逛，打个球儿，踢个毽儿，样样都好。我母亲买了一个捞虾米的网，每日潮退了，同柯耳走到海边，将网撒到水中硬沙土上，等到网发沉重，才拉上岸来，把网内所有的都倒出来，我就拾那亮壳、长须、活跳的虾。平常是我一个人作这活，有时彼得也来帮着我们。拣满了筐子，我母亲就去煮，交给柯耳和我到离家九里的小城去卖。在夏天、秋天的时候，城里许多人在海边乘凉，虾米就很容易卖。卖的时候，柯耳提溜着筐子，我在后边跟着。因为母亲看我比柯耳小，人若见了必定生怜，就可以多得些钱。

① 《闺娜传》第一回，第 2 页。

那城里的人，果然价值以外，还多给钱，这些事我还没忘呢。[①]

闺娜和柯耳就这样靠卖虾过了两年：

有一天柯耳和我带着一筐子虾米，往城里去卖。那是正在夏天极热，没有一点儿风。忽然从西起了一片黑云，这天我们捞的虾米多，筐子分外沉重。出门的时候我母亲说："你们卖完了方可回家。"我们走有半个时辰，那雨就下起来了，一阵儿比一阵儿大。我们浑身都湿透了，不敢找地方去避雨，冒着雨进城，在街上趟水踹泥，大声吆喝着卖。有人或在门口儿，或开了窗户，从窗户洞儿里买我们的虾米，不多时就卖完了。[②]

19世纪是资本主义快速发展的时期，但也造成了大批无产者和劳动者的日益贫困化。贫苦儿童的悲惨境遇引起了越来越多的作家关注，幼年失怙这一类描写苦难童年的小说开始大量涌现。闺娜就是这些苦难儿童当中的一个。小说对处于社会底层的儿童的生存状况及苦难经历有着深入细致的揭示。家庭的变故，使闺娜一次次被抛入生活的汪洋之中。但是她在夹缝中求生存的悲惨、贫困的孤儿生活，由于以一个孩子的视角来呈现，并不让读者感到沉重，反而彰显了她坚韧、善良、正直、诚实的品质，她与柯

---

① 《闺娜传》第一回，第2—3页。

② 《闺娜传》第二回，第3页。

耳在贫贱的家庭里相亲相爱，苦中作乐的坚韧、乐观感染了读者。第一人称叙述的方式，往往能够集中挖掘属于人物自身体验的所有细微丰富的意识和潜意识层次，也正是由于叙事角度限制了人物可能感受和真实感受的对象，才使叙事和文体产生了特殊的感染力。

应该承认，某些时候，第一人称叙事由于角度的局限，可能难以更宏观、更全面地把握所述及的事物。但是，对于《闺娜传》这样一部基督教儿童小说，并不存在这种限制。因为小说的人物和情节都不复杂，没有难以驾驭的宏大叙事。运用第一人称叙事，站在儿童的角度，采用儿童的语言，刻画儿童的心理，反而可以使作品产生令人信服的感染力，使我们对闺娜的遭遇报以深切的同情，为她的成长感到由衷的欣慰，所以叙述角度的变化左右着作品情感力度的产生，直接影响读者对人物的感受和评价。

《闺娜传》巧妙地采用第一人称叙事，创造了一个坚韧、正直、诚实、乐观，又极具感染力的叙述者闺娜的真实形象。《闺娜传》生动而细致地描绘了一个 8 岁女孩的精神世界和生活，唤起读者对纯真和爱的向往，呼吁社会对贫困儿童加以关注和理解。这种叙述视角在当时的中国小说中十分罕见。在此前 20 年就已经译介到中国的《天路历程》，是最早介绍到中国的西方长篇小说。宾为霖在翻译时，也是客观地移植了原作的叙述者与视角，完全保留了第一人称叙事，“其文雄健简洁，而神思美妙，故宣扬教义，深入民心，又实为近代小说之权舆”[①]。近代来华传教士在译介西方文学、传播宗教思想的同时，也把西方小说的艺术技巧与

① 周作人：《欧洲文学史》，东方出版社，2007 年，第 216 页。

叙事策略介绍到中国，影响了中国近代文学的发展，因而具有其独特的文学地位和贡献。

二、来自宗教的成长动力

《闺娜传》采用第一人称进行回忆性叙述，当前的观察视觉与经验视角交替作用，使作品在叙事方面极富表现力。第一人称回忆性叙述的特殊性在于其双重聚焦，即双重的叙述眼光或叙述视角。“一为叙述者‘我’追忆往事的眼光，另一为被追忆的‘我’正在经历事件时的眼光。”① 两者间的区别在于前者多为单纯、幼稚或不知情，而后者则是更成熟或更明白事情的真相。小说借助闺娜的两种眼光，通过现在的“我”追忆过去的“我”，对比她在信教前后发生的变化：从一个被贫穷人家收养的孤儿，只知道如何在这个家庭中立足，尽量让养母满意，不致再次被遗弃，慢慢成长为一个努力学习《圣经》、关心并努力帮助所有人、给所有人带来幸福温暖、自己也获得了救赎的基督教徒。小说由此揭示了闺娜的精神得以成长、性格得以发展的动力乃是宗教信仰。

闺娜对于上帝的认识最初十分懵懂，她一开始向柯耳打听是否听说过耶稣基督，柯耳显然不太清楚，只说在学校时听见过：

> 记不很清，听见的也不多，现在还记得一点儿。那日有一位太太来教训我们，他说耶稣最爱小孩子，常常照应我们。我听了这话，就想到你身上，那大船坏了，

---

① 申丹：《叙述学与小说文体学研究》，北京大学出版社，2004 年，第 202 页。

单是你没淹死，不是你机会好，是有保护你的。若没有耶稣，怎能活着。①

闺娜卖虾时认识了伊底姑娘和她的妈妈，正是这位太太领着闺娜走上了天国之路，彻底改变了闺娜的命运：

太太说："我那天告诉你，有一个疼爱你的，你记得他是谁?"我回答说："是耶稣基督。我也问过柯耳，耶稣是怎样的？他说：'想就是在那大船碰坏的时候救你得活命的。'"那太太说："他说的不错，那时救你的是耶稣，如今他每日照顾你，你若作什么不好的事，他心里最忧愁，因为他很爱你。"我说："从此再不作不好的事了。"太太说："你有这心愿，固然是好，只是靠不住的。惟有求耶稣饶恕你，心里才平安。现在且问你，得了我的饶恕，你觉着心里痛快点儿罢？但是能除掉你的罪的独有耶稣。你须要求他。"我说："我不晓得耶稣在那里?"太太说："他离开我们甚近。我们虽看不见他，他还是在这里。你若用实心和耶稣说话，他必要听。"我听了这话，有许多不甚明白，想要等着回去问柯耳，细细的揣摩，就对那太太说："我愿意求耶稣饶恕我的罪，如今盼你肯叫我念书，若是书上的字不难认，我很愿意来。"我嘴里说愿意来念书，心里却是要常来见太太。他说："很愿意教你，但是现在不能，因为我有一个朋友，

① 《闺娜传》第三回，第7页。

刚接他的信，知道病得沉重，我要去服侍他。明日就要起身，不定是秋天是明年，才能回来。”我就哭着说：“这么着就没有法儿了。”他说：“怎么没法儿?”我说：“实在没什么法儿，我原想从此作一个好孩子，不说谎言，要得耶稣的喜悦，你若走了，恐没人教导，不能那样行。”他说：“闰娜阿，有耶稣不离开你，他常和你在一块儿，你只要求他，我这里还有一样，你若能用，可以帮助你的。”说着，就从桌子上拿了一本书，那皮子是紫颜色的，书的三面边子，都是贴金的。他拿着那书说：“这是圣经，经上说耶稣怎样爱惜咱们，怎样替咱们死，又说叫我们怎样作人。我知道你现在不会念，你要找人教。我想你若有真心念书，自然能够学的会。”①

这一段描写布道的色彩十分强烈，但是由于采用了对话的形式，用孩子的语言来叙述，十分浅显易懂。这本书成为打开天国信仰之门的钥匙。

但是，闰娜的成长之路并不顺利，首先是养母不支持她学《圣经》，养母的想法很实际：“把这样的好书，给一个不认字的孩子，有什么用处？那太太若是给你点儿钱，叫我给你买鞋，作件衣裳，也是好的。你看你的衣裳都破了，我也没工夫常给你补。”②最关键的是，闰娜不懂英语，又找不到能教她的人。后来柯耳听说寡妇勒德太太懂英语，于是自告奋勇提出自己帮她干活，请勒

① 《闰娜传》第四回，第8页。
② 《闰娜传》第四回，第9页。

德太太教闰娜英语。勒德太太是一位充满爱心的基督教徒，她满口应承，而且同意柯耳如果愿意也可以一块儿学习。经过这件事情，闰娜开始真正地感到上帝听到了自己的祷告：“从前我失了认字的指望，总想是耶稣没听见我求他话，这时独有柯耳照顾我的事，又想这样的意思，是耶稣搁在他的心里，就如义父在海边拣我的时候，耶稣叫他有可怜的心，如今若是勒德太太果然教给我书，也算是耶稣听我的祷告。”[①] 也正是从闰娜学习念《圣经》开始，她在养母家暗淡的生活变得越来越充满希望，越来越光明，而且闰娜以自己的成长带动了一家人的变化。

变化首先发生在残疾的彼得身上。有一天，勒德太太带着闰娜和柯耳学习《圣经·新约》的《罗马书》第 15 章：“我们坚固的人，当容让软弱的人，不可求自己的喜悦。”柯耳立刻联想到自己，觉得自己平时不够关心彼得。

太太说：“彼得是谁?”我回答说：“他是柯耳的哥哥，快十三岁。他的腰摔残疾了，只会躺着，不会作什么。别人作什么，他也不理会。”那太太说：“可惜他没什么能作的。为什么他不学那织袜子编苇绳子?闰娜，你教给他好不好?”我说：“我也不会作这两样儿。”太太说：“我都能教给你。我从小儿作惯了，现在还没忘记，你愿意学么?”我回答说：“学那个如何能念书呢?我只有晚上一会儿功夫，可以来念书。在别的时候，母亲又不许我来。”柯耳说：“我学那个可以不可以?念书是不

① 《闰娜传》第四回，第 11 页。

要紧的，因为我太笨。”太太说：“看你这手太粗糙，也不好编绳子。”又说：“闺娜，你可以念第二节书。”我就往下念，那时心不在字上，因为我私心愿作的，和知道当作的，这两个念头，交攻在里面。柯耳就慢慢的念那第三节说：“基督也不求自己的喜悦。”我听了这节书，心里就仿佛是对我说的。我们念完了书，就拿定主意，要学编绳子，就对太太说：“请你教给我怎样编法。”太太说：“这样你才是好孩子。你那里学着编绳子，我这里教给柯耳认字，赶你会编了，他也赶上你所认得的字，你们两个念书，也就可以合在一块儿。这儿有几根干苇子，你可以拿了来，我教给你编。这几天柯耳也可以割些苇子给彼得预备着。”①

这一段描写了闺娜在学习了《圣经》以后，思想上发生的转变，遵从主的教导，由自私的心态转变为愿意关爱弱者。后来彼得跟着闺娜学会了编绳，乐此不疲，卖了很多钱交给母亲，他再也不觉得自己是个无用之人了。

养母对闺娜的态度也渐渐地发生了改变。有一次闺娜去学经，柯耳代她烤馒头，结果烤糊了，引来养母的不满，不准她再去学经，闺娜十分生气。但是她内心觉得不安，于是诚心地跟养母道歉：

就进去对母亲说：“今日早晨生气，那不是好孩子的

① 《闺娜传》第五回，第13—14页。

样儿。现时要改变学好，你若有什么事，必要一朴纳心儿的去作。”他听见这话，就回头看我，忽然和我亲嘴。从来母亲没和我这样，现在这样，我喜欢的了不得。母亲说：“我的光景实在不顺心，一半过于爱生气，整天家手忙脚乱，事情太多，心和身体总不得消闲。想要一会儿歇息，也不能够。除非躺在坟墓里，才安逸呢。”我就挨他站着说：“我要和你说一节圣书，你生气么？”他说：“孩子，我不生气，你要说什么，只管说。”我就勒德太太教给我的那节书背给母亲听，说：“凡劳苦背负重担的人可以到我这里来，我赐给你们平安。”背完了，他忽然坐下哭起来。我很觉奇怪，又甚害怕，因为从义父死后，没见他这样哭过，如今就没主意，不知道怎么才好。那时就想去找柯耳。不大会儿，他止住哭，用油裙擦着眼泪说：“你见我哭，以为奇怪么？从前我也听过这话，幼年也会背。你可以再说一遍。”我就又背了一遍，并说：“这是耶稣说的，必是真实的。”他说：“实在是的，只恐不是对我说的。从前母亲也告诉过我，但是所走的路，和母亲走的两样，恐怕将来不能在一个地方。你总要作个好孩子，有时若和你生气，不要搁在心里。”①

闰娜用自己的举动和《圣经》里的箴言，使养母在生活的重压之下日益坚硬、冷酷的心被软化了，她想起了自己的童年，温柔的母爱被唤醒，她甚至亲吻了闰娜，这是从未有过的举动。她

① 《闰娜传》第七回，第20页。

还把压在箱子里多年的《圣经》也拿出来，有空就念，并带着孩子们念，而且每个礼拜日都去教堂。宗教唤起了人内心的爱，并在每个家庭成员中传递。连终日游手好闲、无所事事的虎耳也被感化了。一家人因爱重新凝聚在一起，相亲相爱，充满了欢乐。小说第九回写到一家人一起高高兴兴去赶集的情景。

闺娜的成长经历表明，在基督教文化中，人会经历个体生成主体的过程，自我被视作一种解释学意义上的实在。基督教认为个体的身心之中有领悟真理的能力，使用“真理话语”便能够揭示它并唤醒它，这样做的目的在于促成对自我的否定，不断把旧的自我转变成新发现的他者。[①] 这部小说完全可以作为儿童主日学的课本，它以孩子喜欢的方式，将福音传递给他们，使他们在愉快的环境中学习神的道理，懂得也乐意将神的话语在生活中加以实践。由于使用了第一人称，小说对闺娜的心理变化表现得相当细致深入，令人信服。小说大量采用对话形式，运用儿童的语言，明白易懂，而且使小读者感到十分亲切。

《闺娜传》是一部真正的儿童文学作品，小说反映出作者对儿童特性的认识与了解达到了相当的程度，与一味地道德说教或布道的小说都不同。在儿童心理、语言的刻画描写上，有出色的表现，十分贴近小读者，不仅在当时的中国文学中绝无仅有，在当时西方传教士译介的儿童文学作品中，也是难得的佳作。与同一时期传教士译介的其他儿童文学作品相比，这部译著针对女童的倾向尤为突出。

---

① 刘北成：《福柯思想肖像》，北京师范大学出版社，1995 年，第 306 页。

三、基督教伦理的道德教化功能

《闺娜传》继承了儿童文学重视道德教育的传统，具有鲜明的道德教育倾向，它体现了欧洲儿童文学作品在思想内容上所推崇的道德上的纯净感，同时又避免了简单化的非艺术的道德说教。小说所涉及的道德命题主要是关于说谎和偷盗，这是小说特别针对儿童的日常生活提出来的。《摩西十诫》第八条诫命说“不可偷盗”，第九条“不可作假证陷害人”，第十条“不可贪恋别人的东西”①。《摩西十诫》被称为人类历史上第二部成文法律，是基督教伦理道德的根基。它作为《圣经》中的基本行为准则，影响深远，是以色列人一切立法的基础，也是西方文明的核心。《摩西十诫》里的前四诫强调的是人和神的关系，很像中国传统语境里的“天伦”，而后六诫是讲人和人的关系，类似于“人伦”，因而，它具有普适性。十诫和所有道德规范的差别是从天伦带出人伦，把人伦引向天伦。《闺娜传》正是希望通过生动的故事和人物形象，对儿童进行基督教的基本伦理规范教育。

闺娜的回忆是从她8岁开始的，那时的她对一切懵懂无知，不懂得神的道理。所以当富家小姐伊底姑娘的母亲问她有没有干净的裙子时，她撒了谎，“我知道母亲箱子里收着两件好裙子，我不肯实说，指望那太太再给我一件。明知撒谎是不好，不得不和太太这么说”。撒谎从某种意义上说，是闺娜这样的孤儿的生存法则之一。但是孩童的天真、自然，使她很难掩饰内心的不安：

---

① 《出埃及记》20：3—17。

我低着头，不由得怪害臊的，要想快快的家去才好。就对那太太说："我不敢尽着在这里，恐怕我哥哥等急，自己家去了。"那太太见我和他说话背着脸儿，脸上发红，他就说："闺娜阿，你说没有别的衣裳可是实话么？若是和我撒谎，那就是叫我很难受。你要把实话告诉我。"说那撒谎有大罪，就说："我是实话。"于是伊底姑娘用小包袱把裙子包好递给我，太太就叫我回家去。伊底姑娘送我到门口儿，说："闺娜，你明天总要来，我要在窗户里望着你来。我认得这件蓝点衣裳，若见了这衣裳，就知道是你。我母亲给你这件衣裳，我实在喜欢的很。"但我听他这话，心里觉着好些惭愧。[①]

回家的路上，闺娜把刚才发生的事告诉了柯耳，说现在心里不好受，不该说谎，如果是柯耳，一定不会这么做。柯耳反过来安慰她："我想你撒谎，比我撒谎有些不同。因为你是小小女孩子，偶然撒谎，比男子撒谎差多了"，他说自己是男子汉，当然不该撒谎："我想我比你年纪大，又有力量，任凭人怎么待我，都不要紧。我若因为点儿小东西眼热，就编些瞎话，想着骗到手里，那还算得人么？比如我作了女孩儿，柔弱可怜的样儿，就是造点儿谎言，不算于情理不合。"柯耳诚实的品质，令闺娜更感到羞耻，就说："不是这么着，我知道你不肯说我不好。看起来，你比我强远了，但愿我往后不再说一句谎话。还有一件，咱们到了家，

① 《闺娜传》第二回，第 5 页。

别告诉他们我得了这件衣裳。”[1] 她决定把裙子还回去，于是找了一个地方，在沙子里挖了一个洞，把小包袱搁在里头，用沙子盖严了，上面搁两三块石头做记号儿。

爱美是女孩子的天性，闺娜非常喜欢那条裙子，但理智上又知道不能要，为了避免诱惑，只好把裙子反着折起来：

> “你看这裙子的布头儿好，花样儿也好，好像这好衣裳从来没穿过，真是我爱的宝贝。别说我眼热，就是你也舍不得拿回去。”忽又想起耽搁了三天，没送回裙子去，我心里没着落，今日若还不给那太太，越发对不住他。就把裙子的里儿朝外，反卷过来，免得见裙子的华丽，倒牵连不舍得。[2]

在这一过程中，小说对小女孩的心理刻画得很真实。第一人称的叙事视角与心理描写，在这里可以说相得益彰，既细腻地表现了闺娜的内心，又使得这种心理描写显得真实、可信，从而让闺娜的行为更好地起到了教育示范的作用。闺娜知道，信仰上帝的人是不应该撒谎的。不信的人不以说谎为可耻，反倒以说谎为明智，为成功的途径。上帝的孩子们却应当把说谎看成是一个极大的耻辱，因为上帝在《圣经》上多次说，谎言是他所憎恶的。“说谎言的，你必灭绝；好流人血弄诡诈的，都为耶和华所憎恶。”（诗篇5：6）“说谎言的嘴，为耶和华所憎恶；行事诚实的，为他

① 《闺娜传》第三回，第6页。

② 《闺娜传》第三回，第7页。

所喜悦。”（箴言12：22）魔鬼是“说谎的人的父”（约翰福音8：44）。如果有人说我们是魔鬼的儿子，我们会认为是奇耻大辱。当我们说谎的时候，我们便是以事实来表示我们是魔鬼的儿子。还有什么比这更为耻辱呢？这样一种基督教的伦理道德观念，通过闺娜的行为，得到了具体的演绎，从而形象地告诉读者对于撒谎的行为应该感到羞耻。

虎耳的故事则是一个典型的浪子回头的故事，小说以他的事例说明不能偷盗。虎耳是家中的长子，却很不成器，父亲死后不仅不能承担起家庭的重担，而且还常常欺负两个弟弟，抢走彼耳卖草绳的钱，又和柯耳打架。最严重的，就是他去做工的矿主那里偷矿，结果发生爆炸，差点死掉。变化正是从这时候开始的，虎耳养病期间，牧师常来看望他，给他讲道理，一家人都为他祷告，“到这时候，虎耳很有温柔忍耐的样儿，和从前大是两样”①。有一天，正当大家要念《圣经》的时候，虎耳终于鼓起勇气，向家人承认了自己偷盗的事情：

> 虎耳说完这话，还站在那里，要听有人说什么没有。站了一会儿，没人说什么，他就转过脸去变貌变色的说：“所作的事，我是都告诉你们了。知道你们必不能饶恕我，任凭你怎么样罢。”说着，就走到房门要出去。母亲就起来跟着他，抱着他的颈项说：“我的孩儿阿，可惜我着疼爱的孩儿阿。”他说：“母亲为什么为我哭，我不配有人哭！”一面说着，一面同母亲回来，坐在他的旁边。

① 《闺娜传》第十二回，第36页。

母亲说："不是我应当饶恕你，那饶恕你的应该是你所得罪的人，你必须告诉矿主。"虎耳急忙回答说："矿主已经知道了。在我病没好的时候，这事情已显露出来，只是还不晓得作这事有我，刚才已经去告诉矿主了。自从我好了的时候，常想应当把这事告诉矿主，但告诉这事，心中的烦苦，比要死还难受，别人怎知我的心难受和失望呢？"母亲说："你告诉矿主，他必不用你，也不要紧的，只要你从此更改去作好人，我们也就将你从前的事，不理论了。"虎耳说："倒没有不用我。那矿主说，看着当日父亲面上，还要试试我可用不可用。"母亲说："愿主酬报他这样的恩典。你如今务要作好人，不可叫他因为用你再后悔。"虎耳说："实在愿意这样。现在有许多话我说不上来，原想你和矿主，万不能饶恕我，如今都待我这样，是叫我到末世的时候，有儿得蒙主饶恕的盼望。"母亲就和他慢慢的说："我的孩儿阿，这道理我不大会讲，因为我也是才明白点儿。然我虽不大会讲，确知人若悔罪改过，真心向主懊悔，不用等到后来就得饶恕。你刚才没说出这话来，主耶稣已经饶恕你了。你想连我这样的罪人，见你悔罪要作好人，尚且欢喜，何况那爱惜你的天父，他焉肯弃掉你？"虎耳说："这都是我从来没听见过的新道理，意思很深奥，容我思索思索，你和柯耳要替我祷告。"①

① 《闺娜传》第十二回，第38—39页。

虎耳因为撒谎受到了应有的惩罚，又因为宗教的力量获得了救赎，得到了矿主和家人的饶恕。基督教伦理追求的是爱，爱是基督教伦理的核心，是人对自身的罪的忏悔与超越。基督教的爱体现在对现世的时时“施与”与“慈爱”中。基督教伦理从对罪的忏悔与超越中生成对世界的爱的社会情怀，是基督教信仰对世俗社会最文明的贡献。

《闺娜传》译介于1882年，对照这一时期的中国文学，没有一部这样的儿童文学作品。《闺娜传》从儿童的视角出发，以儿童的语言叙述儿童的故事，既是对中国儿童文学的补充，小说所传达的基督教道德伦理规范，对于晚清中国社会也未尝不是一种有益的补充。

第六节 贫女得道——《贫女勒诗嘉》

《贫女勒诗嘉》译自英国维多利亚中期最为重要的福音小说女作家何斯巴·斯特拉顿（Hesba Stretton，1832—1911）最负盛名的小说《杰西卡的第一次祈祷》（*Jessica's First Prayer*，1867）。斯特拉顿出生于英国威灵顿（Wellington），本名萨拉·史密斯（Sarah Smith），1858年开始以“Hesba Stretton”为笔名发表作品，她一生写作的小说不少于30部。《贫女勒诗嘉》一书由美国公理会传教士佩森（Miss Adelia M. Payson）译成福州方言，封面题“小子必读”，1878年由福州美华书局出版。佩森1853年来华，她是在向中国妇女自由传播福音的浪潮中来到中国的，1874—1876年曾在福州与乌斯顿姐妹（Misses B. and Sallie H. Woolston）一起主编《福音新报》。

一、以福州方言翻译的儿童福音小说

《贫女勒诗嘉》是儿童福音小说的代表作之一，其最为显著的特点之一是翻译时采用了榕腔，即福州方言。书的封面题“小子必读”，显然也是特别为孩子准备的读物。其译序云：

> 者勒诗嘉其书原是英文，因八曾看者书中间，论勒诗嘉，虽是极穷苦其诸娘仔，儞伊得上帝恩，晓的敬信上帝，故反㑇感化者极硬心其㐁，同登正道。因此伶翻译做福州土话，倚望老幼男女看见。㑇晓的伓通，看轻细仔，该当着因耶稣名接待伊，做细仔其，该当着学勒诗嘉许满深信，连㑇出力替别㐁祈祷，立好样，伓做忘恩背义㐁。心所厚望。

大意是说：《贫女勒诗嘉》这部书原是英文著作，因为看到书中描写的勒诗嘉，虽是非常穷苦的小姑娘，但得到上帝的恩典，懂得敬信上帝，并因此能够去感化其他硬心肠的人，带领他们同登正道。所以现在把它翻译成福州土话，希望老幼男女都能看懂。能明白不要因不懂而轻视小孩子，应该像耶稣那样对待孩子。小孩子则应该学着勒诗嘉的样子，虔诚地信仰耶稣，并努力地为别人祈祷，做一个好人，不要做忘恩负义的人。这是译者内心所期望的。在这段话里，有许多是福州方言的特殊用字，如“㐁”（人）、“伶”（现在）、“伓”（不）都属于方言表意字，以“亻”标记白读和训读字；“儞”（那个）、“㑇”（要，能）是以“亻”标记的同音假借字；“者”为指示代词“这个”；“许”为远指代词“那样”。这些方言杂字不是出自传教士的自创，而是采用了福州当地约定俗成的写法。

19 世纪中期以来，传教士在针对儿童的读物中，以方言作为文学语言，成为一种普遍的做法，因为儿童文学更需要浅显易懂，也更能唤起小读者的亲切感与现场感。19 世纪英国儿童文学作家舍伍德（Mary Martha Sherwood）所著福音小说《小亨利和他的果树》（*The History of Little Henry and His Bearer*，1814 年初版），1852 年初次被译介到中国时，就采用方言翻译，由美国监理会传教士吉士师母与她的学生共同用上海土白译为《亨利实录》，1856 年由上海美华书馆出版。早期用上海土白翻译的儿童福音小说还有《三个小姐》，由美国南浸信传道会高第丕夫人（Martha Crawford）翻译，1856 年在上海刊刻出版。《圣经故事》，由美国南浸信传道会高第丕（Tarlton Perry Crawford）译，1857 年在上海刊行。美国公理会传教士丁家立（Charles D. Tenney），用上海土白翻译了英国儿童福音小说女作家莫蒂母宗教启蒙名作《蒙童训》（*Line Upon Line*），该书分上、中、下三卷，1856 年由浦东周凤翔刊印出版。这部儿童福音小说引起了传教士的广泛兴趣，美国长老会的帅小姐又将之译成苏州土白，1875 年以同一书名由上海美华书馆出版。该书还有两种方言的罗马字符拼音版本：英国圣公会柯播义的宁波土白拼音本《日积月累》（*Jih Tsih yüih le*），1869 年由宁波镇海美华书馆出版；1875 年英国伦敦会女传教士绿慕德再次将之译成宁波土白《日积月累》（*Jih Tsih yüih le*），由宁波镇海美华书馆出版。莫蒂母的另一部名著《将明篇》（*Peep of Day*）曾由多名传教士将之译成官话，但目前所见到的最早的中译本是用方言翻译的，即 1859 年在宁波出版的宁波土白罗马字符拼音本《路童指要》

(*Lu - dong ts's hyiao*)，译者是美国北长老会牧师倪维思的夫人倪戈氏。1861年英国循道公会义务教士俾士将该书译成粤语。在序言中，俾士指出。之所以翻译此书，就是为了取得浅显明白的效果，让孩子喜欢，也帮助那些仅略通文字的父母掌握，以便教育孩子：

> 或者有人话，上帝嘅道理，原本好高深，做乜呢部书，讲得咁粗俗，点样教得嫩仔好呢？谁知特登做成咁俗，係罗个的内仔心中欢喜，易得明白嘅。有的父母，略略识的浅字，睇见呢部书，应该揾人嚟教识嘥，若係已学识嘥，是必好欢喜，拈嚟教仔女咯。历来有好多人，係照嗷法子嚟学，就教得仔女咯。而且父母教仔女事好过别人教佢呀。[①]

宾为霖则用福州土白翻译了这部书，题为《正道启蒙》，同治十三年（1874）由福州太平街福音堂刊刻。艾约瑟在《宾先生传》中这样介绍宾为霖的翻译：“复译《正道启蒙》一部，斯书之在英国名《将明篇》，乃塾中用以训小儿女者，故以‘启蒙’为名。译时先生多以已意笔削之，期于中国方言有裨使人洞悉。”[②] 1879年，帅小姐又将之译成苏州土白《训儿真言》，由上海美华书馆刊行。上述译本都是针对儿童进行翻译的，在文学语言上进行了大胆尝试。一部小说，而且是儿童福音小说，在当时具有这样大的影响

① 《晓初训道·序》，同治元年，增沙惠师礼堂镌。

② 《教会新报》卷六，华文书局，1968年影印本，第2790页。

力是不多见的。

19 世纪以后，面向儿童的纯文学读物开始被大量译介到中国，其中有不少用方言翻译的作品。英国维多利亚时期经典的儿童读物《安乐家》（*Old Organ, or Home Sweet Home*）最早由美国公理会的女传教士博美瑞（Mary Harriet Porter）在 1875 年译成官话出版。此后，又出现了两个方言版本：上海土白本《安乐个屋里》，上海中国圣教书局 1897 年版；福州土白本《安乐家》，由福州圣教书局 1917 年出版。关于《鲁滨孙漂流记》最早的中译本，学界一致认为是 1902 年上海开明书店出版的沈祖芬译本《绝岛漂流记》。但事实上，就在同一年，英国传教士英为霖用广州土白翻译的《辜苏历程》，也由羊城（广州）真宝堂书局出版。而且相较于前者节缩式的翻译，《辜苏历程》堪称是最早的全译本。

佩森翻译的《贫女勒诗嘉》，另一个值得注意的方面是，翻译的内容较为完整。晚清译界普遍采用的是译述、节译甚至是概要叙述的方式，比如李提摩太翻译的理想小说《回头看纪略》，“闻原书卷帙甚繁，译出者不过五十分之一二云”[①]。的确，李提摩太的《回头看纪略》几乎称不上是翻译，它只是用文言概述了全书二十八章的内容提要，故称“纪略”。沈祖芬译《绝岛漂流记》，对《鲁滨孙漂流记》原文也是极度节缩，基本上就是一个故事概要。但《贫女勒诗嘉》对小说内容进行了完整的翻译，甚至章节的标题也按原著进行了直译，从而使得西方儿童文学与中国的方言文学之间实现了某种奇妙的融合。比如，小说第五章写勒诗嘉

---

① 梁启超：《读西学书法》，黎难秋：《中国科学翻译史料》，中国科学技术大学出版社，1996 年，第 642 页。

第一次与牧师面对面地交流：

The minister was sitting in an easy chair before a comfortable fire, with a hymnbook in his hand, which he closed as the three children appeared in the open doorway. Jessica had seen his pale and thoughtful face many a time from her hiding—place, but she had never met the keen, earnest, searching gaze of his eyes, which seemed to pierce through all her wretchedness and misery, and to read at once the whole history of her desolate life. But before her eyelids could droop, or she could drop a reverential curtsey, the minister's face kindled with such a glow of pitying tenderness and compassion, as fastened her eyes upon him, and gave her new heart and courage.

这里对牧师的外貌、眼神，勒诗嘉从惊慌到心安的心理变化有细致的刻画，这种人物描写方式完全是西方式的，并不符合中国读者的审美习惯。但佩森在翻译时，如实按原文译出，并没有像很多传教士一样，用话本小说或章回小说的体例以及文学手法对其进行中国式的改造：

层拍门，听见郎罢着房仔里，叫讲："梨二只姊妹，就邀勒诗嘉挟门。"入至房仔里，见郎罢手礼，拈喇诗，翻梨翻去礼拣，后仰起够，就直直目觑勒诗嘉。勒诗嘉起头乞层郎罢直直目觑，心里也见惊，后见层郎其面色，是可怜伊其样式，心里颇颇安心。[1]

由于采用了方言，译文显得十分简洁、生动，口语化色彩强烈，很适合儿童阅读。

二、城市贫困儿童的写照

不同时代文学中的孩子形象，就是一个时代儿童与青少年生存境遇的折射，同时也是一个时代焦虑和希望的隐喻性表达。孩子作为纯洁、无邪的生命的象征，作为夭折、奴役、被遗弃、被虐待、被杀害的牺牲品，就像一面镜子，映照出社会的腐败和人性的罪恶。

《贫女勒诗嘉》这部小说，被认为是流浪儿小说的开创之作。流浪儿小说脱胎于流浪汉小说。在欧洲文学中，流浪汉题材的小说有着悠久的历史，并且形成了一定的艺术"格式"。如早期的流浪汉小说一般都采用自传体形式，以主人公的流浪为线索，人物性格的描写比较突出，主人公的生活经历和广阔的社会环境的描写交织在一起。西班牙最早的也是最有代表性的一部流浪汉小说《小癞子》（*La Vida de Lazarillo de Tormes*，1553），就是由主人公小癞子自述其经历，并以他的流浪史和人生视野来描写当时西班牙的社会风貌和各个阶层的人物。后来，一些流浪儿的形象开始出现在作家的笔下。在法国作家中，大文豪雨果（Victor Hugo，1802—1885）在《悲惨世界》（*Les Misérables*）第三部中塑造的流浪儿伽弗洛什（Gavroche）的形象是令人难忘的。而马洛（Hector

---

① 《贫女勒诗嘉》第五章，第18页。

Malot，1830—1907）的《苦儿流浪记》（*Sans Famille*）则被视为流浪儿小说的经典之作。成长无疑是流浪儿小说的一个重要表达内容，但它还远远不是全部。由“流浪儿”这一题材构成的小说视角是十分独特的：一方面，它通过流浪儿自己的经历和体验，表现不幸儿童的存在状态及其悲苦人生；另一方面，它借助流浪线索的延伸展开来描绘种种社会人生和世态风情画面，因此，其艺术视角是相对开放的。同时，与早期的一些流浪汉小说中主人公的性格没有发展、情节之间缺乏有机联系的缺陷相比，优秀的流浪汉（流浪儿）小说总是通过流浪的背景和线索，来描述主人公性格的发展和精神的成长，从而在对流浪的叙事中实现人物形象的艺术塑造。①

《贫女勒诗嘉》反映了19世纪伦敦贫困儿童的生活状况。19世纪的伦敦，既是工业化获得大发展正逐步变身为一座现代大都市，又是撒旦之城，造就了大量的贫困人群、失业者。社会底层的孩子在肮脏的街道上流浪、乞讨，在临街的门道里爬进爬出。作者对孩子的苦难表现出了深切的关怀。除了在街边的垃圾堆上，孩子们没有别的地方玩耍，他们得不到足够的受教育的机会。孩子们一阵阵的尖叫声、哭喊声不时传来，使我们意识到这种街道上的每一块鹅卵石缝中，都不可避免地会生长出流氓堕落行为。只有改变社会对这些问题的处理办法，才能彻底根除罪恶的发生。② 这是狄更斯时代的城市儿童，也正是勒诗嘉的生活状态。

勒诗嘉是贫困和家庭暴力的双重受害者。她从小失去父亲，

---

① 方卫平：《法国儿童文学导论》，明天出版社，2006年，第171—173页。

② 埃德加·约翰逊：《狄更斯——他的悲剧与胜利》，林筠因、石幼珊译，天津人民出版社，1992年，第246页。

家境贫寒，靠乞讨为生。母亲酗酒成性，把家里能典当的都当了，平日对她除了使唤，就是斥责，甚至拳脚相加。一个大雨的早晨，勒诗嘉没有讨到钱，不敢回家，来到一个茶点早、餐摊前。她饥肠辘辘、又冷又饿，闻着温暖的、香味浓郁的咖啡，迟迟不愿离去。摊子的主人姓林，叫但以理，看她样子十分可怜：

> 老林行近看真，见是一只约略十一、二岁尽吃亏其诸娘仔，面蔗梅青，面瞓塔塔着，头发绞礼蒙罩一面，穿一件短衫手絧都破去，故加胶礼也毛鞋，也毛袜。[1]

老林不由地心生怜悯，客人散去后他把剩下的一个饼给了勒诗嘉，让她到炉子边烤火，并且答应勒诗嘉每周三可以来免费享用一次茶点，只是叮嘱她不要告诉别人。小说向我们展示了勒诗嘉极其恶劣的生存环境，不仅住的地方破烂、肮脏不堪，还要受到母亲的虐待：

> 伽勒诗嘉逐日除去老林摊礼，以外都居多着街中轮轮转。因伊其厝伽一堵嫩嫩其破楼，楼下仅是仈其驴房连马房，尽去龌龊。勒诗嘉转厝都着由者马房礼过，扒上一架破楼梯，连揕开一只楼井盖，只务的上去，伽伊娘奶是酒鬼，将厝里一切服物器具，都当尽光，连椅棹都卖至尽，竟然伽剩一领破席，舒楼坪礼做眠床，都毛一滴仔照顾勒诗嘉。在伊莽去乞仈驶嘴，聴一滴仔碗底飡或的做乞

---

① 《贫女勒诗嘉》第一章，第 2 页。

> 侬，都凭在伊。俪勒诗嘉乞隔壁邻舍，连娘奶拍骂欺负，惟独勒诗嘉落拜三去老林礼侬茶饼，算是第一快活其日子。[1]

后来，当勒诗嘉碰到牧师，并且和牧师的两个女儿成了朋友，享受了短暂的孩童的欢乐。但是当牧师去她家探望她，提出让她上学、去教堂时，却遭到母亲坚决的反对，因为这样就没人给她干活了。即使勒诗嘉得了热病，高烧不退，几乎死掉，她的母亲也不管她。小说从这个女孩的立场出发，描绘这种生活以及成人的罪恶给她造成的忧虑和痛苦。透过孩子遭受的虐待、恐惧和惊吓，表现了成人世界给孩子造成的身心伤害，揭露了19世纪英国的社会问题、家庭问题、教育状况和世道人心。

只有每周三去老林的茶点早餐摊，是勒诗嘉最快活的日子。就这样，勒诗嘉享用着每周一次的免费茶点，快乐地过了三个月。有一个星期天，她和老林在教堂不期而遇。原来她的母亲又喝得酩酊大醉，把她赶出家门。勒诗嘉无家可归，只好到处闲逛，没想到碰到了老朋友。老林的装束不同于平常，穿戴得十分体面、整齐，勒诗嘉不太敢认，一路跟着他来到了一座教堂。但是当她叫老林的时候，老林显然并不欢迎这位不速之客，一改往日的慈善形象，厉声质问勒诗嘉是怎么到这儿来的，叫她快点离开：

> 老林一看见大错愕，金金目凝凝着觑勒诗嘉，觑一滴仔久，就问勒诗嘉讲："汝将样务担当至只块呢？伶连

① 《贫女勒诗嘉》第三章，第10页。

刻就着去吓。偌者位处伓是汝乞儈仔跬其位处呵，惟独者位处，都是富贵其仈所屈其，伶者时候，富贵其仈，都剥梨了。汝伶着赶赶去。伶我试问汝，只有到底是俤仈教汝梨只块？”①

老林的态度之所以发生改变，是因为这触及了跟他利益相关的一个秘密。他原本是教堂的看堂人，自己私下里每天早上5点到8：30出去摆早点摊。这件事堂里的牧师并不知道，他担心勒诗嘉泄露了秘密，这样他在教堂的工作就保不住了。

由此看来，老林的慈善也是有限度的，会被他的私心所遮蔽。在成人与儿童的关系中，一旦成人的利益受到威胁，被牺牲的总是儿童。儿童是牺牲品，是祭献品，是无辜的沉默的羔羊的象征。他们成为人类苦难、罪恶和道德沦丧的受害者，为人类的罪恶付出代价，成为人的邪恶和道德败坏之恶果的载体。而人类对儿童的遗弃则伴随着人类的历史。在古希腊罗马的神话中，在犹太教、基督教的文献中，有着丰富的关于弃儿充满宗教传奇色彩的神话想象：幸免于难的弃儿成为王，甚至成为民族的拯救者。在古希腊悲剧中，孩子与父亲的分离违背了将孩子杀害的旨意而幸存的孩子具有重大的政治和宗教意义，如俄狄浦斯。

勒诗嘉的苦难代表了贫困城市儿童的命运。不管是勒诗嘉、《亨利实录》中的亨利，还是《安乐家》中的利斯第，他们是城市中的弱势群体，是城市的弃儿，都有着苦难的、受伤害的经历。他们贫穷，孤苦无依，或流落街头或寄人篱下，但他们最后都通

① 《贫女勒诗嘉》第三章，第11页。

过宗教信仰获得了拯救。传教士译者意在通过这些孩子的成长及命运转变，来彰显宗教信仰的力量。

三、儿童的天道神启

长期以来，在欧洲文化中，无邪被视为儿童的基本特性，并被用来表达一种与腐败的成人世界相对立的价值。因此，儿童作为纯洁和生命的象征也被神圣化，并成为宗教仪式中的一个重要组成部分，圣事中的一个象征。儿童被看作天生知道神启的人，这种观念一直延续到近代。在英国的一本魔法书中写道："当一个精灵出现时，只有十一二岁的孩子才能看到。"[①] 艾克洛伊德在《伦敦传记》一书中指出，在中世纪的叙述中，儿童往往被描述为先知，具有预见未来的能力，孩子的存在是上帝荣耀的见证，因此儿童也是教堂的守护者和建造者。在12世纪早期圣巴塞罗缪教堂（Katedrála svatého Bartoloměje）建造的过程中，经常有孩子拎着装满沙土的篮筐帮着建造教堂。把孩子与教堂的建造联系起来，具有重要的意义，它表明孩子的纯洁和生命力与宗教之间的某种关联。

小说中的勒诗嘉尽管生活困苦，却有着一种基督教徒的诚实品质，有一种神秘的力量把她引向宗教。有一天，老林做完生意数钱时，故意掉了一枚硬币在地上，他想试探一下勒诗嘉会怎么做。

---

① Peter Ackroyd, *London*, *The Biography*, New York: Nan A. Talese/Doubleday 2000, p. 628.

> 卿勒诗嘉见一只钱，拍荡地兜，汉是老林伓八传，就一面共老林评讲，一面一个胶穿过去拨者钱，踏着胶掌底。老林见勒诗嘉将换刻薄，起先心里是替伊苦，想者伲仔是毛仈管教，以致𠍲将换欲值钱。后心里仅想，伊将换也好，以致乞我𠍲八伊原来是贼仔。伶我都剥伓再容伊，胶跡踏我只块。再后仅想伶我着用喇方法，驶伊胶拈边，钱现出梨，乞我责备伊，禁伊透底伓驶再梨。也想原来好代卖做的，卿我将乇乞伊馌，伊故务敢用者礼待我？①

老林以为勒诗嘉会偷走那枚硬币，他一方面可怜这个孩子；一方面又恨她是个贼，以这么卑劣的举动报答自己的好心；一方面又庆幸正好可以借此赶走勒诗嘉，不至于泄露摆摊的秘密。正当他心里患得患失，翻江倒海之时，勒诗嘉却捡起硬币，擦得锃亮，还给他：

> 老林寝寝只想至只块，忽然看见勒诗嘉满面红丹丹，目油流铀，伏下恰（当作“拾”——笔者注）者钱，用自家破衣裳拭喇他格，放着摊礼，毛讲一句话。老林一看者钱，就大声问讲：“嚽是冬那梨？”勒诗嘉应讲：“伊伯，嚽是汝伓见觉拍荡落地兜。”老林听将换就变喇面讲：“汝到底因世乇缘故将换做？”卿勒诗嘉牙根，一行硬过一行，话讲卖出，直头伤心。后过一滴仔久，就开声

① 《贫女勒诗嘉》第二章，第7页。

讲："伶请汝伊伯摸怪奴，因奴自出世日至伶，并毛见务一个钱，困落奴肚袋。只有看汝伊伯，钱荡落地兜，郷汉的汝伓八传，故此奴使胶遮礼。郷奴驶胶遮礼时候，仅想汝伊伯，获茶饼，乞奴食，将换看顾奴，仈家冬那儺驶的，反私下恰（当作"拾"——笔者注）者钱呢？心里大毛的过，故此就恰这钱填汝。郷奴晓的了，自只回起，汝伊伯，的的伓再容奴至汝摊礼。"①

勒诗嘉怀着一颗感恩的心，以她的真诚、善良打动了老林。她把内心的想法毫无保留地告诉了老林：自从她出生后，口袋里就从来没有过钱，所以见老林把钱掉在地上，没注意，就用脚踩住。但是她又想起老林的种种好处，对自己的照顾，心里很不安，因此还是决定把钱捡起来交还给他。这就是儿童的纯洁，即使撒旦引诱她犯罪，天使还是会保护上帝的女儿。

不仅如此，勒诗嘉还作为一个拯救者，拯救了老林。老林的善心为私心所蒙蔽。由于怕牧师知道他擅自去摆摊挣钱的事情，他不肯告诉勒诗嘉自己住在哪里，只说自己的名字叫"但以理"，而且千方百计地想摆脱勒诗嘉。后来勒诗嘉得了热病，好几个星期没露面，老林的良知终于促使他去看望这个可怜的女孩。勒诗嘉生活环境的恶劣程度，以及她在这种环境中依然保持对上帝的虔敬都震动了老林，使他终于认识到自己的罪孽，并考问自己的灵魂：

① 《贫女勒诗嘉》第二章，第7—8页。

（老林）竟然看见勒诗嘉倒着楼角，破草苫礼，也毛被，儆喇破衣裳遮礼，面蔗㑥青。一看着但以理，就金金目，大欢喜讲：“吓，但以理伊伯，汝是上帝叫汝梨么？”但以理就单个胶跪着草苫礼，牵伊手，摸伊额头，録伊头发，应勒诗嘉讲：“正是。”勒诗嘉仅讲：“但以理伊伯，上帝既然叫汝梨，务吩咐汝，共仈家讲世毛话毛呢？”老林应讲：“儆上帝讲，我是喇大罪其仈，因我爱惜些须㒓黯腐其钱，比者极穷苦，毛仈收留其诸娘仔故重。以前是上帝驶汝至仈家摊礼，欲仈家可怜汝一滴仔。儆仈家竟然都昧看待只顾汝，儆今旦，传道先生是讲：‘无知其仈吓，今晡我剥将汝其灵魂讨转去，就汝所积其钱，归乞俤仈呢？’我今日听者话，想是上帝礼问我，儆我竟然毛话通应。我仅想，上帝共我算数其日子近了，惟独我卖晓的将做。”勒诗嘉听者话，就讲：“但以理伊伯，儆奴想汝伊伯，是喇尽好其仈，却原来汝故伓是喇好仈吓。”老林听者话，目滓四税流，应讲：“儆我实是喇大罪恶其仈，并伓是好仈，儆我日暝勤紧做代，都是因为钱，刻下上帝礼觑我，责备我是无知其仈，都毛拍算后来其代。儆我想汝，是比我故智，故好，因汝大务拍算，后来上天堂其代。”勒诗嘉听将换，就问老林讲：“汝既晓的将换，将其伓倚藉耶稣其功劳，求上帝帮助汝做好仈呢？”

这里，勒诗嘉的角色竟然由需要救助的儿童转换为老林宗教信仰上的领路人。自从认识牧师之后，勒诗嘉经常去听他传道，学会向上帝祈祷，成了一名坚定的信徒。她纯洁的内心镜照出老林的贪恋钱财、患得患失，同时以自己对上帝的虔敬感召着老林。老林后来抛开私心杂念，真正皈依上帝，并将信仰化为爱的行动，租了舒适的房子，将勒诗嘉接来悉心照料。勒诗嘉则到茶点、早餐摊帮忙，两个人一起打扫教堂，听牧师布道，生活得非常幸福。

作者斯特拉顿要向儿童传递的无非是：“天堂的路要怎么走？”并在这样一个命题下提出种种路径，启发儿童的宗教观念。

第九章　明清基督教戏剧

第一节　基督教戏剧概述

众所周知，中世纪戏剧的直接源头是教堂仪式剧，而教堂仪式剧产生的过程是极其漫长和复杂的，它体现了基督教对戏剧艺术的复杂态度。早期基督教会一直反对戏剧艺术，排斥戏剧以及类似的表演活动。根据基督教的教义，演员扮演剧中人物有偶像崇拜之嫌，穿戴戏服则违反摩西戒律。公元5世纪，罗马皇帝禁止公开演剧，调和了罗马因素与蛮族因素的流浪艺人开始奔走于城乡之间，戏剧沦为失去合法身份的单纯娱乐形式。

但是，随着时移势变，部分教会领袖逐渐采取了面对和转化的方法，教会圣诞节的订立正是教会态度转变的体现。基督教将原来罗马盛行的尼罗河神和“胜利太阳神”的大型祭奠节日12月25日定为耶稣的诞生节日，原来的祭祀仪式得到保留，但崇拜对象更换成了基督教的神。这样，基督教在早期仅有纪念耶稣复活的节日——复活节之外，通过吸收和转化异教仪式，逐渐形成了圣诞节、棕树主日、耶稣受难日等大大小小的节日。这些来自异教祭祀活动的节日，本身含有丰富的戏剧成分，基督教加以吸收和转化。如在棕树主日这天的崇拜活动中，教士会装扮成耶稣，假装骑驴从城外进城。耶稣受难日这天的崇拜活动中，神父经常会将一个十字架包在葬衣中，放在象征性的坟墓中，待到复活节再拿出来，象征耶稣的复活。这些仪式具有情节、人物、扮演等戏剧成分。十字架、坟墓、鸽子、棕榈等教会的标志品具有道具的象征性意义。[①]

早期中世纪戏剧的内容和形式与基督教崇拜中的弥撒及圣餐仪式有着密切联系。圣餐仪式本身就常常被认为带有浓厚的戏剧色彩。[②] 曾有西方研究者提出："弥撒随着庄严的仪式被吟诵时，立刻就成为最质朴而又最崇高的戏剧。"[③] 大弥撒（Holy Mass）因而也被人称作"圣餐剧"（Liturgical Drama）。[④] 还有人认为，圣餐仪式的核心就在于"摹拟"，弥撒的原型正是原始的圣餐，即"最后的晚餐"；这样，弥撒实际上"已经成为真正的戏剧"。整个圣餐仪式由此被分解为三段，分别象征耶稣"道成肉身"历程的三个部分：首先是受难前的行迹和教训；其次是进入耶路撒冷、客西马尼园的痛苦、受难、送葬等；最后是复活和升天以及身体与精神的重新合一。[⑤] 因此，西方一些学者直接把圣餐仪式看作戏剧，将大弥撒称作"礼拜仪式剧""神圣戏剧""表演文本"等。

从模仿弥撒仪式的礼仪剧开始，基督教戏剧逐渐发展并形成

---

① 郭晓霞：《论英国中世纪教堂仪式剧的形成过程》，载《戏剧文学》2016年第6期，第95—96页。

② 杨慧林：《早期基督教文学概说》，载《外国文学评论》2000年第3期，第74页。

③ H. F. Westlake, *The Parish Gilds of Medieval England*, London, 1919, p. 127.

④ G. Lefebvre, *Daily Missal with Vespers for Sunday and Feasts*, Rophy & St. Paolo, 1925, p. 31.

⑤ Karl Young, *The Drama of the Medieval Church*, Oxford, vol. I, 1933, p. 81.

其自身的特点，即用象征的动作，表现《圣经》故事，间伴以歌唱，成为哑剧史诗和抒情诗的混合物。由于一般民众还不能阅读《圣经》，每逢盛大的节日如圣诞节、复活节、受难节等，就以戏剧的形式重演耶稣的事迹，表演给观众看，这便是基督教圣迹剧的开始。从13世纪末叶到16世纪末叶，是圣迹剧的全盛时代。英国现存的圣迹剧尚有160余种，包括《创世纪》《伊甸园》《该隐亚伯的献祭》《造方舟》《耶稣受难》《末日的审判》等精彩剧目。[①]

用戏剧表演的形式宣教也是近代传教士到外邦传教的一种常见方式。西班牙人征服美洲后，巧妙地利用戏剧形式来传播基督教教义，以实现尽快劝说印第安人皈依天主教，从而巩固殖民统治的目的。于是，神职人员创作了一些宗教短剧，这些根据《圣经》故事编写的戏剧，被称为劝世短剧、短剧或滑稽剧。近代来华传教士也借助了戏剧这一形式宣教，产生了许多基督教剧目，如圣迹剧《爱胜所有》《世界之光》《华丽城》《善人遭难》《基督教之公堂》，礼仪剧《李先生之家如何守耶稣圣诞》等。此外，还有许多在基督教重要节日表演的剧目，尤以关于圣诞节的剧目居多，如亮乐月编排的《圣诞短剧》《圣诞贫儿宴》等。这些剧目经常在学校上演，一方面向民众宣扬基督教；另一方面，基督教戏剧所具有的西方戏剧特点客观上推动了中国戏剧的改良运动和新剧的发展。

---

① 朱维之：《基督教与文学》，吉林出版集团有限责任公司，2010年，第251页。

第二节 《真道剧谈》与天主教戏剧

就学界研究现状来看，天主教传教士创作、翻译或改编的基督教戏剧类别较多。例如，当时出现很多圣诞戏剧。另外，上海徐家汇土山湾印书馆出版了一系列“德育小说”，其中包括取材于《圣经》的剧本，如《古圣若瑟剧本》（1918）、《厄斯德尔传》（1918）、《玛加白珂传》（1918）、《多俾亚传鼓词》（1919）等。[①] 不仅来华传教士积极创作、翻译、改编基督教戏剧，本土的一些天主教徒也投入戏剧演出的实践活动中。华人天主教徒徐毓黄创作出《真道剧谈》（1913—1914），用戏曲形式探讨天主“真道”之妙，刊登在天主教机关刊物《圣经杂志》上。[②] 同为华人的天主教徒费金标，根据旧约故事改编成《圣教古史小说鼓词》（1918，共 8 册）。

与上海徐家汇土山湾印书馆类似，天主教在华还有一个《圣经》剧本的出版中心，即河北献县的张家庄天主堂印书馆。张家庄天主堂印书馆同样出版大量天主教戏剧，如《达未大战高力亚》（1922）、《扮演耶稣苦难》（1923），华人天主教徒武国栋根据《圣经》改编的剧作《古圣若瑟白话演义》（1925）以及《耶稣圣诞新剧》（1934）等。除去上面提到的《圣经》剧本外，河北献县张家庄天主堂还出版了一批以殉道及圣传为主题的剧作，主要有《扮演圣辛福良致命》（1922）、《扮演东方向曙》（1926）、《扮演

---

① 黎子鹏：《寓教于乐：天主教圣经戏剧〈古圣若瑟白话演义〉研究》，载《圣经文学研究》第 14 辑，2017 年，第 146 页。

② 陆辛：《民国时期天主教戏剧钩沉——一出天主教戏剧的解析》，载《延边大学学报》2008 年第 5 期，第 96 页。

朱家河致命剧》（1931）、《艾红致命惨剧》（1934）、《扮演圣倪阁老文明剧》（1934）、《扮演圣玛尔定的爱德》（1934）等。[①] 可见，天主教传教士创作和改编的基督教戏剧形式多样，对于传教士在华传播基督教起到了重要的推动作用。

天主教徒创作、翻译、改编的基督教戏剧数量众多，本节选取华人天主教徒徐毓黄创作的戏剧《真道剧谈》试为剖析，希望以此探悉天主教戏剧的特点。

《真道剧谈》这部戏共二十出，其中前三出刊登在《圣教杂志》1913 年第 4 期的“小说”栏目中，署名“湖北蕲水徐毓黄编”，另外十七出内容发表在《圣教杂志》1914 年第 1—3 期，栏目和署名同前。《真道剧谈》中塑造了分别代表儒、释、道、天主教的四个人物，通过他们的争辩，表明天主的至高无上。

《真道剧谈》的编者徐毓黄，字嵩映，湖北蕲水县人，是一名天主教徒，洗名保禄。《圣教杂志》上对他有较为详细的介绍：

湖北·徐毓黄先生之历史

先生湖北蕲水县人也，字嵩映，洗名保禄，系前清秀才出身。曾于光绪乙巳年赴日本宏文书院师范速成科肄业，与山西镇守使孔庚同学。毕业后归国，专以教育为天职，不喜干预国政。历任文学中学、贞范女学、崇正修道院教员，及崇德公报主笔。道德文章，悉臻优美，询为吾圣教中不可多得之人物。目下春秋鼎盛，年约四

① 黎子鹏：《寓教于乐：天主教圣经戏剧〈古圣若瑟白话演义〉研究》，载《圣经文学研究》第 14 辑，2017 年，第 148 页。

十有余，有子三人。其夫人马氏，信德甚坚，堪为女中表率。前数年，先生卧病在家，不愿外出供职，适痊愈后，复于民国九年冬，为武昌田主教聘任武昌大堤口女修道院国文教授，至今仍之。徐君文思敏捷，大有倚马千言之概，且工书画，精戏曲。前年所著《真道剧谈》，本杂志早已批露。余如论说诗词等，本杂志亦时有登载。诸君每读徐君之文章，想亦乐闻徐君之历史也。[①]

从上述引文可以看到，徐毓黄既受过良好的中国传统文化教育，是“前清”秀才出身，同时又在日本宏文书院速成科学习，对中西文化都浸润较深，会通中西，眼界开阔。徐毓黄毕业回国后，远离仕途，投身教育，在文学中学、贞范女学、崇正修道院当过老师，还担任《崇德公报》主笔。徐毓黄文笔优美，被认为是天主教中不可多得的优秀人才。他文思敏捷，书法，绘画，戏曲，样样精通，均有颇深造诣。他不仅在《圣教杂志》上发表过剧作《真道剧谈》，而且还经常发表一些论说文、诗词等。

剧中塑造了代表佛教的僧人乌有、代表道教的道士子虚、代表“儒教”的学堂教员贾文明、代表天主教的中国教徒石真。四人在如是观中互相争论，各执己见，证明各自所信奉的宗教的正确性，四个人物的名字本身就寄寓了该剧创作的命意。在第一次争论时，贾文明，乌有及子虚三人联合起来，与天主教徒石真激烈辩论，天主教徒石真显得稍逊一筹。几个月后，四人再次在如是观中激烈辩论，乌有、子虚和贾文明向天主教徒石真继续发难，

① 载《圣教杂志》1922 年第 7 期，第 330 页。

但这一次石真胸有成竹，侃侃而谈。石真“舌战群儒”，动之以情，晓之以理，乌有、子虚听后，哑口无言，心服口服，最后决定跟随石真受洗，虔诚入教，只有代表儒家思想的学堂教员贾文明心中还有些不服，故事到此结束。

《真道剧谈》共二十出，依次分别是郊游、请客、偶聚、访友、劝友、募缘、寻主、错怪、夜谈、进香、问答、促归、沽酒、回校、猛省、入教、表功、求洗、伐异和送院。其中几出叙述较为简单，如郊游、请客等，相对重要而且详尽的是第三出偶聚、第五出劝友、第九出夜谈、第十一出问答、第十五出猛省、第十八出求洗和第十九出伐异，作者集中在这七出中，通过叙述不同宗教思想的激烈论争，深入探讨天主真道。

全剧主要出场的人物有五位，分别是扮演正生的天主教友石真，扮演丑角的僧人乌有，扮演净角的道士子虚，扮演小生的小学堂儒士教员贾文明，扮演末角的天主教神父，余下配角则是如是观小僧火工等人。石真，表字钦崇，出生在祖上便信奉天主教的家庭。他幼年学习勤奋，原本准备考取功名，积极入仕，但后来无心上进，不了了之。石真还是前清增贡生员，在当地很有名望，学识渊博，为鄂东巨擘。① 一日，他偶遇天主教士谈论天国之事，便志切修灵，领洗入教。石真虽然遭到身边朋友的议论揶揄，但丝毫未放心上，仍一心一意信奉天主，而且担任教会会长，积极为教会服务。② 乌有从小就是一个孤儿，孤苦伶仃，流落成乞丐，被善良的如是观方丈收养为徒。乌有朝夕诵经，颇通文字，

① 徐毓黄：《真道剧谈》，载《圣教杂志》1914 年第 4 期，第 138 页。
② 徐毓黄：《真道剧谈》，载《圣教杂志》1913 年第 4 期，第 155 页。

喜爱结交当地绅宦，但厌烦擂鼓敲钟，在老师圆寂以后，升为观中方丈。[①] 子虚原本生活在富有之家，祖父留下良田美院，衣食无忧，也曾诵读经书，只是未中功名。可惜自己因一时愤怒，失手打死佣工，差点赔掉自家性命。父亲用尽家财，才免去死罪，但父亲也因此忧虑成疾，一命归西，从此家道中落。子虚十分悲痛，遂看破红尘，出家成为道士。[②] 天主教神父是西方传教士，来华已有十余载，一直殚精竭虑，兢兢业业。[③]

从剧本中乌有、子虚、石真的人生经历来看，他们都很坎坷，尤其是乌有和子虚，非孤即贫，这也为他们最终转信天主教埋下伏笔。作者对剧中人物所起的名字用心良苦，暗含深意，把僧人取名乌有，把道士取名子虚，实则暗含对佛教和道教的嘲讽，认为这两个宗教是不实际的。子虚乌有一词原意便指虚幻之物，是幻想而非真实，最早出现在西汉辞赋家司马相如的《子虚赋》和《上林赋》中，并非现实人物。同样，作者把代表儒家思想的教员取名贾文明，也是对儒家的否定，认为儒教并非文明之教。作者还把天主教徒取名石真，与“真实”谐音，取真实，实在之意，即想告诉读者，与儒释道相比，只有天主教才是最为真实的宗教，其他均是虚幻之物，华而不实。作者把石真安排为生角，即主角，最先出场，刻画为正面人物，而把僧人乌有作为丑角，把道士子虚列为净角，把儒士教员贾文明列为小生，均是此意，提高天主教地位，视其他为异教。

《真道剧谈》第三出“偶聚”一开场，僧人乌有、道士子虚、

---

① 徐毓黄：《真道剧谈》，载《圣教杂志》1914 年第 1 期，第 44 页。
② 徐毓黄：《真道剧谈》，载《圣教杂志》1914 年第 1 期，第 45 页。
③ 徐毓黄：《真道剧谈》，载《圣教杂志》1914 年第 3 期，第 137 页。

儒生贾文明对天主教徒石真不屑一顾，甚至不想见他，但碍于面子，仍同意石真进入如是观，希望借此机会正好指教石真。于是，他们三人唇枪舌剑，开始争论，对白充满了戏剧性：

生上引：异端远避三仇退，福境忙游十诫遵。来此已是如是观，何事将门紧闭。

作敲门状，丑问介：你是何人？

生白：鄙人石真。

丑白：禀师父，石真叫门。

净白：不要理他。

小生问介：他是何人。

净白：他是吃洋教的，与我们反对，故此不准进来。

小生白：久闻此人，亦是读书种子，他们上了迷途，我等正要指教的为是。不教他进来，我等未免太狭隘了。

丑白：这等说法，可将酒席撤过，再行放入。

净白：正合我意。

丑作收席状又开门状白：先生请进。

见介生白：列位在上，鄙人这厢见礼。

齐白：还礼，请坐。

生白：有坐。

丑白：石君来得凑巧，我们各教都在，正好彼此同证。

生白：不妨谈谈。[①]

---

① 徐毓黄：《真道剧谈》，载《圣教杂志》1913 年第 4 期，第 156 页。

作者采用中国传统戏曲的白描手法，人物不多，场景设置简单，更注重其象征意蕴。但人物对白传神，描摹出人物的特质，把道士子虚、僧人乌有和儒士贾生的傲慢、自以为是的形象刻画得栩栩如生，同时为下文铺垫，与后来子虚、乌有受洗入教形成对比，采用了欲扬先抑的手法。

子虚、乌有、贾生与石真关于天主的论争，对辨别儒释道与天主教的差别具有启发性，有助于读者重新认识天主教：

小生白：久闻石君才学兼有，何背孔孟而从洋教。

生白：贾君此言差异，天主为全球人类之原起，人人对天主，皆宜信任恭敬，不以中外，遂存轻视。

净白：石君果何所见。

生白：列位不厌耳烦，听鄙人一一讲来。

齐白：请讲。

生唱：有石真坐禅堂，一言告禀。尊一声，众明公，细听详情。自无始，讫无终，皆由主定。惟人类，全赖主，生养保存。自元祖，食禁果，犯了诫命。命子孙辈，都染着，原罪不轻。依然是，天主爷，仁慈底庇。白稜郡，降圣子，救赎万民。童贞女，产耶稣，结合人性。在家贫，立善表，三十余春。他生平，显圣迹，掟笔难罄。哑者言，聋者听，起死回生。异教人，生嫉妒，毒谋预定。茹达斯，贪财利，暗卖师尊。巴斯寡，设宴席，濯足垂询。

……

小生唱：自磐古，分田地，乾坤奠定。禹平水，周制礼，世界文明。灵王时，生仲尼孔圣。学不厌，教不倦，泛应群伦。列国中，君和臣，齐来问聘。游临淄，过洙土，天下雷鸣。三千徒，七十子，个个英俊。言语科，政事选，文学德，行在宗邦。摄相事，忠心耿耿。两观诛，夹谷会，大展才能。删诗书，订礼乐，厚望钦敬。冠古今，参天地，万世师承。后学者，讲的是，孝弟忠信。能齐家，能治国，天下能平。儒教中，尽都是，上流人品。为官的，为宦的，布满朝廷。不比你，天主教，不分差等。有舆台，和皂隶，也充教民。虽然说，不弃污，不记仇恨。到底是，分等级，才有光荣。因此上，读书人，不甚兴敬。我说的，这些话，尽是真情。①

这里石真、贾生、乌有和子虚分别通过讲唱方式，来叙说各自所代表的天主教、儒家、佛教和道家的历史，宣扬各自的宗派思想。天主教徒石真说道，人类都由天主创造，世间一切事物均由天主决定。耶稣降生后，昭显圣迹，救赎众生，他能够使“哑者言，聋者听”。耶稣死后三天又复活，人人恭服。贾生同样竭力维护儒教的正统地位，他指出孔子自古以来便是圣人，学识渊博，弟子三千，贤者七十，个个英俊无比，德才兼备。孔子“删诗书，订礼乐”，被奉为万世师表。儒教讲究修身、齐家、治国、平天下，强调积极入世，因此，儒教中人皆是上流人品，官宦之家。贾生还认为天主教不分差等，未区分等级，不合时宜，也是不光荣的，因此，读书人不耻与天主教徒为伍。贾生对天主教的否定，

① 徐毓黄：《真道剧谈》，载《圣教杂志》1913 年第 4 期，第 157—158 页。

恰好是天主教优点所在，也是儒家思想与基督教的重要差别所在。儒家强调等级秩序，儒家的爱是有差别的爱，并非博爱。正如贾生所说，儒教中人皆是上流人品，将底层民众排斥在外，与基督教提倡的博爱相背离。相形之下，天主教不分等级秩序的爱，更加具有包容性。作者显然是有意用子之矛攻子之盾，让儒家思想中的不足之处自己暴露出来，以凸显天主教的正确性。作者也是故意设置辩论的方式，宣扬基督教思想，以使天主教义更加明晰，根本目的仍然是传播基督教。从艺术上看，石真和贾生的唱词读起来琅琅上口，或三言，或四言，具有一定的韵律节奏。对历史典故，作者也是信手拈来，给读者留下深刻印象。

《真道剧谈》第十一出中，僧人乌有和道士子虚对石真的问答是全剧高潮，石真耐心解答了二人的疑问，为二人下文受洗入教做好了铺垫：

丑白：昨夜石君所谈，颇觉有理，但天主既为全善，为何造人向恶。

生唱：人类都从大造生，本来性善有同情。多因习远方为恶，岂是天心特玉成。

小生白：人之为恶，既属习染。牛羊猛兽，既无知识，何牛羊驯而猛兽恶，未必亦是习染。石君果有何说。

生唱：兽蛇初造最驯良，厄伐违天始妚伤。毕竟毒虫能治病，可将厉害细推详。

净白：天主至尊无对，可见天主只有一个。自贫道看来，天地之大，万物无数，一个天主，恐难掌管。譬如地球万国，假若只有一个皇帝统治，则必百政不修。

就即明见万里，万里之外，恐难治理。

生唱：至尊无对有纯神，独掌乾坤显大仁。古往今来归鼓铸，丝毫不乱四时春。

丑白：天主始于何时，由谁而生，俺们至愚，请君指示。

生唱：万有都从天主有，究之天主则无原。欲穷天主原何在，无始从来是至言。

小生白：天主无始，万物之始。犹千万数目，皆从一而起。而一则无徒，弟已明白了。敢问天主何时而终？

生唱：天主难停化育功，试从近世溯鸿濛。只缘本性无穷善，世界终始已不终。

净白：天主既然无形无像，何从而知其实有。

生唱：神形两体本悬殊，肉眼何从识有无。不信试攻经史学，休随世俗一模糊。

丑白：释道亦为儒门所弃，贵教更不待言。石君乃孔子之徒，今又崇信洋教，究是何意？

生唱：儒教虽良昧死生，独于经世表同情。究之身后灵魂学，未得真传辨不清。

小生白：贵教中人，劝谓天堂为万福之所，以当善人。地狱为万苦之处，以罚恶人。释家亦有是说，俺儒教中，五经四书，绝未提及，似不可信。

正唱生：天堂地狱凭其理，不为经书判有无。堪笑释家矜剽窃，装头天足乱张铺。①

① 徐毓黄：《真道剧谈》，载《圣教杂志》1914 年第 4 期，第 90 页。

这一段引文中包含了一系列棘手问题：天主既为全善，为何造人为恶，天主如何掌管世间万物，天主始于何时，终于何时，如何感知天主存在等，它们触及天主教信仰的根本，因而石真一一予以解答。作者刻意地设置了贾生、子虚、乌有与石真问答的场景，意在用这一问答的方式，解除大部分教外人士心中的困惑。甚至一些已经受洗的中国教徒，对这些问题也并不十分清楚。这正是《真道剧谈》的写作意图，剧中的石真其实是一个传道者。他解释说，天主无始无终，治理天地万物，井井有条，普通人的肉眼一般无法看到。石真还回答了一个非常关键的问题，即信奉儒家学说的中国人如何改信天主教。他说儒家不谈生死，更不涉及死后的灵魂，因此，无法与天主教相媲美，信仰儒家学说的人应该信奉天主教。徐毓黄在对儒家和天主教思想的辨析上，融入了他自身的经验和思考，因为他原本和中国很多传统文人一样，从小便接受儒家思想学说，后来才改信天主教。当贾文明质问石真，自己所学的“四书五经”中，并未提及天主教中的天堂和地狱，而且佛教中也有类似的因果报应之说，因而天主教中的这些说法，似不可信。石真据理力争，言之凿凿，反驳说天主教中的天堂地狱，并非经书所能判定，佛教中的因果报应，实则剽窃天主教，极力消除人们对天主教的疑惑。听了石真的解释之后，子虚和乌有二人如梦初醒，恍然大悟，决定放下佛道信仰，改信天主教，皈依天主。可见，石真的传道确实起到了一定效果。当然，这体现的只是剧作者自己的愿望，在现实生活中很难实现。

作为一名中国的天主教徒，徐毓黄创作《真道剧谈》时，尝试在中国传统戏曲形式中融入西方现代戏剧的元素。从生、净、丑等角色的设置，剧本的结构体例来看，《真道剧谈》仍然采用的是中国传统的戏曲艺术形式，但大幅增加了人物独白，诗行大部分非唱即诵，具有西方宗教戏剧形式的特点。

总的来看，《真道剧谈》通过僧人乌有、道士子虚和儒士贾文明的辩论、对谈，探讨了天主真道，明晰了教义，不失为传播天主教的很好的形式。在戏剧形式上，《真道剧谈》具有中西合璧的特点，体现了近代以来中国戏曲对西方戏剧的借鉴与吸收。

第三节　《剜肉记》与新教戏剧

当中国舞台上正热闹上演莎翁文明戏的同时，美以美会传教士亮乐月也将《威尼斯商人》译述发表，并在南京汇文女校演出。从1914年9月起，亮乐月翻译的《剜肉记》开始连载于《女铎报》，题“泰西名剧《剜肉记》，英国莎士比亚著，美国亮乐月译”，到1915年11月结束。《剜肉记》一共五幕，与莎翁原著的整体叙事结构一致，但在内容上进行了一定的调整和压缩，省略了夏洛克的女儿杰西卡与罗兰佐的恋爱故事。[①] 亮乐月翻译的《威尼斯商人》是结合舞台演出实际需要的真正的剧本，除了保留原剧轻松、幽默的喜剧色彩外，还为适应中国观众的需要而进行了许多改动。同时这个剧本突出了女性主义的视角，其预期的读者是青年女性特别是女学生，因而译者在剧中提出了新的婚姻观和价值观，契合了近代中国妇女解放运动的需要。当然，囿于译者的新教传教士身份，《剜肉记》对于犹太教徒的批判和讽刺、对基督教徒的赞美也格外突出。关于亮乐月的这一译本，朱静曾发表

① 朱静：《新发现的莎剧〈威尼斯商人〉中译本：〈剜肉记〉》，载《中国翻译》2005年第4期，第50页。

论文《新发现的莎剧〈威尼斯商人〉中译本：〈剜肉记〉》，不过，这一译本仍有很大的探讨和研究空间。

一、宗教解读

《威尼斯商人》是有关基督教徒与犹太人之间的故事。其中的主角，犹太商人夏洛克的境遇反映了十五六世纪犹太人及犹太教在威尼斯所遭遇的宗教偏见，是真实历史的写照。莎士比亚对于犹太人实际上抱有隐秘的同情，而亮乐月在翻译《剜肉记》时，通过对作品的改写和原作的取舍，强化了对犹太人及犹太教的敌意，彰显了基督教对于犹太教的胜利。

1497 年，葡萄牙航海家达·伽马（Vasco de Gama，约 1469—1524）发现了经由非洲南部的好望角（Cape of Good Hope）通往印度与东方的新航线，使船只可以从大西洋一路驶向东方。较之传统通往东方的路线，不仅更安全，海运的载货量也比依赖骆驼的陆运多出许多，这使得威尼斯作为东西方门户的优越地位一落千丈。几乎一夕之间，威尼斯的银行股票大跌，经济急剧衰退。为了挽救经济颓势，威尼斯人采取了许多举措，其中之一就是开放威尼斯让犹太人定居，这让西方所有基督教国家大为震惊。

犹太人在基督教教会不受欢迎，有其历史根源。一方面，犹太人信仰犹太教，而犹太教不认可耶稣基督是救世主（虽然耶稣是犹太人）。这在认为耶稣受难是为世人赎罪的基督教看来是不能忍受的。另一方面，犹太人擅长做生意，很会赚钱，既然教会规定他们不能用赚来的钱置产，他们便选择放贷，收取高额利息，这是犹太人最受诟病的行当之一。《申命记》中说："你借给你弟兄的，或是钱财或是粮食，无论什么可生利的物，都不可取利。"

（23：19）这种违背《圣经》的做法被视为一种吸血的行为，使犹太人更加不受基督教徒与教会的欢迎。

因而当威尼斯政府在1516年决定允许犹太人定居时，震惊了基督教世界，更是让罗马的天主教教廷大为不悦。不过，一向视经济第一、上帝第二的威尼斯人，并不是第一次违逆罗马教廷的意思，当然他们也不是毫无顾忌。犹太人在威尼斯定居，有着重重限制：他们规定只能住在一个冶炼场或铸造厂（foundry）（而这个字的拉丁文ghetto，后来就特别意指一个城市中犹太人或少数民族群居的特定区域，甚至演变成了贫民区的同义词），住的地方有门禁，到了晚上一定的时间，门口的警卫会关上大门，限制他们自由行动。警卫是基督教徒，犹太人还得付钱给他们。除此之外，他们被课以重税，出门要戴黄色的帽子作为识别，凡此种种，都使犹太人在威尼斯成为被歧视的次等族群。

从商人到犹太人，这个过程刚好反映从15世纪末到16世纪初，威尼斯这个城市所经历的一个重要变化，并且相信，仍然存在于莎士比亚与他的观众的记忆中。

莎士比亚时代的伦敦，跟其他信奉基督教为唯一宗教的社会一样，弥漫着一股对犹太的仇视态度（anti－semitism），而且根深蒂固。早在1290年，英国国王爱德华一世（Edward Ⅰ）就颁布命令驱逐在英国的犹太人，而这道命令一直到1655年才解除。换句话说，在莎士比亚所处时代，犹太人在英国定居仍然是不合法的，除非，在英国的犹太人信奉的是基督教；也就是说，承认耶稣基督为救世主。然而，真实的情况是：为数不多的犹太人通常是表面上遵奉基督（主要是英国国教），但私底下仍秘密地信奉犹太教，毕竟，后者才是他们自己的宗教传统。即便在表面上同意英国国教，犹太人仍然必须面对来自基督教徒的敌意与仇恨，而这种偏见更因为英国当时激烈的宗教对立而加深。这个宗教上的对立，主要是发生在以罗马教廷为首的天主教（Catholic），还有英王亨利八世（Henry Ⅷ）与教廷决裂后，所立的英国国教，或泛称新教（Protestant）。在持续100多年的都铎王朝（Tudor）时代（由他的哥哥亨利七世所开启），包括伊丽莎白女王在位期间，天主教与新教两方有非常激烈的斗争，往往一方的奉行者继任王位，就是另一方被迫害的开始。虽然笃信新教的伊丽莎白在即位初期采取宗教宽容的政策，想让两方和平共存，但随着天主教国家（主要是西班牙）不断在内政、外交上的挑衅，包括对她预谋行刺，以及对英国发动战争等，伊丽莎白宗教上的宽容政策也渐渐紧缩，独尊新教；而其他的宗教，包括天主教与犹太教，全被认为是异端邪说（heretics）。这对秘密信奉犹太教的犹太人来说，处境更加困难了。这种宗教上的排他态度，强化了基督教徒对犹太人的仇视。这一时期英国人对犹太人及犹太教的态度，在莎士比亚的笔下反映出来。

但是，这并不完全代表莎士比亚本人对于犹太教及犹太人的态度。有两个原因使我们相信，莎士比亚对犹太教实际上可能是抱有同情的。首先，莎士比亚的母亲来自一个笃信天主教的大家族，所以从童年开始，他应该与天主教有着密切的关系。但随着伊丽莎白宗教政策的紧缩，天主教在英国遭到敌视。莎士比亚目睹了天主教徒如何被诋毁、迫害。这种个人经历，会使其对同样被视为异教的犹太教怀有同情之心，至少是抱有比较宽容的心态。其次，犹太人在当时社会地位低下，而演员的地位也与其相似。在伊丽莎白时代早期，固定的剧院尚未形成，为了讨生活，演员必须四处演出，这使得演员被认为跟乞丐差不多。另外，为了杜绝瘟疫的传染，或是控制疾病的传播，在英国境内旅行是受到严格限制的，而不被信任的演员在未经政府许可的情况下经常私自四处演出，这使得演员被认为跟流氓地痞或是流浪汉同流。莎士比亚身处演艺界，了解演员的处境，对于处境低下的犹太人自然也会抱有一份同情。因而，在剧中，莎士比亚让这名犹太商人控诉了自己遭受的不公平待遇，他质问安多理说：

> 你恨我们犹太人和我们所信的教，姑且不论你借钱与人，不收利息，使我难做生意；亦姑且不论为何到处说我盘剥利钱，同强盗一样。又在人前呼我为狗，又将唾沫吐在我的礼服上，又用脚踢我。我当时不同你计较，并非怕你，乃是我的忍耐，因为我们犹太人总是忍耐的。现在你自己没有钱了，要来向我借钱么？请问一只狗怎样能借三万金洋呢？你想我从前受了你这许多欺侮的恩典，今天应当借钱谢谢你么？①

尽管安多理在剧中被说成为人高尚，借钱给人从不收利息。但客观地说，这种明显带有宗教偏见的做法，无论如何对人都显得不够尊重和友善，并不妥当。不过，在基督教徒看来，犹太人受到这样的待遇理所当然，甚至是大快人心的。所以译者亮乐月对这些内容进行了如实的翻译，以此突出安多理是虔诚的基督教

---

① 《剜肉记》第一幕第三节，载《女铎报》1914 年 11 月 1 日第 32 期，第 38—39 页。

徒。莎士比亚又在第三幕中给了犹太商人夏洛克（《剜肉记》中做“塞鲁”）一个自我辩护的机会，《剜肉记》也进行了忠实的翻译：

> 他从前不但丢我的脸，而且阻我赚钱，约有二万多哩。我所失败，他常笑我，使我朋友冷，仇敌热。他不过轻看我们犹太人就是了。请问我们犹太人与他有何分别？难道犹太人没有眼睛么？难道犹太人没有手脚么？难道我们没有知觉么？难道我们没有爱心么？难道我们没有感情么？我们不是一样吃饭的么？我们不是一样睡觉的么？倘我们遇兵器岂不是一样冷么？夏天不是一样热么？若遇呵指不是一样要笑么？若受毒气不是一样要死么？你们伤害我们，我们能不报仇么？请问：若是犹太人待错了一基督教徒，你们当如何报复？现在基督教徒待错了我们，我们就没有对待的法子么？所以我必要尽我的力量报我的仇了。①

莎士比亚对于犹太人的隐秘的同情，还通过他对基督教徒不动声色的讽刺表现出来。剧本中一连串事件的起因，是从巴萨尼奥（Bassanio）向安东尼奥（Antonio）借钱开始的。在第一幕第一场中，我们清楚地知道，他当时已经债务缠身（great debts），特别是欠安东尼奥最多。但是巴萨尼奥一出场，却忙着约朋友吃饭。②

---

① 《剜肉记》第三幕第一节，载《女铎报》1915 年 3 月 1 日第 36 期，第 43—44 页。

② Good signiors both，when shall we laugh? Say，when?（二位，我们什么时候聚聚，乐一乐？你们说，什么时候？）

随后在向安东尼奥借钱时，他也承认自己过于挥霍浪荡（prodigal）。在第二幕第五场中，夏洛克（Shylock）形容巴萨尼奥就是个浪荡的基督教徒。一直到巴萨尼奥出发去贝尔蒙特（Belmont）之前，他留给观众的印象就是一个公子哥儿，尽管负债累累却终日忙于吃饭、参加聚会和化装舞会。但是，他身上的这些浪荡的公子哥儿的印记，在《剜肉记》中被一概抹去，而只强调他是出于对卜细鸦的爱慕，想问叔叔借钱去求婚。这样，安多理担着风险为他借钱就具有了正义性，体现了他身为基督教徒的仁爱之心，也表明了犹太商人的不近情理。

此外，莎翁原剧中写到，巴萨尼奥的朋友罗兰佐（Lorenzo）也是一名基督教徒，他在剧中跟夏洛克的女儿杰西卡（Jessica）私奔了，还带走了夏洛克的部分财产。这一条故事线索在《剜肉记》中完全被省略了，译者恐怕不全然是出于篇幅的考虑，而是这种行为有损基督教徒的形象，而且也不合中国的国情，尤其不适合女学生。《剜肉记》曾在南京汇文女校演出，译者将这一部分内容悉数删去，完全没有提到私奔的事情，而是让安多理本着一个基督教徒的仁爱，考虑到将来要给夏洛克的女儿准备嫁妆：

> 他的情形，万不可恕。那一半钱，我是要拿来补偿我的商船的。不过，他的女儿却不应为父受累，将来我当将所罚得的钱分给他女儿，作为出嫁之用。但是此事要我实行，现在还要他做一基督教徒，以便改变他残暴

的恶性。[1]

安多理提出让他做一名基督教徒，以改变其残暴的恶性，显示了基督教对犹太教的全面胜利。

二、中西合璧的喜剧

中国传统的戏曲中，往往人物一出场先自报家门，把姓名、家世、来历介绍给观众。这是近代戏曲中介绍人物的一种传统手法。剧中出现的主要角色第一次上场时用“引子”“定场诗”“定场白”等程式，或唱或道白的形式做自我介绍，包括姓名、籍贯、身世和剧中规定的情境等。自报家门是古典戏曲中“家门大意”的发展。

（设一商家客堂有主人出来说白）“我姓安，名多理，乃意大利国人士，世居弗以斯城街市，家产以各处商船为业，自问亦可算得快乐人家。但是近来不知因何缘故，使我十分愁闷，几乎眠食难安了。最好此时来几个朋友，与我谈心，或者可以稍解我的愁闷，也未可知。”（此时有二友从外来）安说：“哈哈，沙勒锐先生、拉纳黎先生，你们二位来得却好，我们许久不见了，请坐谈谈。”沙、拉二客答言：“有坐有坐。”（坐定后）沙问道：“安先生别来无恙么?”安答道：“贱体托庇平安，不过今日

---

① 《剜肉记》第四幕第一节，载《女铎报》1915 年 7 月 1 日第 40 期，第 43 页。

颇觉愁闷，我想你们二位，知我情形，也当替我愁闷了。”①

除了人物的寒暄方式、称呼中国化，这一段开场，也带有明显的中国戏曲的特点，通过自报家门以及借助提示语等手段，来介绍人物的身份，使观众以最简捷的方式明白人物关系，就像中国传统的小说一样，总有一个全知全能、无所不晓的叙事者，告诉观众一切。而莎翁原著中则严格限制角色的身份和视角，也不对人物的身份、关系进行任何提示，完全让观众凭借人物对白和情节发展自己推测。又如第一幕第三节中，夏洛克的出场也是如此：

（布一犹太人的客堂，塞姓先出来立着）说道：“今天天气甚好，不知道有什么人来与我做个交易？”（此时巴已到门，巴见塞鞠躬道）“这不是塞先生么？”（塞答道）：“是的，是的，请问先生尊姓大名？”（答道）“姓巴名赛鲁。”（塞说）“请问来到我家有何贵事？”（巴说）“非为别事，只因有要用，特来商借三万金洋。”②

关于巴赛鲁，《剜肉记》在第一节中他去拜访安多理时其实已介绍过了，这里不避重复，再次让他进行自我介绍，因为这是中

① 《剜肉记》第一幕第一节，《女铎报》1914年9月第30期，第34页。对照读者最熟悉的朱生豪译本：安多理即安东尼奥，沙勒锐即萨拉里诺，拉纳黎即萨莱尼奥，塞鲁即夏洛克，巴赛鲁即巴萨尼奥，卜细鸦即鲍西娅，臬利莎即尼莉莎。

② 《剜肉记》第一幕第三节，《女铎报》1914年11月1日第32期，第37页。

国戏曲的人物出场方式。

尽管进行了一些中国化的处理，但《剜肉记》归根结底还是一部英国喜剧，剧情和人物都与中国传统的戏曲截然不同，特别是保持了原著轻松的喜剧氛围。莎翁原著第二幕共九场，但《剜肉记》仅选取其中表现求亲内容的第一场、第七场和第九场译述成三节。这些求亲者或自命不凡，或花言巧语，或骄傲愚蠢，对他们集中笔墨进行刻画，强化了喜剧效果。《剜肉记》第一节完整地表现了麻勒扣[①]太子选盒求亲的经过，这位太子从形象到语言，都充满了喜剧色彩。

（预备卜家客堂，小姐与女婢同坐一处，门外作鼓乐声欢迎。麻勒扣的太子与他仆人同进客堂见卜小姐道）“小姐阿，你不要嫌我脸黑，因我们非洲人多晒太阳的缘故。我脸虽黑，但我的血很红的，虽白人亦不能及，此乃勇敢的明证，所以人都见我怕的。至于一般美貌童女，反因我勇敢而生爱心。我想你亦必爱我的。”（卜笑道）“这是有我父遗嘱，须得我照片为凭，不能听我自己检择。若你能得我照片，我虽见你这黑脸，亦只好爱了。”（讲毕呼女仆开簾，使麻选盒。麻见第一金盒，上有字说）“何人选我，大概欢喜的。”（再看第二银盒上字说）“何人选我，可得应当得的赏赐。”（再看第三铅盒上字说）“何人选我，当舍弃一切所有的。”（麻问道）“我选后怎样知道能得？”（卜说）“内有一盒藏我照片，以得此

① 现在一般译作“摩洛哥”。

照片为凭。”（麻说）“阿吓，这事很难，愿诸神保佑我。”（又细读铅盒上字）“何人选我，当舍弃一切所有的。”（说道）“舍弃一切所有，不过为这铅盒，不值钱就是了。”（又指盒说）“你不要吓我，我亦决不选你。”（又读银盒上字）“何人选我，可应当得的赏赐。”（说道）“这个好一点，但是我的地位恐比你还要高些，我的家财与你可算一样，我的才貌亦与你相等，至于我的爱心，还要比你多些哩。”（又读金盒上字）“何人选我大概皆欢喜的。”（笑道）“大概皆欢喜就是这个女子，所以四方的人过大海如同小河，不怕危险，都来求亲的。”（又说）“我想这荣耀的照片放在铅盒内是不应该的，就是放在银盒内还是不配的，一定在那金盒内。”（卜将钥匙交麻，麻开盒）（喊道）“阿吓，一个尸骨照片么?”（又见有字读道）“不要说发光的是金子，有许多人因此哄骗已经舍命，譬如一具华丽坟墓，外面虽好看，里面无非臭骨与蛆虫而已。这因你的聪明不及你的胆子大，故选此金盒。”（读了很为懊悔，叹道）“我亦无话可讲，算了，算了。”①

与莎翁原著相比，《剜肉记》丑化了这位太子形象，把他塑造得自负而愚蠢，这个角色在剧中具有类似于丑角的作用。剧中对他的评语是“这因你的聪明不及你的胆子大，故选此金盒”。他走

① 《剜肉记》第二幕第一节，载《女铎报》1914 年 12 月 1 日第 33 期，第 43—44 页。

之后，卜细鸦庆幸地说，“我巴不得那些蠢男子都选这金盒”，这些评价是译者自己加上去的，来强化他的丑角定位。同时，他与之后来求亲的巴赛鲁形成了鲜明的对比，起到了衬托后者的作用。而中国观众从这种异国的求亲场面中也能获得新鲜的观赏体验。

在庭审结束后，剧中又出现了一幕男女爱情喜剧的高潮，就是卜细鸦和臬利莎主仆二人，设计考验各自的丈夫。她们女扮男装，分别假扮成律师宝德纱和书记尼立琐，在庭审大获全胜后，她们非要索取巴赛鲁主仆二人的婚戒作为谢仪，“我们回家各向丈夫索还原物，且看他们怎样对付。此事甚好玩的”①。巴赛鲁起初不肯，他恳求律师说：“恩律师阿，这是我妻所送的，且立过誓的，不能遗失，不能送人。若离我身，除非死了。”安多理听后责备巴赛鲁说：“我的姪阿，他待我们的恩比你夫妻立誓的话还要紧些，我们死里逃生，难道还舍不得这戒指么?”② 安多理的观点代表了老一辈人的看法③，巴赛鲁也就没有再坚持。于是，出现了两位妻子质问丈夫戒指去向，而对方则百口莫辩的喜剧性场面，最后真相大白，皆大欢喜。表面上看，这是妻子捉弄丈夫的恶作剧，但实际上包含着构筑新型两性关系的深意。戒指是爱情的象征，而且当初曾许下誓言，就是有人拿全世界与他换也不行，即使进了坟墓也要戴在手上。所以通过索取戒指，一则可以试探妻子在丈夫心中的分量，丈夫对爱情的忠贞程度；二则，通过自编自演

---

① 《剜肉记》第四幕第一节（三续），载《女铎报》1915 年 10 月 1 日第 43 期，第 45 页。

② 《剜肉记》第四幕第一节（三续），载《女铎报》1915 年 10 月 1 日第 43 期，第 44—45 页。

③ 《剜肉记》中，将安多理与巴赛鲁由朋友关系改变成叔侄关系。

这场丈夫违背誓言，妻子原谅丈夫的戏，女方获得了感情的主动权。在接下来的婚姻生活中，抛开财产不说，单从感情上讲，卜细鸦就握有绝对的主动权。在这样睿智的妻子面前，丈夫巴赛鲁显然只能甘拜下风。在卜细鸦的影响下，女仆臬利莎也在夫妻关系中占据了主动，一改中国传统社会夫唱妇随的两性关系，在笑声中对观众进行了女性主义的启蒙教育。

《威尼斯商人》带有伊丽莎白时代戏剧的自由化与娱乐化倾向。在英国，鲍西娅和夏洛克无疑是剧中最出风头的两个人。伊丽莎白时期，民众对吝啬的犹太人存有根深蒂固的偏见，所以鲍西娅常成为此剧的核心人物，到了19世纪夏洛克却跃升为主角。然而，20世纪初期在《威尼斯商人》传入中国的过程中，几乎都是以鲍西娅作为主角的。虽然当时的演出没有留下什么记录，但中国早期的话剧舞台喜欢这出戏与种族问题绝无关系，倒是可能对女扮男装这一情节设置情有独钟，或者这样的惩戒恶人和峰回路转更符合《三言二拍》等市民小说培养出来的观众趣味。[①]《民国日报》1916年5月25日介绍《女律师》："此本莎翁名剧，借债而要割肉，女子而做律师，文情并茂，妙趣横生。"[②] 不过《剜肉记》之所以将卜细鸦作为主角，两种原因可能兼而有之。一方面，当然如上文所述，要考虑到中国观众的欣赏趣味；另一方面，《剜肉记》的译者亮乐月作为美以美会的传教士，对犹太人的偏见不言而喻，她不可能让其成为主角，而且只有卜细鸦作为主角，她

---

① 郝岚：《莎翁是怎样走向中国的》，载《世界文化》2006年第12期，第41页。

② 曹树钧、孙福良：《莎士比亚在中国舞台》，哈尔滨出版社，1989年，第78页。

才有机会在法庭上慷慨陈词，试图用基督教的教义来感化犹太人。

三、新的女性观与婚恋观

在《剜肉记》中，卜细鸦当仁不让是剧中最为光彩夺目的形象，译者似乎有意凸显这个美丽、智慧的年轻女性，不仅保留了有关她的所有剧情，而且对照原著，译文几乎很少改动。

在第一幕第一节中，巴赛鲁向安多理表达对卜细鸦的仰慕之情，间接地勾勒出这个女性的形象：

> 柏勒玛地方有一官家小姐，不但貌美，而且有才有德。我虽未与他晤谈，但彼此有时遇见，觉他眼睛光线时时射我，好像已告诉我决不厌弃我的。他名叫卜细鸦，这女子天下闻名，无论东西南北四方，凡有船到柏勒玛城，十有八九都为求亲而来。求亲的法子，他们设有三个盒子：一是金的，一是银的，一是铅的。内有一盒藏女子照片，由求亲的自选，谁得照片，即可成亲。我若有钱，岂非也可去求亲了么。①

这里判断女性的标准显然不同于中国传统社会，既不是用贤妻良母来衡量，又有别于才子眼中的佳人。卜细鸦有着高贵的血统，继承了父亲大笔的财产，本身又富于美貌和智慧。让巴赛鲁倾心的不仅是她美丽的容颜，还有她的才德。而在莎翁原著中提到，巴赛鲁追求她，另有一重原因，即看重她的地位和财富。巴

① 《剜肉记》第一幕第一节，载《女铎报》1914年9月第30期，第35页。

萨尼奥（巴赛鲁）与安东尼奥（安多理）一见面，便坦白地承认："我为了维持体面的生活排场，入不敷出地花销，都快倾家荡产了。我现在倒不是在哀叹家道中落；我的最大的烦恼是怎样才可以了清我过去由于铺张浪费而积欠下的重重债务。"[①] 与富家女联姻显然是一条捷径，这不能不让人怀疑他对鲍西娅的真心。《剜肉记》所进行的改动，虽然很细小，却至关重要。改动之后，巴赛鲁把爱情放在了第一位，保持了两个人之间感情的纯粹性，排除了金钱、门第的因素。这正是译者想要传达的婚恋观。在选盒招亲的过程中，进一步印证了剧中人物新式的婚恋标准。卜细鸦也曾向女佣这样评论众多的求亲者：

女婢说："第一个乃坡里的太子如何？"（答道）："他不过如一匹小马。他所讲的话无非称赞他马的好处就是了，其余学问可想而知。"又问："第二个德国的公子何如？"（答道）："他的脸常常带着愁容，虽遇极可笑的事，他亦不笑，这人少年如此，到了老年必要哭了。我宁与死人结婚，不愿与他作配。"（又问）："法国的公爵如何？"（答道）："更不如以上两人。这人玩心很大，虽听雀子叫亦要学的，虽见一影子，亦要与他玩的。"（又问）："英国的公子如何？"（答道）："我与他彼此言语不通，却不知道他的内才。但是看他外面衣服并不文明，他的裤是意国的，他的袜是法国的，他的帽是德国的，

---

① 莎士比亚：《威尼斯商人》，《莎士比亚全集》卷一，朱生豪译，辜正坤校订，译林出版社，1998 年，第 380 页。

至于他的礼仪，各国皆有的，岂非杂乱无章么?”（又问）“萨克斯里的公子如何?”（答道）“此人常常醉酒，不务正业。早上起来已比众人低一等，到了下午与禽兽差不多了。世上此种人最为可厌。”①

求亲者里有乃坡里太子、法国公爵，地位不能说不高，但是在她看来，这些人不学无术，玩物丧志，缺乏内才。德国的公子终日满面愁容，这种性格则让她敬而远之。英国的公子虽然由于语言不通，难以深入了解对方，但他的着装、气质显得没有品位。萨克斯公子更是因酗酒令她厌恶不已。她在择偶时看重的内涵、性格、品位、气质等，在中国传统的讲求门当户对的婚恋标准中基本可以忽略不计。而她之所以选中巴赛鲁，也正是在于此人品学皆优，她所注重的是人品，而不是财富和门第。这一新的择偶标准，通过巴赛鲁选盒的过程，再次得到了强化。《剜肉记》第三幕第二节中描述了这一过程：

（巴见金盒说）“世人每为妆饰所哄。即如国家大事，亦往往为谄媚言语所欺侮；即如宗教事，外貌虽很有仁义道德，大都口是心非的，譬如一套唯物的盔甲穿在一个胆小的人身上；即论女子的好看，亦无非拿钱换来的，他们所妆的精细头发，虽然好看，恐怕皆从那坟墓中骷髅里取来的呢。如此看来，你这金盒我不要选。”（再看

① 《剜肉记》第一幕第二节，载《女铎报》1914 年 10 月 1 日第 31 期，第 40—41 页。

银盒说）“你这雪白的纹银，虽然人人不能离开你，但是依我想来，无非为众人使用而已，我也不要选。”（再看铅盒说）“你不假修饰，不求人知，性质质朴，品格高尚，比那好看的金子银子感动我多些。”（卜在旁微笑点头，巴会意说）“我一定选你。”①

这一段译文与朱生豪的译文相比更为简洁，亮乐月在此对原著有所改动，突出了质朴无华、品格高尚的选择标准，这即是他择偶的标准，也是他自身的特点，这与莎翁原著中他努力维持体面的生活排场明显不同。他的这一选择标准也得到了卜细鸦的首肯，“卜在旁微笑点头”，两个年轻人之间心心相印。

卜细鸦最为人津津乐道的还是她女扮男装，巧断公案，充分显示了她的才华和机智。卜细鸦一步一步请君入瓮，使得犹太商人没有退路可走：

（宝②说）“你放心，他这磅肉总是你的。”（塞又喜说）“谢谢你，真能公平断事。”（宝又说）“你割时要从他心旁，不可错割。”（塞又喜说）“是的，你真仔细，真是有学问的判事员。”（塞正欲动手，宝忽止曰）“且慢，且慢，还有一件要事。约上但说割肉，并无连血的话，

① 《剜肉记》第三幕第二节，载《女铎报》1915年4月1日第37期，第47—48页。

② 宝即卜细鸦假扮的律师宝德纱，塞即塞洛悭（夏洛克），巴即巴赛鲁（巴萨尼奥），葛即巴赛鲁的仆人（葛莱西安诺）。

你要小心，不可见血。若出了一点血，按弗以斯[1]律法，要将你所有一切家产充公。”（塞听了，脸发呆色。葛说）“谢谢你，真是公平断事。”（回头又拍塞肩说）“是不是？”（塞说）“那是律法么？”（宝说）“是的，你要律法，我就给你律法，而且比你所要的还多些。”（葛又说）“你真是有学问的判事员。”（又回头问塞道）“是不是？”（塞说）“我愿得三倍钱毁这借约。”（巴一听此言喜道）“很好，钱在这里。”（宝说）“你真是一块豆腐，软而无用的。按律行事，我不能给钱，只有一磅肉，不必多言。”（又呼塞道）“现在你可割了，务必小心，只能割一磅，不可多亦不可少，更不可见血。倘多一点或少一点，或见一点血，你家产就要充公。”（葛说）“这真是第二但尼耳来了。”（又回头问塞）“是不是？”（又戏说道）“现在你在我们手掌中了么？”（宝问塞道）“何以不割？”（答道）“只要还我本钱，让我走罢。”（巴又说）“好，好，拿去罢，拿去罢。”（宝说）“不能，他已在众人前竭力推辞，现在定要按律法待他了。”（葛又戏对塞道）“你称他为但尼耳，真是不错。”（塞说）“难道连本钱都不还我么？”（宝说）“你不要还钱，还不能走哩，因为律法尚未完哩。按弗以斯律法，如有异邦人直接或间接谋害弗以斯人姓名者，若被查出有据可凭，将他所有家财一半归与受害之人，一半充公。至于其人之罪如何办理，应否赦免，此权操在公爵。现在你不但家财没分，还当自

① “弗以斯”即威尼斯。

求公爵赦罪。”①

尽管这段庭审没有法律依据，人们仍然为这位智力过人的年轻律师叫好不迭。年轻的律师采用欲擒故纵的手段，使塞洛悭（夏洛克）自己一步步走入设定好的圈套之中。为什么她不在一开始就控告塞洛蓄意谋害威尼斯公民？这样不是能更快解决问题吗？唯一的解释是她想自己出风头，通过戏剧性的胜利，成为众人注目的焦点。巴赛鲁一听说塞洛悭同意不割肉而改收三倍的钱时，立刻满口答应，但遭到了律师的斥责：“你真是一块豆腐，软而无用的。”当塞洛悭不得已求其次，要求拿回本钱就行时，巴赛鲁又急着表态“拿去罢，拿去罢”。但是卜细鸦一再坚持按律法办事，最后安多理不仅毫发未损，而且犹太商人被彻底挫败，得到了惩罚。在这一过程中，卜细鸦比所有的男性，包括她的丈夫，都表现得更为睿智果断，与中国传统社会所标榜的女性仪范截然不同。法庭上的精彩表演，不仅仅满足了中国观众的欣赏口味，而且重新定义了女性的价值观，把智慧和才学也作为判断女性的重要标准。中国传统社会中，女性地位低下，被认为智力平庸，体质虚弱。在传统观念中，女性表现出卓越的才智正如同她们炫耀勇武一样，被认为是不得体的。而《剜肉记》中的卜细鸦，则改变了这种由来已久的女性形象，向中国读者传递了新的女性观。

① 《剜肉记》第四幕第一节，载《女铎报》1915 年 7 月 1 日第 40 期，第 42—43 页。